李商隱無題詩編年疏辨

向思鑫　黄涛　著

长江出版传媒｜崇文书局

序

2018年12月，经中南民族大学王兆鹏教授绍介，得与武汉作家、李商隐研究学者向思鑫先生、黄涛女史学术交流，两位学者贶遗其大著《无题诗本事——李商隐、王氏婚恋之谜》（湖北人民出版社2015年）。

2019年11月中旬，“中国李商隐研究会第十届学术研讨会”在李商隐曾经整顿吏治、铨选官员的昭州今天的广西平乐县召开。此前，两位学者曾提交论文《〈锦瑟〉疏辨》。遗憾的是，因故未能成行。

2020年11月上旬，二位又为绚丽烂漫的李商隐花圃献上一束蓓蕾——《李商隐无题诗编年疏辨》的电子书稿。语曰：“高手在民间。”岂其然乎？其洵然也矣！

壹

说来凑巧，很多情缘，冥冥之中，自有天数。

第一个凑巧，彼此都有李商隐研究之缘：

《李商隐无题诗编年疏辨》主要作者向思鑫先生的“无题诗”研究发轫于1958年早春，至1980年代完成初稿。后又经十一次改易，锻铸打磨，坚持不懈，整整一个甲子。第二作者黄涛女史的加入，也已经坚守了三十年。要将一个自己倾心的课题、事业做大做强，需要的是久长的时间沉淀与厚重的资料累积。《无题诗本事——李商隐、王氏婚恋之谜》加上《李商隐无题诗编年疏辨》，相信会在学术界产生一定的联动效应。

1975年秋季，人民文学出版社编辑到安徽师范大学，约请以刘学锴、余恕诚两位老师为主的中文系古代文学教研组编选《李商隐诗选》。当时，实行“三结合”方式。我有幸被推为学生代表，参与了《李商隐诗选》的选注工作。1976年春，提倡“工农兵学员上讲台”，我又有机会走上讲台，讲解了李商隐《无题·八岁偷照镜》，取得了一定的效果。接着，又以在校学生“三结合”的身份，参与了周恩来总理亲自批复的国家重点科研项目《汉语大词典》的编纂，对清朱鹤龄笺注的《李义山诗集》进行“看书收词”。1983年，应上海古籍出版社的约请，编纂了《李商隐诗集综合索引》（中州古籍出版社2018年）。

2011年，承中国李商隐研究会前会长上海大学董乃斌教授厚爱携拔，亲与传衣，接任了李商隐研究会会长。

第二个凑巧，彼此之间有学术碰面之缘：

据《无题诗本事——李商隐、王氏婚恋之谜》卷末《写在后面的话》，向思鑫先生大作《〈海客〉辨疑》是在1982年早春与其老师武汉师范学院中文系张国光教授纵论李商隐“无题诗”之后撰成并在《武汉师范学院学报》发表的。在中国古代文学研究领域，陈陈相因的现象，时有所见。如对于一篇名作、一部名著的研究，用查重软件一查，立马原形毕露。所以，建立在原典与文献基础上的创新之见，难能可贵，殊可珍视。

1981年元月，中华书局《文史知识》杂志创刊，编辑先生给我的命题作文是《李商隐〈无题〉诗和〈锦瑟〉诗讨论综述》。刊《文史知识》1983年第4期。此后，该文被收入中国唐代文学学会会刊《唐代文学研究年鉴［1984］》；《文史知识》编辑部编入《古典文学研究动态》（中华书局1984年）；又被收入迟秋明、薛国利编《中国古典文学研究问题综述汇编》（山东师范大学中文系1985年铅印本）等。但凡涉及《无题》诗研究，特别是《锦瑟》诗研究，大多参考引用。

《李商隐〈无题〉诗和〈锦瑟〉诗讨论综述》有这么一段：

> 历来评论家、注家大都主张把《无题》诗结合作者身世，作具体分析。认为这些《无题》诗有纯写爱情、艳情的部分，也有

> “借美人以喻君子”、“含情有托”的部分。但前者与后者各占多少，也存在着很大的分歧。如冯浩就认为“实有寄托者多，直作艳情者少”（《玉溪生诗集笺注》）。黄侃认为，《无题》诗十首有九首为“寄意之作”，并说：“既云《无题》，则当时必有深隐之意，不能直陈者。”（《李义山诗偶评》，《中华文史论丛》1981年第3辑）安徽师大中文系《李商隐诗选》认为既有寄托诗，也有寄托痕迹不明显的诗，还有明显的艳情冶游诗。陈伯海《李商隐诗选注》分类大致相同，但认为有所寄托的诗是“托喻友朋交往”的。杨柳《如何确解李商隐的诗》一文在辨驳陈贻焮“纯写爱情”说之后，将《无题》诗分为两个方面：实赋本事（艳情诗）和别有寄托（政治感遇诗）。吴调公说某些《无题》诗“可能寄托了身世之感，家国之慨”（《李商隐研究》）。向思鑫《〈海客〉辨疑》（《武汉师范学院学报》1982年第6期）提出了一个新的说法。论文将《无题》诗分为前后两个创作时期，前期的《无题》诗是会昌以前的作品，数量较少，以闺情为主题，中心人物是他的妻子王氏。后期当是会昌、大中时作，数量颇多，以政治、理想和命运为主题，中心人物是他倾慕的人物李德裕。而《海客》正是这两个时期《无题》诗的承上启下之作。

在当时，拙文高度注意到了向先生《〈海客〉辨疑》一文，并将此文的论点作为诸位大家的殿后，且认定为“提出了一个新的说法”。

第三个凑巧，彼此都有“猜谜”李商隐《无题》诗之缘：

1994年底，我调动到烟台师范学院（今鲁东大学），给本科生开设专题课。关于李商隐的，有两个专题讲座：《“斯芬克斯之谜”与“哥德巴赫猜想”——李商隐〈无题〉诗解读》《李商隐的初恋情爱及其爱情诗》。颇受学生欢迎。稍感遗憾的是，自己是浅尝辄止，没有继续深入研究下去。颇感欣慰的是，向先生、黄女史隆重推出了《无题诗本事——李商隐、王氏婚恋之谜》。书中以“谜”命名的标题达二十多个，将李商隐《无题》诗，统统囊括其中。每一篇都是“斯芬克斯之谜”，作者运用“哥德巴赫猜想”，一个一个迎刃而解。

以上三点，是彼此之间诸多的冥冥暗合的最大公约数，有了这些，也就历炼成了今日昭昭的合作。

贰

周密而自成体系，是我对本书的总体印象。

李商隐是大家，研究的著作相对较多，避免人云亦云是一个非常重要的学术品格。此书在数十年一贯的漫长研究进程中，每一篇都能自圆其说，各篇之间能够互相联系，前后钩连，丝丝相扣。论述之中，间有合理推论，形成了自我体系，周密而无懈可击。每读一篇，都有眼前一亮的感觉，既有陌生感，又有新鲜感，还有认同感。比如《无题·八岁偷照镜》，作者摒弃了众口一词的“自喻说”，论定其主人公为婚前王氏。认为此诗的出现，标志着早期的以情爱为主题、以王氏为中心人物的“写实无题”的开始。随之而出的《锦槛》《蝶》《药转》《无题·昨夜星辰》《无题·长眉画了》等，展现出了一幅幅多姿多彩的画面，有声有色地勾画出了李商隐、王氏婚恋的一道清晰轨迹。如此论证，别出心裁，而绝非穿凿附会，异想天开。

清代以来，人们对于《无题》诗的范畴及数量的认定，各有其说，大相径庭。拙作《李商隐〈无题〉诗与〈锦瑟〉诗讨论综述》一《关于〈无题〉诗的范围》说：

> 李商隐诗集，后世本子标明“无题”二字的，清朱鹤龄《李义山诗集注》十六首，冯浩《玉溪生诗集笺注》十五首，其他各家注本大致相同。纪昀提出摘句首二字为题的，如《碧城》、《锦瑟》等诗，也算《无题》诗（《四库全书总目》卷一五一）。这就将《无题》诗的范围扩大了许多。这个说法已经得到普遍公认。有人称这类诗为“类似《无题》”（李长之《李义山论纲》，《文学遗产》第152期；吴调公《评李商隐的爱情诗》，《社会科学战线》1979年第3期；刘学锴、余恕诚《李商隐》等）。也有人称之为“例同《无题》”（杨柳《李商隐评传》等）。刘开扬提出，用“句

中二字”作题的诗，也“等于《无题》”（《唐诗论文集·论李商隐的爱情诗》）。徐朔方认为，“至少就文字表面而言”，那些“以抒写艳情或爱情为内容”的，“是否另有寄托则在疑似之间”的“一些七言律诗”，均可列为《无题》诗。因此，一方面，只要具备以上条件的，即使有题的，如《圣女祠》等七首七律诗，也可作为《无题》诗看待；另一方面，对以《无题》为题的十五首和以“句首二字为题”的“近三十首”诗却作了如下的“限定”：《无题》诗非七律的均在排除之列，即使是七律的，如《无题·万里风波》，也因非关爱情，在排除之列。此外，以“句首二字为题”的诗也只剩下《锦瑟》等七首。以上三项，凡有“《无题》诗”二十首（《论李商隐的无题诗》，《杭州大学学报》1979 年第 1—2 期合刊）。杨柳的《如何确解李商隐的诗》（《人文杂志》1980 年第 6 期）一文，从内容与形式统一的角度，将《无题》诗划了一个范围，即指“摅写作者不愿明言或不便明言的生活遭遇或思想感情的篇什”。它们共有六、七十首。其中包括：一、题目标明《无题》者二十首；二、拈篇中数字为题，例同《无题》的诗；三、概括题旨命题者，如《药转》《曼倩辞》《晓起》《可叹》《离思》等。

毛主席关注并参与了李商隐诗歌研究。他读《历代诗话》，关于李商隐《锦瑟》中的“锦瑟”解释，对苏轼的“适、怨、清、和”说和其他几种关于“锦瑟”的不同解释，一路画了密圈。1965 年 6 月和复旦大学刘大杰教授谈到李商隐“无题诗”，毛主席说：“无题诗要一分为二，不要一概而论。”1975 年 8 月，刘大杰曾给毛主席写信，谈到对韩愈的评价，并提出如何评解李商隐的无题诗问题。毛主席回信说：“我同意你对韩愈的意见，一分为二为宜。李义山无题诗现在难下断语，暂时存疑可也。”

以固陋所见，学术界专门辑释李商隐《无题》诗和爱情诗的著作有两种：

一是黄世中《李商隐无题诗校注笺评》（江西人民出版社 1988 年）将李商隐《无题》诗作了界定，分为三类：以“无题”为题的诗作共二十首，以首二字为题者二十首，虽有题实亦无题之作二十首。附录有与令狐绹交往诗、与妻王氏之恋情诗及寄内忆家悼亡诗四十首。朱东润序称此书为“一部极有意义的著作”。

二是钟来茵《李商隐爱情诗解》（学林出版社 1997 年）将李商隐爱情诗分为四辑：“李商隐的初恋诗”“李商隐的夫人诗”“关于皇帝的爱情诗”“含有性幽默的游戏之作”，共一百零四首诗。第一辑共收诗三十八首，是李商隐初恋之诗；三、四两辑，实为此辑之附录。

由于标准不同，系统不同，辑释《无题》诗的数量也相当悬殊。

据作者自述，本书总计列诗 93 题，疏解诗 109 首，文中引用，或仅作附录以备参阅的诗 59 首，合计 168 首。占李商隐诗作总数的四分之一强，涵盖了李商隐自入世之后，应举、婚恋、仕宦、交游等重要活动的全部历程。其辑录标准是：

1. 原本以《无题》为题的；

2. 佚去原题，或混入他题，被后人署作《无题》的，如“长眉画了”“待得郎来”“万里风波”等；

3. 随意摘取诗首二字或诗中词语连缀为题，一般研究者均视同“无题”的，如《海客》《锦瑟》《银河吹笙》等；

4. 以感遇类语词为题，或貌似有题，然诗题与内容并无关联的，如《有感》《可叹》《当句有对》等；

5. 本非“无题”，但在李商隐生活史上有一定的纪实意义，或者能为“疏辨”的“无题”起到串连、佐证作用的，如《代魏宫私赠》《题僧壁》《房中曲》等。然在题前加“附”，以示区别。

连同《无题诗本事——李商隐、王氏婚恋之谜》一书所论述的诗篇（参阅原书目录），一一相加，经纬交织，足以成为自带系统。

正如《无题诗本事・写在前面的话》最后一段所说：“‘草蛇灰线，伏脉千里’。始于《八岁》、终于《锦瑟》的《无题》，连缀起来，将是一只完整的充满了浪漫与柔情、憧憬与激愤、悲痛与感伤的花环。”

发现“一点”不难，连缀“成片”实难。自成一家，首先要有一个全面的布局，需要编织一张巨大的网，由一个一个的网点到整张而硕大的网面，点对点连缀，点对面合缝，提纲挈领，纲举目张。《无题诗本事——李商隐、王氏婚恋之谜》这个“完整的花环”就已经自成一家了。

《无题诗本事——李商隐、王氏婚恋之谜》《李商隐无题诗编年疏辨》二书形成互相交织、互相印证双环相扣的闭环，独立于学界其他的同类专著。两部专著都以时间先后为经，所不同者，一以本事之“谜”为纬，一以“无题”之诗写作时间为纬。作者《有关〈李商隐无题诗编年疏辨〉的几点说明》说：“原计划，还有姊妹篇《无题诗本事：李商隐令狐绹恩怨之谜》、《无题诗本事：李商隐李德裕遇合无缘之谜》。”这两个“谜”如果能够葳事问世，更是一个关于李商隐“无题诗”研究的完整的自带系统，预测会更加精彩。

规模效应，规模效应！有了规模，才有效应；规模大了，则更有效应。

本书作者《有关〈李商隐无题诗编年疏辨〉的几点说明》说：“作者执着地探求每一首‘无题诗’背后的人物、情节和寓意，编年系事，对所有的无题诗及‘准无题诗’都做了全新的诠释，使‘写实无题’‘写意无题’在金铿玉润的无题诗情节链上各得其所。”我们认为，该说法合情合理，没有了苏雪林式的臆想揣测、穿凿谬悠，在自带系统的前提下，能够自圆其说，自出机杼，不失为一种新的尝试，新的开创。

自带系统，自成一家，自出机杼。能做到三个“自”，就能立足于学术之林。令人可喜的是，本书的作者都一一做到了。

叁

我们注意到，本书作者著有多种文史读物与学术著作，特别是向先生，著述之富，高达千万言。作为“自由撰稿人”，本书自有特色。一遍读下来，个人有一个明显的感觉，就是具有很强的可读性。

《李商隐无题诗编年疏辨》，连带之前出版的《无题诗本事——李商隐、王氏婚恋之谜》，其最大特色，就是具有很强的文学性。自始至终，始终如一。略举《李商隐无题诗编年疏辨》数例。

如《青陵台》【疏解】：

不过，李商隐仍然是多情的，而且，他和侍妾的感情并没有破裂，不得不离弃她的原因仅仅是：和许许多多的新科进士一样，他必须趁此大好时机，找一位权贵家的小姐为妻，攀龙附凤，以图飞黄腾达。他必须迅速地处置掉这个可能成为婚姻障碍的隐患。因此，他才写出了这样一首很决绝、很尴尬，然而却又是不无深情的诗。

在公然宣告自己将要"等闲飞上别枝花"之日，先赞其为"万古贞魂"，再劝其"莫讶"，其中蕴含着多少委婉的痛惜，又蕴含着多少不得不割舍的无奈呵！

如《赠荷花》【疏解】：

这是一首感情深重的诗，绝非泛泛之作。其中"荷花"，隐喻出身名门，高贵而美丽的妻子王氏。"荷叶"，隐喻出身贫寒，平凡且至今仍无成就的"我"。"赠荷花"者，赠给妻子王氏也。

首二句泛言，世间之花和叶是不可伦比的：前者受到无限的尊宠和呵护，后者则被委弃，任其成土成尘。三、四句专写：此绿色的荷叶、红色的荷花则不如此，他们相依相偎，互为映衬，其叶舒卷自如，其花开合有致，一派天真。这，正是李商隐夫妇婚后生活的真实写照。

第五句一转，言此"花"此"叶"曾经是长久地交相辉映。然而现实是残酷的："红衰"者，指王氏久病不愈，身体渐衰；"翠减"者，指李商隐仕途困顿，前景渺茫。这正如大自然中的由秋入冬的荷花，花将谢，叶渐枯，无可奈何。李商隐何得而不"愁杀人"呵！

这样书写的文学性，强化了可读性，可能特别适合文学青年古代文学的熏陶。

如《东南》【疏解】：

“且向”二句，是犹疑后的决断之词。两句话的意思是：算了吧，还是每天早晨，守候在那棵棠树下，只要在第一缕阳光照耀下，能远远地寻找到她美丽的笑脸，就够了。至于登科呀，仕途呀，去他的吧！

在仕途与家庭之间，李商隐常常闪现出厌弃仕途、追求室家之乐的遐想：如《锦槛》结尾处的“岂能抛断梦，听鼓事朝珂”，《无题·昨夜星辰》中的“嗟余听鼓应官去，走马兰台类转蓬”。不过，这只是文人的一种个性展示而已，李商隐家境清寒，现实常常提醒他，他必须振兴门庭，养家糊口；更重要的是，泾原一年，王茂元宾客相待，虚与委蛇，许婚而不成婚，等待的就是他的释褐。

仅仅只是为了要娶到王氏，他也得赴京一搏。

写完诗，他还是去应试了。开成四年（839）春，释褐为秘书省校书郎。

如同通俗演义小说，娓娓道来，但中间夹杂了诗句、史料，没有人会当作通俗演义小说。这就是通俗性书写的高手。

“自由撰稿人”学者与通常的学者相比，思维模式更少束缚，自由放飞，故每多颠覆性的论断与结论。

如《安定城楼》【辨一】“腐鼠”之喻，及李商隐在泾原是否就职小辨：

一般以为，“腐鼠”之喻的讥刺矛头直接指向已经落选的“宏词博学”，以及掌控着审核权的腐朽势力。其实，李商隐的本意并不如此。

试想：李商隐一介书生，“前进士”而已，即使博学宏词入选，大都也得从九品官做起，他能把“中书长者”的职位看成“腐鼠”，不屑一顾吗？在唐代，“中书长者”即宰相，如果没有“中书长者”的官职，又怎么可能实现“欲回天地入扁舟”的理想呢？李商隐再狂妄，也不会狂妄到如此地步！那么，能不能仅仅只把已落选的“博学宏词”看成“腐鼠”呢？也不能。那岂不是说吃不到口的葡萄就是酸的。何况，你第二年还得去考。李商隐再浅薄，也不至于如此矫情，惹人笑话。

那么，李商隐到底对谁发出这种“腐鼠”之讥呢？回答是：王茂元幕中的那些已经据有职位的幕僚们。据《旧唐书·职官志》：节度使之下，有“副使一人，行军司马一人，判官二人，掌书记一人，参谋无员数也。”其中副使、行军司马职位较高，参谋无员数，自无需虑；从李商隐入王茂元幕不到一年，代写表状存世者达29篇（据《李商隐文编年校注》）之多的情形来看，最担心被取代的恐怕就是掌书记了。他对李商隐的来意不明，且文人相轻，有可能发出“赫、赫”之声。

这位掌书记是谁？据开成五年（840）李商隐的《为濮阳公陈许奏韩琮等四人充判官状》“裴蘧”条云：“臣昔忝凿门，辟为记室，属辞而宿构无异，论兵而故校多归。”凿门，亦称凿凶门。古代将军出征，凿一北向门而出，以示必死的决心。陈许之前，王茂元领军于泾原，可见，裴蘧是泾原时期深受王茂元器重的掌书记。为了安排裴蘧与李商隐职务重叠的情形，刘学锴曾作出同时、之后、之前三种设想。惟独没猜想到的是，李商隐根本就没有担任过掌书记。……

比较前修所论，无一雷同。有关资料见【历代笺评摘要】，不赘。再如《无题·照梁初有情》【辨三】考辨说：

我们已经说过，李商隐在泾原既没有任职，也没有结婚，只是诚惶诚恐地接受未来岳父的考察而已。所谓“中堂评赋，后榭言诗”等，不过是王茂元虚与委蛇地礼宾相待；而谈到“富贵”，不论是指王茂元的许诺，还是指李商隐的奢望，其结果都是一样：“虚期”。

……不过，李商隐对这位一向不在意他的岳父敷衍的时间并不长，用李商隐接下来的话说，就是：“日换中昃，月移朒朓。改颍水之辞违，成洛阳之赴吊。”

……而到十二月中旬，他为岳父写了一篇仅80多字的《为濮阳公上四相贺正（新年）启》后，就匆匆离开了许州。

……

回头再看“日换中昃，月移朒朓”这两句，表面上看来是虚饰，似乎是想把这段时间说得长些；但对于刚刚只过了一朒、一朓就转身而去的李商隐来说，此语用得太实，太直，太刻！因为，接下来的两句是：“改颍水之辞违，成洛阳之赴吊。”

颍水，指颍水流经地许州，王茂元的治所。“辞”而且“违”，可见岳父挽留了，但他还是违背了岳父的意愿，坚决地离开了他。此后他们再也没有见面；洛阳赴吊，见到的只是一抔黄土了。

……

而且，王茂元去世前后，李商隐正在洛阳，先后为“住河南府河南县正平坊安国观内”的马懿公郡夫人王氏写《黄籙斋文》三篇，其中“第二文”中有日期为会昌三年（843）十月十五日，与王茂元去世之九月中旬相近。王茂元去世后，他又为新任的怀州刺史李中丞（璟）写《谢上表》等文，存世者达五篇之多，其逗留时间当然不短。

据《旧唐书·地理志》，怀州至洛阳一百四十里，郑州至洛阳二百七十里。查现代里程：洛阳至孟州 53 公里，怀州至孟州 28 公里。依此类推，上述所有地点与王茂元灵柩暂厝地孟州均相距不远，行程长不过两日，短则只需半天；但是，李商隐在切近之处往来频仍，生不求临榻一面，死不谋临柩一哭，他们之间在陈许分手时到底发生了什么？则只有他们两人知道了。

炯炯双目，洞穿一切。颠覆性的论辨！

虽为推测之词，而说理细密，丝丝入扣，超越前修。其论析方法，同样具有颠覆性。

肆

学术研究，贵在独创，贵在独见。惟其独创，方有独见。

“独见”一词，出自《庄子·天地》：“视乎冥冥，听乎无声。冥冥之中，独见晓焉。无声之中，独闻和焉。故深之又深，而能物焉；神之又神，而能精焉。”《淮南子·俶真训》也说：“是故圣人托其神于灵府，而归于万物之初，视于冥冥，听于无声。冥冥之中，独见晓焉；寂漠之中，独有照焉。”意思是说：道体本来没有形状，但领悟了天道的人，就可以在黑暗中看到光明，在寂静中听到声音，在空虚之中，照见一切。

2011 年，华东师范大学出版社出版了清乾隆学者胡文英《庄子独见》、嘉庆学者陆树芝《庄子雪》。书名有点我们前面说过的“陌生感”“新鲜感”，却也有“认同感”。这两部书都重视文章家法，解诂字词，串解句意，推揣章意、篇意，以见《庄子》行文之妙与用意之奇。都是好书，出版社很有见地。

陆树芝的《庄子雪自序》说：“晶莹皎洁、不染点尘、别具寒香者，雪也。……虽不敢自谓必当，而开卷了然，无复沉闷，似拨云雾而对皎雪也，遂名之曰《庄子雪》，据所见也。”胡文英的《庄子独见自叙》说：“余不得已而简细别白，联络其辞，贯串其意，约以该之，微以显之，解其所可解，而置其所不必解，纵未能揭日月而行，而幽邃之中，亦时有绝径路而通风云之乐。付之梓而颜以‘独见’，非敢曰‘冥冥之中独见晓焉’，实欲由管窥而渐趋于众著云尔。”

胡文英夸耀自己的著作“独见晓焉”，连书名都“颜以独见”。——倘若我们将《庄子雪自序》中的“似拨云雾而对皎雪”，以及《庄子独见自叙》中的“独见”“独见晓焉”，移作赞赏《李商隐无题诗编年疏辨》，倒是觉得十分恰切的。

陈冠明

庚子冬至于学畊阁翫华簃

目　录

01 无题二首[1]之一，八岁偷照镜 开成元年春

八岁偷照镜，长眉已能画[2]。
十岁去踏青，芙蓉作裙衩[3]。
十二学弹筝，银甲不曾卸[4]。
十四藏六亲，悬知犹未嫁[5]。
十五泣春风，背面秋千下。

【注释】

〔1〕释题：题下原有“八岁”“幽人”二篇。说见“幽人”篇注。

〔2〕长眉：古代女子以眉长为美，故常以青黛添画。《后汉书·五行志》：“恒帝元嘉中，京都妇女作愁眉，细而曲折。”晋崔豹《古今注·杂注》：“魏宫人好画长眉。”唐时流为时尚，故朱庆馀《近试上张水部》诗中有“画眉深浅入时无”之问。

〔3〕踏青：春日郊游。青草初生，众人以踏青草出游为乐事，故曰“踏青”。 芙蓉：荷花。此处指裙衩的颜色，即荷花色。 裙衩：朱鹤龄《无题·照梁》注“裙衩”曰：“《释名》：裙，下裳也。妇人蔽膝曰香衩。”查今四部丛刊本《释名》，涉及“蔽膝”的条文是：“韨，韠也。韠，蔽膝也，所以蔽膝前也。妇人蔽膝亦如之。……又曰跪襜，跪时襜襜然张也。”诗人韩偓（义山姨侄）《闻雨》：“香侵蔽膝夜轻寒，闻雨伤春梦不成。”《青春》：“遥夜定嫌香蔽膝，闷时应弄玉搔头。”可见，蔽膝是唐代妇女常用衣物，朱说“妇人蔽膝曰香衩”应有据。又，本句裙、衩对举，应是并列关系，裙是裙，衩是衩。以为“衩”为衣衩之衩者，非。

〔4〕筝：一种弹弦乐器。参阅后《昨日》注。　银甲：银质的指甲套，套在手指上，用以弹拨筝弦。

〔5〕六亲：古代说法不一。《左传·昭公二十五年》直叙为“父子、兄弟、姑姊、甥舅、昏媾、姻亚”，《周礼·地官·大司徒》郑玄注为“父、母、兄、弟、妻、子”，后世使用时多泛指近亲。藏六亲：指深藏于闺中，回避男性亲属。《礼记·曲礼》：“外言不入梱（门限），内言不出于梱。”即指此。　悬知：料知、遥知。

【疏解】

本篇是李商隐最早的以《无题》为题的诗，作品中的怀春少女很可能是他未来的妻子王氏。首二句写她的早慧，追求美而又娇羞敏黠的女儿情态；三、四句写她华美的服饰与高洁的志趣；五、六句写她对音乐的爱好与追求；七、八句写“她”待字闺中，而另一个“他”，则表现出了一种遥遥的关切和怜爱。九、十句写十五岁的她，春风中，秋千下，背面而立，悄悄地流泪。一股少女怀春之情，——孤寂，羞涩，幽怨，此身何托之感，以及由此而产生的不可名状的惆怅，都油然而生了。

全诗倏尔而起，戛然而止，清新流利而又古意盎然，为这位谜也似的少女勾勒了一幅幅简洁而又清晰的成长图画。

【辨一】“自喻说”质疑

历来注“八岁”者，自吴乔、屈复以来，大多以“自喻”立言。

冯谱编本诗于文宗大和二年（828），李商隐十六岁。诗后注曰：“《上崔华州书》‘五年读经书，七年弄笔砚’，《甲集·序》‘十六著《才论》、《圣论》，以古文出诸公间’。此章寓意相类，初应举时作也。”向按：冯谱大和二年（828）无应举事，大和六年（832）始称“是年应举”，冯说自相矛盾。

张采田编本诗于文宗大和元年（827），也说：“写少年淟涊（tiǎn niǎn）依人之态，与《上崔华州书》‘五年读经书，七年弄笔砚’及《甲集·叙》寓意相合，亦当作于是年。”向按：张谱编李商隐生年早冯谱一年，亦十六岁。

近代诸家大多认同吴、屈、冯、张之说，只是在“自喻”基础上各有发挥而已①。然而，事实却不尽如此。

疑问之一是：冯、张二氏引“五年诵经书，七年弄笔砚”及“十六著《才论》、《圣论》”等自述之辞，以为确证；其实，本诗之八、十、十二、十四、十五等数字，与引文中的五、七、十六全不相涉；如系自述、自喻，当与生平之关键性“时点”有所暗合，以示其巧，以示其真，而本篇却全无此意。

疑问之二是：李商隐之少小生活，艰辛万端，大有饥寒交迫之虞，而绝无此等娇宠华贵之态。其《祭裴氏姊文》云：

> 某年方就傅（约十岁），家难旋臻（父死）；躬车板舆，以引丹旐（归柩）。四海无可归之地，九族无可倚之亲。既祔故邱（归葬荥阳），便同逋骇（流散之游民）；生人穷困，闻见所无。及衣裳外除（服父丧满），旨甘是急。乃占数东甸（落籍郑州），佣书贩舂，日就月将，渐立门构。

可怪的是，我们在这首被称为“自喻”的《无题》诗里，非但没有看到李商隐少年时艰辛生活的影子，相反的，却看到了一组风光旖旎的贵家幼女的成长画面，仅就几个相近的数字，就断为自喻，是有悖于史实的。

疑问之三是：本篇显然是从对面写来，如系自述，何来“悬知”？“背面”？悬知者，他人关注之词；背面者，他人眼中之态。既曰“悬知”“背面”，则于女主人公外必另有一揣度者、目击者在。此他人者，非作者而谁？他人为作者，则李商隐眼中之女主人公必非李商隐明矣！不理顺诗脉，即断此诗为“自喻”，是有昧于诗的。

疑问之四是：冯、张等人都论定此诗写于 16 岁。试想，16 岁少年，正是异想天开、锐意求进之时。唐人重进士，轻明经，故有“三

---

①“当代诸家”中，黄世中否定“寄托”之说，以为本篇只是“为一女郎写照”而已；郑在瀛认为，“本篇是商隐最早的爱情诗”。皆为极有见地的平允之论。参见后“辑要”。

十老明经，五十少进士”之说。白居易 29 岁中第四名进士，在同科十七人中年龄最小，他挥笔写道：“慈恩塔下题名处，十七人中最少年。”（《唐摭言》）同 29 岁的白居易相比，16 岁的李商隐仅算是初出茅庐，连进士考试都没有参加过，哪里会有什么“渴求用世而不可得”之想，“此身何属”之忧，和所谓的“迟暮之感”呢？

既不合于史，又有昧于诗，且难系于情，即断为“自喻”，应不可信从。

【辨二】《八岁篇》为谁而作？

《八岁篇》是《无题》诸什中为数不多的写实作品之一，如果我们真能摒除成见，舍曲就直地就诗论诗，“本事”倒是一目了然的。比如说，“她”是谁？为什么“背面秋千”，临风洒涕？而“他”，又是谁？为什么对“她”如此关切？如果他们素不相识，为什么“悬知”其“未嫁”？如果他们本已相识，又为什么“背面秋千”，忸怩作态？如果我们确曾摒除了“自喻”之说，那么，一段儿女私情，已是微露端倪了。

把另外两首公认的早期《无题》同它摆在一起，“本事”就更加显然了。其一云：

近知名阿侯，住处小江流。
腰细不胜舞，眉长惟是愁。
黄金堪作屋，何不作重楼？

其二云：

照梁初有情，出水旧知名。
裙衩芙蓉小，钗茸翡翠轻。
锦书长珍重，眉细恨分明。
莫近弹棋局，中心最不平。

三首诗从形式到内容，有很多共同之处。

从语言风格看，三首《无题》都是五言，且都清新流畅，不假雕琢，与后期《无题》多为七言，且秾丽整饬有别。它们应是早期同时的先后之作。

从立意看，三首诗描述的客体，都是一位少小女子；而主体，则是李商隐本人。值得特别指出的是，这个李商隐，是早期“写实”《无题》中的道地的未经雕饰的男性李商隐；而后期《无题》中的主体，则往往经过一番乔装打扮，如“来是空言去绝踪”“重帏深下莫愁堂”之类，反串了一个堕入情网的女子的角色。

从描写对象看，三首诗中女子眉眼相近：“长眉”——“眉长”——“眉细”；服饰相同：“芙蓉作裙衩”——“裙衩芙蓉小”；心态相合：“泣春风”——“惟是愁”——“恨分明”，描写的显然是同一对象。

从情节发展看，《八岁篇》写初识，《近知篇》写调笑，《照梁篇》写的则是互诉衷曲的婚后了。从初识时的“悬知”，到调笑时的“近知”，再到婚后回顾当日情景的“旧知”，意脉不乱。据此，我们甚至可以为他们的婚恋勾勒出一条清晰的轨迹。恋情的发展也很有层次，从初识时的“悬知犹未嫁”，到调笑中的“何不作重楼”，再到婚后的“锦书长珍重”，几乎就是一部完整的爱情三部曲了！

冯浩、张采田等认为，《照梁篇》的女主人公即李商隐的妻子王氏，那么，这前两首诗中的女主人公，就应该是婚前的王氏了。

【辨三】行年“十五”之谜

李商隐在《八岁篇》里玩弄了一个数字游戏，把八、十、十二、十四、十五等数字编织入诗，惹得后人费尽猜疑。所以，何义门引冯班注云：“只学得《焦仲卿妻》一段。”（《沈辑评本》）如果把《古诗为焦仲卿妻作》中的数字“十三能织素，十四学裁衣，十五弹箜篌，十六诵诗书，十七为君妇”等，与李商隐《八岁篇》中的数字相比，就会发现，两者之间既有相同点，也有差异。

相同点是，两者的年龄都使用了数字序列，刘学锴先生把它称为“带程式化意味的年龄序数法”。不同点是，《古诗为焦仲卿妻作》按自然数顺序排列：13，14，15，16，17，等差数列是“1”；《八岁篇》则是按偶数顺序排列：8，10，12，14，等差数列是“2”。可怪的是，按等差数列“2”排下去，“14”的后面应该是“16”，这正与作者自述的“十六著《才论》《圣论》”吻合，——然而，使人大煞风景的是，作者却偏偏用了一个“十五”，从而使偶数序列遭到了严重的破坏！

可见，这个“十五”之数，并非信手拈来，而是必不可少的。如果我们确信《八岁篇》为纪实之作，那么，王氏“泣春风”之年，就应该是“十五”岁了！

李商隐妻子不见于经传，想要推算她的年龄是困难的，所以，研究诸家均避而不谈。但如果我们真能“细审行年，潜探心曲”（张采田语），倒也不是不可能的。

李商隐在《为外姑（岳母）陇西郡君祭张氏女（长女）文》云：

> 吾配汝先世二十余年，七女五男，抚之如一。

“二十余年”前，王茂元已是堂堂太守。所谓“抚之如一”，即抚前妻（妾）之子女，一如己出。据此，则知李氏必为继室，王茂元之前妻（妾）必有所遗，而李氏也必有所出。

王茂元与李氏婚于何时，史无明文。但“张氏女”为王茂元长女，李氏婚于王茂元时，此女已大，故《祭张氏女文》又云：

> 念汝差长，慰吾最深。女德妇容，光映姻表。秭归为牧，官闲俸优……郎宁合浦，万里乖离……顷吾南返，又往朝那……及登农揆，去赴天朝……旋移许下，念汝支离……潞童作孽，使节启行……汝失所怙，吾犹未亡……

这是一段很珍贵的文字，记录了王茂元继室李氏与张氏女时离时合的状况，侧面地勾勒出了王茂元与李氏共同生活的轨迹：最先是秭归，然后是郎宁（邕州）——合浦（廉州）——朝那（古地名，指泾原）——农揆（长安，任司农卿）——许下（陈许）——潞州，直至王茂元去世，丝毫不乱。据此推测，则李氏与王茂元始婚于秭归。

王茂元何时就任秭归？史无明文。但据《文苑英华·楚三闾大夫屈先生祠堂铭》，王茂元在文中自述：“元和十五年，余刺建平（秭归）

之再岁也。”可见，王茂元就任秭归为元和十四年（819）。

秭归是李氏自叙与王茂元共同生活的起点，王茂元续弦李氏当在此时。到会昌三年（843）王茂元去世，他们共同生活约二十四五年，与“吾配汝先世二十余年”之说正合。

假如王茂元与李氏结婚于就任秭归之首年，即元和十四年（819），那么，他们的最大子女的出生年，应当不早于元和十五年（820）。

李商隐在《祭张书记（大女婿）文》中曾排定僚婿序列：“陇西公、荥阳郑某、陇西李某、安定张某、昌黎韩某、樊南李某。”加张书记正合“七女”之数。其中“樊南李某”即李商隐，排于最末。李商隐诗《王十二兄与畏之员外相访见招小饮……因寄》第一句说：“谢傅门庭旧末行。”可见，李商隐所娶之王氏，正是王茂元最小的女儿。

李氏生育多少，已不可考。但一般认为，韩瞻所娶之女，朱楼相赠，京泾迎送，热闹非凡，应是李氏所出。又，李商隐与韩瞻之关系亲密、长久、稳定，则李、韩所娶，应是同母姐妹。减去孕育时间，则韩瞻之妻，王家六小姐的出生不会早于元和十五年（820）；而李商隐之妻，王家七小姐的出生不会早于长庆元年（821）。

依此推算，则李商隐与王氏邂逅于开成元年（836）时，她的年龄不会超过十六岁。因为这是最大可能值。或许，正好就是十五岁了！至于他们为什么会邂逅于开成元年（836），说见下文。

问题一：李氏所生可不可能不只两女呢？有可能。不过，李氏所生再多，则最小女的年龄将依次递减；再减下去，就到十五岁以下了。

问题二：王茂元、李氏结婚可不可能在就任秭归的第二、第三年呢？答案同上。如此，则最小的王家七小姐的年龄也将依次递减。

问题三：李商隐之妻王氏可不可能不是李氏所出，而是另外的姬妾所生呢？从李、韩婚事操办的差距，以及王茂元对李、王婚后的冷淡来看，是满有可能的。但这并不能改变王家七小姐依次递减的年龄结构，何况，我们给予她的年龄是最大的可能值。

这样看来，《八岁篇》“十五泣春风”之“十五”，则不只是一个象征，一个依叙罗列的语言、数字游戏，而是精确得近乎写实了。

【辨四】“十四藏六亲”之谜

我们在“辨三”中力证“十五”之数必不可少。那么，作者为什么不按奇数排列：7、9、11、13、15，以保持其等差数列的严整性呢？

回答是：不能。

因为“十四”之数，也是必不可少的。他未来的妻子王氏就是在这个年龄，“藏”之于“六亲”的；李商隐也正是在这一年，或稍后的第二年，亦即“十五泣春风”之前后，“悬知”其“犹未嫁”的。

至于王氏为什么要“十四藏六亲”？我们得从腥风血雨的“甘露事变”说起。

“甘露事变”发生在文宗大和九年（835）。

李商隐未来的岳父王茂元于大和七年（833）就任广州刺史，岭南节度使，何时离任，史无明文。但《旧唐书·文宗纪》载：大和九年（835）四月丙戌，“以桂管观察使李从易为广州刺史，岭南节度使”，则王茂元必于此时或此时之前离任。

我们知道，宦官专权是晚唐政治的一大特点。宦官权力之大，不只可以掌控朝政，而且可以废立皇帝。李商隐时代的许多皇帝，如穆宗、文宗、武宗、宣宗，以及他死后的懿宗、僖宗、昭宗都是由宦官拥立的，其情况之严重可想而知。

就在这一年，心怀隐忧的唐文宗与李训、郑注等人密谋铲除宦官。离职莅京的王茂元与郑注等人过从甚密，亦必有所参与。六月，贬宰相李宗闵。七月，贬京兆尹杨虞卿等一大批朝臣。九月，杖杀参与谋杀宪宗的宦官襄州监军陈弘志，并调郑注任凤翔节度使，部署军力以掌控京畿，李训则升任宰相。十月，鸩杀专擅朝政十余年的宦官王守澄，并任王茂元为把守西北重镇的泾原节度使。

至此，朝廷内外的部署均已完成，再就是择一个时机动手了。

十一月二十一日早朝时分，金吾将军韩约奏称金吾左仗院内石榴树夜降甘露，是祥瑞之兆。文宗按事先的计划，派左、右军中尉枢密内臣仇士良、鱼弘志等宦官前去查看个究竟。

仇士良等人来到左仗院时，“韩约变色流汗……俄风吹幕起，见执兵者甚众”。（《通鉴》卷二百四十五）仇士良等见势不妙，转身逃回殿上，挟持着文宗向后宫逃跑。李训则指挥金吾兵抢夺皇帝，并死死地抓住皇帝的乘辇不放，一直拖到宣政门，被宦者击倒在地。帝辇被劫持到东上阁，关闭了阁门。

随后，仇士良指挥宦官率禁兵五百人冲出，对在朝的公卿百官与吏卒进行了血腥的屠杀，中书、门下两省没有逃走的官员及金吾士卒，当场被杀死六百多人。接着又“闭宫门，索诸司，……死者又千余人。横尸流血，狼藉涂地，诸司印及图籍、帷幕、器皿俱尽”。（《通鉴》）宰相王涯、贾餗、舒元舆、御史中丞李孝本、京兆少尹罗立言、右金吾卫大将军韩约、左金吾卫大将军李贞素及王璠、郭行余、魏逢等多人先后被杀。族灭者达十一家之多，造成了“流血千户，僵尸万计”的惨案，使得“京师大骇，旬日方安”。（《旧唐书·文宗纪》）

历史上称这一事件为“甘露事变”。

随后，杀风又向外地蔓延。甘露事变的始发难者李训在逃往凤翔途中被捕杀。十二月，已外任凤翔的郑注，为监军张仲清族杀。此时此刻，被指斥为郑注党羽的王茂元，亦必在泾原惶惶不可终日。

他是怎样闯过这一险关的呢？《新唐书·王茂元传》云：

> （王茂元）累迁岭南节度使，蛮落安之。家积财，交煽权贵。郑注用事，迁泾原节度使。注败，悉出家赀饷两军，得不诛。

《旧唐书》本传说得更为详细：

> （王茂元）在安南招怀蛮落，颇立政能。南中多异货，茂元积聚家财钜万计。李训之败，中官利其财，掎摭其事，言茂元因王涯、郑注见用。茂元惧，罄家财以赂两军，以是授忠武军节度使、陈许观察使。

直至开成元年（836）三月，“昭义节度使刘从谏三上疏问王涯罪名，内官仇士良闻之惕惧”（《旧唐书·文宗纪》），屠戮株连之风才稍渐平息。

史料表明，从大和九年（835）“甘露事变”后的冬季到开成元年（836）的春季，是王茂元政治生涯中最为危险的时期，他是靠着破家产贿赂宦官才幸免于难的。他的子女不能不受到这一事件的影响。李商隐在《上易定李尚书（执方）状》中追述他岳父当年的情况时说：

家财给予公用，子弟散于行间。

这正好证实了史述非假，而其仓皇之状就可见一斑了。

可以想见的是，“甘露事变”后杀风正炽之时，王茂元一方面破家贿赂，另一方面则疏散丁口，以逃避族灭之灾。既然“子弟散于行间”，两个年已及笄的未婚女儿，亦必在藏匿之列，藏匿的首选之地，当然就应该是长安的昭国坊了。

有一位时任千牛卫将军（从三品）的李十将军，住昭国坊，他应该就是《祭张书记文》中僚婿排序第一的“陇西公”。陇西是李氏“郡望”，旧有“天下李氏出陇西”之说；“公”为尊称。若如此，他就是王茂元的二女婿，而另一僚婿“陇西李某”，则可能是四女婿了。

日人平冈武夫、今井清《唐代的长安与洛阳》载：“昭国坊，李家南园，李晟孙。”李商隐在《送千牛李将军赴阙五十韵》中曾历数其祖李晟功勋，可见他确实是李晟之孙，而且也确实是昭国坊李家南园的主人了。

还有一位李执方，是王茂元的妻兄弟，曾在河阳、易定、许昌、忠武等地任藩镇要职，也可能住在昭国坊。李德裕在《宰相与李执方书》中称其为“藩方重寄，宗室信臣”，李商隐在《上忠武李尚书状》中称其“望兼勋旧，地属亲贤”，可见他是真正的皇亲。他与宅第在昭国坊的李寰、李寰之子方回，乃至于李十将军是什么关系，已不可考；但从李商隐初恋、求婚于昭国里，李执方、李十将军几乎同时介入了李商隐婚姻的事实来看，李执方即使不是南园主人，也至少是南园主人的近亲。这两位既有社会地位、又不涉及“甘露事变”的嫡己亲戚家，理所当然成了王茂元的两个年已及笄的小女儿的避难之所。

有两首诗为王氏女确已住进昭国坊，李商隐确已倾心，并已展开了狂热的追求提供了佐证。那就是《病中早访昭国李十将军遇挈家游曲江二首》。其一云：

十顷平波溢岸清，病来惟梦此中行。
相如未是真消渴，犹放沱江过锦城。

据《史记·司马相如列传》："相如口吃而善著书，常有消渴病。"后人常把他的消渴病和对文君追求联系在一起，一语双关，用"相如渴""临邛渴"等相关词语，表示未婚男子对异性的渴望和追求。

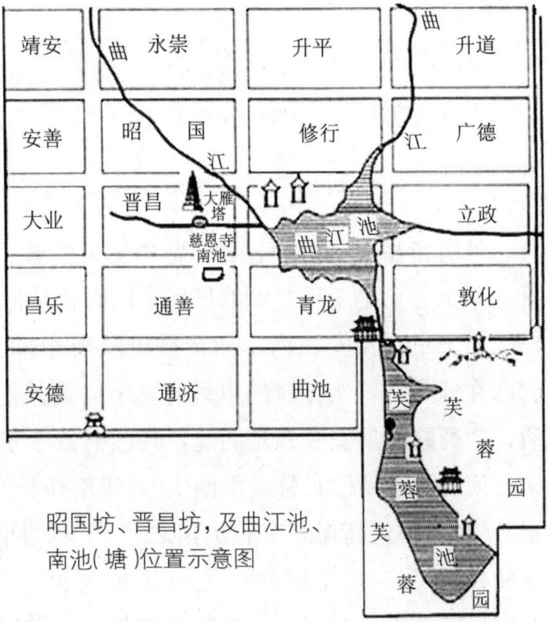

昭国坊、晋昌坊，及曲江池、南池（塘）位置示意图

诗中，李商隐以"真消渴"自称，毫不掩饰地表达了对此次同游曲江人众中的某女士的爱慕之情。其二云：

家近红蕖曲水滨，全家罗袜起秋尘。
莫将越客千丝网，网得西施别赠人。

"罗袜"典出自曹植《洛神赋》中的"陵波微步，罗袜生尘"。此处用来赞美同游女眷行走时轻盈、飘逸的美。

西施同"千丝网"的关系已不可考。李商隐在《和孙朴韦蟾孔雀咏》中也说："西施因网得，秦客被花迷。"可见，在唐代，还有西施出之于水的传说。朱鹤龄注："疑出小说家，今逸之矣。"李商隐借这个典故公开喊话，可见，李十将军同游曲江的戚眷中确有一位李商隐心仪的女士。其殷勤企盼之情，惟恐失去之意，已溢于言表。

王氏二女藏身昭国里李家，一是避乱，二是待嫁。就当时事态而言，实有慌不择婿之势。这个择婿之责，就只有托之于姻亲之家了。这就是李执方等最终能代为择婿，并能主持婚事的因由。

李商隐在《上易定李尚书（执方）状》中说：

> 某穷辱之地，早受深知，遂以嘉姻，托之弱植。

在《为韩同年（瞻，连襟）上河阳李大夫（执方）启》中也说：

> 况某婚姻，早联门馆；外舅以列藩之故，家人延自出之恩。

外舅指岳父（《尔雅》：“妻之父为外舅。”），“家人”指妻子。可见，李执方正是王氏二女的母舅，同时也是他们婚姻的执柯人。

昭国里在长安城南，和晋昌里隔街相连。令狐楚当时正任京官，官邸在开化坊，然在晋昌里另有私宅，当是令狐绹等兄弟行的居处之所，李商隐长期受令狐楚荫庇，其读书备考亦必在此①。

何况，李商隐自称“樊南生”，樊南在长安之南。唐张礼《游城南记》云：“西倚高崖，东眺樊南之景。”昭国里、晋昌里、樊南，也都和曲江相近。就在这样一个特定的时间：甘露事变后的开成元年（836）的春天；在这样一个特定的地点：游览胜地曲江近旁；在这样一个特定的背景：小姐落难，公子多情——一段特殊的恋情同《无题》诗一道诞生了。

《无题·八岁》篇中的“十五泣春风”，《暮秋独游曲江》中的“荷叶生时春恨生”，写的正是这样一个特定的时间。

《无题·近知》篇中的“近知名阿侯，住处小江流”，《蜂》中的“小苑华池烂漫通，后门前槛思无穷”，写的正是这样一个特定的地点。

《无题·八岁》篇中的“十四藏六亲，悬知犹未嫁”，写的正是这样一个特定的年龄和背景。

---

①李商隐先后有《子直晋昌李花（得分字）》《晋昌晚归马上赠》《宿晋昌亭闻惊禽》等诗，但无一诗涉及开化坊。（按：令狐楚子令狐绹字子直。）

王茂元的政治危机，给李商隐、王氏带来了姻婚机缘。

【辨五】李商隐、王氏的姻婚机缘

根据以上推断，王氏二女大约于大和九年（835）冬甘露事变之后至京，藏匿于昭国里母舅或姐夫家避难，并急于择婿而嫁，李商隐参加了这一竞争者的行列。尽管李商隐对王氏先有“悬知”之暗恋，后有“近知”之机缘，然成败尚未可预料。

他的《别令狐拾遗（绹）书》中有一段特别令人费解的文字：

> 今人娶妇入门，母姑必祝之曰：“善相宜。”前祝曰：“蕃息。”后日生女子，贮之幽房密寝，四邻不得识，兄弟以时见。欲其好，不顾性命，即一日可嫁去。是宜择何如男子者属之邪？今山东大姓家，非能违摘天性而不如此。至其羔鹜在门，有不问贤不肖、健病，而但论财货，恣求取为事。当其为女子时，谁不恨及？为母妇则亦然。彼父子男女天性，岂有大于此者耶？今尚如此，况他舍外人（疑误解李执方等），燕生越养（疑王氏早就寄养于李家南园），而相望相救、抵死不相贩卖哉？（疑误解李执方等“但论财货”）细而绎之，真令人不爱此世，而欲狂走远飏耳！

这真是一段奇文！人家有女，“贮之幽室密寝”，与你何干？“一日嫁去”，“不问贤不肖、健病”，又与你何涉？李商隐如果没有切肤之痛，何至于因此而“不爱此世，而欲狂走远飏”？细绎此文，李商隐热恋难耐之心，唯恐失去之意，岂不是昭然若揭吗？

据《旧唐书·令狐绹传》，绹“开成初为左拾遗”。又，李商隐开成二年（837）春登第，本《书》中又有“仆困不动”之语；那么，此《书》必写于登第前之开成元年（836）。《书》中又云：“今早垂致葛衣，书辞委曲。”冬裘夏葛，则此书正写于开成元年（836）初夏，这与王氏女之避难，李、王之初知、初恋，李商隐求婚，及李执方等代为择婿之时令，甚为吻合。

由此，我们可以推断的是：

1. 此《别令狐拾遗书》约写于开成元年（836）夏初，这正是我们已经论证的李商隐邂逅王氏之后不久。

2.《书》中之“贮之幽房密寝，四邻不得识，兄弟以时见”，与本诗中之“十四藏六亲，悬知犹未嫁”，吻合。

3.《书》中“今山东大姓家”，用“今”字，必有确指。《新唐书·柳冲传》在论及氏族时说：“山东则称为郡姓，王、崔、卢、李、郑为大。”唐之山东，实指崤山之东①；王茂元濮阳人，与“山东”之地望相符。李商隐在《代仆射濮阳公（王茂元）遗表》中说：“臣虽忝望族，本实将家。”也与“大姓家”之族望相符。可见，此“今山东大姓家”，指的就是王茂元家族。

4.王氏女议婚，当不只李商隐一人，观文中“羔鹜在门，有不问贤不肖、健病，而但论财货”等语，则另有一有钱有势的角逐者在先，反观李商隐诗中所写“莫将越客千丝网，网得西施别赠人”，就不是一般的戏语，而是确有所指、所求的恳切之辞了。

5.细玩《书》意，此角逐者应在“不肖”或“病”者之列，这大概也是王氏不顾李商隐年长、再婚，而愿结秦晋之好的原因之一。《书》中言“一日可嫁去”，可见情况之紧迫，《书》中有“不顾性命”，“抵死”之词语，可见王氏女抗婚之激烈！

正因为如此，则李商隐《书》中的“不爱此世”，“狂走远飏”之激愤，也就可以理解了。

李商隐寄此《书》于令狐绹，目的有二：其一，李商隐热恋、求婚于王氏之时，必有人“摈置讥诽，袭出不意”（见《别令狐拾遗书》），使李商隐陷于百口难辩之境，寄《书》故人，求得理解、同情和支持。其二，当时，李商隐与令狐父子仍是情稠意密，而令狐父子又属于权势显赫之辈，必亦求其代为作伐。李商隐写于同年春的《令狐八拾遗绹见招送裴十四归华州》诗中说：

①李商隐《上江西周（墀）大夫状》：“岱北清夷，山东静谧。”《李商隐文编年校注》：“……冯氏曰：古者函关以东，皆谓之山东。六国惟秦在山西。故《过秦论》‘山东豪杰并起’；而《后汉书·陈元传》‘陛下不当都山东’，谓洛都也。”

> 嗟余久抱临邛渴，便欲因君问钓矶！

裴十四是令狐楚的女婿。结合《别令狐拾遗书》及写给李十将军的“相如未是真消渴”来看，则此诗之“便欲因君问钓矶”，就不是一般的虚辞、戏语，而是刻意求偶，请令狐绹代为作伐的恳切之辞了。其所“钓”的对象，当然就是寄居于昭国里待嫁的王氏女了。

令狐绹是否为李商隐作伐，不可确知。观李商隐在《与陶进士书》中追忆开成二年（837）时与令狐绹的情谊时说：

> 时独令狐补阙最相厚，岁岁为写出旧文纳贡院，既得引试，会故人夏口（高锴）主举人，时素重令狐贤明，一日，见之于朝，揖曰：“八郎之友，谁最善？”直进曰：“李商隐者。”三道而退，亦不为荐托之辞。故夏口与及第。

前言“独”“最”，后言“三道而退”，则此时之令狐绹，对李商隐实有提携之意，虽是不为荐托，实则胜似荐托，李商隐果于是科（开成二年）及第。反观李商隐与王氏之婚事，令狐绹即使不为执柯，以令狐世家之显赫，李商隐与令狐交谊之厚密，亦足以使王茂元为之侧目。何况，甘露事变的政治阴影还笼罩着他哩！

《旧唐书·令狐楚传》云：

> 十一月，李训兆乱，京师大扰。训乱之夜，文宗召左仆射郑覃与楚宿于禁中，商量制敕，上皆欲用其为宰相。

可见，甘露事变后，他的恩师令狐楚是处理善后事宜的两制敕大臣之一，后虽因同情王涯等人，“叙其罪状浮泛”，而致使宦官“仇士良等不悦”，终于未相；但直至开成元年（836）四月出帅兴元之前，令狐楚始终是朝中举足轻重的人物。而且，令狐绹也是一颗冉冉升起的新星，光焰已露。正如恩格斯说的，在封建社会里，“婚姻都是由双方的阶级地位来决定的，因此，总是权衡利害的婚姻。”（《家庭、私有制和国家的起源》）以李商隐之家世（寒微）、地位（当时未第）、年龄（约大十岁以上）、婚姻状况（再娶），王茂元居然俯允，实际上也是出于一种政治考虑。没有令狐家族这样一个强大的政治背景，没有甘露事变这样一场政治风波，而使得王氏二女处于慌不择嫁的境地，则李商隐、王氏成就婚事的可能性将是微乎其微的。

【历代笺评辑要】

（说明："历代笺评辑要"均引自《李商隐资料汇编》。另主要选取了叶葱奇、刘学锴并余恕诚、邓中龙、黄世中、郑在瀛等当代诸家评语。）

吴乔："才而不遇之意。"

屈复："'十五'二句，写聪明女郎省事太早，而幽怨随之。才士少年不遇，亦可叹也!"

姚培谦："义山一生善作情语。此首乃追忆之词。迤逦写来，意注末二句。背面春风，何等情思！即'思公子兮未敢言'之意，而词特妍冶。"

程梦星："此在幕中闲忆其平生而归于寂寞也。"又："前首（即本首）专述生平。'八岁'二句，言自幼已能文章。'十岁'二句，言出谒河阳，干以所业。'十二'二句言从此佐幕，不曾游闲。'十四'二句言佐幕为宾，原非党附。'十五'二句言为人排挤，迄今沉沦也。"

冯浩、张采田说已引用，见正文。

当代诸家　陈永正《李商隐诗选》："诗中所写的少女，可以说是作者的影子。"安徽师大中文系《李商隐诗选》："诗中所写少女，隐然有自况的意味。……当是诗人早期之作。"陈伯海《李商隐诗选注》："这首诗写一个姿容美丽、志行高洁的少女……借以寄托诗人自己渴求用世而不可得的感慨。"叶葱奇："其实这只不过是自喻少负才情，长竟寥落不偶而已。十八九时可以作，二十八九时也可以作。"刘学锴、余恕诚："诗中描绘之少女，美丽早慧，勤于习艺，向往爱情，而幽阁深处，青春虚耗，无法掌握自身命运。托喻痕迹显然。……且征之作者生平，求之作者诗文，均若合符节。其为托喻，自无可疑。"邓中龙："借此以寄托诗人自身的苦闷。……写李商隐本人空具才华而不能见用于世的感慨。"黄世中："义山《无题》从一个侧面言之，亦不妨作‘诗谜’读。如此篇，看作义山为一女郎写照，追叙其少小情事，为一‘代言体’诗，则未必有何寄托。”郑在瀛：“本篇是商隐最早的爱情诗，诗人对一位少女产生爱慕之情，因爱而生怜悯，不能不忧心她的前途，故采取民歌形式描写这位少女聪明美丽，才艺俱佳，然而她的命运并不掌握在自己手中，至待嫁之年，悄然生悲，黯然泣下。”

02 无题二首[1] 之二，幽人不倦赏

开成元年秋

幽人不倦赏，秋暑贵招邀[2]。
竹碧转怅望，池清尤寂寥。
露花终裛湿，风蝶强娇饶[3]。
此地如携手，兼君不自聊[4]。

【注释】

〔1〕释题：本篇为《无题二首》之二。何焯云："此首当另有题。"纪昀在论及本诗时说："《无题》诸诗，有确有寄托者，'来是空言去绝踪'之类是也；有戏为艳体者，'近知名阿侯'之类是也；有实有本事者，如'昨夜星辰昨夜风'之类是也；有失去本题，而后人题曰《无题》者，如'万里风波一叶舟'之类是也；有与《无题》相连，失去本题误合为一者，如此'幽人不倦赏'是也。宜分别观之，不必概为穿凿。"（见《沈辑评本》）冯浩径改"幽人篇"为《失题》，注曰："旧本皆连上篇作《无题二首》，《戊签》分入五古中，亦作《无题》，愚谓必别有题而失之，然仍为附编。"后世多从冯说。然诸说皆非，参阅"辨"。

〔2〕幽人：指隐居静僻之地、不汲汲于名利的人。《易·履》："履道坦坦，幽人贞吉。"孔颖达疏："幽人贞吉者，既无险难，故在幽隐之人守正得吉。"此处指自己，或兼指相招的友人。

〔3〕裛（yì）：沾湿。　风蝶：崔豹《古今注》："蛱蝶，一名风蝶。"向按：此处与"露花"相对，应是借指风中之蝶。　娇饶：同"娇娆"，妩媚的样子。

〔4〕聊：慰藉，快乐。汉刘安《招隐士》："岁暮兮不自聊。"《文选》李善注："中心烦乱，常含忧也。"不自聊：指精神上没有依托，无以为乐。

【疏解】

此为招友同游不至，转而自为宽慰之作。

首联写时值秋暑，突发邀友同游之兴。中间二联写眼前风物：碧绿的竹，清澈的池，带露的花，逐风的蝶，然招游不至，兴味索然。由"转"而"尤"，极写久待不至而寂寞渐增之感；由"终"而"强"，抒发强作排解而终归不能之慨。七、八句则作宽慰语，言汝幸而没来，否则，恐汝也将同我一样寂寞无聊矣。

【辨】"幽人篇"亦当为"无题诗"说

一、论者多以为此篇与前篇内容不同，风格迥异，而定此篇为"失题"，实有以后法绳前人之谬。考"无题"之体例为义山首创①，义山之前，本无定体；此《无题二首》为义山"无题"之首篇，此篇之前，本无定格。草创之初，无可无不可。若以后期之"无题"，如"相见时难""来是空言"及《锦瑟》等名篇为标准而绳诸早期"无题"，则早期"无题"，如"八岁偷照镜""近知名阿侯"等，皆非"无题"，况"幽人不倦赏"乎？

二、义山"无题"自有其发展脉络。早期"无题"以恋情为主线，多闺中调笑之作，中心人物是他的妻子王氏，语言晓畅，诗风清新，常用五古、五律和七绝；后期"无题"多为政治幽愤之作，中心人物多是牛、李党争中的某当政人物，内容隐讳，诗风幽艳沉郁，且多用七律，均不可绳之以一。即或早期"无题"，诗风也不尽相同。"八岁偷照镜"之俏丽，"幽人不倦赏"之疏阔，"近知名阿侯"之狂浅，"照

①李商隐前诗人卢纶有《无题》曰："耻将名利托交亲，只向尊前乐此身。才大不应成滞客，时危且喜是闲人。高歌犹爱思归引，醉语惟夸漉酒巾。□□□□□□□，岂能偏遣老风尘。"有慨然之风，然无续作。李商隐同时代政治家李德裕亦有《无题》曰："松倚苍崖老，兰临碧洞衰。不劳邻舍笛，吹起旧时悲。"此诗显然是作于晚年，则可能是仿效李商隐《无题》之作。

梁初有情”之婉转深厚，皆因时因事而作，各适其所需而已。

三、《八岁篇》作于暮春，《幽人篇》作于秋暑，时间上前后连贯，内容上也不乏联系。前者为怀春之作，颇存一见钟情之激动；后者为倦游之作，实有诉告无门之苦恼。如果招游之友人为此一恋情的知情者，或可助力者，则两篇连缀，势在必然。——查李商隐因王氏婚事求助于人之诗篇颇多，如《令狐八拾遗见招送裴十四归华州》之“嗟予久抱临邛渴，便欲因君问钓矶”，如《病中早访昭国李十将军遇挈家游曲江》之“莫将越客千丝网，网得西施别赠人”，如《寄恼韩同年二首》之“我为伤春心自醉，不劳君劝石榴花”，如《韩同年新居饯韩西迎家室戏赠》之“南朝禁脔无人近，瘦尽琼枝咏四愁”等，皆属此类——后来者何必自作聪明，强事切割，把本属同题的两篇一分为二呢？

笔者的意见是，在没有确切证据的情况下，应该维持《幽人篇》本属《无题二首之二》的“无题”地位，不可自以为是地妄改为《失题》。参阅后《无题四首（之三，含情春畹晚）》之“辨一”。

【历代笺评辑要】

吴乔：“此诗乃招友同游不至之作。读结语，意其人亦不得志于绹者乎？”向按：吴乔以为《无题》诸什均为令狐绹而作，实谬；然定此篇为“招友同游不至之作”，甚是。

程梦星：（在论述《无题·八岁》后曰）“后首（指本篇）专言幕府。起二句言流连光景，须有招邀。三、四言闲中怅望，徒自寂寥。五、六言身如花、蝶，终难强留。七、八言倘有携游人亦永叹无疑也。”

冯浩：“结言我无聊，恐兼尔亦无聊也。似同应举失意者。”

当代诸家　叶：“这是独游某地却寄友人之作，原题佚去。”刘、余：“此似寄友之作，意在抒写己之‘不自聊’情绪，告以虽值秋暑而不招其同游之故。”邓：“李商隐曾去过某一地方独游，……写此诗向友人说明（未邀同游的）原因。”黄：“七、八当重看。……（言）与我携手同行，则两情相谐矣。此或有所寄托，未可明也。”郑：“本篇是诗人独游之后的寄友之作。”

03 无题近知名阿侯

开成元年

近知名阿侯，住处小江流〔1〕。
腰细不胜舞，眉长惟是愁〔2〕。
黄金堪作屋，何不作重楼〔3〕？

【注释】

〔1〕阿侯：古乐府诗中人名。梁武帝萧衍《河中之水歌》："河中之水向东流，洛阳女儿名莫愁。莫愁十三能织绮，十四采桑南陌头。十五嫁为卢家妇，十六生儿字阿侯。……"此句借"阿侯"称呼对方，以示调笑。 小江流：指曲江。向按：长安城东南隅地势高朗，古称隑（gāi，梯也）洲。秦始皇时沿曲江东陂建离宫，名"宜春苑"。秦亡，汉改称"乐游苑"。隋朝的杰出建筑家宇文恺为文帝建大兴城时，把这座皇家林苑圈在城内，改名"芙蓉园"。同时把园边的曲江挖成个大而且深的池，称"曲池"。为了补充水源，凿黄渠引义峪水入池。池水入城后一分为二：一支走向东北，经立政坊、升道坊，入华尼寺；一支走向西北，经青龙坊、修政坊、昭国坊、晋昌坊，入慈恩寺及杏园。这就是为有唐一代的文人骚客所津津乐道的曲江。

〔2〕胜：承担，经受。 眉长：参阅《无题·八岁》注。

〔3〕黄金堪作屋：典出《汉武故事》："胶东王数岁，长公主嫖抱置膝上，问曰：'儿欲得妇不？'胶东王曰：'欲得妇。'长公主指左右长御百余人，皆云不用。末指其女问曰：'阿娇好不？'于是乃笑对曰：'好！若得阿娇作妇，当作金屋贮之也。'"向按：胶东王，汉武帝幼年时封号。长公主嫖，即馆陶长公主刘嫖，她是景帝刘启唯一的同母姊，

亦即武帝之姑。这个故事后来演变为成语“金屋藏娇”，指家里娶了个美丽的妻子。也指男子另置外宠。　重楼：层楼，楼上之楼。

【疏解】

首句言近来已探知其名，然以古乐府诗中人名“阿侯”代之，戏谑而已。次句言且已知其住处，就在曲水之滨。三句写伊人腰细善舞，有柔美的体态；四句写伊人打扮俏丽，画着时尚的愁眉。五、六句直写自己的向往之情，言古有“金屋藏娇”之说，我何不作重楼以贮之？

此诗写出了李商隐邂逅王氏之后，对她的追寻和追求，调笑和试探。《礼记·曲礼》有言：“男女非有行媒，不相知名；非受币，不交不亲。”本篇首言“知名”，末言“作屋”“作楼”，可见，李商隐之追求王氏，或确有“不端”之处。新、旧《唐书》本传均责其“无行”，指的并不一定就是政事。不过，他的追求可能得到了王氏的默许和鼓励，他才有可能如此放肆。如果把本篇同稍前的《无题·八岁》篇及稍后的《无题·照梁》篇同参，可约略窥探出李商隐、王氏的爱情发展的轨迹。说见《无题·八岁》之“辨一”等，不赘。

【辨一】“阿侯”指男指女？

“阿侯”一词出自《河中之水歌》，一般认为，“河中歌”中莫愁所生之“儿”应指男，而此诗之语境似指女，故纪昀说：“此句误用。”

张采田说：“生儿之‘儿’，男女通用，安知《河中歌》不指女乎？诗并未误用，纪评非也。”

黄世中说：“张说是。《木兰诗》：‘木兰不用尚书郎，愿驰千里足，送儿还故乡。”可见，黄先生也主张本诗中之“阿侯”指女。

以上三说，纪昀认定原典中“阿侯”为男，张、黄则以“儿”字可通用于女相驳。其实，古代妇人产子，统称为“儿”，是不分男女的。《说文》：“兒，孺子也。从儿，象小儿头囟未合。”李孝定《甲骨文字集释》：“契、金文兒字皆象总角之形。”

所谓“总角”，是古时少年儿童男未冠、女未笄时的一种通用发型。即把头发梳成两个发髻，向上分开，形状如角，故称总角。因此，仅凭“十六生儿字阿侯”句中的一个“儿”字是不可以妄断男女的。

又，古代女子常自称为“儿”，《古诗为焦仲卿妻作》中有“兰芝惭阿母：‘儿实无罪过。’”《孟姜女变文》中有“君若有神，儿当接引”语。

也许，在乐府本事中，莫愁所生之“儿”本就是女，由于典籍湮没，明清以后的学者不知其情了。

这一点，在许多引用“阿侯”入诗的前代诗篇中可以得到证明。

早于李商隐而又同他比较切近的诗人李贺曾三次写到“阿侯”。其《绿水词》云：“今宵好风月，阿侯在何处？为有倾人色，翻成足愁苦。东湖采莲叶，南湖拔蒲根。未持寄小姑，且持感愁魂。”诗中的“阿侯”既“有倾人色”，且“采莲”“拔蒲”，显然是女子。其《夜来乐》云：“五色丝封青玉凫，阿侯此笑千万馀。”诗中的“阿侯”当是个卖笑女子。其《春怀引》云：“阿侯系锦觅周郎，凭仗东风好相送。”这个正在寻觅周郎的“阿侯”，当然也是个女子了。

略早于李商隐的诗人施肩吾的《少妇游春词》也写道：“簇锦攒花斗胜游，万人行处最风流。无端自向春园里，笑摘青梅叫阿侯。”这个“阿侯”，显然是这位游春少妇的侍婢。

比较有说服力的是元龙辅的《女红馀志》。她在《阿侯》条说：“欲知菡萏色，但请看芙蓉；欲知莫愁美，但看阿侯容。”可见，在古代典籍中，“阿侯”也是个出色的美女。尽管有当代学者罗宁把《女红馀志》称为“伪典小说”，但此条不伪，它能与唐代诗歌相呼应，应该算是有典有据了。

以上资料表明：“阿侯”本来就是古代美女，李商隐用她来指代自己的意中人，是再恰当不过的了。

【辨二】“阿侯”指谁？

“阿侯”一词是解读全篇的关键，主张“寄托说”的研究者对此发表过许多有趣的意见。

其一，“阿侯”令狐绹说。清吴乔在《西昆发微》中说：“以莫愁比楚，以阿侯比绹。曰‘近知名’，则知是湖州被召时作。（‘腰细’二句）比绹之才宠，（‘黄金’二句）望其有韦平之拜（指继其父拜相）。”

向按：此说大谬。以“莫愁”比其恩师令狐楚，实为欺师犯上；以“阿侯”比令狐绹，实为不伦不类。特别是令狐绹被召入京、拜相之后，他哪敢嬉皮笑脸，高步俯视，以轻佻、艳俗之“阿侯”相称，并示之以挑逗之情呢？

其二，仍指莫愁说。程梦星认为：“‘近知名阿侯’者，知其已嫁生子而名阿侯耳。合两句之义观之，则仍指莫愁本身也。”

向按：既“知其已嫁生子而名阿侯”，李商隐何来“金屋藏娇”之思，再建“重楼”之想？程氏不能自圆其说。

其三，“阿侯”柳枝说。当代学者黄世中认为：“此《无题》似为柳枝作。首句言近得一新知，名‘阿侯’。阿侯，莫愁女，则知此女子为民女之小家碧玉者。义山相恋女子中，惟柳枝近之……”

向按：1. 就本事而言，《柳枝五首·序》① 叙其事甚明：柳枝乞诗，商隐无答；柳枝有约，商隐未赴。这段“恋情”前后不到三天就告一段落。其情景与《近知篇》“金屋”“重楼”之调笑无丝毫联系。2. 就诗旨而言，《柳枝五首》虽有愤懑不平之慨，却绝无恋恋不舍之情，说见附录二：《李商隐的“婚外情”》。

其四，戏为艳体说。纪昀在《玉溪生诗说》中论及无题诗时说：“《无题》诸什……有戏为艳语者，‘近知名阿侯’之类是也。”

向按：纪昀“《无题》诸什”之论（见《幽人篇》注），至今仍被奉为经典。其中判《近知篇》为“戏为艳语”，很是正确。“艳体”而“戏”，其中不明不白之处，自可不了了之。何况，男女调情，无所不用其极，你叫我“阿猫”，我就叫你“阿狗”；你叫我“阿龟”，我就叫你“阿鳖”。因此，李商隐在他的调情诗中，用古代美女“阿侯”来代称他的意中人，应该是既亲切又很惬意的事。

这个意中人到底是谁？我们在解读《八岁篇》时对“八岁”等早期三诗曾作过如此判断。即：在语言风格上，这三首《无题》都是五言，且清新流畅，不假雕琢。在立意上，三首诗描写的客体，都是一位少小女子，而主体，则是李商隐本人。在描写对象上，三首诗中的

---

①《柳枝五首·序》见后“附录二：《李商隐的‘婚外情’》”。

女子眉眼相近，服饰相同，心态相合，显然是同一对象。在情节发展上，从“悬知”，到“近知”，再到“旧知”，意脉不乱。初识时，还只是“悬知犹未嫁”；调笑中，就设想“何不作重楼”了；而婚后，则作“锦书”以道“郑重”。这几乎就是一部完整的爱情三部曲了；本篇，则是这三部曲中关键性的第二部。

如此看来，则“阿侯”一词，非但不是解诗障碍，反倒是证明了他们的恋情已经进入到互探互谑、恣情调笑的阶段了。其写作时间大略是开成元年（836）春天之后，正是《八岁篇》的后继之作。

请注意：曲池水入城后曲折细长，故称其为曲江，它是长安城东南唯一深入到长安城内的“小江流”。其时，王氏住昭国坊，李商隐当常住于令狐楚私宅晋昌坊（说见《无题·八岁》“辨四”注），两坊隔街相对。曲江之西支流经青龙坊、修政坊、昭国坊，而入晋昌坊之感恩寺，李商隐在《病中早访昭国李十将军遇挈家游曲江》中说：“家近红渠曲水滨。”正好与“住处小江流”相合。

一个是情窦初开的怀春少女，一个是踌躇满志的怀才青年，对街为邻，面目相照，在近旁之游旅胜地曲江相遇，相识，相知，从而演化出一幕才子佳人悲喜剧，也就不足为怪了。

结句“黄金堪作屋，何不作重楼”，此句一出，说明诗篇的授受双方，已经动情，且有谈婚论嫁的预想了。而“重楼”一词，倒是道破了李商隐婚姻的秘密，原来李氏已藏一“娇”；“何不作重楼”者，就是何不再加一楼，再藏一娇？可见，李商隐在热恋王氏的同时，本有一妻（或妾），后来或弃或逝，就有待于我们进一步地探索了。

冯浩注此句云：“似言何不容更作一楼贮之耶？”就诗而言，此解的是。然就事而言，冯氏就此打住，未予深究，与一个极易得出的结论失之交臂了，可叹也夫！

如果考虑到本诗分外地浅俗，即使与李氏早期诸诗相比也大有差异，又安知此诗不是王氏所作，李商隐有意存入（或羼入）本集呢？如果是这样，则当日王氏女之倾慕、之主动，可见一斑。至于为什么堂堂太守女，竟对一“白衣”书生，如此情切，乃至于不避嫌忌，甘上“重楼”呢？或者，此诗本为李商隐所作，于解诗亦无碍。那么，我们也问，为什么一个屡试不中的落魄举子，竟出如此奢望，妄想将一堂堂太守之妙龄幼女置于“重楼”之上，岂不唐突？个中因由，我们在《无题·八岁》篇“辨四”中已有明确解答。

特别需要指出的是：王茂元祖籍濮阳，但家宅却在洛阳崇让坊。如此，则王氏女正是个地地道道的洛阳女儿，以莫愁之“儿”——“阿侯”来称代她，暗示不仅已知其名，而且已知其籍，以为谈笑之资，是再恰当不过的了。

我们的结论是，《无题·近知》篇是一首出语通俗的调情诗，是李商隐、王氏恋情进一步发展时互为调笑时的作品。“阿侯”作为调笑中的代称，男呼女可，女呼男亦可，都能够“自圆其说”。

【辨三】说“重楼”，证再娶。

王氏继室之说，李商隐并未讳言，只是研究者浅尝辄止，以为孤证，未能坐实罢了。他在《祭小侄女寄寄文》中说：

> 况吾别娶以来，胤绪未立，犹子之义，倍切他人。念往抚存，五情空热。

古者称侧室（或妾）为别室。《北史·后妃传》：“彭城太妃尔朱氏，荣之女，魏孝庄后也，神武（高欢）纳为别室。”李商隐的“别娶”亦当用此意。他在《祭裴氏姊文》中说：

> 使别女致哀，犹子为后。

“犹子”，兄弟之子，“别女”，别室之女。故冯浩注：“非其姊所出。”甚是。此“别娶”“别室”“别女”，互相发明，则知王氏之婚实为继室，不过，前女是妻是妾，是离是弃，是存是亡，则不可考了。因为在唐代法律语言里，妻妾入门用的都是“娶”字①。

《过昭国李家南园二首》是晚年的李商隐忆旧悼亡之作。诗云：

---

①如《唐律疏议》“二十·免所居官”条云：“在父母丧，生子及娶妾……”“六·十恶·七曰不孝”条疏：“其男夫居丧娶妾，合免所居之一官。”“一七九·居父母夫丧嫁娶”条疏：“娶妾者，合杖七十。”均用“娶”字，与后世之“娶妻纳妾”说有异。

潘岳无妻客为愁，新人来坐旧妆楼。

春风犹自疑联句，雪絮相和飞不休。

这首诗给我们的信息特别多：

1. 为李商隐“无妻”而“愁”之“客”，从而执媒妁之职的，是昭国坊南园的主人。

2. 他们的结婚地点不在妻家泾原，也不在李商隐恩师之家晋昌里，却是借用昭国里李家南园之“旧楼”，权作洞房。

3. 此时王氏是初婚，故称“新人”；李商隐是再娶，且此权作洞房之室，必曾为他人所居，故称“旧妆楼”。

4. 潘岳以《悼亡诗》闻名于后世。李商隐自称“潘岳”，表明他当日已是“无妻”之身；据此，也可以作前妻（妾）已亡的推想。

先有“重楼”之戏谑，后有“旧妆楼”之追述，李商隐再娶之迹，不是很显然吗？

【辨四】“寄寄”者谁？

论证了“再娶”之后，我们就有可能通过《祭小侄女寄寄文》这篇情文并茂的祭文来探讨李商隐同这个不到五岁就去世了的“小侄女”的关系了。摘其要如下：

（会昌四年）正月二十五日，伯伯以果子弄物，招送寄寄体魄归大茔之旁。哀哉！尔生四年，方复本族。既复数月，奄然归无。于鞠育而未申（通“伸”，一作“深”），结悲伤而何极！……时吾赴调京下，移家关中。事故纷纶，光阴迁贸。寄瘗尔骨，五年于兹。白草枯荄（gāi，草根），荒涂古陌。朝饥谁饱？夜渴谁怜？尔之栖栖，吾有罪矣。……平原卜穴，刊石书铭。明知过礼之文，何忍深情所属！……况吾别娶已来，胤绪未立。犹子之谊，倍切他人。念往抚存，五情空热。……汝伯祭汝，汝父哭汝，哀哀寄寄，汝知之耶！

尽管李商隐在《祭文》中自称“伯伯”，称寄寄为“犹子”，且有“汝伯祭汝，汝父哭汝”之祭词为证，但留下的疑点仍然很多：

1. 此文作于会昌四年（844）正月。寄骨五年，则寄寄约去世于开成五年（840）。寄寄“生四年，方复本族”，则该女最迟出生于开成二年（837），结胎于开成元年（836）。注意：这正是李、王热恋而又尚未成婚的时候。

2. 祭文称“尔生四年，方复本族”，可见该女出生于他族，她的母亲是怀着身孕离开本族的，所以取名“寄寄”。四年之后，寄寄归来，其母并未随之归来，可见，其母当年就已经被遗弃。几个月后，“寄寄”快快去世。如果她不是李商隐的女儿，而是其弟羲叟的女儿，她即使回归本族，也只可能跟着羲叟、李商隐的母亲、妹妹及婢仆等人住在济源；而李商隐，则在京、虢等地奔波。四年（839）春，释褐为秘书省校书郎，并与王氏女结婚。夏，离京任弘农尉。秋，以活狱触怒观察使孙简，愤然辞职，后因另一著名诗人姚合接替孙简而复任。五年（840）春夏，李商隐来往于弘农、长安，谋划移家关中。秋，向任职河阳的李执方借了骡马等项，把济源的家搬到了京城（见《上李尚书状》）。而此时，这位小侄女已死并埋在济源了。你们在时间上很难找到重合点。因此，你们伯侄之间，很难建立起这种依恋不舍的感情。

3.《祭文》说：“于鞠育而未申，结悲伤而何极！”“鞠育”词出自《诗·小雅·蓼莪》：“父兮生我，母兮鞠我，拊我畜我，长我育我。”意思是，父亲母亲生我，养我，抚爱我，庇护我，培育我；只能用于父母和亲生子女之间。李商隐如果不是她的亲生之父，并无“鞠育”义务。李商隐这样自责，岂不是给她亲生父母难堪吗？写到未能及时迁葬时又说：“白草枯荄，荒涂古陌。朝饥谁饱？夜渴谁怜？尔之栖栖，吾有罪矣。”“有罪”一词用得太重，作为伯父，其自责也未免太深了！

4. 据《仪礼·丧服》：“不满八岁以下，皆为无服之殇。”寄寄四岁而夭，李商隐却是“平原卜穴，刊石书铭”，且“明知过礼”，却自称为深情所不忍而为之。这岂是一个从未谋面，充其量也不过是共同生活了几个月的伯父可能有的感情？

5. 祭文中又说：“自尔没后，侄辈数人。竹马玉环，绣襜（chān，前襟）文褓。堂前阶下，日里风中，弄药争花，纷吾左右。”可见，李商隐写祭文时侄辈已经很多，同为“犹子”，为什么此“犹子之谊，倍切他人”呢？其中的隐情何在？

6. 李商隐还在祭文中向这位不识人世的小侄女唠叨家常，报告自己的行踪、工作和生活，既诚恳，又亲切。谈到工作生活忙碌时说：“时吾赴调京下，移家关中。事故纷纶，光阴迁贸。”特别是谈到现在的生活状况时说：“况吾别娶已来，嗣绪未立。”这是一个很成人化的话题，岂是一个不到五岁就去世了的小侄女需要了解，或可能理解的？除非，她就是李商隐的女儿。

【历代笺评辑要】

徐德泓、陆鸣昆：“首二句言人，三、四句言貌，所当金屋贮之者也。金可作屋，更可作楼，甚言人好色之心无有穷尽，是又以谩语为讽者。”

姚培谦：“金屋深藏，岂如作重楼以望远耶？”

纪昀：“末二句，屋则深藏，楼则或可于登时偶见矣。以痴生幻，用笔自有情致。”又说：“藏于屋中，人不得见，楼上则或得见矣。此小巧弄姿，无关大雅。”

吴乔、程梦星说见“辨一”。

当代诸家　叶：“隐喻对他厚加礼遇的人，既然力足相助，何以竟不肯推荐于朝之意。”刘、余：“末联谓其人金屋深藏，未能一睹其芳姿，故云‘何不作重楼’以居之，令我得仰望之也。”邓：略同于叶葱奇说。黄：“似为柳枝作。……二句言其住处有小江流过……五六句云柳枝深藏少出，何不居重楼使我一睹芳颜，却约‘后三日’，‘溅裙水上’乎?”向按：黄先生为说圆柳枝，常常不顾事实。《柳枝五首·序》中称其为“洛中里娘”，又说“明日，余比马出其巷”，可见她居住于洛阳里巷，并非“小江流”。约“后三日”才“溅裙水上”，表明她居处并不临水。她已经“丫鬟毕妆，抱立扇下”，当日已马上俯视，何须“居重楼使我一睹芳颜”，而仰望哉？明明是李商隐爽约而逃，却偏偏编造他追寻终生。《柳枝五首·序》及有关论述均见《附录二：李商隐的“婚外情”》。郑：“本篇为风情小调，别无深意。”

04 锦槛[1]

开成二年

锦槛芙蓉入，香台翡翠过[2]。
拨弦惊火凤，交扇拂天鹅[3]。
隐忍阳城笑，喧传郢市歌[4]。
仙眉琼作叶，佛髻钿为螺[5]。
五里无因雾，三秋只见河[6]。
月中供药剩，海上得绡多[7]。
玉集胡沙割，犀留圣水磨[8]。
斜门穿戏蝶，小阁锁飞蛾。
骑襜侵鞯卷，车帷约幰鈋[9]。
传书两行雁，取酒一封驼[10]。
桥迴凉风压，沟横夕照和。
待乌燕太子，驻马魏东阿[11]。
想像铺芳褥，依稀解醉罗[12]。
散时帘隔露，卧后幕生波。
梯稳从攀桂，弓调任射莎[13]。
岂能抛断梦，听鼓事朝珂[14]？

【注释】

〔1〕释题：原题作“镜槛”。“镜”常见，“槛”是栏杆之类的建材；组合成词，研究者不知为谁何。何焯查《才调集》，看到的题为“锦槛”。程梦星查《才调集》，看到的也是“锦槛”。为什么都要查《才调

集》？因为《才调集》为五代后蜀韦縠选编，是李商隐去世后最早的唐诗选本，具有一定的原始性和权威性。后来冯浩编《玉溪生诗集笺注》，也查了两种《才调集》，一种作“镜”，但有注说或作“锦”；一种直接作“锦”。可见，该诗题有可能是抄刻中的错误。如果题目是《锦槛》，就比较好解释了，清人徐逢源就直截了当地说：“锦槛，锦棚也。”

据《开元天宝遗事・结棚避暑》条记载：“长安富家子……每至暑伏中，各于林亭内植画柱，以锦绮结为凉棚，设坐具，召长安名妓间坐，递相延请，为避暑之会。”杜甫《陪诸贵公子丈八沟携妓纳凉……》诗，即此会也。康軿《剧谈录》说及曲江出游盛况时也说：“彩幄翠帱，匝于堤岸。”据此推测，则所谓“锦槛”者，就是锦棚。“槛”为骨架，“锦”为外衣，是长安富贵人家在曲池一带临时搭成的招邀戚友、避暑宴乐的场所。又，富贵人家造锦棚大帐以相竞夸，其习起于隋而盛于唐。《隋书・宇文恺传》载：“时帝北巡，欲夸戎狄，令恺为大帐，其下坐数千人。帝大悦，赐物千段。”《资治通鉴》卷一八〇载：“又令宇文恺等造观风行殿，上容侍卫者数百人，离合为之，下施轮轴，倏忽推移。又作行城，周二千步，以板为干，衣之以布，饰以丹青，楼橹悉备。胡人惊以为神。”——此等制作，无论是工艺上还是风气上，都开启了“锦棚”之先河，使临时搭构“锦槛”成为可能。

〔2〕芙蓉：荷花别名，指代走进锦棚的女子。李商隐《板桥晓别》中之“一夜芙蓉红泪多”，用法与此相同。　香台：锦棚中放置花卉等芳香物什的台。《拾遗记》：“石虎于太极殿前起楼……春杂宝异香为屑，使数百人于楼上吹散之，名曰芳尘台。”类此。　翡翠：鸟名，亦玉名。此处用女子头上的翡翠装饰品，指代飘然而过的某女子。

〔3〕火凤：乐曲名。《乐苑》：“《火凤》，羽调曲也。……《唐会要》曰：‘贞观中，有装神符者妙解琵琶，作《胜蛮奴》《火凤》《倾杯乐》三曲，声度清美，太宗深爱之。’”　交扇：舞蹈动作，指舞者两手持扇交错分合。有释为交替摇扇以去暑，则大煞风景也。　天鹅：道源注：“以天鹅羽为扇也。”

〔4〕阳城：战国时楚国地名。宋玉《登徒子好色赋》："臣里之美者莫若臣东家之子……嫣然一笑，惑阳城，迷下蔡。"《文选》李善注："阳城、下蔡：二县名，盖楚之贵介公子所封，故取以喻焉。" 郢市：郢，楚国故都。宋玉《对楚王问》："客有歌于郢中者：其始曰下里、巴人，国中属而和者数千人；其为阳阿、薤露，国中属而和者数百人。其为阳春、白雪，国中属而和者，不过数十人；引商刻羽，杂以流徵，国中属而和者，不过数人而已。"

〔5〕"仙眉"句：指其人之眉秀美如琼叶。琼：美玉。 佛髻：螺形发髻。《南史·扶南国》：佛"发青绀色，众僧以手伸之，随手长短，放之则旋屈为蠡形。"蠡即螺。 钿：用金翠珠宝等镶嵌的头面饰品。

〔6〕五里雾：朱鹤龄引《仙传拾遗》："张楷好道术，居华山谷中，能为五里雾，学其术者填门如市，故曰雾市。"《后汉书·张霸传》附"张楷"亦曰：楷"性好道术，能作五里雾。"

〔7〕"月中"句：神话传说，月中有玉兔捣药，服之可成仙。绡：生丝织成的薄质绸、纱。南朝梁任昉《述异记》载："南海出鲛绡纱，泉室潜织，一名龙纱，其价百金，以为服，入水不濡。"

〔8〕胡：我国古代对西、北方少数民族的泛称。 沙：解玉沙，可切割玉品。《寰宇记》："邢州贡解玉沙。"《齐东野语》："玉人攻玉，必以邢河之沙。" 犀：犀牛。其角坚美，常用来制作头上、衣上及器物上的装饰品。 圣水：因传言能治病而得名，出处甚多，不必确指。

〔9〕襜（chān）：《集韵》："马障泥也。" 鞯（jiān）：衬托马鞍的垫子。 侵：指两者边沿重叠。 幰（xiǎn）：《说文》："车幔也。" 鈋（é）：《说文》："吪圜也。"即去角使圆。

〔10〕一封驼：又称封牛，犎牛，即单峰骆驼。《汉书·西域传》："大月氏国……出一封驼。"师古注："脊上有一封也。封，言其隆高若封土也。今俗呼为封牛。"《尔雅·释畜》"犦牛"条郭璞注："即犎牛。……健行者日三百馀里。"

〔11〕"待乌"句：《燕丹子》："燕太子丹质于秦，秦王遇之无礼，不得意，欲归，秦王不听，谬言曰：'令乌头白，马生角，乃可。'丹

仰天叹，乌即白头，马为生角，秦王不得已而遣之。” 东阿：指曹植。据《三国志·陈思王植传》，植于魏明帝太和“三年，徙封东阿”。驻马：指曹植归藩息洛水遇洛神事。《洛神赋》云：“余从京域，言归东藩，背伊阙，越轘辕，经通谷，陵景山。日既西倾，车殆马烦。尔乃税驾乎蘅皋，秣驷乎芝田，容与乎阳林，流眄乎洛川。于是精移神骇，忽焉思散。俯则未察，仰以殊观。睹一丽人，于岩之畔……”

〔12〕想像：与“依稀”互训（黄世中说），写迷离仿佛之中的行事。

〔13〕攀桂：即折桂。《晋书·郤诜（Xì Shēn）传》：诜曰：“臣举贤良对策，为天下第一，犹桂林之一枝，昆山之片玉。”后世称科举登第为“折桂”或“攀桂”，源于此。 从：任，听任。 莎：莎草，亦名断肠草、孀草。《北史·豆卢宁传》：豆卢宁“尝与梁仙定遇平凉川，相与肄射，乃相去百步悬莎草以射之，七发五中，仙定服其能。”后以“射莎”指射技高超。向按：“从”“任”互文，绝妙，诸家多不得其解。唐诗中对举之例甚多。如：杜甫《屏迹》：“失学从儿懒，长贫任妇愁。”白居易《九日醉吟》：“身从渔父笑，门任雀罗张。”更有任从联用者，如关盼盼《燕子楼》：“瑶瑟玉笙无意绪，任从蛛网任从灰。”

〔14〕听鼓：冯浩引徐逢源曰：“《唐六典》载，承天门击晓鼓，听击钟后一刻鼓声绝，皇城开。第一咚咚鼓声绝，宫城及左右延明、乾化门开；第二咚咚鼓声绝，宫殿门开，则百官集矣。” 珂：似玉的美石。常用作大臣马笼头上饰品。《旧唐书·职官志》：“凡百僚冠、笏、伞、幰、珂、珮各有差，常服亦如之。”冯浩引“《隋书·志》曰：马珂，三品以上九子，四品七子，五品五子。”朝珂，此处指入朝为官。

【疏解】

这首诗写于一次锦棚聚会之后，锦棚里的视觉冲击和心灵震撼，使得诗作者仍然沉浸在如梦如幻的激动之中。所以，写起诗来思绪跳脱，想象瑰丽，人和事，幻想和现实，杂糅着他所熟知的典故纷至沓来，叫读者应接不暇；只觉得流光溢彩，如堕五里雾中，而莫知何解。以至古代研究者冯舒禁不住感慨地说：“诗多未解；然如是西施，不必能名然后知其美。”另一位古代研究者朱彝尊也发出了类似的慨叹：“以句求之，字字可解；以篇求之，字字不可解。”（《二冯评阅〈才调集〉》）其实，情况并不像上面两位大家所说的那么严重；只要能将原诗逐句疏通，把握作者的思路应该是不太困难的。

诗言“梯稳从攀桂，弓调任射莎”，则诗必作于登第之前。“岂能抛断梦，听鼓事朝珂”是反诘句，两句连读，意思是，岂能抛弃对眼前幸福的追求，而去追求官禄？“事朝珂”为虚写，与《无题·昨夜星辰》中“听鼓应官”之实写迥异。冯、张编年以为实写，则误矣。

我们假定这位锦棚中美女为婚前王氏，思绪便豁然开朗了。

此诗约写于开成元年（836），与《曲池》相先后，当是婚前热恋王氏时期的作品。诗中记述了他参与曲江某锦棚聚游时邂逅王氏，惊其美艳，并因此而引发出的一系列遐想。

“锦槛”即锦棚，富家在曲池一带临时搭成的招邀戚友宴乐的场所。“香台”则是锦棚内之芳香物陈列台，或即献艺台。

“芙蓉”是她服饰之色，“翡翠”是她头上饰品。此处借“芙蓉”“翡翠”指代其人。参阅《无题二首·八岁篇》之“芙蓉作裙衩”，《无题·照梁篇》之“裙衩芙蓉小，钗茸翡翠轻”，及《无题·长眉画了》之“为问翠钗钗上凤，不知香颈为谁回”。我们可以想见，这几首风格相近的早期无题诗，实际上描绘的是同一个人，即王氏。

“拨弦”句写她演奏技艺高超，一曲《火凤》，引起满座惊叹；“交扇”句写她舞姿闲雅，羽扇分合，有如翩翩的天鹅。“隐忍”句写她迷人的欲笑未笑之笑，“喧传”句写她一开口就唱出了引起轰动、应和的歌。七句写“眉”，秀美如琼叶；八句写“髻”，钿为饰，状如螺。“雾”起无因，实写帷绡轻薄，隔帷相望，其人如在五里雾中；“河”现眼前，虚写咫尺天涯，阻隔有如三秋之银河。“月中”句写伊人颜态若仙，想见其所食皆月中仙药；“海上”句写伊人穿着轻薄、华美，定然是海上的鲛绡。“玉”“犀”等身上饰品，都经过“胡沙”雕琢，“圣水”磨砺。“斜门”句写与会女子个个都花枝招展，步履轻盈，穿门而出；“小阁”句推想离去的女子必将锁闭在温馨的小阁。“骑襜”句写为该女子驾车之马，马障泥压着鞍鞯，又轻盈地卷起；“车帷”句写该女子所乘之车，系在车上的帷幔，边沿呈美丽的弧形。

以上为第一层，写参与“锦槛”聚会时所见：某女子倏尔而来，飘然而去。其技艺高超，姿色艳美，服饰华贵，行款飘逸，从而激发起作者无限的爱慕之情。

挽螺髻（佛髻）的唐代女子
永泰公主墓壁画

“传书”以下都是想象之词：先言“传书”以寄情，次言“取酒”以助兴。“桥迥”句写路途歧折，况乃凉风飒至；“沟横”则遇合有阻，况乃日暮途穷。如燕太子丹，以待“乌头白”之心等待乌栖暮至；如魏东阿王曹植，驻马洛水，等待宓妃的来临。“铺芳褥”“解醉罗”，写想象中欢晤时的艳事；“帘隔露”“幕生波”，写想象中分手时、分手后的情景。

以上为第二层，写锦棚一见之后的遐思幻想：非但“铺芳褥”“解醉罗”为想象之境，即“传书”“取酒”亦为想象之词。思之深而言之切也。一如《诗・关雎》之“琴瑟友之”“钟鼓乐之”。虚写而已，究其实则无。不如是解，则意脉乱矣。

“梯稳”句诗眼为“从”，即任别人去稳步青云，科举登第吧。“弓调”句诗眼为“任”，即让别人去调弓肄射，追求战功吧。纪昀以“不羡登第”“不羡立功”说此二句，甚是。“岂能”句慨然作结，言宁可不求功名利禄，也不抛弃对此美好境遇的追求。——此为第三层。

弗洛伊德在《精神分析引论》中说：在精神世界里，一旦思想受到压抑，就必然选择一种最快捷的方式将它释放，其中最能满足心理需求的就是幻觉。他还说：有活力的成功者总是能够通过努力把自己幻想的愿望转变为现实。李商隐幻想之后，竟然信誓旦旦，愿弃功名利禄而不顾。李商隐之于该女子，真可谓是一见钟情了。

全诗想象丰富，感情真挚，意脉清晰，辞章华美，言其“琐屑”（纪昀语）者，实为读之不得其纲领；言其“太亵”（何焯语）者，实为假道学夫子之滥言。

前人多以“艳情”说本篇，只要能解释得文通意顺，亦可。

【辨】关于本诗“写作时间”和“写作对象”的讨论

对于这首诗，冯浩的笺注常为后人引用：“昼则羡其嬉游，晚而想其欢会，身属旁观，馋涎难禁。意纤语僻，易使人迷耳。玩结句，当作于为校书时，其后虽频在京，无此欢悰（cóng）矣。”

对此笺注，至少有两点值得商榷。

一、李商隐是这首诗中的“直观”者，写的是自己的所见、所思、所感、所愿。“传书两行雁，取酒一封驼”，他旁观得了吗？“待乌燕太子，驻马魏东阿”，那样耐心等待的，可能是别人吗？因此，冯浩的“羡其嬉游”“想其欢会”之说，把李商隐降低成为单纯的“旁观”者了。

二、判定时间有误。李商隐开成二年（837）及第，开成四年（839）释褐任秘书省校书郎。本诗末四句中“梯稳从攀桂”的诗眼为“从”，“弓调任射莎”的诗眼为“任”，修辞学家称这样的词为“互文”，都含有“听任”其为之的意思。纪昀以“不羡登第”“不羡立功”释此二句，正确。既然是“不羡登第”，则诗必作于未第前，而不可能作于开成四年（839）任校书郎之后。末二句“岂能抛断梦，听鼓事朝珂？”是两句相连的反诘句。意思是，岂能不续此美梦，而去追求官禄？“事朝珂”为虚写，指的是登第后的结果，与《无题·昨夜星辰》中“嗟余听鼓应官去”的实写迥然不同。冯浩以为是实写，显然是错了。

此外，冯浩注“梯稳”二句还说：“二句定指女冠，用意颇幻，否则语不伦矣。……前云‘仙眉’‘佛髻’，亦以女冠也。”显然，这个解释又错了。

“攀桂”典出《晋书·郤诜传》。说见注。隋唐之世科举制度兴起，便借用“攀桂”或“折桂”来指科举登第。它是唐诗中最常见的典故，不得拿女冠说事。“射莎”典出《北史·豆卢宁传》，说见注，与常用成语“百步穿杨”异曲而同工。此两典连用也并非始自李商隐，白居易在《喜敏中及第偶示所怀》中就有“桂折一枝先许我，杨穿三叶尽惊人”，指的就是“及第”。把它扯得与女道士有什么关系，实在是无稽之谈。看来还是以纪昀所说的两“不羡”为是。

此外，冯浩以为确证的“仙眉”“佛髻”等妆扮也与女冠无关。女道士之所以被称为“女冠”，就是因为古代妇女一般并不着冠，而女道士外出时常着黄冠，因此，“冠”便成了她们身份的标志。

尽管自苏雪林《玉溪诗谜》之后，李商隐女冠恋爱说甚嚣尘上，但本篇中描绘的女子梳着很时尚的螺髻，当然不在女冠之列。

黄世中先生力主“香台”为佛殿焚香之台，并“借用为道观香室”，但与本诗绮丽繁艳之情境不协。所谓“佛殿香台”及“道观香室”，皆宗教神圣之地，女冠虽或有出轨，并非常态，断不会如此亵慢、张扬。

另有艳情说，并直指歌妓。纪昀说：“此种并无寓意，直是艳词。”又说：“香泉（汪存量）以为怀歌妓之作，以末二句证之，似有事实，并非虚拟。”

如果李商隐的描述对象只是一名歌妓，似乎不必如此激动。唐代社会风气开放，歌妓与娼妓并无本质区别。尽管李商隐时时叫穷，到会昌四年（844）写《祭裴氏姊文》时，还有“老旧仆使，才馀两人”之语，绝不至于像“卖油郎”那样，缺乏一会“花魁”之资。妓也者，人尽可夫。先打听到伊人居处于何里，何院，再带上点银子及事先写好的诗篇，堂而皇之地登堂入室，以唐代之社会风气，这丝毫无损于李商隐的形象，相反的，还可能演绎出许多被传为佳话的风流故事来。何至于“求之不得，寤寐思服”，进而续之以梦幻，纪之以诗篇？何须乎要信誓旦旦，抛弃对功名利禄的追求，来换取此一夕之欢呢？

以宽泛的艳情解释可以，以具体的歌妓来解释，就把那个时代歌妓的地位抬得太高了。

【历代笺评摘要】

朱彝尊：“此亦西崑诸公之祖也。以句求之，字字可解；以篇求之，字字不可解。后之人赏其工丽，以为艳词而争效之，亦想当然耳，原未必晓其所以然也。”

屈复：“一段，昔亲至美人所居而见其如此。二段，久不相见而想其如此。‘想象’以下，己之所愿如此。结二句不忍舍也。”

程梦星：“此艳诗也。结句即‘辜负香衾事早朝’之意。”

当代诸家　叶：“这是在京中看到‘长安富家’的‘避暑会’，对他们荒淫糜烂的生活致讥之作。”刘、余：“视‘锦槛’、‘香台’之语，与诗中有关色艺之描写，其人当为贵家姬妾一流。”邓：“以首二字为题，实际就是无题。……不过是写了一位女冠之类的起居注。”黄：“诗当忆念玉阳山学道时与女冠之一段恋情，或即华阳宋氏之流。”郑：“本篇是艳情诗，诗人所爱恋的女子是宫女。”

05 附：曲池〔1〕

开成二年

日下繁香不自持，月中流艳与谁期〔2〕？
迎忧急鼓疏钟断，分隔休灯灭烛时〔3〕。
张盖欲判江滟滟，回头更望柳丝丝〔4〕。
从来此地黄昏散，未信河梁是别离〔5〕。

【注释】

〔1〕曲池：又称曲江池。宋程大昌《雍录》："曲江池周七里，占地三十顷。"为唐人宴饮游乐之地。安史之乱后有所荒废。《旧唐书·郑注传》："甘露事变"后，文宗"即命左右神策军差人淘曲江、昆明二池，仍许公卿士大夫之家于江头亭馆以时追赏。"《旧唐书·令狐楚传》："开成元年上巳，赐百僚曲江亭宴。楚以新诛大臣，不宜宴赏，独称疾不赴。"可见，甘露事变后，曲江仍是公卿士大夫及平民的游乐场所。详见《无题·近知篇》注。

〔2〕日下：太阳西落。向按：旧注多以"日下"指京城长安，李商隐诗《杨本胜说于长安见小男阿衮》中亦有"闻君来日下，见我最娇儿"之语。不过此解与本题写黄昏时刻之离情不切。且"日下"与"月中"对举，释地名误。　不自持：指情动于中，不可自控。

〔3〕急鼓：据《新唐书·百官志》：长安城"日暮，鼓八百声而门闭"。　疏钟：断续的钟声。参阅《锦槛》注。

〔4〕盖：车盖，车篷；船篷。《释名·释车》："盖，在上覆盖人也。"杜甫诗："冠盖满京华，斯人独憔悴。"向按：释车盖通；释船篷，指主人公登舟举帆而别，亦通。　判：分，分手。

〔5〕河梁：桥梁。汉李陵《与苏武诗》：“携手上河梁，游子暮何之？”后常指送别之地，也指终生之别。

【疏解】

《曲池》写在《锦槛》之后，大约是李商隐与婚前王氏有所暂聚而又不得不别的作品。李商隐与昭国坊诸李氏过从甚密，故可能又有同游曲池之机缘。冯浩曾经指出：“此宴饮既罢，有所不能忘情之作，与上章（指《锦槛》）略同。”很对。张采田进而指出，这首诗是“别闺人”之作，也很对；可惜的是，他未能准确指出，这个“闺人”，并不是他婚后的妻子王氏，而是婚前他正在热恋、并极力追求的王氏。

唐制：夜二更一点，二遍鼓停，城门及街坊门均闭。值此“急鼓疏钟”鸣奏之时，此次曲江之游，已到了不得不分手的时候。

所谓“河梁”，就是桥梁。据《汉书》苏武、李陵等传，他们本来就是好朋友。在汉、胡交恶时期，苏武出使匈奴，因为不肯投降，被扣押在贝加尔湖边牧羊。李陵在苏武出使的第二年，率兵与匈奴作战，战败被俘而降，汉朝皇帝族灭了他的全家，母、弟、妻、子皆死。单于却欣赏他的勇敢善战，把女儿嫁给他，封右校王。单于曾派李陵劝降苏武，苏武只同他饮酒话旧，决不投降。十九年过去了，苏武被礼送回国。李陵在送别时且舞且歌曰：“径万里兮度沙幕，为君将兮奋匈奴。路穷绝兮矢刃摧，士众灭兮名已陨。老母已死，虽欲报恩将安归？”据前人记载，李陵还写了三首《与苏武诗》，第三首云：“携手上河梁，游子暮何之？徘徊蹊路侧，悢悢不得辞。行人难久留，各言长相思……”因为此别之后，天各一方，再不会有见面的机会了，故后人以“河梁之别”指终生的别离。

诗首句言时日将暮，情不自持。次句言此别之后，纵有月光流艳，又能与谁为期？三句言急鼓疏钟，迎忧而断。四句言休灯灭烛，别时已临。五六句言张盖欲别，依依不舍。结句言曲江游聚，本来就是黄昏而散；但我决不相信，我们的分手，会像李陵、苏武那样，竟成为永世的别离。

全诗感情炽烈、缠绵，一往情深。据尾句推测，他们的恋情确有大阻力在。然阻力常常是爱情的催化剂，也许正是这股阻力，促成了李、王之间爱情的急速发展。

李、王邂逅于曲江，定情于曲江，在李诗中多有印证。如前已经解说的《锦槛》《病中早访昭国李十将军遇挈家游曲江二首》等等。约写于大中十年（856）的《暮秋独游曲江》在回顾当日的情景时说："荷叶生时春恨生，荷叶枯时秋恨成。深知身在情长在，怅望江头江水声。"为他们多情、多难的一生作出了一个凄婉的总结。

【历代笺评摘要】

屈复："起二句思无日夜，三正当好会时，四又不能会。五欲去，六又不忍遽去。故结言此地之别更惨于河梁也。"

陆昆曾："此必狭邪之家，居傍曲池，义山偶至其地，而遂托之命篇耳……暨乎'张盖欲行'、'回头更望'，而我之系恋深矣。岂知此中人视聚散为故常，而绝不知有河梁携手之事乎？结语写出同床各梦，直可唤醒痴呆。"

冯浩："此宴饮既罢，有所不能忘情之作，与上章（指《锦槛》）略同，非义山将行役也。"

张采田《会笺》："首句情不自禁。次句意不见答。三、四侵晨而往，涉暮始归。'张盖'二句，留连不忍去之意，结言从前何尝有此，今则距人千里，无异生离死别矣。必非艳情，盖亦寓言令狐之作。"又，张氏《辨正》另说："曲池，即曲江池也。余疑义山在京曾携家居此。此其别闺人作乎？后有《曲水闲话》、《暮秋独游曲江》二诗，似可互证。"向按：张氏二说矛盾。

当代诸家　叶："看首句用'日下'和结二句词意的愤激，当然是有所怨刺，决不是艳情，大约交游中有相待落寞，'反面若不相识'的人，一时愤郁，赋来抒感。"刘、余："视'分隔休灯灭烛时'之句，所属意之对象，似为官僚家妓。作者《暮秋独游曲江》'荷叶生时春恨生'之'春恨'，或与本篇所谓'黄昏散'有关。诗叙艳情无疑。"邓："本诗绝非艳情，应该是李商隐在离开长安前夕，以'曲池'为题，借以发抒其对长安的眷恋之情。"黄："此贵家游宴曲江，义山与其会，席中有所不能忘情也。……据‘与谁期’，似李十将军或茂元曲池家宴，义山与焉而邂逅王氏小女，有恋之作。”郑：陆圃玉《李商隐诗解》曰：“此必狭邪之家，居傍曲池，义山偶至其地，而遂托之命篇耳。”

06 青陵台[1]

开成三年

青陵台畔日光斜，万古贞魂倚暮霞。
莫讶韩凭为蛱蝶，等闲飞上别枝花。[2]

【注释】

〔1〕青陵台：又作青凌台。唐李冗《独异志》引《搜神记》说："宋康王以韩朋妻美而夺之，使朋筑青凌台，然后杀之。其妻请临丧，遂投身而死。王令分埋台左右。"向按：其台址故宋地多有附会，不必务求确指。

〔2〕韩凭：晋干宝《搜神记》载："宋康王舍人韩凭，娶妻何氏，美。康王夺之。凭怨，王囚之，论为城旦。妻密遗凭书，缪其辞曰：'其雨淫淫，河大水深，日出当心。'既而王得其书，以示左右；左右莫解其意。臣苏贺对曰：'其雨淫淫，言愁且思也；河大水深，不得往来也；日出当心，心有死志也。'俄而凭乃自杀。其妻乃阴腐其衣。王与之登台，妻遂自投台；左右揽之，衣不中手而死。遗书于带曰：'王利其生，妾利其死，愿以尸骨赐凭合葬！'王怒，弗听，使里人埋之，冢相望也。王曰：'尔夫妇相爱不已，若能使冢合，则吾弗阻也。'宿昔之间，便有大梓木生于二冢之端，旬日而大盈抱。屈体相就，根交于下，枝错于上。又有鸳鸯雌雄各一，恒栖树上，晨夕不去，交颈悲鸣，音声感人。宋人哀之，遂号其木曰'相思树'。相思之名，起于此也。……今睢阳有韩凭城，其歌谣至今犹存。"向按："韩凭"，又作韩朋，唐敦煌文卷有《韩朋赋》。"何氏"，《舆地记》作息氏。又，《艺文类聚》《法苑珠林》《太平御览》等书均不载"化蝶"情节，惟成书于

北宋初年的《太平寰宇记》卷十四“济州郓城县”条所引之《搜神记》有异文云：韩凭妻“自投台下，左右揽之，著手化为蝶”。李商隐博学多闻，其“化蝶”情节或有所据，或者是李商隐的艺术创造亦有可能。总之，最早的“化蝶”情节见于本诗，后之“相思鸟”“相思树”及梁祝故事中之“化蝶”情节皆源于此。又，《古诗源》载《乌鹊歌》一首，相传为何氏言志之作：“南山有乌，北山张罗；乌自高飞，罗当奈何？乌鹊双飞，不乐凤凰；妾是庶人，不乐宋王。”亦佳。　等闲：寻常，轻易。唐白居易《琵琶行》：“今年欢笑复明年，秋月春风等闲度。”

【疏解】

《青陵台》不是咏史诗，也不是纪游诗，倒像是一首写夫妇情爱及感情纠结的抒情诗。

仅就诗歌的字面意义而言，开头两句并无分歧，那个“倚暮霞”而守候的“万古贞魂”，指的是韩凭妻何氏。而一讲到三、四句，就出现截然不同的解释了。因为《搜神记》里并没有“化蝶”情节，即使在后来出现的《搜神记》异文中，化蝶的也只是韩凭妻的衣片；而在李商隐的诗中，化蝶的已经是韩凭的精魂了。这就出现了诗歌的授受双方到底是谁的问题，即：到底是谁在劝谁“莫讶”。

一种解释是，诗是以韩凭妻的口气写的：韩凭呀，你不要惊讶地以为，化成了蛱蝶的我，等会儿就要飞上另一枝花头。用古代学者屈复的话来说：“言丈夫之情亦不肯相负，而死后乃更有他意耶？”写的是一位忠贞的妻子对丈夫的表白。

另一种解释是，诗是以韩凭的口气写的：妻子呀，请不要惊讶，化成了蛱蝶的我，等会儿就要飞上另一枝花头。用另一位古代学者朱彝尊的话来说：“此必有夫负其妇者。”丈夫准备背叛妻子，事先还大言不惭，公开宣告，劝她不要惊讶，好像其中定有什么冠冕堂皇的理由似的。

前一种解释颇为牵强，而且无可附会。他的妻子王氏显然是对李商隐非常忠贞，无须作如此表白。后一种解释也没有着落：因为李商隐从来也没有背叛过王氏，直到王氏死后，直到自己生命终结。

我们不得不另辟蹊径：如果把写诗的时间假设为李商隐及第之后，把诗歌的接受者假设为李商隐婚前不得不离去的“侍妾”，一切障碍都迎刃而解了。

我们在《无题·近知篇》“辨四”“寄寄者谁”中曾经指出：李商隐婚前有一名“侍妾”，在李商隐同王氏结婚之前，怀着还未出生的孩子离开了他，也就是四年之后回归，几个月后又死去的“寄寄”。

不过，李商隐仍然是多情的，而且，他和侍妾的感情并没有破裂，不得不离弃她的原因仅仅是：和许许多多的新科进士一样，他必须趁此大好时机，找一位权贵家的小姐为妻，攀龙附凤，以图飞黄腾达。他必须迅速地处置掉这个可能成为婚姻障碍的隐患。因此，他才写出了这样一首很决绝、很尴尬，然而却又是不无深情的诗。

在公然宣告自己将要“等闲飞上别枝花”之日，先赞其为“万古贞魂”，再劝其“莫讶”，其中蕴含着多少委婉的痛惜，又蕴含着多少不得不割舍的无奈呵！

附：蜂

有一首人言人殊、各得其趣的诗，叫《蜂》，历来都不曾得到确解。问题出在哪？就出在没有给它设置一个恰当的背景上。其实，它是《青陵台》的姊妹篇，与《青陵台》有同工异曲之妙。其诗曰：

> 小苑华池烂熳通，后门前槛思无穷。
> 宓妃腰细才胜露，赵后身轻欲倚风。
> 红壁寂寥崖蜜尽，碧檐迢递雾巢空。
> 青陵粉蝶休离恨，长定相逢二月中。

把它看成单纯的咏物诗显然是不行的。因为有后门、前槛这样的环境布局；尽管蜂儿、蝶儿也可以穿窗过户，但无须跨“槛”，何况接下来写的是只有人类才有的思想活动：“思无穷”。

有人说它是寄给王氏的。程梦星：“盖寄慰别情之作。篇中‘思’字、‘离恨’字是眼。起二句思其里巷，三、四思其风流，五、六思其寂寞，七、八则以相见不远慰之。”冯浩注全用此说，张采田略有变通。听起来头头是道，但也有两道“槛”跨不过，那就是“崖蜜尽”“雾巢空”。这是两个不吉利的词组，不应该写给活着的妻子。李商隐自己曾经说：“春蚕到死丝方尽，蜡炬成灰泪始干。”现在是情未断，思正浓，两个人都活鲜鲜的，爱着，期盼着，“崖蜜”何得而言“尽”？“雾巢”何得而言“空”？

有人说这首诗是陈情令狐绹的，这也有一个立足点的问题，即李商隐到底是在哪里写这首诗。如其身在幕府，则首二句分明写的是长安风物；如其身在长安，则“离恨”二字从何说起？还有，末句中的“定”字也下得太重，大有居高临下的意味，会叫令狐绹看着不爽。陈情之作，不会犯此语讳。——李商隐也有傲岸的时候，如《九日》，不过那不是陈情，而是决裂！

如果把《蜂》派定为告离侍妾之作，一切困惑都迎刃而解了。

所谓“小苑”，指的是李家南园，婚前王氏女暂居之地。所谓“华池”，指的是位于晋昌里之南的南塘。我们曾经指出，晋昌里有令狐楚之另宅，是李商隐备考时期以及此后多年往来居留之地。或者，李商隐在南塘附近租有一间私宅也未可知。因为，李商隐的诗歌中留下了太多的在南塘留宿和生活的痕迹。

《促漏》大约写于会昌六年（846）暮春（说见《促漏》），此时王氏还在，故有“南塘渐暖蒲堪结，两两鸳鸯护水纹”之欣慰；写《宿晋昌亭闻惊禽》时王氏已逝，故有“飞来曲渚烟方合，过尽南塘树更深”之索寞。尽管有人认为，写《水斋》“南塘宴起想秋江”时李商隐不在长安，但《即日》中既写了“小鼎煎茶面曲池”，又写了“记着南塘移树时”，则此“南塘”必为长安晋昌里及曲池附近的“南塘”了。

按我们的设想：首二句说：前面是“李家南园”，后面是“南塘”，一条烂熳的路把它们连通。回望自家后门，门内有已纳的侍妾；前望李家南园的门槛，门内有他羡艳的王氏女：真所谓进退维谷，思绪无穷。三、四句盛赞二美，一个像神女宓妃，一个像艳后飞燕，也使得他摇摆不定，弃取两难。五、六句回归现实，“蜜尽”，“巢空”，写侍妾的离去。七、八句作安慰语，言你像忠贞的韩凭妻那样，不得不离我而去；我与你约定，到每年的春暖花开的二月，我就会和你相逢。

为什么约定的相逢时间是二月呢？首先是，诗中本来就是以蜂、蝶作喻，二月，春花初放，蜂、蝶联翩而出。其次是，他们离别的日子可能就是二月，一年一度，相约于来年此时相见，是很自然的时间联想。第三是，及第之前，李商隐并不急于处置这位相处已久的侍妾，因为不及第的李商隐是肯定不会得到王茂元允婚的。而一旦及第，李商隐就得积极地筹备“请婚”和“亲迎”了，他必须赶紧处置掉这位不得不离弃的侍妾，以免在关键性时刻节外生枝。

开成二年（837）正月二十四日礼部放榜，李商隐与他未来的连襟韩瞻同科登第，这历来是乘龙跨凤的最佳媒贽。二月七日关试毕，对于一心期待着同王氏结婚的李商隐来说，已经到了必须舍弃侍妾的最后关头。当然，此后“及第而不与婚”的结果，是他未曾料到的。说见下章。

附：判春

《判春》写于他舍弃侍妾之前；读了《蜂》再来读它，定会另有一番体会。

> 一桃复一李，井上占年芳。
> 笑处如临镜，窥时不隐墙。
> 敢言西子短，谁觉宓妃长。
> 珠玉终相类，同名作夜光。

一个烂漫如桃，一个明艳如李。一个同居一室，故曰“笑处如临镜”；一个被阻隔在李家南园，故曰“窥时不隐墙”。一个美艳如“西子”，一个飘逸如“洛神（宓妃）”。一个是“珠”，一个是“玉”：这“春”，真叫人无法“判”也！

可见写《判春》时，他还在犹疑不决；写《蜂》，则在决断之后了。至于第二年春天李商隐到底如约没有？就不是我们可能知道的了。

又，《青陵台》主题，另有政治解读一说，见后《鸾凤》附。

【历代笺评摘要】

朱彝尊："此必有夫负其妇者，故借此托兴。"

纪昀："此亦寓意于新故去就之间。"

冯浩："此诗之眼全在'莫讶'二字，言虽暂上别枝，而贞魂终古不变。盖自诉将傍他门户，而终怀旧恩也。疑为令狐作于将游江南时矣。"

张采田："义山依违党局，放利偷合，此自辩之词，意谓初心本不欲如是也。以韩凭精魂自比，其志亦可哀也。"

当代诸家　叶："这是受牛党攻讦，托以自解之词，著意在次句的'万古贞魂'。下二句'莫讶'二字直贯而下，意思说耿耿此心，始终不渝，不要怪我为衣食所迫，轻受他人的辟聘吧。"刘、余："至卢幕罢归，穷蹙之极，不得已'复以文章干绹'。……'莫讶'、'等闲'四字，最宜玩味。己之干绹，自旁人视之，或正'放利偷合'之小人'等闲飞上别枝花'之又一'背恩'之行，然己为此违心之举，实出万不得已，内心固极痛苦而非'等闲'为之也。自遣自解，兼而有之。……本篇貌似凭吊古迹之作，实系借题托寓，所谓'青陵台'，殆即王氏坟墓之别称焉。"邓："李商隐一生依违于两党之间，并无一定的立场。他东奔西走，无非是为了养妻活儿。……可以相信，他是借此诗以自白。"黄："义山归家，妻已先逝，此诗当为祭奠妻墓而凭吊之作，青陵台，借指王氏冢也。……三、四乃转慰王妻之辞，言不须疑怪我会无端'飞上别枝'，言下已永志亡妻一生甘苦与共、相濡以沫之情意。"郑："《青陵台》是诗人登临兴感之作。……明知自己的爱情发生转移，于是以'莫讶'自我解嘲。"

07 一片 一片琼英

一片琼英价动天，连城十二昔虚传[1]。

良工巧费真为累，楮叶成来不直钱[2]。

【注释】

〔1〕琼英：《诗·齐风·著》："俟我于堂乎而，充耳以黄乎而，尚之以琼英乎而。"毛传："琼英，美石似玉者。"此处泛指美玉。又据《晋书·郤诜传》（详见《锦槛》注），此"一片琼英"即郤诜所说的"昆山之片玉"，与"桂林之一枝"同，亦可指科举及第。　连城十二：连城，相连的城。二，朱鹤龄注"当作五"。《史记·廉颇蔺相如列传》："赵惠文王时，得楚和氏璧。秦昭王闻之，使人遗赵王书，愿以十五城请易璧。"后人称物之贵重者为价值连城。

〔2〕楮（chǔ）叶：楮，一种落叶乔木，树皮是造纸原料。《列子·说符》："宋人有为其君以玉为楮叶者，三年而成。锋杀茎柯，毫芒繁泽，乱之楮叶中而不可别也。此人遂以巧食宋国。"此处"楮叶"指自己"攻苦揣摩"（朱彝尊语）练成的才艺，或即指进士及第。　直：通"值"。

【疏解一】"及第不获禄"说

此诗系年的关键在一个"成"字。冯浩笺注："自叹之词，当在未第时。"此说大谬，既然"未第"，何"成"之有？正因为"成"而不售，且为之"累"，故慨叹尤深。义山开成二年（837）及第，诗当作于是时。

首句"一片琼英"，明说《列子》寓言中之"楮叶"，暗喻科举及第；次句言睽之今日，则价值连城之说，虚传而已。三、四句承"虚传"而解释之："良工"喻己，言我费尽心机，文采斐然，一中于进士，二通“关”吏部，一如宋人三年而“成”此“楮叶”者；但可叹的是，这片巧夺天工的楮叶，竟成了一文不值的废物啊！

文意晓然，然寓意不明。屈复认为，此篇为自负“绝世奇文，不能见重于时”而作。不确。此解过于宽泛，且与诗中之“成”字不符。张采田说：“玩书语，当是宏词之试，已取于吏部，至铨拟注官之后，始被中书驳下也。”仍不确。既然已被驳下，实则无“成”也。那么，是不是为及第而不获禄而作呢？也错。因为在唐代，进士及第，通过吏部“关试”，只算是拿到了预备做官的门票，然后在家守候，等待吏部铨选。这项规定，后人称之为“守选制”。

据陈铁民《唐代守选制的形成与发展研究》，守选时间长短，也没有具体规定，有及第后同年或次年释褐授官的，如写了“葡萄美酒夜光杯”的王翰，景云元年（710）及第，当年授官。写了“秦时明月汉时关”的王昌龄，开元十五年（727）登第，一、二年后就已经是校书郎了（见孟浩然《初出关旅亭夜坐怀王大校书》）。也有守选时间长的，如李昂，开元二年（714）及第，至九年（721）春诠选时授官，前后守选八年。李华天宝元年（742）及第，至天宝九年（750）去世时仍未授官，守选期超过了九年。

所以，《文献通考·选举考》说：“唐时所放进士，每岁不过二三十人。士之及第者，未便解褐，入仕尚有试吏部一关。韩文公三试吏部无成，则十年犹布衣。且有出身二十年不获禄者。”

那么，他牢骚满腹，抱怨“楮叶成来不直钱”，指的是什么呢？

【疏解二】“及第而不与婚”说

开成二年（837），李商隐另有《韩同年新居饯韩西迎家室戏赠》之作：

> 籍籍征西万户侯，新缘贵婿起朱楼。
> 一名我漫居先甲，千骑君翻在上头。
> 云路招邀回彩凤，天河迢递笑牵牛。
> 南朝禁脔无人近，瘦尽琼枝咏四愁。

“韩同年”，即与李商隐同科及第的韩瞻。进士及第后，便风风火火地奔赴泾原，娶了王茂元的第六女。此时长安新居落成，准备到泾原去接妻子回家，饯行宴上，李商隐写了这首“戏赠”。

“籍籍”，声名显赫。“征西万户侯”，直指泾原节度使王茂元。“朱楼”，冯浩称此“乃茂元为韩构者”。关于王茂元的豪富，我们在前面篇章已有具体披露。韩偓是韩瞻的儿子，《新唐书·韩偓传》称韩偓为“京兆万年人”。万年在哪里？查《旧唐书·地理志》：“皇城之南大街曰朱雀之街，东五十四坊，万年县领之；街西五十四坊，长安县领之：京兆尹总其事。”又，长安城素有“东贵西富、南虚北实”之说，东边的万年县是长安的达官贵胄聚居之地，可见，王茂元为韩瞻所建之“朱楼”，正坐落在京城最为显贵的街坊上。

据《新唐书·选举志》：“凡进士试时务策五道，帖一大经。经策全通为甲第；策通四，帖过四以上为乙第。”“居先甲”，言我应举之甲第在你之先。“千骑”典出古乐府《陌上桑》“东方千馀骑，夫婿居上头”，此处指代夫婿。这两句话的通俗说法是：应进士试，我很侥幸地甲第居你之先；而作王家的女婿，你反而翻到了我的前头。

最具有启发意义的就是这个“翻”字。一个合理的推测是：

一、李商隐与王家七小姐议婚在韩之先，或者至少与韩同时。

二、当科进士考试正月二十四日发榜，二月七日关试后，韩瞻便直接赴泾原结婚。可见，在进士第前，韩瞻就与王氏第六女完成了纳采、问名、纳吉、纳征等一系列程序，也就是通常所说的“定亲”了。李商隐当然也定亲了，甚或在韩瞻之前。不然，这个“翻”字就“翻”得毫无来由；人家早就定亲了，你连亲都没有定，八字还没一撇，又何“翻”之有？

三、李商隐进士及第的年龄大约已是二十七岁，韩瞻年龄不详；而王氏二女则早已过了唐代规定的“女 13 岁”[①] 的结婚年龄。按照唐代的风习，适龄的新科进士是官宦人家择婿的抢手货。议婚之初，王

①《唐会要》卷八三《嫁娶》：开元二十二年二月，唐玄宗敕令：“男年十五、女年十三以上，听婚嫁。”

茂元必然以“及第”为约；可是如今，放榜了，两个准女婿都及第了，结果是：韩瞻匆匆地直奔泾原，在富有的岳家成亲，而李商隐，却遭到了冷落。“一名我漫居先甲，千骑君翻在上头。”只不过是发了点无可奈何的牢骚，写出了当时的实情而已。

从这个角度看，李商隐的《一片》就可能是针对王茂元的食言，及第而不与婚而写的了。如此看，《一片》诗的思路一目了然。

“一片琼英”，指自己进士及第。就当日的社会风气来看，应该是一登龙门，就身价百倍了，所以说“价动天”。然而以今日“及第而不与婚”的情况来看，则“价值连城”之说，虚传而已。我像那优秀的玉工，费尽了心思，只是给自己找累；这片巧夺天工的楮叶雕成了，——进士及第了，竟然是一文不值啊！

另有《寄恼韩同年二首》写于《戏赠》之前，题下有自注说：“时韩住萧洞。”应当是写于韩瞻在泾原结婚之时的贺喜诗。

帘外辛夷定已开，开时莫放艳阳回。
年华若到经风雨，便是胡僧话劫灰。

“辛夷”双关，一是花名，点明时令。二与“新姨”谐音，一个很文雅的联想。故冯浩笺注说：“未几而称曰吾姨矣。”

“定已开”，推断之语。“开时莫放”，调笑之词。“劫灰”典出自南朝梁慧皎《高僧传》。佛家经典认为，世界经历一次彻底毁灭后再重建，谓之“一劫”。“世界终尽，劫火洞烧”，剩下的灰烬就叫做“劫灰”。韩瞻赴泾原结婚时，必以耐心等待相慰，而王茂元也一定是以此女尚幼，尚须假以时日等等为词，故李诗答且驳曰：“年华若到经风雨，便是胡僧话劫灰。”怨愤满腹，意态颓然，实已自呈不堪等待之苦了。

半发牢骚，半开玩笑，同时也表达了祝贺的意愿。妙！

其二云：

龙山晴雪凤楼霞，洞里迷人有几家？
我为伤春心自醉，不劳君劝石榴花。

“洞里迷人”句一语双关，明指萧洞，暗用刘晨、阮肇入天台山采药遇二仙女事。然刘、阮同时成婚，而今你婚而我不婚，故出此“迷人”之赞美，“几家”之探问，其期待、羡妒之情，溢于言表。值此春老花残之时，我心已醉，我意已颓，你老兄就用不着来劝我了：纵有“石榴花”之美酒，也消解不了我心中的愁结呵！

两首诗中所含的懊恼和怨望，实不言而自喻。假如王茂元不曾许诺，不曾食言，怎么会有“年华若到经风雨，便是胡僧话劫灰”的懊恼和“良工巧费真为累，楮叶成来不直钱”的慨叹呢？

从这几篇诗作表达出的情绪看来，《一片》篇恰好是针对王茂元食言，及第而不与婚而作。

至于王茂元为什么食言，不让李商隐同韩瞻一道在泾原结婚，来他一个双喜临门，热热闹闹？其中定有隐情。从六女成亲在泾原萧洞，且有“朱楼”之赠，七女成亲借用李家南园，不见有施予之迹等情节来看，二者既可能有嫡庶之分，也可能有爱憎之别。王茂元不是没有能力摆平，而是不愿意摆平；这就给未来的姊妹关系、翁婿关系留下了一片巨大的阴影。

这一点，我们在后面的《无题·照梁》篇里将有具体的探讨。

【历代笺评摘要】

何焯：“本是连城之价，况又良工雕琢，乃偏不值钱，岂能无慨于中耶？”

姚培谦：“琼英得价，岂但连城，乃楮叶既成，谁识良工心苦？士之不遇识者，何以异此？”

冯浩：“自叹之词，当在未第时。”

当代诸家　叶：“这是自论其诗文，认为神来之笔极可珍贵，而平时为人所草章奏……实在一点价值也没有。”刘、余：“……是深慨世之不识奇珍也。”邓：“单纯从本诗所论来分析其题旨，则清代诸家所说（指上面所引之何焯等说），似乎较为接近作者的原意。”黄：“三句‘良工巧费’，似比入令狐之门，不惟无助‘动天’之价，反成一生之累。四句‘楮叶成来’则既成进士，反不值一钱，一生沉沦记室矣。”郑：“义山在本篇中标自然以为宗，表明他的文学创作贵乎自然的主张。”

08 明日[1]

约开成二年

天上参旗过，人间烛焰销[2]。
谁言整双履，便是隔三桥[3]？
知处黄金锁，曾来碧绮寮[4]。
凭栏明日意，池阔雨萧萧。

【注释】

〔1〕释题：题曰《明日》，乃昨日之明日，亦即写诗之今日。诗追忆昨宵艳情，立足于昨日命笔，故结句云："凭栏明日意，池阔雨萧萧。"信手拈诗中二字为题，亦"无题"也。

〔2〕参旗：星名，属毕宿。共有九星，在参星西。又名"天旗""天弓"。过：横过夜空。参旗横落，表示长夜将尽。

〔3〕三桥：本指汉、唐时长安附近渭水上的三座桥梁。通咸阳者曰西渭桥，即咸阳桥；通高陵者曰东渭桥；在长安城北者曰中渭桥。《三辅黄图》云："渭水贯都，以象天汉；横桥南渡，以法牵牛。"以"三桥"之隔为遥远，似为当时长安人的口语。

〔4〕寮：《苍颉篇》："寮，小窗也。"绮寮：用丝罗或彩绘装饰的窗。

【疏解】

这是一首写男女幽会的艳情诗。首联言参旗横落，烛焰已尽，暗示幽会已久，行将别离。三、四句谓此刻整履一别，便成银汉之隔了。注意：以"三桥"之隔喻相见之难，可见事在长安。"谁言"之诘问，正反衬出"相见时难"的现实。五句写女子居处华贵森严，常可望而不可即。六句写此日竟屈尊碧寮一会，事出意外。七、八句写分手之时已是预知：明日凭栏怅望，则池阔雨细，空旷索寞而已。

此篇诗意曲折、细密，向为人所称道，写艳情而不留脂粉气，便佳。从“参旗过”，到“整双履”，有如电影画面之切换；跳脱好，直写便俗。从“谁言”到“便是”，以反诘强化现实，交集着希望和怨愤。“知处”句一折，回顾向日无望之思；“曾来”句又一折，转述昨宵意外之临，从而填补了开篇就直奔“烛焰销”“整双履”等具体情节的跳空缺口。“凭栏”句本实写今日意绪，却立足昨宵，以想象写出；则今日之惆怅索寞，本已在昨宵意料之中，那么，这股惆怅便更是悠久，更是沉重，更是无法排解了。其曲折反复如此！

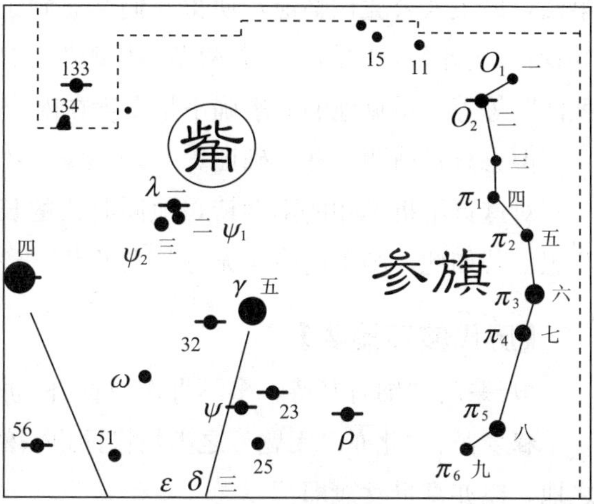

参旗九星示意图

然而她是谁？是那个对他十分倾心，能“作天海风涛之曲，幽忆怨断之音”的柳枝么？不是。因为柳枝同他只有一面之缘，而且很快就被某“东诸侯娶去”了，至于后来流落湘楚、李商隐追寻等等，都是专家学者们的无稽之谈。是李商隐为她写过“月夜重寄”的那个女道士宋华阳么？也不是。因为落花有意，流水无情，李商隐两次拜访，宋华阳都没有见他。除了道教清规甚严，并不是像苏雪林女士想象的那么自由，甚或带有“半娼妓”性质之外，再就是宋华阳也并不喜欢李商隐，所以让他连吃两次闭门羹。见面都难，遑论其他？

那么，她还可能是谁呢？我们的猜测仍然是：王氏。首先，由于他的张扬，他对王氏的追求，已经不是什么秘密了。其次，诗中用“隔三桥”作喻，可见事在长安。如果事在洛阳，就是“隔伊洛”，事在湖湘，就是“隔洞庭”了。第三，“黄金锁”“碧绮寮”之知情和来往，说的正好是他们居处相距不远。与前《蜂》所述之地理环境吻合。第四，男主人公凭栏临池，使得我们又想到了李商隐诗中常常提到的“南塘”。《即目》中的“记著南塘移树时”，《水斋》中的“南塘晏起想秋江”等等，足见他的故事确乎是发生在南塘之边了。

但也只是猜测，并无确证。

对这首不折不扣的幽会诗，他同时代的长安人，可能有更具体的联想。若如此，则李商隐“无行”之讥责，定然是不胫而走了。

【历代笺评摘要】

田兰芳：“细看其诗，多不肯作一直语，所以成家。”（转见冯注）

程梦星：“此亦‘无题’之类怊怅词也。然诗中景物，非西陵松柏之地，岂亦富贵女冠耶？”

纪昀：“此艳诗也。格卑词靡。后四句可云千回百折，细意体贴。然愈工愈下，不足取也。”又：“此确是幽期叙别之诗，无庸深解。”

冯浩：“言外是追忆昨宵，故题曰‘明日’也。姚（培谦）云：‘参横灯炧，夜尽明来时也。一经分手，便隔天涯。’此解得之。程氏疑指富贵女冠，余亦疑咏贵主事也。”

张采田：“寓意令狐之作，当与《谒山》参观。‘谁言’二句，缘才一面，便隔三生。‘知处’句，想其今日之居。‘曾来’句，记其昨日之来。……结言回忆昨事，惟有凭栏听雨，独自无聊而已。假怨女私会，以寓身世交际之感。《集》中此例极多。”

当代诸家　叶：“完全是一首艳情诗。五句并不过是说她身不自由。程梦星疑所会为富贵女冠，冯浩疑咏贵主，都执着‘黄金锁’一词妄生揣测，其实若多如此固执，那么‘碧绮寮’又应如何解释呢？”刘、余：“此艳情无疑。”邓：“此为一首纪艳情的幽会诗。幽会的对象为谁，无从考究，亦不必考究。”黄：“义山与宋华阳正月十五夜‘少得团圆’‘还分散’之后，似相约十七日再度幽会，此十六日作，故题曰《明日》。”（向按：所引“少得团圆”等语，见后《57. 昨日》）郑：“本篇亦是艳体，所咏疑为贵家女子。”

09 石城[1]

约开成二年

石城夸窈窕，花县更风流[2]。
簟冰将飘枕，帘烘不隐钩[3]。
玉童收夜钥，金狄守更筹[4]。
共笑鸳鸯绮，鸳鸯两白头。

【注释】

〔1〕石城：地名，亦乐曲名。我国有“石城”多处，此石城在今湖北省钟祥县。《旧唐书·音乐志》载：“《石城》，宋臧质所作也。石城在竟陵。质尝为竟陵郡，于城上眺瞩，见群少年歌谣通畅，因作此曲。”又载：“《莫愁乐》，出于《石城乐》。石城有女子名莫愁，善歌谣。《石城乐》和中复有‘莫愁’声，故歌云：‘莫愁在何处？莫愁石城西。艇子打两桨，催送莫愁来。’”《容斋笔记》：“莫愁，石城人。卢家莫愁，洛阳人。近世误以金陵石头城为石城。”向按：本诗非咏石城，亦“无题”也。

〔2〕窈窕：形容女子美丽而端庄。　花县：河阳。古县名，在今河南孟州一带。《白氏六帖》：“（晋）潘岳为河阳令，通树桃李花，人号曰‘河阳一县花’。”河阳遂有“花县”之称。

〔3〕簟冰：簟（diàn）：用竹篾或芦苇编制的席。冰：古文字作“仌”。《说文》：“冻也。象水凝之形。”此处用来形容竹席的纹理。因呈水波状，故云“将飘枕”。有人以为“冰”当作“水”，实因不知“冰”即“仌”之误。　帘烘：指帘内烛照通明。

〔4〕金狄：古代漏壶上指示刻度的铜人。《尚书·顾命》注：“狄，

下士也。”《文选·张衡·西京赋》：“高门有闶（kàng），列坐金狄。”李善注：“金狄，金人也。”《初学记》引《张衡漏水转浑天仪制》云：“……以玉虬吐漏水入两壶，右为夜，左为昼。……铸金铜仙人，居左壶；为金胥徒，居右壶。皆以左手把箭，右手指刻，以别天时早晚。”更筹：漏壶上用来指示更、时的竹签，又称漏箭。

【疏解】

首句“石城”暗指莫愁，言女如莫愁之美艳优雅。次句“花县”暗指潘岳，言男如潘岳之俊伟风流。三、四句极写枕席之欢：冰纹席簟，波动如水，似乎要飘起床上的香枕；烛光照耀，即使不用钩挂起，帘内外也剔透通明。五、六句写幽会之深密：玉童收钥，守护森严，金狄指漏，夜深情浓。七、八句笔锋一转，深叹好景不长：言欢娱之人，共笑绮上之鸳鸯，不解人世之欢乐；而不知欢会短暂，幽会之男女却不如绮上之鸳鸯长相厮守，白头偕老。欢乐之余，又惘然若失也。

直是艳体，不必深求。是否与王氏幽会，亦不必坐实。有人以为诗中有了“玉童”，必是女冠。那么，有了“石城”，岂不又有一民间女子？有了“花县”，岂不又有一县团级干部？这样说诗，同程梦星所说的“首句明点楚人，次句当是潘姓”，同样可笑。又，末句有难以如鸳鸯“白头”偕老之暗示，故不可作“贺人新婚”（邓中龙语）解。

【历代笺评辑要】

屈复：“前二言两美相合，中四永夜之欢。结言今已俱老矣。”

姚培谦：“此为两美不得合之词，亦寓言也。‘石城’句属女，‘花县’句属男。‘簟冰’句，夏之日也；‘帘烘’句，冬之夜也。五、六言通宵寂寞之况。如此鸳鸯两地，反不得绮被上之鸳鸯常得成双也。”

程梦星：“题以地名，诗实艳体。首句明点楚人，次句当是潘姓，三、四言可望之景，五、六言不可即之情，结则莫能匹耦之叹也。”

当代诸家　叶：“上七句总写欢会，结一句才掉笔以暂谐情好，恨难长久作收，极拗折有致。”刘、余：“末联……言外见鸳鸯之白头相守，不如我等之青春妙龄，逢时好合也。是自诩得意口吻。”邓：“此诗应该是贺人新婚。依此脉络分析，自然前后贯通，无须有任何附会了。”黄：“五、六句尤需看重，其借仙童、玉女，正暗示其所恋为女冠，意亦玉阳山学道时事也。”郑：“末联谓共笑绣被上之鸳鸯不如人之合欢之乐，徒然白头相守亦何益也。”

10 附：蝶飞来绣户阴　　约开成二年

飞来绣户阴，穿过画楼深。
重傅秦台粉，轻涂汉殿金[1]。
相兼惟柳絮，所得是花心。
可要凌孤客，邀为子夜吟[2]？

【注释】

〔1〕秦台：即凤台。《列仙传·萧史》载：“萧史者，秦穆公时人也。善吹箫，能致孔雀白鹤于庭。穆公有女字弄玉，好之，公遂以女妻焉。日教弄玉作凤鸣，居数年，吹似凤声，凤凰来止其屋。公为作凤台，夫妇止其上，不下数年。一旦，皆随凤凰飞去。”　秦台粉：五代马缟《中华古今注·粉》：“自三代以铅为粉，秦穆公女弄玉有容德，感仙人萧史，为烧水银作粉与涂。”　汉殿金：一般引《汉书·外戚传》作注：“昭仪（合德）居昭阳舍，其中庭彤朱，而殿上髹漆，切皆铜沓冒，黄金涂。”金指蝶翅之色。说见“辨二”。

〔2〕凌：侵犯。此处有炫耀、卖弄意。　子夜吟：即子夜歌，古乐府曲名，相传为晋代女子子夜所作，《乐府诗集》收歌词四十二首，多写男女爱恋之情。后世模拟者甚众，也大都以“子夜”为题。

【辨一】细品“秦台”之“粉”

“重傅秦台粉”是一个用典重叠的句子：比较常见的是秦穆公为女婿、女儿建造的“凤台”，亦称“秦台”；比较冷僻的是仙人萧史烧水银作粉。说均见注〔1〕。但是，萧史的粉是做给妻子搽的，女性；李商隐在诗里自比为蝶，重新傅粉的是自己，男性。这个典故是不是用错了？我们说，没错。因为这个词语中还暗藏着一个更为隐蔽的典故。

宋罗大经《鹤林玉露》卷四载：“杨东山言：《道藏经》云，蝶交则粉退，蜂交则黄退。”李商隐自比为“蝶”，因为他已经成婚、交配，其粉当然已退；如今要重新婚娶，再为人夫，当然要重新傅粉了。

辨说到此，我们就明白了：原来，李商隐的“重傅秦台粉”，是带着自嘲的口吻在讲述自己的故事。他已婚的往事以及即将再婚的现实，在鬼斧神工、不露形迹的用典中，被点化得明明白白。

【辨二】巧识“汉殿”之“金”

对于“汉殿金”的解释，一般都引用《汉书·外戚传》，所谓“金”，用来比喻蝴蝶翅上的轻黄之色。

如果同意了这种解释，那么，这句诗就成了“重傅秦台粉”的陪衬，毫无实际意义了。但事实却不是如此。

唐人写诗，常以汉代唐，如《长恨歌》，开篇就说“汉皇重色思倾国”，实际上写的是唐玄宗。此处也是如此，“汉殿”即唐殿。“金”，指的是进士及第；因为公布进士及第的布告常用黄纸书写，故美其名曰“金榜”。如刘禹锡《送裴处士应制举》：“彤庭翠松迎晓日，凤衔金榜云间出。”郑谷《赠杨夔》：“看取年年金榜上，几人才气似扬雄。”等等。所以，进士及第也称作“金榜题名”。

放榜之日，及第者还会收到一份以皇帝的名义发给的敕书，这就是曹松在《及第敕下宴中献座主杜侍郎》诗中所说的“门前送敕朱衣吏”，高退之在《和主司王起》诗中所说的“忽闻金榜扣柴荆”。得到了这份敕书，新科进士们就可以举行“闻喜宴”，或称“敕下宴”了。从此，他们就进入了朝廷官员的候选序列。因此，李商隐把进士及第称为“汉殿金”，亦即“唐殿金”，是非常确切的。

当代把获取高学历或留学称“镀金”，也起源于唐代。其中含有一个令人开颐的小故事，指的也就是进士及第。

章孝标，钱塘人，应考十年，终于在元和十四年（819）及第。回家途中，他写了一首《及第后寄广陵故人》。诗云：“及第全胜十政官，金汤镀了出长安。马头渐入扬州郭，为报时人洗眼看。”李绅是位关爱他的长者，见他小有成绩就傲气十足，便写了一首《答章孝标》来开导他，诗曰："假金方用真金镀，若是真金不镀金。十年长安方一第，何须空腹用高心。"章孝标看到这首答诗后，大为羞愧。

现代学者施蛰存在《唐诗百话》中讲到这两首诗时，插话说："以考上进士为镀金，是唐人俗语。……今人以出国留学或获得某种高一级的资格，称为'镀金'，语源即出于此。"

唐代的诗歌不胫而走。李商隐及第晚于章孝标 18 年，这两首诗所引起的轰动效应也一定会延续到李商隐时期，李商隐只不过是就汤下面，用了一个很时髦的典故而已。

讲到这里，我们又明白了：原来，李商隐仍然是带着自嘲的口气在讲述自己的故事。所谓"汉殿"，就是唐代朝廷，所谓"金"，明指蝴蝶之色，实指他开成二年（837）的金榜题名，双关。这正是他同未来的妻子王氏热恋的时候。他没有用那个重重的"镀"字，而只是"轻涂"，表示了他对章孝标诗的了解和修正，同时也并赋予了一定程度的轻松和自嘲。

【辨三】写梦？还是纪实？

李商隐的咏物诗，常常是物我一体的，如《流莺》：

流莺漂荡复参差，渡陌临流不自持。
巧啭岂能无本意，良辰未必有佳期。
风朝露夜阴晴里，万户千门开闭时。
曾苦伤春不忍听，凤城何处有花枝。

通篇都是以"流莺"自喻，"莺"即是我，我即是"莺"。只是在第七句的"不忍听"中微露"有我"之义，最终还是融合在一起。也有物我分离的，如《蝉》：

本以高难饱，徒劳恨费声。
五更疏欲断，一树碧无情。
薄宦梗犹泛，故园芜已平。
烦君最相警，我亦举家清。

前四句写“蝉”，尽管隐约中也可能有“我”；后四句则完全写我，且以“君”称“蝉”，物、我界限分明。介乎两者之间的就是本诗。

这是一首典型的借庄生“梦蝶”立意的纪实诗。前六句把自己假想甚或异化成蝶，物我一体。飞进了隐秘的“绣户”，穿过了深深的“画楼”，最终还得到了“花心”。入户穿楼之后，“花心”义不言而喻。最后两句笔锋一转，“可要凌”者为蝶，“孤客”为我；物、我又分离得清清楚楚。当那只被异化的蝶邀客同吟的时候，此时的李商隐大约也是惝恍迷离，“不知周之梦为蝴蝶欤？蝴蝶之梦为周欤”了。

因为有过一次婚姻，所以要“重傅秦台粉”。因为已经进士及第，所以谦称“轻涂汉殿金”。结句“子夜”的含义也是双重的。一指时间，即午夜，与上句的“孤客”相呼应，表示人蝶合一作深夜的吟唱。另一指内容多为男女恋情的古乐府名曲，处于热恋中的李商隐，此时此刻，或许是真想高歌一曲《子夜吟》哩！

我们不能断定这段“化蝶”情节是写梦，还是写实，但他肯定是在写自己。因为他在诗里重叠使用的典故中，作了太多、太露骨的暗示。特别是“重傅秦台粉”——“蝶交则粉退”，如果不是心存再作人夫之想，也就无须重新傅粉了。至此，李商隐对王氏爱恋之深，垂涎难禁之情，已是昭然若揭了。

因为诗中有“轻涂汉殿金”的自诩之词，再加上以“蝶”为喻，有“柳絮”作背景，它的写作时间则不难推断，大略也就是开成二年(837)及第后的这个春天了。然而此时并不是李商隐即将结婚的时候，诗中自称“重傅秦台粉”，是不是太急切了一点？或者说，是不是心中已有暧昧的念头了？诗中又说“所得是花心”，是不是向我们暗示，他的偷情已经成功了？——且不管真实情况如何，诗中给我们的感觉就是如此。给他的同代人——唐人的感觉更是如此。恋情发展到这一步，同《锦槛》中的“依稀解醉罗”相比，前者只是“狂想”，而此时此刻之《蝶》，则近乎写实了。

在唐代人看来，偷情并不是那么可耻，相反的，偷到了手，倒可以有几分的骄矜和得意，如张生（或即元稹）和崔莺莺（元稹诗中的“双文”)。不过，这只是就两情相悦、如鱼得水的男女双方而言；但站在女孩子父母的立场上来看，其感受就不那么轻松了。

我想，这大概就是王茂元为什么对这位诗文卓著的新科进士如此轻慢，及第而不与婚，结婚也不给陪嫁，甚或在岳家居留久了就要求走人（说见《照梁》）等等的根本原因。如果说，李商隐自作聪明，有意走漏风声，如此诗；搞成生米煮成熟饭的局面，来要挟王茂元，就更为王茂元所不齿了。

至于社会人等，多的就是一些看热闹、瞎起哄的角色。成败是舆论定位的关键。倘或王茂元夫妇释然地看待这对痴情男女，那么，他们就是才子佳人，偷情也会被传为佳话；而一旦王茂元不能容忍，李商隐就理所当然地成了“放利偷合”“诡薄无行”的小人了。

回过头来，再读新、旧《唐书》中的李商隐本传，就会有一种恍然大悟的感觉。既然李商隐一没参与党争，二没背叛令狐，为什么要在他就婚王氏的问题上，人们要异口同声地大加挞伐呢？唯一的解释是，后世史家把当时人们对李商隐生活上不检点的“蚩谪”，嫁接到政治斗争上，为的是做大文章，且能自圆其说而已。

【历代笺评辑要】

程梦星：“此亦为冶游而作，语意甚明。”

纪昀：“前四句俗，五六句亦纤，末二句不甚可解。”

当代诸家　叶：“讥诮靠了贵戚、公主的势力，获得幸进的人。”刘、余：“蝶喻冶游者。……‘花’、‘柳’喻妓，‘兼柳絮’、‘得花心’即寻花问柳。末联‘孤客’自指，谓彼岂愿近此寂寞之孤客，邀其作子夜之吟乎？颇似同窗有好冶游者，故作此以调侃。”邓：“借‘蝶’以喻一位爱好冶游的贵介公子。……前六句平铺直叙，了无波澜，到了第七句，想要安排任何深意，已经太迟，只好草草了事，虚幌一笔，落荒而逃。”黄：“此‘蝶’分明是‘冶游郎’，……七、八‘孤客’，义山自指；言‘孤’，示己之不与狭邪冶游事，然此‘蝶’却强‘邀’其子夜歌吟行乐；言‘可要’，言‘凌’，见义山之婉拒也。”郑：“本篇似议讥同僚中之狎妓者。”

11 附：药转[1]

约开成二年

郁金堂北画楼东，换骨神方上药通[2]。
露气暗连青桂苑，风声偏猎紫兰丛。
长筹未必输孙皓，香枣何劳问石崇[3]。
忆事怀人兼得句，翠衾归卧绣帘中。

【注释】

〔1〕题解：以“药”治病，并得以好“转”，故题之为“药转”。

〔2〕郁金：香草名。其根芳香，汁金黄，古人常杂郁金碾粉以涂室，取其香，曰郁金堂。得其汁以染裙，取其色，曰郁金裙。　上药：上品药物。《旧唐书·职官志三》：“凡药有上、中、下三品，上药为君，中药为臣，下药为佐。”有人引《神农本草经》“上药令人身安命延，升天神仙，遨游上下”，以为必是道家仙药；而本篇之“药”，不过是用来治病而已，故取前说而摒后说。

〔3〕长筹：筹，即厕筹，古人便后用来刮拭大便的木条或竹片。《法苑珠林》：“吴时于建业后园平地获金像一躯……孙皓得之，素未有信，不甚尊重，置于厕处，令执屏筹。至四月八日，皓如厕，戏曰：‘今是八日浴佛时！’遂尿头上。寻即通肿，阴处尤剧，痛楚号叫，忍不可禁。太史占曰：‘犯大神圣所致。’……宫内伎女素有信佛者曰：‘佛为大神。陛下前秽之，今急，可请耶?’皓信之，伏枕皈依，忏谢尤恳……隐痛渐愈。”　香枣：道源注引《白帖》云：“石崇厕中尝令婢数十人曳罗縠，置漆箱，中盛干枣，奉以塞鼻。大将军王敦至，取箱枣食，群婢笑之。”

【辨一】《药转》诗所说何事？

《药转》诗用了两个怪怪的典故：一“长筹”，一“香枣”，两典都与厕所有关。把上厕所的事儿写进诗，可算是李商隐的独创了！

他到底想告诉我们什么？谁也不能确解。不过，拿捏着第七句中的“忆事怀人”来推敲：诗中“忆”了一件“事”，并且涉及了某一所“怀”之“人”，因此可以断定，它是一首地地道道的纪实诗。

首句点明地点。“郁金堂北画楼东”的方位，以及“青桂苑”“紫兰丛”的周边环境，使得我们不得不想到另一首著名的《无题》：“昨夜星辰昨夜风，画楼西畔桂堂东。”——怀疑它是不是描写的同一场景。

次句说所用之药。品质是：神方、上药；功效是：换骨、通。

三、四句写当时情景：“露气”“暗”，表明时间是夜晚。“青桂苑”“紫兰丛”，表明地点是一个富家后院。所谓“暗连青桂苑”，是不是说，有人趁着一个露气浓重的夜晚偷偷地溜到了“青桂苑”？大概是，但也不能完全确定。

下一句的“风声”，除了单纯地表示风声外，还常常同一些隐秘、紧急的事体有关，如走漏风声、风声紧急、风声鹤唳等。“猎”字也很奇特，除了组成“猎猎”形容风声很大外，还含有搜查、捕捉的意思，特别是还用了一个“偏”字，表示出乎意料或事与愿违，使诗境弥漫着一种幽密、神秘和紧张的气氛，从而让读者产生一种奇怪的联想：是不是有人躲藏在“青桂苑”里，偏偏遇上“紫兰丛”风声猎猎，似乎马上就要搜查到这里来了。好恐怖耶！——是不是？也不能确定。

不过，我们要特别提醒的是，诗中的“青桂苑”“紫兰丛”并不是随手拈来，虚应故事的。紫兰又名苞舌兰、连及草，是一种观赏性的多年生草本植物。花呈紫红色，鲜艳华美。晚冬至夏初都可开花，惟独到了盛夏，则叶焦花谢。而桂花，一般是至秋而开。所以，当紫兰盛开，风声猎猎的时候，“桂苑”则是青青的，既无花，也无香。这两个互相搭配的细节，严格地体现了诗境的真实性。

“长筹”除了表示厕筹外，似乎还双关“长远的谋划”，因为孙皓是个没有长远谋划的亡国之君。“未必输孙皓”的意思是指，我不信佛，敢于对佛像无礼，不亚于孙皓呢？还是说，我长远的谋划绝不亚于孙皓呢？我想是后者。

古代厕筹　右边比较精致的一种，当然是富贵人家的用品了。

“香枣”句的一般解释是，出入富家闺阁，熟悉富家礼仪，包括“如厕”之类的细事，就用不着请教石崇了。

单独看，句句都清楚。合在一起，什么都不清楚。

根据文本提供的信息，我们作出的推演是：一位女子得了什么不便之病，他的情人在一个夜晚偷偷地去送药，可能是走漏了风声，也可能是自己在疑神疑鬼，他躲藏在夜雾笼罩的“青桂苑”里，听“紫兰丛”里风声猎猎，胆战心惊。然而，凭着他的机警、谋略（对应“长筹”）和路径熟悉（对应“何劳”），终于渡过了难关。才得以有此日之“忆事怀人”。

【辨二】《药转》诗与道教是否有关？

黄世中先生认为这是一首写“男女双修”的诗，以为“郁金堂”“青桂苑”“紫兰”等均是女冠居室的代称，并暗指“双修之地”或“双修之人”。以“露气”指“甘露”，即“男女双修时，炼精化气，任督运转之际所产生之口中津液”。以“露气暗连”指“双交接”。以“风”指双修时的鼻息、呼吸。三、四句自“露气暗连”至“风声猎猎”写得“上药”的过程，其所“猎”之对象当然就是合气同修之女子，即比为“青桂”“紫兰”的女冠了。如此，则义山之“忆事怀人”，当指男女合气双修、内炼“上药”之男女道侣。

此说甚为奇特，很能抢人眼球。但考其事实，则未必其然。因为整首诗中既没有使用道家典故，也没有营造道教活动的气氛和环境，充其量不过是写一对青年男女偷情而已，与道教则了无关系。

如“郁金”，本是多年生草本植物，其块根肉质肥厚，色黄而芳香，除了药用之外，古代人常用作香料或染料。最早把“郁金”和居室牵连在一起的，是古乐府《河中之水歌》的“卢家兰室桂为梁，中有郁金苏合香”。因为“郁金”既有富贵之色，又有富贵之香，后人便常用它来形容富室女子的居室或衣物用品等。如，唐沈佺期《独不见》：“卢家少妇郁金堂，海燕双栖玳瑁梁。”贾至《长门怨》：“莺喧翡翠幕，柳覆郁金堂。”又如，李白《客中行》的“兰陵美酒郁金香”，许浑《骊山》的“日华浮动郁金袍”，段成式《柔卿解籍戏呈飞卿》的“郁金种得花茸细”，等等。搜遍《全唐诗》，有用于富室的，有用于后宫的，有用于妓院的，惟独未见有用于道教居室和女冠的。

又如“青桂苑”，黄先生抓住一个“桂”字，从汉武帝“桂宫”讲起，再讲到沈、谢诗中的“月宫”，再讲到“八桂林边”之“阳台宫”，因而同女冠有关了。却偏偏不讲这个偏正词组中的主词“苑”字。“苑”也者，古代养禽兽、植林木的地方，多指帝王的园囿和富贵人家的后院花圃，这当然不是男女双修的合适场所。

只有“紫兰丛”一词，与《汉武帝内传》中“西王母紫兰宫玉女”有“紫兰”相合。但后者主词为“宫”，当然是居室；前者主词为“丛”，含有众多和聚合的意思，紫兰宫不可以“丛”，男女双修之女冠更不可以“丛”，则此“紫兰丛”，则仍然应该看成是紫兰丛生之园圃。

既然是作为前提的“郁金堂”“青桂”“紫兰”均与女冠无关，则“露气”指“口中津液”，“暗连”指“双交接”，“风”指“鼻息、呼吸”等等双修过程，就显得很虚幻、很牵强了。

【辨三】《药转》诗所送何药？

显然，这是一首送药诗。但他到底所送何药，所写何事呢？后代研究者作了多种猜想：因为药效与“通”有关，所以有人说是如厕诗，如何焯、程梦星、叶葱奇等。有人说是通便诗，如邓中龙。有人说是调经诗，如张采田。根据“换骨”，有人说是堕胎诗，如冯浩、张采田、刘学锴等。有人说是壮阳诗，如许应龙。此外，还有人说到政治、人事、养生等等，我们就不必一一论及了。

先说“如厕”。到底是谁如厕？是李氏自己，还是另一女士？如果是李氏自己，则既无须布置此风声鹤唳的环境，也无须在此时此地来怀人忆事；如果是某女士，你是怎么知道的？你知道了，描写了，则其情节又不只是“如厕”了……

次说“通便”“调经”。成年而又未婚的女孩，月经不调、大便干结是常见病；而通便、调经又正好是中医药的特长。你大大方方地告诉你的母亲或姐妹，请个医生来一剂方药不就得了，犯得着偷偷地叫情人送药，没事找事，惹得一身骚么？

剩下的就只可能是送“堕胎”药了。男女偷情，最怕的是怀孕，最容易的也正巧是怀孕。计划生育之前，很少有人知道怎样避孕。男贪女爱，干柴烈火，不怀孕才怪哩！一旦怀上孕，就傻眼了！怎么办？堕胎。查检古代医药，所有“孕妇不宜”的药都可以是堕胎药，李商隐那么聪明，自己都可以搞定。找医生求方求药也很容易。煎好了再送进去，熟门熟路，虽说冒了点风险，但总比肚子出了怀，丢人现眼的好。

到底是不是？我也只能同我的先行者们一样，猜猜而已。

总之，其内容大略都只是一些“龌龊而不屑道”（陆昆曾语），不能登大雅之堂的男女隐私之情，李商隐实在不该把它写进诗里。

尽管他在“无题诗”或“类无题诗”里，使用了一些隐喻和疑似的手法，或转移场景，或肢解情节，或改变人物的身份、性别等等，游走于真相与假象之间，事实与虚构之间，给读者造成一种扑朔迷离、似是而非、若有若无的印象。表面上看，他是怕人知道，实际上，却更是怕人不知道。他有强烈的卖弄欲、暴露欲，在是与不是之间，挑动公众“与生俱来的好奇心和窥视欲”（弗洛伊德《精神分析引论》），玩弄公众的感情。

唐代人是很会读诗的，何况你李商隐在长安也算是个名人。你有亲，有邻，有友，还有一定的社会交际面。以当时人读当时诗，猜当时事，应该可以猜个八九不离十。

他的行为不符合中国的传统道德，因而引起了公愤，落了个“无行”的恶名。这个“无行”之名，不仅会影响到他的婚事，而且必然会牵连到他的科举前程。关于这一点，我们将在《昨夜》中作出更详尽的说明。

【历代笺评辑要】

朱彝尊：“题与诗俱不可解。”

程梦星：“诚为夜起如厕，有所怅望而作。”

冯浩：“颇似咏闺人之私产者。次句特用‘换骨’，谓饮药堕之。三、四谓弃之后苑。五、六借以对衬，结则指其人归卧养痾也。”

张采田：“此篇本难强解，……余谓若云转赋女人月事，亦可通。”

当代诸家　叶：“首句点明厕所所在……次句破题，借‘换骨’二字来比拟通便后体中的畅适。……结二句言便后归卧，体中畅适，因而间闲想起旧事，想到朋友，并且吟得了诗句。”刘、余：“冯谓咏闺人私产，以药堕胎，似之。其人身份似是贵家侍婢。”邓：“题为‘如厕’自然会被人讥为不雅，称为‘药转’，文雅多了。”黄：“据诗意及‘忆事怀人’，此‘药转’即指道者行男女双修事，……首句言双修之地点，乃在郁金堂北、画楼之东。……二句概言所忆之事：言男女道士双修采炼，阴阳交合以通百脉，而通九转‘上药’而‘换骨’成仙。……三、四言双修之时间乃在‘暗’、‘夜’之时。于‘青桂苑’行之。‘露气’，指‘甘露’，内丹指双修时炼精所化之气，即任、督二脉运转之际所产生之口中津液，亦称‘甘露神水’、‘华池神水’（等）……又，‘露气’亦指双修时阳液之隐指，亦称‘灵露’。……‘露气暗连’即双交接。……‘青桂苑’，即桂宫、月宫，暗寓双修之人乃月中仙子，女冠也。四句‘风声’……‘风’指男女双修时之鼻息、呼吸。……是三、四乃言自‘露气暗连’至‘风声猎猎’之得‘上药’的过程。其所猎之匹对乃合气之女冠。……五、六庾语，只取‘长筹’、‘香枣’，取孙皓之‘阴’处，石崇之‘塞’鼻，其喻象正双修采战、还精益脑之事。……七、八‘忆事’即上所云双修之事；‘怀人’，据‘绣帘’字，‘归卧’者当为女冠。”又，黄先生另有《药转旧笺述评及“男女双修”说解笺》载于网上，也为“疏辨”引用，不另注。郑：“入道贵主的情人逼贵主堕胎。”

12 昨夜

开成三年

不辞鶗鴂妒年芳，但惜流尘暗烛房[1]。
昨夜西池凉露满，桂花吹断月中香[2]。

【注释】

〔1〕鶗鴂（tíjué）：亦作鹈鴂，即杜鹃鸟。《离骚》："恐鹈鴂之先鸣兮，使夫百草为之不芳。"王逸注："言我恐鹈鴂以先春分鸣，使百草华英摧落，芬芳不得成也。以喻谗言先至，使忠直之士蒙罪过也。"流尘：随风流走的尘埃。

〔2〕西池：此处直指中书省。详见"辨"。"桂花"句：唐段成式《酉阳杂俎》："旧言月中有桂，有蟾蜍，故异书言月桂高五百丈，下有一人常斫之，树创随合。"又，晋郤诜以"举贤良对策"比"桂林一枝"，唐人称科举登第为"折桂"。详见《锦槛》注。吹断：《诗词曲语辞汇释》引本句后曰："吹断，犹云吹尽，即飘尽也。"

【疏解】

此诗为试博学宏词不中而作。

开成二年（837），义山以令狐绹之荐登进士第。三年（838）春试博学宏词，为人排笮，不中。《与陶进士书》曰："前年乃为吏部上之中书，归自惊笑，又复懊恨。周、李二学士以大法加我，夫所谓博学宏辞者，岂容易哉！……私自恐惧，忧若囚械，后幸有中书长者曰：'此人不堪。'抹去之，乃大快乐。"——据此，当时必有人进谗于中书省者，李商隐因此而落选。本诗正纪此事。

首句言鶗鴂先春而鸣，使百草不芳；谗言适时而至，使我之博学宏词落选；彼进谗者出之于“妒”，自以为得计，而我则坦然承受，无怨无悔。“不辞”二字，正气凛然。次句之“流尘”，本是随风飘走的尘埃。既可形容正在流逝的岁月，也可指甚嚣尘上的流言蜚语。因与鶗鴂之“妒”相衔接，指的应该就是后者了。而流言一旦吹进某“中书长者”耳里，就变成了谗言，变成了“此人不堪，抹去之”的根据，李商隐博学宏词落选的原因应该就在这里。

“烛房”指烛照下寒窗夜读的书房。次句言使我深感痛惜的是，这浮尘似的流言蜚语弥漫，使我的书房更加昏暗了。

第三句的“昨夜”，即放榜前夕；“西池”，直指中书省；“凉露满”，指令人不寒而栗的流言充斥西池，如同冰凉的露水。落句说，我的博学宏词之试，就这样被某“中书长者”随意地抹去了！

唐人常称科举登第为“蟾宫折桂”，李商隐在《及第东归次灞上，却寄同年》中开篇就说“芳桂当年各一枝”，表示他已经“折桂”了，及第了。此外，他也常用桂花之“香”来暗示及第。他《赠孙绮新及第》的“长乐遥听上苑钟，彩衣称庆桂香浓”，《赴职梓潼留别畏之员外同年》的“桂花香处同高第”，均用此意。本篇“桂花吹断月中香”言，我本及第“折桂”，尽可畅享其馨香；然而今博学宏词落榜，桂枝已断，再也无缘享此馨香了！

“吹断”二字，尤为沉痛，贴切！

【辨一】斥“陈情令狐”说

“陈情令狐”的首倡者冯浩说：“上二句谓并不敢有迟暮之怨，但恨心迹不白（于令狐绹）耳！语愈哀矣。下二句人间天上之慨。”张采田对冯说作了进一步的发挥。他说：“冯解入微，是从《西掖玩月》一章悟出。盖义山笃于情者，一不得当，则烦冤莫诉，如醉如迷；偶假颜色，则又将喜将惧，急于剖白。此类诸诗，皆当如是观也。”

张采田的推断影响恶劣，他诱导后来的读者、研究者，对李商隐的心理、人格作出了卑下的评价。

《西掖玩月》原题为《令狐舍人说昨夜西掖玩月因戏赠》，是李商隐在令狐绹炫耀中书省赏月情景后所写的一首应酬诗：仅仅是因为本诗中有“西池”“月”“昨夜”等词，便望文生义，以为跟《西掖玩月》有关，因而也跟令狐绹有关；这样的联想和推理，是多么幼稚啊！其诗云：

昨夜玉轮明，传闻近太清。凉波冲碧瓦，晓晕落金茎。
露索秦宫井，风弦汉殿筝。几时绵竹颂，拟荐子虚名①。

诗写于大中三年，令狐绹时任中书舍人。李商隐自桂林返京后，先任盩厔尉，后由京兆尹“留假参军事”（见《樊南乙集序》），是一个没有正规品秩的临时差使，当然需要有人提携。但该诗写得疏雅清淡，从从容容，前六句模拟似地转述了令狐绹昨夜在中书省玩月的情景，最后两典，把自己比做文名满天下的司马相如、扬雄，把令狐绹比做狗监、直宿郎之类的皇帝身边的侍从，同时也表达了希望得到推荐之意。虽说是“戏赠”，大有自视甚高、不卑不亢的气概。哪有张采田说的那种“将喜将惧”“如醉如迷”的心态呢？

而且，这《昨夜》中的“西池露满”“桂花香断”，与令狐玩月时光华满天的太平景象截然不同，他不可能在一天之内写出两种情景、心态截然相反的“昨夜”；而且，此《昨夜》中的“凉露满”“桂香断”，语意不吉，为仕途通达、踌躇满志者所忌，用这样的诗来干谒令狐，岂不是自讨无趣？因此，把《昨夜》跟《西掖玩月》连在一起，并以为它是向令狐绹表白心迹之说，是没有根据的。

【辨二】《昨夜》与“悼亡”无关辨

本题比较通行的解释是“悼亡”。古代研究者如何焯、纪昀、姚培谦，当代如叶葱奇、刘学锴、邓中龙、黄世中等均主“悼亡”说。很有代表性的说法是：“当与《夜冷》《西亭》并读。崇让宅有东亭、西亭，颇疑此‘西池’即崇让宅之西池也。《夜冷》诗‘西亭翠被余香

---

①《史记·司马相如列传》：“蜀人杨得意为狗监，侍上。上读《子虚赋》而善之，曰：‘朕独不得与此人同时哉！’得意曰：‘臣邑人司马相如自言为此赋。’上惊，乃召问相如。”又，《文选·甘泉赋》李周翰注：“（扬）雄尝作《绵竹颂》，成帝时直宿郎杨庄诵此文，帝曰：‘似相如之文。’庄曰：‘非也，此臣邑人扬子云。’帝即召见，拜黄门侍郎。”

薄，一夜将愁向败荷’之句可证。”（《李商隐诗歌集解》）

我们的意见是：

一、考王茂元洛阳崇让宅有“东亭”“西亭”，而不见有“东池”“西池”。《夜冷》中的“树绕池宽月影多，村砧坞笛隔风萝”，《西亭》中的“此夜西亭月正圆，疏帘相伴宿风烟”，写的正是崇让宅风物，且有悼亡情调；而本篇首二句写“鶗鴂”之“妒”，“流尘”之弥漫，不只与崇让宅风物无关，而且毫无悼亡情绪，其《夜冷》中有“树绕池宽”，表明崇让宅确有一池，但不能认定它就是“西池”。相反的，李商隐在《七月二十九日崇让宅宴作》中写道：“露如微霰下前池，月过回塘万竹悲。”表明崇让宅的池方位在前，故曰“前池”，且另有一塘，曰“回塘”，都与西池无关。仅就“西池”与“西亭”有一“西”之同，就不顾前情后境，以为必有“西池”，并断为悼亡，理由是不充分的。

何况，“昨夜”之说，时间甚为逼近。王氏并非死在岳家，即使义山事后偶宿岳家，也不得以“昨夜”纪事。故“悼亡”说非。

二、论者多以为“义山于大中五年秋曾至洛阳”，因而在洛阳岳父旧居中写下此诗。但是，王氏本来就是弃世于大中五年（851）的秋天（说见后《房中曲》），此时的李商隐：1. 已补太学博士，他得“在国子监太学，始主事讲经”（见《樊南乙集序》）；2. 依旧俗，李商隐还应当在家里主持“做七”之类的吊祭活动（参阅《王十二兄与畏之员外相访，见招小饮，时予以悼亡日近不去，因寄》）；3. “七月，尚书河东公（柳仲郢）守蜀东川，奏为记室。”此时“蓬果群盗，依阻鸡山，寇掠三川”（引自《会笺》），柳仲郢接调任制书后必应紧急离开河南，奔赴东川。由此可见，此时的李商隐既没有时间也没有必要往返洛阳，因而也就不可能在洛阳写出这首被派定为“悼亡”的诗。

三、月中折桂，历来都是科举登第的代称，而与夫妇情爱无关。说见“疏解”。“桂花吹断月中香”的意思是：本已折桂，正当畅享其馨香，不料一阵凉风，桂花之香被吹得无影无踪了！表达的正是及第之后而博学宏词落选的真实情景。把“吹断”的桂花之“香”，解释为妻子去世，恐怕是张冠李戴了。

【辨三】“西池”即“中书省”辨

本诗中的“西池”，是“西台”“西掖”和“凤凰池”的讳称，隐射直接掌管博学宏词生杀大权的中书省。

秦汉以来，把尚书省称中台已成惯例。唐沿隋制，也是尚书、门下、中书三省并置。因尚书省处行政中枢，事无不总，故号称中台，也称内台。又，皇宫正殿两侧另有门，如人臂下之掖，故称掖门。门下省一般设在正殿之东，位居左，故又称东台、东掖或左曹。中书省一般设在正殿之西，位居右，故又称西台、西掖或右曹。

据《旧唐书·职官志》：龙朔二年（662），改尚书省为中台，中书、门下为东、西台。……中书侍郎称西台侍郎，中书舍人称西台舍人。又载：中书省“龙朔改为西台，光宅改为凤阁，神龙复为中书省。开元元年改为紫微省，五年复旧。”——不管行政机构名称怎样更改，士人行文则仍以中、东、西或中、左、右称三省为常，为便。如上文所说的《西掖玩月》便是。

又，“凤凰池”为禁苑中池沼。魏晋南北朝时设中书省于禁苑，直接为皇帝掌管机要，故中书省亦称“凤凰池”。《晋书·荀勖（xù）传》载：“勖久在中书，专管机事。及失之，甚罔罔怅怅。或有贺之者，勖曰：‘夺我凤凰池，诸君贺我邪？’”唐代亦以“凤凰池”称中书省，也指相位。刘禹锡《湖南观察使故相国袁公挽歌》云：“五驱龙虎节，一入凤凰池。”即此。

检阅《全唐诗》，诗题及诗句写到“中书省”“中书舍人”连及“凤凰池”的，有张文琮《和杨舍人咏中书省花树》“影照凤池水，香飘鸡树风”，王维《和贾舍人早朝大明宫之作》“朝罢须裁五色诏，佩声归向凤池头”，权德舆《中书宿斋有寄》“遥想洞房眠正熟，不堪深夜凤池寒”等。

言及“中书省”“舍人”“凤凰池”而涉“西”的，有白居易《中书连直寒食不归因怀元九》“今年寒食夜，西省凤池头”，温庭筠的《休浣日西掖谒所知》“荀令凤池春婉娩，好将余润变鱼龙”，司空曙的

《晚秋西省寄上李韩二舍人》“仍闻劳上直，晚步凤池头”等。

“舍人”“中书”“西”“凤池”连用的有韦应物的《和张舍人夜直中书寄吏部刘员外》：“西垣草诏罢，南宫忆上才。月临兰殿出，凉自凤池来。”

因此，李商隐以“西池”直指“中书省”，也算不得怎么突兀了。

大和三年（829），白居易罢刑部尚书，以太子少傅分司东都。当时，裴度的官职是同中书门下平章事，亦即当朝宰相。他有两首给白居易送行的联句诗。一是《宴兴化池亭送白二十二东归联句》，二是《西池送白二十二东归兼寄令狐相公联句》。据诗题，前诗的送行联句显然是在兴化坊裴度府第的林园中进行的。后诗题首称“西池”，然“西池”所在皆有，他家的兴化池是不是又可称“西池”，不可确知。但诗中有刘禹锡联句云：“威凤池边别，冥鸿天际翔。”据晋晋灼《汉书·宣帝纪》注：威凤，“凤之有威仪者也。与《尚书》‘凤皇来仪’同意。”据此，则刘禹锡所说的“威凤池”也就是凤凰池，亦即诗题中指明的“西池”了。

试想，如果不是皇家池苑，谁敢把私家池塘称作“威凤池”呢？可见，这次送行是在中书省进行的。

顺便说说，唐朝朝官的工作餐称“廊下食”。白居易《朝归书寄元八》：“进入阁前拜，退就廊下餐。”宰相的工作餐在政事厅进行，有专门的“堂厨”供应，甚为丰盛。几位僚阁凑合在一起，主送者是当朝宰相，被送者是元老级干部，聚个餐，联个句，大约也不算越轨。

据以上种种习用词语推断：《昨夜》中的“西池”，指的就是对李商隐试博学宏词掌有杀伐权的中书省，亦即西掖、西台或凤凰池。

【历代笺评摘要】

何焯：“此言失意之中不堪加以悼亡也。又加甚焉，故著‘不辞’二字。”

屈复：“年芳已晚，烛房尘暗，所以西池凉露，桂花吹断，而不忍归房中也。”

姚培谦：“‘昨夜’二字妙，一夜遂成千古。”

纪昀："感逝之作，所嫌露骨。"

冯浩、张采田及当代刘学锴等诸说已引用，不赘。

当代诸家　叶："这也是悼亡诗，语极沉痛。"邓："此诗当作于宣宗大中五年，地点或在洛阳，其年夏末，妻王氏卒。"黄："此义山悼伤后赴东洛居岳家崇让宅作，诗有'桂香吹断'云云。"郑："西池，崇让宅之西池。"

13 附：安定城楼[1]

开成三年

迢递高城百尺楼，绿杨枝外尽汀洲[2]。
贾生年少虚垂泪，王粲春来更远游[3]。
永忆江湖归白发，欲回天地入扁舟[4]。
不知腐鼠成滋味，猜意鹓雏竟未休[5]。

【注释】

〔1〕安定：今甘肃省泾川县北，唐代泾原节度使王茂元的治所。

〔2〕迢递：形容高峻，绵延不绝。　汀洲：汀，水边平地。洲，水中小块陆地。

〔3〕贾生：贾谊，西汉初年著名政论家、文学家。少有才名，文帝召为博士，迁太中大夫。因受到权贵排挤，谪为长沙王太傅，故后世常称其为贾长沙、贾太傅。后为梁怀王太傅，因梁怀王坠马而死，贾谊也抑郁而亡，年仅33岁。其上汉文帝《治安策》云：“臣窃惟事势，可为痛哭者一，可为流涕者二，可为长太息者六。”　王粲：东汉末年人，建安七子之一。《三国志·魏书·王粲传》：“年十七，司徒辟，诏除黄门侍郎，以西京扰乱，皆不就。乃之荆州依刘表。表以粲貌寝而体弱通侻（tuó，不拘小节），不甚重也。表卒，粲劝表子琮，令归太祖。太祖辟为丞相掾，赐爵关内侯。”其写于荆州的《登楼赋》云：“虽信美而非吾土兮，曾何足以少留！”

〔4〕扁（piān）舟：小船。《史记·货殖列传》：“范蠡既雪会稽之耻，乃喟然而叹曰：‘计然之策七，越用其五而得意。既已施于国，吾欲用之家。’乃乘扁舟浮于江湖。”

〔5〕鹓雏：古代传说中的一种类似凤凰的鸟。《庄子·秋水》："惠子相梁，庄子往见之。或谓惠子曰：'庄子来，欲代子相。'于是惠子恐，搜于国中三日三夜。庄子往见之，曰：'南方有鸟，其名为鹓雏。子知之乎？夫鹓雏发于南海而飞于北海，非梧桐不止，非练实不食，非醴泉不饮。于是鸱得腐鼠，鹓雏过之，仰而视之曰：赫！今子欲以子之梁国而赫我邪？'"

【疏解】

开成三年（838），李商隐试博学宏词不中。一年前，襟兄韩瞻曾就婚于岳家，他抱着如法炮制的一线希望奔赴泾原，得到的却是礼仪有加的冷遇。春日登楼，有是作。

首联写登楼一瞥：高楼之下，城墙迤逦而峻远，绿杨枝外，洲渚平铺而绵延。春意之盎然如此，身世之零落如此：慨叹油然而生！

次联言我如贾谊，纵有无限的忧国之情，也只能白流眼泪；我如王粲，只想寻求一片安身之地，却难以淹留。

三、四联说我永远向往像范蠡那样，在回天转地、功成名就之后，披一头白发，驾一叶扁舟归隐江湖；实则视功名利禄如"腐鼠"。可是那些目光浅短的谗佞之辈，以小人之心度君子之腹，竟以为我要抢夺他到口的"腐鼠"而"赫赫"不休。

这首诗立足高远，气象开阔，笔力遒劲，措辞辛辣，表达了作者在理想与现实的深刻矛盾中，报国无门、苟安不得的苦闷和愤慨。

【辨】"腐鼠"之喻，及李商隐在泾原是否就职小辨

一般以为，"腐鼠"之喻的讥刺矛头直接指向已经落选的"宏词博学"，以及掌控着审核权的腐朽势力。其实，李商隐的本意并不如此。

试想：李商隐一介书生，"前进士"而已，即使博学宏词入选，大都也得从九品官做起，他能把"中书长者"的职位看成"腐鼠"，不屑一顾吗？在唐代，"中书长者"即宰相，如果没有"中书长者"的官职，又怎么可能实现"欲回天地入扁舟"的理想呢？李商隐再狂妄，也不会狂妄到如此地步！那么，能不能仅仅只把已落选的"博学宏词"

看成“腐鼠”呢？也不能。那岂不是说吃不到口的葡萄就是酸的。何况，你第二年还得去考。李商隐再浅薄，也不至于如此矫情，惹人笑话。

那么，李商隐到底对谁发出这种“腐鼠”之讥呢？回答是：王茂元幕中的那些已经据有职位的幕僚们。据《旧唐书·职官志》：节度使之下，有“副使一人，行军司马一人，判官二人，掌书记一人，参谋无员数也”。其中副使、行军司马职位较高，参谋无员数，自无须虑；从李商隐入王茂元幕不到一年，代写表状存世者达29篇（据《李商隐文编年校注》）之多的情形来看，最担心被取代的恐怕就是掌书记了。他对李商隐的来意不明，且文人相轻，有可能发出“赫、赫”之声。

这位掌书记是谁？据开成五年（840）李商隐的《为濮阳公陈许奏韩琮等四人充判官状》“裴蘧”条云：“臣昔忝凿门，辟为记室，属辞而宿构无异，论兵而故校多归。”凿门，亦称凿凶门。古代将军出征，凿一北向门而出，以示必死的决心。陈许之前，王茂元领军于泾原，可见，裴蘧是泾原时期深受王茂元器重的掌书记。为了安排裴蘧与李商隐职务重叠的情形，刘学锴曾作出同时、之后、之前三种设想。惟独没猜想到的是，李商隐根本就没有担任过掌书记。

李商隐到泾原，只是为了求得王茂元的了解，巧言赚得美人归而已，根本就没打算就职。王茂元也只想见他一面，对他进行一番考察，特别是人品。他不知道小女儿为什么拼死拼活地要跟这个只会写情诗的小白脸，也没打算给他安排固定职务。到后来，李商隐已经唱出了“不知腐鼠成滋味”的高调，也就不可能再俯就掌书记之类的低职了。

附带声明一声，把李商隐的“腐鼠”二句解释为针对同僚而言，并不是我的发明，古人多作此想。其中立论明确的：如徐德泓：“‘腐鼠’二句，言若辈不知，疑其有所攘夺，盖为幕友云也。”如纪昀：“刺同侣猜忌之作。”如方东树：“玩末句，似幕中有忌间之者。”（《昭昧詹言》）此外，当代叶葱奇也认为：“幕中资历较老的同僚定有对他心怀妒嫉之人。”我之所以专门提出这一辨题，除了觉得不必特意地拔高李商隐的政治思想境界外，主要还是想说明：李商隐在泾原将近一年，处境十分尴尬，除了讹误多端的旧、新《唐书》说他任“掌书记”外，没有任何史料表明李商隐在泾原接受过辟聘，或者担负过职务。

相反的，其他的入幕情况都有明白的记载。如，大和三年（829）入令狐幕（见《上令狐相公状》），大和八年（834）入崔戎幕（见《上崔大夫状》），婚后的开成五年（840）入陈许幕（见《重祭外舅司徒公文》），特别是赴桂、赴徐、赴西川，其招聘之迹，以及其职、其事，均历历在目。惟独泾原，存世文状甚多，却没有留下任职的迹象。他在《祭外舅赠司徒公文》中曾说：“持匡衡乙科之选，杂梁竦徒劳之地①。”意思是杂处于幕僚群中，干着徒劳无益的活计，这可能就是他当日的实际处境了。

所以，冯浩在《重祭文》中“每有论次，必蒙褒称”后注：“时固为记室之任，然非奏充。”在叙及陈许的“迹疏意通，期赊道密”后又注：“八字有深意。茂元实庸才，虽爱义山，或因人之忌，未敢奏请授官。”——“爱”与“不爱”暂且不论，而“未敢奏请授官”却是事实。

又，李商隐对职务很敏感，在《樊南乙集序》中对“判官”与“掌书记”的不同曾作过大段论述，而在这两篇必得感恩载德的祭文里，对岳父的栽培和提携却是只字未提。惟一的可能是，他在泾原只是一名普通的幕僚，后人猜想的提携和栽培根本就没有。

【历代笺评摘要】

朱彝尊：“通首皆失意语，而结句尤显然。茂元乃义山知己也，岂其然乎？”

屈复：“一、二高楼所见。三、四以贾生、王粲自比。……五、六欲泛扁舟归隐江湖，承二，已之本怀如此。幕府实非所愿，而谗者犹有腐鼠之‘赫’。盖刺谗之作。”

---

①《后汉书·梁竦传》：“竦生长京师，不乐本土，身负其才，郁郁不得意。尝登高远望，叹息言曰：‘大丈夫居世，生当封侯，死当庙食。如其不然，闲居可以养志，诗书足以自娱，州郡之职，徒劳人耳。’”

王鸣盛："心之所期，唯在江湖，恐归时已将白发。……故结以应制科不得，比之腐鼠。"

冯浩："应鸿博不中选而至泾原时所作也。玩三、四句显然矣。其应鸿博不中，已因往依茂元之故。下半言我志愿深远，岂恋此区区者，而俗情相猜忌哉！"

徐德泓、纪昀、方东树等说已引用，不赘。

当代诸家　叶："幕中资历较老的同僚定有对他心怀妒嫉之人。"刘、余："诗以登楼骋望发端，将忧念国事，抒写抱负，感慨身世，抨击腐朽融为一体，展示诗人的理想抱负与客观境遇之尖锐矛盾。"邓：同刘、余说。黄："末联云区区宏博，不过'死老鼠一条'，自是失意时故作不屑语以自慰，不必泥看。"郑："本篇是义山自伤生平的抒情诗之代表作。"

14 东南

开成三年冬

东南一望日中乌，欲逐羲和去得无[1]。
且向秦楼棠树下，每朝先觅照罗敷[2]。

【注释】

〔1〕日中乌：神话传说太阳中的三足神鸟。《淮南子·精神训》："日中有踆（cūn）乌。"高诱注："踆，犹蹲也，谓三足乌。" 羲和：神话传说中太阳的御者。《离骚》："吾令羲和弭节兮。"王逸注："羲和，日御也。"《初学记》卷一引《淮南子·天文训》原注："日乘车，驾以六龙，羲和御之。"

〔2〕秦楼：即秦氏楼。古乐府《陌上桑》："日出东南隅，照我秦氏楼。秦氏有好女，自名为罗敷。罗敷善蚕桑，采桑城南隅……" 棠树：即棠棣、唐棣、棠梨。春华秋实，白花。程梦星："棠树疑为桑树之讹"，因为只有用桑树，才与《陌上桑》之"本事合"。冯浩则以为，"棠树用《诗》'何彼秾矣，唐棣之华'，与秦楼意自通。"向按：李商隐常一语多典，此句最为典型。诗中既有"秦楼"，又有"罗敷"，当以《陌上桑》为主要典源。又，李商隐常以"秦楼客"自居，典中也暗用了弄玉与萧史的情爱故事。此外，《诗·召南·何彼秾矣》写的是齐侯女儿出嫁；他每日守候在棠树下，与希望王氏出嫁的心情也相通。罗敷，借指他的情人王氏。

【疏解】

《东南》是一首摘首二字为题的"准无题诗"，写于泾原。

转眼就是年底，吏部的选调期又近了。这一年，李商隐同王茂元朝夕相处，先后为王茂元代写了几十篇表、状，他的才华，肯定会得到王茂元认可；他的品格，至少是没有留下瑕疵。但是，一年前博学宏词落选的阴影，仍然笼罩着他，使他心悸，使他彷徨。

在一个太阳初升的早上，望日出而忆及“日出东南隅，照我秦氏楼”等乐府诗句，触景生情，浮想联翩，作是诗。

我国古代神话传说：太阳中有一“三足乌”。又传说，太阳神每天乘着一辆六条龙驾驶的车在天空奔驰，御者叫羲和。李商隐运用这两则尽人皆知神话开头，然后展开他丰富的想象。

身处泾州而望京华，故曰“东南”。“日”，隐射君主或朝廷。“欲逐羲和”，正面写再次赴京应试之想，即追随羲和，也做一名太阳的御者，以实现他“欲回天地入扁舟”的理想。“去得无”，即“去得么”，是心问口、口问心的自省之词。因为有上一年博学宏词受谗落选之辱，所以才有此问。

“棠树”即棠棣，又作唐棣，典出《诗·召南·何彼秾矣》。其首章云：“何彼秾矣？唐棣之华。曷不肃雝（雍）？王姬之车。”用现代语来表达就是：怎么是那样地秾丽绚烂？如同唐棣花一般地美艳。为什么到处都是笑语喧哗？王姬出嫁的车队真是壮观！齐侯的女儿出嫁，新郎是周平王的孙子，当然是热闹非凡了。李商隐表示自己每朝守候在“秦楼棠树下”，显然是含有期待王氏出嫁的意思。

“且向”二句，是犹疑后的决断之词。两句话的意思是：算了吧，还是每天早晨，守候在那棵棠树下，只要在第一缕阳光照耀下，能远远地寻找到她美丽的笑脸，就够了。至于登科呀，仕途呀，去他的吧！

在仕途与家庭之间，李商隐常常闪现出厌弃仕途、追求室家之乐的遐想：如《锦槛》结尾处的“岂能抛断梦，听鼓事朝珂”，《无题·昨夜星辰》中的“嗟余听鼓应官去，走马兰台类转蓬”。不过，这只是文人的一种个性展示而已，李商隐家境清寒，现实常提醒他，他必须振兴门庭，养家糊口；更重要的是，泾原一年，王茂元宾客相待，虚与委蛇，许婚而不成婚，等待的就是他的释褐。

仅仅只是为了要娶到王氏，他也得赴京一搏。

写完诗，他还是去应试了。开成四年（839）春，释褐为秘书省校书郎。

需要补充说明的是：开成四年（839）的释褐，进一步地证实了他开成三年（838）博学宏词落选确乎与牛李党争无关。因为一年之后，牛李两党对立依旧，能称为“中书长者”的宰相也大多依旧，如果李商隐的落选确实因为党争，那么，一年之后，他仍然没有入选的可能。

相反的，开成四年（839）的释褐，反倒是证明了李商隐一年前的落选仅仅是因为流言。这一年，李商隐在泾原幕，受到了王茂元的接纳，他的婚事也基本上得到了岳家的认可，产生流言的基础彻底崩溃。而李商隐如火如荼的爱情篇章，这对情人违背父母之命，顶抗社会压力而争取婚姻自由的勇气，特别是有情人终将成为眷属的戏剧性的结局，将会赢得社会舆论的刮目相看。我们曾经说过，对于男女情事，有唐一代是相对开放和相当宽容的。此一时也，彼一时也。风向一转，当丑闻变成佳话流传的时候，那位一时气愤，高叫“此人不堪”并“抹去之”的“中书长者”，或许早就自惭自悔了。

既排除了牛李党争的牵连，又消除了流言蜚语的干扰，还有未来的岳父王茂元作后台，以李商隐之才华，再加上那位仍然是雄踞高位的“中书长者”可能想弥补前愆，李商隐的释褐，就是顺理成章的了。

释褐了，当上秘书省校书郎了（正九品上阶），李商隐的婚姻长跑也就快要告一段落了。说见后。

【辨】李商隐是否成婚于泾原？

一般认为，李商隐成婚于开成三年（838），时间在他赴泾原之后。叶葱奇说：“商隐试宏词不中选，赴泾原幕辟，成婚王氏。”刘学锴等说：“落选后赴泾原节度使王茂元幕，茂元爱其才，以女嫁之。”杨柳、邓中龙等意见大体相同，不赘。然而事实并不如此。

令李商隐深感委屈的是，王茂元并没有像对待韩瞻那样如法炮制，给他和小女儿在泾原操办婚事，他在泾原也没有留下任何涉及婚事的诗篇。而几首明显地提到婚事的诗，如《过招国李家南园》《漫成三首》《漫成五章》《暮秋独游曲江》等，却又从不涉及泾原。

在《安定城楼》中他以王粲自比。王粲在《登楼赋》中写道："虽信美而非吾土兮，曾何足以少留？"显然，满怀着婚姻热望来到泾原的李商隐遭遇到的是迎面一盆冷水，他陷入了一种寄人篱下、飘泊无依、去留两难的困境。如果是已经结婚，或者即将结婚，哪会有王粲的这种孤孑无侣的失落之感，哪会立足未稳就萌生去意呢？

尽管他在王茂元的祭文中说："京西昔日，辇下当时。中堂评赋，后榭言诗。"又说："往在泾川，始受殊遇。绸缪之迹，岂无他人？"等等。仅仅只是礼仪有加的宾主之谊，并不能肯定这就是翁婿之情。

文中的"绸缪"，表达的是宾主之间情意殷切。与汉李陵《与苏武诗》中的"与子结绸缪"之绸缪同义，也与《为韩同年瞻上河阳李大夫启》中的"绸缪顾遇"之绸缪相合。与婚姻则了无关系。

《东南》一篇，是李商隐泾原未婚的铁证。如果结婚了，同床共枕了，还用得着"且向秦楼棠树下，每朝先觅照罗敷"吗？

【历代笺评摘要】

程梦星："此诗盖借其（指《陌上桑》）意以自寓也。言我已为王茂元、郑亚、柳仲郢之幕客，自当忠心自矢，安忍背其知己之恩耶？"

纪昀："寄慨之作。"又："似言进取无能，姑属意于所欢。"

冯浩："叹不得近君而且乐室家之乐也。在泾州而望京都，故曰'东南'。"

当代诸家　叶：略同于冯浩。刘、余："盖其时作者与王氏分居两地，望见东南隅初出之朝阳，遂生'逐羲和'而望见'秦氏楼'之异想，此念既切，不觉身已化为阳光而照临秦氏楼矣。……此诗作于新婚后不久则大体可信。"邓："新婚后或有小别，在异地偶见朝阳初出，因而引发对妻子的怀念。"黄："棠梨（棣）春末夏初开花，当为初至泾原时作。时茂元小女或即寄居昭国李家南园，自泾州而望长安，故云'东南一望'也。"郑：义山婚后"与王氏分居两地，十分思念，于是产生追逐羲和而望秦楼之奇想。"

15 无题二首之一，昨夜星辰　　开成四年春

昨夜星辰昨夜风，画楼西畔桂堂东。
身无彩凤双飞翼，心有灵犀一点通[1]。
隔座送钩春酒暖，分曹射覆蜡灯红[2]。
嗟余听鼓应官去，走马兰台类转蓬[3]。

【注释】

〔1〕灵犀：相传犀牛角有分水、镇邪、清热解毒等功能，故称灵犀。晋葛洪《抱朴子·登涉》："通天犀有一赤理（纹）如线者，自本彻末。"《汉书·西域传赞》如淳注："通犀，中央色白，通两头。"

〔2〕送钩：朱鹤龄引道源注云："《汉武故事》：钩弋夫人少时手拳，帝披其手，得一玉钩，手得展，故因为藏钩之戏，后人效之。别有酒钩，当饮者以钩引杯，白居易诗'酒钩送盏推莲子'是也。"向按：藏钩、探钩，是唐人行酒令的一种方式。杜审言《守岁侍宴应制》中有"弹弦奏节梅风入，对局探钩柏酒传"，李商隐《即日》中有"金鞍忽散银壶漏，更醉谁家白玉钩"，均指此。　分曹：分成相对的两方。《诗·大雅·公刘》："既登乃依，乃造其曹。"传："曹，群也。"《楚辞·招魂》："分曹并进，遒相迫些。"王逸注："曹，偶也。"　射覆：古时的一种猜物游戏。射：猜。《汉书·东方朔传》："上尝使诸数家射覆，置守宫（壁虎）盂下，射之，皆不能中。"师古注："数家，术数之家也。于覆器之下而置诸物，令暗射之，故云'射覆'。"

〔3〕听鼓应官：唐时京城禁夜，以鼓声报时。《新唐书·百官志四》："日暮，鼓八百声而门闭。……五更二点，鼓自内发，诸街鼓承

振，坊市门皆启，鼓三千挝，辨色而止。”应官，到官衙去应付差事。兰台：指秘书省。《旧唐书·职官志》：“秘书省……龙朔（高宗年号）改为兰台，光宅（睿宗年号）改为麟台，神龙（中宗年号）复为秘书省。” 蓬：多年生草本植物，花白色，籽实有毛，成熟后常随风飘走，故亦称“飞蓬”。

【疏解】

这是一首纪实诗。作者参与了一场贵家的后庭夜宴，席上与意中人不期而遇，情愫暗通，散席后又充满了温馨和惆怅的追忆之作。

首句两言“昨夜”，一唱一叹，重叠致词，给作者的追思增添了一层既淋漓酣畅，又缠绵悱恻的袅袅情思，也为作者的追思带来了一种既神秘、又愉悦的心理暗示。次句指明聚宴的场所，是一个显贵人家的后院：在雕绘精致的楼阁之西，在桂丛环绕的厅堂之东。

次联以“彩凤”作喻，写出了这对已是私情相许的隐秘情人，在现实场景中不能比肩并坐、可望而不可即的苦恼；又以“灵犀”作喻，写出了他们在精神世界里心心相印，由彼此默契、眉目传情所带来的隐秘的愉悦。

三联写宴会盛况：男男女女，聚首一堂，时而送钩，时而射覆，觥筹交错，酒暖烛红——好一派恣情欢笑、融乐无间的情景。当此之时，“红”的，则不仅仅是烛光，而是烛光映照下的所有的人、所有的物，特别是这对心存隐秘、意怀遐想的恋人的面颊；“暖”的，则不只是“春酒”，而是所有与会者，特别是这一对目成心会、热流暗通的恋人的心。

既温馨，又浪漫。正所谓“此一时也，彼一时也”：想当年在风声猎猎的紧张气氛中，他躲在雾迷露重的“青桂苑”里瑟瑟发抖的情景（参阅前《药转》），真不知“今夕何夕”啊！

然而好景不长，笙歌未歇，鼓声隆起。京城解禁，街坊门开，官员则需卯时到职。点名称“点卯”，签到称“画卯”。作者不说“点卯”“画卯”，却说“应官”，表示他到官衙不过是应付差事，含有不情不愿和自我调侃的意味。

尾联冷笔作结，表达的是一种官职低微、身不由己的慨叹：骑着马奔赴兰台，有如一簇随风飘转的枯蓬。

纪昀在论及李商隐的“无题诗”时说：“有实有本事者，如‘昨夜星辰昨夜风’之类是也。”“兰台”，即秘书省。这个实写的官署及李商隐此时的官职，叫后世解说者无法回避。

16 无题二首 之二，闻道阊门 开成四年春

闻道阊门萼绿华，昔年相望抵天涯[1]。
岂知一夜秦楼客，偷看吴王苑内花[2]。

【注释】

[1]阊门：又称阊阖门。它是：1．我国神话传说中的天门。《楚辞·离骚》："吾令帝阍开关兮，倚阊阖而望予。"王逸注："阊阖，天门也。"2．特指西边的天门。《淮南子·地形训》："八纮之外，乃有八极。……西方曰西极之山，曰阊阖之门。"3．为了与天上对应，人间也多以城西门为阊门。如，苏州西门称阊门。《吴越春秋·阖闾内传》载："阖闾欲西破楚，楚在西北，故立阊门以通天气。"又，扬州西门亦称阊门。《旧唐书·敬宗纪》："扬州城内，旧漕河水浅，舟船涩滞，输不及期程，今从阊门外古七里港开河，向东屈曲……"又，洛阳西门直称阊阖门。《洛阳伽蓝记卷第四·城西》条记："融觉寺，清河文献王怿所立也，在阊阖门外御道南。"此外，古称西风为阊阖风，见《说文解字》。　萼绿华：道家传说中的仙女。南朝梁陶弘景《真诰·运象篇》载："萼绿华者，自云是南山人，不知是何山也。女子年可二十上下，青衣，颜色绝整，以升平三年（晋穆帝时）十一月十日夜降于羊权家。自此往来，一月之中，辄六过来耳。"后赠权诗一篇，火浣布手巾一方，金玉条脱（古代臂饰）各一枚。语权曰："君慎勿泄我，泄我则彼此获罪。"后与权尸解药，权亦隐景化形而去。向按：此处称该女子为"阊门萼绿华"，夸赞她是来自西方的仙女。后称"吴王苑内花"，兼赞其美如西施。

〔2〕秦楼客：以女婿身份自称。详见前《蝶》及《东南》注。

【疏解】

本诗与前首《昨夜星辰》互为补充。前首实写晚宴盛况，本首则以回味的口吻，专写他与意中人在出乎意料的情况下，蓦然相遇而引发的喜悦。

首二句写向往之久，谋面之难。“阊门”“萼绿华”两典连用，除了表示该女子美如天仙、美如西施外，还可能表示该女子地处西方，或来自西方。说见注〔1〕。“抵”：是相当、等同的意思。“昔年相望抵天涯”发散出来的信息是：两者并非天涯之隔，实可相望；然而相望甚难，使人有咫尺天涯之憾。参阅前《东南》。

三、四句以“岂知”开头，表示事出意外，惊喜莫名。随后以“秦楼客”自居，以“一夜”限定，可见他的女婿身份直到此时，即此“一夜”才得以明确。然而却仍要“偷看”，为什么？因为毕竟还没有结婚，而且众目睽睽；狼吞虎咽地逼视，是会引起哄堂大笑的。

“吴王苑内花”，指的是她美如西施，与首句之“阊门”相呼应，以为指某“后房姬妾”者非，以为定指吴人者亦非。

她是谁？诗中并无确指。然而她位居全诗中心，美貌非凡，身份特殊而神秘，不可不指；因而引起了后世研究者无穷无尽的寻猜……

【辨一】纪实乎？寓言乎？

因为这两首诗写得太实，所以研究者大都认为：“所述殆为作者亲身经历之事情。而非托事寓怀，借美人以喻君子之寓言。”（刘、余《集解》）至于所记何人何事，则分歧甚大，主要论说有三。

一是妓席、艳遇说。说得含蓄的是胡以梅，他说：“此诗是席上有遇，追忆之作。”说得直接的是纪昀，他说：“观此首末二句，实是妓席之作，不得以寓意曲解。”查为仁则干脆说：“隔座送钩，分曹射覆，非妓而何？”（均见《李商隐资料汇编》，后同）

其实，此说非也。妓者，人尽可夫。“闻道”之后，如确有羡艳意，即可登门探求，哪有“昔年”相闻，直至此日才得以见面的道理？

既已见面，且又“心有灵犀”，理当联翩而坐，勾肩搭背，纵不恣情狂放，也无须做贼似的偷觑，乃至隔座相思，愁苦若此？据《北里志》：“诸妓皆居平康里，举子、新及第进士、三司幕府但未通朝籍、未直馆殿者，咸可就诣。”而李商隐，正属于“官不挂朝籍”（陆龟蒙《书李贺小传后》）之列。他完全可以改天直奔平康里，何至于自叹卑微，惆怅如此。

况且，李商隐已是秘书省校书郎，其同游者，可能是品级相当的同僚，也可能是尚无功名的文人狎客。如是前者，大家都得“预备起”：“听鼓应官”！彼此没有高低贵贱之分，李商隐不至于嗟叹；如系后者，李商隐即使不算鹤立鸡群，也不至于自惭形秽，同那些不够资格“听鼓应官”的狎客、妓女相比，怎么会有“嗟余”之叹，把“走马兰台”的荣光比作“转蓬”呢？

二是窃睹他家闺人说。赵臣瑗曰：“此义山在王茂元家窃睹其闺人而为之。或云在令狐相公家者，非也。盖义山在令狐家尚未第。……观末句‘走马兰台’及次首绝句……则义山固已自写供招矣，又何疑焉？”冯浩补充说：“‘秦楼客’，自谓婿于王氏也。”

因为李商隐在诗中自称“秦楼客”，论述者大都直指王茂元家，但就李商隐作诗的地点、时间来考察，这种可能性几乎是完全没有。

从地点上看，王茂元家在洛阳崇让坊，京中并无宅第。他的姬妾除随任外，其余应在洛阳安置，而本诗的写作地点显然是京师。

从时间上看，李商隐一生三入秘书省。开成四年（839）二月首入秘书省时，王茂元在泾原任节度使，京中无姬妾可窥。会昌二年（842）二月再入秘书省时，王茂元已于开成五年（840）十月就任陈许，京中也无姬妾可窥。会昌五年（845）十月服阕入京，三入秘书省时，王茂元已经去世，更不会有姬妾遗留京师了。

三是秘书省说。张采田认为：“此初官正字，歆羡内省之寓言也。首句点其时、地，‘身无’二句，分隔情通。‘隔座’二句，状内省诸公联翩并进得意情态。结则艳妒之意，恐已不能身厕其间，喜极而反言之也。次章意尤显了。萼绿华以比卫公（李德裕），‘阊门’在扬州，……从前我于卫公可望而不可亲，今何幸竟有机遇耶？‘秦楼客’，自谓茂元婿也。观此则秘省一除，必李党汲引无疑。”

张氏所说，一是场景误。“画楼西畔桂堂东”分明是贵家院落，决非皇家宫苑，也不是秘书省的办事厅堂。二是人物关系误。所谓“双飞翼”，即比翼双飞，通常只用于夫妇或情侣；用于群体性同僚，则雁行、雁阵都是很好的选择。三是参与者身份误。原诗中的宴会参与者多是无须“听鼓应官”的，如系秘书省同僚，则鼓声一响，全体起立，“应官”的就不是李商隐一人了。四是时间地点误，秘书省在宫廷之内，岂容得你等男男女女通宵达旦地宴饮？尽管张氏自知其弊，用了“寓言”二字，无题诗中写实篇章本来就少，把这样一篇有时间、有地点、有人物、有官职、有情节的纪事诗，偏要作“寓言”解，可见“寓言说”已经让他的研究走火入魔了。

此外，还有李德裕说。李商隐没有参与、或者偷窥李德裕宴饮的机缘；除非是王茂元请客，李德裕等同辈高官就座，李商隐才能有以子婿身份参与服务及偷窥的可能，且可自称为“秦楼客”。可惜的是，王茂元同李德裕没有“春酒暖”的时令交汇点。王茂元任京官时，李德裕坐镇淮南；李德裕开成五年（840）九月入相，王茂元同年冬调任忠武节度使，直到会昌三年（843）九月去世。

既然李商隐已自称为“秦楼客”，这就又排除了所有与王茂元无关的种种家宴的猜想。

【辨二】“萼绿华”隐射何人辨

《昨夜星辰》《闻道阊门》二首是最不容易穿凿的《无题》诗，因为在所有《无题》诗中，这两首具有最强烈的、不可颠覆的纪实性。

它们有严格的锁定项。一是锁定了时间：一个涉及“走马兰台”职务的年份，在一个“春酒暖”的夜晚。二是锁定了地点：“兰台”，“画楼西畔桂堂东”，标志着它是一座京城显贵人家的院落。三是锁定了事件：一场豪华、热闹、有男有女的晚宴。四是锁定了一个为作者所关注的女子：用仙女“萼绿华”隐射，用“吴王苑内花”西施形容，用“身无彩凤”两句写他们当场故作陌生，实则早已心灵相通的恋情关系。更重要的是，李商隐在锁定以上四项时，同时也锁定了自己。

在所有的《无题》诗中，只有这两首诗是李商隐自报家门入场的。“嗟余听鼓应官去，走马兰台类转蓬”；“岂知一夜秦楼客，偷看吴王苑内花”——他的官职，他的处境，他的身份，特别是他五味杂陈的心理活动，使得我们得以按图索骥，为诗中的这对情愫暗通的恋人找到这段故事的落脚点。

排除了以上的种种假说之后，聪明的读者一定会想到，我们的主张仍然是：这位为全场关注的中心人物，就是他的未婚妻王氏。

一个合理的推断是：开成四年（839）春，李商隐释褐为秘书省校书郎后，他同王氏女的婚事终于得到了王茂元的认可。或者是王茂元的妻子李氏，或者是王茂元的儿子，李商隐诗文中所提到的王十二郎、十三郎等，把王家最小的女儿护送到京城的李家南园，同李商隐完婚来了。

唐代风气开放，男女同席本是常事。这既是一场为远道而来的王氏兄妹行洗尘接风的宴会，也是男女双方以及媒家首次以姻亲关系团聚的宴会，考虑到李商隐和王氏早已相知、相爱，历经了这场身心交瘁的爱情长跑而终将成为眷属的现实，当然也就勿需回避了。于是，时值婚前，喜气洋洋，男男女女，济济一堂，烛红酒暖，觥筹交错，目成心会，坐起哗喧……为我们留下了一幅浓墨重彩的唐人夜宴图。

可惜的是春宵苦短，不知不觉之间，他们热热闹闹地竟然玩了个通宵达旦！

请注意的是：这是李商隐在得到王家允婚后公开地以“秦楼客”身份与未婚妻王氏相聚的第一次。但毕竟还没结婚，诗就只能如此写，情节也只能如此编排，这就把他们几年前就已经相逢，相知，相爱，以及王茂元许婚而不与婚等纠结了多年的或悲或欢、或苦或乐的种种经历，一笔遮盖过去了。

仔细想想：只有在这样的场合，李商隐才可能有一个“心有灵犀一点通”的爱恋对象，才可能有“昔年相望抵天涯”的回想，才可能以“秦楼客”的身份自居，才可能有“偷看吴王苑内花”的小动作，以及五味杂陈的心态。而且，因为这个新身份才刚刚确定，所以，“秦楼客”前才可能用这个很特殊的时间名词“一夜”来限定；否则，成什么话？我不知道先辈研究者们想过没有：“秦楼”又不是妓院，岂可以用一夜、两夜来计算？……可惜的是，春宵苦短；也只有在这样的场合，大家正玩得兴犹未尽，鼓声冷不丁地突然响起，李商隐才可能有官卑职微、身不由己之想，从而抒发出“嗟余听鼓应官去”的怅叹。

【历代笺评摘要】

程梦星：“此诗第一首有‘兰台’字，当是初成进士，释褐秘书省校书郎，调补弘农尉时作。盖叹不得立朝，将为下吏也。”（黄侃、汪辟疆、叶葱奇、邓中龙等略同）

纪昀：“二首皆狭斜之作，无所寓意，深解者失之。”向按：纪昀之另说及赵臣瑗、张采田等说，已于正文中引用，不赘。

冯浩：“自来解无题诸诗者，或谓其皆属寓言，或谓其尽赋本事，各有偏见，互持莫决。余细读全集，乃知实有寄托者多，直作艳情者少，夹杂不分，令人迷乱耳。此二篇定属艳情，因窥见后房姬妾而作，得无其中有吴人耶？赵笺大意良是，他人苦将上首穿凿，不知下首明道破矣。”又：“‘秦楼客’，自谓婿于王氏也。”

王鸣盛：“其所怀者，吴人也，故云‘阊门’，又云‘吴王苑内花’。冯先生因‘秦楼’二字用萧史弄玉事，故以为王茂元后房，恐太泥。唐时风气，宴客出家妓，常事耳，何必妇翁？”

当代诸家　叶：同程梦星说。刘、余：“诸说之中，实以赵、冯二家较优。唯其过泥‘秦楼客’之典，必指实所怀者为王茂元之后房姬妾，则不免拘执。……然视‘吴王苑内花’之语，则所怀者为贵家姬妾，似大体可定。”黄：“……开篇言昨夜于昭国南园画楼西畔、桂堂之东与王氏密约幽会，总因尚未成婚，未可公然也。……首联之与二、三，当自桂堂东短暂之幽会，然后至于堂中入席行酒。……唐人家庭戚属内宴，男女同席，觥筹交错乃是常事。……然真爱仅有‘心相通’是抵不过现实分隔之煎熬，兼之五更鼓声点点，故而诗人惆怅若失，郁勃于心逼出‘嗟余’之一喟。……七绝一首以‘秦楼客’自比，可知王茂元已允成婚事。……因未成婚，故只能悄悄看（偷看）。然未久即假李十昭国南园成婚。”郑：“本篇（指‘之一’）是义山在京城任秘书省正字时所作艳情诗。他因为参加一位达官显宦的夜宴，通宵达旦地娱乐，对贵家家妓产生爱慕之情而不能忘怀，后来追忆其事，赋得此篇。”又：（下为‘之二’）“这位娇花可能先是女冠，后为贵家歌舞伎，故以萼绿华称呼她。”

17 附：春日

开成四年春

欲入卢家白玉堂，新春催破舞衣裳〔1〕。
蝶衔花蕊蜂衔粉，共助青楼一日忙〔2〕。

【注释】

〔1〕欲：将要。　卢家：古乐府诗中的夫婿之家。参阅《无题·近知篇》注。　白玉堂：富贵人家的厅堂。古乐府《相逢行》："黄金为君门，白玉为君堂。"李商隐常用。如《菊》："愿泛金鹦鹉，升君白玉堂。"如《代应》："本来银汉是红墙，隔得卢家白玉堂。"　破：打开，拿出。因突然启用、穿着，故曰"破"。

〔2〕青楼：青漆涂饰的精品楼房，古为豪门高户的代称。说见"辨"。

【疏解】

"欲"，就是将要。成语"摇摇欲坠"，名句"山雨欲来风满楼"，用的都是这个意思。

根据梁武帝萧衍的《河中之水歌》："河中之水向东流，洛阳女儿名莫愁。……十五嫁为卢家妇，十六生儿字阿侯。"李诗中的"卢家"，显然指的是夫婿之家。李诗中的"白玉堂"，显然指的是夫婿家的厅堂。就时间而论，这个将要进入，却还没有进入夫婿厅堂的时间，正是即将出嫁、却还没有拜堂的时刻。就人物而论，这个即将出嫁、却还没有拜堂的女子，在典故中，指的是"十五嫁为卢家妇"的莫愁；在现实中，指的就应该是李商隐的新婚妻子，即将出嫁拜堂的王氏了。

可见，这首诗正是写于李商隐、王氏的新婚之日。首句从新娘角度着笔，以莫愁女比喻王氏，说她即将要跨入婚姻的殿堂，正面点明此日就是婚期。

次句“新春”点明时令，写新娘子在闺中紧张地化妆、着装的情景。“催妆”是唐代婚仪中最为热闹、且必不可少的程序。“破”，张相《诗词曲语辞汇释》说：“犹言安排也。”我个人认为，“安排”太从容，与“破”字所含有的急促而突然的意义不尽相合。《说文》说：“破，石碎也。”含有突然分开、打开之类的意思。如破门而入、破茧而出、破口骂人、势如破竹等等，不一而足。时令是新春刚到，王小姐准备的衣装之类还收藏在箱奁里，因为外面在“催”，忙乱中突然开箱启柜，故曰“破”。所谓“舞衣裳”，取其华美而已——“交扇拂天鹅”，“海上得绡多”（见《锦槛》），王家七小姐的舞姿、服饰在李商隐的心中留下了太深刻的印象，此时是否会穿“舞衣裳”，不必泥看。一个“催”字，写尽了接亲者的急切和热闹；一个“破”字，写尽了闺中扮妆者的紧张和忙乱。合在一起，正好是写出了嫁娶双方同在一园，和乐而又繁忙的情景。

三、四句借蜂、蝶写意。蜂飞蝶舞，比喻而已。说的是所有的亲友宾朋，上上下下，男男女女，熙熙攘攘，都在为了办好这一日的新婚庆典而奔忙！全诗充满了欢乐的气氛，把新婚之日喜庆而繁忙的景象渲染得多彩多姿，体现了李商隐迎娶王氏时得意和急切的心情。

考虑到李商隐借李家南园结婚的特殊性，以及他孑然一身的处境，新婚之日，最闲的是新郎了。李商隐看到屋里屋外的人众如蜂如蝶、闹闹烘烘的情景，禁不住诗兴大发，写下了这首饶有风致的小诗。

此诗前人多不得其解：有言其“欲入玉堂，一会所欢”者，如屈复、黄世中；有言其“将入幕府”，“苦于奔忙”者，如程梦星、张采田；有言其讥刺“邀求新宠”者，如纪昀、叶葱奇。究其原因是：

一是对“青楼”理解有误，辨说见后；李家为昭国坊望族，其楼阁当然可以称之为“青楼”。

二是对诗中提供的“时点”——“一日”之“忙”，有所忽略。首句言“欲入卢家”之“堂”，已确切地点明了婚嫁之“事”，末句又限定了“一日”之“时”。如此红红火火、喜气洋洋的“一日”，只能是婚期，不可能另作他解。如系偷情、幽会，理当私密隐蔽，岂能如此张扬？如系“入幕”“邀宠”，将是常年累月，又岂是“一日”之功？如系花楼、妓院，朝朝暮暮，迎来送往，又岂止“一日”之“忙”？

有趣的是，前人解诗之后，并不自信，所以纪昀在《抄诗或问》中又说：“此诗却不似艳词，莫解所谓，自可置之。”我独辟蹊径，大胆地把它设想为成婚日的即景诗，真不知读者以为如何？

【辨】“青楼”辨

“青楼”一词，最早出自三国魏曹植的《美女篇》：“借问女安居？乃在城南端。青楼临大路，高门结重关。”该“美女”显然是富贵人家女子。其后，《晋书·麹允传》写麹氏之豪富时说：“……牛羊不数头，南开朱门，北望青楼。”指的仍然是显贵人家的居室。

把楼阁涂以青色，是魏晋南北朝时期的时尚，不仅民间女子要趁这趟热闹，如南朝乐府《西洲曲》有“鸿飞满西洲，望郎上青楼”；连帝王也要赶这个时髦，如《南齐书·东昏侯纪》载：“世祖兴光楼上施青漆，世谓之‘青楼’。”因而青楼也可指帝王之居。

至南朝梁刘邈《万山见采桑人》诗云：“倡妾不胜愁，结束下青楼。”古代“倡”指歌舞艺人；也通“娼”，指妓女。此青楼女子自称“倡妾”，且在山中采桑，不管她是优是娼，显然已不属豪门了。

至唐，“青楼”一词三义并存。一指贵家居室，一指帝王之居，一指妓院，均依具体语言环境而论，并行不悖。如王昌龄《青楼曲》之二云：“驰道杨花满御沟，红妆缦绾上青楼。金章紫绶千余骑，夫婿朝回初拜侯。”显然是官宦之家。李白《宫中行乐词》：“绿树闻歌鸟，青楼见舞人。”显然是宫中楼阁。而杜牧的《遣怀》：“十年一觉扬州梦，赢得青楼薄幸名。”指的肯定是妓院了。

杜牧诗名甚噪，特别是这两句诗，几乎是尽人皆知，成了文人狎妓的榜样和借口。是不是杜牧之后，青楼就变成了妓院的同义语了呢？也不是的。至少在唐代尚不如此。晚于李商隐的诗人邵谒（约公元860年前后在世）在《寒女行》中叹道：“青楼富家女，才生便有主。”更晚一点的韦庄（曾任前蜀宰相）在《贵公子》中写道：“大道青楼御苑东，玉栏仙杏压枝红。”可见，晚唐之后，青楼还用于富家楼阁。不过，宋元之后，青楼的语义渐渐地单一化，成为妓院的雅称了。

李商隐有忆旧之作《过招国李家南园二首》，其一云：

潘岳无妻客为愁，新人来坐旧妆楼。
春风犹自疑联句，雪絮相和飞不休。

可见，李商隐是借李家南园成婚的；同时，李家又是其妻王氏的母舅家或姐夫家，嫁娶双方都在南园，所以是热闹非凡。那是一个春天，既有雪花飘洒，又有柳絮纷飞，亲友们吟诗联句①，其乐也陶陶。“潘岳”自指，潘岳丧妻，曾以《吊亡赋》闻名于后世。可以推知，他的前妻已逝。新人指王氏。“旧妆楼”即借来充当洞房的李家楼阁。李家为昭国坊望族，其楼阁当然可以称之为“青楼”了。

【历代笺评摘要】

屈复：“欲入玉堂，一会所欢；春日方新，歌舞已无间时，而蜂蝶共助，其忙愈甚；又安得一见乎？身居要路，政事已多，况槐柳齐列，何异蜂蝶青楼之助乎？”

陆鸣皋等：“意指奔走豪门者，而善谑不露。”

程梦星：“此近于艳词而非者；大抵将入幕府供职笺奏，苦于奔忙之寓言也。”

纪昀：“此似刺急于邀求新宠之人，非艳诗也。”

当代诸家　叶：“讥刺钻营邀宠的人。”刘、余：“寓入幕文士‘苦于奔忙’，为他人作嫁衣裳之心理状态。”邓：“程（梦星）说近之。严格说来，此诗即写商隐自身。”黄：“屈笺云：‘欲入玉堂，一会所欢’而不得见也。说可从。或类比之，以为寓托入幕奔忙，则蜂蝶衔花、共助青楼似难义释。”郑：“本诗写青楼歌妓在新春之时赶制舞衣，将要到贵族之家演出，所以青楼呈现一片忙碌景象。”

---

①李商隐诗《送王十三校书分司》中也有“定知何逊缘联句，每到城东忆范云”之说。

18 无题二首[1] 之一，长眉画了

开成四年春

长眉画了绣帘开，碧玉行收白玉台[2]。
为问翠钗钗上风，不知香颈为谁回[3]？

【注释】

〔1〕释题：这两首诗古本列为《蝶三首》中的之二、之三，戊签本、屈复本分出，题为《无题二首》。

〔2〕碧玉：古代女子常用名。冯浩注："《乐府诗集·碧玉歌》，宋汝南王所作也。碧玉，汝南王妾。"据王运熙先生考证，南朝宋无汝南王，《碧玉歌》应是晋孙绰为汝南王司马义爱妾碧玉所作，题为《情人碧玉歌》。其词云："碧玉小家女，不敢攀贵德。感郎千金意，惭无倾城色。"又云："碧玉破瓜时，相为情颠倒。感郎不羞郎，回身就郎抱。"此后，梁武帝萧衍有《碧玉歌》，梁简文帝萧纲《对烛赋》有"碧玉舞罢罗衣单"，梁元帝萧绎《采莲赋·歌》有"碧玉小家女，来嫁汝南王"等等。后形成成语"小家碧玉"，指小户人家的美貌少女，与"大家闺秀"相对。本诗中的"碧玉"指侍婢。　白玉台：即玉镜台，白玉制作的梳妆台。

〔3〕翠：翡翠，一种青碧色硬玉。　钗上凤：钗上的凤形装饰物。

【疏辨】《无题·长眉画了》或为"催妆诗"说

"催妆"是古代迎亲礼的一个组成部分。它大约起源于古代的抢亲风习，而盛行于北朝。唐段成式《酉阳杂俎》引南朝陈江德藻《聘北道记》说："北方婚礼必用青布幔为屋，谓之青庐。于此交拜，迎新妇。夫家百余人挟车俱呼曰：'新妇子，催出来。'其声不绝，登车乃

止。今之催妆是也。”段成式接着还说：“江德藻记此为异，明南朝无此礼也。”

唐朝开国皇帝本陇西人，对各民族风习兼收并容，同时，根据唐人重诗的特点，在前朝形成的一整套婚仪，如“铺帐”“障车”“催妆”“掩扇”等基础上，发展出了催妆诗及却扇诗，为本来带有一些粗放气息的古老婚仪，增添了文化内涵。

催妆诗用于迎亲之时。“催”者是新郎，“妆”者是新娘。写诗的可以是新郎，也可以是傧相或贺喜者，但唱和者一定是一支庞大的迎亲队伍，大家闹闹嚷嚷，吟唱呼啸，一直把新娘“催”出，登车或上轿为止。

一首广为人知的《催妆》诗是卢储写的。《全唐诗》该诗题下有注云：“李翱典郡江淮，储以进士投卷。翱置几案间，其女见之，谓小青衣曰：‘此人必为状头。’翱闻，选以为婿。明年，果第一人及第。”卢储是唐宪宗元和十五年（820）状元。其《催妆》诗云：

> 昔年将去玉京游，第一仙人许状头。
> 今日幸为秦晋会，早教鸾凤下妆楼。

流风所及，连皇家也未能免俗。元和元年（806），宪宗妹云安公主下嫁南顺郡王刘昌之子刘士泾，迎亲之夕，“百僚举觞为傧相”，新科进士陆畅奉命作催妆诗，题曰《奉诏作催妆五言》：

> 云安公主贵，出嫁五侯家。天母亲调粉，日兄怜赐花。
> 催铺百子帐，待障七香车。借问妆成未？东方欲晓霞。

催妆诗没有特定的体制，但须围绕着婚事着笔。首先，必须写到新娘子化妆，因此，对镜，画眉，涂脂抹粉，插花戴钗，都是必不可少的；其次，还需写到新娘子的美丽和羞怯，以示调笑；第三，强调时间已晚或新郎期盼心切，以进行催促。

用这样的标准来考察李商隐诗作，“长眉画了”就有可能是一首别有风情的催妆诗。这是因为：一、所谓“白玉台”，即白玉制作的梳妆台，亦即玉镜台。东晋名人温峤曾以此为媒贽，娶了他漂亮的表妹。李商隐特意写出该女子在玉镜台前梳妆、画眉，无形中给这首诗植入了一股婚嫁气氛。二、在女子陪嫁物中，这个梳妆台是必不可少的。三、如果是无关婚嫁，化妆之后，收不收起梳妆台无须强调；但是，要出嫁的女子就不是这样，因为它是陪嫁之物。外面人声鼎沸，已经在“催妆”了，所以“收”前用了个“行”字。在古代语言中，“行”用于动作、行为的快速承接，相当于即、就、马上等。唐张籍《少年行》：“遥闻虏到平陵下，不待诏书行上马。”用的就是此意。所以，此句不是闲笔，而是一个出嫁女子梳妆之后必须马上要做完的事。

这样看来，李商隐的这首诗基本上符合催妆诗的要求。首先，他写了新娘的化妆：对镜，画眉，结发，戴钗，乃至于收拾妆奁盒，开绣帘等等，一整套，铺叙得不枝不蔓；其次，恰到好处地写出了新娘子的美丽、娇媚、羞怯，和情不自禁的喜悦，特别是“不知香颈为谁回”？简直是明知故问的挑逗了！只有李商隐这样的风流才子，才能把世俗气息很浓的催妆诗写得这样高华柔媚。

诗中“催”了没有？还是催了。如果不是下面在催，又何须强调小婢女马上就收起“白玉台”呢？不同的是，李商隐把诗的时点推得更后：长眉已经画了，梳妆台也收拾好了，闺房的绣帘已经拉开，只是新娘子回首背面，欲步不前，露出了一丝似喜而怯的犹疑。李商隐抓住新娘子这一瞬间微妙的心态，逼问：——请问你，这翠钗钗上的凤凰鸟啊，不知这新娘子香艳的颈项，到底要为谁而回？

问得刁钻、古怪。既是充满爱意的嘲弄，又是满怀期盼的挑逗，这个带着几分赞赏、几分得意的唱问，定然是把新娘子甜得肺腑血奔，窘得无地自容。姚培谦注曰：“不问之人，而问之钗上凤，妙绝！”

考虑到李商隐是客居京师，借李家南园成婚；王氏是李家女主人的妹妹，借李家南园出嫁。嫁娶双方都在南园，因此，形式上的“催”就是多此一举了。

19 无题二首之二，寿阳公主

开成四年春

寿阳公主嫁时妆，八字宫眉捧额黄[1]。
见我佯羞频照影，不知身属冶游郎[2]。

【注释】

〔1〕寿阳公主：一般以为是南朝宋武帝女。说见“辨一”。 八字宫眉：古代宫中女子画眉样式之一，又名鸳鸯眉。《事物纪原·卷三·冠冕首饰部》载：“汉武帝令宫人扫八字眉。”明杨慎《丹铅续录·十眉图》载：“唐明皇令画工画十眉图。一曰鸳鸯眉，又名八字眉；二曰小山眉，又名远山眉。……”直至晚唐，“八字眉”仍是时妆。白居易在《时世妆》中写道：“乌膏注唇唇似泥，双眉画作八字低。”即此。额黄：古代妇女涂点于眉间额头的黄色化妆品。因涂在八字眉间，眉形如“捧”，故云。

〔2〕冶游：亦称野游、游冶，指青年男女在郊野游乐。说见“辨二”。

【疏解】

首二句说，你把寿阳公主的梅花妆作为你的“嫁时妆”，八字宫眉中间涂了一点淡淡的额黄。此前，没有把“梅花妆”同出嫁联系在一起的典籍，因此，李商隐诗中的“嫁时妆”，只能是写实了！从文本显示的情节来推断，他写的不是别人，正是他新婚之夜的妻子。

此时，闹房的人已经离去，洞房里只剩下新婚夫妇俩。在李商隐眼里，新娘子看了看我，又佯装害羞，频频地对镜照影。怎样来打破这初入洞房的尴尬呢？李商隐用轻松的调侃语调发话了：“见我佯羞频照影”——妹子，见到我，你就用不着佯装害羞，频频地照镜子了。

“不知身属冶游郎”——难道你不知道，从今以后，你就属于我了；属于我这个你所喜欢的冶游的情郎！

这话说完之后，李商隐、王氏轰轰烈烈的恋情便告一段落。此后闺房中的喋喋私语，我们就听不到了。

【辨一】“寿阳公主”及“梅花妆”考辨

关于寿阳公主，比较完整的记载见之于《太平御览》卷三十《时序部·十五·人日》所引的《杂五行书》。其文曰：“宋武帝女寿阳公主人日卧于含章殿檐下，梅花落公主额上，成五出花，拂之不去。皇后留之，看得几时。经三日，洗之乃落。宫女奇其异，竟效之，今梅花妆是也。”唐韩鄂《岁华纪丽·人日·梅花妆》，也有大体相同的记载。但是，这个寿阳公主在正史《宋书》中无记载。

一、整部《宋书》中没有寿阳公主。宋武帝刘裕的女儿很多，比较出名的是嫡长女会稽宣长公主兴弟、义兴恭长公主惠媛。此外，还有豫章、吴兴、始安、吴郡等公主，就是没有寿阳公主。

二、一般认为，传说中的寿阳公主就是“会稽宣长公主”（383—444）。问题是，她的父亲刘裕 420 年称帝，称帝之后，她才可能称公主，卧含章殿，这时，她已经 38 岁，不得再有如此天真浪漫的情节。而她的生母，刘裕妻子中惟一被追封为皇后的臧氏，已于义熙四年（408），即刘裕称帝前 12 年去世，她们不可能在这样的时间、地点、称谓中，共同演绎出这段有趣的故事。

三、会稽宣长公主什么时候出嫁，没有记载，她的丈夫是振威将军徐逵之。不幸的是，他在东晋安帝义熙十一年（415）讨伐司马休时战死，这距刘裕称帝还有五年。会稽公主有两个儿子，后来也没有她改嫁的记载，因此，梅花妆与“嫁时妆”并没有直接的联系。

四、最初的梅花妆，大约也只是在额头粘上一朵腊梅花或者几片花瓣。因为腊梅花并不是常年都有，人们便用黄色颜料在额头涂成梅花形，或者用金箔剪成梅花形来代替。再后来，颜色不限于黄色，红色、绿色、紫色均可；形状也不限于梅花，星形、月形、其他小动物形也可；材料也不限于金箔，纸片、玉片、干花片、鱼鳞片，乃至蜻蜓、蝴蝶的翅膀均可。其中以黄色涂点额头最为流行，称为“额黄”。其以金、银箔等贴面的称为花钿。从文物考古及佛教传入的时间来看，女子面额装饰或许时间更早，大约是从南北朝以后直至唐朝，梅花妆及额黄、花钿等才引领时尚，成为女子面额装饰的主流。

北朝《木兰辞》，有“当窗理云鬓，对镜贴花黄”，南朝梁简文帝《戏赠丽人》诗，有“同安鬟里拨，异作额间黄”。初唐虞世南《应诏嘲司花女》诗说：“学画鸦黄（即额黄）半未成，垂肩亸（duǒ）袖太憨生。”晚唐牛峤《红蔷薇》诗说：（蔷薇）“若缀寿阳公主额，六宫争肯学梅妆？”写的都是这样的时尚。

到了宋朝，梅妆仍然是大家闺秀面饰的主流。明谢肇淛在《五杂俎·事部四》载：“东坡有小妹，善词赋，敏慧多辩，其额广而如凸。坡尝戏之曰：‘莲步未离香阁外，梅妆先露画屏前。’”意思是，步子还没有走出闺房，额头上画的梅妆就凸现在画屏之外了。查苏轼无此小妹，这条笔记的文物意义是，在明朝人眼里，宋朝女子是着梅妆的。

明朝还流行不流行？唐伯虎在《芭蕉仕女图》上题诗说：“佳人春睡倚含章，一瓣梅花点额黄。起对镜自添百媚，至今都学寿阳妆。”这个“至今都学”说明，梅妆在明朝仍然有强大的生命力。

因为最早的梅妆多用黄色，而采用这种妆饰的人多是少女，因此，人们便形象地将未婚女子称做“黄花闺女”。到她们出嫁时，就要改变妆束，可以涂脂抹粉了。所谓“今朝白面黄花姐，明日红颜绿鬓妻”。这两句民谚，正是古代女子结婚前后打扮各异的写照。

【辨二】“冶游”乎，“闺趣”乎？

读《无题·寿阳公主》，有几个细节还需要进一步地推敲：

一是“嫁时妆”。我们已经说过，“梅花妆”并不是特定的“嫁时妆”，没有任何资料显示寿阳公主曾经着“梅妆”出嫁。因此，这里所说的“嫁时妆”，应包含衣服、发型、头饰、面饰等等，“八字宫眉捧额黄”只不过是画龙点睛地突出某出嫁女士化着很时尚的“梅妆”而已。纪昀曾经论断：“此二首乃冶游之词，误入于此。”张采田也曾附和：“冶游之作，无别寄托。”试想，有哪位女士能身着“嫁时妆”在外冶游呢？更多的人，含混地把这两首诗称为“艳诗”。所谓“艳诗”，一般指的是偷情诗或狎妓诗。试想，有哪个少女或少妇能身着“嫁时妆”偷情？又有哪个妓女会身着“嫁时妆”接客？显然，那位身着“嫁时妆”面对面地同李商隐同处一室，成为他描写和戏谑对象的，只可能是他的新婚妻子。当然，我们指的正是王氏。

二是“佯羞”。如果只是一个经“父母之命，媒妁之言”而出嫁，进入洞房的女子，她的害羞是真实的，决不会玩弄“佯羞”。如果经过一番恋爱，男女双方早有接触，再按一定的程序出嫁，进入洞房，她就不一定那么害羞了。但按习俗还得装出一副害羞的样子，所以称其为“佯羞”。回顾李、王的爱恋经历，经过一番艰阻、曲折之后而终成眷属，正属于后一种。王氏的“佯羞”是必然的，李商隐抓住这一典型心态进行戏谑也是正常的。如果是冶游、偷情，机会难得，干柴烈火，用得着忸怩作态的“佯羞”吗？如果是狎妓，那些惯于迎来送往的妓女们，岂有“佯羞”之理？

三是“频照影”，一种“佯羞”的肢体语言。我们应该记得，在前首诗里，女主人公曾对着这个镜台画过长眉，随后由“碧玉”把它收拾起来了。我们说过，这个镜台之所以要“行收”，就是因为它将要作为陪嫁送进新房。而在这首诗里，镜台果然又成了女主人公“佯羞”的道具。作者匠心独用，前有呼，后有应，草蛇灰线，迤逦而行，当他把这座梳妆台从出嫁女的闺房调度到洞房，完成空间大跨越的同时，这段有声有色的嫁娶活动在时间上、情节上就连成一线了，这两首看似独立的《无题》诗在内容上也就连成一个天衣无缝的整体了。

四是“冶游”。“冶游”又作野游、游冶，指男男女女在郊野游乐，多含有寻情觅友、潇洒放浪的意味。晋乐府《子夜春歌》：“罗裳迮（zé）红袖，玉钗明月珰。冶游步春露，艳觅同心郎。”南朝女诗人鲍令晖（鲍照之妹）《丹阳孟珠歌》说：“阳春二三月，草与水同色。道逢游冶郎，恨不早相识。”用的都是这个意思。

李商隐对王氏的关系，婚前是情郎，婚后则是夫君了。此时此刻，李商隐不以旧日的情郎和今日的夫君自居，为什么偏偏自称为“冶游郎”呢？难道真如纪昀所论断的“此二首乃冶游之词，误入于此”？或者如张采田所附和的“冶游之作，无别寄托”么？

事实当然不是如此。

唐·佚名《游骑图》(局部白描)，现藏于北京故宫博物馆。

回顾李、王的恋情，正是在一次冶游中邂逅的。不记得了吗？李商隐在《暮秋独游曲江》中回顾说“荷叶生时春恨生”，正好是向我们提供了他们邂逅的时间和地点。王氏千金之体，是不可能独游曲江的。当她在《无题·八岁》篇中脱离了侣伴，在秋千架下“背面”独泣之时，正好被偷窥的李商隐尽收眼底。李商隐当时在干什么？简单地回答就是：冶游。

尔后便开始了：打探——“十四藏六亲，悬知犹未嫁”；追求——“莫将越客千丝网，网得西施别赠人”；调笑——“近知名阿侯，住处小江流”；约会——“小苑华池烂熳通，后门前槛思无穷”；甚或幽会——“相兼惟柳絮，所得是花心”；等等。第一次见面，是他们一辈子嘀咕不完的话题。当他们两情相洽、互相打趣的时候，他们会送给对方一个怎样的雅号呢？我想：李商隐可能会讥称她为“秋千女”或“哭娃娃”等等，而王氏则可能径直把他贬称为——冶游郎。

时过境迁，他们度过了一道道难关，最终走进了洞房，成了夫妇。试想，当李商隐看着他的妻子佯作羞态，频频照镜的时候，他会以怎样的话题来抒发他内心的欢畅，打破这暂时的沉寂呢？李商隐是聪明人，此时此刻，提起当日初次邂逅的情景，应该是别有一番温馨的。而拿出他们平常逗乐的话题开涮，定可以打开这个有点尴尬的局面。

于是李商隐说了：小姐，别老是照镜子了；你得看看我呀，难道你不知道，你已经属于我了，属于了你冶游的情郎。

既温馨，又有风趣。如果不是在此洞房花烛之夜，如果不理清他们恋情的前因后果，此最后一句，就变成厚颜无耻的登徒子了。

【辨三】《无题二首》另解

如果把这两篇别有风趣的无题诗，看成是李商隐、王氏婚后闺中调笑之作，也很有趣。那么，它是一种独特的两首连缀的应答体诗。

第一首拟王氏语。一、二句言梳妆已毕，侍婢已收拾好梳妆台；三、四句设问，然此系明知故问，不问人而问钗上之凤，分明是调笑语，其娇媚之态呼之若出，其香颈为谁而回，不言而自明矣。

第二首为李商隐之答。一、二句与前首一、二句相应，“宫眉”“额黄”，极夸王氏装扮入时。三、四句答前首三、四句，但亦当以调笑语视之。“冶游郎”，义山自谓；其夫妇琴瑟之乐，跃然纸上矣。若果属冶游之辈，则反不得以“冶游郎”自称也。纪、冯、张等大家，未能悟出此二首连缀应答之妙，仅坐实皮相之言，太迂。

又，这种两首连缀的应答体，虽非李氏独创，但他运用得最多，也最为娴熟。而且到后来，也和《无题》诗一样，发展成一种特殊的、寓意深微的寓言体，如：《百果嘲樱桃》，《樱桃答》；《追代卢家人嘲堂内》，《代应》；《代魏宫私赠》，《代元城吴令暗为答》；《代越公房妓嘲徐公主》，《代贵公主》等；均属此类，也不得以皮相之语立言。

【历代笺评摘要】

屈复：“（长眉篇）一、二写美人妆毕；三、四写顾影自怜之意。……（寿阳篇）写女郎初嫁时情态。然玩‘见我’字，‘不知’字，‘冶游’字，有所嫁非偶之叹。”

程梦星：“叹不知适从也。以令狐之旧客，而入茂元之幕，何嫌何疑，遂成仇怨。人生去就，审择难之。……”

姚培谦：“（长眉篇）为情人乎？抑为蝶乎？不问之人，而问之钗上凤，妙绝。（寿阳篇）就无情中翻出有情，实则非真有情也。义山诗往往作此想。”

纪昀：“此二首乃冶游之词，误入于此。”（指误入《蝶三首》中）

张采田：“冶游之作，无别寄托。”

当代诸家　叶：“细玩二诗，寄托之意显然。若属冶游，则上二句太拟于不伦了。”刘、余：“二首明为赋体，曰‘见我佯羞’，作者已为诗中另一人物，岂得复以‘佯羞频照影’之女子自况？所咏对象，似为妓女。视‘不知身属冶游郎’句及口吻之轻薄可知。”邓：“如果把描写的对象当作是当时流行的入道宫女，似乎比较适合。”黄：“诗中所咏女子身份或为义山婢妾，或为小家女，无出此二者。诗为义山戏谑之作也。”郑：“二首并为赠妓之作。”

20 无题照梁初有情

开成四年

照梁初有情，出水旧知名〔1〕。
裙衩芙蓉小，钗茸翡翠轻〔2〕。
锦长书郑重，眉细恨分明〔3〕。
莫近弹棋局，中心最不平〔4〕。

【注释】

〔1〕照梁：指初升的丽日映照屋梁。宋玉《神女赋》："其始来也，耀乎若白日初出照屋梁。"用来形容该女子光彩照人。　出水：指出水的荷花。曹植《洛神赋》："迫而察之，灼若芙蕖出绿波。"芙蕖，荷花。用来形容该女子美艳如荷花。

〔2〕衩：蔽膝。参阅《无题·八岁》注。　芙蓉：此处指荷花色。茸：同"绒"，刺绣用的丝缕，可攒成茸花。钗茸：指缀有茸花的头钗。　翡翠：翠绿色的硬玉，此处指用翡翠制作的头钗。

〔3〕锦：锦书。据《晋书·列女传》，前秦秦州刺史窦滔"被徙流沙"，其妻"苏氏思之，织锦为回文旋图诗以赠滔，宛转循环以读之，词甚凄惋"。武则天《窦滔妻苏氏织锦回文记》云：该织锦"五采相宣，莹心耀目。纵横八寸，题诗二百余首，计八百余言，纵横反复，皆成章句。其文点画无阙，才情之妙，超今迈古。名《璇玑图》。"故后人称妻子写给丈夫的书信为"锦书"。　郑重：殷勤、恳切之语。

〔4〕弹棋：古代的一种棋戏。汉刘歆《西京杂记》卷二："成帝好蹴踘，群臣以蹴踘为劳体，非至尊所宜。帝曰：'朕好之。可择似而不劳者奏之。'家君（刘向）作弹棋以献。帝大悦，赐青羔裘，紫丝履，

服以朝觐。”又，《后汉书·梁冀传》载：冀“性嗜酒，能挽满、弹棋……之戏。”唐李贤注引《艺经》注：“弹棋，两人对局，白黑棋各六枚，先列棋相当，更相弹之。其局以石为之。”沈括《梦溪笔谈》载：“弹棋今人罕为之，有谱一卷，盖唐人所为。其局方二尺，中心高起如覆盆；其巅为小壶，四角微隆起。今大名开元寺佛殿上有一石局，亦唐时物也。”向按：弹棋大略起源于西汉，繁衍于魏晋，唐由盛而衰，宋由衰而绝。其棋局大小、棋子多少及弹法，各书记载不同，不可考也。本诗借弹棋局之形，为“中心不平”立意。

【疏解】

冯浩、张采田都认为本诗是李商隐婚后不久的寄内诗，甚是。

首联追述定情之初。“照梁”句言：初次见到你，你灿烂得像一轮初升的丽日，让我萌生了爱慕之心。“出水”句言：你娇艳得像一枝出水的莲花，我则早就知道你的声名了。何逊《看伏郎新婚诗》云：“雾夕莲出水，霞朝日照梁。何如花烛夜，轻扇掩红妆？”此二句引“照梁”“出水”连用，其歌咏对象应当是他的新婚妻子。向按：李商隐对王氏关注甚早。本篇之“出水旧知名”，与前《八岁篇》之“悬知犹未嫁”，《近知篇》之“近知名阿侯”，一气相贯，轨迹清晰。

次联写王氏。“裙衩”句写衣着之华美，年龄之幼小；“钗茸”句写装饰之艳丽，体态之轻盈。向按：王氏常常穿着荷花色衣裙，李商隐也常常用芙蓉、荷花来形容王氏。参阅后《赠荷花》。

三联写王氏来信，一是锦书传情，慰念殷切；二是抒发郁闷，所恨分明。四联承三联意，以“弹棋局”设喻作答。言“莫近”，指的是不要靠近，不要参与，甚或是装聋作哑，不问不闻，因为那里本来就是个“不平”之地，一旦沾惹，未免又自寻烦恼也。

是警示语，也是宽慰语。

王氏所恨者何？李商隐所说的“弹棋局”到底指什么？是解读“照梁”篇的关键。

【辨一】王氏所恨者何？驳“鸿博落选”说

王氏所恨者何？诗中并未指明。

程梦星认为，所恨点为长安时局。姜炳璋认为，所恨点为“党人蟠固如棋局之争”。这两种说法，显然是把长期居处于深闺的王氏的视野拔得太高了。冯浩则纠而正之，把所恨之点具体化，说：“此寄内诗。盖初婚后，应鸿博不中选，闺中人为之不平，有书寄慰也。”

冯浩的解释不只得到了张采田的附和，而且为后代许多研究者所赞同，但仔细探究起来，疑点有三。

一、背景疑点。我们已经指出，开成三年（838）试博学宏词前后，李商隐既没有思想准备，也没有时间、精力、能力来完成这桩婚事。博学宏词落选后，李商隐赴泾原，在王茂元幕生活近一年，也没有留下任何结婚的行迹（参阅前《安定城楼》）。正所谓“皮之不存，毛将焉附”，既然李商隐、王氏尚未结婚，王氏也就不可能用“锦书”寄恨，所谓的“闺中人为之不平”，就更是子虚乌有了。

二、时间疑点。即使是李商隐、王氏已经在开成三年（838）试博学宏词前后结婚，他们也没有这一来、一往，写这一书、一诗的时间。

书来信往的一般情况是两地分居。这就要求李商隐在试博学宏词之前就把新婚妻子送回泾原。而放榜之后，落榜的他又不可能死皮赖脸地呆在京城，承受友善者的同情和安慰，得意者的鄙夷和白眼。因而也就没有时间来按照冯、张两位大师的设想，安排写信报忧，回函“为之不平”，再“有书寄慰”，这样一系列的颇有戏剧性的情节了。因为，还是在这个春天，李商隐已经出现在泾原的“安定城楼”，唱叹“贾生年少虚垂泪，王粲春来更远游”了。

三、心态疑点。李商隐的《无题·照梁篇》出语轻松。前四句用极其动人的语言赞美了他的妻子，这正是一个大龄丈夫对自己的娇小的新婚妻子的赞美，带着几分欣赏，几分呵护。过了这段时间，就显得有些酸溜溜的，不伦不类了。如果进一步推敲，李商隐为什么突然用这样的语气来赞美他的妻子呢？原来他妻子心中有“恨”。李商隐是细心的、狡黠的，为了劝解和宽慰他的妻子，他用前四句的赞美作铺垫，让妻子消消气，然后说出劝解的话来。可见：

1. 妻子有恨，李商隐不一定有恨。他对妻子的“恨”有所理解，有所共鸣，但并没有形成共振。因此，他只是一个劝解者、宽慰者。

2. 李商隐落选之“恨”，在《回中牡丹为雨所败二首》《安定城楼》等诗中曾是抒写得淋漓尽致，如“玉盘迸泪伤心数，锦瑟惊弦破梦频”等，如果他妻子的“恨”与博学宏词落选有关，李商隐决不会那么淡然地站在旁观者的地位来劝解。

何况，王氏女身处闺帏，无关政局，又何曾知道李党、牛党为何物？李德裕、牛僧孺为何人？“党人蟠固如棋局之争”为何事？因此，认为本诗是“应鸿博不中选，闺中人为之不平，有书寄慰”之说，显然是不能成立的。

【辨二】“弹棋局”之喻

要说清王氏所恨者何，首先得判定该诗到底写于何时、何地？

考李商隐生平，他婚后不久即调任弘农尉，途中有《出关宿盘豆馆对丛芦有感》云：

芦叶梢梢夏景深，邮亭暂欲洒尘襟。
昔年曾是江南客，此日初为关外心。
思子台边风自急，玉娘湖上月应沉①。
清声不逐行人去，一世荒城伴夜砧。

这首诗给我们提供了三条有用的信息。一是，他离京赴任弘农尉的时间是一个“芦叶梢梢夏景深”的季节。二是，写“思子台”未引发父子、忠奸之慨，除了一般性地点染风物外，则应是表明他的母亲不在身边，他在怀念远在济源正为他的处境担心而“思子”的母亲。三是，“玉娘湖”与“思子台”对举，再加上“月应沉”的推测语，可见，他的妻子也不在身边，他同时也在想念远在泾原的妻子。

王国维先生说：“一切景语，皆情语也。”（《人间词话》）信然。

可以想见的是，王氏以“锦书”相寄，李商隐以《无题·照梁》

①思子台：汉武帝太子刘据因江充巫蛊之诬而自杀，武帝知其冤后，作思子宫，并建归来望思之台于湖县（今河南灵宝市）。　玉娘湖：已不可考。

作答的时间大略是王氏新婚回门、暂住娘家之后，李商隐因调离秘书省，赴弘农尉，未能及时接回妻子之前。

此时的王氏住在娘家，心中有何“不平”，要向丈夫倾诉呢？我们的判断是：王氏之“恨”与政事无关，只是姊妹间待遇不公，姑嫂间相处不宁，所引起的家庭纠葛而已。

王氏的娘家是一个大家庭，他的父亲王茂元生有“七女五男”，兄弟姊妹达十二人之多。中国人崇尚几世同堂，儿子们一般不会另立门户，即使有仕宦、出游者，其媳妇、孙辈也大多应当在家。七个女儿虽说都已出嫁，但一年之中，省亲的，例行节庆礼仪的，因故不得不暂居娘家的（如此时的李商隐妻王氏），应该是川流不息。何况，还有一批穷亲戚，七姑八姨之类的寄食者：如《为王从事妻万俟氏祭先舅司徒文》中的祭主，甥女兼侄媳的万俟氏；《为王秀才妻苏氏祭先舅司徒文》中的祭主，表妹苏氏等等。俗话说，三个女人一台戏，一大群女人在同一屋檐下，穿堂过室，蜚短流长，定然是好戏连台。李商隐把它比喻成“弹棋局”——一个让黑白棋子互相撞击、最终谁都有可能被打入陷阱的博弈平台，是再恰当也不过的了。

在这个“弹棋局”中，最脆弱的是新婚回门的最小女儿；最强大的是王茂元和李氏，他们是主宰一切的当然“中心”，他们的好恶直接地影响到每一颗棋子的处境和命运。由于王茂元对李商隐早有成见，对李、王的婚恋早有反感，这位在长安婚后回门的小女儿，未必能得到什么善待！那些长期处于“弹棋局”中善于察言观色的“棋子”们，又得到了一个拨弄是非、发挥挤兑天才的机会；而王氏，除了默默忍受和向远方的丈夫倾诉外，别无他法。这就是诗中“眉细恨分明”的“恨”。李商隐虽远在京师、弘农，当然能洞察到这一切，然而也别无他法；在他尚未能施展拳脚，打出一片属于自己的天地之前，他的妻子仍得寄食于岳家。他给妻子的劝诫是：“莫近弹棋局”，即远离他们，不要靠近那个蜚短流长的是非圈；因为厚薄不均、持论不公的首先是你的父母，他们是这个弹棋局的“中心”。你一旦落入弹棋局中，就必将在不断地抨击、挤兑中落入陷阱。故屈复云：“以分明抱恨之人，而近中心不平之局，则恨愈更深矣，故曰‘莫近’也。”

令人遗憾的是，许多专家学者从《祭外舅赠司徒公文》中找出“京西昔日，辇下当时；中堂评赋，后榭言诗”等语，从《重祭外舅司徒公文》中找出“樽空花朝，灯尽夜室。忘名器于贵贱，去形迹于尊卑”等语，来推断王、李翁婿关系的融洽。然而，事实却不是如此！

时代太久远了，当时传播甚广、耳熟能详的市井新闻早已随风飘逝。经历了晚唐至宋初的战乱，当时的文书资料大多已荡然无存。由后人编辑而成的新、旧唐书《李商隐传》讹误百出，早已为专家学者所诟病。唯一可以依赖的就是几经后人缀辑，辗转保存下来的一部分李商隐的诗文了。

【辨三】李商隐、王茂元翁婿关系刍议

在《祭外舅赠司徒公文》中，他大篇幅地歌颂了岳父的“世荣”和“全材”后，又用了一段简短的文字概述了他同岳父的交往始末：

> 某早辱徽音，夙当采异。晋霸可托，齐大宁畏①。持匡衡乙科之选②，杂梁竦徒劳之地。虽饷田以甚恭，念贩舂而增愧。京西昔日，辇下当时。中堂评赋，后榭言诗。品流曲借，富贵虚期。诚非国宝之倾险，终无卫玠之风姿。公在东藩，愚当再调。赍帛资费，衔书见召。水槛几醉，风亭一笑。日换中昃，月移朒朓。改颍水之辞违，成洛阳之赴吊。

这段很值得品味的奇文，却从来没有被前辈研究者认真咀嚼过。

首二句写自己早年受到王茂元的关爱，客气话。不过是托人向王茂元小女儿提亲，没有遭到严词拒绝罢了。三、四句连用两典：前句说，他是晋国那样的一方霸主，正好可以依托；后句说，尽管他像齐国那样强大，自己也决不会畏葸不前。这两句话表明：一方面，对贵而且富的岳父寄托了一定的希望；另一方面，他将抱着不卑不亢之心，

①《左传·桓公六年》：“齐侯欲以文姜妻郑太子忽。太子忽辞。人问其故。太子曰：‘人各有耦，齐大，非吾耦也。’”

②《史记·张丞相传》褚先生补：“匡衡……才下，数射策不中，至九，乃中丙科。”

对这位显赫的长辈从容应对。

事实是，他的希冀完全落空。所谓“持匡衡乙科之选”，指进士及第时等位不高，自谦之词。所谓“杂梁竦徒劳之地”（参阅《安定城楼》注），则是说像梁竦感叹的那样，杂处于众多的幕僚之中，碌碌无为，做得再多、再好，也是“徒劳”而已。

我们已经说过，李商隐在泾原既没有任职，也没有结婚，只是诚惶诚恐地接受未来岳父的考察而已。所谓“中堂评赋，后榭言诗”等，不过是王茂元虚与委蛇地礼宾相待；而谈到“富贵”，不论是指王茂元的许诺，还是指李商隐的奢望，其结果都是一样：“虚期”。

王茂元于开成五年（840）十月八日得制书改任陈许，（见《为濮阳公陈许谢上表》），李商隐于同年十月十日由济源移家至京，他向借给他“长行人乘”的李执方表示：“既获安居，便从常调。”（《上李尚书状》）意思是说，他将先安顿好家口，然后等候选调，丝毫没有跟随岳父上任的意思。故《祭外舅赠司徒公文》中有“公在东藩（陈许任上），愚当再调（在京）。贲帛资费，衔书见召”之说。可见，李商隐是在得到了王茂元专门派人送来的聘书、资费后，才不得不入幕陈许的。

此时的王茂元已是高龄。他需要李商隐。这是他对李商隐唯一的一次礼聘，李商隐即使有一百个不愿意，也不得不勉为其难。

不过，李商隐对这位一向不在意他的岳父敷衍的时间并不长，用李商隐接下来的话说，就是：“日换中昃，月移朒朓。改颍水之辞违，成洛阳之赴吊。”

昃，指太阳偏西，表示一天过去了。朒，指农历月初，月亮出现在东方，朓，指农历月末，月亮出现在西方。这两句话连在一起的意思是：日子一天天地过去，一月月地过去。似乎是过了一段相对较长的时间，而事实却不是如此。因为他十月十日之后才得到岳父礼聘，安家之后再赴陈许，最快也是十一月了。而到十二月中旬，他为岳父写了一篇仅 80 多字的《为濮阳公上四相贺正启》后，就匆匆离开了许州。

一个重要的旁证是：新年过后不久，他就在华州为周墀、在陕州为韦温写“贺赦表”了。大赦制书是正月九日颁发的，许州距京1200里，如果年后动身，他就赶不上写这两份“贺赦表”的时间了。

回头再看“日换中昃，月移朒朓”这两句，表面上看来是虚饰，似乎是想把这段时间说得长些；但对于刚刚只过了一朒、一朓就转身而去的李商隐来说，此语用得太实，太直，太刻！因为，接下来的两句是：“改颍水之辞违，成洛阳之赴吊。”

颍水，指颍水流经地许州，王茂元的治所。“辞”而且“违”，可见岳父挽留了，但他还是违背了岳父的意愿，坚决地离开了他。此后他们再也没有见面；洛阳赴吊，见到的只是一抔黄土了。

所以，他在《重祭外舅司徒公文》中老老实实地说：

> 属纩之夕，不得闻启手之言；祖庭之时，不得在执绋之列①。

古代丧仪：病人临终时，要把新丝絮放在口鼻上，试探是否还有气息。属，放置。纩，新丝絮。“属纩”连用是“死亡”的讳称。

“启手”典出自《论语·泰伯》。据《孝经》载，孔子曾对曾参说：“身体发肤，受之父母，不敢毁伤，孝之始也。”某一天，曾子病重了，他把学生们召集到身边说：“启予足！启予手！”意思是，看看我的脚，看看我的手。接着他引用《诗经》说：“‘战战兢兢，如临深渊，如履薄冰。’从今以后，我再也不必担心它受到损伤了呵，小子们！”② 曾参，后人称曾子，以孝亲闻名于后世。这段话中的“启足、启手”，就成了“善终”的代词。

这两句话的意思是：你临终的时候，我不在你身边，未曾听到你最后的叮咛。下葬的时候，我也不在送丧者之列。可见，自颍水一别之后，李商隐确实是再也没有见到过这位岳父。

那么，王茂元去世前后，李商隐在干什么？为什么能代写《遗

---

①《礼记·檀弓》：“小敛于户内，大敛于阼，殡于客位，祖于庭，葬于墓。”

②《论语·泰伯》：“曾子有疾，召门弟子曰：‘启予足，启予手。《诗》云：“战战兢兢，如临深渊，如履薄冰。”而今而后，吾知免夫！小子！’”

表》，却没有到河阳治所同岳丈见最后一面？死后，也未能到孟县吊唁呢？

此时的李商隐正处于母丧期间，按守孝的规矩他应该闭门谢客，杜绝社会交往的。然而他却并没有如此。

他把母亲安葬后，突然萌发了使“五服之内，更无流寓之魂；一门之中，悉共归全之地”（《祭裴氏姊文》）的想法，便开始全力以赴地为亲族营葬。先是，由其弟赴浙东为徐姊夫料理丧事，再迁徐氏姊之柩与徐姊夫合葬于景亳（今河南偃师西。位置见图，下同）；接着，又从获嘉移裴氏姊灵柩，从济源移小侄女寄寄墓，葬于荥阳坛山；同时，还为本在坛山的“处士房叔父”改葬。此外，还迁移已葬于荥阳的曾祖妣卢氏之墓与安阳君（曾祖父）合葬于“怀之东原”（见《祭裴氏姊文》）。这些活动，除徐氏姊墓葬大约完成在会昌三年（843）八月前外，其他移葬活动均在陆续进行中，于会昌四年（844）正月大体完成（见《祭小侄女寄寄文》）。古代交通不便，移葬非同小可，前后六起，费时决不会少于半年。而这半年，正是王茂元病前死后的半年，难道病危的岳父，新逝的岳父，竟不如这些去世已久、且已经安葬了的戚属么？

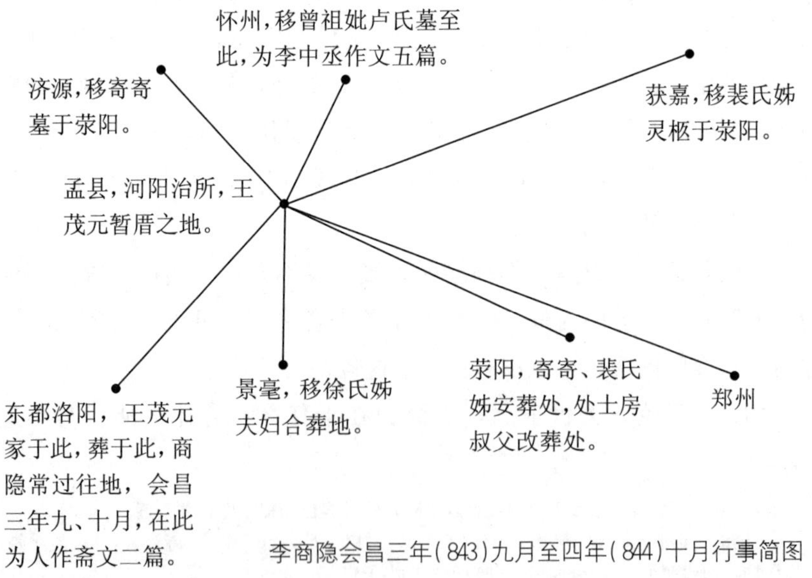

李商隐会昌三年(843)九月至四年(844)十月行事简图

而且，王茂元去世前后，李商隐正在洛阳，先后为“住河南府河南县正平坊安国观内”的马懿公郡夫人王氏写《黄籙斋文》三篇，其中“第二文”中有日期为会昌三年（843）十月十五日，与王茂元去世之九月中旬相近。王茂元去世后，他又为新任的怀州刺史李中丞（璟）写《谢上表》等文，存世者达五篇之多，其逗留时间当然不短。

据《旧唐书·地理志》，怀州至洛阳一百四十里，郑州至洛阳二百七十里。查现代里程：洛阳至孟州53公里，怀州至孟州28公里。依此类推，上述所有地点与王茂元灵柩暂厝地孟州均相距不远，行程长不过两日，短则只需半天；但是，李商隐在切近之处往来频仍，生不求临榻一面，死不谋临柩一哭，他们之间在陈许分手时到底发生了什么？则只有他们两人知道了。

会昌四年（844）春节后，王茂元遗属才开始讨论“祖载”，即扶引王茂元灵柩回洛的事，李商隐在《祭外舅赠司徒公文》中竟说：

> 汉陵摇落，秦苑冰霜。将观祖载，遂迫瘥疡。谢长度之虚羸，升车未可；沈休文之瘦瘠，执辔犹妨。

《晋书·谢朗传》载：谢朗“体甚羸，未堪劳”。沈约，字休文，以瘦弱闻于后世。李商隐竟以“瘥疡”“虚羸”“瘦瘠”为借口，既未可“升车”（乘车），又有碍“执辔”（骑马），拒绝了为岳父护柩归洛。只写了这篇虚应故事的祭文，“遣家僮赍疏薄之奠”而已。李商隐真是病得那么厉害么？当然不是。

该祭文写于会昌四年（844）二月。下个月，李商隐由长安移家至蒲州之永乐。据《旧唐书·地理志》，蒲州在京师东北三百二十四里，是移灵路程的三倍。仅仅是前一月，既不能“升车”又不能“执辔”的李商隐，怎么能在后一月把家搬到永乐？

李商隐借故不参加护送乃岳灵柩，王家兄弟姊妹肯定是心知肚明的。可叹的是，后世研究者居然没有从这一细节中看出，李商隐同王茂元之间的至死也不能弥合的裂痕。

据李商隐的《上许昌李尚书（执方）状》：“王十二郎、十三郎扶引灵筵，兼侍从郡君，今年（会昌四年，844）八月至东洛讫。”下葬当在其后不久。按说，洛阳是李商隐常来常往之地，参加岳父的葬仪应该是不成问题的。但是，李商隐却没有参加。用他祭文中的话来说，就是“祖庭之时，不得在执绋之列”。

“祖庭”语出《礼记·檀弓》，本是祭奠于祖庙中庭，借指送殡前的祭奠。“绋”本乱丝，特指牵引棺椁的绳索。“执绋”即送葬。可见，常来往于京洛怀郑间的李商隐，竟没有参加他岳父的葬仪。

看来，他们翁婿之间的积怨，远不是陈许时期所能囊括的了①。

邓中龙在《李商隐诗译注》中指出：“李商隐娶得王茂元的女儿为其妻，相信是由于李商隐的‘情诗’攻势产生了作用，同时也由于王茂元的亲戚李十将军从旁穿针引线的结果，而从始至终，他的丈人王茂元似乎都没有谅解，因而也从来不曾获得王茂元的提拔。”——邓言“情诗攻势”只是一种浪漫的设想，而王茂元怀恨终生却是实情。

总而言之，李商隐为乃岳代草遗表时，明知其“人之将死”，却没有像对待恩师令狐楚那样去为他奔丧。人死之后，灵柩暂厝孟州将近一年，李商隐在邻近的州县绕圈圈，横竖不过百多里，竟没有亲自去吊唁。移运灵柩仅53公里，李商隐以“瘥疡”“虚羸”为借口，没有参加“扶引灵筵”回洛。洛阳下葬，李商隐也不在“执绋之列”。但是，他先后写了两篇祭文，在文情并茂、恭而且哀的掩盖下，实实在在地倾吐了一些真情。因此，读懂李商隐这两篇祭文中的话中之话和话外之音，是揭开李商隐翁婿关系真相的关键。

【历代笺评摘要】

徐德泓：“结句承‘恨’字来，欲止其愁之意，棋局中心不平，恐其相感，故莫近之也。”

程梦星：“此不平之鸣也，当是寄长安故人之作。……七、八句即子美‘闻道长安似弈棋’之意，言时局不平，有如棋局，触物兴情，不可近矣。”

---

①参见拙著《无题诗本事　李商隐王氏婚恋之谜》第十七章。

姚培谦："照梁出水，容色之妙丽也；翡翠芙蓉，妆饰之华艳也。锦书多不尽之意，黛眉含不展之怀。情窦既开，恐不免睹物生忌，如何?"

屈复、冯浩等说已在正文中引用，不赘。

当代诸家　叶："泛慨才华不偶。"刘、余："此篇实非赋体，乃比兴寓言体。诗中女主人公，即作者之化身。……腹联谓锦书抒殷切之情，愁眉传分明之恨，明写爱情失意之幽怨，实抒政治失意之怅惘，较之'八岁偷照镜'篇'十五泣春风，背面秋千下'之忧虑前途，茫然难料者又进一层矣。……末联乃点醒全篇比兴寄托之意。……冯氏谓此为寄内诗虽属错会，然谓此诗之背景为宏博不中选，则大体可信。"邓："慨叹自身之怀才莫遇，以寄长安故人。"黄："细味之，似亦为柳枝作也。……义山曾有前室……窃疑或即柳枝也。此自属'大胆怀疑'，然已无从'小心求证'矣。"郑："本篇亦为柳枝而作，前半写其花容月貌，打扮轻巧，后半为她的前途而忧虑。"

21 海客

开成五年

海客乘槎上紫氛，星娥罢织一相闻[1]。
只应不惮牵牛妒，聊用支机石赠君[2]。

【注释】

〔1〕海客：航海者，航海而来的人。槎：木筏。晋张华《博物志》："旧说云天河与海通。近世有人居海渚者，年年八月有浮槎，去来不失期。人有奇志，立飞阁于槎上，多赍粮，乘槎而去。十余日中，犹观星月日辰，自后芒芒忽忽，亦不觉昼夜。去十余日，奄至一处，有城郭状，屋舍甚严，遥望宫中多织妇。见一丈夫牵牛渚次饮之，牵牛人乃惊问曰：'何由至此！'此人具说来意，并问此是何处。答曰：'君还至蜀郡，访严君平则知之。'竟不上岸，因还如期。后至蜀问君平，曰：'某年月日，有客星犯牵牛宿。'计年月，正是此人到天河时也。"氛：《说文》："祥气也。"紫氛：祥云缭绕的天庭。隐喻朝廷。　星娥：指织女。

〔2〕支机石：相传是织女用来支垫织布机的石头。《荆楚岁时记·佚文辑录》曰："汉武帝令张骞使大夏，寻河源，乘槎经月而至一处，见城郭如州府，室内有一女织，又见一丈夫牵牛饮河。骞问曰：'此是何处？'答曰：'可问严君平。'织女取搘（古同'支'）机石与骞俱还。后至蜀问君平，君平曰：'某年月日，客星犯牛、女。'所得搘机石为东方朔所识。"向按：本篇揉以上两种传说，隐寓时政，亦无题也。

【疏解】

开成五年（840）正月，文宗卒，武宗即位，七月，召李德裕于淮南曰："淮海伯父，汝来辅予。"（李商隐《会昌一品集序》）李德裕于九月初入京，授门下侍郎，同中书门下平章事。本诗写于开成五年（840）李德裕被召入相之后，是唐代干谒诗中，风姿绰约，且文采斐然的一篇。

"海客"喻李德裕，"星娥"自比，"牵牛"暗指牛党。首句言李德裕受武宗之诏，由淮海而登帝京；因其行程正在八月，故以八月乘浮槎而登天庭之海客相比。次句言我如星娥，闻汝荣征入阙，已罢织相迎矣；"罢织"为"罢职"之谐音，兼以纪实。三、四句言我本牵牛之偶，然亦不惮其妒；聊以此支机石赠君，以表达我的爱慕之情。

一般认为，在牛李党争此上彼下的大背景下，此"不惮牵牛妒"之表白，实无异于去牛就李之政治宣言。支机石，喻己之投谒物，或诗或文，亦唐人干谒之常例。

本诗形象地记载了李商隐政治生活的一次重大转折。表现了他对新的政治态势的正确估量和对新的政治人物的赞赏与追随。这一转折，既是他前期激进的政治态度的一个合乎情理的发展，又是他后期悲惨的政治遭遇的起点和根源！

从诗的角度讲，这首诗成功地塑造了一个大胆、泼辣、纯真、蔑视封建礼法的少妇形象，而且诗风清秀，寓意深微，把神话和现实结合得那样贴切、自然，实在是唐诗中别具一格的佳作，纪昀说它"苦乏姿韵"，是过于苛求了。

大略说来，李商隐的《无题》诗分前后两个时期，早期《无题》诗是写于会昌以前的作品，数量较少，中心人物是他的妻子王氏，内容浅近，诗风清丽，虽间有激愤之词，如"莫近弹棋局，中心最不平"（《无题·照梁篇》）等，然终系闺帏之情，价值也较低。

后期《无题》诗是写于会昌、大中年间的作品，数量颇多，大都沉博森密，奇诡华艳，情韵幽远，寄寓深曲，是李商隐诗作中的精华。如果我们果真能够"细案行年，曲探心迹"，我们就会发现，随着晚唐政治事态的发展，李商隐的《无题》诗在情节上自成一线，在风格上独树一格，在主题上自成一体。《海客》诗的出现，标志着早期的以闺情为主题，以王氏为中心人物的《无题》诗的结束，以政治、理想和命运为主题，以李德裕为中心人物的《无题》诗的开始。《海客》是承上启下之作，是后期《无题》诗的第一篇，它，在李商隐的《无题》系列中，占有特殊重要的地位。

特别值得注意的是，自拟“星娥”，是李商隐《无题》诗“主人公女性化”的开端，同时也是李商隐《无题》诗由“写实”到“写意”转变的开始。接踵而来的“待得郎来月已低”“凤尾香罗薄几重”“来是空言去绝踪”“重帏深下莫愁堂”等，都以它的浓情密意，绮丽华艳，和幽深诡谲吸引了千百年来的读者，也征服了千百年来的读者。

值得惋惜的是：他高调地弃牛投李，为他的后半生种下了辛酸的苦果。

【辨一】“海客”隐射何人辨[①]

程梦星认为：“此当为相从郑亚而作。亚廉察桂州，地近南海，故托之以海客。言亚如海客乘槎，我如织女相见。亚非杨（虞卿）、李（宗闵）之党，令狐未免恶之，然昔从茂元已为所恶，亦不自今日矣。只应不惮其恶，是以又复从亚耳。自反无愧，横逆何计哉!”

“海客郑亚说”是一种最为简易的初级联想，却得到后代学者冯浩、张采田（另有徐幕说），以及当代大家如杨柳、刘学锴、黄世中、邓中龙等人的赞同。唯叶葱奇独具只眼反驳说：“……其实桂林、徐州何尝近海，这不过是投献诗文给一位新登机要者的诗篇。”

叶葱奇先生说得很对。但这位新登机要者是谁？叶先生却没有指出。从文本提供的内容来看，充当“海客”必须具备的条件有三：1. 其人所处之地与“海”有关，故可称之为“海客”；2. 其人自“海”入京，犹海客之由“海”而“上紫氛”；3. 有“牵牛”作对立面，因而才能生发出“妒”和“不惮”等颇有戏剧性的情节的联想。

一、从“海客”的称谓看。淮南道所辖八州中，扬州、楚州拥有从长江出海口到古淮水出海口（今江苏省响水县云梯关）之间约 600

①参阅拙著《〈海客〉辨疑》（《武汉师范学院学报》，1982 年第 6 期）。

里漫长的海岸线。故淮南亦称淮海。南北朝颜之推撰《颜氏家训》，记“江南闾里间”流行语曰：“上荆州必称峡西，下扬都言去海郡。”又，李商隐代郑亚撰写的《会昌一品集序》说：“唐叶十五，帝谥昭肃，始以太弟茂对天休，既三四日，乃诏曰：‘淮海伯父，汝来辅予。’”——武宗亲诏称之为“淮海伯父”，而这个亲诏又偏巧见之于李商隐亲笔，则此“海客”之称，不仅是一种虚拟、比喻，而是近乎写实了。

而郑亚，在京任给事中，大中元年（847）出为桂管观察使，广西一带虽古有“桂海”之说，但依唐代区划，其所辖十五州，大略在今广西东北部一带，其南，则分别由岭南节度使、容管经略使、邕管经略使管辖，没有任何土地与海相接，且尚未到任，不得称之为“海客”。

二、从“海客”的走向看。所谓“紫氛”，指的是瑞气缭绕的天庭。古诗文常用“紫”来美誉人间帝居，如紫垣、紫禁、紫台、紫霄、紫阙、紫宸等。更有甚者，帝诏曰紫诰，京郊曰紫陌，金銮宝殿曰紫殿。李德裕的《离平泉马上作》云：“十年紫殿掌洪钧，出入三朝一品身。”可见，把“紫氛”用来比喻帝都、朝廷，是符合当时的语言习惯的。

又，从地方到京城曰“上”，从京城到地方曰“下”：一般习惯都是如此。李商隐在《偶成转韵七十二句赠四同舍》中说：“明年赴辟下昭桂”，分明用的是个“下”字。怎么可能在《海客》中颠倒其词，把“下昭桂”说成了“上紫氛”呢？

直至今日，四面八方都说“上北京”，绝没有说“下北京”的道理。

可见，《海客》诗中的“上紫氛”，应是指这位“淮海伯父”自淮海入京，而绝不是指郑亚、卢弘止等人从京城赴桂、赴徐。

三、从当时的政治形势看，一般以为从元和三年（808）制科案开始的牛李党争，已是三十多年。大体上是两党交替进退，一党在朝，便排斥另党外任。以至于身为皇帝的唐文宗都有“去河北贼易，去朝廷朋党难”的感慨。如今李德裕入朝为相，标志着新一轮的“李党”

执政开始。李商隐长期受令狐家族的荫庇，令狐楚、令狐绹都是牛党台柱级人物，如今他公然宣称“只应不惮牵牛妒，聊将支机石赠君”，其弃牛投李之意，可谓路人皆知。“海客”直指李德裕，无可疑问。

【辨二】李德裕赴京时间与“八月浮槎”之典相合说

《博物志》中有“年年八月有浮槎”之说，《海客》诗言“海客乘槎上紫氛”，其时间应以八月为是。但李商隐在《会昌一品集序》中却说：李德裕“四月某日入觐，是月某日登庸”。这是怎么回事呢？

我们的回答是：确有矛盾。应以八月入京为是。

证一：李德裕入相时间，正史记载明晰。《旧唐书·李德裕传》云：“七月，召德裕于淮南。九月，授门下侍郎、同平章事。”对此，新、旧唐书《武宗纪》《宰相表》等均无异词。可见，其行程正在八月。

证二：《资治通鉴》云：“初……召淮南节度使李德裕入朝：九月甲戌朔，至京师；丁丑，以李德裕为门下侍郎、同平章事。庚辰，德裕入谢。”其至京、受封、入谢，各有的日，为他书所未见。宋人去唐未远，有可能看到李德裕的《文武两朝献替记》；再加上司马光治学严谨，如此确切的记述，应有所据。

证三：日本高僧园仁于开成三年（838）随日本遣唐使入唐，其所著《入唐求法巡礼行记》具有珍贵的文献价值。他于开成五年（840）八月二十日由五台山步行入京，逐日记载了在京见闻。其开成五年（840）九月五日记：“闻扬州节度使李德裕有敕令入京，九月三日入内任宰相。”此前，该僧人于开成三年（838）七月至扬州，书中记有与当时任职扬州的李德裕的多次交接。此时入京未久，以当时人记当时事，记故人事，应不至有讹。

证四：李德裕奉召入京，李商隐先后为岳父王茂元代写贺信两封。其《为濮阳公上淮南李相公状二》开篇说“伏承恩诏荣征”，可见，该信写于李德裕奉诏之后。信中又说：“况今者时逼藏弓，礼当辅主。”“藏弓”典出《史记·封禅书》，黄帝乘龙上天而堕弓，后人便以“藏弓”为帝王安葬之讳称。此言“时逼藏弓”，指的是时间迫近文宗的葬期。查文宗葬于八月壬戌（十七日），则该信必写于八月十七日之前。信末云："窃计轩车，已臻伊、洛。"可见，此时的李德裕正处于赴京途中的洛阳一带。随后，又写了《为濮阳公上淮南李相公状三》，开篇云："不审自跋涉道路，尊体如何?"以示问候。

这两封贺信的时间性很强，有发信、收信当事人的参与，可见，这年的八月，李德裕正处于赴京途中，与本诗之用典"年年八月见浮槎"完全吻合。其诗云："星娥罢织一相闻。"李商隐在短短的半月之内，两次为其岳丈代写贺函，这是他必已"相闻"的铁证。——而郑亚，于大中元年（847）三月七日离京赴任，与"八月乘槎"之说了无关系。

那么，李商隐为什么在《会昌一品集序》中写李德裕"四月某日入觐，是月某日登庸"呢？这叫做明知故错。因为保存这篇序文的时候，"李党"败局已定，故意混淆李德裕的入觐时间，其目的，就在于想掩盖这篇《海客》诗的写作目的，和它的政治锋芒。

【辨三】李商隐"罢职"小考

我们已经说过，李商隐以星娥（织女）自况，"罢织"与"罢职"谐音。则"海客乘槎"入京之日，正李商隐"罢职"之时。那么，事实是不是如此呢？

根据已有资料，我们把李商隐开成五年（840）的行踪排一顺序。

1.《酬别令狐补阙》诗云："惜别夏仍半。"既言"惜别"，则开成五年（840）"夏半"之前，他是常在京的。这与弘农尉专管治安、缉盗的职责很不相称。可见，开成五年（840）"夏半"之前，他早已就不在职守了。

2. 同诗又云："回途秋已期。"可见，七月，他又回到了京城。

3. 七八月间，他多次为人代笔。除了已知的为王茂元两次致书李德裕外，还有《为濮阳公（王茂元）与蕲州李郎中状》《为濮阳公祭太常崔丞文》《为侍郎汝南公（周墀）华州谢加阶状》等，以及他自己带有求职性质的《上华州周侍郎（周墀）状》。可见他大部分时间仍然在京师、虢州一线上来来往往，且已有离职另就之意。

4.《与陶进士书》写道："明日东去，既不得面，寓意惘惘。九月三日，弘农尉李某顿首。"书写于开成五年（840）"九月三日"，书末自称"弘农尉"，则此时的他职衔还在。书中又云："明日东去。"干什么？他在《上李（执方）尚书状》中说出了答案。状云："昨者伏蒙恩造，重有沾赐，兼假长行人乘等，以今月十日到上都讫。既获安居，便从常调。"可见，他"东去"之后，做了两件大事。一是，向母舅河阳节度使李执方借了"长行人乘"，于开成五年（840）十月十日，把在济源的家搬到了京城。二是，他顺道在虢州（其治所本在弘农）正式地辞去了弘农尉，并准备参加当年冬天的选调了。

需要特别指出的是，"九月三日"，正是李德裕拜相的日子，这是件轰动朝野的大事。李商隐"相闻"之后，立即"明日东去"，既罢了"职"，又移了家，准备紧跟着李德裕大干一场了。这与"星娥罢织一相闻"之诗句正合。由于暗用了"织"与"职"谐音的双关手法，鬼斧神工，不著形迹，故为历来研究者所忽略。而识破这一谐音，这首诗的写作年代、背景、主题就不难理解了。罢职求职，仕宦之常情，故后有"支机石"之赠，亦唐人干谒之常例也。

【辨四】"牵牛妒"后话

李商隐职位甚低，他的《海客》也许只是遣兴自娱，根本没有送到李德裕手中。即使送到了，得到的也只可能是冷遇。为什么？因为在李德裕看来，朝堂之上，只有君子和小人之争，不承认有牛李之争，更不认为自己就是"李党"领袖。据《新唐书·李德裕传》载，入谢之日，他就向武宗发表了一通"辨邪正，专委任"的高论。他说："夫正人既呼小人为邪，小人亦谓正人为邪，何以辨之？请借物为谕，松柏之为木，孤生劲特，无所因倚。萝茑则不然，弱不能立，必附它木。故正人一心事君，无待于助。邪人必更为党，以相蔽欺。君人者以是辨之，则无惑矣。"

在李德裕看来，这个自称"不惮牵牛妒"的干谒者，肯定是个弱不能立的"萝茑"之类的投机小人，一定会置之不理。

相反的，这首切而且诮的小诗，定然叫牛党人士咬牙切齿，长恨不释，从而影响到李商隐的一生。其《独居有怀》云：

麝重愁风逼，罗疏畏月侵。怨魂迷恐断，娇喘细疑沈。
数急芙蓉带，频抽翡翠簪。柔情终未达，遥妒已先深。
浦冷鸳鸯去，园空蛱蝶寻。蜡花长递泪，筝柱镇移心。
觅使嵩云暮，回头灞岸阴。只闻凉叶院，露井近寒砧。

此诗大略写于居母丧的会昌四年（844），仍然用《海客》开启的女性口吻，形象地表达了他忧谗畏讥、进退不由的处境。所谓“柔情终未达”，指的是他一往情深的表白始终没有受到当政者的李德裕的关注；而“遥妒已先深”，指的就是牛党人士冷眼敌视，其嫉妒之情已是日渐加深了。

诗中“未达”，常见本作“不远”。不通。从《才调集》改。

他在《有感》中不无伤感地自责说：

中路因循我所长，古来才命两相妨。
劝君莫强安蛇足，一盏芳醪不得尝。

假如在文、武二帝易位之际，李商隐不曾以《海客》诗干谒李德裕，“强安蛇足”，不曾因“不惮牵牛妒”之“豪言”开罪牛党，以李商隐积极的政治进取心，绝艳的诗文才华，再加上令狐家族的坚强背景，他是足以立足于武、宣朝堂之上，畅饮“芳醪”的。晚唐政坛或许会多了一位干练的循吏，但晚唐诗坛却会少了一位光耀千古的杰出的诗人！对于李商隐来说，这是幸，还是不幸？实在叫人难以评说！

二十四韵的《拟意》，则是他精心炮制的另一首“拟意”之作。

怅望逢张女，迟回送阿侯。空看小垂手，忍问大刀头。
妙选茱萸帐，平居翡翠楼。云屏不取暖，月扇未遮羞。
上掌真何有，倾城岂自由。楚妃交荐枕，汉后共藏阄。
夫向羊车觅，男从凤穴求。书成祓禊帖，唱杀畔牢愁。
夜杵鸣江练，春刀解若榴。象床穿幰网，犀帖钉窗油。
仁寿遗明镜，陈仓拂彩球。真防舞如意，佯盖卧箜篌。

濯锦桃花水，溅裙杜若洲。鱼儿悬宝剑，燕子合金瓯。
银箭催摇落，华筵惨去留。几时销薄怒，从此抱离忧。
帆落啼猿峡，樽开画鹢舟。急弦肠对断，翦蜡泪争流。
璧马谁能带，金虫不复收。银河扑醉眼，珠串咽歌喉。
去梦随川后，来风贮石邮。兰丛衔露重，榆荚点星稠。
解佩无遗迹，凌波有旧游。曾来十九首，私谶咏牵牛。

诗中用了许多隐喻式的典故，教人不甚了了。然大体看来，其中一到十四韵，以寓言似的手法铺叙了男女双方遇合、交往和欢好之情。到第十五韵突然一转："银箭催摇落，华筵惨去留。"意思是，随着时间之箭的奔驶，草木也逐渐凋零、衰败，在一场饯别的华筵上，我们惨兮兮地分手，一去一留。这似乎就是写实了！

他们是谁？为什么要分手？既然是一场"华筵"，为什么会"惨兮兮"的？去者何所往？留者何所居？其中的蛛丝马迹，使我们不得不想到李商隐和令狐绹之间分而不断、合而不和、弃而不舍的恩怨情仇！

紧接着的"几时销薄怒"之问，使得我们立即联想到了《酬令狐郎中见寄》中的"天怒识雷霆"。或许是"天怒"已经逐渐消解，或许是作者的讳饰，于是"天怒"变成了"薄怒"。然而毕竟是"薄怒"未销，李商隐徐幕东归之后，又不得不远走东川。据李商隐《宿晋昌亭闻惊禽》《晋昌晚归马上赠》等诗情节来看，城府甚深的令狐绹可能有此"华筵"一送。

离别后的情节是：帆落猿啼，樽开鹢舟，弦急肠断，蜡泪争流，璧马（臂饰）不带，金虫（钗饰）不收，眼醉银河，歌咽珠喉，川后梦去，风来石邮（逆风），兰丛露重，榆荚星稠。一派忧戚惨淡的情景。根据李商隐诗惯于谐音的特点，如果我们把"鹢舟"切换为"益州"，"川后"切换为"东川之后"，"露重"切换为"怒重"，"榆荚"切换为"渝峡"，那么，此"星稠"就一定是"心愁"了。所谓"榆荚点星稠"，就是说在此"渝峡"送别之地，他的表兄杜悰为他点明了他内心愁苦的根源。这一点，与"成都过卜肆，曾妒识灵槎"遥相呼应，说见后。

“解佩无遗迹”典出《列仙传》，说的是自己所追求的对象“解佩”之后，现在已杳无踪迹。“凌波有旧游”典出《洛神赋》，说那凌波而来，向我伸出援助之手的，还是我旧日的老朋友呵！根据本诗的情节线及李商隐的生活轨迹，这位“解佩”相赠者，亦即以“支机石”相赠者，指的可能是李德裕。这个“凌波”而来的“旧游”，指的只可能是他大中三年（849）返京之后“屡启陈情”，仍然心存幻想的早年的好友令狐绹。

诗写到这里，所有的情节都已经交代完毕。按常见的诗法，他必须为这首长诗作结了。结语却是淡然地说：

> 曾来十九首，私谶咏牵牛。

“十九首”即《古诗十九首》。其中“之十”云：

> 迢迢牵牛星，皎皎河汉女。纤纤擢素手，札札弄机杼。
> 终日不成章，泣涕零如雨。河汉清且浅，相去复几许。
> 盈盈一水间，脉脉不得语。

“谶”是秦汉间巫师、方士编造的预示吉凶的隐语。“来”字用得奇特，“十九首”并不是可游之地，怎么个“来”法？原来，李商隐想告诉我们的是：我曾经徜徉于《古诗十九首》之中，从“迢迢牵牛星，皎皎河汉女”这首古诗中获得灵感，私下里把“牵牛”“织女”的故事，编进了一段卜算吉凶的隐语之中。

这段有关“牵牛”的“隐语”，细心研读李商隐诗的人都会想到，这就是《海客》中的“只应不惮牵牛妒，聊将支机石赠君”。

李商隐当然知道，正是这“私谶咏牵牛”之举，为他的终生困顿埋下了祸根。

在《晓坐》中，他还明明白白地说：

> 红颜无定所，得失在当年。

这个当年，指的就是他兴致冲冲地赋《海客》、咏“牵牛”的当年。

在回顾这段往事的时候，他既没有申辩，也没有怨悔，他只是就事论事地说，他同令狐关系转折的根源就在于此，同牛党关系破裂的根源也在于此。当然，他此后的灾祸也渊源于此。

【历代笺评辑要】

程梦星：说已引用，刘学锴、黄世中、邓中龙等人均同。

纪昀："此怨令狐之作也。"

冯浩："海客比郑，星娥自比，支机石喻己之文采，牵牛比令狐也。孰知其遥妒之深哉！"

张采田："余细玩诗意，当是徐幕作。"又，"徐州亦近海，'海客'若比卢弘止，亦通。"

当代诸家　叶："其实桂林、徐州何尝近海，这不过是投献诗文给一位新登机要者的诗篇。首句指他新登机要，次句'星娥'是自比，三句'牵牛'比商隐那时的直接上司，末句'支机石'是比自己的诗文。诸家硬说'牵牛'是指令狐绹，似乎过于主观。"刘、余："起句即以张骞出使喻郑亚之廉察桂管，桂州近海，故曰'海客'。……'星娥罢织'，谓己罢秘省之职而就亚之辟也。三四谓己惟其不惮党人中旧好之妒，故以文采为亚效力，以酬知遇之意。"邓："以比附桂幕，较为恰当。"黄：同程梦星说。郑："上面两家（指程梦星、冯浩）说法基本相同，可以说是探得了本篇的微旨。"

22 鸾凤[1]

开成五年

旧镜鸾何处，衰桐凤不栖[2]。
金钱饶孔雀，锦段落山鸡[3]。
王子调清管，天人降紫泥[4]。
岂无云路分，相望不应迷[5]。

【注释】

〔1〕释题：杨柳在《李商隐评传》中列举“无题诗”时，除直接以“无题”为题者外，还有“以开始二字（或三四字）为题者”，“取诗篇中间或结尾数字为题者”，“其他如《漫成五章》《偶题二首》以及《鸾凤》，似亦属无题一类，姑亦列入”。据此，则本诗亦在“无题诗”之列。

〔2〕“旧镜”句：鸾，传说中凤凰一类的鸟。南朝宋范泰《鸾鸟诗序》：“昔罽（jì）宾王结罝（jū）峻卯之山，获一鸾鸟，王甚爱之，欲其鸣而不致也。乃饰以金樊，飨以珍羞，对之愈戚，三年不鸣。其夫人曰：‘尝闻鸟见其类而后鸣，何不悬镜以映之？’王从其言，鸾睹形悲鸣，哀响中霄，一奋而绝。” “衰桐”句：《庄子·秋水》：“夫鹓鶵发于南海而飞于北海；非梧桐不止，非练实不食，非醴泉不饮。”李德裕《画桐花凤扇赋序》亦云：“（凤）来集桐花，以饮朝露，及华落则烟飞雨散，不知所往。”

〔3〕“金钱”句：雄孔雀尾上覆羽特别发达，展开有如扇面，俗称“孔雀开屏”。孔雀屏绚丽多彩，有许多光彩夺目的眼状斑。汉杨孚《南裔异物志》称其自背及尾皆作圆文，五色相绕，如带千钱。 饶：

多，富足，远远超过。旧注多释“饶”为“让”，谓自认不如孔雀。错！身为百鸟之王的凤凰，岂有自认不如孔雀之理？　锦段：同锦缎，形容华彩如锦缎的羽毛。落：掉下来，往下降。使动用法。把……甩在后面。旧注多释“落”为落于山鸡之后。错！身为百鸟之王的凤凰，岂有自认不如山鸡之理？

〔4〕王子：指周灵王太子姬晋。汉刘向《列仙传·王子乔》：“王子乔者，周灵王太子晋也。好吹笙，作凤凰鸣。游伊、洛之间。”传说他吹笙能引来百凤聚集于庭，后得道成仙，曾现身于缑氏山巅。　天人：仙人。　紫泥：古代以胶泥封书信，泥上盖印，以防私拆。皇帝诏书则用紫泥。东汉卫宏《汉旧仪》：“皇帝六玺……皆以武都紫泥封之。”后世遂以“紫泥”特指皇帝的诏书。

〔5〕云路：青云之路，本指升仙之路或登天之路，借指仕宦之途。刘禹锡《和苏郎中寻新安里旧居》：“同学同年又同舍，许君云路并华辀。”　分：缘分。

【疏解】

诗作于开成五年（840）李德裕应诏入相之后，参阅《海客》。

鸾、凤自况。“旧镜”“衰桐”指旧日依傍之门户，或暗喻牛党。“鸾何处”，“凤不栖”，前者言无可依傍，后者言不愿栖止。“金钱”、“锦段”两句自诩文章才华：言若论羽毛花纹之华美，则远远超过“五色相绕，如带千钱”的孔雀；若论色彩之艳丽，则把毛色如锦缎的山鸡远远地抛在后面。“王子”用王子乔吹笙引凤的典故，隐射新即位的武宗。武宗本是穆宗第五子，文宗之弟；此诗为李德裕而作，李德裕为伯父辈，故仍称武宗为王子。“调清管”者，邀李德裕入相之辞，亦即“淮海伯父，汝来辅予”之诏。“天人”，指李德裕。“紫泥”，特指武宗的诏书。此言李德裕应“紫泥”之诏，如“天人”自天而降。“分”读去声，“岂无”句说自己难道就没有相随于青云之路的缘分？追望着你的身影，是永远也不会迷路的。

前诗比之为“海客”，则言“上紫氛”；本诗比之为“天人”，则言“降紫泥”，前呼后应，显然是同时先后之作。

张采田《会笺》在“会昌二年”说：“是时德裕当朝，以集中《相思》诗所云‘相思树上合欢枝，紫凤青鸾共羽仪’，《茂陵》诗‘谁料苏卿老归国，茂陵松柏雨萧萧’证之，义山此时大有希望李党之意。其后从郑亚，从李回、柳仲郢，又皆卫公所厚者，则重入秘省，或非藉令狐之力欤?”

附：《青陵台》的政治解读

青陵台畔日光斜，万古贞魂倚暮霞。
莫讶韩凭为蛱蝶，等闲飞上别枝花。

《青陵台》一诗（参见前《06. 青陵台》），也可能写于开成五年(840）李德裕入主朝政之后，时间略晚于《海客》《鸾凤》。

以诗文干谒主政者或推举有力者，是唐代文人求知、竞进的一种常见手段。诗之著者有朱庆馀的《近试上张水部》，文之著者有李白的《与韩荆州书》①。但在牛李党争的大背景下，《海客》《鸾凤》二诗大张去牛就李之帜，物议沸沸，李商隐作《青陵台》，其本意或在于自明心迹。

首二句谓青陵台畔日光虽斜，然万古贞魂始终不渝，不嫌霞暮而倚之，实可佩也。三四句一转，言己虽不乏韩凭夫妇之贞，却实有难言之隐，不得不求助于当政者，“等闲飞上别枝花”了。敢先露布，不必惊讶，更不得以“不贞”目之也。

去牛就李，是李氏一生关键，李商隐仅以“莫讶”为词，岂能取信于人？且出语轻佻，自嘲中兼有自鸣得意之态，以此自明心迹，实南辕而北辙，勿怪乎牛党怒其“放利偷合”也。

李商隐之一生转折实本于此时，不可不察。

【历代笺评摘要】

程梦星：“玩五、六‘王子’、‘天人’二语所指，似杜秋娘。……

①《近试上张水部》：“洞房昨夜停红烛，待晓堂前拜舅姑。妆罢低声问夫婿，画眉深浅入时无?”《与韩荆州书》篇首云：“白闻天下谈士相聚而言曰：‘生不用封万户侯，但愿一识韩荆州。’何令人之景慕一至于此耶！……”

此诗起二句，上言宪宗既往，鸾镜已空；下言漳王降封，凤栖不定也。三、四二句，上言旧时如孔雀自矜其容；下言新来如山鸡自断其尾也。五、六二句，上言漳王年长，已如子晋之善笙；下言文宗赐归，犹推宪宗而降恩旨也。七、八二句总言其先后枯荣之本末，以为云霄在望，无端路迷，即牧之诗所谓‘清血洒不尽，仰天知问谁’之意也。”

姚培谦：“此亦悼亡之词。上半首即‘曾经沧海难为水，除却巫山不是云’之意。下半首言仙踪既去，庶几天上遇之。”

冯浩：“上半喻己之不得所依，让不如我者之得意也。下半喻得为清资之官，可望高跻云路。‘王子’义山自谓；‘天人’，注拟之天官也。玩其情味，必从江乡还京，拔萃重入秘书省时作无疑矣。”

姜炳璋：“此以鸾凤自况也。鸾对镜而舞，镜去则鸾不舞；凤非桐不栖，桐衰则不栖，言失所也。自矜金钱之文优于孔雀，而乃锦羽自断，有类山鸡，鸾凤可谓厄甚矣。虽然，仙侣天人，皆亟相需，何难云路相引，岂至终迷世网耶？或以为悼亡，或以为送杜秋娘，并非。”

当代诸家　叶：“这是辞去弘农尉后作。……‘王子’自比，说自己若蒙皇帝擢用，一定能自致于青云之上，这似乎并不是可望而不可及的事情。”刘、余：“此失意后自叹自慰之词，作年不可考。”邓：“前半自伤际遇，见得以鸾凤之质，竟不及孔雀与山鸡。后半由自伤而自慰，言王子或调清管，天人也会降紫泥固封之鸾诏，则理宜有份直上青云，不须相望转迷也。文宗开成五年冬，商隐辞弘农尉，应系是时之作。”黄：“首句‘旧镜’喻夫妻圆合已久，……二句‘凤不栖’，则喻指妻室之亡逝或离去。……（七句）言尔离我而去，我岂无神仙云路之分？……（八句）言我当步尔之后，亦拟入道而去，届时相见，且莫遮阻、避我也。”郑：“辞去弘农尉，求调他职”时作。

23 日射

约会昌四年

日射纱窗风撼扉，香罗拭手春事违[1]。
回廊四合掩寂寞，碧鹦鹉对红蔷薇。

【注释】

〔1〕拭：一作“掩”。然“掩”与下句“掩寂寞”重复。“拭”佳。

【疏解】

这是一首有自况意味的闺怨诗，约写于永乐闲居之时。

首句写自然风光。日之“射”，风之“撼”，春情浩荡，震撼心扉。次句状主人公对此良辰美景，春情无托而又百无聊赖之态。三句一“合”一“掩”，写不耐寂寞而又自甘寂寞之情。四句点春阳之中的二绮丽物事，然相对无言，则心境之凄清孤寂，不言而喻矣。

“春事”，既可指春日踏青游乐，也可指男女交欢，还可以隐射仕途的顺利和得意。“违”则相反矣！李商隐自开成五年（840）李德裕入主朝政后，曾多次以诗干谒未果而母丧。服丧期间闲居永乐，曾有“世间荣落重逡巡，我独丘园坐四春”“欲逐风波千万里，未知何路到龙津”（《春日寄怀》）之叹；如果不嫌穿凿，本诗正是此时此境的心理写照。

这首诗动感强烈，设彩繁艳，在冷暖、寂闹的对比中，戛然而止。其幽情艳想之期盼与清操自守之节制，并行不悖。纪昀云：“佳在竟住。”然细品，却是情味深长；与“闺中少妇不知愁”之直白大异其趣。

【历代笺评摘要】

程梦星："此为思妇咏也。独居寂寞，怨而不怒，颇有贞静自守之意，与他艳语不同，盖亦以之自喻也。意其移居永乐时乎？"

当代诸家　叶：同程说。刘、余："此寻常闺怨诗。"邓：同程说。黄："此代'情人'抒空闺寂寞之情，然无可坐实。"郑："此亦闺怨之词。"

24 袜

约会昌五年秋

尝闻宓妃袜，渡水欲生尘〔1〕。
好借嫦娥著，清秋踏月轮〔2〕。

【注释】

〔1〕宓妃：神话传说中的洛水女神。《史记·司马相如列传》索隐引如淳注曰："宓妃，伏羲女，溺死洛水，遂为洛水之神。"曹植在《洛神赋》中形容她说："休迅飞凫，飘忽若神，陵波微步，罗袜生尘。"

〔2〕嫦娥：神话传说中的月中女神。参阅后《常娥》注。　著：穿。

【疏解】

首二句用《洛神赋》典，言宓妃本神女，其袜亦神，凌波如履平地，脚下扬起细微的水雾如尘。三句以嫦娥自喻。"借……著"之说，指希求提携、指引而已；言有此神袜，则不待窃药而步入月轮矣。

本诗亦为干谒而作。度其情，当是李商隐服母丧期满，即将进京再入仕途时之作。

冯浩认为："唐人每以桂枝喻得第，此亦泛洛应举之作。嫦娥自喻。"可通。考义山常以宓妃喻李德裕辈，定为会昌年间干谒之作，亦通。言汝借我神奇之袜，我则"著"此袜步入月宫而折桂矣。

【历代笺评辑要】

当代诸家　叶："唐人应进士举前，多半假借有力者为之吹嘘，这是希望某人能相帮助之词。"刘、余："此必艳情。所思暌隔，故因宓妃袜而发此奇想。嫦娥，或指女冠。"邓：嫦娥喻女冠，"希望她们都能自由地飞翔于天地之间。”黄：“此亦玉阳东山学道时，望玉阳西山灵都观而怀所思。‘渡水’，当喻指东、西玉阳山中间之玉溪。”郑：“本篇仍以嫦娥喻女冠。”

25 莫愁[1]

约会昌五年冬

雪中梅下与谁期，梅雪相兼一万枝。
若是石城无艇子，莫愁还自有愁时。

【注释】

〔1〕莫愁：古代美女。同名者有二：一在洛阳。《河中之水歌》云："河中之水向东流，洛阳女儿名莫愁。"参阅《无题·近知篇》注。另一在石城，即今湖北钟祥。《旧唐书·音乐志》云："石城有女子名莫愁，善歌谣。……歌曰：'莫愁在何处？莫愁石城西。艇子打双桨，催送莫愁来。'"本诗用"石城莫愁"典。参阅前《石城》注。

【疏解】

首二句谓值此梅雪相兼、冷艳芳洁之境，然所期无人，纵有千枝万枝，也是只足孤芳自赏而已。三、四句谓纵使美如莫愁，若无"艇子打双桨"之渡，则欢会亦无途可达矣。"莫愁"自比，"艇子"寓希其援手之人，不可确指。

此亦干谒之作，成诗应晚于《袜》。《袜》中干谒，尚有自信自持，呈志在必得之态；此则"其声也哀"，不味而苦涩自出矣。

【历代笺评辑要】

姚培谦："此怀所思而不得见也。"

纪昀："偶借莫愁为比，非咏莫愁也。"

当代诸家　叶："上二句用'梅''雪'的芳洁来自比。首句说相赏无人，次句极言其芳洁。下二句说无人绍介，终难遇合。"刘、余：

“此写女子伫候与意中人相会之情景。……全篇均从旁观角度写，作者自己不在内。”邓：“故布奇局，借梅雪相兼之景来作衬托借以显示是人本身之卓尔不群。同时，也是有意表达人生在世遇合之难。”黄：“此所思之‘莫愁’……当是小家碧玉。”郑：“借以自比耳。”

26 春风

会昌六年春

春风虽自好，春物太昌昌[1]。
若教春有意，惟遣一枝芳。
我意殊春意，先春已断肠。

【注释】

〔1〕昌昌：众多，兴旺。此处用贬义，指过多而杂乱。

【疏解】

这首诗大约写于会昌六年（846）春天，是一篇直写遇合无缘的感怀诗。

“春风”指会昌年间政事。“春物”指会昌年间联翩竞进的新贵。一、二句谓春风虽好，然良莠杂进，喧闹中未免暗藏隐患。三、四句谓春如有知，只应教那一枝高洁的花朵开放。此“一枝”，如是自指，恐遭自视太高之讥。如是他指，且坐实李德裕，则又有溜须拍马之嫌。然亦一时情怀，不必苛责也。“殊”者，不合也。五、六句言我早已知道我意与春意不合；所以，不待春临，我已柔肠寸断了。

待李德裕遭贬后，群小翻手为云，覆手为雨，李商隐另有《嘲桃》云：“无赖夭桃面，平明露井东。春风为开了，却拟笑春风。”可与本题对照阅读。说见后《无题（白道萦回）》。

【历代笺评辑要】

冯班：“只恐爱博而情不专也。”

屈复：“春风泛爱，我则断肠。”

何焯："昌昌，群小也。"

冯浩："满目繁华，我独怀恨，不待春来，肠先断矣。寓意未详。"

当代诸家　叶："这是怅恨藩镇过强，忧虑王室阽危之作。"刘、余："全篇极写惜春心理。"邓：同叶说。黄："似咏女冠事。……义山以《春风》为题，责其泛爱不专。"郑："诗人自伤身世，谓春天不属于自己。"

27 为有

会昌六年春

为有云屏无限娇，凤城寒尽怕春宵[1]。

无端嫁得金龟婿，辜负香衾事早朝[2]。

【注释】

〔1〕为有：因有，只因为有。　云屏：用云母石片制作的屏风。　凤城：指京城。宋赵次公注杜诗云："秦穆公女吹箫，凤降其城，因号丹凤城。其后称京城曰凤城。"

〔2〕无端：即无奈，表示事已如此，无可奈何。王锳《诗词曲语辞例释》："无端，又等于说无奈，多用于感叹事与愿违的场合。"　金龟婿：佩饰金龟符、袋的夫婿，泛指身份高贵的丈夫。据《新唐书·车服志》：唐初，五品以上官员皆佩带鲤鱼符、袋，"以明贵贱，应召命"。因天子姓李，李、鲤谐音的缘故。武后"天授二年，改佩鱼皆为龟"。因天子姓武，龟象玄武之神的缘故。"三品以上龟袋饰以金，四品以银，五品以铜。中宗初，罢龟袋，复给以鱼。"

【疏解】

《为有》诗亦为干谒之作。它是李商隐继《海客》《独居有怀》《日射》之后，"主人公女性化"的又一重要篇什。本篇以娇嗔语写怨望，以怨望语寄深情，实为一特定环境下的干谒，其用心亦良苦矣。

义山会昌二年（842）服母丧，会昌五年（845）十月服阕，重官秘书省正字。此篇当作于会昌六年（846）的春天。

通篇以怨望女子自况。"为有"句自赞娇媚，喻己杰出之才华。"凤城"点地，"春宵"点时，"寒尽"则兼指服母丧已毕。"怕"者，言“春宵”苦短，恐其忙于政事，对己之希求仍搁置而不顾也。言“嫁”，言“金龟婿”，暗指心中向往已久的“李党”领袖李德裕。象征而已。李德裕《述梦诗四十韵》云：“龟顾垂金纽，鸾飞曳锦袍。”其《奉送相公十八丈镇扬州》又云：“共悬龟印衔新绶，同忆鳣庭访旧居。”确乎金龟婿矣。三、四句言己虽委身于“李党”，然“李党”巨擘均忙于政务，而不暇己顾也。

怨望语写得如此娇媚，真李商隐也！

又，“嫁得”二字确切。可以推想的是，李商隐服阕返京，至会昌六年（846）春，确已得到“李党”人士，甚或李德裕的认同。只是因为武宗病重，自正月十三日后至三月二十日不出朝理政，朝臣心绪悬浮，一切事务均无法办理而已。说见后《促漏》《可叹》等。

不久，武宗去世，政局大变，义山希企落空，再无此情调矣。

【历代笺评辑要】

屈复：“玉溪以绝世香艳之才，终老幕职，晨入昏出，簿书无暇，与嫁贵婿、负香衾者何异？其怨宜矣。”

何焯：“此与‘悔教夫婿觅封侯’同意，而用意较尖刻。”

当代诸家　叶：“通篇表面仿佛描写闺怨，实际乃深刺无耻悻进的人。”刘、余：“‘无端’云者，正讽其事与愿违，托青春于富贵反为富贵所误也。”邓：表达的是“人心不足”意，“其他各种对李商隐的比附，均属无谓。”黄：“此代言体闺怨诗”，“与王昌龄《闺怨》异曲同工”。郑：“本篇通过写贵家少妇内心的苦闷，揭示出富贵利禄与人性的矛盾。”

28 促漏

会昌六年三、四月

促漏遥钟动静闻，报章重叠杳难分〔1〕。
舞鸾镜匣收残黛，睡鸭香炉换夕熏〔2〕。
归去定知还向月，梦来何处更为云〔3〕。
南塘渐暖蒲堪结，两两鸳鸯护水纹〔4〕。

【注释】

〔1〕“促漏”句：促漏，节奏紧迫的滴漏声。遥钟，遥远的钟声。《三国志·魏书·田豫传》：“年过七十而以居位，譬犹钟鸣漏尽而夜行不休，是罪人也。”李商隐《代仆射濮阳公遗表》：“思犬马以自悲，悼钟漏之先迫。”冯注：“后人以钟鸣漏尽比老死。”向按：李商隐《祭张书记文》亦曰：“露先寒而陨叶，漏未尽而闻钟。”可见，义山行文，钟、漏连用指时光相迫，死期将至。不可另作他解。诸家所释均误。报章：报：邸报。章：奏章。此处指宫廷传出的消息。前人多以《诗》“虽则七襄，不成报章”为据，释报章为“织物”，大错。说见“辨”。

〔2〕“舞鸾”句：鸾，凤凰一类的神鸟。本处暗用孤鸾对镜，“一奋而绝”故实以影射时政。参阅前《鸾凤》注。黛：一种青色染料，古代女子用以画眉。 睡鸭：睡鸭形香炉。宋洪刍《香谱》：“香兽以涂金为狻猊、麒麟、凫鸭之状，空中以然香，使烟自口出，以为玩好。”李贺《兰香神女庙》有“深帏金鸭冷”，写的是金鸭香炉。 夕熏：暗用荀令熏衣故实。荀彧，东汉末年政治家，任尚书令，居中持重达十数年，人称“荀令君”，相传常以异香熏衣。向按：“荀令”典为义山常用。如《牡丹》：“石家蜡烛何曾剪，荀令香炉可待熏。”《酬

崔八早梅有赠兼示之作》："谢郎衣袖初翻雪，荀令熏炉更换香。"此处亦借荀令熏衣故实以影射时政。

〔3〕归去：死去。李白《拟古》："生者为过客，死者为归人。""梦来"句：暗用高唐神女故事。宋玉《高唐赋序》："昔者先王（楚怀王）尝游高唐，怠而昼寝，梦见一妇人，曰：妾，巫山之女也，为高唐之客，闻君游高唐，愿荐枕席。王因幸之。去而辞曰：妾在巫山之阳，高丘之阻，旦为朝云，暮为行雨，朝朝暮暮，阳台之下。旦朝视之，如言。故为立庙，号曰朝云。"

〔4〕南塘：在长安晋昌坊慈恩寺南。李商隐婚后曾居住于南塘近旁。蒲：指菖蒲。《吕氏春秋·任地》："冬至后五旬七日，蒲始生。菖者，百草之先生者也，于是始耕。"《太平御览》引《续述征记》曰："乌常沉（齐人谓湖为"沉"），湖中有九十台，皆生结蒲。云秦始皇游此台，结蒲系马，自此蒲生则结。"

【疏解】

《旧唐书·武宗纪》："三月壬寅，上不豫，制改御名炎。帝重方士，颇服食修摄，亲受法箓。至是药躁，喜怒失常，疾既笃，旬日不能言。宰相李德裕等请见，不许。中外莫知安否，人情危惧。是月二十三日，宣遗诏，以皇太叔光王柩前即位。是日崩，时年三十三。"本诗言"南塘渐暖蒲堪结"，正此时也。

会昌六年（846）武、宣易位，万众系心。首联写此一幽深诡谲的微妙时刻：夜漏急促，晨钟悠长，动静牵动人心。报章复沓而至，真伪却是杳渺莫辨。三句借用孤鸾舞镜的故实，暗指李德裕，重在一个"收"字。言孤鸾对镜而舞，本是空虚，今镜匣已收，形只影单，只剩下一些残存的黛粉，则孤何以堪？四句借用荀令熏香故实，写此刻朝廷政事，重在一个"换"字。言睡鸭香炉依旧，然夕熏已换，人事将从此全非矣！

李商隐诗尝以龙凤、日月对举，比喻武宗、李德裕之君臣关系。如《昭肃皇帝挽歌辞》之"始巢阿阁凤，旋驾鼎湖龙"，《碧城三首》之"若是晓珠明又定，一生长对水精盘"，说见后。"归去"句亦以武宗、李德裕喻日、月。言你活着的时候日月同辉；如今你虽逝去，定然还是一心向月，福佑着李德裕的事业。然而当时朝野蠢动，人心惶惶，他当时仍是秘书省正字，对政局已有不祥的预感，所以“梦来”句写到自己时则说，此后虽有梦来，恐怕已不是此前所向往的为云为雨的欢乐之梦了①！

落句释然。言且喜自己仍然是置身事外，趁此春阳渐暖之时，观南塘蒲结，鸳鸯护水，尚可乐此室家之乐也。

据《旧唐书·宣宗纪》：四月，出李德裕为“检校太尉、同平章事、江陵尹、荆南节度使”。诗酝酿于“报章重叠杳难分”之时，成于李德裕外任发布之后。李商隐显然是低估了这一人事变动所引发的政治地震的强度；所记者，当时感慨而已。

【辨】“报章重叠”辨

一、前人解说此诗，大体有“悼亡”“宫怨”“艳情”等说。当代诸家叶、黄、邓主“悼亡”，刘、余主“离情”，郑氏主艳情。均误。其根源就在于误解了“促漏遥钟”“报章重叠”这两个词组。

“促漏遥钟”诸家解释均误，说已见注。“报章”词出自《诗·小雅·大东》“虽则七襄，不成报章”，指的是杼柚往复，织成花纹。前代学者大都熟读《诗经》，看到“报章”就联想到织锦；局限于这样一个思维定式，顺便就联想到衣物，继而又联想到未亡人清点已亡人衣物，从而钻进了“悼亡”说的死胡同，再也钻不出来。但是，这个“报章重叠”之后，紧接有“杳难分”三字，实在叫人舌结。杳者，昏暗也，遥远也，模糊不清，甚或渺无踪迹也。“清点衣物”是眼前、手下之事，怎么会有“杳”的感觉呢？而且，李家贫寒，妻子死后，不会留下许多衣物，又怎么会有“杳”而“难分”之叹呢？下句“收残黛”尚可，略有寓意。“换夕熏”则不可。妻子刚死，就要“换夕熏”

①李商隐常以“高唐”的巫山云雨之梦来寄寓与李党有关的政治情怀。如《岳阳楼》：“如何一梦高唐雨，自此无心入武关。”《有感》：“一自高唐赋成后，楚天云雨尽堪疑。”《无题二首》：“神女生涯原是梦，小姑居处本无郎。”等等。此句也是如此。说见后。

了，情深义重的李商隐当然不会犯此语讳。

“宫怨说”“艳情说”也由织锦衍生而出，不辨。

二、“报章”在《诗经》中确乎是指织物，但后来引申为文采优美的诗文或信函，又不可不知。如南朝齐谢朓《酬德赋序》：“沈侯之丽藻天逸，固难以报章。”唐柳宗元《为韦京兆祭太常崔少卿文》：“投文报章，既歌且谣。”唐白居易《与济法师书》：“敬伫报章，以开未悟。”等等。李商隐《夜思》云：“往事经春物，前期托报章。”冯浩注：“此则借言书札，谓更订后期。”叶葱奇以为“唐人从来没有拿‘报章’作答书用的”，出语太武断了。

三、唐时，宫内有掌管章奏之职，宫外有传承诏奏之所，以保持内外通达。朱鹤龄注：“《唐书》：内宫有掌书之人，掌符契经籍，宣传启奏。杜甫诗‘宫女开函近御筵’是也。”又，古代地方长官在京设邸，其任务就是报递章奏，承转诏令，即所谓“邸务”。《旧唐书·代宗纪》：大历十二年（777）五月，“诸道邸务在上都名曰留后，改为进奏院。”李商隐《代安平公华州贺圣躬痊复表》中有“得本道进奏院报”，《为濮阳公论皇太子表》中有“得本道进奏院状报”，即通常所谓“邸报”。

三、邸报即朝廷公报，且不分昼夜。《全唐诗话·韩翃》载：一日，夜将半，客叩门急，贺曰：“员外除驾部郎中知制诰。”翃愕然曰：“误矣。”客曰：“邸报，制诰阙人，中书两进名，不从，又请之，曰：‘与韩翃。’时有同姓名者为江淮刺史。又具二人同进，御批曰：‘春城无处不飞花……与此韩翃。’”客曰：“此员外诗耶?”翃曰：“是也。是不误。”此情此景，可为邸报常于夜间传出，且频频传出作一印证。

四、晚唐政事，废立大多出于宫廷宦官之手。六年前文宗薨时，宦官仇士良、鱼弘志杀皇太子陈王成美，矫诏迎立武宗。曾经议立安王为太子的杨贤妃及安王溶也同时被杀。如今，武宗病笃，喜怒失常，且旬日不能言。《资治通鉴》会昌六年（846）载：“上自正月乙卯不视朝，宰相请见，不许。中外忧惧。”《通鉴考异》引李德裕《替献记》曰：“自正月十三日后至三月二十日更不开延英，时见中诏处分，不得预焉。”

“时见”二字，表明“中诏处分”仍是频频传出，与李商隐的“报章重叠”说正可相互印证。此频频传出的“中诏处分”，连当朝宰相都表示“不得预焉”，可见形势之隐秘、危急。一切迹象表明：宦官已经把控宫闱，皇帝的生死安危也不为人知。所谓“报章重叠杳难分”，正是武宣易位之时内情纷乱不明、消息杳渺难分、朝野惶恐危惧等状况的真实写照。

五、《旧唐书·宣宗纪》：“帝外晦而内朗，严重寡言，视瞻特异。幼时宫中以为不慧。……历大和、会昌朝，愈事韬晦，群居游处，未尝有言。文宗、武宗幸十六宅宴集，强诱其言，以为戏剧，谓之‘光叔’。武宗气豪，尤不为礼。及监国之日，哀毁满容，接待群僚，决断庶务，人方见其隐德焉。”据此，则知宦官们玩弄权术，选了个近乎痴呆的“光叔”做皇帝，以便掌控；哪知反倒是坠入“光叔”的权术之中。即位了的“光叔”立即掌控大权，成了晚唐皇帝中最有决断、最能自主的皇帝。史载：“洎大中临驭，一之日权豪敛迹，二之日奸臣畏法，三之日阍寺詟（zhé）气。”尽管他有些刚愎自用，但直到终大中之世，宦官再也不敢对朝政染指。这是后话，附于此，让我们知道皇帝生死之所以牵动人心的缘由。

六、李商隐《昭肃皇帝挽歌辞三首》之二云：“玉塞惊宵柝，金桥罢举烽。始巢阿阁凤，旋驾鼎湖龙。门咽通神鼓，楼凝警夜钟。小臣观吉从，犹误欲东封。”其中“始巢阿阁凤”，指李德裕拜相；“旋驾鼎湖龙”，指武宗去世。“通神鼓”“警夜钟”，与“促漏遥钟动静闻”所述之情景极为相似，也可为本篇背景提供一定的佐证。

附：《屏风》

六曲连环接翠帷，高楼半夜酒醒时。
掩灯遮雾密如此，雨落月明俱不知。

据《旧唐书·宪宗纪》：“（元和四年）秋七月乙巳朔，御制《前代君臣事迹》十四篇，书于六扇屏风。是月，出书屏以示宰臣，李藩等表谢之。”据此，则此“六曲”之《屏风》当是直写宫廷中情事。

首句言有“六曲连环”之“屏风”隔蔽，又接以“翠帷”，写的应当是与外界隔离的宫廷；次句写的却是某人在高楼中夜半酒后醒来。这是两个独立的、毫不相关的情景，能把它们组接在一起的关联项是什么呢？答曰：秘密！前句写的是藏有秘密之地，后句写的是关注此秘密之人。此人似乎在一面饮酒，一面等待某种秘密的揭晓；等待得困顿时睡去，然后又在记挂中醒来。这与《促漏》中“促漏遥钟动静闻，报章重叠杳难分”之景况略同。

李商隐在《促漏》诗中曾对宫廷事态表示关切，“闻”“促漏遥钟”而查“动静”，见“报章重叠”而深叹其“杳难分”。则此《屏风》中对宫廷事态关切之人也就可能是写诗人李商隐自己了。后二句感叹楼外的一切，如灯之掩，雾之遮，消息之密闭如此；到底是落雨，还是月明，一切都不可得而知呵！注意：此诗的要点，落点，都在这一个求“知”而不可得的“知”字上。

《屏风》诗大略也是为会昌末年武宗病危时的宫廷变故、消息闭塞而作。前人大多以“艳情”立言，然此艳情不艳，且糊糊涂涂，与李商隐之艳情诗截然不同。又有以“蔽塞贤路”立言者，但此迷迷糊糊之醉酒者并无贤者形象。黄世中臆其有“躲进小楼成一统，管他冬夏与春秋”之意。然细品之，作者密切关注外界事态的发展，并未置身事外。全诗大有消息不可得知之感慨，之愤懑，而绝无偷情得手之得意，以及“躲进小楼”之逸悦。——“半夜酒醒”，仍无确切信息，慨叹则油然而生矣。

【历代笺评辑要】

郝天挺：“此篇拟深宫怨女，恨不如禽兽犹有匹也。”

朱彝尊：“作闺思解何其明了，而必曰宫怨？”

陆昆曾：“此亦义山悼亡诗也。……夫‘钟漏’而曰‘动静闻’，是独居有怀而卧不安席也。‘报章’而曰‘杳难分’，是手迹虽存而岁月之后先莫辨也。由是追念生平，感深存殁，而见夫残黛早收，夕熏已换，有不禁予美亡此之叹矣。下半言死者不知所归，生者无复梦见，岂能若南塘鸳鸯鸟长匹不离也哉！一往情深，读之使人增伉俪之重。”

程梦星：“愚见乃托于闺情以寄幽怨，盖屡启陈情，绚不见省之时也。起句忆其高居禁苑。次句谓己屡次上书。三句喻幕府初罢之时。四句喻待命望恩之久。五句自怨又将入幕。六句自叹无可结欢。七句言得地可以自遂。八句言终身愿共相依也。”

当代诸家　叶：“悼亡之作。……看全诗的意趣和‘促漏遥钟’‘南塘’等，当是随柳仲郢还京后春间所作。”刘、余：“写深闺之离情。‘报章’指书信，非指章奏，通篇情景亦终不似宫禁之深邃。……末联则以鸳鸯之双栖，反衬己独居之孤寂作结。”邓：“应该是一首弃妇有怀诗。……前四句极写其寂寥，第五句写对方之思己，……第六句写自身之思念对方。七八句南塘蒲结，鸳鸯戏水，而暗示出期能复合之深意。”黄：“此悼亡也。前半写实，思亡妻而一夜难眠，因起而收拾亡妻遗物情景。……下半转抒悼怀，思中有景……七、八以蒲之堪结与鸳鸯长匹反衬夫妻之长离死别。”郑：“本篇或谓拟宫怨而作，或谓悼亡之作，皆不可从。……本篇是艳情诗。”

29 相思[1]

会昌六年

相思树上合欢枝，紫凤青鸾共羽仪[2]。
肠断秦台吹管客，日西春尽到来迟[3]。

【注释】

〔1〕释题：本诗摘首二字为题，不避断章，并非专咏相思之情。又，本题一作“相思树上”。

〔2〕相思树：一种常绿乔木。有关“相思树”命名之缘起，参阅前《青陵台》注。 合欢：一种落叶乔木，生有偶数羽状复叶，小叶对生，白天自行展开，夜则成对相合，故又名“合昏”“夜合花”。民间赋予它恩爱、和睦的象征意义。 紫凤青鸾：凤和鸾都是我国古代传说中的神鸟，常用来比喻君主、夫妇、贤士、美人等。此处用于比喻贤良俊杰之士。贾谊《惜誓》：“独不见夫鸾凤之高翔兮，乃集大皇之野。”王逸注：“以言贤者亦宜处山泽之中，周流观望，见高明之君，乃当仕也。” 羽仪：羽是鸟的翅翼。鸟翼严整有序，故《易·渐》云：“鸿渐于陆，其羽可用为仪。”孔颖达疏：“处高而能不以位自累，则其羽可用为物之仪表，可贵可法也。”后以“羽仪”比喻居高位而有才德，受人尊重或堪为楷模者。引申为辅翼。共羽仪：言共辅朝廷也。

〔3〕秦台：秦穆公为其婿萧史所筑之凤台。吹管客：善于吹箫的萧史，此处自喻。参阅前《无题·闻道阊门》注。

【疏解】

张采田《辨正》说：“赞皇当国时，义山时正丁忧，及服阕入京，而武宗崩，卫公亦罢相矣。遇合无成，此诗之所由慨也。”此说大体正确。但他随后又说："首二句言已初婚王氏，'相思合欢'，以寓夫妇恩爱。茂元与赞皇皆一时人望，故曰'紫凤青鸾共羽仪'，亦以比卫公得君之盛，人无弃才也。"后说把夫妇恩爱和君臣相得混为一谈，夹杂。

本诗首二句用晋傅咸《申怀赋》"穆穆清禁，济济群英。鸾翔凤集，羽仪上京"辞意，极言君臣相处之得，一时翘楚共辅朝政，然不必茂元也。王茂元京职仅司农卿，职位不高；李德裕九月入相，王茂元十月出任陈许节度使，交集时间仅月余，不得以"紫凤青鸾共羽仪"目之。盖寓言也，也不必因有"相思""合欢"之词，而曲为"夫妇恩爱"之解，否则，意脉乱矣。"秦台吹管客"，义山仍以子婿辈自居。"日西春尽"，纪自身服阕归来之现实。据刘学锴《李商隐传论》："李商隐当于会昌五年十月下旬赴长安，但不久即返洛阳。……实际复官时间可能在会昌六年暮春。"我们已知，武宗自会昌六年（846）正月十三日起即病不视朝，三月二十三日驾崩，宣宗即位。四月初，出宰相李德裕为荆南节度使。"春尽"纪时。"日西"指如日中天的李德裕贬出。"到来迟"，纪自身服阕迟迟归来之现实。如此前李德裕对他已有所知、所许，则此"日西春尽"之时归来，确乎"迟"矣！

又，此句泛指亦佳。美人迟暮，遇合无缘，此千古志士之所以宜其肠断也。

刘、余两先生断此诗为悼亡，实误。王氏死于秋天，并非"春尽"；李商隐到家之时为清晨，并非"日西"。有"娇郎痴若云，抱日西帘晓"为证。说见后之《房中曲》等篇，不赘。

【历代笺评辑要】

屈复："鸟犹并栖，而秦客乃春尽不来，能无断肠？"

冯浩："以艳情寓慨，当与《青陵台》类观，但未测何年作耳。"

张采田："此重官秘阁时作，自叹遇合之不偶也。"（馀说已引用）

当代诸家　叶："李炎死在三月，德裕罢相在四月，所以说'日西春尽'，本来是想乘时遇合，这一来希望反又破灭，所以借'箫史'来自比，而说'肠断'、'来迟'了。（向按：很正确。）"刘、余："应系悼亡之作。……三、四则谓已于日暮春尽之时始归，王氏已卒，不得再有紫凤青鸾之欢爱矣，故为之断肠。”邓：“咏一个普通的爱情故事。故事中的主角之一——秦楼吹管客，只因为到来迟，而其所要追求的紫凤则早已和青鸾双栖在合欢枝上了。”黄：“此诗悼亡无可疑者。……酌编大中五年《辛未七夕》后，归家途中。”郑：“本篇也是悼亡之作。”

30 可叹

会昌六年

幸会东城宴未回，年华忧共水相催。
梁家宅里秦宫入，赵后楼中赤凤来〔1〕。
冰簟且眠金镂枕，琼筵不醉玉交杯〔2〕。
宓妃愁坐芝田馆，用尽陈王八斗才〔3〕。

【注释】

〔1〕“梁家”句：《后汉书·梁冀传》：“冀爱监奴秦宫，官至太仓令，得出入寿所。寿见宫，辄屏御者，托以言事，因与私焉。宫内外兼宠，威权大震，刺史、二千石皆谒辞之。”向按：梁冀，东汉时外戚、权臣。寿，梁冀妻孙寿。“赵后”句：汉·伶玄《赵飞燕外传》：“后所通宫奴燕赤凤者，雄捷能超观阁，兼通昭仪。……时十月十五日，宫中故事，上灵安（女）庙。是日吹埙击鼓，连臂踏地，歌《赤凤来》曲。后谓昭仪曰：‘赤凤为谁来?’昭仪曰：‘赤凤自为姊来，宁为他人乎?’”汉刘歆《西京杂记》亦记：“十月十五日，共入灵女庙，以豚黍乐神，吹笛击筑，歌上灵之曲。既而相与连臂踏地为节，歌《赤凤凰来》。”向按：《搜神记》亦载十月十五日上灵女庙事，结句云：“乃巫俗也。”又，《赤凤来》，古曲，与燕赤凤名偶合，故赵氏姊妹借此谐音之曲名以逗乐。

〔2〕冰簟：用竹篾或芦苇编制的“仌”纹凉席。冰，古文字作“仌”。既取其形，又取其义。参阅前《石城》注。金镂枕：以金线串连玉片编制的枕，参阅注〔3〕。交杯：古代婚仪，把一只匏瓜剖成两半，即瓢，又称卺，举行婚礼时夫妇各持一瓢同时饮酒，称为“合

卺”。由于时代进步，饮具由瓢而杯，宋王得臣《麈史》记：“古者婚礼合卺，今也以双杯彩丝连足，夫妇传饮，谓之‘交杯’。”

〔3〕宓妃：传说中的洛水女神。《文选·洛神赋》李善注引如淳《汉书音义》曰：“宓妃，宓羲氏之女，溺死洛水，为神。”曹植《洛神赋序》：“黄初三年，余朝京师，还济洛川。古人有言，斯水之神，名曰宓妃。感宋玉对楚王神女之事，遂作斯赋。”《文选·洛神赋》李善注引《记》曰：“魏东阿王，汉末求甄逸女，既不遂，太祖回与五官中郎将，植殊不平，昼思夜想，废寝与食。黄初中入朝，帝示植甄后玉镂金带枕，植见之，不觉泣。时（甄后）已为郭后谗死，帝意亦寻悟。因令太子留宴饮，仍以枕赍植。植还，度轘辕，少许时，将息洛水上，思甄后，忽见女来。自云：我本托心君王，其心不遂，此枕是我在家时物，从嫁前与五官中郎将，今与君王。遂用荐枕席，欢情交集，岂常辞能具。为郭后以糠塞口，今被发，羞将此形貌重睹君王尔！言讫，遂不复见所在。遣人献珠于王，王答以玉珮，悲喜不能自胜，遂作《感甄赋》。后明帝见之，改为《洛神赋》。”向按：此《记》荒诞不经，为考据家所不取，而为文学家所钟爱。义山此篇及《代魏宫私赠》《东阿王》《无题·飒飒东风》等均用此典。　芝田：传说中神仙种芝草之田。曹植《洛神赋》中有“尔乃税驾乎蘅皋，秣驷乎芝田”，本诗中“芝田馆”之牵附当源于此。　陈王：曹植封号。据《魏志》，曹植在文、明二帝时被迁封多次。明帝太和三年（229）徙封东阿；六年（232），以陈四县封为陈王；死后谥号为“思”。所以，后世常称他为“东阿王”“陈王”或“陈思王”。　八斗才：《南史·谢灵运传》中谢灵运云：“天下才共一石，曹子建独得八斗，我得一斗，自古及今共用一斗。”后世遂以“八斗才”“才高八斗”等语称赞才华出众的人物。

【疏解】

本篇以“可叹”命题，寓慨显然，应是隐射时政、怅叹遇合无缘之作。其中“陈王”自况，“宓妃”隐射因武、宣易位，失权贬出的李德裕，“秦宫”“赤凤”等喻宫中秘事及其后相继得宠入朝执政的白敏中、令狐绹辈，然皆泛指，且以艳情出之，自诬以晦其迹也。

“幸会东城”四字似不经意写出，却是大有深意。长安素有“东贵西富、南虚北实”之说，“东城”是达官贵胄聚居之地。“幸会”二字，表明所会者并非家居东城的常见亲友，如令狐绹、韩瞻等，而是一位身居高位却又不常能见的显贵之人。

首句言有幸赴会，却宴不终席而事态已变。次句言时日似水，年华不待，况乃忧恨相兼乎？此二句似乎隐括了会昌六年（846）春李商隐与李德裕或“李党”人士的交往之迹；且此一“幸会”当与李商隐仕途有关，不然，何以会引起年华相催之忧？

三、四句承“宴未回”着笔：暗写宴未终席，朝局已变。朝臣中有“秦宫”之“入”，宫廷内有“赤凤”之“来”，用此二典以概述武、宣易位时内情之秽乱与迅猛。《资治通鉴》会昌六年（846）三月载：“及上（武宗）疾笃，旬日不能言。诸宦官密于禁中定策，辛酉，下诏称：‘皇子冲幼，须选贤德，光王怡可立为皇太叔，更名忱，应军国政事令权句当。’”此为宫中之变，武宗薨。《旧唐书·武宗纪》载：“四月辛未，释服。……以兵部侍郎翰林学士承旨白敏中守本官同中书门下平章事；以特进守太尉门下侍郎同平章事上柱国卫国公食邑二千户李德裕，检校太尉、同平章事江陵尹荆南节度使。”此为朝堂之变。

五句回顾“幸会”之后，自己虽获得“金镂枕”之赠，但也只是“冰簟”独卧而已。六句回顾“幸会”之时，即或有筵席之亲，也不曾以“玉交杯”定情。此二句暗写李德裕主政之日，或“幸会东城”之时，李商隐虽有延纳之迹，并无擢拔之实，得到的只是空头许诺而已。七句写“宓妃”失宠，一筹莫展；八句写陈王曹植用尽才华，援助无术。此二句暗写李德裕调任荆南，实则为被贬，职位低下的李商隐，只有空怀惆怅而已。此诗极写遇合无缘。故题曰：可叹。

这是一篇镂心刻意之作，李商隐通过自己独特的感受描写了这场政局突变。由于用典多，寓意隐蔽，事件和感情的跳度大，而且以艳情晦其迹，勿怪乎后人索解之难也。

据此推知，李商隐服阕返京后，同李德裕或其亲信于“东城”定有接触，李德裕也可能对他有所赞赏，有所许诺，但由于武、宣易位，李德裕贬出，李商隐则只能永怀遇合无缘之恨了。参阅后《附："甄植恋"诗四首》。这大概就是朱鹤龄所说的"情通而不及乱"，同时也是李德裕迭遭贬斥之后，李商隐毅然放弃京职，跟随着此前并无交往实迹可查的郑亚远走桂管的根由。

【历代笺评辑要】

朱鹤龄："秦宫、赤凤，以刺当时之事。陈思之于宓妃，情通而不及乱，作者殆以自况欤？"

吴乔："此诗似与绹宴归而作。"

胡以梅："朱笺谓作者自况，诚有之，不然何必为古人之远想耶？"

纪昀："三、四句直作詈词，殊无诗意。"

姜炳璋："此刺公主为女道士而有淫媟之行也。"

张采田："此亦假艳情寓慨之作。首句机会可乘。次句光阴虚度。三、四借古人幽期密约之事，以况今之不然。'冰簟'句偏教独处。'琼筵'句未能交欢。结慨费尽才华，而两情依然暌阻也，故以《可叹》命篇。通体皆是自伤遇合无成，岂刺他人淫佚哉！颇似为子直作。"

当代诸家　叶："这是寓慨之作。……（末二句说）枉自用尽才思，虽情深一往，终难遇合。……而寅夜钻营的人倒常志得意满，所以用'可叹'名篇。"刘、余："此诗写两种不同性质、不同遭遇之男女私情。……盖言无真情而苟合者遂愿甚易，有真情者反而分隔相思，不得遂愿，故曰'可叹'也。"邓："应是叹人欲横流，只争朝夕，充分表现出末世纪的心态。"黄："此亦无题之属。'宓妃'，洛神，愁坐芝田之中，似暗示所思为女冠。"郑："本篇内容似是与某宫女有爱恋而未能如愿，故诗题曰'可叹'。"

31 附："甄植恋"诗四首

其实，"甄、植叔嫂恋"只是一个伪命题。建安九年（204）曹操破邺城时，甄氏23岁，曹植13岁；不只当时的争婚吃醋不可信，尔后的"赉枕""泣枕"，更都是无稽之谈。李商隐素有"獭祭鱼"[①] 之称，文史典籍的熟悉、运用，实为当世之冠；为什么对这样一个实属"无稽"的史料情有独钟，一咏之不足而二，二咏之不足而三，乃至于四呢？这确乎是李商隐研究中必须回答的一个问题。

这四首诗的时间跨度约略四年，与李商隐生平中的一段重要的政治活动相始终，我们把它归并在一起，以便讨论。

一、代魏宫私赠

会昌六年

来时西馆阻佳期，去后漳河隔梦思。
知有宓妃无限意，春松秋菊可同时。

【疏解】

《代魏宫私赠》和《代元城吴令暗为答》是李商隐独创的赠答体组诗之一。前首《代魏宫私赠》题下有自注云："黄初三年，已隔存殁，追代其意，何必同时。亦广子夜吴（一作'鬼'）歌之流变。"

---

①古人认为：獭贪食，常捕鱼陈列岸边，有如祭祀。宋吴炯《五总志》："唐李商隐为文，多检阅书史，鳞次堆集左右，时谓为獭祭鱼。"

其实，这是两首寓意清晰的政治诗。为了隐蔽踪迹，造成扑朔迷离的效果，首先是，典故内容与题目不相匹配。如第一首，所谓“代魏宫私赠”，既不是代甄妃立言，也不是代曹植立言，而是代事件的旁观者“魏宫宫人”立言；一般研究者认为，此不可解。第二首的题目则更为奇特，扯出一个与这段所谓的“叔嫂恋”传说了无关系的吴质“为答”，亦不可解。

其次是，吴质任元城令，大略在建安二十二年（217）之后，此时的曹丕也只是刚被立为世子。而曹植“黄初三年（222）”来朝之时，曹丕已即帝位，吴质则“官至振威将军，假节都督河北诸军事，封列侯”（《魏志二十一》）了。时间、职位、所处地点均与史不合，吴质不可能在“不远千里”的河北为曹植代答。

第三，他还在那段不清不白的“自注”中，强调“追代其意”，还扯出以男女情恋为主题的“子夜吴歌”来遮掩，以淡化其政治色彩。可见，义山永远是义山：一方面，每有政治变故，他常常不能自已，总得提起诗笔来一吐心曲；另一方面，他地位低下，处境艰难，又不能畅抒所怀，只得遮遮掩掩，用代称、隐语发声，在牛、李党争的峡谷中彳亍而行。

其实，这两首诗是为李德裕远贬荆南而作。

第一首诗，代李德裕立言。泽潞平后，李德裕进卫国公。“魏宫”者，“卫公”也，谐音。首句说，尔来之时，居处于“西馆”，借指会昌二年（842）李商隐任秘书省正字事，阻断了相会的佳期，托词而已。次句言，尔去之后，指会昌二年（842）李商隐丁母丧去职离京，虽有“漳河”之隔，但仍然牵动着我梦中的思念。向按：漳河流经魏都邺城，用魏事。“梦思”，客气话。三、四句感叹语：我知道你对宓妃（即我）有无限好意，遗憾的是，我们，一个是春天的青松，一个是秋天的霜菊，哪能同时啊！

《诗词曲语辞汇释》：“可，犹岂也；那（哪）也。”

这首诗借李德裕的口气，记下了他在外贬之时，给李商隐的长期干谒、追随，而未曾受到关注、重用，表示了一点歉意。给李商隐留下了空头的许诺，一段善意的宽慰之词。与上篇《可叹》中"冰簟且眠金镂枕，琼筵不醉玉交杯"所表达的内涵基本相同。

现实中的李德裕是否有过这段宽慰之词？不可确知。至少是李商隐当日的感觉、领会就是如此。从李商隐日后的行动看，他死心塌地地跟随郑亚出京赴桂，牵肠挂肚地盼望李德裕还朝主政，李德裕或许确有过此类表态，否则，李商隐后期如魇如魔的无题诗就失去了坚实的基础。李商隐写下此诗，代"卫公（魏宫）"立言，记录在案，算得上是立此存照了。

二、代元城吴令暗为答

会昌六年

背阙归藩路欲分，水边风日半西曛。
荆王枕上原无梦，莫枉阳台一片云。

【疏解】

第二首则借元城吴令之口作答。"元"者，原也。"吴"者，吾也。李商隐写《海客》之初，原本是弘农尉，尽管汉魏之"元城令"与唐代的"弘农尉"品级有别，仅借其"吴"姓谐音、职守说事而已，不必深究。

首二句写李德裕离京赴任时的情景。阙，皇宫门两边供瞭望的楼台，借指京城。藩，封建时代分封的属国、属地。唐朝中、后期设立的军镇，俗称藩镇。"背阙归藩"之说，与李德裕的身份、地位及赴任情节非常吻合。李德裕外调之时，还带有"检校太尉、同平章事"这样的恩衔，符合唐代宰臣外任的常规，因此，亲朋故旧少不得按例送行。送到灞水桥边快要分手的时候，太阳已经西下，只剩下一片晚霞的余辉了。此"路"，此"水"，此"西曛"之"日"，与即将要讲到的另一首《无题》"白道萦回入暮霞"之情景非常吻合。说见后。

后二句借《高唐赋序》之阳台故事作自我宽解语。言彼"荆王"（影射时已出任荆南节度使李德裕）原本无意于我，——说的是实情话；我也不要徒然地痴情等待那阳台之上的为云为雨之梦了。

既有薄怨，也有自嘲，更多的是无奈。

前《促漏》中有“梦来何处更为云”之期待语，后《席上作》中有“料得也应怜宋玉，一生唯事楚襄王”之凄凉语；再后，又有“神女生涯元无梦，小姑居处本无郎”（《无题二首·重帏深下》）的辩解语。前呼后应，一脉相承。

牢骚发了之后，李商隐对大中朝的政治走向作出了错误的判断，对李德裕的起复竟然还心存幻想，这就是李商隐仍是跟随着“李党”骨干郑亚南下昭桂的原因。

有人以为本篇为柳枝而作，实非。一、柳枝诗强调“同时不同类”，指的是门第之隔；本篇强调“春松秋菊可同时”，指的是时令之隔，遇合无缘。两者牛头不对马嘴。二、本篇“背阙归藩”所隐射之事，“荆王”所隐射之人，以及“魏宫”“吴令”有所指代之典，在柳枝故事中无可附会；而李德裕以宗亲之尊，太尉宰辅之职，由京赴荆之途，以及阳台无梦之叹，诗情与现实丝丝入扣。另作他解，则离题太远了。

沈祖棻说：“借题发挥，来记录自己生活中一段不适宜于十分公开的经历。”显然，沈氏已敏锐地发现了这首诗的纪实意义。在不能确切解读的情况下，这是一种最聪明的解读。

【历代笺评辑要】

屈复：“（第一首）来阻佳期，去隔梦思，今已无时矣。然如果有意，春兰秋菊，犹可同时，尚未晚也。”

朱鹤龄：“此诗（第二首）为洛神辩诬，明思王‘感甄’之说未足深信。”

陆鸣皋：“此（第二首）假吴质答词，以明思王、宓妃之事为虚，并《高唐》之赋亦诞，而且为己诗作注脚也。”

姚培谦：“果系有情人，何必同时！生生世世当相值耳。”

张采田：“此二首皆为柳枝而作。”

当代诸家　叶：“借古寓意之作。很像是为了辞谢柳仲郢要把官妓张懿仙嫁给他一事。"刘、余："（前）诗代魏宫人私赠曹植，以明甄后之情意，亦慰曹植之伤感。……（后）诗意与赠诗针锋相对。……赠诗极表宓妃阻隔相思之情意，答诗则明言君王之无意。……答诗系代吴质，亦不可解。"邓：同叶说。黄："窃疑其时或有借《无题》诸诗而攻讦者，义山借史拟篇以自明。亦'此女登墙窥臣三年，臣未之许也'之意。"郑："上篇代甄后之宫女赠诗，以明甄后之意；本篇代曹植的友人吴质回答魏宫人赠诗，以明曹植之意。"

三、东阿王

大中三年或之后

国事分明属灌均，西陵魂断夜来人。
君王不得为天子，半为当时赋洛神。

【疏解】

邓中龙认为，《东阿王》写得"浅白"如话，有些人便以为其中"必定内藏玄机"，便"挖空心思要去拉扯一些人与事来牵附"，其实，它只是一首"标准的咏历史人物的史诗"。

邓先生此言，过于武断了。"咏史诗"的必备条件是于史有据。查《东阿王》所用的资料于史无据，得出的结论也与史不合。因此，它不是咏史诗，是一首地地道道通过改变历史事实来隐射现实的寓托诗。

其一，曹植"不得为天子"的原因，是他"任性而行"，失宠于曹操，而不是他赋了"洛神"。

据《三国志·魏志·陈思王植传》，曹植才思敏捷，能"言出为论，下笔成章……时邺铜爵（雀）台新成，太祖悉将诸子登台，使各为赋。植援笔立成，可观，太祖甚异之。性简易，不治威仪。舆马服饰，不尚华丽。每进见难问，应声而对，特见宠爱。……几为太子者数矣。"那么，他为什么终于没有被立为太子呢？《陈思王植传》又说："植任性而行，不自雕励，饮酒不节。文帝御之以术，矫情自饰，宫人左右并为之说，故遂定为嗣。"

为了证明曹植确乎是“任性而行”，《传》中列举了两件大事。第一件事是：“植尝乘车行驰道中，开司马门出。太祖大怒，公车令坐死。由是重诸侯科禁，而植宠日衰。”

所谓“驰道”，是天子的专用车道①。所谓“司马门”，是皇宫外门。由公车令负责守卫，除帝王外，任何人必须下车骑徒步出入。《史记·张释之列传》记：张释之为公车令，太子与梁王共车入朝，不下司马门，张释之不但制止了他们，还弹劾了他们的“不敬”之罪。薄太后知道了，汉文帝连忙免冠谢罪说：“是我管教儿子不严。”张释之也因此被提升为中大夫。可见，车行驰道，出司马门是犯了大禁。所以曹操得知后，大怒，立即处死了掌管司马门的公车令，随后，又借口杀了曹植的谋士杨修，对曹植的宠爱也就日渐衰落了。

第二件事是：“（建安）二十四年，曹仁为关羽所围。太祖以植为南中郎将，行征虏将军。欲遣救仁，呼有所敕戒。植醉不能受命，于是悔而罢之。”从此，曹植不再进入曹操视野，他的天子梦也就此结束。

此时，灌均尚未出场，因而与灌均的“进谗”了无关系。

其二，据《陈思王植传》，灌均，只是个“监国谒者”，是曹丕派到诸侯国执行监察任务的近臣。他“奏植醉酒悖慢，劫胁使者”时，已是曹丕即位后的黄初二年（221），与争夺皇位无关。此后，灌均再也没有出场，既没有因为“进谗”有功而加官进爵，也从来没有掌管过“国事”，因此，“国事分明属灌均”之说也与史不合。

既然“国事分明”不属于“灌均”，李商隐为什么偏要说“国事分明属灌均”呢？很显然，他诗中的灌均并不是历史的灌均，而是在现实生活中因进谗而得宠，升官至掌管“国事”，或借掌管国事之机，进谗邀宠的小人。“分明”二字，表示事已定论，明明白白。

考李商隐步入仕途之后，只经历过两次帝位更迭。武宗即位，国事分明属李德裕，李商隐对李德裕的干谒和赞颂，连续不断，可见，李德裕不是李商隐眼中的灌均。宣宗即位，重用白敏中、令狐绹等人，

①《史记·秦始皇本纪》集解引应劭曰：“驰道，天子道也，道若今之中道然。”

他们借用所谓的"吴湘案"，反复打压，直至置李德裕、郑亚等人于死地。无论在李德裕眼里，李商隐眼里，还是在当时或者后世人眼里，他们都是反恩为仇、落井下石的进谗者，小人①！

其三，曹植的《洛神赋》写于黄初三年（222）。题下有序曰："黄初三年，余朝京师，还济洛川。古人有言，斯水之神，名曰宓妃。感宋玉对楚王神女之事，遂作斯赋。"时间、地点、作赋缘由，都说得清清楚楚。其时曹操已死，曹丕登基已三年，因此，作《洛神赋》与"君王不得为天子"确乎无关。

其四、把《洛神赋》牵扯到二曹一甄的恋情关系，出之于唐人李善（630～689）《文选》注中的一段附记。文已见前《可叹》注〔3〕，不赘。然细考史实，此《记》纯属无稽之谈。

1. 据《三国志·魏志·文昭甄皇后》裴注引《魏书》曰："后以汉光和五年十二月丁酉（后人推算为公元183年1月26日）生"，到建安九年（204）曹操破邺城时，甄氏23岁；曹丕生于中平四年（187），至建安九年18岁。曹植生于初平三年（192），至建安九年仅13岁。向按：裴注所引之《魏书》是黄初、太和年间秘书监王沈所著，其记卞皇后（曹丕、曹植母）曰："后以汉延熹三年十二月己巳生于齐郡白亭"，其确切如此，应可信。据此，则知曹操破邺城、获袁熙妻甄氏时，曹植孩提耳！不只"汉末求甄逸女"不可信，"太祖回与五官中郎将"后，13岁的曹植"殊不平，昼思夜想，废寝与食"之说，更不可信。

2. "叔嫂情"及"赐枕事"，亦始见于李善注所引之《记》，此前400多年未见此说。由于在皇位争夺中积怨甚深，曹丕即位后对曹植苛责不断，监管甚严，岂有已知其奸情而不惩处，反而赐之以枕的道理？这种违灭人伦，且辱及子孙的事体，即使是顾念手足之情不予惩

①《新唐书·白敏中传》："德裕贬，敏中抵之甚力，议者訾恶。德裕著书亦言'惟以怨报德为不可测'，盖斥敏中云。……卒，册赠太尉。博士曹邺责其病不坚退，且逐谏臣，举怙威肆行，谥曰'丑'。"附：李德裕力荐白敏中事见后《无题·紫府仙人》。"惟以怨报德为不可测"，见李德裕《小人论》。

处，也必得强力掩盖，岂有以示枕、赍枕的形式让它张扬，发酵，亲自把自己钉在耻辱柱上的道理？聪明的曹丕，断然不会如此。

3. 曹丕即位之初，就杀了曹植的政治密友丁仪、丁廙及其全家男口。接着，又以灌均之奏为据，贬植为“安乡侯”。从此，曹植便怀着惶恐惕惧之心，朝不保夕之念以求苟全，其上曹丕疏曰：“臣自抱衅归藩，刻肌刻骨，追思罪戾，昼分而食，夜分而寝。诚以天罔不可重离，圣恩难可再恃。窃感相鼠之篇，无礼遄死之义，形影相吊，五情愧赧。以罪弃生，则违古贤‘夕改’之劝；忍活苟全，则犯诗人‘胡颜’①之讥。伏惟陛下德象天地，恩隆父母，施畅春风，泽如时雨……”等等。即使上面所说之盗嫂、赐枕之事为真，曹植也应以侥幸苟活为庆，哪敢再鼓舌弄笔，夸耀其臣弟不伦之恋，以激起兄王妒杀之心。聪明的曹植，想必也断不会如此。

4. 曹植常以功业自许，不甘寂寞，在文、明两朝，曾多次上疏，“幸冀试用，终不能得”。《洛神赋》也是一样，他先用生花之笔，写洛神之美艳，以自喻才情；再借洛神之口，以表达他“虽潜处于太阴，长寄心于君王”之意而已。因此，《洛神赋》就是《洛神赋》，与已死的甄氏无关。至于先题为《感甄赋》，后由明帝改为《洛神赋》之说，更是无稽之谈。甄氏是明帝曹叡的生母，曹植哪敢献《感甄赋》，胡说八道，逆批龙鳞，自寻祸衅的道理？

李善《记》中所述，不见于唐朝以前的史籍，或系自编自造，或据野史传说添油加醋改易而成，哗众取宠，仅求其故事曲折动人而已。

那么，《东阿王》到底所言何事呢？它是为感叹会昌末年的政治变故，兼叹自己的政治遭际而作。其中“灌均”喻白敏中、令狐绹等构陷李德裕等人的进谗者，“西陵”喻武宗端陵，“夜来人”即望陵兴叹的自己。端陵在长安北不远的徐木塬，大中三年（849）由桂返京之后，感慨于时局变化之大的李商隐可能有此一谒。“赋洛神”指的则是当年以《海客》诗为代表的对李德裕的一系列干谒文字。至于“天子”一

①《诗·鄘风·相鼠》：“人而无礼，胡不遄死？”又《小雅·巧言》：“巧言如簧，颜之厚矣。”曹文缩二诗而成“胡颜”一词。李善注《文选》本篇云：“即上胡不遄死之义也。”

词，也只是借当年曹植的追求目标，来比喻自己此时的追求目标而已。

程梦星说："陈思之不能为嗣，或由于《洛神》一赋；犹己之不能服官，或根于无题诸诗。乃此篇之微旨也。"所说极是。

串联起来就是：国家大事已经分明属于白敏中、令狐绹等进谗之辈，我只有远远地、悄悄地望武宗陵寝而兴叹了。你（自指）之所以见弃于当朝的当权者，不曾谋得要职，一半的原因，是你当年曾经向前朝的当政者写过一系列的献殷勤的干谒诗（如《海客》等）呵。

还有一半的原因是什么呢？作者没有说，我们也不必瞎猜。也许根本就没有另一半，只是作者不想把话说满，给诗留下一点余味，给读者也留下一片想象的空间，而已。

张采田载百诗《毛朱诗说》[1] 云："若论故实，丕为世子，在建安十二年丁亥；子建赋洛神，在黄初三年壬寅。相去十五年也。唐人作诗，意自有在，或论故实，或不论故实，宋人不解诗，便以薛王、寿王同用讥刺义山，何异农夫以菽麦眼辨朱草紫芝乎？"张氏又云："然以君王天子自比，愚意终觉不安。"

向按：白居易《长恨歌》以"汉皇重色思倾国"直指玄宗，《周秦行纪》写牛僧孺落第后，夜遇汉文帝母薄太后、高祖戚夫人、王嫱、唐杨贵妃等，并与之宴乐赋诗。席间，薄太后问"今天子为谁"时，牛僧孺答以"先帝长子"。太真笑曰："沈婆儿作天子也。"当时皇帝德宗是代宗沈后之子。据宋张洎《贾氏谈录》载："（此文）曾为宪司所核，文宗览之，笑曰：'此必假名，僧孺是贞元间进士，岂敢呼德宗为沈婆儿也。'事遂寝。"——要是在后代，必得禁书查人，可见，当日君主不以此事为意。李商隐的"君王天子"之比，亦在此列，取其意而不必究其实也。

【历代笺评辑要】

吴乔："后二语似有悔婚王氏之意。夫妇不及十年，甥舅不满十年，而竟致一生颠踬。此种情事，出于口则薄德，而意中不无辗转，

---

[1]《毛朱诗说》是清初著名学者阎若璩的作品。阎若璩，字百诗。

故以不伦之语志之乎？”

程梦星：“此诗必非无为而作。稽之时事，又与当世之诸王无关。以意逆志，乃自喻耳。……故以陈思之受谗于灌均，犹己之被讥于时流。陈思之不能为嗣，或由于《洛神》一赋；犹己之不能服官，或根于无题诸诗。乃此篇之微旨也，与前诗（指《涉洛川》，余酌排于后）‘不为君王杀灌均’同也。或曰以洛神为比者，自喻其娶王茂元之女，以见恶于党人，其说亦有思致。”

当代诸家　叶：“多半因为自己就婚王氏，所以牛党便大相嫉恶。”刘、余：“其托艳情寄慨之作，或遭误解，或成为毁谤者攻击其人品之口实，或因其怨嗟不遇而益遭当权者之忌，均属可能。……乃借陈思抒慨，以意逆志，得意忘言，何必泥于‘君王’‘天子’之言辞乎？”邓：“直接以曹植的一生遭遇来解释，自可得出结论，根本无须拉扯牵附。”黄：从程梦星说。郑：“本篇是咏史诗，义山借曹植寄慨，并非以君王自喻也。”

四、涉洛川

大中三年或之后

通谷阳林不见人，我来遗恨古时春。
宓妃漫结无穷恨，不为君王杀灌均。

【疏解】

《涉洛川》是《东阿王》的后续之作，读懂了前诗，后诗也就不难理解了。

宣宗即位之初，李德裕出为“检校太尉、同平章事、江陵尹、荆南节度使”，按唐朝的惯例，这只是罢免了宰相实职的平调。九月，改任东都留守，解平章事，大中元年（847）二月，改任太子少保；渐次撤除了实权，但仍然保留了正二品的品秩。至十二月贬潮州司马，从六品下阶①，真正的雷霆之击才正式开始。据《旧书传》：“德裕既贬，

①《旧唐书·职官志》：“下州……司马一人，从六品下。”

大中二年，自洛阳水路经江、淮赴潮州。"可见，李德裕时在洛阳，正是从洛水出发而踏上不归之途的。

大中三年（849）或稍后，李商隐往返徐幕时途经洛阳，有是作。

曹植在《洛神赋·序》中写道："余从京域，言归东藩。背伊阙，越轘辕。经通谷，陵景山。……容与乎阳林，流眄乎洛川。"本诗中的"通谷""阳林"都在洛阳附近，是曹植归藩的必经之地，本诗借曹植故实发慨说：我来到通谷、阳林的时候，春天还是旧日的春天，遗憾的是，再也见不到旧日的人了。宓妃的心中郁结着无穷的怨恨，为了她心上人的安全，为什么不在他进谗之前就杀掉灌均呢！

"灌均"，指倚势进谗者，然亦不必确指。

显然，这也不是咏史诗。我们已经说过，"宓妃"所隐射的甄氏同曹植不可能有恋爱关系，因此，她既没有必要、也没有能力来杀掉曹丕所信任的监国谒者。全诗的主旨不过是表达了对进谗者的愤慨，对无辜的因谗受贬者的叹惋和同情而已。

从李商隐的思想倾向和当时已经发生的政治事件来看，他所叹惋的对象——"我来""不见"之"人"，仍然是他梦寐以思的、从这里出发远贬潮、崖的李德裕；他所说的必欲"杀"之而后快的落井下石者，仍然是白敏中、令狐绹之流。在李商隐看来，李德裕之所以落得今日蒙冤受贬的地步，就是当年他在会昌主政期间，没有利用手中的权力，彻底地击垮牛党，才留下了今日的祸患。

诗言"杀"，书生意气而已。就已知史实来看，他的实际意思可能是：假如当年武宗陡起杀意之时，李德裕当年不营救杨嗣复、李珏①，或推波助澜，或坐待其毙；后来，不提拔、推荐令狐绹、白敏中等人；甚或，在会昌年间破回鹘、定太原、平泽潞功业鼎盛之时，运用手中的权柄，摧毁牛党；——又哪里会有今日的下场呢？

【历代笺评辑要】

朱彝尊："甄后何能杀灌均，而以此望之，其意必有所指。"

---

①见《新唐书·李德裕传》。参阅前《无题·紫府仙人》。

程梦星："此亦为自己身世而发。当时见憾于绹，必有萋菲之徒使之，故以灌均为喻。玩'我来遗恨'四字可见。"

纪昀："伤谗之作。"

徐逢源："《涉洛川》作，为杨贤妃不劝文宗杀仇士良，而反受其害也。"（冯笺引）

冯浩："盖义山自有艳情诬恨，而重叠托意之作：代赠、代答，如《代卢家人》之类。宓妃取洛中之地，曰'来时'，曰'去后'，明有往来之迹，而两情不得合也。曰'已隔存殁'，'何必同时'，谓一死一生，情不灭而境永隔也。曰'我来遗恨古时春'，是重经洛中，追恨旧事也。'灌均'必指府中用事之人而被其指摘者。陈思王则以才华自比。《可叹》篇云：'宓妃愁坐芝田馆，用尽陈王八斗才。'可以取证也。此解方得其情。……前说（指所引徐说）似是而实谬。"又曰："四章（指本篇在《甄植恋》题下所列的诗四首）必非一时作，但本无可编，汇列于此。"

当代诸家　叶："深憾谗嫉之人，假来自抒愤激之词。程说很对。"刘、余："此类但托古事而深致疾谗之意，不必即以曹植自喻，更不必已亦有曹植、甄后之事也。灌均亦谗人之泛指，不必求其人以实之。"邓："托古事而深致疾谗之意。……怜宓妃即所以悲曹植也。"黄："似此女子已经亡逝，或即义山前妻也未可知；而其逝当与人之谗毁有关。"郑："本篇是诗人渡洛水忆曹植及《洛神赋》的吊古伤今之作。"

32 无题[1] 白道萦回

会昌六年

白道萦回入暮霞，斑骓嘶断七香车[2]。
春风自共何人笑？枉破阳城十万家[3]！

【注释】

〔1〕释题：原题下有注："一作《阳城》。"

〔2〕白道：行人颇多、杂草不生的路。王琦注李白诗"白道向姑熟"云："白道，大路也。人行迹多，草不能生，遥望白色，故曰白道，唐诗多用之。" 斑骓：毛色青白相杂的骏马。《说文》："骓，马苍黑杂毛也。" 七香车：用多种香料涂饰或用香木制作的车，泛指华美的车。 嘶断：张相《诗词曲语辞汇释》卷三："断，犹尽也；煞也，极也，住也……李商隐《无题》诗：'白道萦回入暮霞，斑骓嘶断七香车。'嘶断，犹云嘶煞。"向按：此处应取"尽"义。指七香车渐行渐远，斑骓的嘶声由高昂而低微，直至消失。

〔3〕自：王锳《诗词曲语辞例释》："自，却，可是，表示语气转折的副词。李贺《感春》诗：'日暖自萧条，花悲北国骚。'王琦《汇解》：'……日暖花开本是佳景，先却因心事而深感萧条悲怆，自表转折语气显豁可见。'" 阳城：春秋时楚国贵介公子所封之地。宋玉《登徒子好色赋》："嫣然一笑，惑阳城，迷下蔡。"参阅《锦槛》注〔4〕。 破：破颜。李商隐《赠歌妓二首》有"水精如意玉连环，下蔡城危莫破颜"。"破阳城"，居住于阳城的贵介公子们尽皆破颜而笑。贵介公子，指当时之得意者。

【疏解】

这是一首惜别诗。

首二句点明时、地，写送行场景：时间已近黄昏，送行人依依不舍，斑骓嘶叫着，拉着那辆华贵的七香车，渐行渐远。人无语，斑骓声也由“嘶”而“断”，只有那条空荡荡白色的路，蜿蜒曲折，伸向遥远的天际，消失在渐次灰暗的暮霞之中。

三、四句由景入情，写此人走后作者的现场感受。言浩荡的春风啊，却是在同何人一起欢笑？笑吧，笑吧！即使是“十万”人家一起破颜大笑，笑破了阳城，也是枉然！

冯氏断此诗为“别情”，纪氏评此诗为“怨极而以唱叹出之，不露怒张之态”，极是。一般认为，送者即作者，亦即李商隐本人。然此驾“斑骓”马、乘“七香车”而去之人是谁？文本中却没有具体交代。

文本告诉我们的只是：1. 送者有久伫怅望之态，送后有颓然自伤之感；2. “阳城十万家”共春风一道欢笑，与送者的感受正好相反。这“十万家”所指是谁呢？或许能给我们提供一些思考的线索吧。

【辨一】驳“女冠”说

黄世中先生以李商隐《寄永道士》中的“共上云山独下迟，阳台白道细如丝”为据，论定此“白道”自是玉阳山大路。因为乐府诗中有“妾乘油壁车，郎骑青骢马”，故本诗当取“郎骑斑骓马，妾驾七香车”意，斑骓上之人当是义山，七香车内之女郎或亦宋华阳。

驳曰：1.《寄永道士》明言“阳台白道细如丝”，那是一条细长的小路，容不得“斑骓马”与“七香车”并驰而趋，或者交错而过。

2. 即或是一条大道，宋华阳只是一名普通道姑，哪有“七香车”可坐？玉阳学道时的李商隐是一名寒士，哪有“斑骓马”可乘？

3. “七香车”泛指华美的车，并非女子专用。曹操《与太尉杨彪书》云：“今赠足下……画轮四望通幰七香车一乘，青牸牛二头。”并无供女眷专用之意。《乐府·乌栖曲四首》中有“青牛丹毂七香车，可怜今夜宿倡家。”此乘“七香车”而“宿倡家”者，想必是某贵介公子。以为本诗之“七香车”必是女子所乘，没有确证。

4. 依诗意，此“斑骓”正驾着“七香车”奔驰而去，声音由“嘶”而“断”，渐次隐没。不可能是另有牲口驾“七香车”奔驰而去，此“斑骓”却为李商隐所乘；它伫留原地，先“嘶”后“断”，等待它的主人回味那女子的“嫣然一笑”。

因此，李商隐与宋华阳很难有在此等浪漫情景中邂逅的机缘。

附：泪——有关“行者”“送者”的假说

李商隐的《泪》，结构似平而实奇，题旨似明而实暗，历来最为研读者所关注。其诗云：

> 永巷长年怨绮罗，离情终日思风波。
> 湘江竹上痕无限，岘首碑前洒几多。
> 人去紫台秋入塞，兵残楚帐夜闻歌。
> 朝来灞水桥边问，未抵青袍送玉珂。

唐代的灞水桥，连接着东出长安的两条交通干线。宋程大昌《雍录》记：“此地最为长安冲要，凡自西东两方而入出峣、潼两关者，路必由之。”其中“潼”指潼关，是京洛间的重要关隘。“峣”指秦时在陕西商县西北设置的峣关，北周时先后改名为青泥关、蓝田关，是由京而南的必经之途。灞水桥边设有驿站，“年年柳色，灞陵伤别。”（李白《忆秦娥》）在唐代，长安人东送远行者，一般都要送到灞桥分手。“青袍”，古代学子所穿之服，常借指寒士。又，唐代规定八、九品官服为青色，因而也可泛指品级较低的官吏。“玉珂”，马络头上的装饰物，借指骑着骏马的达官贵人。说见《锦槛》注。李商隐在《泪》诗中先列举了举世公认的人间最悲、最惨的六事作铺垫，反衬出终不如青袍之士送玉珂贵人，尤为可悲而可涕也。赵臣瑗说：“‘未抵’云者，言水之深浅犹有可量，泪则终无尽期也。”

解诗诸家大都以五代王定保《唐摭言·好放孤寒》中有“八百孤寒齐下泪，一时南望李崖州”为据，以为该诗是在为孤寒之士立言。冯浩引《云溪友议》云：“赞皇削祸乱之阶，辟孤寒之路；结怨豪门，取尤群彦。后之文场困辱者思之，故有‘八百孤寒’之句。”仔细想想，李德裕在朝，此“八百孤寒”未必都能入仕；李德裕在野，此“八百孤寒”未必都生路断绝。所谓“八百孤寒齐下泪”，并非实写，是诗人的情绪化语言，不可当真的。即便是真，也是一时之激愤，如果以为该送者，某“八百孤寒”之士在送走李德裕之后，真个是长年累月的悲痛，且超过了永巷离情、湘竹岘碑，乃至于昭君出塞，霸王别姬等等，则或恐未必。

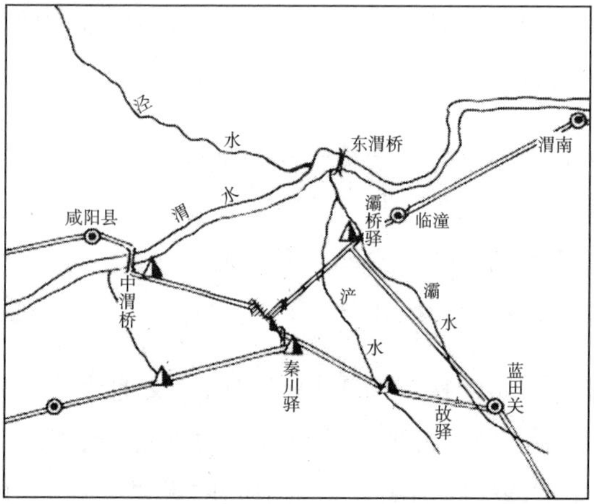

东出长安示意图　据严耕望《唐代交通图考》制

还有人以为：“青袍，失意人也，玉珂，贵者也。以失意人送贵者，故尤悲也。”（钱良择语）向按：“失意人送贵者”之事常有，或有恩于前，或有求于后，其中或有自觉“贵贱相形、云泥悬隔，令人尤为不堪”者（刘学锴语），大多也只是一时愤懑、慨叹而已。如果以为该送者在送过之后，真个是长年累月的悲痛，且超过了永巷离情、湘竹岘碑，乃至于昭君出塞，霸王别姬，也绝无可能。

因为，“未抵”一词下得太重，非因此一送，而忧愤终生者不能承当。如未能落在实人实事上，就有虚张声势，比譬失当，轻重倒置，虎头蛇尾之嫌。李商隐是“弄潮”高手，决不会落此败笔。

查前人研究，时有佳意。如程梦星曰：“八句凡七种泪，只结句一泪为切肤之痛。”甚是。但如何“切肤”？后解则仍是浮泛之言。

王鸣盛曰：“抑塞终身，穷途抱痛，故上六句是泛写泪，末二句结到自家身上。”此说甚是。但如何“结到自家身上”？他设问：“其为湖湘与？桂管与？东川与？”结论是“皆不可知”。也不能算是确解。

其实，李商隐说的正是他自己。

会昌六年（846）四月之初，宣宗出李德裕于荆南，还带有检校太尉、同平章事的恩衔，算不得是贬。其启程出京，同僚旧属必有一送。《泪》诗中的“朝来灞水桥边问，未抵青袍送玉珂”二句，似乎是为自称“青袍”的李商隐不合时宜地参与这一送行，提供了一些线索。

一是地点合：“灞水桥”是李德裕出京赴荆的必经之途，依唐人惯例，它也是行者与送者分手之地。

二是时间合：“白道萦回入暮霞”，分手时已是黄昏。这与《代元城吴令暗为答》中的“背阙归藩路欲分，水边风日半西曛”所隐射的时、地，及分手之情节完全吻合。说已见前。《泪》中还有“朝来灞水桥边”之“问”，正可反证昨晚“入暮霞”之时有此一别。

三是身份合：据《旧唐书·舆服》：“上元元年八月又制：……八品服深青，九品服浅青。”李商隐服阕后任秘书省正字，正九品下阶，当然是“青袍”。李德裕官居太尉，正一品，当然可称“玉珂”。

四是社会反响合。李德裕的离职出朝，必有人快意而破颜大笑者，说见下“辨二”。

特别是五，后果合：李商隐自此一“送”之后，正是“抑塞终身，穷途抱痛”（王鸣盛语）沉沦下僚，官不挂朝籍而死。其《无题》云：“春蚕到死丝方尽，蜡炬成灰泪始干。”其《晓坐》云：“泪续浅深绠，肠危高下弦。红颜无定所，得失在当年。”则李商隐终身之泪，实可与前六事相比并；而就其本人感受而言，其“切肤”之痛，是可远胜于前六者的。这个“得失在当年”，指的或许正是此“青袍送玉珂”之年。

【辨二】有关“春风自共何人笑”的假说

《玉泉子》载：“李相德裕，抑退浮薄，奖拔孤寒，于时朝贵朋党，德裕破之，由是结怨。”《云溪友议》也断言其“结怨豪门”，说已见前。《武宗本纪》也说：“李德裕在相位日久，朝臣为其所抑者皆怨之。”《无题·白道萦回》云：“春风自共何人笑，枉破阳城十万家。”可见，李德裕罢相出朝，必有人快意而破颜大笑者，其人之众将倾其一城，达“十万家”之多，他们会是谁呢？

回答是：他们是会昌新政的反对派，及利益受损者。

如：会昌年间高调反腐：“内外文武官犯入已赃绢三十匹，尽处极法”①，“赃满千钱者死。”② 这，直接触犯了大大小小的心存贪鄙的官吏们的直接利益。

如：限定宦官的职权范围，打灭了专权干政，乃至于掌控、废立皇帝的宦官们的嚣张气焰，宦官首领仇士良被迫致仕，这就触犯了整个宦官集团的直接利益。王夫之《读通鉴论》评论说：“李德裕之相也，首请政事皆出中书，中竖之不得专权者，仅见于会昌。”

如：李德裕认为：“省事不如省官，省官不如省吏，能简冗官，诚治本也。”乃请罢郡县吏凡二千余员，衣冠去者皆怨③。

如：科举。会昌年间，王起等典贡举，“凡有亲戚在朝者，不得应举，远人得路，皆相贺庆。”（《云溪友议》）这一举措，虽然取得了天下寒士的欢呼，但对于朝官及其戚友并不公平，他们当然会怨声载道。

如：武宗灭佛，“其天下所拆寺四千六百余所，还俗僧尼二十六万五百人，收充两税户；拆招提、兰若四万余所，收膏腴上田数千万顷，收奴婢为两税户十五万人。”（《武宗本纪》）当时的长安，佛寺及信徒甚众。据孙昌武《唐代长安的佛寺》的统计，长安城内有名可考的寺院达一百六十一所，更多的不知名的兰若、经坊、佛堂等遍布市内。慈恩寺初建时，“重楼复殿，云阁洞房，凡十余院，总一千八百九十七间”；西明寺亦有十院，屋宇竟达四千余间。其人众之夥，可想而知。

此外，还有李德裕的对立面牛党。尽管李德裕率大臣泣谏，迫使武宗追还遣杀牛党领袖人物杨嗣复、李珏的使者，提拔、重用牛党少壮派人物如白敏中、柳仲郢、令狐绹等，但他们中的大多数仍是刁狡奸诈、忘恩负义之徒，一旦李德裕失势，他们必将翻手为云，覆手为雨，群起而攻之。如今，李德裕罢相出京，他们何得而不狂欢大笑？

---

①见《册府元龟》卷六一三。

②见《新唐书·刑法志》。

③见《新唐书·李德裕传》。

李商隐有《嘲桃》诗，似乎也是为此等忘恩负义之徒画像。

附：嘲桃

无赖夭桃面，平明露井东。
春风为开了，却拟笑春风。

沈德潜说：“似为负恩人写照。”纪昀说：“此刺得意负心者。”姜炳璋则直截了当地说：“唐季皆反覆小人。如李文饶（李德裕，字文饶）引荐白敏中，后敏中极力倾陷文饶；此类多矣，即诗所云‘无赖夭桃’也。”当代叶葱奇、邓中龙亦取此说。

以上种种，其类甚杂，其众甚夥，足以当“十万家”之比譬。可见，《无题·白道萦回》具有一定的纪实意义。

李商隐只是一介书生，并不能预知未来。他一心以为，像李德裕这样的“万古之良相”“一代之高士”，定当有重返朝廷的可能。所以，他在诗的最后两句高调发声：让你们这些鼠目寸光之辈笑吧，笑吧！即使是那些自以为得意的十万家贵介公子们一起破颜大笑，笑破了“阳城”也是枉然！

【历代笺评辑要】

吴乔：“春风比绹；十万家自比；何人，则绹引进之党也；嘶断，有不可攀跻之意。”

屈复：“白道萦回，日见往来，彼已有人，枉自相思也。”

程梦星：“此亦感怀之作。比之美女空驾七香之车，人纵冶游，皆入暮霞而去。春风倚笑，却共何人？迷惑阳城，枉生颜色。盖温飞卿‘枉抛心力作词人’之义也。”

纪昀：“怨极而以唱叹出之，不露怒张之态。”

姜炳璋：“‘破’者，破颜、破愁，皆称羡之意。此伤其不遇而枉负绝世之才也。”

冯浩：“别情也。”

当代诸家　叶：“这也是‘藉美人以喻君子’，寄慨春风得意者不知为谁，徒使很多人沉沦潦倒。”刘、余：“此似暮游偶有所遇，忽然触着身世之感，寄寓微妙。”邓：“应该是春日暮游，偶有所得；或因七香车中的美女嫣然一笑，遂不免引起诗人的遐想。”黄：“此《无题》当是义山学道玉阳时所作。”又引其父黄润玉云：“此七香车内之女郎或亦女冠华阳宋氏也。”郑：“本篇为女冠而作。”

33 无题二首[1] 之一，待得郎来 会昌六年

待得郎来月已低，寒暄不道醉如泥。

五更又欲向何处，骑马出门乌夜啼。

【注释】

〔1〕释题：原题《留赠畏之》，题下有注："时将赴职梓潼遇韩朝回三首。"畏之，韩瞻字。第一首云："清时无事奏明光，不遣当关报早霜。中禁词臣寻引领，左川归客自回肠。郎君下笔惊鹦鹉，侍女吹笙弄凤凰。空记大罗天上事，众仙同日咏霓裳。"二、三首即此二诗。明万历赵宧光刊本《唐人万首绝句》选此二绝，直作《无题二首》。此后朱鹤龄本仍留在《留赠畏之》内，屈复本据赵氏本作《无题二首》，冯浩本仍留在《留赠畏之》内，张采田又据赵氏本作《无题二首》。向按：此二首与第一首内容不同，情趣各异，虚实有别，不会是同题之作。又，义山与韩瞻既是同年，又是连襟，有严肃的亲戚关系；不会以情郎、怨女相比，应该是三诗误入一题，以分出后二首另作《无题二首》为宜。

【疏解】

李商隐会昌五年（845）十月服阕入京，重官秘书省正字，其时必曾受到"李党"人士之赏识与引荐，说已见前；然事未果，卒遇武宗离世之变。所谓"幸会东城宴未回"，所谓"冰簟且眠金镂枕，琼筵不醉玉交杯"（见《可叹》），俱已言明。不然，李商隐何得值此树倒猢狲散之际，于大中元年（847）抛秘书省清职不顾，悍然随郑亚出京？而且一路吟咏，踌躇满志，既有"从此无心入武关"之自誓，又有"一

生惟事楚襄王”之表白，决绝如此，盖有所待耳！两派政治斗争，本难曲断是非，且此起彼伏，后事难料。牛党责其偷利苟合，正早已洞察其心迹矣。

二诗以女子自况，“郎”喻李德裕，第一首写遇合无缘，状武宗驾崩之后的情事。首二句言己服阕之后，稍得青睐，却又分手。“月已低”，指相知恨晚。“寒暄不道”，指未叙衷曲。“醉如泥”，含有既怨且责之意。向按：对于李德裕陶醉于已建功业，却未能为自己预谋后事，且常常敌友不分，养痈遗患，李商隐多有“微辞”①。“五更”二句，指武、宣易位之后李德裕仓促罢出荆南，“乌夜啼”，指夜色昏暗，舆论汹汹，前景危恶不佳也。何焯在讲述此诗时指出：“难于明言，而托于狎昵之词，此《离骚》之法也。”极是。不过，何焯认为此二诗仍连缀于《留赠畏之》之后，对象是他的襟兄韩瞻。

我们在解说《海客》时曾经指出：自拟“星娥”，是“无题诗主人公女性化”的开端，同时也是“无题”诗由“写实”到“写意”转变的开始。本篇则是后期“无题”诗中直接以《无题》为题，以情爱为线索，抒写政治情怀的发轫之作。其对象则正是遇合无缘的李德裕。

又，“遇合无缘”，乃义山一生心结，若但以艳情目之，则情场失意一生矣。观其逃离柳枝，结褵王氏，辞谢懿仙，则知其并非如此。义山固已明言：“楚雨含情皆有托”，“为芳草以怨王孙，借美人以喻君子”，后世读者何胶泥如是哉！又，义山与令狐绹知交甚早，属于遇合在先、结怨在后一类；凡涉遇合无缘之主题者，均不得以令狐释之。

①如《碧城三首》中的“不逢萧史休回首，莫见洪崖又拍肩”，作警戒语。《有感》中的“非关宋玉有微辞，却是襄王梦觉迟”，作怨旷语，等。《新唐书·李德裕传》赞云：“身为名宰相，不能损所憎，显挤以仇，使比周势成，根株牵连，贤智播奔，而王室亦衰，宁明有未哲欤?”

34 无题二首之二，户外重阴

会昌六年

户外重阴黯不开，含羞迎夜复临台。
潇湘浪上有烟景[1]，安得好风吹汝来[2]。

【注释】

〔1〕潇湘：潇水、湘水的合称。冯浩注：“指竹簟，犹云水纹簟也。”张采田《辨正》：“潇湘指簟言，岂地名哉？”向按：若仅属艳情，当是竹簟；若考据平生，贯串思脉，又当以双关地名、泛指荆楚为宜。取其大方向而不举实地，晦其迹耳。　烟景：烟云水雾缭绕的景色。

〔2〕好风：和畅如意的风，唐人常用。元稹《古艳诗》云：“春来频到宋家东，垂袖开怀待好风。莺藏柳暗无人语，惟有墙花满树红。”暗指爱情的期盼。与本诗命意相近。

【疏解】

第二首是期盼李德裕复朝、复位之作。“户外重阴”句写京城长安依然是阴云密布，“含羞迎夜”句写期盼其归来之情。“潇湘”泛指荆楚之地，“安得好风”句用曹植诗“愿为西南风，长逝入君怀”（《七哀》）诗意，是期盼其迅速归来矣。《无题·凤尾香罗》结句“何处西南待好风”，与此诗情景相近。说见下篇。邓中龙说“无限盼望”，极是。

又，荆州古辖湖南全境，《书·禹贡》注曰：“北据荆山，南及衡山之阳。”据元和方镇图，唐时荆南辖荆、澧、朗、峡、夔、忠、万、归等州，大略在现在的湖北省中西部、重庆东部、湖南西北部一带，浩浩荡荡的长江自西而东，贯穿全境。不过，本题之“潇湘”应是泛指，不必泥看。

邓中龙称这两首诗“真正达到了怨而不怒的境界”，诚然。此时尚有嗟怨语，希冀语；至大中二年（848），重历楚地，以“歌成犹未唱，秦火入夷陵”（《楚宫》）作结时，则自知大势去矣。

【历代笺评辑要】

纪昀：“此种自是艳体，唐人多有，必以义山之故，为之深解，斯注家之陋也。”

冯浩：“上首是去而留宿以候，及入朝时，终不得见。下首是傍晚又往谒也。惟子直之家情事宜然。……当与‘访人不遇’之作同悟，庶为得其真矣。”

当代诸家　叶：“这二首是学齐梁《乌栖曲》、《乌夜啼》体的小诗，似乎没有什么寄托，也不是艳情，但风调却都极佳。”刘、余：“此二首属艳诗，或标无题，因与首章相连，遂误入。”邓：“把这两首诗，当作代妓抒情来看，的确可以说是好诗。第一首，无限凄凉；第二首，无限盼望。”黄：“此二首为男女对歌、赠答之体……首章自是女歌。……次章应是男和。……义山连章体对歌、赠答如《代魏宫私赠》……皆为代言体，此二首亦或代人之赠答诗而失去本题者。”郑：“二首都是仿效南朝乐府诗所作的艳情诗。”

35 无题二首之一，凤尾香罗 会昌六年秋

凤尾香罗薄几重，碧文圆顶夜深缝〔1〕。
扇裁月魄羞难掩，车走雷声语未通〔2〕。
曾是寂寥金烬暗，断无消息石榴红〔3〕。
斑骓只系垂杨岸，何处西南任好风〔4〕。

【注释】

〔1〕凤尾香罗：一种有凤尾纹的丝织品。 碧文圆顶：指用青碧色凤尾花纹的丝绸制作的圆顶帐。向按：古代北方民族举行婚礼的青庐，是用青色毡布临时搭成的篷帐。唐段成式《酉阳杂俎·礼异》云：“北朝婚礼，青布幔为屋，在门内外，谓之青庐，于此交拜。”《古诗为焦仲卿妻作》：“其日牛马嘶，新妇入青庐。”即此。南北朝时胡汉杂处，风习渐及汉人，至唐犹然。唐封演《封氏闻见记·花烛》载：“近代婚嫁有障车、下婿、却扇及观花烛之事，又有下地、安帐并拜堂之礼，上自皇室，下至士庶，莫不皆然。今上诏有司酌古礼今仪，使太子少师颜真卿、中书舍人于邵等奏：障车、下婿、观花烛及却扇诗，并请依古礼。……毡帐起自北朝穹庐之制，请皆不设，惟于堂室中置帐，以紫绫幔为之。”本诗之“碧文圆顶”，当是为举行婚礼而准备的堂室中所置之帐。亦即陆畅《云安公主下降奉诏作催妆诗》中“催铺”的“百子帐”。又，宋程大昌《演繁露·百子帐》云：“唐人昏礼多用百子帐。……盖其制本出戎虏，特穹庐、拂庐之具体而微者耳。棬柳为圈，以相连琐，可张可阖。为其圈之多也，故以百子总之，亦非真有百圈也。”本诗首句“几重”之问，正是指此帐之圈数而言。

〔2〕月魄：本指月缺时的阴影部分，此处取月圆之形，借指古代婚仪中用来遮面的团扇。向按：古代婚礼中有“却扇”之仪。新娘出嫁，以盖巾蒙头，团扇遮面，婚礼进行到一定程序时，新娘得移开扇子，露出面容，就叫做“却扇”。《世说新语·假谲》载晋人温峤结婚时，已有“却扇”之仪①。唐朝是诗的时代，“却扇”之仪发展到唐朝新郎必须吟诵却扇诗（也可请人代作）求其却扇，新娘才移扇露面。李商隐有《代董秀才却扇诗》云：“莫将画扇出帏来，遮掩春山滞上才。若道团圆似明月，此中须放桂花开。”即此一例。　雷声：指车行声。司马相如《长门赋》：“雷殷殷而响起兮，声象君之车音。”

〔3〕金烬：金，指烛台的质地、颜色。烬，烛灰。

〔4〕斑骓：黑白毛色相杂的马。参阅《无题·白道萦回》。　何处：何时。王锳《诗词曲语辞例释》指出：“处”有“时”义，所以“何处”可用来询问时间。如李白《秋浦歌》：“不知明镜里，何处得秋霜?”杜甫《诸将》：“沧海未全归禹贡，蓟门何处尽尧封?”　西南：典出自《易·坤》：“西南得朋，东北丧朋。”曹植《七哀诗》：“愿为西南风，长逝入君怀。”该诗以思妇自喻，表达了重入君怀的美好愿望。考曹丕称帝后，建都洛阳，曹植先后被徙封为安乡侯、鄄城（侯）王、雍丘王、东阿王、陈王等，封地均在洛阳之东，因此，西南不表示方向。表达的只是“西南得朋”的一种美好的意愿。

【疏解】

本诗提供的导向性时点为“石榴红”。榴花如霞似火，常为诗家乐道，故注家也常以五月盛开的石榴花作解。然细玩后诗中能显示时点的“清宵”“菱枝”“桂叶”等语，时点清晰，故此“石榴”之“红”，亦可指从八月起渐次成熟的石榴果实之颜色。此单相思女历经长夏，至中秋后仍是“断无消息”，这岂不更教她想煞人也么哥！

在李商隐看来，李德裕罢相出京，只是一朝天子一朝臣的惯例，

---

①《世说新语·假谲》：“既婚交礼，女以手披纱扇，抚掌大笑曰：‘我固疑是老奴，果如所卜。’”

李德裕功高名重，在那一人独尊的封建王朝里，升黜常只在一念之间。所以，李商隐对李德裕的返朝复位，存在着势在必然的期待。至八月，仍是“断无消息”而作是诗。酌编于会昌六年（846）之秋。

左：石榴花。右：石榴。均可作“石榴红”的标志性景观。

这是一首回想和期待的歌。作者仍自拟怨女，写出了她与“情人”遇合无缘的遭际与苦痛。首联言在一个充溢着幸福感的神秘之夜里，她一针一线地缝制“百子帐”，等待着佳期到来。这似乎展示了当年的他满怀热望地编制《海客》《鸾凤》等一系列干谒诗时的情景。“扇裁”句摹拟少女手持团扇偷觑情人时娇羞的窘态；然落花有意，流水无情，车声隆隆而过，结果却仍是一“语未通”。我们已知：李德裕执政期间，李商隐曾任秘书省正字，除了品秩甚低外，时间也不过数月。虽时有“车走雷声”之闻，却无会晤之机缘。后因母丧丁忧，服阕后又正值武宣易位，则更是遇合无缘了。后篇之“原是梦”“本无郎”等，均指此。

三联写难耐的等待。“曾是”句说得实在，“金烬暗”写夜深不寐，烛炬渐灭，孤独寂寞，期待无果。“断无消息”句说得决绝，言直等到石榴都已经红了，返朝复位的消息仍是绝无。“斑骓”，照应《无题·白道萦回》之“斑骓嘶断七香车”，点明所思者正当日驾斑骓马、乘七香车疾驰而逝之人。结句婉言其系马不归，则我何时能化为西南之好风，长逝而入其怀抱耶？

末句直用曹子建“愿为西南风，长逝入君怀”典，“西南风”指美好之风，如意之风，而不拘其方位必在西南。“任”，一作“待”。“任”字洒脱，一往情深；用“待”，则板滞矣。

全诗托意于少女怀春，且属暗恋、单恋性质，故言辞闪烁，多用隐语，然追求、表白之大胆，炽烈，令人耳目一新。

36 无题二首之二，重帏深下

会昌六年秋

重帷深下莫愁堂，卧后清宵细细长〔1〕。
神女生涯原是梦，小姑居处本无郎〔2〕。
风波不信菱枝弱，月露谁教桂叶香。
直道相思了无益，未妨惆怅是清狂〔3〕。

【注释】

〔1〕莫愁：古乐府诗中女子，其说有二：一是划艇子与情人相会的石城女子，另一是嫁为卢家妇的洛阳女子，参阅《无题·近知》《石城》等注。本诗有“重帏”之“堂”，应是洛阳女子；然亦不必确指。

〔2〕神女：巫山神女。据宋玉《高唐赋》《神女赋》，楚怀王游高唐时曾梦遇神女，后楚襄王游“云梦之浦”时又梦遇神女。参阅后《席上作》注。　小姑：原注：“古诗有‘小姑无郎’之句。”向按：南朝宋刘敬叔《异苑》载：“青溪小姑，蒋侯（子文）第三妹也。”古乐府《青溪小姑曲》云：“开门白水，侧近桥梁。小姑所居，独处无郎。”

〔3〕直道：即使说。张相《诗词曲语辞汇释》卷一：“直，与就使、即使之‘就’字、‘即’字相当，假定之辞。……又《无题》诗：‘直道相思了无益，未妨惆怅是清狂。’清狂为不慧或白痴之义，言即使相思无益，亦不妨终抱痴情耳。”　了：全然。　清狂：不慧，白痴。借指痴情之甚者。《汉书·昌邑哀王髆（子贺）传》：“察故王衣服、言语、跪起，清狂不惠。”师古注引苏林曰：“凡狂者，阴阳脉尽浊。今此人不狂似狂者，故言清狂也。或曰：色理清徐而心不慧曰清狂。清狂，如今白痴也。”

【疏解】

《重帏深下》写的是“爱情”的反思。是一篇假托女子之口，自审，自辩，乃至自励而寄意的深情之作。

首句“帷”而且“重”，“下”而且“深”：就时而言，表示秋已渐深；就事而言，极言等待已久，终至绝望。次句“卧后”写长夜之思，没完没了。“细细”二字，兼指时间及思绪之流逝而言，传神！真揪心牵肠，凄凉入骨。

次联言自己之于“李党”，有如神女之传说，仅是一段痴情的梦幻；实则孑然一身，有如清溪之“小姑”，本来就是“独处无郎”。

“风波”指牛党人士所兴起之“蚩谪”“排笮”等等，“菱枝”自比。言自己早已自陈如“菱枝”之“弱”，可“风波”不信，摧残频仍如故。——其言也惨痛。“月露”句言自己本有“桂叶”之资质，何来月华清露，照育滋润，使我溢出清香。——其望也殷切。

结句言我已经知道，这种一厢情愿的单恋全然无益，我深情的惆怅早已被人看成白痴；但我仍要固守我的相思，我的惆怅，即令被看成白痴，又有何妨？——其思绪婉曲、决绝如此！

“遇合无缘”，是李商隐诗作中自《海客》干谒之后，反复纠结的主题，它既是现实生活的真实写照，也是李商隐心理阴霾的自我宣泄。其中又以会昌六年（846）李德裕罢相后，大中二年（848）自己由巴楚返京后这两段时间释放得最为集中，最为动情。对于这一点，前人早有论述。如胡以梅在论及上篇时说：“此诗是遇合不谐，皆寓怨之微意。”在论及本篇时说：“‘风波’必当时时事，结言已绝望，付之惆怅、清狂已耳。”徐德泓说：“二首皆慨不遇，而托喻于闺情也。”姜炳璋说：“首章自叹其遇而不遇也……次章叹其终不遇，而不复思其遇也。”大方向都是正确的。可惜的是，他们浅尝辄止，未能深究“当时时事”，因而也终究未能指出其所思之人到底为谁何。

在传统疏注中，以冯浩首倡，张采田、汪辟疆所承袭的将赴东川“留宿令狐说”最为诬妄，略辨于后。

【辨】“留宿令狐说”辨

冯浩、张采田说此诗（见后），实为望文生义。如以“衾帐之具”为“留宿”，以“垂杨”寓“柳”姓，以“西南”指蜀地等。分释之似通，合释之则漏洞百出。既言“留宿”，又何得有“车走雷声”？又何至于一“语未通”？是为不近情理。此其一。既言“往别”“留宿”，又何得言“断无消息”“相思无益”，是为不近事理。此其二。“金烬暗”，谓待之深夜尚可，“石榴红”则远非夜景，且标志了时日下限。而李氏承东川辟后，直至“十月，得见吴郡张黯见代，改判上军”后才得以启程。《西南行却寄相送者》中有“百里阴云覆雪泥”，《悼伤后赴东蜀辟至散关遇雪》有“散关三尺雪”，可见已是冬日，与此诗时令不合。此其三。在古典诗词中，“斑骓”是“陆郎”的专骑，在《无题·白道萦回》中曾驾七香车而远去，我们曾经断定其主人公为李德裕。此处如指令狐，岂有令狐通宵不归之理？以之自指，则实有改换门庭之嫌。留宿令狐而曰“斑骓只系”于“柳”，是为犯讳。李商隐不会愚妄如是。此其四。大中五年（851）赴东川，正是丧妻之后不久，《房中曲》有“愁到天地翻”，《王十二兄与畏之员外相访见招小饮，时余以悼亡日近不去因寄》有“万里西风夜正长”，《悼伤后赴东蜀辟至散关遇雪》有“无家与寄衣”，“回梦旧鸳机”，——其哀痛如此，深情如此！“凤尾香罗”二诗，均以男女情爱立意，语狂意荡，决非义山此时心情。此其五。宿恩师家而自称“居处本无郎”，已有忘本之嫌；岂得又以“谁教桂叶香”来“溯旧”，前颠后倒，自讨无趣。此其六。《李义山诗集》中另有《晋昌晚归马上赠》，言“征南予更远，吟断望乡台”，显然是赴东川前的告别之作，诗题已明言“晚归”，并未留宿。此其七。“说《诗》者不以文害辞，不以辞害志”之教，早见于《孟子》矣。

此外，汪辟疆说与上二说相近，不赘。

【历代笺评辑要】

吴乔：“《无题》诗于六义为比，自有次第。……‘阿侯’，望绹之速化也；‘紫府仙人’，羡之也；‘老女’，自伤也；‘心有灵犀’，谓绹必相引也；‘闻道阊门’，幸绹之不念旧隙也；‘白道萦迴’，讶绹舍我而擢人也，然犹未怨；‘相见时难’、‘来是空言’，怨矣，而未绝望；‘凤尾香罗’、‘重帏深下’，绝望矣，而犹未怒；至《九日》而怒焉，《无题》自此绝矣。”（《西昆发微序》）

冯浩：“将赴东川，往别令狐，留宿而有悲歌之作也。首作起二句衾帐之具。三句自惭。四句令狐乍归，尚未相见。五、六喻心迹不明而欢会绝望。七、八言将远行，‘垂杨岸’寓柳姓，‘西南’指蜀地。”又：“次章上半言不寐凝思，惟有寂寥之况，往事难寻，空斋无侣。五谓菱枝本弱，那禁风波屡吹，慨今也。六谓桂枝之香，谁从月露折赠，溯旧也。惟其怀此深恩，故虽相思无益，终抱痴情耳。此种真沉沦悲愤，一字一泪之篇，乃不解者引入歧途，粗解者未披重雾，可慨久矣。”

张采田：“首章起联写留宿时景物。三句自惭形秽。四句未暇深谈。‘曾是’二句相思已灰，好音绝望。七、八言将远行，‘垂杨岸’寓柳姓，‘西南’指蜀。”“次章上半状不寐凝思，惟有寂寥之况。‘神女’句言从前颠倒，都若空烟。‘小姑’句言此后因依，更无门馆。五谓‘菱枝’本‘弱’，何堪屡受‘风波’，慨党局也。六谓‘桂叶’已‘香’，‘谁’遣重添‘月露’，叹文采也。结言亦知‘相思’无益，无如怊怅痴情，终难自已耳。”

胡以梅、徐德泓、姜炳璋等说已引用，不赘。

当代诸家　叶：“大和八九年间乡贡后，考进士未第时作，用未嫁比未登进士第。……（第二首）末二句借怨女的自矜来相比况，说明知深怀希望徒劳无益，但清才自负总未能免去怅恨。”刘、余：“前章近赋，后章近比。……托寓身世遭逢之感则同。”邓：“刻画幽闺女子在爱情路上所遭遇到的心路历程。……或多或少都渗透了自己的身世之感。”黄：“此二首纯为恋诗，抒情主体为一男子，窃以为即义山也。”郑：“第一首不说自己思念所恋伊人，却想象闺中人渴望与自己相见，于是一个渴慕爱情，期待好合的女性形象，悄悄地浮现在我们面前。……第二首写一位贵家闺中少女的寂寞相思。”

37 附：题僧壁

约大中元年

舍生求道有前踪，乞脑剜身结愿重[1]。
大去便应欺粟颗，小来兼可隐针锋[2]。
蚌胎未满思新桂，琥珀初成忆旧松[3]。
若信贝多真实语，三生同听一楼钟[4]。

【注释】

〔1〕“舍生”联：言佛家多有舍身而求道者。朱鹤龄引道源注曰：“《知玄三昧忏》：‘(佛家）舍头目髓脑如弃涕唾。’《报恩经》：‘有婆罗门往乞其头，王许之，婆罗门寻断王头持还本国。’又，‘转轮圣王为求佛法，有一婆罗门言：若能就王身上剜作千疮，灌满膏油，安施灯炷，然（燃）以供养者，我当为汝解说佛法。’” 乞：给、与。与常用义“求、讨”截然不同。《集韵》：“乞，与也。”《正字通》：“凡与人物亦曰乞。”

〔2〕“大去”联：佛法常自称能大能小。《维摩经》：“以须弥（山）之高广，内（纳）芥子中，无所增减。”《涅槃经》：“尖头针锋，受无量众。”钱钟书在《管锥篇·太平广记》言及此联云：“窃疑原作‘小去’‘大来’，不识何时二字始互易位，此联遂难索解。‘欺’，……较量而胜越之意。‘隐’即‘稳’。……商隐赞释氏神通之能大能小：‘小去便应欺粟颗’，谓苟小则能微逾粟粒，即如商隐《北青萝》之‘世界微尘里’，或吕岩《七言》之‘一粒粟中藏世界’。‘大来兼可隐针锋’谓虽大而能稳据针锋，即如《涅槃经》之诸佛‘身姝大’而聚坐针锋。”很正确。

〔3〕蚌胎：《汉书·扬雄传》："方椎夜光之流离，剖明月之珠胎。"颜师古注："珠在蛤中，若怀妊然，故谓之胎也。" 新桂：《太平御览》卷957引《淮南子》云："月中有桂树。"唐段成式《酉阳杂俎》："旧言月中有桂，有蟾蜍。故异书言月桂高五百丈，下有一人常斫之，树创随合。"此处以桂代月。 琥珀：朱注引陈藏器《本草》："松脂入地千年化为琥珀，今烧之亦作松气。"

〔4〕贝多：此处指佛经。传古印度有贝多树，佛教信徒常用贝多树叶书写佛经。 三生：指过去、现在、未来。亦即俗所谓前生、今生、来生。《维摩诘所说经·菩萨品第四》："过去耶？未来耶？现在耶？若过去生，过去生已灭；若未来生，未来生未至；若现在生，现在生无住。如佛所说。"

【疏解】

会昌六年（846）三月武宗去世。四月辛未（初一），宣宗始听政。壬申（初二），即罢李德裕，充荆南节度使。初四日，贬李德裕所信任的工部尚书、判盐铁转运使薛元赏为忠州刺史，弟京兆少尹权知府事薛元龟崖州司户。其后，与李德裕友善的吏部尚书柳仲郢，宰相李让夷、郑肃等也先后外贬。五、六月，牛党后起之秀白敏中及卢商、马植等人先后入相。八月，武宗朝所贬五相，即牛党领袖牛僧孺、李宗闵、杨嗣复、崔珙、李珏等同日北迁。九月，再贬李德裕为东都留守。此时，朝政的走向已不再是宣宗个人的好恶，而是牛李党争中胜利一方对失败一方的最后追剿。到大中元年（847）二月，已能掌控朝政的白敏中"令其党人李咸者讼德裕辅政时阴事，罢德裕留守，以太子少保分司东都"（《通鉴考异》引《实录》），这就彻底地敲响了"李党"的丧钟。

与此同时，出自李德裕门下的郑亚也由给事中出任桂管防御观察使。此时的李商隐竟然应郑亚之辟入幕，任支使兼掌书记。

李商隐官职卑微，本无关党局，但他逆潮流而动，居然仗义入桂。他在《偶成转韵七十二句赠四同舍》中回顾当日情景说："明年赴辟下昭桂，东郊恸哭辞兄弟。"可见，他对应辟赴桂的后果已经有了充分的悲观估计。刘学锴先生在论及李商隐此行的意义时说："其行动的政治含义和所表示的政治倾向是相当清楚的。这既不能用'为贫而仕'来解释，也不是单纯酬答知恩，而是在较长时间的观察与思考的基础上作出的一种政治抉择。"

此时的李商隐，再也不是急功趋利的躁进者，而是一位成仁取义、大义凛然的殉道者。唐人信佛，寺庙所在多有。《题僧壁》应作于大中元年（847）赴桂前夕或赴桂途中，实无异于一篇慷慨陈词的政治宣言。

首联言"舍生""结愿"，继踵前人，即便是"乞脑剜身"，也义无反顾。次联借佛法之能大能小以自喻：用苟小则能微逾粟粒，虽大亦能稳据针锋，来表述自己的旷达和隐忍，为他的远走穷荒作辩解。

"蚌胎"即珍珠。古人认为蚌胎结珠如怀孕然，与月之盈亏有关；月盈则珠满，月亏则珠虚。此句言己如尚未长成之"珠胎"，期待着月华照耀（因月中有桂树，故以桂代月），才得以光大圆满。琥珀是千百万年前被掩埋于地下的松脂，经过一定的化学变化而形成的珍宝；此句言己如初成的"琥珀"，怀念着给它以生生之源的旧松。

李商隐常以"桂"隐射任桂管之职的府主郑亚，如《晓起》之"隔箔山樱熟，褰帷桂烛残"，《木兰》之"桂岭含芳远，莲塘属意疏"，说见后。此时初任，故称"新桂"。据《新书传》，李德裕初任宰相入谢之时，就发表了一通"辨正邪"的宏论："松柏之为木，孤生劲特，无所因倚。萝茑则不然，弱不能立，必附它木。"诗中之"松"，用以指代"孤生劲特，无所因倚"的李德裕。此时的李德裕已离宰相职位，故称"旧松"。此二句双关，表示他向往着郑亚辟聘的桂管新职，怀念着已遭贬谪的李德裕。

又，李商隐在诗中自称"琥珀"，称李德裕为"旧松"，俨然已有自立于门下之意。正如我们所推想的：李商隐服阕之后，必定与时任宰相的李德裕有所接触，得到过李德裕的首肯，只是因为政局变化，没有来得及擢拔、任用而已。说见前《代魏宫私赠》。否则，"琥珀"与"旧松"渊源关系的阐发，就没有着落了。

尾联句以决绝语表达他此时此刻的政治决策：言如果你相信贝多经上的“三生”之说，那么，我愿意尽前生、今生、来生之身，“同听一楼钟”，即追随你一生，乃至三生而不悔也。

“三生同听”亦“一生惟事”之意，当与后之《席上作》① 同观。

本篇以禅语入诗，表情达意，运用自如，与他所写的其他僧道诗迥然不同。如确系禅语，又何来“蚌胎未满”之“思”？“琥珀初成”之“忆”？如果不是面临艰危，又何须大谈“舍生求道”，“乞脑剜身”？如果不打算作“后继”者，又何须强调继踵“前踪”？如果不打算一往直前，万劫不悔，又何须立下此“三生”之愿？

昔人不解此诗，以“禅偈”“恶趣”（纪昀语）诬之，可叹也夫！

王国维在《人间词话》中引尼采语曰：“一切文学，余爱以血书者。”这首诗写得决绝、自信而深沉，大有舍生取义、一往无前之概，是李商隐离京赴桂之时的“血书”之作。不解此诗者，亦不解义山矣！

【历代笺评辑要】

何焯：“发端言信道之意。三四反言，似非真实，闻钟则三生俱觉悟也。”又，“只是故实，都无厚味，学义山者，不在此等。”

屈复：“一、二求佛法之诚。三、四佛法之妙。五、六佛法在妙悟。七、八言果能信心，自然成道。”

程梦星：“此诗虽题僧壁，通篇举内典以为言，其实非谈禅也。”

姚培谦：“大中现小，则一粒粟中可藏世界；小中现大，则尖头针锋受无量众。”

纪昀：“禅偈为诗，易坠恶趣。以东坡语妙天下，犹时不免于俚鄙，况下此乎？”

冯浩：“玩结语，盖久不得志，因悟一切皆空。……盖义山在梓，好释道之教，藉以遣怀也。”

当代诸家　叶：“这首诗就主题、就艺术价值来看，毫无可取之

---

①《席上作》：“淡云轻雨拂高唐，玉殿秋来夜正长。料得也应怜宋玉，一生惟事楚襄王。”说见后。

处。只是堆砌佛典和佛经的词汇，‘禅偈气’极重。”刘、余：“此寻常题僧壁诗。……诚如何评：‘只是故实，都无厚味。’”邓：“就李商隐的人生历程来说，滞蜀阶段，已入晚年，远离京国，徜徉西南，自觉一切皆空，乃借此以抒其百无聊赖之感。”黄：“其时（指大中七年作《樊南乙集序》时）于仕途已不有幻想，故所作释诗多有悟道之辞，不可以‘禅偈’、‘鄙俚’目之。”郑：“盖义山在梓，好释、道之教，藉以遣怀也。”

38 岳阳楼

大中元年闰三月

欲为平生一散愁，洞庭湖上岳阳楼[1]。
可怜万里堪乘兴，枉是蛟龙解覆舟[2]。

【注释】

〔1〕岳阳楼：古代名楼。唐代属岳州巴陵县。　洞庭湖：在今湖南省。据《元和郡县志》："在（巴陵）县西南一里五十步。"是唐代经湘入桂的必经之途。

〔2〕可怜：可喜。　枉：枉然，徒然。

【疏解】

李商隐于大中元年（847）三月七日随郑亚出京，途中，既有命运不济的嗟叹，如《四皓庙》："羽翼殊勋弃若遗，皇天有运我无时。"也有另辟新径的欣喜，如《商於新开路》："更谁开捷径，速拟上青云。"

该年三月有闰，大略于闰三月中旬登岳阳楼而有是作。其《为荥阳公上门下李（回）相公状》云："南郡（江陵）旬时，方集水潦，重湖吞吐，实亚沧溟。未济之间，临深是惧，及扬帆鼓棹，则浪静风和，不吟行路之难，乃仗济川之便。"可见，他的横跨洞庭湖之行颇为惬意。

首二句直书登楼目的："散愁"。且称此愁为"平生"之愁。

李商隐作是诗时约为37岁。早年汲汲于应试，至开成二年（837）约27岁始中进士，开成四年（839）春释褐入秘书省任校书郎（正九品上阶），至夏，则已离京赴任弘农尉矣。不得意，多次辞职，并于开成五年（840）离职待调。至会昌二年（842）才以书判拔萃，复入秘书省任正字，时隔三年，官阶反降至正九品下阶。更不幸的是，他的母亲于是年去世，他服母丧离职。直至会昌五年（845）十月后，始服阕入京，重任秘书省正字，时已35岁。他对会昌政事本来就充满了溢美之词，表露出鲜明的政治倾向。此次出京，既有前途未卜的隐忧，也有挣脱藩篱的愉悦。古人寿短，37岁已是大半生了，故曰此愁为“平生”之愁。

三、四句写登楼观感：可喜的是，湖面浩淼，云天开阔，足以任我恣情遨游；那些只会兴风作浪的蛟龙，对我也无可奈何了。“蛟龙”句双关，既指眼前洞庭风涛之险，又隐射出京前牛党人士排笮之凶，然我已跳出牢笼，海阔天空，党人之排笮妒陷，已是徒劳无益了。

【辨】本诗编年辨说

考李商隐途经岳阳楼，凡四次。第一次是随郑亚赴任，于大中元年（847）闰三月经岳阳入洞庭湖；第二、三次是受郑亚派遣，赴江陵拜会其堂叔郑肃，于大中元年（847）冬及次年正月经岳阳楼出入洞庭湖；第四次是大中二年（848）桂州府罢返京，六月上旬有《为湖南座主陇西公（李回）贺马相公登庸启》，约于中下旬出洞庭湖而经岳阳楼。程梦星认为此篇是“奉使江陵”出入洞庭湖时作；张采田认为是大中二年（848）返京途中作，皆不确。只有大中元年（847）赴桂，摆脱了由“李党”叠败而引发的人事倾轧，才有此“万里乘兴”之豪想，“枉是蛟龙”之反讥。而“奉使江陵”，已是“吴湘案”再度发酵，忧疑交集，无此自信了。而返京途中有“万里风波一叶舟，忆归初罢更夷犹。”（《无题·万里风波》）意趣则与此截然相反。另有《岳阳楼》，说见后《席上作》。

【历代笺评辑要】

程梦星：“万里乘兴，言从亚之辟无心；蛟龙覆舟，言逢绹之怒可畏。”

王鸣盛：“本是愁极，却言不愁，正深于愁者也。其用笔回曲，应诗人中所罕见。”

冯浩："本叹长路风波，却用反托晦之。"

张采田："词意倍极凄痛，自伤语非自负语也，何谓太激耶?"

当代诸家　叶："牢骚至极自行解嘲的话。语气似很豪迈，细味实很凄苦。"刘、余："险境既历，自不妨有'枉是蛟龙解覆舟'之豪语。"邓："其情可怜，其意可哀。"黄："诗为旅程遣愁抒怀作也。……本受党人排摈，长路风波，却用反托晦之，故倍极沉痛、含隐之致。"郑："登岳阳楼散愁舒怀之作，并无寓意。"

39 洞庭鱼

大中元年闰三月

洞庭鱼可拾，不假更垂罾[1]。
闹若雨前蚁，多于秋后蝇[2]。
岂思鳞作簟，仍计腹为灯[3]。
浩荡天池路，翱翔欲化鹏[4]。

【注释】

〔1〕洞庭：湖名。说见前篇。 罾：一种四角挂在竹木架上的方形鱼网。

〔2〕雨前蚁：《易林》："蚁封户穴，大雨将集。"言蚁群知雨将至而闹腾着封穴。

〔3〕腹为灯：暗用董卓故实以寄恨。《后汉书·董卓传》："卓素充肥，脂流于地，守尸吏燃火置卓脐中，光明达曙，如是积日。"

〔4〕天池、化鹏：均出自《庄子·逍遥游》："北冥有鱼，其名为鲲。鲲之大，不知其几千里也。化而为鸟，其名为鹏。鹏之背，不知其几千里也；怒而飞，其翼若垂天之云。是鸟也，海运则将徙于南冥。南冥者，天池也。《齐谐》者，志怪者也。《谐》之言曰："鹏之徙于南冥也，水击三千里，抟（tuán）扶摇而上者九万里，去以六月息者也。""化鹏"自喻，说见后。

【疏解】

本诗作于大中元年（847）闰三月赴桂途中。作者触景生情，以洞庭鱼比喻大中初年趋炎附势、鼓噪竞进的朝中群小。

首联极言其多：比比皆是，伸手可"拾"，而勿需借助于"垂罾"。

次联写其轻薄、嚣张、麇集、蠢动；“雨前”“秋后”，盖预料其时日不长也。三联言“思”寝其皮，“计”燃其腹，以示其恨之深也。尾联则借用《庄子·逍遥游》中之鲲鹏以自况，言己随郑亚南向赴桂，一如北溟之鲲，化为鹏而徙于南溟（即天池）也。曰“浩荡”，曰“化鹏”，这是李商隐大中元年（847）负气出京时的典型心理状况，自信其前途广阔无垠矣。有注家以为“化鹏”者为“洞庭鱼”，则毁誉交杂，不伦不类矣。近代诸家均以为此诗为大中二年（848）出入洞庭时作，则与“浩荡天池路，翱翔欲化鹏”之比喻、走向均不符，实误。

此诗咬牙切齿，“思”以其“鳞作簟”，“计”以其“腹为灯”，不只有失风度，且有违于诗人温柔敦厚之旨。但如果站在李商隐的立场上来想，自李德裕罢相出朝，进而贬东都后，李商隐在京受到的打击可能是深重的。由于年代久远，资料散失，我们已无法得知其详情，已知的情况只是：1. 李商隐出京时有“明年赴辟下昭桂，东郊恸哭辞兄弟”（《偶成转韵七十二句赠四同舍》）之迫不得已的悲痛；2. 离京时有“舍生求道”“乞脑剜身”之决绝；3.《为荥阳公上荆南郑相公状》有“李支使商隐，虽非上介，曾受殊恩”之追述。据此推测，在李德裕离京之后的一段时间里，李商隐陷入有似于灭顶之灾的垂危境地，经郑亚出手救援，李商隐才得以幸免于难。不然，“曾受殊恩”之说便无法坐实。这就是为什么李商隐死心塌地地跟随郑亚出京，并且对一些落井下石者恨之入骨的原因。

此后，时过境迁，打击频仍，再无此填膺之义愤，亦无此自信和坦荡的胸怀了。

【历代笺评辑要】

屈复：“庸愚妄思富贵也。”

冯浩：“冬令水涸时也。借讥庸人之冀非分也。”

张采田：“此赞皇贬后，刺牛党中幸进者。”

当代诸家　叶：编大中二年桂府罢后，“讥刺牛党白敏中等和趋附他们的党与之作。”刘、余：编大中二年“奉使江陵”后：“曰‘可拾’，曰‘闹’‘多’，则所指固趋附之群小耳，非牛党中重要成员如子直者也。”邓：编大中二年“北返途中”，“嘲讽当时在朋党倾轧中的幸进之徒。”黄：编大中元年赴江陵入洞庭时，“刺群小幸进之趋附牛党甚明。”郑：“此诗讽刺牛党中幸进者……”

40 附：席上作〔1〕

大中元年秋

淡云轻雨拂高唐，玉殿秋来夜正长〔2〕。
料得也应怜宋玉，一生惟事楚襄王。

【注释】

〔1〕释题：原注："予为桂州从事，故府郑公出家妓，令赋高唐诗。"另本题为《席上赠人》，注云："故桂林荥阳公席上出家妓。"向按："郑公""荥阳公"，均指桂管府主郑亚。郑亚于大中五年（851）去世，此诗为追记或追注，故称"故"。　家妓：豪门、官吏等蓄养的歌妓。《旧唐书·职官志》："三品以上得备女乐，五品女乐不得过三人。"

本诗另有异文曰："淡烟微雨恣高唐，一曲清声绕画梁。料得也应怜宋玉，只因无奈楚襄王。"戊签本作："淡云清雨拂高唐，一曲清声绕画梁。料得有心怜宋玉，只应无奈楚襄王。"意味均不及此篇。

〔2〕高唐：地名，亦观名。战国宋玉《高唐赋》云："昔者楚襄王与宋玉游于云梦之台，望高唐之观，其上独有云气，崪兮直上，忽兮改容，须臾之间，变化无穷。王问玉曰：'此何气也？'玉对曰：'所谓朝云者也。'王曰：'何谓朝云？'玉曰：'昔者先王尝游高唐，怠而昼寝，梦见一妇人曰："妾，巫山之女也。为高唐之客。闻君游高唐，愿荐枕席。"王因幸之。去而辞曰："妾在巫山之阳，高丘之阻，旦为朝云，暮为行雨。朝朝暮暮，阳台之下。"旦朝视之如言。故为立庙，号曰朝云。'"

【疏解】

大中初年，"李党"迭遭贬窜，然前程未卜，尚未是盖棺定论之时。此时商隐以“一生惟事”立言，自表坚贞，词决意苦。当与《岳阳楼·汉水方城》同参。

后李德裕贬卒崖州，郑亚贬卒循州，树倒猢狲散，李商隐乃日暮途穷。尔后虽有“小姑无郎”之辩解，“帖死屏风”之诉求，盖不得已耳，亦无济于事矣！观其桂州幕后，又徐州，又东川，真可谓“一生惟事”矣。注称“故府”，又云“一生”，或者是晚年追忆，据当年之旧作改易而成，以“表明一生不负李党之意”（《会笺》）。其异文，则可能为“席上”原作。“只因无奈”句出语虽浅俗，然席间调笑，亦无不可。定稿神思飘逸，韵远意长，真义山“无题”本色！

陆鸣皋云：“‘惟’字得体。”甚是。且深重而有力。

附：岳阳楼（汉水方城）

汉水方城带百蛮，四邻谁道乱周班。

如何一梦高唐雨，自此无心入武关。

此诗亦作于入桂途中，大有义无反顾之态。苏轼“日啖荔枝三百颗，不辞长作岭南人”，应源于此。

这两首诗理所当然地为牛党所嫉恨，成为“共排笮之”的口实。后李商隐《肠》云：“拟问阳台事，年深楚语讹。”不得不支吾其辞了。

【历代笺评辑要】

姚培谦：“张文昌（籍）《节妇吟》‘恨不相逢未嫁时’亦此意。义山之为令狐忌也，亦犹是耶？”

张采田：“此表明一生不负李党之意，实义山用意之作，而托之于席上赠妓耳。注自具微旨。”

当代诸家　叶：“只不过是自喻委质效忠于郑亚而已。”刘、余：“席上即兴之作，别无深意。……‘料得’二语中或亦微寓同是天涯沦落人之慨焉。”邓：“家妓以色相事府主，幕僚则以文才事府主……是无分彼此的。好一个‘料得也应怜宋玉’，直把此中关系说得清清楚楚，也说得无限伤感。”黄：“应酬之作，写得如此委婉曲折而又良多感慨，义山诚大家也。”郑：从张采田说。

41 潭州

大中二年正月

潭州官舍暮楼空，今古无端入望中[1]。
湘泪浅深滋竹色，楚歌重叠怨兰丛[2]。
陶公战舰空滩雨，贾傅承尘破庙风[3]。
目断故园人不至，松醪一醉与谁同[4]。

【注释】

〔1〕潭州：今湖南省长沙市。时属江南西道，是湖南观察使治所。

〔2〕“湘泪”句：用湘妃故事。《博物志》载：“舜之二妃曰湘夫人。舜崩，二妃啼，以涕挥竹，竹尽斑。” “楚歌”句：叠用屈原及项羽故事。一指屈原行吟江楚时所作的眷恋家国、斥责群小的诗歌。其《离骚》云：“兰芷变而不芳兮，荃蕙化而为茅。”又，“余以兰为可恃兮，羌无实而容长。”又，“览椒兰其若兹兮，又况揭车与江离。”一般认为，以上“兰”字双关，指的是怀王少弟令尹子兰。《史记·屈原列传》：“顷襄王立，以其弟子兰为令尹。楚人既咎子兰以劝怀王入秦而不反也。屈平既嫉之，虽放流，眷顾楚国，系心怀王，不忘欲反。冀幸君之一悟，俗之一改也。……令尹子兰闻之，大怒。卒使上官大夫短屈原于顷襄王，顷襄王怒而迁之。”二指四面楚歌，已陷入四面受敌、孤立无援的窘迫境地。《史记·项羽本纪》：“项王军壁垓下，兵少食尽，汉军及诸侯兵围之数重。夜闻汉军四面皆楚歌，项王乃大惊，曰：‘汉皆已得楚乎？是何楚人之多也。’”

〔3〕陶公：陶侃。《晋书·陶侃传》：“陈敏之乱，（荆州刺史刘）弘以侃为江夏太守，……又加侃为督护，使与诸军并力距（陈）恢。侃

乃以运船为战舰，或言不可，侃曰：‘用官物讨官贼，但须列上有本末耳。’于是击恢，所向必破。”后封长沙郡公。 贾傅：贾谊。汉文帝时曾任长沙王太傅，故称贾傅。贾谊死后，他的故居被建为“贾太傅祠”，所谓“破庙”，即指此。 承尘：唐代以前没有天花板，房梁横木之上用遮布挡灰，名曰“承尘”。汉刘歆《西京杂记》：“贾谊在长沙，鵩鸟集其承尘。长沙俗以鵩鸟至人家主人死。谊作《鵩鸟赋》，齐死生，等荣辱，以遣忧累焉。”

〔4〕目断：《诗词曲语辞汇释》：“犹云目极。……亦犹云目尽。……与望断同义。” 松醪（láo）：用松脂或松花酿制的酒。

【辨】“李商隐潭州所候何人”辨

李商隐途经潭州凡四次。1. 大中元年（847）受郑亚辟随郑亚由京赴桂，闰三月、四月在潭，五月九日抵桂；2. 大中元年（847）冬奉使江陵途经潭州；3. 大中二年（848）正月中旬自江陵途经潭州返桂；4. 大中二年（848）郑亚贬循州后，李商隐自桂于六月经潭州，然后取道江陵返京。

诗中所抒发的情感，与李商隐四次往返潭州的心境均相符。但前两次系直奔目标，一般不会在中途有故人之约。第四次桂府罢幕后经潭，曾在座主李回处小住，代写《为湖南座主陇西公贺马相公登庸启》，时间比较宽裕，不得有“目断故园人不至”之焦虑。有人认为该诗是为等待李回而作，误。李回二月由西川贬潭，顺流而下，旅程不会超过一月，而李商隐《送郑大台文南觐》诗中有“黎辟滩声五月寒”之句，又不可能在五月之前至潭。因此，黄世中先生提出的李商隐当于自江陵返桂途中在潭州等候贬潮的李德裕，是较为合理的的设想。

据《旧唐书·宣宗纪》，大中元年（847）“九月，前永宁县尉吴汝纳诣阙称冤，……诏下御史台鞫按。”（参阅后《明神》附“吴湘案”）

朝报一月左右可到桂州，郑亚是“吴湘案”的当事人，他不可能无动于衷。因此，随即于冬月派李商隐到江陵，其目的也绝不是李商隐在《自桂林奉使江陵途中感怀寄献尚书》诗中自注的“公与江陵相国韶叙叔侄”，——此时“城门失火”，自顾不暇的郑亚哪会有如此心情？

九月，以荆南节度使李德裕为东都留守，解平章事；以中书侍郎、同平章事郑肃同平章事、充荆南节度使。

郑肃“素与李德裕亲厚”（《旧唐书·郑肃传》），会昌五年（845），李德裕任宰相时，曾擢郑肃为相。宣宗即位后，李德裕贬东都留守时，朝廷即出郑肃“充荆南节度使”（见《通鉴》）。此次派遣李商隐赴江陵的目的在于，利用江陵地利之便，好更快地打探消息，窥伺朝廷动向。

郑亚的担心不是没有道理的。吴湘案“鞫按”结果，竟然把郑亚列为“首唱”。《旧唐书·李绅传》载：“及汝纳进状，追元藻覆问。元藻既恨德裕，阴为崔铉、白敏中、令狐绹所利诱，即言湘虽坐赃，罪不至死。又云颜悦实非百姓，此狱是郑亚首唱，元寿协李恪锻成，李回便奏。遂下三司详鞫。故德裕再贬，李回、郑亚等皆窜逐。吴汝纳、崔元藻为崔、白、令狐所奖，数年并至显官。”

李德裕的再贬制是十二月下达的。《新唐书·宣宗纪》载：大中元年（847）“十二月戊午（二十七日），贬太子少保李德裕为潮州司马”。洛阳距长安八百五十里，这年十二月大，据唐代驿路行程，该文书最迟应在年三十到达。依唐制，贬官于命下之时，即须成行。《南部新书》载：“李太尉以大中二年正月三日贬潮州司马。”《李德裕年谱》作者傅璇琮推测：“《南部新书》所云，当是成行之时。”

李商隐什么时候能得到李德裕贬潮的消息？根据唐朝的驿传制度，“车传”日行四驿，“马传”日行六驿。长安距江陵一千七百三十里，即使按一般文书来传递，也只需 10～14 日就可到达。

李商隐《人日即事》写于大中二年（848）正月七日，诗中只写人日典故，没有返桂言辞，可见，此时的他，还没有看到李德裕的贬制。

李商隐大约在正月十日，或稍后才能得到李德裕贬潮信息，然后踏上归途。至潭州当已是正月下旬了。据《资治通鉴》玄宗天宝五载（746）秋七月敕：“自今左降官日驰十驿以上。”李德裕贬潮制书中又有“仍所在驰驿发遣”之说，其行必速，邀候于中途或有一晤的可能。这就是李商隐匆匆地离开江陵以后，又逡巡于潭州的原因。

程梦星释《潭州》诗说："伤李德裕之罢相远贬也……德裕贬潮，亦当取道于此。"其说甚是。所谓"目断故园人不至"，其"故园"者，指的就是洛阳，它既是李商隐的故乡，也是李德裕贬前的任所；其盼而不至的"故园"之人，指的当然就是从洛阳启程的李德裕了。

据李德裕《舌箴·序》："戊辰岁仲春月戊申夜，余宿于洞庭西，梦与中书令姚公偶坐。"据查，该岁"仲春月"之"戊申夜"，是二月十八日，李商隐当然不可能等到此时，吟了《潭州》诗后，便匆匆地回桂州复命了。

【疏解】

潭州自古以来就是人文荟萃之地，首二句写登楼一望：暮霭沉沉，满目皆空，忆过往之古人，想当今之时政，百感杂集而作是诗。

"今古"二字，为全诗关键。不言"古今"，而言"今古"，盖所感者古，所伤者尤在于今也。陆昆曾曰："言之所及在古，心之所伤在今，故曰'今古无端'。"以"无端"之慨领起中间四句，牵附人事，其结构正与《锦瑟》同。

"湘泪"句说：湘妃的眼泪，深深浅浅，滋润着斑竹的颜色。用湘妃为舜帝的死去抚竹而哭的故实，哀悼武宗。因为李德裕的一切灾乱都从武宗之死开始。

"楚歌"句说，重重叠叠的楚歌，如泣如诉，回荡在茂密的兰丛。"楚歌"用项羽故事，言李德裕等已陷入四面楚歌、孤立无援之窘境；又用屈原故事，以屈原之"放"隐射李德裕之贬，究其源，实因令尹子兰、上官大夫之类的小人（"兰丛"），如白敏中等人用事也。

"陶公"句指曾封长沙郡公的陶侃，他以运船为战舰，克敌致胜，建立了不朽功勋，而今天，他的战舰早已消失，眼前只有空滩细雨。陶侃隐射李德裕，指他破回鹘、定太原、平泽潞，虽有中兴唐室之功，然而境过时迁，一切都"空"如过眼云烟。

"贾傅"句言文帝时治国名臣贾谊，竟贬为长沙王太傅，如今，其故宅已成破庙，在风雨中飘摇。武宗即位后诏曰："淮海伯父，尔来佐予。"实以"帝王师"之礼待德裕。贬潮前，李德裕任太子少保分司东都。其贬制云："岂可尚居保傅之荣，犹列清崇之地。"可见，以"贾傅"隐射李德裕，名实具肖，其今日风雨飘摇之处境亦可叹也。

末联云：翘首北望，故园之人不至。"故园"者，直指洛阳。李商隐少年时期居荥阳，青年之后长期在洛阳一带居处发展；李德裕祖籍赵郡赞皇，但其祖李栖筠已迁居洛阳并葬北邙山，它既是李德裕永久卜居之地（筑平泉山庄），也是李德裕贬前任所。称李德裕为"故园人"，指代清晰，不容他解。下句云：纵有"松醪"美酒，又有谁来同我一道，排解这时政之伤、羁旅之愁呵！

【历代笺评辑要】

何焯："此随郑亚南迁而作。第三思武宗，第四刺宣宗，五六则悲会昌将相名臣之流落也。楚词以'兰'比令尹子兰，盖指白敏中言之。"（《沈辑评本》又云："盖指白敏中、令狐绹。"）

屈复："一，潭州暮望；二，望中之感；中四皆承二。'湘泪'、'楚歌'，陶、贾，古也。兰、竹、风、雨，今也。七、八自伤流滞于此。"

程梦星："此伤李德裕之罢相远贬也。……当是随郑亚入桂州，经过潭州，闻德裕之事而作。起句就所过之地发端也。次句言目中古事与胸中今事相类，'无端入望'，触绪可伤也。三、四谓武宗已崩，使人有苍梧之悲；宣宗初立，遂致有屈原之放也。五、六谓立功于东（西）川、回纥者，不啻陶侃长沙之功；立言于《丹扆六箴》者，无异贾谊《治安》之策也。七、八即风人'未见君子，我心忉忉'之意。盖以道途计之，德裕贬潮，亦当取道于此。"向按：李商隐入桂约于大中元年（847）闰三月至潭州，李德裕贬潮在年末。程所指时间有误。

王鸣盛："中间四句全是吊古，而伤今在其中。吊古显然，伤今则并无明文，不可知也。"

张采田："此桂管归途，暂寓湖南，迟望李回之作。"

当代诸家　叶："……确是有所感触，既然无从稽考，只有阙疑。"刘、余："诗必有托寓……'湘泪'典，诗家习用以寓故君之思。……'楚歌'句，则以'兰丛'影指当时之执政者。……'怨兰丛'者，怨白敏中、令狐绹之排斥异己，贬逐会昌有功旧臣也。……‘陶公’句借陶侃事暗喻会昌有功将帅之遭冷遇，‘贾傅’句借贾谊长沙事暗喻会昌有功文臣之遭贬斥，均不必专指一人。末联谓薄暮登楼，吊古伤今，感慨万端，目极故园，路途阻修，期待友人，而友人不至。乡思羁愁、伤时感世之情，竟无可排遣矣。”邓：“伤今虽并无具体事实，却句句都是伤今。”黄：“意当为第二次江陵返桂途经之时。”又：“‘故园’当指长安……‘故园’之人当指李德裕。”郑：“借潭州古事暗喻武宗朝有功将帅文臣纷纷遭贬斥。吊古伤时，空虚惆怅，无限悲凉。”

42 日日[1]

大中二年春

日日春光斗日光，山城斜路杏花香。
几时心绪浑无事，得及游丝百尺长？

【注释】

〔1〕释题：朱鹤龄注："一云春日。"冯浩注："一作春光。"

【疏解】

此诗作于大中二年（848）春天的桂林，郑亚贬循之前。

首句点明时令。"春光"指春天的景物，"日光"指太阳的光芒，"斗"，指春阳与景物俱盛而不衰也。春盛而冠以"日日"，烦厌之情绪顿见。"山城"点地，"杏花香"设景：奈何值此心事万端之日，见此"游丝百尺"，悠闲自在，舒卷自如，反而使我徒增烦恼也。"几时""得及"之问，则此时心海之喧嚣不宁，亦足以惊心动魄矣！

"山城"应指桂管所居。其《桂林》云："城窄山将压。"其《即日》云："山响匡床语。"此后徐州平旷，不得称"山城"，再后时过境迁，无此激烈情怀矣。

【历代笺评辑要】

田兰芳："不知佳在何处，却不得以言语易之。"

何焯："惊心动魄之句。"（"日日春光斗日光"句旁批）

冯浩："客子倦游，情味渺然。"

当代诸家　叶："上二句有万物皆春之意，下二句说唯独自己'心绪'烦扰，郁结不舒。但是却从对面着笔来反说。"刘、余："写春光作用于心灵之微妙感受。”邓：“写心情烦乱的即兴之作。”黄：“以春和景明之静美反衬心中‘俗事’之扰动。以轻闲之笔，写郁勃之心，愈显沉潜忧苦也。”郑：“问何时能完全做到快乐无忧，让自己的心绪像春日的游丝那样舒展而绵长呢?”

43 即日

大中二年二月

一岁林花即日休，江间亭下怅淹留。
重吟细把真无奈，已落犹开未放愁。
山色正来衔小苑，春阴只欲傍高楼。
金鞍忽散银壶漏，更醉谁家白玉钩〔1〕。

【注释】

〔1〕银壶漏：漏壶是我国古老的计时器。大略是壶中注水，水上浮着一支木箭，壶外有刻度，当水从壶底小孔滴漏而出时，壶中水位下降，木箭也随之下沉，观测木箭所指的水位刻度，便知道是什么时辰了。又，富有之家的漏壶常是银质的，故亦称银漏。参阅《石城》注。白玉钩：此处指酒钩。参阅《无题·昨夜星辰》注。

【疏解】

大中元年（847）二月，郑亚由给事中出为桂州刺史，李商隐应辟入幕。大中二年（848）二月，再贬郑亚为循州刺史。就时间而言，李商隐追随郑亚整整一年，所谓“一岁林花即日休”，即指此也。

首句写噩耗劈空而来，希望破灭，怅恨杂沓而至。次句言徘徊于“江间亭下”，写恋恋不舍、欲别未能之情，可与稍后之“相见时难别亦难”互勘。三句写花丛中的人，反复地吟咏，细细地把玩，真乃是百无聊赖。四句写眼前的花，落的落，开的开，仍然是不能释解愁怀。“山色”象征政治阴云，言时日渐暮，浓郁的山色像沉重的暮云，正移向这小小的花苑。“春阴”象征趋炎附势的小人，言人情冷暖，那本应遮庇人的春阴，却像个势利的小人，只依傍华贵的高楼。七、八句叹游人渐散，漏长夜永，还能有谁家的美酒一醉，以解我万种情愁？

情思婉转低回，而以清丽语出之。末句非佯狂，应以颓丧语视之。又，后主李煜词“林花谢了春红，太匆匆”，应源于此。

附：木兰

二月二十二，木兰开坼初。初当新病酒，复自久离居。
愁绝更倾国，惊新闻远书。紫丝何日障，油壁几时车？
弄粉知伤重，调红或有馀。波痕空映袜，烟态不胜裾。
桂岭含芳远，莲塘属意疏。瑶姬与神女，长短定何如？

向按：这是一首很别致的“无题”诗，信息量很大，却不常为研究者重视。郑亚接贬敕后于“今月二十三日南去”，则此“二月二十二”正是郑亚赴循前夕。所谓“惊新闻远书”，并不是郑亚的贬书，而是尚未升任京官、仍在维系友情的令狐绹的湖州来信。“惊”含意外之意，“新”相对于前书①而言。故接着借唐代婚仪中的“障车”之礼，发出“紫丝何日障，油壁几时车”等期待而急切之问。下二句说：现在已经知道：此前的我，上妆的时候，粉或许抹得重了一点，胭脂或许涂得太红了一点。在牛李党争中彳亍而行的李商隐此言，既是检讨，也是自嘲。微妙而有奇趣！“波痕”句借《洛神赋》中“陵波微步，罗袜生尘”典，“烟态”句借《搜神记》中“出而抱之，玉如烟然”典（参看《锦瑟》注），均用于自喻。以下“桂岭”指府主郑亚，满含芳香却是渐行渐远。“莲塘”（即南塘）指令狐绹，对我的关注越来越疏。他们，一个是瑶姬，一个是神女，到底是谁长谁短，我又怎么能分辨得清楚呢？此说，为他此后的返京求援留下了余地。

已知的后事是：李商隐在送别郑亚之后，辗转北上，以老朋友的身份干谒令狐绹，并没有得到令狐绹的关照和提携。

---

①前书，指《酬令狐郎中见寄》中“望郎临古郡，佳句洒丹青”之书。参阅后《钧天·辨》：兼论李商隐、令狐绹关系之嬗变。

【历代笺评辑要】

姜炳章："此当为郑亚贬循州刺史，义山见落花而作。"

张采田："义山在桂，首尾仅及一年，此将去时作。……自叹府贬职罢，失路无依也。大有流连不忍遽别之意。"

当代诸家　叶、邓、黄均同张采田说。刘、余："因花落日暮而有迟暮之感而已。……诗或东川作。"郑："此真刻意伤春也。"

44 天涯

大中二年二月

春日在天涯，天涯日又斜。

莺啼如有泪，为湿最高花。

【疏解】

大中二年（848）二月，郑亚贬循州，有是作。前此，大中元年（847）十二月，李德裕贬潮州。

首句点明时、地。“春日”，正大中二年（848）郑亚贬循之时，“天涯”，正义山随郑亚远窜南荒之地。徐幕处境甚佳，且不算偏远，不得以“天涯”目之；梓幕宦游已久，心绪平和，且无此“日又斜”之事态发展。所谓“日又斜”者，指“李党”叠败，所依之府主郑亚再贬循州也。参阅“附：《忆梅》”。

“最高花”，指宣宗。大中之政，掌控生杀予夺之权者，实宣宗也。以“泪”相“湿”，是乞其改弦易辙，不再施压于“李党”也。此中有怨有愤，有期待，兼晚唐政事及个人身世而言，极为沉痛。

朱彝尊曰：“言极怨，语极艳，不可多得。”

又，“最高花”，冯浩、张采田均云：“所指（令狐绹）显然。”大误。一、大中元年（847）三月，令狐绹已由右司郎中出授湖州刺史，其时官阶不高，且不在京城，不得以“最高花”称之。二、令狐绹大中二年（848）正月因白敏中之荐擢授考功郎中、知制诰，此时或已就职；但官阶仅从五品上，也不得以“最高花”称之。三、在封建王朝中，所有“最高”之称谓均只能属于皇帝，其他人不得僭越。四、史载：宣宗刚愎自用，以独断为明。据《东观奏记》：“赵国公令狐绹每谓人曰：

‘十年持政柄，每延英奏对，虽严冬甚寒，亦汗流洽背。’”——如此窝囊，纵“湿”之亦无益也。

又有以“最高花”释李商隐者，然李商隐何足以当之？

附：忆梅

定定住天涯，依依向物华。
寒梅最堪恨，常作去年花。

向按：“定定”者，长期也，屡次也，应该是作于沉沦幕府之晚期。如梓幕。最可恨者，当此春和日暖、姹紫嫣红、物华天宝荟萃之日，正“寒梅”零落、凋谢之时。“寒梅”自指。生不逢时之感，遇合无缘之怨，终身漂泊之苦，不言而自明矣！

【历代笺评辑要】

屈复：“不必有所指，不必无所指，言外只觉有一种深情。”

张采田：“此篇与‘定定住天涯’一首同意，皆大中五年徐幕作。‘天涯日又斜’，暗喻卢弘止又卒也。‘最高花’指子直，可谓字字血泪矣。”

当代诸家　叶：“就‘天涯’和‘最高花’等词来看，确是后期在梓幕时远客感叹的情调。”刘、余：“此诗伤时之感，迟暮之悲，沉沦漂泊之痛，皆可于虚处领之。”邓：“以全诗所弥漫的哀伤气氛来说，应是在梓幕时所作，且在梓幕后期。”（向按：“哀伤”只在桂管遽变之后，梓幕后期，大抵已是心气平和了。如《忆梅》，惋叹而已。）黄：“‘天涯’指梓幕。‘最高花’虽先得日而早开，然亦早即凋谢枯残，此自比。”郑：“妄想用自己悲哀的泪水洒向‘最高花’令狐绹，使他幡然悔悟。”

45 明神

酌大中二年

明神司过岂令冤，暗室由来有祸门[1]。
莫为无人欺一物，他时须虑石能言[2]。

【注释】

〔1〕明神：指能明察万事万物的神。《周礼·秋官·司盟》注："明神，神之明察者，谓日、月、山、川也。" 暗室：指幽暗隐蔽之室。《南史·梁本纪·简文帝》："弗欺暗室，岂况三光？" 祸门：通往祸害的门。《左传·襄公二十三年》："祸福无门，惟人所召。"

〔2〕石能言：古人认为神附身于石，则石头也能代神说话。《左传·昭公八年》："石言于晋魏榆。晋侯问于师旷曰：'石何故言？'对曰：'石不能言，或冯（凭）焉。……今宫室崇侈，民力彫尽，怨讟并作，莫保其性，石言，不亦宜乎？'"

【疏解】

此诗为受暗室之欺者立言。首句言明神主管赏罚，至大至公，岂能让弱者受冤；次句言即使是幽暗之处，也有明神高鉴，稍一不慎，就会踏入祸门。三、四句作劝戒语，不要因无人知晓，就欺人于暗室；总有一天，会有非言之物，如石头，会代表神明揭示出你的罪恶。

此诗虽借因果报应立意，然为弱者执言，大义凛然。考义山一生血性仗义，为国事民冤执言甚多，能与"暗室之欺"相合者有三：

其一为甘露事变中之野蛮屠戮。《旧唐书·李训（等）列传》列举的受害者有李训、郑注、王涯、王璠、贾悚、舒元舆、郭行余、罗立言、李孝本等人。其末云："坐训、注而族者，凡十一家，人以为冤。"

对此，李商隐连续写了《有感二首》：“谁瞑衔冤目，宁吞欲绝声。”《重有感》：“玉帐牙旗得上游，安危须共主君忧。……昼号夜哭兼幽显，早晚星关雪涕收。”谴责宦官擅权杀戮，呼吁藩镇起兵平乱，为死者鸣冤叫屈。

在同一事变中，李商隐有诗《故番禺侯以赃罪致不辜事觉母者他日过其门》，为胡证的后代无辜被杀而作。李商隐在诗之首感叹其事曰：“饮鸩非君命，兹身亦厚亡。”在诗之尾则大声疾呼：“杀人须显戮，谁举汉三章?”

其二，就是借“吴湘案”所发起的对李德裕、郑亚、李回等人的贬黜。李商隐在代郑亚对直接办案人刑部侍郎马植、大理卿卢言所写的两启中为郑亚等人呼冤辨诬，决不认罪，语气强硬，义正辞严。

其《为荥阳公上马侍郎（植）启》云：“故府李相公案吏之初，具狱来上，某久为宾佐，方副台纲。若其间必有阿私，则先事固当请托。实无一字，难诳九泉。崔监察是湖南李（回）相公门生，是某所拜杂端日御史。远差推事，既无所嘱求；近欲叫冤，岂遽能止遏? 不知何怨，乃尔相穷。容易操心，加诬唱首。……九重邃邈，五岭幽遐，若从彼书辞，信其文致，即处於严谴，未曰当辜。”

其《为荥阳公与三司使大理卢（言）卿启》：“……逝者难诬，言之罔愧。且崔监察元藻是湖南李（回）相公首科门生，是某所荐御史。将赴淮海，私间尚不嘱求；及还京师，公共岂能遏塞? 昨蒙辨引，稍近加诬。座主既不免于款中，杂端固无逃于笔下。乘时幸远，背惠加诬。既置对之莫由，岂自明之有望? 若据其证逮，按彼词连，则处以严科，无所逃责。犹赖九天知其乖运，伏念非欲固用深文，不从锻炼之科，得在平反之数。”

其中“叫冤”“加诬”“难诳九泉”“逝者难诬”“九天知其乖运”等说，与“明神司过岂令冤”之意暗合。以上三事，都是打着朝廷的旗号进行的公开诛罚，但同时也都是在被诛罚人不容置辩的情况下进行的，所以也等同于“暗室”之欺。考虑到前两事李商隐已有诗慨叹其事，且明白无误。因此，此《明神》之作应是因“吴湘案”发，李德裕之贬洛、贬潮、贬崖，郑亚之贬桂、贬循而作。

又，冯浩注以为，此为“昭义平后，李训兄仲京”等被杀事而作。其实，据《资治通鉴》卷二百四十八，上述人等均是叛将郭谊为邀功免罪而杀，与朝廷无关，也与“暗室”之欺无关。朝廷只是碍于宦官之势仍炽，维持既有结论，未给甘露事变的受害者洗冤平反而已。

附：“吴湘案”简述

“吴湘案”的原委，据《旧唐书·宣宗纪》《资治通鉴》、新旧《唐书·李绅传》及《北窗琐言》等资料，综述如下：

扬州都虞侯刘群想娶流落在广陵的美女阿颜。不料阿颜的养母却把她嫁给了江都尉吴湘。刘群一气之下，就唆使他人举报吴湘贪污公款等项。经审理，淮南节度使李绅以盗用程粮钱、强娶所部百姓颜悦女论罪，把吴湘判了死刑。

所谓“程粮钱”，即官吏出差按里程支付的“差旅费”，吴湘是程粮钱的管理者，属于监守自盗的性质。又，武宗朝对贪腐问罪甚严。《册府元龟》卷六一三载：“会昌元年正月诏曰：‘朝廷典刑，理当画一，官吏赃坐，不宜有殊，内外文武官犯入已赃绢三十匹，尽处极法。’”《新唐书·刑法志》也说：“武宗用李德裕……赃满千钱者死。”此刑律不是专为吴湘所订，吴湘为娶阿颜所涉金额，当不只“三十匹”“千钱”之数，就事论事，他受到死刑惩处是罪有应得。

又，唐朝法律对婚姻门第，即“良贱制度”管理甚严。《唐律疏议》一七八条：“以妾及客女为妻，以婢为妾者，徒一年半。各还正之。”《疏》曰：“客女谓部曲之女，或有于他处转得，或放婢为之。”阿颜随养母流落广陵，正是“客女”。不过，对于吴湘来说，这只是次罪。

吴湘是吴武陵的侄子，李德裕平素就厌恶吴武陵。案件上报到朝廷，议论者多以为此案有冤，武宗下诏派监察御史崔元藻等人复审，结果是：盗用程粮钱属实，但颜女之父颜悦曾任青州衙推，生母王氏亦士族，与强娶民女说有异。据唐律，初审与复按相异时，应再加详推，但李德裕却“不复更推，亦不复付法司详断，即如绅奏，处湘死”（《资治通鉴》），这就不符合唐代的法律程序。而且，李德裕还认为崔元藻无定夺，奏贬崖州司马。吴湘被核准问斩后，李绅又不顾朝廷

“凡戮有罪，犹待秋分”的规定，立即执行了。

李德裕罢相后，在当权者唆使下，先有李咸讼德裕辅政时“阴事”，后有吴湘堂兄、前永宁尉吴汝纳赴京投诉。据《通鉴》大中元年（847）载：“（九月）乙酉，前永宁尉吴汝纳讼其弟湘罪不至死。‘李绅与李德裕相表里，欺罔武宗，枉杀臣弟，乞召江州司户崔元藻等对辩。’丁亥，敕御史台鞫实以闻。冬十二月庚戌，御史台奏，据崔元藻所列吴湘冤状，如吴汝纳之言。戊午，贬太子少保、分司李德裕为潮州司马。”且《制》言：“纵逢恩赦，不在量移之限。”

大中二年（848）二月，吴湘狱结案：剑南西川节度李回责授湖南观察使，桂管防御观察使郑亚贬循州刺史，淮南观察判官魏铏贬吉州司户，陆浑县令元寿贬韶州司户，殿中侍御史蔡京贬澧州司马。李绅已死，追削三任官告。至九月，再贬李德裕为崖州司户，贬李回为贺州刺史。

《旧唐书·吴汝纳传》载：“吴汝纳、崔元藻为崔（铉）、白（敏中）、令狐（绹）所奖，数年并至显官。”

至此，绵延了近四十年的牛李党争，以牛党胜利、李党彻底失败而告终。

【历代笺评辑要】

钱龙惕：“此诗亦为‘甘露之变’，王涯、贾餗、舒元舆之无辜而作也。”

冯浩：“昭义平后，李训兄仲京，郭行余子台，王涯侄孙羽，韩约男茂章、茂实，王璠子渥，贾餗子庠，凡亡归（刘）从谏为其抚养者，皆斩。……其余多所诛戮，当时诸臣大有议其冤滥者。此故特伤之，言已逃其暗室，岂知祸复有门，尽举而歼之也。”

当代诸家　叶：“‘明神’指文宗李昂。首句说李昂本没有诬枉滥杀之心。次句说王涯等平时厚积资财，招权积怨，……下二句深斥仇（士良）等目无法纪，恣情滥杀。”刘、余：“颇疑隐指大中初年牛党白敏中等借所谓吴湘冤案打击李德裕政治集团事。”邓：同刘、余说。黄：“家大人曰：‘此影射牛党迎合宣宗陷害李德裕，或即隐指吴湘案。’”郑：“本篇是开成四年义山任职弘农尉，以活狱触怒孙简、将罢官时所作。”

46 无题 相见时难

大中二年三月

相见时难别亦难，东风无力百花残。
春蚕到死丝方尽，蜡炬成灰泪始干[1]。
晓镜但愁云鬓改，夜吟应觉月光寒。
蓬山此去无多路，青鸟殷勤为探看[2]。

【注释】

〔1〕丝：谐音“思”，双关。指思念。泪：比喻。本体是蜡油。庾信《对烛赋》：“铜荷承泪蜡，铁铗染浮烟。”李世民《咏烛》：“镇下千行泪，非是为思人。”

〔2〕蓬山：即蓬莱山，神话传说中的海中仙山。《山海经·海内北经》载：“蓬莱山在海中。”《史记·封禅书》：“蓬莱、方丈、瀛洲，此三神山者，其传在渤海中，去人不远。”向按：此“蓬山”之所在不必拘泥，是两心皆知的隐射之地。说见后。青鸟：传说中的神鸟，常充当西王母信使。《山海经·大荒西经》：“西王母之山，……有三青鸟，赤首黑目，一名曰大鵹（lí），一名曰少鵹，一名曰青鸟。”郭璞注：“皆西王母所使也。”汉班固《汉武故事》：“七月七日，上于承华殿斋，日正中，忽有一青鸟从西方来，集殿前。上问东方朔，朔曰：‘此西王母欲来也。’有顷，王母至，有两青鸟如鸾，挟侍王母旁。”后遂以“青鸟”为信使的代称。

【疏解】

大中元年（847）三月，李商隐随郑亚入桂。九月，李德裕“以所撰武宗一朝册书诰命并奏议等一十五轴”索序于郑亚；李商隐为郑亚代拟初稿，题曰《太尉卫公会昌一品集序》。是年十二月，李德裕被贬为潮州司马。大中二年（848）二月，郑亚贬循州刺史。噩耗突至，李商隐曾有“一岁林花即日休”（《即日》）之叹。其《为荥阳公与前浙东杨大夫启》云：“以今月二十三日南去，家无甚累。”此句为追述口气，应写于二十三日之后，则知郑亚“南去”时，为之代笔的李商隐势必同行。黄世中先生在《李商隐年谱》中断言，李氏曾送郑亚至循州，可信。

此诗言情至深，然不留脂粉气，与后期“写意无题”之秾丽华艳迥然有别。这是两个男子汉——相濡以沫的政治难友——悲苦而又壮烈的告别。诗当作于循州分手之时，是后期“无题诗”中具有强烈的纪实意义的里程碑似的重要作品。

首联写离别时的情景。春暮花残，东风无力，既点明了时令，又描述了离别双方处境危恶、晤别两难的实情。特别是这两个“难”字，一唱一叹，既追述了他们相见、相知时微妙的政治情态，也表达了值此告别之时恋恋不舍的深情厚谊。寓情于景，物我交融，心灵与自然取得了精微的契合。

考李商隐和郑亚，大中元年（847）应辟之前并无明显的交集点。所以，他在《自桂林奉使江陵途中感怀寄献尚书》中有“投刺虽伤晚，酬恩岂在今”之说，《摇落》中又有“结爱曾伤晚，端忧复至今”之叹。李商隐为什么弃秘书省清职而不顾，突然追随素不相亲，“投刺”“结爱”均晚的郑亚，远走蛮荒之地？至今仍是一个不解之谜。对此，他在《偶成转韵七十二句赠四同舍》中微露端倪，抛出了两句叫我们大惑不解的话：

明年赴辟下昭桂，东郊恸哭辞兄弟。

赴辟昭桂，从正九品下阶的“正字”，就任于桂管观察使的“支使、掌书记”，好歹也是个七品官啊，待遇将是更优；且又不是生离死别，何至于告辞之时，兄弟俩抱头恸哭？

可以想见，他突然决定离京赴桂，自有其不得不离、不得不赴的苦衷。说见《海客》。究其情，值此“山雨欲来风满楼”之时，李商隐大抵是费了一番周折，才得以倚依尚未完全倒台的郑亚仓皇出走，所谓“相见时难”者，实指此。

然而时隔一年，府主郑亚及李德裕又陷入白敏中等人借以炒作的“吴湘案”中，再遭贬谪，前景更加黯淡。以李商隐之义重，当追随郑亚至循州以相始终；然以郑亚之明达，当力阻李商隐栖身覆巢，劝其离任以求自保。去留之间，抉择两难。所谓“别亦难”者，实指此。

“度其情：‘别亦难’者，亦即不别亦难也。”（张国光老师语）

次联先以“春蚕”“蜡炬”自比。言己如“春蚕”之吐丝，绵绵不绝，只要一息尚存，则思念不止；又如“蜡炬”之燃烧，直至成灰之日，愁泪始干。前者以蚕丝之“丝”双关“思”，后者以蜡炬之“油”比喻“泪”；隐去本体之后，给读者留下了广阔的联想空间和顿悟的审美愉悦，从而形成千古绝对。以之言情，实山盟海誓、海枯石烂之语；以之述怀，有坚忍不拔、九死不悔之概。则别时之悲苦惨戚，别后之前途渺茫，可知之矣。

可见，值此生离死别之际，明智的李商隐对别后的前景，作出了最悲观的估计，同时也发出了“之死矢靡它”的最庄重的誓言。

三联写想象中的别后情景。“晓镜”句写自己，以自忖之词作反思语：言清晨对镜，只恐时光流逝，云鬓变色，时不我待。“夜吟”句以推想之词（“应”）作叮咛语：言月下夜吟，但愿好自珍重，免遭风寒。

一般以为，晓来对镜，且有一头“云鬓”，当然是女性了；其实是不然的。唐代男子亦蓄发，早晨起来，梳洗中的最重要的事体就是对着镜子，把晚上睡觉时打散的头发盘束起来。这束头发，只要颜色还是青黑色的，也可称之为“云发”。如顾况《行路难》：“君不见少年头上如云发，少壮如云老如雪。”白居易《和微之诗二十三首·和祝苍华》：“日居复月诸，环回照下土。使我玄云发，化为素丝缕。”

“鬓”是脸旁靠近耳边的头发。发可染，鬓不易染，故写到高龄时常常特意写到鬓，如贺知章《回乡偶书》的“乡音无改鬓毛衰”，白居易《卖炭翁》的“两鬓苍苍十指黑”等等。但是，能不能把男子的鬓发也称作“云鬓”呢？我想，也是可以的。张仲方《赠毛仙翁》云：“毛仙翁，毛仙翁，容貌常如二八童。几岁头梳云鬓绿，无时面带桃花红。”李建勋《梅花寄所亲》云：“云鬓自黏飘处粉，玉鞭谁指出墙枝。老夫多病无风味，只向尊前咏旧诗。”可见，“云鬓”一词，也不是女性的专利。

“蓬山此去”句很突然。“此”者，作别之地也。如果以为作别之地“此”为桂州，那么，郑亚所去之地循州距桂州不远，可以把它比譬为“蓬山”；但桂州并非李商隐久留之地，送别之后，李商隐就要离桂赴京，那么，下面所说的“无多路”“殷勤探看”，就都是空话了！李商隐并非如此虚与委蛇的人，此论不能成立。

如以为作别之地“此”为循州，那么，“蓬山”必非循州，而是另有所指；且“探看”之主体也必非商隐——因为李商隐送别之后，必须离循、离桂而赴京——而是郑亚了！那么，李商隐关切地叮咛府主，给以慰藉，要他多多派遣信使“探看”的又是谁呢？

无数人解读过这首诗，每讲到最后两句，就懵了，不知所云了。因为，两个相爱的人分手，山盟海誓，缠缠绵绵，怎么突然说起一个“此去无多路”的“蓬山”来。意思是：那个蓬山距离此地没有多远，青鸟呀，你要殷勤地为XX探看呵！“XX”指谁？“指我”，则你在蓬山；“指你”，则我在蓬山。既然相距不远，且可殷勤探看，还用得着说出“春蚕到死”“蜡炬成灰”这种生离死别的话吗？如果是“指我们”，或者指居留此地的郑亚，则蓬山之上一定更有一第三者在。

此第三者为谁？我们的回答是：李德裕。

我们已知：李德裕于大中元年（847）十二月底自洛阳贬潮州。据玄宗天宝五载（746）规定：“左降官量情状稍重者，日弛十驿以上起任。”（见《唐会要》卷四十一《左降官及流人》条）李德裕贬制中有“仍所在驰驿发遣，纵逢恩赦，不在量移之限”语，肯定属于“情状稍重者”，其行应速。正是基于对李德裕行程较快的估计，李商隐曾在潭州等待过他，吟唱过：“目断故园人不至，松醪一醉与谁同。”说见前《潭州》。而今，基于同样的估计，时至春暮，李商隐以为李德裕应该是到达潮州了。

另，李德裕《南梁行》中有“霜鬓愁吟到晓鸡”之句，也很可能是李商隐写出“晓镜但愁云鬓改，夜吟应觉月光寒”的触发点。

然而事实是，李德裕此时还在贬谪途中。其《舌箴》自序云：“戊辰岁仲春月戊申（大中二年二月二十八日）夜，余宿于洞庭西。”又云：“余以仲夏月（五月）达于海曲。”可见，李商隐于暮春告别郑亚，吟唱“相见时难”之时，李德裕还在由湘入粤的道路上蹭行。

潮州在循州之东，且近海，大可激发起有关“蓬山”的联想。“蓬山”为神仙所居之地，用来美化李德裕贬居之所也恰如其分。且潮州与循州为邻，确乎是相距不远。据《旧唐书》，循州治所在归善，“东至潮州五百一十七里”。又据今网络“循州历史沿革”介绍：唐贞观后，循州治所在雷公墩（今五华县华城镇），五代南汉时始移治龙川；则五华距潮州仅 240 里，均与“此去无多路”相合。李德裕是郑亚、李商隐共同景仰的人物。李德裕曾是郑亚府主，主政时曾对郑亚大力提拔，如今又是同案贬谪、休戚与共的难友，值此生离死别之际，李商隐翘首东望，言：好在是潮州（“蓬山”）距此不远，您二老要信使多多来往，互相关照，聊以慰藉这远贬异地的寂寞之情啊！

何焯曰：“末路不作绝望语，愈悲。”（见《沈辑评》）

不久，李德裕由潮州再贬崖州，距离越来越远，故李商隐又有“刘郎已恨蓬山远，更隔蓬山一万重”之憾。参阅后《无题四首·来是空言》。又后，李德裕于大中三年（849）正月至贬所崖州，故李商隐又有“如何雪月交光夜，更在瑶台十二层”之叹。参阅后《无题·紫府仙人》。均一脉相承，时序井然。

全诗感情错杂郁结，然意脉不乱。舍不舍之舍，慰难慰之慰，苦情柔意，撼人心旌。深重的压迫感，以死相酬的知遇感，以及去留两难的悲剧情结，交织成为这首诗中低回、缠绵、而又强烈的感情和弦。非沦落天涯而又心心相印的失意人无此情怀。张采田等人以为别令狐绹之作，非但令狐绹非此情深义重之失意人，李商隐亦不必“谬托知己”（刘学锴语），出此伪妄语也。

若径以艳情视之，亦通。赵臣瑗叹曰：“呜呼！言情至此，真可以惊天地而泣鬼神，《玉台》《香奁》其犹粪土哉！”

蘅塘退士孙洙创两可之说曰：“一息尚存，志不稍懈，可以言情，可以喻道。”则取舍又在于读者也。

【辨】李商隐送郑亚至循州说辨

郑亚大中二年（848）二月贬循州后，直至同年六月李商隐才出现在湖南潭州，为李回代写了《为湖南座主陇西公贺马相公登庸启》。这中间有三个月以上的时日，李商隐在哪？在干什么？成了李商隐生平中所有研究者都蓄意回避的历史空白。

据《通鉴》，大中二年（848）正月乙酉（二十四日）贬郑亚为循州刺史。京师至桂州四千七百六十里，这种严谴制书必将以高速驿递传送。《为荥阳公与前浙东杨大夫启》中说：“今月二十日，专使林押衙至。……某顷副宪纲，昧于官守，早乖审克，久乃发扬。”可见此贬制已在二月二十日到达桂州。接到贬制后，李商隐为郑亚对直接审理此案的官员代写了《为荥阳公上马（植）侍郎启》《为荥阳公与三司使大理卢（言）卿启》，作出了义正辞严的无罪申辩。说见《明神》。

接到贬制之后，李商隐就写了《即日》，高声怅叹“一岁林花即日休”，它实际上是“东风无力百花残”的前词，异曲而同工。

一般来说，唐朝对贬官催督甚严，说已见前。但郑亚只是远藩迁徙，贬后仍是一州刺史，观其得到制书之后，并未立即启程，且能连修二书从容申辩，不卑不亢。在《为荥阳公与前浙东杨大夫启》中说到后事时又说：“以今月二十三日南去，家无甚累，官忝古侯，外以劝课蛮夷，内以训摩子弟，惟将悔过，以立后图。”可见他赴任循州，仍是从容就道，这就使得李商隐依依不舍的送行成为可能。

据《旧唐书·地理志》，循州“南至广州四百里，东至潮州五百一十七里。……”又据谭其骧《中国历史地图集》按图索骥，其府治大略是在归善，即今惠州一带。

他从桂州赴循州的路线应该是：由桂州沿桂江顺流南下，经昭州、富平至梧州入西江，至三水与北江、绥江汇合后，进入水网密布的珠江三角洲而至广州。据《旧唐书·地理志》：桂州南至昭州二百一十里，昭州南至富州一百六十六里，富州东南至梧州界九十里，梧州东至康州二百八十四里，康州东至端州一百六里，端州东至广州二百四十里，共一千零九十六里（或有水陆计程之差）。据《唐六典》“度支郎中员外郎”条：“水行之程，舟之重者，溯河日三十里，江四十里，余水四十五里。……沿流之舟，则轻重同制，河日一百五十里，江一百里，余水七十里。”郑亚至广州，大多是自上而下的顺水，行程不会超过十日。

广州至循州（归善）四百里，因水程得溯循江（宋代更名东江）逆水而上，他们可能会舍“水驿”而陆行，参照《新唐书·百官志·礼部》所记之正常行程，“乘传者日四驿，乘驿者六驿”的说法，以每驿三十里计算，即使是到今距广州 340 公里的五华，其行程也只需三四日，至归善就更近了。这与黄世中先生估计的“舟车日行夜宿，亦半月之程”，大致相合。据此，则郑亚一行最迟可于三月七、八日抵达循州。稍事休歇，待郑亚交接完毕、开始主持政务之后，李商隐便应当告别返桂，这正好是“东风无力百花残”的暮春之末了。

李商隐到底送行到循州没有？除了本诗及上文所说《为荥阳公与前浙东杨大夫启》中的“以今月二十三日南去”的追述口气外，还有两首诗也记述了李商隐这段时间的行止。它们是：《三月十日流杯亭》，《送郑大台文南觐》。说见下之附一、附二。

【历代笺评辑要】

杜诏、杜庭珠：“义山《无题》（相见时难、昨夜星辰、来是空言、凤尾香罗、重帏深下），杨孟载谓皆寓言君臣遇合，长孺亦云不得但以艳语目之，吴修龄又专指令狐绹，说似为近之。”

屈复：“离恨正当春暮，安能漠然？三、四比，即死后成灰犹不能忘，何况春暮！但恐岁月如流，渐衰老耳。然幸而相近，可令青鸟探消息何如也？”

胡以梅：“细测其旨，盖有求于当路而不得耶？”

赵臣瑗：“（三、四）镂心刻骨之言。呜呼！言情至此，真可以惊天地而泣鬼神，《玉台》《香奁》其犹粪土哉！”

姚培谦：“此等诗，似寄情男女，而世间君臣朋友之间，若无此意，便泛泛然与陌路相似。此非粗心人所知。”

当代诸家　叶：“看起结以及中间，情思缠结之深，中心寄望之切，当是对令狐绹而发。”刘、余：“义山大中年间寄酬令狐之诗，戏言望荐者，怨望交并者，陈情乞谅者，欣羡怨慕者均有之，独无谬托知已之篇章，可为此诗非寓意令狐之显证。”邓：引汪辟疆语云：“此当为大中五年徐府初罢寓意子直之诗也。”黄：“抒写暮春时节与恋人别离之忧伤。‘蓬山’，仙人所居，常借指道观，其所恋似亦女冠之流。”郑：“本篇是义山爱情诗中最为传诵的名篇。它表达了最真诚、最执著的典型的爱情心理，具有不朽的艺术魅力和深刻的哲理意义。”

附一：三月十日流杯亭

大中二年三月

身属中军少得归，木兰花尽失春期①。
偷随柳絮到城外，行过水西闻子规。

【疏解】

流觞曲水，是古代文人在夏历上巳日水滨洗濯以祓除不祥的习俗的基础上发展起来的一种宴饮活动。因晋王羲之《兰亭集序》中有“清流激湍，映带左右，引以为流觞曲水”而得名。觞，古代酒器，魏晋后觞废而用杯、盏。其方式大略是在一道天然的或人工的弯曲回环的水渠旁聚会，在上游水面上放置浮杯，杯随水流，流到谁面前谁就取杯饮酒。如果同时还需吟诗、传诗，就会更加热闹。

所谓“中军”，即军中。据《新唐书·百官志》：“节度使掌总军旅，颛诛杀。……观察使亦如之。”李商隐一生沉沦使府，婚前之天平幕、太原幕、华州幕似不必有家室之思，婚后之陈许幕、桂幕、徐幕、汴幕，均可称“身属中军”。梓幕王氏已逝，应无此“少得归”之叹矣！

①“少”，亦作“不”。

因为流杯亭到处都有，所以此诗写于何时何地颇有分歧。冯浩、张采田、刘学锴、郑在瀛等均以为写于东川，叶葱奇、邓中龙以为写于会昌二年（842）陈许幕，惟黄世中独辟蹊径，以为该诗写于赴循途中之增城。其主要理由是：1. 岭南多“流杯曲水”，增城有流杯亭，且为至循必经之地，李商隐随郑赴循，偷闲城外，闻杜鹃声切而兴归思之情。2. 大中二年（848）二月十二春分，且正值木兰花候，故李商隐《木兰》云：“二月二十二，木兰开坼初。”三月十日至增城，木兰花谢，故曰“木兰花尽失春期”，且可隐喻桂府罢幕、时局反复及与王氏约定的二月归家衍期。3. 李商隐大中元年（847）三月七日离京，至此已整整一年，此前，常有思家之情，如《夜意》《桂林路中作》《即日》《北楼》《思归》《凤》等，故末句以闻子规“不如归去”应“少得归”。

此说甚有见地，只是“增城”之地还需斟酌。一是，郑亚贬任循州，理应装出一副诚惶诚恐的样子，披星戴月，直奔循州，哪能在天气晴好之日，距循州不远之地，停滞增城，让李商隐有偷闲城外赋诗的时机？二是，黄先生曾估计，由桂赴循“亦半月之程”。从二月二十三日启程起至三月十日，已十八天，郑亚却还在增城途中，哪敢在天气晴和之日停滞不前，让李商隐得以偷闲城外？黄说自相矛盾。

其实，按照黄先生“亦半月之程”的设想，郑亚一行可于三月七、八日到达循州。其后，得忙于工作交接及安顿家小；李商隐也只是感情陪送，一切都不必参与，反而闲得无聊，于是便有此出城一游的可能。黄先生本有“岭南多流杯曲水”之说，至于循州城外有没有流杯亭，既无法考证也无须考证了。

诗中有“失春期”“闻子规”语，诗必写于婚后且王氏仍健在时，因此，冯、张、刘、郑等先生所主张的“东川说”不能成立。

又，会昌二年（842）春，李商隐以书判拔萃重入秘书省任正字，家小已于开成五年（840）迁至京城。其《祭外舅赠司徒公文》云：“改颍水之辞违，成洛阳之赴吊。”自开成五年（840）底颍水一别后，他同岳父再没有在春天见面。因此，叶、邓等先生所主张的会昌二年（842）“陈许说”也不能成立。

另一能引起关注的地点是徐幕和汴幕。考虑到李商隐于大中三年（849）冬才起程赴徐，“腊月大雪过大梁”（《偶成转韵七十二句赠四同舍》）的实情，至四年三月十日离家不到三月，不得言“少得归”。大中四年（850）秋，李商隐曾因公事赴京，返汴时日不确，去次年三月亦不远，似亦不必特意强调“不得归”或“少得归”。再考虑到《木兰》诗中之“木兰开坼初”与《三月十日流杯亭》中之“木兰花尽失春期”相衔接，《木兰》诗中之“二月二十二”与《三月十日流杯亭》之“三月十日”相呼应，且都具有特定安排的“书月日以纪实”的意味，这是有心人特意设置的“诗史”。所以，还是把《三月十日流杯亭》编在大中三年（849）春循州所作较为允当。

【历代笺评辑要】

朱鹤龄：“流觞亭在巴县西龛山上。”

程梦星：“流杯亭在汝州，则此诗当是从令狐楚为汴州巡官时作。”

冯浩：“流杯亭是处可有，此必在东川也。”

张采田：“徐氏、冯氏皆谓梓幕作，似之。”

当代诸家　叶：“会昌二年在王茂元陈许幕时所作。”刘、余：“诗当作于大中六年。”邓：“会昌二年在陈许幕中。”黄：“义山二月二十三日随郑亚离桂赴循，约三月十日前投宿增城，十日偷闲城外，憩流杯亭，见木兰花尽，闻杜鹃声切而兴归思之情。”郑：大中六年作。

附二：送郑大台文南觐

大中二年五月

黎辟滩声五月寒，南风无处附平安。
君怀一匹胡威绢，争拭酬恩泪得干①。

---

①胡威绢：据《三国志·魏书·胡广传》及裴松之注，晋胡威少有大志，厉操清白。父质为荆州刺史，威往省。告归，质赐绢一匹。威跪曰：“大人清白，不审于何得此绢？”质曰：“是俸禄之馀，故以为汝道路粮耳。”威始受之。后以“胡威绢”为父子以清廉互励的典实。

【疏解】

郑畋是郑亚的儿子，字台文，“大”是他的排行。所谓“南觐”，即南行探望双亲。循州在桂州东南，郑亚亦自称赴任循州为“南去”可证。黎辟滩，在昭州平乐江畔。

其时其地，明明白白。早已为冯浩笺注所认可。张采田、岑仲勉、刘学锴等以杨收行迹为据，断此诗写于大中三年（849）五月之京师，给李商隐大中二年（848）二月之后至六月的行迹，留下了一段空白。

其实，史传为后人编写，常有讹误，诗文为当事人所写，除特意讳饰外，不可能有讹误。以当事人自述来否定史传则可，以史传来否定当事人自述则不可。如两相矛盾，舍史传而从自述为是。

有关郑畋行踪，《旧唐书·郑畋传》云：“畋年十八，登进士第，释褐汴宋节度推官，得秘书省校书郎。二十二，吏部调选，又以书判拔萃授渭南尉、直史馆事。未行，亚出桂州，畋随侍左右。”向按：记最后一事不确，如“畋随侍左右”，又哪有《送郑大台文南觐》之诗。

《郑畋传》又云：“（咸通）九年，刘瞻作相，荐为翰林学士，转户部郎中。畋以久罹擯弃，幸承拔擢，因授官自陈曰：‘臣十八进士及第，二十二书判登科。此时结绶王畿，便贮青云之望。洎一沉风水，久换星霜……’寻加知制诰，又自陈曰：‘臣会昌二年进士及第，大中首岁，书判登科。其时替故昭义节度使沈询作渭南县尉；两考罢免，杨收以结绶替臣。’”前说“十八进士及第，二十二书判登科”，后说“会昌二年，进士及第，大中首岁，书判登科”，可见：1. 郑畋十八岁进士及第，其年为会昌二年（842）。2. 郑畋二十二岁书判登科，依年龄后推四年，应该是会昌六年（846）。郑畋为什么说“大中首岁”呢？因为宣宗登基于会昌六年（846）四月，依例于第二年才改元为大中元年（847），郑畋不说“大中元年”，而说“大中首岁”，可见他指的正是宣宗登基之首岁，亦即与年龄递增相吻合的会昌六年（846）。3. 他所说的“两考罢免”，即按唐制对官员每年一次的年终考查，他经历了“两考”，即经历了会昌六年（846）、大中元年（847）的两次考查，于大中二年（848）春免职。这也正是郑亚贬循州之时。

郑畋是晚唐名相，后世评他“出将有破贼之功，入相有运筹之益”（南宋黄震语）。因此，他的“两考罢免”肯定是受了他父亲贬黜的牵连。郑亚的贬制于正月二十四日发出，郑畋出京之日，他父亲的贬职已定。那么，他为什么不直奔循州，而是直奔桂州呢？这也肯定是他父亲，老于世故的郑亚的安排。因为，循州偏远，郑亚不能预测下一次打击的时间和力度，郑畋直奔循州，有可能因郑亚再贬而扑了个空，也有可能因打击深重而自投罗网。他安排郑畋直奔桂州，又安排李商隐在桂州一带接应，这就可以静观其变，以图后事。五月，郑畋抵桂时，自有李商隐接待。此时郑亚仍安处循州，在接待并安排郑畋“南觐”之后，李商隐才得以由桂而湘，踏上了北归之途。

《送郑大台文南觐》诗的时间、地点定位，不只恰当地解释了郑畋明知其父已贬循州，却要直奔桂州的原因，而且填补了李商隐研究中府主郑亚贬离桂州近三月后，李商隐仍然滞留昭桂的史料空白。

如果像张采田、岑仲勉、刘学锴等人所主张的那样，以真实性尚待考核的相关人物史传，来否定当事人的自述，则《送郑大台文南觐》必写于大中三年（849）之长安五月，或大中二年（848）义山返京途次。此时，郑亚早已贬任循州。李商隐既不写眼前风物，也不写粤海风物，却以昭桂风物“黎辟滩声五月寒”开篇，岂不是指东道西，牛头不对马嘴了！

冯浩注：“用‘黎辟’，必台文罢尉赴桂，亚已贬循，故急为南觐。时义山自作归计矣。”很正确。这首诗间接表明，李商隐送郑亚至循州后，又返回昭桂，承担了观察时局、接转郑畋的任务。五月送郑畋南觐后，李商隐才得以踏上北返之途，这与六月初在潭州为李回代写贺启（《为湖南座主陇西公（李回）贺马相公（植）登庸启》）的时间正好吻合。若不然，李商隐哪能在二、三月离桂后，死皮赖脸地在潭州待到六月呢？

【历代笺评辑要】

姜炳璋：“（大中）三年，义山自桂州入朝，适畋自京师至循州省父，而义山作诗送之也。”

冯浩：“用‘黎壁’，必台文罢尉赴桂，亚已贬循，故急为南觐，时义山自作归计矣。”

张采田：“当是大中二年义山罢桂幕赴巴蜀时于途次遇台文省父而作此送者，故首句犹指桂江。”

当代诸家　叶：“冯浩说：‘台文自桂州、昭州而南至循省觐。’看上二句，所说很对。下二句是揣想台文父子会晤后的情景。”刘、余：说同张。且曰：“义山心目中不能不有桂府一段情事，故首句仍从桂府着笔。”邓：“此诗应作于大中二年四五月间在桂管地区所在。”黄：“郑畋赴桂，当至昭平晤义山。义山于五月昭州为畋送行赴循，然后沿流入湘，极合情理。”郑：“郑台文……大中三年罢尉回京，五月南行省父，义山赠此诗送行。”

附记：1982年的一个早春的夜晚，我曾单独聆听过张国光老师对《无题·相见时难》精彩的讲述。当时情景，已在拙著《无题诗本事·写在后面的话》中披露，不赘。本题中的主要论点：1. 背景，李党人士惨遭贬黜；2. 情节，李商隐告别郑亚；3. 蓬山，指李德裕贬所潮州。——均是张老师当日的指导意见。特作此说明，以表达对国光老师的感恩和怀念。

47 晓起

大中二年夏初

拟杯当晓起，呵镜可微寒[1]？
隔箔山樱熟，褰帷桂烛残[2]。
书长为报晚，梦好更寻难。
影响输双蝶，偏过旧畹兰[3]。

【注释】

〔1〕拟杯：冯注："拟杯"二字可疑。后世诸家从冯说，不置解。向按：《汉书·苏武传》：卫律"复举剑拟之"。拟：比划，作砍的样子。晋干宝《搜神记》："客以剑拟王，王头随堕汤中。"意亦相同。此处"拟杯"，即持杯比划，欲饮未饮，作沉吟状。　当：推断之词，如同理当、应当。　可：关切、猜问之词，如可曾、是不是。

〔2〕箔：竹帘，常用于门前。《新唐书·卢怀慎传》："门不施箔。"山樱：指的是山上的樱桃，不是以"山樱"命名的另一种植物。樱桃果实颜色鲜红，味甚美，成熟期早，是国内最先上市的水果之一。自古以来就有"早春第一果"之誉。本句之"樱"，前有"微寒"，后有"熟"，究其时令，指的应是樱桃，"樱"前之"山"，指的仅仅是樱桃树的生长地，亦即"隔箔"所见之"山"。又，"山樱"与"桂烛"对举，同为偏正词组。　褰：撩起。　桂烛：晋王嘉《拾遗记》："王母取绿桂之膏，然（燃）以照夜。"

〔3〕影：影子。响：回声。《书·大禹谟》："惠迪吉，从逆凶，惟影响。"孔传："吉凶之报，若影之随形，响之应声，言不虚。"此处用来形容反应迅捷。　输：不如，赶不上。　偏：出乎寻常，同某种意

料相反。　畹：古代田土单位。大小说法不一。《离骚》："余既滋兰之九畹兮，又树蕙之百亩。"王逸注："十二亩曰畹。"《说文》："田三十亩也。"常用来泛指花圃或园地。

【疏解】

"当"本猜度之词，"可"兼询问之意。李商隐于大中二年（848）夏初接故人来信，作诗抒怀并为答。

首联表示关切。言你早上起来，持杯比划，似乎是对眼前发生的一切沉吟不解；对着镜子，嘘一口长气，你是否感觉到了这一股驱除不尽的微寒。

二联隐射时政。"山樱"：此处指山上的樱桃，"桃"谐音，隐射令狐绹。"隔箔"，兼指其关系阻隔。"熟"，指其仕途日盛。桂烛：散发着桂花香味的蜡烛。"桂"，隐射桂州及桂管防御观察使郑亚。"褰帷"与"隔箔"相反，"褰帷"则入室矣，其关系亲密可知，然其烛照已残。"残"者，再贬循州也。三、四两句一亲一疏，相对而出，亲者日衰（"残"），疏者日盛（"熟"），李商隐的政治命运实不言而喻了。

三联回顾往事。"书长"句言我陈情之书信很长，但是，回答则迟迟不见。"梦好"句言当年曾做过很多美梦，而现在，再要寻找这些美梦的踪迹都非常困难了。一个"晚"字，写出了他期盼失落之憾；一个"难"字，写尽了他前途无望之悲。

尾联谓余本非看风使舵、朝秦暮楚的小人，当然比不上那些反应迅捷、追新逐艳的双蝶，故情仍偏偏系之于旧日之兰畹矣。

需要分辨的是：写于开成三年（838）的"万里重阴非旧圃"（《回中牡丹为雨所败》），其中的"旧圃"，指的是令狐门第。本诗写于大中二年（848），其"旧畹兰"指的则是恋恋不舍的郑亚府幕。此一时也，彼一时也。两者不可混淆。一个"偏"字，义山之忠贞、决绝、逆潮流而不顾后果之精神顿出。

据尹楚兵《令狐绹年谱》，大中二年（848）正月，令狐绹因宰相白敏中荐于宣宗，自湖州刺史擢授考功郎中、知制诰，二月十日，入充翰林学士。同年正月乙酉（二十四日），郑亚贬循州刺史。"山樱熟”，“桂烛残”，把当日时事熔铸于诗，写得如此圆通，如此确切，亦史笔也！

【历代笺评辑要】

程梦星：“此访旧不遇，无聊缱绻之词，亦绮语也。”

冯浩：“似以艳体寓怀，当与《蝶》诗互参。”

张采田：“玉溪此种诗皆艳体正宗，假闺襜琐屑、男女媟亵之词，以寓贤人君子不得志于世之隐痛，闻者足戒，言者无罪。”

当代诸家　叶：“假闺怨来寄慨之作，……随郑亚赴桂管前闲居时所作。”刘、余：“此晓起孤寂无聊而怀旧伤离也。”邓：“晓起无聊，不免怀旧念远。惟所怀何人，单纯从字面推测，殆不可能。”黄：“此等诗实属艳情。未必‘寓贤人君子不得志于世’。窃谓亦无题之属，诗境有似‘梦为远别’、‘书被催成’一首。”郑：“本篇因怀念所思伊人而作。”

48 旧将军[1]

大中二年秋，或稍后

云台高议正纷纷，谁定当时荡寇勋[2]。
日暮灞陵原上猎，李将军是故将军！

【注释】

〔1〕释题：《史记·李将军列传》载：李广罢官后，“家居数岁。……尝夜从一骑出，从人田间饮。还至霸陵亭，霸陵尉醉，呵止广。广骑曰：‘故李将军。’尉曰：‘今将军尚不得夜行，何乃故也！’止广宿亭下。”又，据刘、余《李商隐诗歌集解》校记（二）：“‘旧’，朱本、季抄作‘故’。”向按：据典，应以“故”为是。诗题亦当作“故将军”。

〔2〕云台：东汉洛阳宫中的座台。《后汉书·阴兴传》李贤注：“洛阳南宫有云台广德殿。”即此地。又，《后汉书·朱佑等传》：“永平（明帝年号）中，显宗追感前世功臣，乃图画二十八将于南宫云台，其外又有王常、李通、窦融、卓茂，合三十二人。”向按：该台该殿，常是朝廷议事之所，故江淹《诣建平王上书》云：“高议云台之上。”李商隐常以汉典说唐事，此又一例。

【疏解】

《新唐书·宣宗纪》：大中二年（848）“七月己巳，续图功臣于凌烟阁。”《新唐书·忠义传·李橙》：“大中初，又诏求李岘、王珪、戴胄、马周……李橙三十七人画像，续图凌烟阁。”以上为本篇之史料基础。

又，李商隐对李德裕赞颂颇多，其代郑亚所写的《上李太尉状》中，称其“有大手笔，居第一功”。《太尉卫公会昌一品集序》中，又称其为“成万古之良相，为一代之高士”。义山自桂返京途中，正值朝廷续图之时。此诗专为李德裕鸣不平之作，激愤之情，溢于言表。然“秋九月甲子，再贬潮州司马李德裕为崖州司户。”（《资治通鉴》）

首句言“续图凌烟”之讨论正热火朝天。曰“高议”，讥其不着实地之言。曰“纷纷”，讥其言多而杂乱无章。次句言李德裕功勋卓著，竟被埋没。“荡寇勋”，直指德裕中兴唐室之武功，如破回鹘、定太原、平泽潞等等。“谁定”之问，深叹公论之不存。三句引被贬闲居之李广夜猎见辱之故实，隐射贬潮之李德裕，从而逼出第四句：“李将军是故将军！”这是悲呼，也是怒吼。震耳欲聋，然高议云台之诸公亦佯为不闻也！

《旧唐书·李德裕传》赞曰：“公之智决，利若青萍。破虏诛叛，摧枯建瓴。功成北阙，骨葬南溟。呜呼烟阁，谁上丹青？”冯浩认为，此《赞》“愤叹之怀”，与李商隐诗“不谋而相合”。当代学者邓中龙以此《赞》后出为据，进一步推测：“这赞文的末句，也许是来自李商隐此诗的命意吧！”很对！

义山惯于以音相谐，此诗以“李将军”指李德裕，亦神来之笔。

李商隐另有《李卫公》、《漫成五章》之“之四”“之五”等直接惋叹或颂扬李德裕的诗，附于后，以备参阅。《复京》所颂之李氏，亦当作如是观。

《李德裕见客图》　张大千临摹此画时自题云：“周文矩《李德裕见客图》。李秋君大家尝抚临之，此又临秋君者。”

另有《韩碑》，诗以推崇韩碑之名，行论断裴度首功之实，其中寓意，早已为前人关注。刘学锴等说："义山绝少单纯咏史之作。本篇亦可能借端寄慨。会昌年间，武宗专任李德裕，讨平泽潞叛镇，其事与宪宗专任裴度平定淮西极为相似。……或亦寓慨于德裕之功高而受黜之事焉。"其说极是。

附：李卫公

绛纱弟子音尘绝，鸾镜佳人旧会稀。
今日致身歌舞地，木棉花暖鹧鸪飞。

附：漫成五章（之四）

代北偏师衔使节，关中裨将建行台。
不妨常日饶轻薄，且喜临戎用草莱。

附：漫成五章（之五）

郭令素心非黩武，韩公本意在和戎。
两都耆旧偏垂泪，临老中原见朔风。

附：复京

虏骑胡兵一战摧，万灵回首贺轩台。
天教李令心如日，可要昭陵石马来。

【历代笺评辑要】

潘畊："追感李晟事而发。晟有收京之功，张延赏间之，夺其兵柄。"

何焯："此似为石雄而发。"又："讥当时弃功不录也。"

程梦星："德裕之相武宗，自御回纥至平泽潞，当时荡寇之勋不小，于是加太尉，封卫国公，不啻汉显宗南宫云台图画功臣也。曾日月之几何，遽罢政事，出镇荆南。然则以有用之才，罢无用之地，何异于汉之李广，号称飞将军，竟放贤置散，夜猎灞陵，空为无知之醉尉所呵，而忽其为故将军也。”

姚培谦：“只一‘故’字，黯然。”

冯浩：“午桥（程梦星字）谓慨李卫公，极是。”

当代诸家　叶：“慨叹李德裕罢相贬斥之作。”刘、余：“程、冯说是。……‘李将军’似不必定指德裕一人，泛指会昌有功旧臣亦可。”邓：同程梦星说。黄：“为李德裕等会昌有功将相而发。”郑：“本篇借两汉史实讽刺宣宗朝贬斥前朝有功将相的罪恶行为，为李德裕鸣冤叫屈。”

49 到秋[1]

大中二年秋

扇风淅沥簟流离，万里南云滞所思[2]。
守到清秋还寂寞，叶丹苔碧闭门时。

【注释】

〔1〕释题：摘诗中非连缀字为题，亦无题也。参阅《鸾凤》注。

〔2〕淅沥：象声词。摹拟“扇风”之声。　流离：一作“流漓”“琉璃”。形容簟席的纹理光色。　万里南云：《旧唐书·李德裕传》：“乙丑岁（误，应为丙寅岁），予自荆楚保厘东周，路出方城间，有隐者困于泥涂，不知其所如。谓方城长曰：‘此官人居守后二年，南行万里。’”向按：此文引自李德裕《会昌一品集·外集·冥数有报论》，有人认为此文为伪作，但无显证。韩愈《左迁至蓝关示侄孙湘》诗云：“一封朝奏九重天，夕贬潮州路八千。”其《潮州刺史谢上表》云：“经涉岭海，水陆万里。”查《旧唐书·地理志》，韩愈自京至潮，大约走了 6364 里，此言“八千”“万里”，极言其路程遥远而已。又，李商隐大中二年（848）《贺相国汝南公（周墀）启》云：“契阔十年，流离万里。”李当时经历之地，最远不过是桂州、循州，查《旧唐书》，桂州至京师 4760 里，循州至京师 5847 里。所谓“流离万里”，只是象征性地表示很远罢了。李德裕由洛阳贬潮，路程也只有 5814 里。《冥数有报论》的“南行万里”及本诗的“万里南云”等，均属此类。

【疏解】

大中元年（847）十二月，李德裕贬潮州。大中二年（848）二月，郑亚贬循州。李商隐送郑亚至循州后北归，诗编于滞留巴楚之清秋。

我们已知，李德裕、郑亚、李回之贬，实为牛党所兴之“吴湘案”而起。李商隐当然知道，这纯粹是一笔冤案。接到贬敕后，他曾先后为郑亚代笔致书刑部侍郎马植、大理卿卢言，力辩其冤。抗争激烈。此后他踯躅巴楚，一心以为李德裕功高位重，朝野声誉甚佳，定会有平反昭雪之日。牛李党争绵延近四十年，后世人已经确知，这已是最后一击，剩下的只是尾声了。而在当时人眼里，这只是起起伏伏的一道曲线中的一个波段，既有波谷，定会还有波峰，等待的只是时间而已。他先送郑亚至循州，再从从容容地返回桂州；接送郑畋南觐后，又缓缓地由南而北，留滞荆巴达数月之久，其心中必有所待。然自夏至秋，党局之仇忾日深，平反之消息全无，即所谓“守到清秋还寂寞”也。至是，李商隐已陷入进退维谷之境，而作此诗。

首句扇、簟皆夏物，铺叙长夏候望。次句言“滞”此荆湘，“所思”者，仍是远隔“万里”之李德裕、郑亚等故人也。此时李德裕在崖州，郑亚在循州，三、四句言历经长夏而至清秋，仍是杳无消息，值此“叶丹苔碧”之时，其凄凉更何如哉？“闭门”，亦自呈忠诚之词，与孟郊之“妾心古井水，波澜誓不起”同调；且与“一生惟事楚襄王”相呼应也。至于“万里”之说，极言其路途遥远而已。说已见注。有人认为诗写于大中三年（849）秋，亦可。

附：端居

远书归梦两悠悠，只有空床敌素秋。
阶下青苔与红树，雨中寥落月中愁。

《端居》与本诗情调颇合。诗中“远书”“归梦”并举，应是分指南北两途。“远书”者，郑亚、李德裕等南方友人之书。“归梦”者，回归长安之梦。两者皆无，其寂寥更何如哉！再加上这阶下的青苔、红树，以及弥漫的秋雨，无雨时的冷月，叫人怎生不寂寥、不愁苦啊！

可见，《端居》也是滞留巴楚时的作品。

【历代笺评辑要】

屈复：“当长夏相思，意到秋时能相见；今叶丹苔碧，而闭门寂寞，何以为情乎？”

冯浩：“所思在南云，非身在南云。……此楚游时，其人已去，而义山犹守客舍，时亦将归矣。”

张采田：“义山巴楚留滞，自夏涉秋，万里南云，所思显然。盖至是而归计决矣。冯氏强附江乡之游，安得有此情景哉！”

当代诸家　叶：“桂管府罢后，留滞荆湘时所作。”刘、余：“解作义山思念、等待身处南方之情人固可，然解为义山代闺人抒写怀远之情似更切。”邓：“代人寄远之诗，无须诸多附会臆测。”黄：“所思为流落南方之相知（或即柳枝）。”郑：“本篇是在桂幕思归之作，语意曲折。”

50 附：夜雨寄北

大中二年秋

君问归期未有期，巴山夜雨涨秋池。
何当共剪西窗烛，却话巴山夜雨时。

【疏解】

《夜雨寄北》，宋洪迈编《万首唐人绝句》题作《夜雨寄内》。冯浩注："语浅情深，是寄内也。然集中寄内诗皆不明标题，当仍作寄北。"大略是大中二年（848）秋天滞留巴楚时寄给妻子的作品。

这首诗语言浅近，如话家常，却给了我们一种"婉转缠绵，荡漾生姿"（《唐人万首绝句评选》）的感受，为历来诗评家所称道。作者独处巴山，适逢绵绵秋雨，诗中不写此日此地相思相忆之苦，却说他日他地共话此时之乐；本来是想给这无尽的忧思涂抹一层温馨的色彩，然而，正是这一抹温馨，反而把这惆怅，这凄苦，这孤独，这思念，衬托得更加浓郁了！

李梦阳评此诗说："唐诗如贵介公子，风流闲雅，观此信然。"

【辨一】《夜雨寄北》写于何时、何地辨

这首诗写于何时？何地？对象是谁？历来都有不同的意见。

冯浩和张采田都主张他大中二年（848）有一次短期的巴蜀之游。冯浩说他先回洛再入川，张采田说他直接由楚而川，两者都把此行的终点定在梓潼一带，从而留下破绽，被岑仲勉在《玉谿生年谱会笺平质》中严厉驳斥。其实，他们所说的大方向是不错的，要是像杨柳那样说，地点未超越长江沿岸夔、峡一带，时间又秋而不深，就妥帖了。

桂管初罢，李商隐不想贸然返京，在五月的黎辟滩畔接送郑畋后，大约于六月初至潭州（长沙），此时李回也是贬斥之身，不可能为有嫌在身的李商隐安排幕职。六月上、中旬，李商隐代李回写了《为湖南座主陇西公贺马（植）相公登庸（五月二十一日拜相）启》后离潭，顺流而下至江夏（今武汉市武昌区），拜访鄂岳观察使卢商。《荆门西下》之“荆云回望夏云时”及《无题·万里风波》之“黄鹤沙边亦少留”可证（说见后）。然无果，又溯江而上，最迟可于七月初至江陵。

荆南节度使郑肃同郑亚有叔侄之亲，去年冬，李商隐奉使江陵，拜会的正是这位郑肃。有了这层关系，李商隐因而得以在此稍作逗留：一则避风，二则待变，三则还可以伺机求职。

《无题·万里风波》开宗明义就是：“万里风波一叶舟，忆归初罢更夷犹”，写的正是这段“初罢”之后犹豫不决、进退失据的心态。

下句“碧江地没元相引”所指之“江”，就是长江。“地没”，指地尽处。“碧江”的尽处在哪里？就唐朝的管辖范围而言，就是西川了。

从动机上看，李商隐由江陵上溯巴江的原因有三：

一是，大中二年（848）二月，接任西川节度使的是杜悰。杜悰尚宪宗爱女岐阳公主，出将入相，同李商隐有堂姑表之亲。诗言“碧江地没元相引”，指原本是希望能得到他的帮助，因而对自己有所吸引。

二是，李贻孙。会昌四年（844），李商隐曾代写《为李贻孙上李相公（德裕）启》，书中嗟叹贫病，大有攀附、求助之意。冯浩曰：“此篇是以全力赴之者。”据《全蜀艺文志》，会昌五年（845），李贻孙已任夔州刺史（留有《都督府记》），同时代人段成式《酉阳杂俎续集》卷八也载有“夔州刺史李贻孙云”。他的就任夔州，李商隐的代作不能说没有作用。大中初年应该还在任上。李德裕此时受贬，其最终结果尚未可逆料，以李商隐、李贻孙同李德裕的特殊关系，他有可能到夔州拜访这位故人。

三是，夔州是荆南的下属州，屈宋笔下的巴楚文化，李杜诗中的三峡风光，很可能触动他趁此一游。更为现实的是他滞留江陵，进退失据，有一段需要打发的时间。这些，都成了他溯江而上的原动力。

但是，杜悰以“未尝延接寒素”及“未尝荐进幽隐”闻名于当时，说见《无题·万里风波》。李商隐身为亲眷，当然更知其情。这就是他先说“碧江地没元相引”，经过一番“夷犹”，终于半途而止的原因。

从时间上看，他七月初到达江陵，盘桓十来天后，就不好再磨蹭下去了。据刘学锴推测：江陵至奉节水程约700里，上行约需半月至20天，如七月底动身，八月中旬可到夔州。《夜雨寄北》，以及《摇落》《念远》《过楚宫》《江上》《楚吟》等，大略都是写于此时。

《摇落》中仍有“疏萤”，《念远》中言“露下”而不说“霜下”，《夜雨寄北》秋雨绵延而不言寒，可见秋尚未深，回程顺流而下，有“千里江陵一日还”之说，绝不会影响他返京的行程。

《陆发荆南始至商洛》有“青辞木奴橘”，“四海秋风阔”，大略也只是八九月。《九月於东逢雪》，经历了这场秋雪之后，他就到家了。

既然李商隐确有溯江而上的动机，又有溯江而上的时间，且有三峡沿途时令感极强的诗篇作证；再加上王氏还在，《夜雨寄北》确乎是为王氏而作，也就顺理成章，不可动摇了。

刘学锴先生在《李商隐传论》中认为：《夜雨寄北》中的“巴山”，“正是商隐梓幕诗文的常用语”，李氏文中又曾以“‘巴山’与‘潼水’对举，可证巴山即泛指东川一带的山”。且云：“其时商隐妻王氏早已去世，何来寄内?”《李商隐诗歌集解》也说：“巴山唐人诗中多为泛指，谓指巴东县南之巴山，似乏书证。”查刘先生此说既不符合历史，也不符合唐诗的现实。因为自古以来，四川就被称为巴蜀之地。大体是蜀偏西北，巴偏东南。而“巴山”则是大巴山系的简称，其范围大体上涵盖了陕西南部、四川东部、湖北西部的所有山地。

东汉末年，益州牧刘璋分巴郡为永宁、固陵、巴三郡，后改名为巴、巴东、巴西。其中巴郡治江州（今重庆渝中区），巴东郡治鱼复（今四川奉节），巴西郡治阆中，合称三巴。李商隐在梓幕写的，是“巴西”之“巴山”，在夔州写的，是“巴东”之“巴山”，都得依写作背景和语境而定。至于把夔州一带的山称为巴山，唐诗中“书证”比比皆是。

岑参《下外江舟怀终南旧居》云：“孤舟巴山雨，万里阳台月。”

孟郊《巫山高》云："巴山上峡重复重，阳台碧峭十二峰。"都是用"巴山"与"阳台"对举，写的当然是长江三峡沿岸的巴山了。

又，刘禹锡的《酬乐天扬州初逢席上见赠》有"巴山楚水凄凉地，二十三年弃置身"，《竹枝词》有"楚水巴山江雨多，巴人能唱本乡歌"，他因王叔文事件，先后被贬朗州、连州、夔州、和州，其中朗、连、和等州古属楚，夔州古属巴，诗中的"巴山""巴人"，所写的当然也就是夔州一带了。

此诗的空间调度力度极大，感情的调度量也极大。已故的台湾诗人余光中说："用现在的眼光来看，完全是电影蒙太奇的手法。"在已知的李商隐交游圈中，我们还没有发现这种极度关切"归期"，并可以进行"西窗"夜话的朋友：而《夜雨寄北》所营造出来的那种相思的缠绵和相聚的温馨，除了王氏，任何"京华友人"都不能替代。

更重要的是：李商隐和王氏的卧室，正好是西面开窗！李商隐在妻子去世后归来，在房中一瞥的《房中曲》中是怎样写的？

娇郎痴若云，抱日西帘晓。

什么意思？不懂得失母之痛的孩子，像一团懵懂的云，拥抱着黄昏时的斜阳，在西窗帘下，直睡到第二日天晓。

有"西帘"，就一定有"西窗"。而且此窗之下，还有过"锦瑟傍朱栊"（见《寓目》）的绮情。这帘，这窗，这情，正是李商隐向往与王氏"共剪西窗烛"的铁证。

【历代笺评辑要】

朱彝尊："时在东川幕下。"

程梦星："此随柳仲郢时作。"

纪昀："作不尽语每不免有做作态，此诗含蓄不露，却只似一气说完，故为高唱。"

冯浩："语浅情浓，是寄内也。然集中寄内诗皆不明标题，当仍作《寄北》。"

张采田："此亦留滞巴、阆时作，时初交秋，而义山亦将归矣。"

又，“若后此东川，则丧失家道，无此情事矣。”

当代诸家　叶：“四句回互而言，集中七绝用此格者甚多，均极宛转隽永之至。”刘、余：“‘巴山’唐人诗中多为泛指，谓指巴东县南之巴山，似乏书证。……当是梓幕思归寄酬京华友人之作。”邓：“大中五年到大中九年，任职于东川节度使柳仲郢幕，……诗必写作于此时。”黄：“此诗作寄友、寄内讲，均可通。然仍当以寄内为确。”郑：“语浅情深，是寄内之作。”

51 摇落

大中二年秋

摇落伤年日，羁留念远心[1]。
水亭吟断续，月幌梦飞沉[2]。
古木含风久，疏萤怯露深。
人闲始遥夜，地迥更清砧。
结爱曾伤晚，端忧复至今[3]。
未谙沧海路，何处玉山岑[4]。
滩激黄牛暮，云屯白帝阴[5]。
遥知沾洒意，不减欲分襟[6]。

【注释】

〔1〕摇落：指草木在秋风中飘摇，凋谢，零落。

〔2〕幌：窗帘，帷幔。　梦飞沉：《庄子·大宗师》："梦为鸟而厉乎天，梦为鱼而没于渊。"写梦境恍惚中的情境。

〔3〕端忧：犹言专忧、深忧。谢庄《月赋》："陈王初丧应刘，端忧多暇。"李周翰注："端然忧愁，以多闲暇。"

〔4〕沧海：《海内十洲记》："沧海岛在北海中。……海四面绕岛，各广二千里，水皆苍色，仙人谓之沧海也。"常用于泛指大海。曹操《步出夏门行》："东临碣石，以观沧海。"　玉山：古代传说中的仙山。《山海经·西山经》："又西三百五十里曰玉山，是西王母所居也。"向按：蓝田产玉，其山亦称玉山。义山常以"沧海""玉山"对举，用来指党局之两端。参阅后《玉山》《锦瑟》。

〔5〕黄牛：即黄牛滩，长江三峡中的滩名。《水经注》："江水又东，

径黄牛，山下有滩，名曰黄牛滩。南岸重岭叠起，最外高崖间有石如人，负刀牵牛，人黑牛黄，成就分明……此岩既高，加以江湍纡回，虽途径信宿，犹望见此物。故行者谣曰：'朝发黄牛，暮宿黄牛。三朝三暮，黄牛如故。'"　白帝：即白帝城，在今重庆市奉节县东。

〔6〕分襟：犹分袂，指离别。

【疏解】

"摇落"指草木在秋风中飘摇、凋谢、零落的情景。宋玉在《九辩》中叹道："悲哉，秋之为气也！萧瑟兮，草木摇落而变衰。"本篇借用《九辩》所营造的肃杀、衰败的意境，并以"摇落"二字开篇，是一首标准的以首二字为题的"无题诗"。据诗中所写的"摇落""疏萤""露深"之时，"黄牛""白帝"之地，"羁留""人闲""端忧"之情，必定也是大中二年（848）离开桂管后徘徊巴楚时的作品。

首二句触景生情，感秋气衰飒而牵引起"羁留念远"之"心"。三、四句追忆分手时的唱和情景。郑亚贬循《制》书到达之日，李商隐有《即日》诗，其中"江间亭下怅淹留"、"重吟细把真无奈"等句，与"水亭吟断续"情景相符。而梦境恍惚，时而青云直上，如鸟之飞，时而坠入深渊，如鱼之沉。则正是他滞留巴楚之时前途未卜、忐忑不安的心境的写照。

"古木"自况，说自己饱经风霜而屹立如故；"疏萤"亦自况，写势单光微，深重的露气更是叫自己胆战心惊。"人闲"指府罢之后，"始遥夜"说尽人情，即"卧后清宵细细长"之意。"地迥"本已牵人思念，况乃"清砧"彻夜，又岂能入寐乎？

"结爱"二句实写义山受知于郑亚甚晚，与《自桂林奉使江陵途中感怀寄献尚书》中之"投刺虽伤晚，酬恩岂在今"大体相同。所不同者，前者尚在幕府，正在为郑亚办事，故曰"酬恩岂在今"；现在是已离幕府，徘徊巴楚，故曰"端忧复至今"，层次感、距离感、现实感都很强。"沧海路"，"玉山岑"，谓其泛指仕途可，谓其寓言亦可。李德裕先贬潮，后贬崖，义山常以"蓬山""沧海"等词隐射李德裕：如《无题·相见时难》中的"蓬山此去无多路"，《海上谣》中之"海底觅仙人”，“满翅蓬山雪”等。又常以“玉山”隐射令狐绹，如以干谒为主题的诗题《玉山》，诗中的“玉山高与阆风齐，玉水清流不贮泥”，及《锦瑟》中“蓝田日暖玉生烟”等等。“未谙”“何处”之说，既表达了李商隐的政治理想与追求，也道出了他在牛、李党争中的尴尬处境和政治上找不到出路的苦闷。

“黄牛”“白帝”，正此时羁留之地，时而滩急水险，时而层阴密布。结句言你应该知道，我此时相思相忆的沾巾之泪，亦不减于当日别离之时矣。

又，本诗疏解侧重于怀念府主郑亚立言。如果把它解释成怀念妻子王氏，也通。说见拙著《无题诗本事・李商隐王氏婚恋之谜》第十八章《“摇落”——李商隐“一情两寄”之谜》。

【历代笺评辑要】

程梦星：“此与‘梓州府罢’（原题是《梓州罢吟寄同舍》）同时之作。……以《摇落》命篇者，梓州府罢用宋玉《九辩》悲秋之义，以自道其坎壈失职而志不平也。”

冯浩：“此寄内诗也。‘结爱伤晚’者，久为属意而成婚迟也。……的是此时（指大中二年返京）途次所寄，味其意态，似小有羁留之况。”

张采田：“诗多迟暮羁孤之感，必梓府将罢时作。……结谓定知衰颓之泪，不减别离之苦，泛言之也。谓‘寄内’者误。”

当代诸家　叶：“细玩通篇，思家念远的情趣尚在其次，而忧谗畏讥、孤苦自危的意思却充满字里行间，所以这只是一篇途穷失路，怆惘身世之作。”刘、余：“当是诗人羁留夔峡时悲秋怀远之作。所怀之人，视‘结爱’之语，似为其妻王氏。”邓：“应该是自悲沦落，远怀郑亚。”黄：“此（指大中六年）江陵返程途次夔州，秋夜望月悲吟而感悼王氏亡逝之作。”郑：“本篇是义山自桂北归淹滞荆巴、羁留巫峡时的寄内之作。”

52 附：荆门西下[1]

大中二年秋

一夕南风一叶危，荆云回望夏云时。
人生岂得轻离别，天意何曾忌崄巇[2]。
骨肉书题安绝徼，蕙兰蹊径失佳期[3]。
洞庭湖阔蛟龙恶，却羡杨朱泣路歧[4]。

【注释】

〔1〕荆门：山名，位于今湖北省宜都市西北的长江南岸，与北岸虎牙山隔江对峙，地势险要，自古有楚蜀咽喉之称。　西下：由西顺流而下，说见“辨”。

〔2〕崄巇（xiǎn xī）：道路险峻崎岖，借指仕途艰危或人心险恶。

〔3〕安：安慰。纪昀：“‘安’字疑‘空’字之误。”可备一说。徼（jiào）：极远的边寨。

〔4〕杨朱泣路歧：杨朱（约公元前450～前370），战国初期思想家、哲学家。主张“贵己”“重生”，是道家杨朱学派的创始人。思想言行散见于《列子》《庄子》《孟子》《韩非子》《吕氏春秋》等著作。《孟子·滕文公》说：“杨朱、墨翟之言盈天下。天下之言不归杨，则归墨。”可见其学说影响巨大。《列子·说符》载：“杨子之邻人亡羊，既率其党，又请杨子之竖追之。杨子曰：‘嘻！亡一羊，何追者之众？’邻人曰：‘多歧路。’既反，问：‘获羊乎？’曰：‘亡之矣。’曰：‘奚亡之？’曰：‘歧路之中又有歧焉。吾不知所之，所以反也。’杨子戚然变容，不言者移时，不笑者竟日。”又，《淮南子·说林训》载：“杨子见逵路而哭之，为其可以南，可以北。”

【疏解】

大中二年（848）秋，李商隐上溯长江至夔州，稍事停留后转而向东，出三峡至荆门，历经了一夕风波之险。至明，回想起初夏由桂林返荆时也曾遭遇到“破帆坏桨荆江中”（《偶成转韵七十二句赠四同舍》）的险恶情景，有是作。

首句纪实，言昨夜里一夕南风，这一叶扁舟历尽了艰危。次句言仰望荆门的云天，回想起此前不久经夏口返江陵时，也曾遭遇到“破帆坏桨荆江中”的情景。——湖北枝江至湖南城陵矶一段别称荆江。李商隐大中二年（848）六月由长沙出洞庭，顺流至夏口，然后上溯江陵。所谓“黄鹤沙边亦少留”（《无题·万里风波》），指的就是此夏口之行。

二联回顾循州与郑亚告别时的情景：正所谓“相见时难别亦难”，人本不欲别，而情势又不得不别；——盖天意如此：正有如人人都在规避风险，然而水陆艰危、世路风波却常常不期而至。

三联云：幸而有骨肉之亲的书信、题咏，把安慰送到绝远的边境（与《夜雨寄北》“君问归期”相呼应）。本有一条蕙草兰花铺设的幽径，却总是错过了佳期。

尾联云：洞庭湖的湖面宽阔，蛟龙凶恶，叫你无路可走；然而又不得不走呵！反倒是叫我羡慕那个站在“可以南，可以北”的歧路上，可以停下来哭泣的杨朱。

李商隐自夔州、荆门顺流而下，踏上了返京之途。诗的结尾二句，很清楚地表述了在李党叠败、党祸蔓延的形势下，李商隐归不得也，又不得不归的窘境。姚培谦曰：“夫杨朱之泣歧路，谓其可以南可以北，今此行则绝无他路可避，畏途之泣岂彼所可同日而语乎？”

【辨一】有关“荆门”地理位置及“西下”走向的讨论

“荆门”是出发点，然荆州也可称作荆门。到底是从荆门出发，还是从荆州出发？这是疑点一。“西下”指的是舟行方向，但到底是自西向东？还是自东向西？这是疑点二。

带着这两个问题，我们考察了立论明确的冯浩、张采田、岑仲勉、刘学锴、叶葱奇、黄世中等六家的论述。其中有四家认为是“由西向东”顺江而下，不过起点并不相同。其中冯浩、张采田认为，李商隐有巴蜀之行，今则自巴蜀归，起点是“荆门”，由西而下荆州，时间是大中二年（848）之仲秋，或稍后。岑仲勉、刘学锴等则认为，李商隐随郑亚出京赴任，由“荆州”向东顺江而下，其时间则是大中元年（847）之春。主张“由东向西”的两家叶葱奇、黄世中认为，这是李商隐桂林罢职后由荆楚入蜀时所作，其时间则是大中二年（848）之秋。

《汉语大字典》释“下”云：“去；往。通常指由西往东，由北往南，由上游往下游。”“又特指到下层、基层。”由此延伸，离开所在地、中心点向其他地点进发也可叫“下”。如下乡、下放、下岗等。

为了证明“由东向西”说，黄世中列举了《通鉴·梁纪》“湘东王绎以王僧辩为大都督……东击景，……绎遗僧辩书曰：‘贼既乘胜，必将西下。’……又谓僚佐曰：‘景若水步两道，直指江陵’。”对于《通鉴》中的“西下”，胡三省已有注纠正曰：“自江夏指江陵，当作‘西上’。”对此，黄世中却说：“愚疑‘西下’字或当时非误，与此题‘西下’似可相证。”向按：《通鉴》“西下”，是就兵势而言；胡三省纠正，是就常理而言。黄先生以有“疑”之心，订“或非”之“误”，立“似可”之证；恐不能成立。因此，“西下”仍应以由西向东顺流而下为宜。

“西下”订为由西向东之后，“出发点”的问题似乎就迎刃而解了。

岑仲勉、刘学锴等人认为：此乃赴任时由荆州向东顺江而下。我们的意见是：一、李商隐随郑亚于大中元年（847）三月七日出京，此年有闰，至荆州时不会超过闰三月，如果以为“夏”指时令，则夏季还没有到来，无“夏云”可“回望”；二、如果以为“夏”指地点，此时他们初入长江，夏口在前，也不得称为“回望”。

刘学锴先生在《李商隐传论》中释解《荆门西下》时说：“回望荆州，已入夏云笼罩之中。”随后在论及李商隐行程时说：“大中元年闰三月二十八日，历经五十余日的旅途风尘劳顿，郑亚与李商隐一行人抵达湖南观察使府治潭州。”既然是闰三月二十八日才到长沙，则“荆门西下”之时不可能有“夏云”，刘先生自相矛盾。因此，此诗的时间、地点、走向，仍应以大中二年（848）秋，由荆门向东顺流而下江陵为宜。

【辨二】有关“夏云”之“夏”，是时令，还是地名的讨论

带着这个问题，我们也考察了冯浩、张采田、岑仲勉、刘学锴、叶葱奇、黄世中等六家的论述。主张表示时令的有冯浩、张采田、岑仲勉、刘学锴四家。主张“夏云”直“指夏口之云”的有叶葱奇一家。黄世中则兼二者而言：“自荆州回望夏口，又绾合‘夏日之云’。”向按：此说“荆州”之地有误，说已见上。然“绾合”说似更为圆通。

对于李商隐随郑亚赴任行程，刘学锴考察甚详。他在《为荥阳公谢荆南郑相公状》后注曰：“系代郑亚自江陵续发时答谢荆南节度使郑肃赠物送行之作。亚等抵达潭州之时间为大中元年闰三月二十八日，江陵至潭州七百馀里，计其程途，状当作于闰三月中旬。”很清楚，很正确。“状”作于闰三月中旬，诗亦当作于闰三月中旬，因为“一夕南风一叶危”写的是在长江中顺流而下的情景，至城陵矶入洞庭湖后，船须折转而南，就再也不是“西下”了。因此，写《荆门西下》之日只有春云，绝无“夏云”，以为“夏云”即夏日之云者其说不能成立。

以“夏云”为“夏口”之云的根据是：

1. 本诗中“荆云”与“夏云”相对，“荆”是地名，则“夏”也应是地名。身处“荆云”之下回望夏口之云，可通；身处“荆云”之下回望夏天之云，则不通。为什么？一为地，一为时，两者不可类比。如上所述，郑亚赴任之时仍是春天，则更不可“回望”夏天之云了。

2. 唐代鄂岳观察使的治所在鄂州，习称夏口。据《三国志·吴书·吴主传》，黄武“二年春正月……城江夏山。”（即黄鹄山，今称蛇山）名“夏口城”（见《水经注·江水》）。清人彭维斯《夏口考》云：“孙权于黄鹄山筑城，以对岸有沔津渡，漫以‘夏口’名城，自是而夏口之称移于南岸矣。至唐人则竟以鄂渚（即鄂州）为夏口，凡纪行、

赠别见诸诗文者，无不专目南岸矣。”（清《大别山志》）

3. 人们习称鄂岳观察使治所为夏口，且常以地望代人名，李商隐亦然。《与陶进士书》云：“会故人夏口主举人。”又云：“故夏口与及第。”《书》中两称“夏口”，均指高锴。据《旧唐书·高锴传》：高锴于大和九年（835）十月，以本官权知礼部贡举。共掌贡部三年，开成二年（837）九月，出为鄂州刺史、鄂岳观察使。《与陶进士书》写于开成五年（840）九月，高锴仍在鄂岳任上。

又，李商隐回顾岳父平生时说：“缀春闺之赞谒，佐夏口以观风。”（《祭外舅赠司徒公文》）元和五年至八年（810～813），吕元膺任鄂岳观察使，王茂元在吕元膺幕中。此亦以地望“夏口”代人名。

【历代笺评辑要】

何焯：“自荆门回望夏口，乃‘西下’也。两云字俱活用，不误。”

程梦星：“此似为桂林从事奉使南郡过往之作，与《自喜》五律、《岳阳楼》七绝意旨略同。”

冯浩：“此篇移易数过，而终难定也。《偶成转韵》篇‘顷之失职辞南风，破帆坏桨荆江中’，与此‘荆门’‘南风’相合，则‘西下’者，自西而下也。‘回望’二字，一篇之主。‘洞庭’‘蛟龙’，亦从回望及之。此解近似，惟中四句不及桂管罢贬之嗟，转类初经别离之态，此则可疑也。……余交感于胸，因念千载之后，欲追溯千载以前江湖行役之确程，固必不可得矣。”（四库本）

张采田：“自巴阆归，故曰‘西下’。”

岑仲勉：“荆门即荆州用典，犹云舟发荆州向东而下。以东向为西下，古人自有此种语法，洞庭蛟龙则预计来途之崄巇，并非回望。郑亚除桂管在二月，抵任在五月，过荆时约当四月（向按：错！见前刘学锴说），故云回望夏云。简言之，此诗乃随亚赴桂途次作。若入归途，方不日相会，何须‘骨肉书题安绝徼’？可证冯、张两说之穷也。”

当代诸家　叶：“郑亚贬官后，留滞荆南，往来巴蜀时作。由荆湘入蜀，所以说‘西下’。”刘、余：“此赴桂途次作无疑。……如系溯江而上，断不得谓之‘西下’。……细味此诗，乃自荆门顺江而下，途中遇风波险恶，有感而作。……回望荆州，已入夏云笼罩之中。”邓：“犹云舟发荆州向东而下。……此诗为商隐随郑亚赴桂途次作。”黄：“窃意‘荆门’即荆州。……二句‘荆云’、‘夏云’，言自荆州回望夏口，又绾合夏日之云。……未久即‘荆门西下’经宜都、夷陵而至巴峡。是则自江陵溯江‘西下’入蜀矣。”又，“‘下’作去、到讲，多指自上游至下游，然作发、出讲，则可‘上’可‘下’。”郑：“首联谓自荆州东去，一叶扁舟曾遇风波之险，回望荆州，已被夏云遮掩。”

53 商於

大中二年秋

商於朝雨霁，归路有秋光[1]。
背坞猿收果，投岩麝退香[2]。
建瓴真得势，横戟岂能当[3]。
割地张仪诈，谋身绮季长[4]。
清渠州外月，黄叶庙前霜。
今日看云意，依依入帝乡。

【注释】

〔1〕商於：商、於，分别是战国时期秦国的古邑名。《史记·商君列传》："卫鞅既破魏还，秦封之於、商十五邑，号为商君。"张守节《史记正义》："於、商在邓州内乡县东七里，古於邑也。商洛县在商州东八十九里，本商邑，周之商国。"《史记·张仪列传》载：张仪说楚绝齐曰："臣请献商於之地六百里。"待楚怀王绝齐后，张仪"谓楚使者曰：'臣有奉邑六里，愿以献大王左右。'"诗中所说的"诈"，即指此。战国之后，自长安向东南行，形成了一条起自蓝田，经商州、武关至内乡（今属南阳市）的古道，长约六百里，秦汉时称武关道，唐以后称蓝商道、商山道或商於路。《新唐书·地理志》载："唐贞元七年（791），刺史李西华自蓝田至内乡，开新道七百馀里，回山取途，人不病涉，谓为偏路，行旅便之。"它是李商隐大中元年（847）随郑亚出京，取道襄荆、赴任桂管的必经之地。当时踌躇满志，曾赋诗《商於新开路》曰："六百商於路，崎岖古共闻。……更谁开捷径，速拟上青云。"豪情满怀。大中二年（848）秋仍由此路返京，赋《商於》。

〔2〕投岩：宋杨亿《杨文公谈苑》载："商於山多群麝……麝绝爱其脐，每为人所逐，势且急，即自投高岩，举爪裂出其香；就絷而死，犹拱四足保其脐。李商隐诗云'投岩麝退香'，许浑云'寻麝采生香'是也。"

〔3〕建瓴：《史记·高祖本纪》："地势便利，其以下兵于诸侯，譬犹居高屋之上建瓴水也。"南朝宋裴骃《史记集解》引三国魏如淳曰："瓴，盛水瓶也。居高屋之上而幡瓴水，言其向下之势易也。"后形成成语"高屋建瓴"。建：倒，泼。　横戟：《战国策·齐策六》："齐王建入朝于秦，雍门司马横戟当马前曰……"

〔4〕绮季：人名。绮里季的省称。《高士传·四皓》载："四皓者，皆河内轵人也。……一曰东园公，二曰角里先生，三曰绮里季，四曰夏黄公，皆修道洁己，非义不动。秦始皇时，见秦政虐，……乃共入商洛，隐地肺山，以待天下定。"地肺山，商山别名，位于陕西省商洛市丹凤县城西。后世称此四人为"商山四皓"。向按：此四人本是秦始皇时七十名博士中的四位，因始皇暴虐，逃隐于商山。汉初，不应刘邦征召；当刘邦想废太子另立如意时，商山四皓齐出，力挺刘盈，终于使刘盈站稳太子的位置，并当上了皇帝，即汉惠帝。

【辨】"李商隐返京途中思想发展脉络"辨

一、大中元年（847）三月，李商隐负气出京，实际上是一次政治"站队"，他自动站到受排斥、打击的李党一边，除了表达鲜明的是非观外，根据牛李党争你上我下的先例，他寄希望于李德裕再度复朝。然而事态却向着极坏的方向发展，李德裕、郑亚等再贬，他不得不离桂返京。

二、大约在告别郑亚之后，李商隐就写了《思归》。其诗云：

> 固有楼堪倚，能无酒可倾。岭云春沮洳，江月夜晴明。
> 鱼乱书何托，猿哀梦易惊。旧居连上苑，时节正迁莺。

这首诗的大意是：本来就有高楼可供我倚栏远眺，哪能没有美酒让我细饮独斟。岭头，带雨的云层把春天染得一片潮湿，只有夜间的江月，映照得四野晴明。传信的鱼儿晕头转向，我的信凭谁寄托？悲凉凄切的猿啼，惊得我好梦难成。我远在长安的旧居，本来就连接着皇家林苑，现在，不正是莺迁高树的好时节吗？

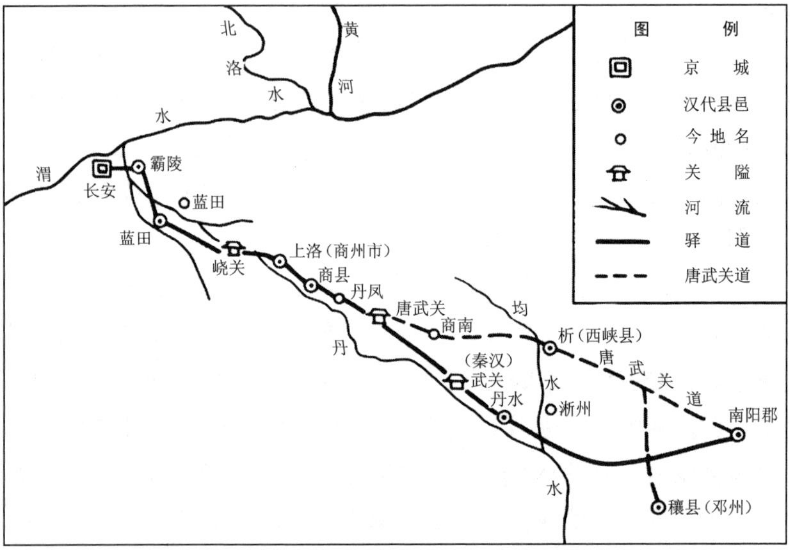

商山道　据严耕望《唐代交通图考》制

南朝梁丘迟《与陈伯之书》中有“暮春三月，江南草长，杂花生树，群莺乱飞”之句，后人多用“莺飞草长”来形容暮春时节。《诗经·小雅·伐木》云：“伐木丁丁，鸟鸣嘤嘤，出自幽谷，迁于乔木。”唐人多用“迁莺”来比喻登第或升官。如：李商隐《喜舍弟羲叟及第上礼部魏公》诗云：“朝满迁莺侣，门多吐凤才。”指的是登第。又如：唐苏味道《使岭南闻崔马二御史并拜台郎》诗：“振鹭齐飞日，迁莺远听闻。”指的是升官。据尹楚兵《令狐绹年谱》，大中二年（848）正月，令狐绹因宰相白敏中之荐自湖州刺史擢授考功郎中，知制诰，二月十日，入充翰林学士。李商隐得到郑亚贬制的同时或稍后，就应该得到了令狐绹升迁入京的信息。当他送别了郑亚，开始“思归”的时候，甚或得到了令狐绹入充翰林学士的消息，这不由得他不心生联想。令狐绹曾是他年轻时代推心置腹的朋友，其动人之情节见之于《别令狐拾遗书》《与陶进士书》等；尽管令狐绹对他的孟浪南下有所责难

（见《酬令狐郎中见寄》①），究其出发点还只是爱之深、责之切而已。值此“思归”之日，不由得他不想到这位已经升迁的朋友。李商隐的“旧居”在长安城南，亦即“樊南”，实不“连上苑”，他常常借居的令狐家晋昌坊、妻舅家昭国坊，也不“连上苑”，之所以敢于称“旧居连上苑”者，也仅仅是因为他连系着令狐绹，而令狐绹以其“知制诰”“翰林学士”之职，常常出入宫禁，用文人的话来说，就算是移居“上苑”了。值此李党叠败，新贵联翩竞进之时，咏“时节正迁莺”者，实在是大有心向往之之意；同时，也萌生南下之悔了。对旧日的友人令狐绹心存提携之厚望，也就尽在不言之中了。

此时的李商隐和令狐绹之间，虽是心存芥蒂，却还在维系旧谊。所以，李商隐在返京途中经过一番“夷犹”之后，仍决定回京，实际上是对这位已居要职的令狐绹存在一定的幻想。此外，他的另一位府主周墀也于大中二年（848）五月以本官同平章事（据杜牧《周墀墓志铭》及《通鉴》），这也增添了他返京的勇气。

三、但是，李商隐并没有急赶赶地回京。一方面，他当年追随李党，高调出京，一路吟唱，影响定然不小；就此回京，恐为人所不齿。另一方面，当年的党局，反复常在皇帝老子一念之间，牛、李两党领袖人物如牛僧孺、李德裕等，都曾经几起几落。此时李德裕贬潮，又何尝不存在重返政坛的可能。所以，李商隐离桂之后，一路逡巡、观望，直至“断无消息”的深秋，才不得不决心返京。其《江上》诗云：

万里风来地，清江北望楼。云通梁苑路，月带楚城秋。
刺字从漫灭，归途尚阻修。前程更烟水，吾道岂淹留。

刺字漫灭，用《后汉书·祢衡传》典，指身怀名刺而不知所投，而归途则既阻且长；尽管前程烟水迷茫，我也不能长久地在此处淹留

①《酬令狐郎中见寄》：“望郎临古郡，佳句洒丹青。应自丘迟宅，仍过柳恽汀。封来江渺渺，信去雨冥冥。句曲闻仙诀，临川得佛经。朝吟支客枕，夜读漱僧瓶。不见衔芦雁，空流腐草萤。土宜悲坎井，天怒识雷霆。象卉分疆近，蛟涎浸岸腥。补羸贪紫桂，负气托青萍。万里悬离抱，危于讼閤铃。”

啊！这表示，李商隐已经决意打点回京了。

四、踏上归途、走到商洛的时候，有《陆发荆南始至商洛》。

> 昔去真无奈，今还岂自知。青辞木奴橘，紫见地仙芝。
> 四海秋风阔，千岩暮景迟。向来忧际会，犹有五湖期①。

首联概述：昔日离京实为无奈之举，今日如此狼狈地还京，也不是当时的我所能逆料的。中二联写沿途景物。末联则说：志存高远者历来都担忧君臣际会之难，而我则还存有“永忆江湖归白发，欲回天地入扁舟”的期望哩！可见，当他首途北归之日，已经摆脱了忧郁，同时也萌发一丝新的幻想。

五、李商隐一路回归，一路思索对策。作此《商於》诗。

《商於》前后各有四句描绘沿途风物，不赘。中间四句云：

> 建瓴真得势，横戟岂能当。
> 割地张仪诈，谋身绮季长。

此四句连用高屋建瓴（《史记》）、司马横戟（《战国策》）、张仪割地（《史记》）、绮季谋身（《高士传》）四典，事关强秦和商於之地，看似触景生情，随手拈来，实则大有深意。最先揭示其秘旨的是张采田。他说：“‘建瓴’四句借故事以寄慨。”（《辨正》）又说：“‘建瓴’二句，比牛党日益得势。‘割地’二句，自慨巴蜀遇合之无成，受诈于人，谋事之计左矣。”（《会笺》）刘、余二先生也说：“中二联似微有寓意。‘建瓴’二句或稍寓当朝者之得势；‘割地’二句则似渗透人情反覆与不善谋身之慨。”（《集解》）以上两家在解说“建瓴”时的联想大体正确，而一讲到“割地”，就难以恰合了。

李商隐的实际意思是：如今牛党当政，已成高屋建瓴之势，我官卑力微，即使“横戟”相向，也无济于事。那么该怎么办呢？下两句

---

①五湖：据《国语·越语下》春秋末越国大夫范蠡辅佐越王灭吴国后，功成身退，“遂乘轻舟以浮于五湖，莫知其所终极”。又，韦昭注《国语》“战于五湖”云：“五湖，今太湖。”

就是他思考的结论。“割地张仪诈”句中的要害就是一个“诈”字，“谋身绮季长”句中的要害就是“谋身”！归途中的李商隐一路寻思：此次尴尬返京，我该怎么办呢？走到商於，受到历史的启迪，他终于得出了一个结论。那就是：我得像张仪那样以空言相许，使用“诈”术；或者像绮里季那样先隐志以“谋身”，然后再等待时机。

不要小看，或贬看了这个“诈”字。对于政见不同者，所谓“诈”，就是政治智慧，政治谋略。此后，返京了的李商隐对令狐绹屡启陈情，曲意逢迎，对京师主流社会全身心融入，其根源就是返京途中所设想的这个“诈”术和“谋身”之术。

领悟了这点之后，再来看前一句，“投岩麝退香”似乎也有自喻之意。即被逼得走投无路的麝，哪能自保芳洁，也就不得不自剔其香了。

返京之后的李商隐，尽管政治态度未变（内心里依然是“铁杆”李党），但处世态度却出现了极大的变化。一方面，他顺应当时的历史潮流，同大家一起歌颂大中新政，洗淡他远走桂林的李党印迹；另一方面，他还想利用他和当朝宰相令狐绹的旧谊，希望得到任用和升迁，最终实现他“欲回天地入扁舟”的梦想。

在后续诗篇中，最足以解读这个“诈”字的，有内心独白似的《残花》，说见后。把“诈”和“谋身”融汇在一起的，就是那些下面就要说到的《寄令狐学士》《梦令狐学士》《钧天》等一系列放下身段、曲意逢迎、希求汲引的“陈情”诗篇。

这无损于李商隐的人格。许多伟大人物在困境或逆境中都这样做过。不同的是，成功了的被称为韬光养晦，或者谋略；失败了的被贬为有失操守，甚或卑劣。

六、返京途中，为试探令狐绹态度，他写了《寄令狐学士》：

> 秘殿崔嵬拂彩霓，曹司今在殿东西。
> 赓歌太液翻黄鹄，从猎陈仓获碧鸡。
> 晓饮岂知金掌迥，夜吟应讶玉绳低。
> 钧天虽许人间听，阊阖门多梦自迷。

令狐绹入充翰林学士是大中二年（848）二月十日。李商隐写此诗时已是八月，正处于返京之途了。诗的前六句极言皇殿之高宏，地位之切近，上歌则赓歌太液，上猎则从猎陈仓。晓饮夜吟，备受恩宠。清人胡以梅在评议此诗时曾一针见血地指出："四句金碧辉煌，对工意足，皆无中生有。结言钧天之乐虽许人听，但上天门路多，总（纵）有赵简子之梦，亦迷而难至，以见人天遥隔，非其引导不得而进耳。"（《唐诗贯珠串释》）所谓"无中生有"者，实则曲意逢迎也。他把自己打扮成迷途知返的羊羔，却在惶惑中不知其门从何而入了！尽管他仍存矜持，还没有完全放下身段，然要求指门引路之意不言而自喻。

"钧天"，天上的音乐。说见后《钧天》注。

七、渐行渐近，又有《梦令狐学士》，再作试探，表达了亲昵和羡艳之情。诗云：

> 山驿荒凉白竹扉，残灯向晓梦清晖。
> 右银台路雪三尺，凤诏裁成当直归。

《旧唐书·职官志》："翰林院。天子在大明宫，其院在右银台门内。……至德已后，天下用兵，军国多务，深谋密诏，皆从中出。尤择名士，翰林学士得充选者，文士为荣。……贞元已后，为学士承旨者，多至宰相焉。"

李商隐到底做过这样的梦没有，谁也不知道。但他借梦以言情是肯定的。假如李商隐无求于令狐绹，做了这样的梦也不必说，因为仅就梦境而言，别无深意：令狐绹在例行公事完毕之后，回家而已。但如果李商隐有求于令狐绹，没做梦也可编出一个梦来。这个梦的潜台词是：我的处境多么凄凉，你的地位多么清贵，我醒里梦里都想着你，等待着你的提携呵！

李商隐的这番心意，后世研究者大多能理解。程梦星说："此望绹引荐之作。先写自己身世之苍凉，后写令狐台阁之华膴（wǔ，盛），情最动人，语最微婉。托之为梦寐者，盖恐言之无益而心又有所不能已也。"

八、《肠》写于返程已接近京城的时候。

有怀非惜恨，不奈寸肠何。即席回弥久，前时断固多。
热应翻急烧，冷欲彻微波。隔树澌澌雨，通池点点荷。
倦程山向背，望国阙嵯峨。故念飞书及，新欢借梦过。
染筠休伴泪，绕雪莫追歌。拟问阳台事，年深楚语讹。

“故念飞书及”，指收到老朋友来信。是不是令狐绹的，不可确知。“新欢借梦过”，指的是郑亚等一批倾心于李党的朋友。以下“染筠”二句，刘学锴等说：“谓心虽伤新知之遭遇而休下泪，盖同情新知则愈遭忌恨；心虽欲追和故交之高唱而莫徒劳，盖故交不能谅解。”甚是。

以下二句：“拟”，《说文》：“度也。”猜测和假想之词。拟问：即设想其问，同“如问”。即如果有人问到“阳台”之事，只推说年深月久，那些楚国的故事都是以讹传讹了。讹，《说文》：“伪言也。”

什么是“阳台事”？为什么要推说年深月久，以讹传讹？那就是李商隐跟随郑亚出京之后，一路高歌，借阳台故事隐喻忠诚于李党之事。如《席上作》：“淡云轻雨拂高唐，玉殿秋来夜正长。料得也应怜宋玉，一生惟事楚襄王。”如《岳阳楼》：“汉水方城带百蛮，四邻谁道乱周班。如何一梦高唐雨，自此无心入武关。”如《过楚宫》：“巫峡迢迢旧楚宫，至今云雨暗丹枫。微生尽恋人间乐，只有襄王忆梦中。”等等。这样一些明显地倾向于李党的诗，能坦然承认么？当然不能！

回答曰：“年深楚语讹。”——正“诈”术也！

九、《樊南乙集序》记录了李商隐返京之后的生活轨迹：“明年正月，自南郡归，二月府贬，选为盩厔尉，与班县令、武功刘官人同见尹。尹即留假参军事，专章奏。属天子事边，康季荣首得七关；数月，李玭得秦州；月馀，朱叔明又得长乐州，而益丞相亦寻取维州，联为章贺。……是岁葬牛太尉，天下设祭者百数。他日尹言：‘吾太尉之薨，有杜司勋之志，与子之奠文，二事为不朽。’”

序中“明年正月”，指的是大中二年（848）初出使江陵后回归桂管，“二月府贬”，指大中二年（848）二月郑亚贬循州。他大约于二年

（848）冬前返京赴选，得任盩厔尉。随后在拜见京兆尹时被“留假参军事，专章奏”。

据《旧唐书·宣宗纪》，康季荣奏吐蕃以七关归国事在三年（849）春正月，收复在当年六月。李玭得秦州在八月，益丞相杜悰取维州在九月，而牛党领袖牛僧孺之葬、祭在五月十九（见李珏《牛僧孺神道碑》）。这就是说，返京后的李商隐根据预先设定的谋略，在融入主流社会，高唱时代赞歌，洗白李党迹印上，作出了极大的努力，并且得到了当代要员（京兆尹）的赞赏。

此后的李商隐，过的是两面人生的生活。一方面，他暗地里依然怀念李德裕、郑亚等一批理想人物，继续着他激情回荡的《无题》之恋；另一方面，他在努力融入主流社会的同时，不得不放下身段，向掌握行政大权的旧友令狐绹陈情致意：或哀歌以动情，如《流莺》中的“曾苦伤春不忍听，凤城何处有花枝”，《钧天》中的“伶伦吹裂孤生竹，却为知音不得听”；或直言以尽意，如《令狐舍人说昨夜西掖玩月因戏赠》中的“几时绵竹颂，拟荐子虚名”，《玉山》中的“闻道神仙有才子，赤箫吹罢好相携”等等。但令狐绹虚与委蛇，佯装不知，李商隐也无可如何。实在按捺不住了，最后不得不赋《九日》诗，入徐州幕，与令狐绹慨然分手。说见《九日》。

理清了李商隐返京途中的思想脉络，此后的《无题》诸诗，特别是把对李德裕等南方友人的怀念与对令狐绹低声下气的干谒混为一团的《无题四首》《春雨》，百索不得其旨的《残花》《日高》等诗，也就不难索解了。

《商於》一诗记录了李商隐思想发展的一次重要转折，对于研究李商隐大中三年（849）返京之后处世态度以及后期无题诗，具有非常重要的启发意义。

【历代笺评辑要】

姚培谦：“首四句，写归路之景。‘建瓴’四句，言地险之雄。‘清渠’四句，写时值承平，望帝乡而切近君之幕也。”

纪昀：“此诗极平正清楚，‘清渠’二句亦佳。语但平叙，不见精神。牵绮李、张仪亦无十分取义。”又，“‘建瓴’四句，上下脉络未融。”

冯浩：“次商洛望京师之作，起结甚明。中二联借古事以寓今慨。”

张采田：“‘清渠’二句写景。结言将拟入都重修旧好也。”另说见前。

当代诸家　叶：“五六两句是纵目远看地势的形胜；七八两句再由形胜转到借古来寄慨。七句是叹恨人情的多诈，八句是说不如归隐的好。”刘、余：说已引用，见前。邓：“中四句写商於地势……则不免含蓄地说到当朝权贵的得势，而深感自身之谋身不善了。”又，“就诗歌作法来说，第九句似可直接第四句。省第五至第八句，反而可以成为一首相当好的律诗。作者无端加上中间那四句，令全诗顿然缺乏了那一气呵成的气势。张采田曰：‘建瓴四句，借故事以自慨，此正潜气内转也。’这是不懂诗歌创作者的信口开河。”黄：“首四写景，‘建瓴’四句怀古……然以诗意观之，则意在‘慨今’：言古事已去，成王成寇，或官或隐，虞诈升沉，同尽商於也。”郑：释七、八句：“此言人情多诈，宜乎退隐。”

54 风雨

大中二年岁末

凄凉宝剑篇，羁泊欲穷年[1]。
黄叶仍风雨，青楼自管弦。
新知遭薄俗，旧好隔良缘。
心断新丰酒，销愁斗几千[2]。

【注释】

〔1〕《宝剑篇》：初唐郭震所作。其所咏的宝剑，相传是吴国干将、越国欧冶子两大剑师联手铸造的龙泉宝剑，但它早已湮没无闻。晋永平年间，丰城县治有紫气上冲斗牛，通晓天文的县令雷焕从一个古牢狱的废墟下把它挖掘出来。到唐朝，龙泉宝剑曾是高祖李渊的佩剑。据《新唐书·郭元振传》：郭震，字元振，十八举进士，为通泉尉。因任侠使气，不以细务为意而受到武后诘问。谈话之中，武后认为他是个奇才，索所作文章，郭震献《宝剑篇》。武后阅后大加赞赏，立授右武卫铠曹参军。后来，郭震曾任凉州都督兼安西大都护，屡立边功。又曾两任宰相，进代国公。其《宝剑篇》云："君不见昆吾铁冶飞炎烟，红光紫气俱赫然。良工锻炼凡几年，铸得宝剑名龙泉。龙泉颜色如霜雪，良工咨嗟叹奇绝……何言中路遭弃捐，零落漂沦古狱边。虽复尘埋无所用，犹能夜夜气冲天。"郭震借诗末四句，抒发了他自觉大材小用，不甘沉沦的豪气。　穷年：一年到头。

〔2〕心断：张相《诗词曲语辞汇释》："为念念不忘义，犹云念极或想煞。"　新丰：地名，在今陕西省临潼县东，古代以盛产美酒闻名。据《旧唐书·马周传》：马周不得意时，"宿于新丰逆旅，主人唯供诸

商贩而不顾待周。遂命酒一斗八升，悠然独酌，主人深异之。至京师，舍于中郎将常何之家。……为何陈便宜二十余事，令奏之，事皆合旨。……太宗即日召之，未至间，遣使催促者数四。及谒见，与语甚悦，令直门下省。六年，授监察御史。”

【疏解】

大中二年（848）二月，郑亚贬循州。李商隐送郑亚至循州后，又折转回桂州，接送郑畋南觐后北返，经潭州、夏口、江陵至夔州；又折转江陵，经邓州、於东后于冬初返京。考李商隐生平，只有这一年，他是在羁旅飘泊中度过的。所谓“羁泊欲穷年”，指的应该是大中二年（848）年关渐近的时候。

帝乡将至，心存忐忑。至京后，当参与当年的冬季选调，以期求得一官半职而得以存身立世，养家糊口。有感于郭震不甘沉沦、吟诗述志为武后赏识，马周困于逆旅后为太宗奖拔事，作此诗。

首句言郭震赋《宝剑篇》，瑰丽雄奇，然而写到“何言中路遭弃捐，零落漂沦古狱边。虽复尘埋无所用，犹能夜夜气冲天”时，该是何等的凄凉啊。次句言我同那被尘埋的龙泉宝剑一样，羁旅漂泊，将是整整一年了！

“黄叶”自喻。言我已是即将飘零的黄叶，可那不可一世的狂风骤雨，依然是频仍地打击不断。《康熙字典》：仍：“重也，频也。”“青楼”，精美的青色楼房，泛指富贵人家。言那些居处于青楼的达官豪贵们却是轻歌曼舞，急管繁弦。《诗词曲语辞例释》：“自，却，可是，表示语气转折的副词。”这两句，“仍”字沉重，“自”字轻盈。杨守敬以为“一喧一寂，对勘自见”，把他自己的黄叶风雨的苦难人生与他人的青楼管弦的舒意人生作了一个强烈对比，显示了苦者自苦、乐者自乐的冷酷的社会现实和人情关系。

“新知”，新近结交的知己，暗指郑亚等李党人士。我们曾经指出，李商隐和郑亚，大中元年（847）应辟之前并无明显的交集点，所以，他在《自桂林奉使江陵途中感怀寄献尚书》中有“投刺虽伤晚，酬恩岂在今”之说，《摇落》中又有“结爱曾伤晚，端忧复至今”之叹。如今远贬循州，遭遇到以朋党、升黜论成败的浇薄的世俗的诋毁。“旧好”，旧日的好友，直指因李商隐应辟桂林而勃然大怒的令狐绹（《酬令狐郎中见寄》：“天怒识雷霆。”），也因为政见不合，关系渐渐疏远，良缘阻隔。

尾联云：我一心巴望着像落魄无依的马周那样，捧一盏新丰美酒，只要能消解我胸中的块垒，也不管一斗酒的价钱，高涨到了几千？

全诗以问语作结，馀情袅袅，留下的仍然是那股郁勃不平之气，以及在如磐风雨的高压下，怀才不遇、漂泊无依、汲引无人之愁苦。

诗当作于大中二年（848）返京之际而又尚未入京之时。“新丰”，取马周当时困顿无依之情以自比，也取马周日后飞黄腾达之成就以自期。不必亲至新丰也。黄世中以为作于大中二年（848）秋，稍早。张采田、刘学锴等以为作于大中十一年（857）游江东时，则太迟。

太迟，则无此慷慨激烈的情怀了！

【历代笺评辑要】

屈复：“当凄凉羁泊时，风雨之夕，听青楼管弦，因感新知旧好，而思销愁，情甚难堪。”

姚培谦：“凄凉羁泊，以得意人相形，愈益难堪。风雨自风雨，管弦自管弦，宜愁人之肠断也。夫新知既日薄，而旧好且终睽，此时虽十千买酒，也消此愁不得，遑论新丰价值哉？”

纪昀：“神力完足。‘仍’字、‘自’字，多少悲凉！”

姜炳章：“此叹才华之无由自达也。‘新知遭薄俗’谓王、郑诸公，一与相合，则诡薄之谤兴也。‘旧好隔良缘’，谓令狐弃旧知于不顾也。落句，汲引无人，终于漂泊，安得至长安斗酒消愁乎？”

薛雪：“老杜善用‘自’字。……义山‘青楼自管弦’、‘秋池不自冷’、‘不识寒郊自转蓬’之类，未始非无穷感慨之情，所以直登老杜之堂，亦有由矣。”

当代诸家　叶：“末二句用‘斗几千’，意谓望断新丰之酒，不知需几千始容一消愁恨。直言之，实即不知如何才能入官京师。”刘、余：“诗曰‘羁泊欲穷年’，曰‘心断新丰酒’，则显作于旅滞外州期间。……参之‘欲穷年’之语，则作于晚岁游江东时或大体近是。”邓：“虽然以‘风雨’为题，却不是写自然界的风雨而是写作者个人在过去所经历的风雨。”黄：“此义山感‘新知遭薄俗，旧好隔良缘’，将再无人援手，而如宝剑之尘埋，故‘凄凉’也。”郑：“诗题曰‘风雨’，谓风雨中羁旅异乡，愁绪万端，乃作此篇也。”

55 无题紫府仙人

大中三年初

紫府仙人号宝灯，云浆未饮结成冰〔1〕。
如何雪月交光夜，更在瑶台十二层〔2〕。

【注释】

〔1〕紫府：古代神话及道教典籍中的仙人居游之所。《海内十洲记》载：“长洲……有紫府宫，天真仙女游于此地。”晋葛洪《抱朴子·祛惑》：“及到天上，先过紫府，金床玉几，晃晃昱昱，真贵处也。”又仙人名。《抱朴子·地真》：“昔黄帝东到青丘，过风山，见紫府先生，受三皇内文，以劾召万神。” 宝灯：朱鹤龄引道源注：“佛有宝灯之名，神仙无此号。然佛亦称金仙，故可通用。”向按：宝灯，即宝灯佛，李商隐视之为善解怨结之神，说见“辨一”。 云浆：传说中的仙人饮料，指一种仙液，或者仙酒。

〔2〕瑶台：美玉砌成的楼台，常用于神话传说中神仙居处之地。《楚辞·离骚》：“望瑶台之偃蹇兮，见有娀之佚女。”游国恩纂义引徐焕龙曰：“瑶台，砌玉为台。”晋王嘉《拾遗记·昆仑山》：“昆仑山者，西方曰须弥山。对七星之下，出碧海之中，上有九层……第九层山形渐小狭，下有芝田蕙圃，皆数百顷，群仙种耨焉。傍有瑶台十二，各广千步，皆五色玉为台基。”

【辨一】令狐绹“宝灯佛”说质疑

本诗首句直书“紫府仙人号宝灯”，叫说诗者不知所措。惟释道源注“佛有宝灯之名”，亦不道其由来；后世诸家辗转传抄，不知所云。

今查《现在贤劫千佛名经》中有“宝灯佛”之名，位列二百零三。

《梁皇宝忏》中亦有“宝灯佛”，在《慈悲道场忏法卷第六·解怨结之余》中，位列第四。其文曰：

> ……以愚痴故，起吾我心，生怨亲想，所以怨对遍于六道。若不解结，于六道中何时免离？从劫至劫，岂不痛哉！相与今日起勇猛心，起大惭愧，作大忏悔，必使一念感十方佛，一拜断除无量怨结。等一痛切，五体投地，皈依世间大慈悲父：南无弥勒佛，南无释迦牟尼佛，南无月面佛，南无宝灯佛，南无宝相佛……”

大略是信众忏悔之时，先由僧人诵读以上经文，然后依序齐呼以下所列诸佛，则可以解怨结也。

由于用典生僻，说诗者大都以不解解之。只有冯浩《玉溪生诗集笺注》说得有眉有眼，似乎很确切。其词云：

> 《新书传》：绹为承旨，夜对禁中，烛尽，帝以乘舆金莲华炬送还。院吏望见，以为天子来，及绹至，皆惊。可为此首句类证也。时盖元夕在绹家，候其归而饮宴，故言候之久而酒已成冰，当此寒宵，何尚不即归乎？即下章之《昨日》也。“紫府”字屡见古书，今所引以见内职之意。

令狐绹何时拜相？丁居晦《重修承旨学士壁记》记为大中四年（850）十一月三日，《旧唐书·宣宗纪》记为大中四年（850）十一月，《新唐书·宣宗纪》《宰相表》及《资治通鉴》，均记为大中四年（850）十月。总之，这是一个冬天，尽管情景与“雪月交光夜”有些相似，却不可能是次年的“元夕”。冯浩在引文中有意地删掉了“俄同中书门下平章事”，削足适履，遮盖了令狐绹拜相时间与元夕夜宴相互抵牾的错误。

又，大中四年（850）的冬天，李商隐不在京师，却是远在徐幕。猜测其“元夕在绹家，候其归而饮宴”，“候之久而酒已成冰”之说，显然是无中生有，又错了。

有了这两错之后，再进而把“金莲华炬”演化为“宝灯”，进而演化为“紫府真人”之号，因而涉及令狐绹，就错得更加离谱了！

【辨二】从探讨“紫府仙人”隐射何人入手

本篇直书《无题》，本属寓言。道家典籍中虽有“紫府”之地，“紫府先生”之名，却没有与诗歌内容相对应的行迹可考。可见，“紫府仙人”只是一个虚构的、具有一定隐射意义的人物。从李商隐视野所及的人事关系来检索，这个能被称为“紫府仙人”，且能与“云浆未饮”之事，“雪月交光”之时，“更在瑶台”之处所转移等诗歌内容相对应的，就只可能是由潮州司马贬崖州司户的李德裕了。

一是，道教是唐朝的国教，当然也是李氏宗族的家教。李德裕的祖父李栖筠出仕前与道教人士就有较深的来往，他在《张公洞》诗中自称：“我本道门子，愿言出尘笼。扫除方寸间，几与神灵通。”其父李吉甫是元和名相，撰有《唐仙都观王阴二真君碑》等多篇与道教有关的文章，还曾经受到过御史中丞窦群“交通术士”的弹劾。可见，李德裕本来就出身于一个同道教有一定渊源的家庭。

二是，李德裕本人则同许多道士，如孙炼师、松阳子等有更深切的交往。曾在《遥伤茅山县孙尊师三首》中，自称“弟子”“门人”。

宝历二年（826），李德裕在《茅山三象记》中自称道号为“玉清玄都大洞三道弟子”，在《望匡庐赋并序》中自注：“余受法于茅山元师。”可见，他应该已经是接受了道教法箓的正宗的道教徒。在他的影响下，他的妻、妾也都信奉道教，且都有道号。大和三年（829），他在《滑州瑶台观女真徐氏墓志铭》中直称其妾为“瑶台观女真”。大中三年（849）其妻去世，他在《唐茅山燕洞宫大洞炼师彭城刘氏墓志铭》中，又直称其妻“道名致柔”，“中年于茅山燕洞宫传上清法箓”，可见她是居家修行，其“道龄”长达二十多年。五代后蜀何光远在《鉴诫录·耽释道》中，刺责李德裕说：“性好玄门，往往冠褐，修彭祖房中之术，求茅君点化之功，沙汰缁徒，超升术士，但无所就，身死朱崖。”可见，在后世人眼里，他就是个沉溺于道教理念且能身体力行的道教徒。

三是，古代中国天文学家为了区分天文星象，将星空划分成三垣二十八宿。紫微垣在三垣中央，又称紫微宫。《后汉书·霍谞传》李贤

注："天有紫微宫，是上帝之所居也，王者立宫，象而为之。"所以，帝王的宫殿也被称为紫极、紫禁、紫垣等等。此外，凡与帝居、朝廷有关的事物，也用"紫"来修饰，如紫阙、紫台、紫霄、紫宸、紫诰、紫陌、紫殿……。李德裕升任宰相时，李商隐在《海客》中有"海客乘槎上紫氛"之比喻。李德裕南贬时的《离平泉马上作》，有"十年紫殿掌洪钧，出入三朝一品身"之自述。尽管有人认为这首诗是伪作，但李德裕"十年紫殿掌洪钧"①，却大体上是事实。

因此，把这样一位有深厚道教背景，长期踞居紫殿，现在又贬黜于尘世之外的长者"仙化"，讳称其为"紫府仙人"，是恰如其分的。

注意，这是李商隐把被贬斥的李德裕"仙化"之始。此后许多与仙道、仙境有关的诗篇描述的都是这位先生。许多研究者不知其为谁何，误以为是与他早就了断了关系的女冠宋华阳了。

【辨三】宝灯佛：解怨结之神

本诗首句既已称其为"紫府仙人"，为什么重叠其词，又称其"号宝灯"呢？我们的回答是："紫府仙人"之称，是用来隐射他的身份和来历的；其"号宝灯"者，实视其为善解怨结之神也。查牛、李党争，此上彼下，蔓延近四十年。近代史家大多是李而非牛，岑仲勉在《唐史余沈》中更是力证李德裕"无党"。早在文宗时期，特别是在大权独揽的会昌年间，他的确是做了很多化解结怨的工作。撮其要有：

1. 提拔韦温。文宗时期，他提拔韦温为礼部员外郎，有人提醒他：韦温素与牛僧孺亲厚。李德裕回答说："是子坚正，可以私废乎？"意思是：此人坚正，岂可因个人恩怨而断送他的前程？

2. 极力谏阻武宗不杀牛党重臣。《新唐书·李德裕传》载："帝尝疑杨嗣复、李珏顾望不忠，遣使杀之。德裕知帝性刚而果于断，即率三宰相见延英，呜咽流涕曰：'昔太宗、德宗诛大臣，未尝不悔。臣欲陛下全活之，无异时恨。使二人罪恶暴著，天下共疾之。'帝不许，德

---

①李德裕两度为相。大和七年（833）二月至八年（834）十月，为相约一年九个月。开成五年（840）九月至会昌六年（846）四月，为相约五年八个月。两次为相合计约七年五个月。"十年"之说，取其成数。有人主张此诗非李德裕诗，待考。

裕伏不起。帝曰：'为公等赦之。'德裕降拜升坐。帝曰：'如令谏官论争，虽千疏，我不赦。'德裕重拜。因追还使者，嗣复等乃免。"

3. 升任令狐绹。令狐绹是令狐楚之子，有深厚的牛党背景。开成二年（837），令狐绹任左拾遗，在李德裕、牛僧孺之间产生"隐没公款"之争时，令狐绹曾伙同其他谏官"连章论李德裕妄奏钱帛以倾僧孺"（《旧唐书·李德裕传》）。开成五年（840）服丧期满后，官为左补阙，不过是一名从七品上阶的小官。李德裕入相后，累迁至库部、户部员外郎，一升为从六品上阶，再升为右司郎中，从五品上阶。到会昌五年（845），出为湖州刺史（据《旧书传》）。按：唐制，户满四万以上为上州。湖州领县五，户七万三千三百六，应该是上州；上州刺史已是从三品的高官了，为他的大中年间十年为相奠定了基础。

4. 启用白敏中。白敏中是白居易从弟，也有较深的牛党背景。会昌初，为殿中侍御史，分司东都，从七品上阶。寻除户部员外郎，右司员外郎，一升而为从六品上阶，《旧唐书·白敏中传》载："武宗皇帝素闻居易之名，及即位，欲征用之。宰相李德裕言居易衰病不任朝谒（实情确乎如此），因言从弟敏中辞艺类居易，即日知制诰，召入充翰林学士，迁中书舍人。累至兵部侍郎、学士承旨（正三品）。会昌末，同平章事，兼刑部尚书、集贤史馆大学士。"已是入阁为相了。可见，白敏中之升迁，李德裕实大有力焉。

5. 重用柳仲郢。据旧、新唐书《柳仲郢传》，仲郢元和末及进士第，为校书郎。牛僧孺镇江夏，辟为从事。后经牛党人物推荐入朝为监察御史，迁侍御史。可见，他也是一个背景甚为深厚的牛党人物。

《旧唐书》载："五年，淮南奏吴湘狱，御史崔元藻覆按得罪。仲郢上疏理之，人皆危惧。德裕知其无私，益重之。武宗筑望仙台，仲郢累疏切谏。帝召谕之曰：'聊因旧趾增葺，愧卿忠言。'德裕奏为京兆尹。谢日，言曰：'下官不期太尉恩奖及此，仰报厚德，敢不如奇章门馆①。'德裕不以为嫌。"

①奇章：指牛僧孺。据《旧唐书》，长庆四年（824）四月，牛僧孺封奇章县子。十一月丁酉，牛僧孺进封奇章郡公。

“吴湘狱”本来就是个有争议的案子，李德裕后来贬潮、贬崖，其缘由都是因为“吴湘狱”翻案。但此案当时曾为李德裕首肯，在舆论一边倒的情况下，柳仲郢竟敢上疏建言，触犯李德裕，可见他胆量非凡，是牛党中的悍将。武宗崇道灭佛，筑望仙台，柳仲郢竟敢逆批龙鳞，使皇帝颜面扫地。如果李德裕稍存党同伐异之心，处置一个从六品下阶的侍御史是轻而易举的，但李德裕从他的敢说敢当的行事中，看出了他正直忠贞的品格。破格提拔他为从三品的京兆尹，相当于首都市长的职位上，以至于柳仲郢在拜谢时由衷地说出“仰报厚德，敢不如奇章门馆”的话来。感恩新主，竟然不忘政见相反的旧主，真是坦诚得可爱！史传接着说“德裕不以为嫌”，也道出了李德裕的大度和消解结怨的本心。

尽管李德裕作了如此众多的化解结怨的工作，有的人却仍是以怨报德，史载：“白敏中、令狐绹，在会昌中德裕不以朋党疑之，置之台阁，顾待甚优。及德裕失势，抵掌戟手，同谋斥逐。”本想解除结怨却遗下后患，反遭此深重打击，这就是李商隐为什么在这篇纪实兼抒愤的诗作里，称其为“宝灯佛”，愤愤不平，并发出“如何雪月交光夜，更在瑶台十二层”之感叹的原因。

对于李德裕的以德报怨、养痈遗患之举，《新唐书·传·赞》亦有微词：“身为名宰相，不能损所憎，显挤以仇，使比周势成，根株牵连，贤智播奔，而王室亦衰，宁明有未哲欤？”

【疏解】

李德裕由潮贬崖、抵崖的时间，有关典籍述说有异。

《旧唐书·宣宗纪》大中三年（849）（按：应为二年）九月有“制曰：‘守潮州司马员外置同正员李德裕……可崖州司户参军，所在驰驿发遣，纵逢恩赦，不在量移之限。’”《旧唐书·李德裕传》载：“德裕既贬……其年冬，至潮阳，又贬崖州司户。至三年正月，方达珠崖郡。”此外，《通鉴》载李德裕贬崖时间为大中二年（848）“秋九月甲子”，《南部新书》载：“李太尉……当年（大中二年）十月十六日，再贬崖州司户。”

当代学者傅璇琮《李德裕年谱》斟酌众议，订李德裕于大中二年（848）九月，再贬为崖州司户参军。大中三年（849）正月，至贬所崖州。然又自疑："自潮州至崖州，何以须走三个月路程，俟考。"

大约是大中三年（849）的春天，李商隐才得到李德裕在隆冬中发遣，并于次年新正之时抵崖的消息后，写下了这首充满了悲痛、愤怒，然而也无可如何，转而美饰、仙化其处境的诗。

首句以"紫府仙人"隐射李德裕，并誉其为善解结怨之神。说已见前。次句"云浆未饮"，指的仍是与李德裕遇合无缘，冷而"成冰"，则希望已经是完全落空了。"如何"句雄起，以质问口气直抒为李德裕抱不平之气：为什么？为什么！为什么在这样一个"雪月交光"的夜晚，竟把这位为王朝立下了不世之功的重臣，贬逐到了这茫茫大海之中的"南服荒徼"之地呵！

李德裕抵达崖州的时间大略是大中三年（849）之初。所谓"雪月交光"，是想象中的李德裕抵达崖州的时令景象。所谓"瑶台十二层"，是形容其所居之地是远远地超出于尘世之上的仙居。据《拾遗记》：瑶台在昆仑之上，而昆仑"出碧海之中"，与崖州之地貌略合。作者刻意地制造了这样一个冰清玉洁之境，高邈神圣之地，超世出俗之居，表达了作者在遇合无缘之后，寄寓以深深的惋叹、仰望和祝福之情。

"如何"一问，百感交集。一贬再贬，故曰"更在"。与"刘郎已恨蓬山远，更隔蓬山一万重"之"更隔"同义。所不同者，"刘郎"句语急，表达的是感性的层递而出的激愤之情；此诗语缓，表达的是理性的无可奈何的惋叹和祝愿之意。

我们已经说过，此诗是李商隐《无题》诸诗中美誉李德裕为"仙人"之始，是无题诗线索链中的重要一环。此诗之前，已有"蓬山此去无多路"之铺垫，又有"刘郎已恨蓬山远，更隔蓬山一万重"之递进。此诗之后，《如有》中有"如有瑶台客，相难复索归"，《碧城》中有"碧城十二曲阑干，犀辟尘埃玉辟寒"，《碧瓦》中有"碧瓦衔珠树，红纶结绮寮"，《当句有对》中有"三星自转三山远，紫府程遥碧落宽"，《海上谣》中之"海底觅仙人，香桃如瘦骨。紫鸾不肯舞，满翅蓬山雪”等等，均一脉相承，又不可不知。

【历代笺评辑要】

道源：“佛有宝灯之名，神仙无此号。然佛亦称金仙，故可通用。”

朱彝尊：“古人游仙诗多是寓言，故此不曰《游仙》而曰《无题》。然其意不可晓。”

程梦星：“此当为娶王茂元女时作，盖却扇之流也。”

姚培谦：“此言所思之人无路自通也。”

纪昀：“此即《洛神赋》‘叹匏娲之无匹，嗟牵牛之独处’。求之不得，亦寓言也。”

冯浩：已引用，不赘。

张采田：“通首写元夕之景。‘云浆未饮结成冰’，即‘一杯春露冷如冰’也。与上首（指《谒山》）一时情事，前昼此夜。”

当代诸家　叶：“这是讥讽武宗李炎求仙的诗。‘紫府仙人’指宪宗李纯。‘号宝灯’犹言号为英明。……（然）求仙未成，身已长殁。……何以今日（武宗）竟然又到高台上去望仙求道了呢？”刘、余：“全诗着力渲染某种可望而不可即之情景，以及追求、向往而又时感变化迅即，难以追攀之感。……认定此诗系寓意令狐之显贵难以追攀（如冯、张所解），或寓言已所想望之女冠如瑶台仙姝，杳然难求，固近乎凿，然视为此诗生活基础之一部分，亦自不妨。义山多数意境极虚之作，皆宜作如是观。”邓：“证诸本诗有‘仙人’、有‘云浆’、有‘瑶台’等词，可能是描写与女冠的爱情，亦未可知。”黄：“一句以紫府仙人号宝灯者，喻玉阳山灵都观女冠，或即宋华阳姊妹。二句‘云浆未饮’，言两情未通也。……三、四句似言己于雪月交光之夜至灵都观相访，而彼竟高处‘瑶台十二层’（即道观）而不我见。‘更在’云云，意想之外，怨望之辞也。”郑：“所谓仙人宝灯，本是诗人想望爱慕之女冠，欲与之饮宴，久候未至，故曰云液成冰。后二句说，值此雪月交辉之夜，她竟有约不来，却独处高阁，令人失望。”

56 如有

大中三年

如有瑶台客，相难复索归[1]。
芭蕉开绿扇，菡萏荐红衣。
浦外传光远，烟中结响微[2]。
良宵一寸焰，回首是重帏[3]。

【注释】

〔1〕瑶台：美玉砌成的楼台，神话传说中神仙居处之地。余见上篇注。　相难：冯注："旧本皆作'相难'。梁费昶《阳春发和气诗》：'拂袖当留客，相逢莫相难。'难去声，而平声亦可通也。初疑当作'欢'，非也。"向按："相难"有诘责、辩驳义，确乎费解。而"相欢"则与"良宵一寸焰"之主题正合。仍疑当作"欢"。

〔2〕浦：合浦，汉置合浦郡，下辖合浦县，县治在今广西合浦县东北。唐时先后改合浦郡为越州、廉州，合浦县仍为下辖县。合浦以盛产珍珠闻名于世，故曰"传光远"。

〔3〕一寸焰：冯注："旧本皆作'艳'，朱氏作'焰'。然艳，光彩也，不必定作'焰'。"向按：本属两可，然李商隐《灯》云："固应留半焰，回照下帏羞。"用"焰"应是李商隐本意。

【疏解】

此诗为李德裕贬崖后，李商隐感慨遇合无缘之作。本属寓言，故以"如有"仿佛其辞虚出。诸家以为记梦，亦可。如以为前半记梦，则后半当是醒后思忖之言，又不可不知。此云"如有瑶台客"，与前题"更在瑶台十二层"相承，则诗之主人公仍为李德裕。

首联谓与其欢晤短暂，随即离别。次联点明别时时令，且言其服饰华美，以喻品格高贵。三联言其贬处甚远，传言如烟，然佳音甚微。李德裕贬朱崖郡，更在合浦之外，故曰“浦外”，曰“远”。“光”字双关，一赞德裕之品操，一应合浦之珠。唐室政局多反复，李德裕亦曾起起落落，所以李商隐对他寄望甚殷。“烟中”句言消息甚多，有如爆竹，空见烟硝缭绕而已；而结响甚微，则前程仍是渺茫。落句为全篇作结，言佳期虽美，然倏忽即逝，回首则是重帘密幕，杳如隔世，徒令人怅望惋叹而已！

后期《无题》本属虚写，不必定派其为梦中。主体或男或女，亦不必求其必女。用冯浩的话来说，“借艳情寄慨”而已。

【历代笺评辑要】

屈复：“本无其人，意中如有红衣绿扇之人索归难我。浦外光远，烟中响微，实无其人，唯良宵烛下，独坐重帏而已。”

姚培谦：“此忆梦中所遇也。上四句，从《楚辞》‘若有人兮山之阿，被薜荔兮带女萝’翻出，‘浦外’，用洛妃事。‘烟中’，用李夫人事。良夜重帏，觉来惟有浩叹而已。”

冯浩：“三、四夏景，五、六言来而相语也。用事不必泥，盖又借艳情寓慨。”

张采田：“‘瑶台’指子直，‘相难复索归’与《谒山》一首同感。三、四点景。‘浦外’句所求更远。‘烟中’句所许太微。结即‘归来展转到五更，梁间燕子闻长叹’之意，极写怊怅失偶之状也。”

当代诸家　叶：“确有寄寓，并非艳词，但究何所指，实无从稽考。”刘、余：“姚氏谓忆梦中所遇，是也。……此篇与《无题》‘紫府仙人号宝灯’颇相类，可参读。”邓：“仿佛是一个梦境，这位‘相难复索归’的‘瑶台客’究竟何所指，无法考究，也不必考究。”黄：“此亦‘玉阳山系列’之恋诗。……此瑶台仙姝，当亦玉阳山灵都观女冠，或即宋华阳辈。……此诗写梦忆，见其于年轻时一段恋情之耿耿不忘也。”郑：从姚培谦说：“此忆梦中所遇也。”

57 昨日

大中三年春

昨日紫姑神去也，今朝青鸟使来赊[1]。
未容言语还分散，少得团圆足怨嗟。
二八月轮蟾影破，十三弦柱雁行斜[2]。
平明钟后更何事，笑倚墙边梅树花。

【注释】

〔1〕紫姑神：又名子姑，坑三娘娘，是中国民间传说中的厕神。南朝宋刘敬叔《异苑》卷五云："世有紫姑神。古来相传云是人家妾，为大妇所嫉，每以秽事相次役，正月十五日感激而死。故世人以其日作其形，夜于厕间或猪栏边迎之。祝曰：'子胥不在，——是其婿名也；曹姑亦归，——曹即其大妇也；小姑可出戏。'捉者觉重，便是神来。奠设酒果，亦觉貌辉辉有色，即跳躞不住。能占众事，卜未来蚕桑。"南朝梁宗懔《荆楚岁时记》"夕迎紫姑以卜农事"条亦云："其夕，迎紫姑，以卜将来蚕桑，并占众事。"　青鸟：神话中的信使。参阅《无题·相见时难》注。　赊：无，没有。说见"辨二"。

〔2〕二八月轮：指十六日夜圆如轮形的月。　蟾：蟾蜍，传说月里有蟾蜍，实即月中阴影。一般认为，阴历每月的十五月形正圆，十六起则由圆而渐亏，故曰"影破"。然亦可喻镜，说见"辨三"。　十三弦：指筝，一种拨弦乐器，战国时已流行于秦地，故又称"秦筝"。《急就篇》注："筝亦瑟类也，本十二弦，今则十三。"　雁行：指筝柱依序排列，有如雁行。　向按：筝另有五弦、十二弦、二十五弦者，此处特举十三，取其单数，言不得成双也。

【疏解】

首联云昨夜就卜于“紫姑神”，言今朝有信使来；然久待不至，终成虚言。“赊”，无也。以下种种嗟怨均由此“赊”字引出。次联回顾往昔，曾是未语先散，情款难通；欢晤短暂，嗟怨无穷。三联自陈心曲：“二八”句言早起对镜，则镜如月，影如蟾蜍，而深感月缺时多，圆时少；且时值十六，月始圆即缺，故曰“破”。“十三”句言理筝抒愁，则弦柱之形如斜飞之雁行，而其数常单而不得成双也。“更”字承此二事而来，言除了对镜添愁，理弦抒怨之外，平明钟后“更”能有何事？惨极。其后倚梅树之“笑”，亦应惨淡莫测，似笑而实哭也！

据此种期待甚切、遇合无缘之心态，则仍是寄意于李德裕。酌编于大中三年（849）之元宵次日。写意而已，不必一一坐实。

【辨一】“紫姑”喻女子？还是直接写所问之“紫姑神”？

旧注多以为“紫姑”喻某女子；以仙喻人，求其深反而浅了。

后期《无题》诸什，大都以女子自喻，而此篇中之对镜、理筝，正是女子情事；笑倚梅树，正是女子情态；至于“怨嗟”，也正是女子常有之心绪：若以来去之“紫姑”为女子，则已必为男子，这与通篇自叙心曲之辞绝不吻合。如其为“神”，则仅是依民俗“请紫姑神”问讯而已，这正是民间女子通常所行之事。神说：明朝必有信使。满心期待，结果却“赊”，即无。所以才引起以下的种种回想，种种行事，种种怨嗟。参阅“辨二”。

又，陆昆曾解《昨日》篇时断“紫姑神”为问卜，甚为精要，录如下备查：“上半言‘紫姑神去’，问卜无从；青鸟不来，音书断绝。何分散易而团圆之难得乎？下半曰‘蟾影破’，忧容辉之大减也；曰‘雁行斜’，悲踪迹之不齐也。一夜之间，百感交集，及至平明，自觉无谓。”

【辨二】说“赊”

张相《诗词曲语辞汇释》云：“此赊字骤难索解。细案之，此为七律，对仗工整，‘赊’字对‘也’字，系以助辞对助辞，可无疑义。意言紫姑昨去，青鸟今来，均之匆促离散，未得团圆而已。来赊，犹云来思或来兮。”

向按：张相此解为当代词典及所有李商隐研究者所接受。如仅就首二句相对而言，似是；若就全篇而言，则非。

一、张氏立论要点是“此为七律，对仗工整”，殊不知律诗首二句无须对仗工整；且自古及唐，未见有以“赊”为语助词之先例，因而也不必务求其“对仗工整”而强派其为助词。

二、如据张氏所言，则昨日姑去，今朝使来，交往频仍，何来怨叹？如以“未容言语”“少得团圆”承“姑”，则昨日欢晤虽短，然今朝信使已至，必有佳音，不至于怨嗟；如以“未容言语”“少得团圆”承“使”，则昨日欢晤已毕，今朝信使虽受阻，也不至如此怨嗟。如据张相之释，则“姑”“使”双承，并其“使”亦言“团圆”，无乃谬乎？求其真，则“紫姑”实为卜神，卜言“今朝”信使必至，结果是神去而使不至，才足以“怨嗟”也。

三、遇合无缘，稍聚即散，是李商隐后期《无题》的常见主题。“来是空言去绝踪”“车走雷声语未通”“身无彩凤双飞翼”“小姑居处本无郎”等等皆是。张氏释“赊”，本有相反二义，其释“有馀义”者，有“远”“长”“空阔”“多”“宽”等。如骆宾王《晚憩田家》：“心迹一朝舛，关山万里赊”等。其释“不足义”者，有“迟”“缓”“疏”“短”“衰”“少”“低”“差违”“空缺”“渺茫”，乃至于“无”。如张说《岳州作》：“土物南州异，关河北信赊。”韩翃《酬程延秋夜即事见赠》：“节候看应晚，心期卧亦赊。”刘长卿《奉送从兄罢官之淮南》：“渔竿吾道在，鸥鸟世情赊。”武元衡《崔敷叹春物将谢……留赠》：“九陌迟迟丽景斜，禁街西访隐沦赊。门依高柳空飞絮，身逐闲云不在家。”其义都接近于“无”。

特别应该指出的是：李商隐诗句尾用“赊”的例证不少。其中《喜雪》：“粉署闱全隔，霜台路正赊。”用“有馀义”，应释为“长”。《赠勾芒神》：“佳期不定春期赊，春物夭阏兴咨嗟。”用“不足义”，应释为“短”“迟”。《永乐县所居……即事一章》：“学植功虽倍，成蹊迹尚赊。”《病中闻河东公乐营置酒口占寄上》：“刻烛当时忝，传杯此夕赊。”则直用“无”义了。而用作“助辞”的，一例也没有。因此，此诗亦应以“赊”释“无”为佳。

度义山此诗意境：望人不至，卜之于神，神言明朝有信使至；待之明朝，即诗之“今朝”，信使却无（赊）。则怨思恨情杂沓而出矣！粤版《李商隐诗选》言此诗“清新流丽”“情调轻快”，皆由张相把“赊”字解作助词引出。依违之间，不可不慎也。

【辨三】“以月喻镜”说

以月喻镜，以镜喻月，皆诗家常法。此时乃十六日之平明，如以“二八月轮”为实写，则为时尚早，月尚未出；故此“二八月轮”必为咏镜，而又以镜喻月也。又，对镜窥影，乃女子“平明”之常事，闲来理筝，亦女子抒怨之常法。对镜、理筝之后，仍是百无聊赖，才有“平明钟后更何事”惨戚之问，井然有序。释月，则意脉乱矣。

【历代笺评辑要】

朱鹤龄：“此感人心之判合不可必也。”

姚培谦：“此感人心之不可必也。昨日轻离，今朝无信（向按：姚说“赊”取“无”意），去不知其何以去，来不知其何时来。大抵蟾影一破，必无重圆之理；雁柱本单，那有复双之时？平明钟后，惟有梅树无心，笑倚墙边而已。浪蕊浮花，岂足恋耶？”

程梦星：“此亦惜别之词，别无寄托。”

冯浩：“诗为元夕次日作。三句忆匆匆往还，四句叹欢聚甚少，五取破镜之义，六作哀筝之调：皆互见为令狐所赋诸诗中。结则极状无聊矣。”

张采田：“此篇寄意令狐，屡启陈情不省，故托艳体以寄慨。”

陆昆曾：说已引用，不赘。

当代诸家　叶：“这是失意之馀怅叹仕途多乖之作。”刘、余：“此离别相思之作。……内容则记昨日小会遽别，兼写今日相思。‘紫姑神’即喻所爱女子，兼点‘昨日’之为元宵佳节。……七八当是遥想对方明日清晨笑倚梅树情景。”邓：“细味全诗，可能是所爱的女子，因小故而离去，故借此以寄意。”黄：“诗记昨日与所思小会遽别，今晨信使未至（向按：黄说“赊”亦取“无”意），小悬思念。……此以紫姑神为喻之女子，当亦女冠之流。”郑：“本篇是怨别之诗，别无寓意。”

58 人欲

大中三年

人欲天从竟不疑，莫言圆盖便无私〔1〕。
秦中已久乌头白，却是君王未备知〔2〕！

【注释】

〔1〕人欲天从：《尚书·泰誓》："民之所欲，天必从之。"此处反其意而用之，"人欲"指奸佞小人之欲壑，而天竟不疑而从之。纪昀注："不疑"当作"可疑"。张采田《辨正》："作'不疑'方与下句'无私'意合。仅此一字，即可知纪氏阅诗之鲁莽矣。" 圆盖：天。宋玉《大言赋》："方地为车，圆天为盖。"

〔2〕秦中：秦国，战国时燕太子丹为质之地。冯浩注引《燕丹子》云："燕太子丹质于秦，欲归，秦王谬言曰：'乌头白，马生角，乃可。'乃仰天叹，乌即白头，马为生角。秦王不得已而遣之。"

【疏解】

此诗为李德裕久贬不归而作，酌编于大中三年（849）。

首句言彼奸佞小人之欲壑，而天竟不疑而从之。次句言如此看来，则上天亦乏公正无阿之心，而竟徇私情矣。三句以燕太子丹喻李德裕，言李氏一贬洛，再贬潮，三贬崖，时日已久；"乌头白"，表示天地万物皆知其冤。四句一转，可是君王为群小所蒙，却一点也不知道啊。岂不冤哉！李商隐正气凛然，时作狮子吼，此诗是其中之一。

叶葱奇认为此诗为文宗受制于宦官而作，非是。其事虽有"天从人欲"之慨，然与"秦中已久""君王未知"均不相谐。执一而断，其谬类此。邓中龙认为："考李商隐一生的经历，在他的上司或朋辈中，能当得起本诗所说的，就仅李德裕一人。而能够引发出李商隐写此诗之动机的，也仅有李德裕一人。”所言甚是！

【历代笺评辑要】

何焯：“此必行役既久，而切求归之思，故云。”

徐夔：“诗似为赞皇崖州时作。赞皇之贬，当时有深快之者，如飞卿题卫公诗二首，痛诋之至，所谓‘人欲天从’也。”

程梦星：“燕太子丹质于秦，唐时绝无相类之事。义山作此，或不得志于幕官，求归不得之寄慨也。‘君王’二字不必过拘，仅借其事以发羁怀耳。”

张采田：“（徐夔）说似可从。末二句言天意皆知其冤，而无如吾君为群小所蒙，至死不悟也。”

当代诸家　叶：“这首诗似乎是为文宗李昂受制于宦官仇士良等而发，措语非常愤激，非常沉痛。”刘、余：“由怨‘天’而及于怨‘君’，正可见作者意之所向。……此诗虽有寓慨，然未必针对某一具体事件而发。”邓：说已引用。黄：“此诗当亦有为而发。……徐（夔）、张（采田）之说可从。”郑：“义山长期在外做幕僚，备受艰辛，日日思归，望眼欲穿，怨恨无极，君亦无知，天亦无公，故有此诅咒之辞。”

59 射鱼曲

大中二、三年

思牢弩箭磨青石，绣额蛮渠三虎力[1]。
寻潮背日伺泅鳞，贝阙夜移鲸失色[2]。
纤纤粉簳馨香饵，绿鸭回塘养龙水[3]。
含冰汉语远于天，何繇回作金盘死[4]。

【注释】

〔1〕思牢：竹名，又作篾簩。晋嵇含《南方草木状》："篾簩竹，皮薄而空多，大者径不过二寸，皮粗涩，以镑犀、象，利胜于铁。"《玉篇》："篾，竹，有毒，伤人即死。"《文选·吴都赋》注："簩竹，有毒，夷人以为觚，刺兽中之则必死。" 磨青石：古代南方民族不会炼铁，故常以青石磨竹使其锋利。 绣额：我国古代南方民族中的一种纹身风俗；在额上雕刻花纹，涂以色彩，亦称"雕题"。《说文》："题，额也。" 蛮渠：南方民族首领。

〔2〕贝阙：传说大海中的水下宫室。

〔3〕簳：小竹，此处指钓竿。 绿鸭：雄性野鸭头颈绿色，此处借指碧绿的水色。 养龙水：屈复称，"犹言养鱼池也"。

〔4〕含冰：唐宫殿名，此处泛指朝廷。屈复注："《唐六典》：大明宫在禁苑东南，内有麟德、凝霜、三清、含冰、水香、紫兰等殿。"清徐松《唐两京城坊考·大明宫》："蓬莱之西偏南馀有支陇，因坡为殿曰金銮。环金銮者曰长安，曰仙居，曰拾翠，曰含冰，曰长阁，曰紫兰。" 汉语：指可作鉴戒的事例或语言。《后汉书·荀爽传》：荀爽"集汉事成败可为鉴戒者，谓之《汉语》"。 何繇："繇"同由。为什

么，怎么能。

【疏解】

古籍中常有以箭射鱼的记载，《史记·秦始皇本纪》中有连弩射杀巨鱼的壮举，张籍《寒塘曲》中有“持烛照水射游鱼”的雅玩；李商隐宦游昭桂，亲见南方土著猎鱼场景，有感而有是作。又，大唐王朝天子姓李，因李、鲤同音而赐大臣佩戴“鱼符”：因此，李商隐把朝廷政要白敏中、令狐绹等对已贬潮州的皇族李德裕的“追杀”，称之为“射鱼”，算得上是一个寓意清晰的命题。

《新唐书·李德裕传》载：“白敏中、令狐绹、崔铉皆素仇，大中元年，使党人李咸斥德裕阴事。故以太子少保分司东都，再贬潮州司马。明年，又导吴汝纳讼李绅杀吴湘事，而大理卿卢言、刑部侍郎马植、御史中丞魏扶言：‘绅杀无罪，德裕徇成其冤，至为黜御史，罔上不道。’乃贬为崖州司户参军事。”

一个“使”字，一个“导”字，再加上一个表示连接并进层关系的“而”言，终于把李德裕送上了谪贬崖州的不归之途。

《旧唐书·李德裕传》载“德裕既贬，大中二年，自洛阳水路经江、淮赴潮州”，由潮赴崖路线不详。李商隐《失猿》中的“莫遣碧江通箭道，不教肠断忆同群”的祈请，正是在牛党后继者赶尽杀绝的追击下，为李德裕之处境危厄而发。《射鱼曲》写作时间与《失猿》相近，大略是风闻李德裕又由潮贬崖的消息后的激愤之作。

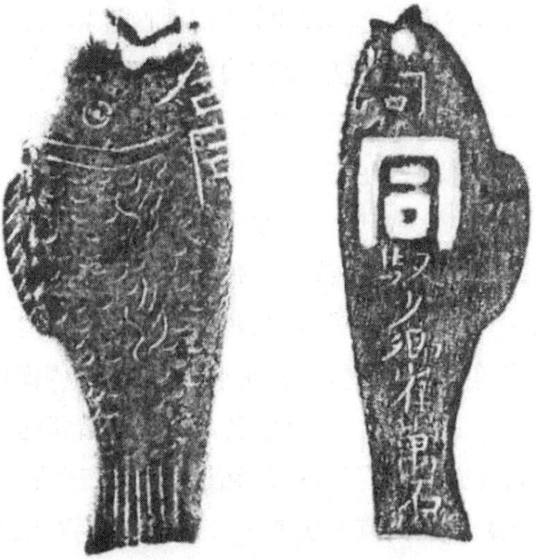

唐代鱼符

首联写射鱼者杀气腾腾的备战情景。其人为额上刺青的蛮族首领，且力大无穷，具有“三虎”之力。其武器则是用思牢竹做成的有毒箭弩，且在青石上磨砺得特别锋利。“射鱼者”指的是白敏中、令狐绹等牛党当权者。次联“潮”暗指潮州，“日”指当今皇帝宣宗，“泗鳞”指已贬潮州的李德裕。

大中二年（848）二月吴湘狱结案时，宣宗帝对已贬潮州的李德裕表示过“从宽”，不再加重处分。其《科吴湘狱敕》（《全唐文》卷八十三）云：“李德裕先朝委以重权……昨以李威（旧、新《唐书》作‘咸’）所诉，已经远贬，俯全事体，特为从宽，宜准去年敕令处分。”然而时隔半年，却在九月收复维州后下制书曰：“朕务全大体，久为含容，虽黜降其官荣，尚盖藏其丑状。而睥睨未已，兢惕无闻，积恶既彰，公议难抑。是宜移投荒服，以谢万邦。中外臣僚，当知予意。可崖州司户参军，所在驰驿发遣，纵逢恩赦，不在量移之限。”

所谓“睥睨未已”，指的是李德裕仍在窥伺机会，试图东山再起。这实际上是栽赃。欲加之罪，何患无辞。所谓“公议难抑”，指的是白敏中、令狐绹之流发动党羽，不断地追奏、弹劾，制造舆论，不依不饶，使得追剿李德裕的叫嚣声无法平息。

“寻潮”双关，明写观察潮头动向而监测水下生物，实写牛党大渠们背开皇帝的视线（即“背日”），继续阴谋寻仇潮州，正拉满“思牢弩箭”，窥伺“泗鳞”的动向，准备再次痛下杀手。他们终于如愿以偿了：“贝阙夜移”，李德裕再贬崖州。冯浩注：“‘贝阙夜移’，谓移崖州而卫公失色，自知必死矣。”

诗的前半首写的是射鱼者杀气腾腾地追猎海中大鱼，诗的后半首笔锋一转，写的却是在平静的养鱼池中，用细竿香饵来诱猎小鱼。

以李德裕为“泗鳞”，一般认为可解。那么，养护在“绿鸭回塘”且贪食鱼饵的小鱼指的是谁呢？研究者大多以为不可解。冯浩说：“‘纤纤’以下费解。”张采田也说：“惟‘寻潮背日’句尚可附会，以下则真谜语矣。”其实，只要能细心地研讨文本，理清思路，钓鱼者、被钓者是不难判断的。

三联“纤纤”两句的意思是：钓鱼竿是带粉的嫩竹制成的，柔软而细长，悬挂着馨香的鱼饵；那鸭绿色的回塘里，本来就飘荡着足以滋养鱼群的水。四联中的“含冰”是唐宫殿名，借指朝廷。“汉语”，指可作鉴戒的成败故事。两句连缀的意思是：那朝堂上可作鉴戒的成败故事早已被抛到九霄云外；但是，你为什么一定要贪食鱼饵，死在餐桌上的金盘里呢？

【辨】贪食鱼饵的“小鱼们”是谁？

可以肯定的是：射鱼者与钓鱼者本属一体，是牛党当权者在政治斗争中展现在不同对象面前的不同面貌。至于“小鱼”，当代学者黄世中论定：“意当时卫公门下多有‘背李投牛’者，故义山以回塘之鱼比而隐刺之。”又云：“诗意重在咏鱼，而非咏射鱼之人。”

向按：黄世中先生以为李德裕是大鱼，其门下“‘背李投牛’者”为小鱼，于诗可通，然于史无据。不得称为确解。查旧、新《唐书》及《资治通鉴》，李德裕累贬之后，牵连受贬者甚多，如：工部尚书、判盐铁转运使薛元赏贬忠州刺史；京兆少尹、权知府事薛元龟贬崖州司户；权知吏部尚书铨事柳仲郢出为郑州刺史；郑肃罢相，出为荆南节度使；给事中郑亚先出为桂管观察使，后又贬为循州刺史；西川节度使李回贬湖南观察使；等等。

此外，还有不肯落井下石的，如中书舍人崔嘏，因“作诏不肯巧傅以罪”，“坐书制不深切，贬端州刺史”。有不肯诬引自保的，如“淮南府佐魏铏就逮，吏使诬引德裕，虽痛楚掠，终不从，竟贬死岭外”。还有“丁柔立者，德裕当国时，或荐其直清可任谏争官，不果用。大中初，为左拾遗。既德裕被放，柔立内愍伤之，为上书直其冤，坐阿附，贬南阳尉。”（均见《新唐书·李德裕传》）唯独没有“背李投牛”的。

那么，这些养护于“绿鸭回塘”，被馨香食饵钓起的小鱼到底指谁呢？我们认为，指的正是那些经不起蛊惑利诱，为牛党当权者充当了前台打手的宵小之辈。

如李咸。《旧唐书·李德裕传》载：“大中初，敏中复荐铉在中书，乃相与掎摭构致，令其党人李咸者，讼德裕辅政时阴事。乃罢德裕留守。”《新唐书·李德裕传》也说：“使党人李咸斥德裕阴事。”既称其为“党人”，当已是养殖于“绿鸭回塘”之辈，既“使”又“令”，指派之意明显。

如吴汝纳。《旧唐书·吴汝纳传》载：“初，武陵坐赃时，李德裕作相，贬之。故汝纳以不调挟怨，而附宗闵、嗣复之党，同作谤言。”《新唐书·李德裕传》载：“明年，又导吴汝纳讼李绅杀吴湘事。”既有个人私怨，也有白敏中等人的诱导、指使，所以他站在了攻击李德裕的第一线。

还有崔元藻。据《旧唐书·吴汝纳传》，崔元藻原本是朝廷派往淮海覆查吴湘案的“制使”，但他的回复避重就轻，对足以判吴湘死刑的情节轻描淡写说：“据款伏妄破程粮钱，计赃准法。”对吴湘案中无足轻重的情节，却强调其“小有不同”：“其恃官娶百姓颜悦女为妻，则称悦是前青州衙推。悦先娶王氏，是衣冠女，非继室焦所生，与扬州案小有不同。”所以，“德裕以元藻无定夺，奏贬崖州司户。”等到吴汝纳进状，追元藻覆问时，史称：“元藻既恨德裕，阴为崔铉、白敏中、令狐绹所利诱，即言湘虽坐赃，罪不至死。又云，颜悦实非百姓，此狱是郑亚首唱，元寿协李恪锻成，李回便奏。遂下三司详鞫。故德裕再贬，李回、郑亚等皆窜逐。”

此外，还有曲心断案的大理卿卢言、刑部侍郎马植、御史中丞魏扶等人。

“金盘”之喻确切。《旧唐书·吴汝纳传》载：“吴汝纳、崔元藻为崔、白、令狐所奖，数年并至显官。”

结句“回作金盘死”以“何繇”牵出，表明它并非实写，而是李商隐的满怀鄙夷之情的质问和诅咒。假如起起伏伏近四十年的牛李党争并未就此结束，假如李德裕能重返朝堂再次掌权，这些置身“金盘”的经不起威胁利诱的落井下石的小人，其结果又当如何呢?

【历代笺评辑要】

朱鹤龄：“此诗亦讽求仙。”

朱彝尊：“义山学杜者也，间用‘长吉体’作《射鱼》、《海上》、

《燕台》等诗，亦多不可解。……疑是唐人风习，故为隐语，当时之人自能喻之，传之既久，遂莫晓所谓耳。”

屈复：“此借射鱼而讽唐武宗之求仙也。”

程梦星：“此为郑注而作。”

姚培谦：“此叹祸机之不可忽也。弩劲矢铦，蛟龙引避。不必言矣。乃至绿鸭回塘，潜藏得所，而身荐金盘，竟为粉蘚馨香所误，祸机之不测如此！”

姜炳璋：“此指当时节度使之跋扈如刘稹者。”

冯浩：“盖悲李卫国（公）贬崖州而作。首二句谓射鱼之具甚利，而人甚猛也。‘寻潮’暗点潮阳，‘背日’谓远离京华，‘泗鳞’喻卫公，‘伺’，日夜有人伺察也。‘贝阙夜移’，谓移崖州而卫公失色，自知必死矣。‘纤纤’以下费解。似谓自有清幽美境可娱此身，今则远不可即，何由归死于故土乎？”

张采田：“余细审之，若以为指杨嗣复贬潮事，似尤通。……”

当代诸家　叶：“冯氏则认为‘盖悲李卫公贬崖州而作’，这倒很对。……五句比崖州司户禄俸微薄，……六句说他处在……穷陬海隅。……末二句说皇帝深居九重，和天一样辽远，申辩无从，怎样能回京为国死在君前呢？”刘：“姚谓叹祸机之不可测，近之。一则有所戒惧而得免强弩利镞之祸，一则卒为利诱而丧身，两相对照，似戒香饵之不可近更切诗意。诗必有所为而作，然不必定指某人某事，虚解为佳。”黄：已引用。邓：“天下事往往要从正反两面去看，钓者诚然有负于鱼，如果鱼儿不上钩，则钓者欲负无从了。……依商隐此诗的末句来看，恐怕鱼儿也是要负责任。否则，‘何繇’二字，便显得没有意义了。”郑：“本篇写蛮酋以强弩利剑（箭）射鱼，反不能得鱼；而另有人以香饵钓鱼却有所收获。姚培谦曰：‘此叹祸机之不可测也。’近是。”

60 无题四首之一，来是空言

大中三年春

来是空言去绝踪，月斜楼上五更钟。
梦为远别啼难唤，书被催成墨未浓。
蜡照半笼金翡翠，麝熏微度绣芙蓉[1]。
刘郎已恨蓬山远，更隔蓬山一万重[2]。

【注释】

〔1〕笼：动词，笼罩。　翡翠：一种毛色艳丽的鸟。《说文》："雄赤曰翡，雌青曰翠。"此处指用金色描画在灯罩上的翡翠图案。向按：冯浩引《楚辞·招魂》"翡翠珠被，烂齐光些"，以为指用金线绣成翡翠鸟图样之帏帐或被，不通；因为与下句之"微度绣芙蓉"相犯。朱鹤龄引刘遵诗"金屏障翡翠"，以为指屏，可通。但观"半笼"二字，以叶葱奇先生所讲的"指琉璃灯（罩）上描金的翠雀"比较合理。　绣芙蓉：绣有芙蓉花的织物。朱鹤龄引崔颢《虞姬篇》"水晶帘箔绣芙蓉"，以为指帘；冯浩引杜甫诗《李监宅二首》"褥隐绣芙蓉"，以为指褥；另，鲍照诗《拟行路难》有"七采芙蓉之羽帐"，白居易诗《长恨歌》有"芙蓉帐暖度春宵"，故亦可指帐。向按："绣芙蓉"无定指。但前有"度"字；"度"者，透过也。释"褥"者非，释帏帐帘幕之类的织物为是。

〔2〕刘郎：指汉武帝刘彻。唐李贺《金铜仙人辞汉歌》："茂陵刘郎秋风客，夜闻马嘶晓无迹。"　蓬山：即蓬莱山，传说中海中三神山之一。汉武帝信方士言，多次派人在海中寻找该仙岛不得，"于是作建章宫，度为千门万户。前殿度高未央。其东则凤阙，高二十馀丈。其西

则唐中数十里虎圈。其北治大池渐台，高二十馀丈，名曰泰液。池中有蓬莱、方丈、瀛洲、壶梁，象海中神山龟鱼之属。其南有玉堂、璧门、大鸟之属。乃立神明台、井幹楼，高五十丈，辇道相属焉。”（《史记·孝武本纪》）参阅前《无题·相见时难》。

【疏解】

大中二年（848）冬，李德裕由潮贬至崖州。大略是大中三年（849）春末，有是作。时李商隐在京，京兆尹留假参军事，专章奏。

这是李商隐诗中最大的一组《无题》诗，由于体制不同，内容各异，注家大都以为并非一时之作。其说非是。其实，该组诗首章写远别之恨，次章写盼归之情，三章追忆遇合无缘，四章自叹美人迟暮。脉络是清晰的：由梦而思，由思而忆，由忆而叹，层次井然。似乎没有必要把它们强行分割。详见后“之三·辨一”。

本篇写的是远别之恨。起句先斥其“来”为“空言”之诺，后诘其“去绝踪”之行，突兀飘忽，怨语娇憨；次句写楼高月斜，更长夜永，一枕凄凉。三句写梦里远别，情真而“啼”，却呼唤不出，是真梦境也；四句写醒后情急，飞笔疾书而不待墨浓。“蜡照”句写烛光透过描金画翠的半截灯罩，映照得满堂温馨，反衬出索寞无奈；“麝熏”句写绣有芙蓉花的帏帐幽香可透，只可叹人去帐空。如此凄凉如此夜，其离情别恨，不待言即喷薄而出矣。

前者，李德裕贬潮之际，李商隐在《无题·相见时难》中尚有“蓬山此去无多路”之宽慰语。此日已进而远贬珠崖，强作宽慰而不能，故有“更隔蓬山一万重”之怨愤。“已恨”句回顾前诗，用于铺垫；“更隔”句直指现实，用于比较。先抑后扬，层递而进，大有仰天捶胸号啕大哭之状，把悲愤之情发挥到了极致，撼人心弦！

【辨】本诗之“刘郎”为汉武帝辨说

旧注多以本诗之“刘郎”为刘晨，其实，李商隐指的是汉武帝。

据晋干宝《搜神记》等书记载，刘晨、阮肇共入天台采药迷路，遇二仙女，相聚半年后始归，子孙已过七代，重入天台山，踪迹渺然。

据此，则：一、此故事主人公二人，惯称“刘阮”，其遇仙、寻仙之地为天台山，与蓬山无涉。二、天台山本在陆地，人人可到，只是仙女难求；与“已恨蓬山远”及“更隔”之说不符。三、据《史记·孝武本纪》，汉武帝多次遣方士寻找蓬莱山。又作建章宫，宫中治大池，池中有蓬莱、方丈、瀛洲之属。参阅注〔2〕。四、李贺在《金铜仙人辞汉歌》中写道：“茂陵刘郎秋风客，夜闻马嘶晓无迹。”称汉武帝为刘郎，也为李商隐所习用。李商隐《海上谣》云：“刘郎旧香炷，立见茂陵树。”又云：“紫鸾不肯舞，满翅蓬山雪。”“刘郎”“茂陵”与“蓬山”连用，可见，其“刘郎”确系指多次追寻“蓬山”而不可得之汉武帝也。

61 无题四首之二，飒飒东风

大中三年春

飒飒东风细雨来，芙蓉塘外有轻雷[1]。
金蟾啮锁烧香入，玉虎牵丝汲井回[2]。
贾氏窥帘韩掾少，宓妃留枕魏王才[3]。
春心莫共花争发，一寸相思一寸灰[4]。

【注释】

〔1〕飒飒：风声。屈原《九歌》："飒飒兮木萧萧。" 轻雷：疑似车声。《长门赋》："雷隐隐而响起，声象君之车音。"纪昀："从《诗·殷其雷》化出。"向按：《殷其雷》共三章，首章云："殷其雷，在南山之阳。何斯违斯，莫敢或遑？振振君子，归哉归哉！"二、三章略同。这是一首呼唤远役丈夫早日归来的诗，此处暗用，有一定的象征意义。

〔2〕金蟾啮锁：道源注："蟾善闭气，古人用以饰锁。"《海录碎事》："金蟾，锁饰也。"很正确。另有朱彝尊注为"镇饰"，冯浩引陈帆注为"香器"。两说皆非。"锁"与"入"命意相反，特取其矛盾，以见其执着；释为镇饰、香器，则情味淡然矣。李商隐《和友人戏赠二首》云："殷勤莫使清香透，牢合金鱼锁桂丛。"亦即此意。不同者，此锁以鱼饰，前锁以蟾饰而已。 玉虎：《海录碎事》："辘轳也。"丝：井索。李贺《后园凿井歌》："水声繁，丝声浅。"所谓玉虎即虎形辘轳。朱鹤龄注玉虎为井栏之饰，错。盖以功能而言，玉虎即辘轳也；以外形而言，辘轳即玉虎也。以"井栏之饰"释之，则不能"牵丝"了。

〔3〕贾氏，贾充女。 韩掾：掾是分曹治事的属吏。据《世说·惑

溺》：韩寿美姿容，贾充辟以为掾。充每聚会，贾女于青琐中见寿而悦之，遂与之通。自是充觉女盛自拂拭，说畅有异于常。后会诸吏，闻寿有奇香之气，是外国所贡，一着人则历月不歇。充计武帝唯赐己及陈骞，余家无此香，疑寿与女通，乃取女左右婢拷问，即以状对。充秘之，以女妻寿。 宓妃，指魏文帝甄后。魏王，指魏东阿王曹植。参阅前《可叹》注。

〔4〕灰：指心如死灰。喻绝望。《庄子》："心固可使如死灰乎？"

【疏解】

前章写梦中之真，此章写醒时之幻。

第一联从景物入手，写得有声有色，飘逸轻盈。"轻雷"句叠用《长门赋》《诗·殷其雷》两典，由真入幻，在芙蓉枕上辗转难眠的女主人公，似乎在轻风细雨之中，已经隐隐听到意中人归来的车声了。足见其思念情切，已使其寝处不宁了。

次联回归现实，作激励语。"金蟾"句立足于门外，强调一个"入"字，言即便有"金蟾啮锁"之坚固，也可以化作一缕香烟，穿透而入。"玉虎"句立足于井上，强调一个"回"字。言即使是沉入深井，也可以绞动辘轳，放下长索，牵引而回。这两句，是事在人为、人定胜天的激励语。此时李德裕远贬朱崖，此"入"此"回"，表现了李商隐对李德裕回朝主政的期盼，其坚毅决绝处，力透纸背。

三联转为反思和自叹。言"贾氏窥帘"，是因为韩掾少年英俊，"宓妃留枕"，是因为魏东阿王才华横溢。陆鸣皋在论及本诗中的这两句时说："义山用事，大半借意，如'贾氏'二语，只为一'少'字、'才'字，是属确解。而人舍此不求，徒以'窥帘''留枕'事实之，则失作者之意，而前后、上下自相格塞，知此，始可与读李矣。"因此，这两句诗中蕴含的潜台词是：如今的我青春已逝，没有韩掾之"少"，且自谦资质鲁钝，没有曹植之"才"，即使李德裕回朝主政，还能看得上我吗？用得上我吗？从而引出尾联的自制、自警之词。

值此春花怒放之日，春心萌动之时，然而主人公在结句中却用了"莫共花争发"一语以自警：因为多次希望，终成失望，而失望之痛苦，已使人不敢再存一丝希望了；即令再怀希望，也终将会以绝望而告终啊。其情思宛转如此！

最为奇者，是把相思之情用“一寸”来量化，乃至物化。因为最终它竟被相思的烈焰焚烧成灰。“成灰”者，绝望也。即，有多少“寸”相思，就会有多少“寸”绝望。正因为既已知其如此，则不得不用“莫共”一词来对那颗萌动的“春心”强作按捺，从而逼出“一寸相思一寸灰”这一千古名句。然而叹声未落，其幽思深愤，已突破强行抑制的感情的闸门奔突而出了！《唐诗鼓吹评注》云：“末则如怨如诉，相思之至，反言之而情愈深矣。”

他的“意中人”是谁？我们说，是远贬珠崖的李德裕。

此时他已深知，他的“意中人”，是很难回来了！

62 无题四首之三，含情春晼晚　　大中三年春

含情春晼晚，暂见夜阑干[1]。
楼响将登怯，帘烘欲过难[2]。
多羞钗上燕，真愧镜中鸾[3]。
归去横塘晓，华星送宝鞍[4]。

【注释】

〔1〕晼晚：日将暮。《楚辞·九辩》："白日晼晚其将入兮，明月销铄而减毁。"朱熹集注："晼晚，景昳也。"昳：日过午偏斜。　阑干：北斗横斜的样子。曹植《善哉行》："月没参横，北斗阑干。"指夜已深，北斗星呈横斜状。

〔2〕烘：《尔雅·释言》曰："燎也。"冯浩注："《诗》：'卬烘于煁。'烘，燎也。而实取照物之义，故用之。"向按：烘，又同"哄"，"帘烘"指帘内人声喧闹，灯火辉煌。

〔3〕钗上燕：据《洞冥记》：汉武帝元鼎元年（前116），"神女留玉钗以赠帝，帝以赐赵婕妤。至昭帝元凤中，宫人犹见此钗。黄訹欲之。明日示之，既发匣，有白燕飞升天。后宫人学作此钗，因名'玉燕钗'，言吉祥也。"　镜中鸾：指对镜睹同类而悲，一奋而绝的鸾。参阅前《鸾凤》注。

〔4〕横塘：并非古建业（今南京市）之横塘；而是李商隐在京居住地附近之南塘。　华星：明星。冯注："魏文帝诗：'华星出云间。'（《芙蓉池作》）此华星，启明也。彼既入朝，我则归矣。"

【疏解】

第三首诗记录了作者试图拜谒某贵人，无功而返的情景。

首联写在一个春天的傍晚，他满怀旧情，去拜见已是官居高位的旧友，然踝躞不前，直至北斗横斜的深夜。次联云，本欲登楼，因楼板响声太大而陡生怯意；本欲入室，见帘内人声喧闹，灯火辉煌而举步艰难。句中之“过”，过帘也，亦即入室也。“欲过难”者，实则知难而止，未入室也。三联为自思自忖之词：为自己不能如匣中之钗，化为白燕而一飞冲天而自羞；为自己不能如镜中之鸾，顾影自怜，一奋而绝而惭愧。前者指的是不仰仗于人而自立功名，后者指的是不乞怜于人而以死铭志。两者均不能，故“羞”而且“愧”，“多”而且“真”。就这样，他迁延至天晓黯然而退，在启明星的陪伴下回到了横塘。

这个要拜见的人是谁？从他返京之后的人事关系以及被拜谒者的社会地位而言，的似令狐绹。其后有《九日》诗云：“郎君官贵施行马，东阁无因再得窥。”与本诗前呼后应。不同的是，后者是夹叙夹议，恣情放纵；本篇则是低眉缄口，纯属纪实。为什么？此时尚存侥幸之心，还得有求于人也。

【辨】《无题四首》体例辨说

在所有李商隐的《无题》诗中，这组统称为《无题四首》的组诗体例最为混杂。就诗体而言，两首七律，一首五律，一首七古，简直是杂乱无章。就主人公而言，前两首是彻夜不眠的思妇，第三首是星夜而归的男子，第四首则是老大不嫁的剩女，性别、年龄混杂。就诗篇立意而言，一、二、四首都是寄托深微的寓言，而本篇则是直陈其事的实录。就风格而言，前二首是秾丽炽烈的抒情，本篇是笔墨生涩的速写，后首则是质朴无华的白描。因此有人以为它们“并非联章之作”。而强作“联章”之解者，也大多顾此失彼，不能自圆其说。

其实，我们在《商於》“李商隐返京途中思想发展脉络辨”中就已经指出：返京之后的李商隐，过的是两面人生的生活。一方面，他仍然在怀旧，以思妇的心态继续着他的“无题”之恋；另一方面，他还不得不强作欢颜地与令狐绹维持旧谊，写一些或明或暗地干谒令狐绹的诗文；与此同时，他还会情不自禁地自思自忖，为自己的命运多舛而长叹。本题中的四首诗，其一、其二属于第一种，其四属于第三种，本篇则是他心怀干谒之意探访令狐绹后的一篇意绪颓然的实录。

为了证明这种“联章”存在的合理性，邓中龙在《李商隐诗译注》中列举了李商隐集中同一题目而有诗多首，其中体例绝不相类者六处。其实，这种解说也大可不必。因为，《无题》之题，本无定体；《无题》题下联章之作，也无定格。最早的《无题二首》中，《八岁篇》是五古，《幽人篇》则是五律；《八岁篇》写的是恋情，《幽人篇》写的则是倦游。如果一定要找，它们的相同点只是：1. 写作时间相距不远；2. 写作情绪有一定的因袭性；3. 作者觉得不必，因此也没有刻意地为它们制作题目，便顺势“联章”，统称《无题》而已。

本篇中的四诗组合，其“相同点”大体也就是如此。

63 无题四首之四，何处哀筝

大中三年春

何处哀筝随急管，樱花永巷垂杨岸〔1〕。
东家老女嫁不售，白日当天三月半〔2〕。
溧阳公主年十四，清明暖后同墙看〔3〕。
归来展转到五更，梁间燕子闻长叹。

【注释】

〔1〕筝：一种弹弦乐器。《礼记》：“丝声哀。”故此言“哀筝”。永巷：长巷，深巷。似借用宫中“永巷”，以隐射其老大不嫁也。

〔2〕东家老女：大龄未嫁女子。宋玉《登徒子好色赋》有“臣里之美者，莫若臣东家之子”，《战国策·燕策》有“处女无媒，老且不嫁”，梁乐府《地驱歌乐辞》有“老女不嫁，蹋地唤天”等。向按：此处多典叠用，似有似无。作者以美女无媒自喻，极写迟暮之恨。

〔3〕溧阳公主：南朝梁简文帝女。朱鹤龄引《梁书》云：“溧阳公主，简文帝女也。年十四，有美色，侯景纳而嬖之。”向按：今本《梁书》无此引文，“年十四”亦不见于其他文史。《南史·梁简文帝纪》的原文是：“侯景纳帝女溧阳公主，公主有美色，景惑之，妨于政事。”然细读本诗，“年十四”亦如“三月半”，皆神来之笔，不必泥看。

【疏解】

第四首一变而为七古，仄韵。极写迟暮苍凉之感，沉沦不安之态。“东家老女”自喻。“溧阳公主”，喻朝中新贵，然亦不必特指令狐。

首二句写他人之欢乐，“何处”一问，牵出灼灼樱花，依依杨柳，曲岸幽巷，急管繁弦，极尽宴赏笙歌之乐。其言“哀筝”者，盖听者自哀也。三、四句一转，以“东家老女”自喻，言空有绝代容华，婚嫁失时，值此丽日佳辰，形只影单。且“白日当天”，过此即成斜晖；“三月”已“半”，则青春不再也。

五、六句又一转，承一、二句，借娇小美丽的溧阳公主，写仕宦得意的新进少年，暖后踏青，赏心乐事，招来许多人同墙而看，引发起无比的羡艳之情。七八句又一转，承三、四句，写看后之思，辗转反侧，通宵达旦；其忧思之深，寂寞之苦，均不言而喻了。通篇用对照法，两句一转，一转一叹，着笔清丽，而苍茫之感自出。

薛雪在《一瓢诗话》中论及此诗时说：“意云永巷樱花，哀弦急管，白日当天，青春将半；老女不售，少妇同墙，对此情景，其何以堪？辗转不寐，直到五更，梁燕闻之，亦为长叹。此是一副不遇血泪，双手掬出，何尝是艳作？”

【历代笺评辑要】

朱鹤龄：“窥帘留枕，春心之摇荡极矣！迨乎香消梦断，丝尽泪干；情焰炽然，终归灰灭。不至此，不知有情之皆幻也。……义山诗即此义，不得但以艳语目之。”（书于《无题四首・之二》后）

吴乔：“此诗与‘相见时难’皆是致书于绹时作，即旧《传》所言‘屡启陈情’也。……（飒飒东风五、六）言己才藻足为国华，绹不拔擢也。……（含情春畹晚）末句有‘归’字，则知此联言在绹处之次且也。……（何处哀筝三句）自比，（五句）比绹。”

何焯：“此等只是艳诗，杨孟载说迂缪穿凿，风雅之贼也。”向按：杨孟载，即杨基。他认为《无题》诗“皆托于臣不忘君之意”。

姚培谦：“（何处哀筝）前四句写迟暮不遇之叹。‘溧阳’二句，以逢时得志者相形。‘归来’二句，恐知己之终无其人也。读至此首，前三章之寄托可知。”

程梦星：“此四首则已入茂元幕府时感叹之作。”

纪昀：“（飒飒东风）‘贾氏窥帘’以韩掾之少；‘宓妃留枕’以魏王之才。自顾生平，岂复有分及此！故曰‘春心莫共花争发，一寸相思一寸灰’。……四首皆寓言也。此作较有韵味，气体亦不堕卑琐。

《无题》诸作，大抵感怀托讽，祖述美人香草之遗，以曲传郁结，故情深调苦，往往感人。”

冯浩：“此四章与‘昨夜星辰’二首判然不同，盖恨令狐之不省陈情也。”

当代诸家　叶：“第一首叙说重入秘阁，无成而去。……第二首后半和第三首叙述势孤力薄，身少支援，但又不愿暮夜叩门，钻营干请，然后落到怏怏离去，到第四首用离开秘书省，归来长叹作结。四首章法，层次井然不紊。”刘、余：“综观前三首，主角或男或女，时时变换，情事又各不相关，谓其有意借艳情作连章之寄托，实属穿凿附会。然爱情之失意与仕途之失意，形态本有相似处，于吟咏失意爱情时融入政治上失意之感，亦属可能。蓬山重隔之恨，相思无望之叹，可望不可即之感，或亦略有所寓焉。”邓：“此乃具有层次的四首诗，其中的先后顺序一点也颠倒不得。”黄：“可解为义山为一‘老女’抒慨之‘代言体’诗。”又引其岳丈马士孚说：“四首乃一连章，首抒所思远离……次章代拟所思应答……三章或所思又返……四章叙因闻筝箫之声，而知其别馆于樱花永巷，至老不嫁。老女，女冠也。此一连章四首，不啻义山与女冠一段恋情之缩幅也。”郑：“第一首是一别无会的失恋的诗。……第二首并不是第一首的继续，而是另一首爱情诗，写出了从有望到绝望的爱情心理过程，象征的意味十足。……第三首写自己欲与所思的人相会，终因楼上人多、自己胆怯而未成。……第四首为七言古诗，以东家老女自喻，以溧阳公主比仕宦得意之新贵，写自己的牢骚不平。”

64 当句有对[1]

大中三年春

密迩平阳接上兰，秦楼鸳瓦汉宫盘[2]。
池光不定花光乱，日气初涵露气干[3]。
但觉游蜂饶舞蝶，岂知孤凤忆离鸾[4]。
三星自转三山远，紫府程遥碧落宽[5]。

【注释】

〔1〕释题：冯浩："八句皆自为对，创格也。标以为题，犹无题耳。"向按：诗句中"平阳"对"上兰"，"秦楼"对"汉宫"，……"紫府"对"碧落"等，即所谓"当句对"。古诗"当句对"常有，但直接以"当句有对"为题，且"八句皆自为对"者，仅见于李商隐。洪迈以为"盖起于《楚辞》'蕙蒸兰藉'、'桂酒椒浆'、'桂棹兰枻'、'砍冰积雪'……"钱钟书以为："此体创于少陵，而名定于义山。"王鸣盛曰："义山《无题》诗极著名，岂知其有题者亦皆无题也，如《当句有对》之类，则无题之尤者也。"

〔2〕密迩：指位置贴近。据《三辅黄图》，"平阳封宫"在华山下，是秦时宫观。"上兰"在上林苑，是汉时宫观。故下句以"秦楼""汉宫"分接。　鸳瓦：屋顶上一仰一俯嵌合成对的盖瓦，又称鸳鸯瓦。汉宫盘：指汉武帝时制作的金铜仙人承露盘。

〔3〕涵：沉浸，涵育。《方言》："潜、涵，沉也。"

〔4〕饶：添加，连带。张相《诗词曲语辞汇释》："李商隐《当句有对》：'但觉游蜂饶舞蝶，岂知孤凤忆离鸾。'言连带蝶舞也。"

〔5〕三星：指参宿三星。《诗·唐风·绸缪》首章云："绸缪束薪，

三星在天。今夕何夕，见此良人。子兮子兮，如此良人何!”毛传：“三星，参也。在天，谓始见东方也。三星在天，可以嫁娶矣。”次章云“三星在隅”，三章云“三星在户”。三星在天空移动，表示时间流逝。三山：指海中三神山。参阅《无题·相见时难》注。　紫府：道家称仙人所居之地。参阅《无题·紫府仙人》注。　碧落：天空。《度人经》注：“东方第一天有碧霞遍满，是名‘碧落’。”后遂以碧落泛指天空。白居易《长恨歌》：“上穷碧落下黄泉，两处茫茫皆不见。”

【疏解】

此诗亦为会昌末年宫廷变故而作，写法略同于《促漏》。不同者，《促漏》写于当时，后果尚未分晓，姑以宽语结之；此诗为事后追忆，结果已明，新贵挟新帝之威，党同伐异，摧折有加，故结语亦凄凉矣。诗约成于大中三年（849）之春，正义山“远从桂海，来返玉京”之后，登高远眺，感慨万千。

首联写作者在长安城登高远眺所见：“秦楼”承“平阳”，“汉宫”承“上兰”，言宫观林立，逶迤相接。其中隐藏着多少改朝换代的隐秘，帝位迁移的血腥啊！

次联回顾会昌末年政局：“池”指宫中太液池，“池光”喻武宗。时武宗李炎“药躁，喜怒失常，疾既笃，旬日不能言。宰相李德裕等请见，不许。中外莫知安否，人情危惧”。（《旧唐书·武宗纪》）“花光”喻朝臣及社会。言武宗病危，朝局一片混“乱”，社会也动荡不安。“日气”句则写到自身的遇合无缘。时李商隐于会昌五年（845）十月服阕入京，重官秘书省正字，言自己刚刚受到“李党”日光雨露的滋润，然而“牛党”得势，李党贬逐，“露气”瞬息而枯干。

三联“但觉”句写当时的感受：“游蜂”“舞蝶”写牛党新进联翩得意之态。“鸾凤”连称，可用来比喻夫妻，也可用来比喻贤能、高贵和俊美的人。此处“孤凤”，指的是势单力薄的在朝俊杰之士，包括自己；“离鸾”指李德裕。“岂知”二字强调，你们哪里知道，我们这些在朝俊杰都在怀念那远贬崖州的李德裕啊！

尾联由“忆”字生发而出，言所忆之“良人”远在蓬莱三山，高居紫府，天宽路遥，遇合无缘。此夜“三星在天”“三星在隅”“三星在户”，长夜漫漫，亦只是空转而已。“自转”之词，倍感凄凉。一“远”，一“遥”，一“宽”，则后缘亦自觉无望矣！

义山《无题》诗，大抵脉络清晰。前此，李德裕初贬潮州，《无题·相见时难》中有“蓬山此去无多路，青鸟殷勤为探看”之殷切；此后不久，李德裕再贬崖州，《无题四首·来是空言》中又有“刘郎已恨蓬山远，更隔蓬山一万重”之失望。李德裕于大中三年（849）正月初抵达崖州贬所，《无题·紫府仙人》中又有“如何雪月交光夜，更在瑶台十二层”之激愤。本篇从长安宫观建筑写起，再写到武宗病逝，牛党得势，本人失援，以及对李德裕的怀念，最后写出“三星自转三山远，紫府程遥碧落宽”，已是无可奈何的惋叹了。“三山”者，亦蓬莱也。瞻前顾后，均一脉相承，层次井然。

又，“紫府程遥碧落宽”与“王孙归路亦何遥”，也是遥相呼应。以鸡零狗碎法读《无题》诗者，不知此也。

【历代笺评辑要】

徐德泓：“此亦失意之诗。首二句写禁地景象。……结意谓三星乃会合之诗，今自转而无与于人矣。清禁之地，岂能至乎？”

姚培谦：“此讥恩幸之争进也。咫尺禁近，呼吸可通。”

王鸣盛：“庾词隐语，可解可不解，随人作解耳。此诗若解作蜂蝶得意，鸾凤独居，借慨己之不遇以写其怨，亦得也。”

姜炳璋：“此刺公主为女冠者。一、二言宫观之侈，三、四言园池之美，五、六言蜂蝶相依、鸾凤相忆，男女之情亦犹是也。七、八乃求必不可得之仙，胡为乎？唤醒之也。”

当代诸家　叶：“前半刺邀恩悻进的人，……末二句承六句，说虽遇可合的时机，但天高身远，欲进无从，空深怅望。”刘、余：“此写女冠无疑。……‘三山’‘紫府’指对方所居道观，天阔地遥，宜所思者之可望而不可即。‘三星自转’，着一‘自’字，好合无期之意可见。”邓：从女冠说。黄：“窃意亦玉阳山系列之恋诗，然所思无可坐实。”郑：“本篇是诗人与女冠初恋的纪实之作。”

65 春雨[1]

大中三年春

怅卧新春白袷衣，白门寥落意多违[2]。
红楼隔雨相望冷，珠箔飘灯独自归[3]。
远路应悲春晼晚，残宵犹得梦依稀[4]。
玉珰缄札何由达，万里云罗一雁飞[5]。

【注释】

〔1〕释题：本诗摘诗中一、三句非连缀字为题，亦当视作“无题”。

〔2〕袷（jiá）：同“夹”。《说文》：“袷，衣无絮。”徐锴《系传》：“夹衣也。” 白门：相对“朱门”“红楼”而言，指寒素人家，亦即自己的家。向按：旧注多以为南朝都城建康宣阳门，俗称白门；《乐府诗集》之《杨叛儿》云：“暂出白门前，杨柳可藏乌。欢作沉水香，侬作博山炉。”此“白门”为男女欢会之所。与本题不切。

〔3〕红楼：旧注多以为指所思女子的旧居，非是。应是指富贵人家之楼，此处指《无题四首（含情春晼）》中“楼响将登怯，帘烘欲过难”之楼，亦即令狐绹所居之楼。 珠箔：常指珠帘。此处指琉璃灯外珠串似的饰品。或指在灯光映照下，飘洒的细雨有如珠箔，亦可。

〔4〕晼晚：日将暮。参阅《无题四首·含情春晼》注。

〔5〕玉珰：朱注：“《风俗通》：‘耳珠曰珰。’……玉珰缄札，犹今所云侑缄。”向按：所谓“侑缄”，指附有礼品的书信。刘、余《集解》：“古代常以玉珰为男女间定情信物，寄书时每以之作为礼物附寄，称侑缄。义山《夜思》有‘寄恨一尺素，含情双玉珰。’《燕台·秋》有‘双珰丁丁联尺素。’”即此。 云罗：密布的云层，有如网罗。

【疏解】

本诗作于大中三年（849）的春天，是李商隐自桂返京后干谒令狐绹无果，转而怀念远贬崖、循的李党领袖人物李德裕、郑亚等人的著名诗篇。

诗采用倒叙手法。首二句先写新春怅卧，衣单意寒，自叹门前冷落，且常常事与愿违。三四句追述适才携灯出门，准备干谒令狐的情景：遥望红楼，红楼冷眼相视，自知干谒无望，只得在风雨飘摇中形只影单地携灯而归。五六句笔锋一转写怀念远方友人。言可悲的不只是路途遥远，春天的时日也即将过去；只有在更残夜尽的梦里，才依稀见到你们的身影。七八句言纵有携带着玉珰的书信又怎么能够送达，只有一只孤雁穿过罗网密布的云层，在万里长空中奋力地飞呀，飞！

全诗怨而不怒，悲而不伤，意气犹在，希望尚存。它是李商隐兼写令狐之怨与“万里”之思的诗作中，情思最为婉转，意象最为飘逸的一首，历来为人所称道。纪昀在《玉溪生诗说》中引李露园语曰：“诗令人解得寓意，见其佳；即不解所寓意，亦见其佳：乃为好诗。盖必如是，乃蕴藉浑厚耳。”

【辨】《春雨》定位小辨

把《春雨》定位于干谒令狐中途而返，转而怀远寄意的理由是：

1．本诗中“红楼隔雨相望冷，珠箔飘灯独自归”二句，与《无题四首》之三所描述的“楼响将登怯，帘烘欲过难。……归去横塘晓，华星送宝鞍”情景极似。这正是李商隐返京之后，虽有求于令狐，然希望渺茫，以至于进退维谷、踯躅不前的典型环境中的典型心理状态。

2．“红楼”本是富贵人家高楼，指令狐绹（当时任中书舍人，翰林学士）居处极佳。除了妻子王氏，他一生中没有一位高居“红楼”、与他有相恋之情女子。而本诗的写作对象显然不是王氏。

3．除了李德裕、郑亚等李党人物，他一生中确实找不出一位与他相距万里，且值得他牵肠挂肚的“情人”。

4. 李商隐表达“万里之思”的篇章很多，其中《到秋》中的“扇风淅沥簟流离，万里南云滞所思”，指明了方向，《丹丘》中的“丹丘（“朱崖”）万里无消息，几对梧桐忆凤凰”，限定了地点和人物，《失猿》中的“祝融南去万重云，清啸无因更一闻”，既指明了方向，还暗藏了性别和人际关系（“猿”谐音“援”）。只有李德裕才是这一组“万里之思”诗作的合适人选。把一个去向不明、并无后续情节的早年“女友”（?），亦即女冠宋华阳硬扯来当主角，像吗？

5. 李商隐的《柳》大略写于大中三年（849）的清明时节。诗云：

江南江北雪初消，漠漠轻黄惹嫩条。
灞岸已攀行客手，楚宫先骋舞姬腰。
清明带雨临官道，晚日含风拂野桥。
如线如丝正牵恨，王孙归路一何遥。

第七句过渡轻巧，逼出第八句，既自然，又突兀。真神来之笔也！

“王孙”，特指皇族后裔。李商隐在《哭遂州萧侍郎二十四韵》中说：“公先真帝子，我系本王孙。”此处特指远贬崖州、“归路一何遥”的皇族李德裕。把他设想成女冠宋华阳，或者柳枝，她们像吗？配吗？

【历代笺评辑要】

徐德泓：“此即景而感怀也。首联先叙当春寥落之况，玉珰缄札，谓以珰伴缄也。雁被云罗，不得达矣。”

程梦星：“此亦应辟无聊，望人汲引之作，盖将入藩幕未出长安之时也。”

姚培谦：“此借春雨怀人，而寓君门万里之感也。……此等诗字字有意，概以闺帏之语读之，负义山极矣！”

张文荪：“以丽句写惨怀，一字一泪。”

章燮：“（红楼句）两相遥望，为风雨所隔，故觉冷然。”

当代诸家　叶：“这是初到徐幕雨夜思家之作。”刘、余：“此重寻所爱女子不遇，惆怅感怀之作。……‘相望冷’‘独自归’之现境愈益触动对往日红楼高阁、珠帘灯影间旖旎风光之追忆，而现境之凄冷寂寥亦愈加不堪。末句以万里云天一雁孤飞作结，暗透希望之渺茫，亦富馀味。”邓：“借春雨以寄情，一种幽渺的凄迷之情。”黄：“诗言‘远路’、‘万里’，则所思乃在天涯远遥之处。……余据《柳枝五首序》更推断其所思实为柳枝。”郑：“借春雨为题怀念所思女子。”

66 残花

大中三年

残花啼露莫留春，尖发谁非怨别人〔1〕。
若但掩关劳独梦，宝钗何日不生尘。

【注释】

〔1〕尖发：一作尖髻，大约是唐代时髦女子的一种发式，黄世中以为“高髻”，亦通。 怨别人：怨别之人。因离别而怨恼之人。

【疏解】

诗约作于李党叠败、李商隐返京之后，酌编于大中三年（849）春末。

首句隐括大势，并以“残花”自喻，言春事已去，即使泪如清露，遍洒花丛，亦无法留春。次句类比，并为自己开脱：言世间头挽“尖发”之时髦女郎谁不为离情而怨恼；则我之怨恼亦属必然。“若但”转折，“宝钗”喻己之才华，言如果只是“掩关”（闭门）忆旧，不在政治上开拓新境，即令有如“宝钗”之美，亦必将埋没于尘土之中了。

所谓“独梦”，亦即“单相思”。“劳”者，枉费心机地操劳。义山职位低下，社会影响甚微。就婚王氏，赴辟桂管，就李商隐而言，实乃惊世骇俗之举；然就牛、李党局而言，实未足轻重。“襄王枕上原无梦”，“小姑居处本无郎”——遇合无缘，只是枉费心机地“独梦”而已。首二句为己此前之痴情作辩，后二句为己此后之不甘寂寞、沉沦，改弦易辙张目，即由望“李”止渴，转而对“牛”弹琴也。

我们在《商於》中论及李商隐的思想发展脉络时已经指出，他经过反复思考，决心在返京之后，以张仪的“诈”术及绮里季的“隐志谋身”术来应对牛党的诘难，此篇则进一步地对自己政治上的故步自封，沉溺于旧梦，有所反省，并下决心破“关”而出，开拓新境，给自己寻找施展才华的机会。《商於》之“投岩麝退香”，亦即此意。

只有这样解释才思路清晰，既合于史，又合于情，其意醒然。

旧解有以此篇为“诲淫”之作，非是。纪昀讥其“意不甚醒”，亦非。张采田《辨正》云：“此盖假残花以自寓也。首一句聊以他人之怨别为自己解嘲，结则叹不能自甘隐遁也。”《会笺》又云：“即‘苦节不可贞’意，史所谓‘无特操’也。”看来，张采田是读懂了这首诗的，只是解析得不够通俗，不够明朗，而“无特操”之责求也失之太苛。李德裕在《夷齐论》中评述夷齐不食周粟说：“仲尼称其仁，孟子美其德……然夷齐之行，实误后人……洁则洁矣，仁岂然哉！”

李商隐的言行完全符合李德裕的主张。他没有放弃理想，只是在现实和生计面前不得不虚与委蛇，想为自己拓展一片生存空间而已。对李德裕等政治理想人物的怀念，对理想和命运的思考与咏叹，并没有就此停止。他仍然用以男女恋情为主题的《无题》诗来进行写作；而对令狐绹的陈情和干谒，大多是直陈其事，偶有类似于《无题》者，如《玉山》，但其中又绝不涉及男女之间炽烈的可圈可点的恋情。

为什么？因为他为李德裕所写的《无题》，实际上是李商隐自思自省，自遣情怀之作，是不必寄给李德裕看的①；而对令狐绹的陈情，是带着具体目的，有意写给令狐绹看的。而且，李商隐同令狐绹的关系，也决不是后人所想象的那么决绝，虽则心存芥蒂，表面上仍在维系，礼尚往来而已。以他们交往之渊源，年龄之差距，地位之尊卑，也绝不会使用一些男男女女的淫言浪语，来自损人格。

懂得了这点，就能把哪些“无题”是为王氏而作，哪些“无题”是为李德裕而作，哪些“无题”是为令狐绹而作，分辨得清清楚楚。

【历代笺评辑要】

朱彝尊：“诲淫若此，史称其无行，信然矣。”

---

①黄世中也以为：“无题虽为人、为事而作，但仅自娱、自我宣泄而已，从不寄人。”

姚培谦："此深一层意。言若掩关独处，纵使未残，不啻已残也。"

张采田：说已引用。

当代诸家　叶：这诗正是对（自己）的"傲兀心情的自行开扩，自行策励。"刘、余："言外自有勿因伤别而空闺独锁，悲啼心摧之意。"邓："应该是尚未中举前的作品吧！几句小诗，也许可以说是对自己的一种策励。其情可悯，其语可悲。"黄：同姚培谦说。郑："本篇亦是艳情之作。"

67 钧天

大中三年

上帝钧天会众灵，昔人因梦到青冥[1]。
伶伦吹裂孤生竹，却为知音不得听[2]。

【注释】

〔1〕钧天：天的中央，神话传说天帝居住的地方。《吕氏春秋·有始》：“中央曰钧天。”《史记·赵世家》：“赵简子疾，五日不知人。……居二日半，简子寤。语大夫曰：‘我之帝所甚乐，与百神游于钧天，广乐九奏万舞，不类三代之乐，其声动人心。’”后世把天上的音乐称“钧天广乐”。 青冥：本指青苍幽远的天，此处指上帝居住之所。

〔2〕伶伦：相传为黄帝时乐官。《吕氏春秋·仲夏纪·古乐》：“昔黄帝令伶伦作为律，伶伦自大夏之西，乃之阮隃之阴，取竹于嶰溪之谷。以生空窍厚钧者，断两节间，其长三寸九分而吹之，以为黄钟之宫。” 孤生竹：《周礼·春官·宗伯》郑玄注：“孤竹，竹特生者。”即孤立独生的竹子。古代制作管乐器，以孤竹为优材。 知音：一指通晓音律的人。《礼记·乐记》：“是故不知声者不可与言音，不知音者不可与言乐。”《太平御览》卷五八一引汉桓谭《新论》：“音不通千曲以上不足为知音。”另一指好友。《列子·汤问》：“伯牙善鼓琴，钟子期善听。伯牙鼓琴志在登高山，钟子期曰：‘善哉，巍巍兮若泰山！’志在流水，子期曰：‘善哉，洋洋兮若江河！’伯牙所念，钟子期必得之。”后世遂把了解自己的人称为“知音”。此处语义双关，指已存芥蒂，但有所希求的令狐绹。说见“疏解”。

【疏解】

首二句言令狐绹平步青云，得预朝政，一如赵简子之“因梦”而至钧天，得闻广乐。“昔人”指赵简子，喻令狐绹。伶伦自比。三、四句自叹：言我如伶伦，通晓音律，即使吹裂孤生竹所作之管乐，却不为“知音”所听了！“知音”指令狐绹，不得已而美言之，干谒之意显然。

义山与令狐早年交谊甚密，称其“知音”者，欲以“前谊”动之也。言“不得听”者，实则希求其一听也。惋叹语，非激愤语；然陈情之窘态立现。“吹裂”二字惨甚，非义山无以当之。他说皆非。

【辨】说“知音”，兼论李商隐、令狐绹关系之嬗变

“伶伦”自喻，诸家所见略同。然“知音”指谁？大多数研究者却认为：“知音”也是指自己。为庸才高仕，“知音”者反不能列班入朝聆听钧天之乐而愤慨。如：

朱彝尊说：“言得听者皆梦中人也，岂知音乎？”

冯浩说：“杨（守智）曰：‘贤者不必遇，遇者不必贤，人世浮荣，恍同一梦。’徐（逢源）曰：‘与上章（指《寄令狐学士》）同作，暗诮子直，兼自伤也。’”

何焯说：“庸才贵仕，皆所谓‘因梦到青冥’者也。何尝知音，偏忽梦到，是真可痛耳。”

刘学锴、余恕诚说：“‘昔人’指令狐绹，‘伶伦’自指。盖谓庸才如令狐绹者，平步青云，忽在天上；而才能特出者如己，反因遭庸愚贵显者之忌而不得参与朝政，沉沦下僚。诗作于大中二年。”

邓中龙曰：“第二句则明显地揶揄令狐绹之不学无术，却又莫名其妙的位居显官”，“直近于谩骂”。

以上解诗，把批判的矛头直指令狐绹。然李商隐与令狐家关系并非如此，本诗也是“屡启陈情”之作，其诗情也理当不是如此。

1. 从过去的关系来看，令狐楚去世前，李商隐一直受到令狐家族的恩养，靠着令狐绹的直接推荐，李商隐才得以进士及第。两者关系融洽、亲密。事见《上令狐相公状一》《状五》《状六》《与陶进士书》及诗《令狐八拾遗见招送裴十四归华州》等，不赘。

2. 令狐楚去世后，由于李商隐并非一心贴附牛党，两者在政治上

略有疏远。写于开成五年（840）的《酬别令狐补阙》，就流露出了这对政见不同的朋友，在政治角逐中显现出来的那种隐秘的尴尬。

惜别夏仍半，回途秋已期。那修直谏草，更赋赠行诗。
锦段知无报，青萍肯见疑。人生有通塞，公等系安危。
警露鹤辞侣，吸风蝉抱枝。弹冠如不问，又到扫门时。

诗中，“那修”“更赋”两句，写了令狐绹的主动和亲善。“锦段”句用张衡《四愁诗》中“美人赠我锦绣段，何以报之青玉案”典，“知无报”是李商隐知恩却无以为报的自愧之词。“青萍”句中的青萍，剑名①。朱鹤龄以为“己虽无报，令狐必无按剑之疑也”。其实，友朋之间，“无疑”是勿需剖白的；剖白了，则正是有疑的开始。所以冯浩说：“与令狐绹友谊之乖大可见矣。”然而李商隐并无儆省，竟然发出了高调的大有居高临下之势的“人生有通塞，公等系安危”的政治警示语；接着，又有低调的“弹冠如不问，又到扫门时”的依附之情如旧的谦恭的表白。可见，“裂痕”之存在已是心照不宣的事实，不过，双方都在努力地以礼尚往来的形式维系旧谊，并且也都在真诚地希望弥合“裂痕”。不同的是，这是两个政治人格都非常强大的对手，尽管政治地位高低不同，所希求的都是要对方向前一步，更加靠近自己。

3. 会昌二年（842），李商隐重入秘书省任正字。《赠子直花下》中有“官书推小吏，侍史从清郎。并马更吟去，寻思有底忙”之句，其融洽之态仍然可见。张采田以为“言外颇有平视意”，也是。此时李党执政，李商隐一心寻找见用于李党的机会，这种“平视感”的自然流露，正好说明了李商隐政治上不够成熟、为人不够谦谨的一面。

会昌年间丁母丧闲居时，李商隐有《寄令狐郎中》：

嵩云秦树久离居，双鲤迢迢一纸书。
休问梁园旧宾客，茂陵秋雨病相如。

---

①青萍，剑名。此处用按剑相疑义。邹阳《上吴王书》：“臣闻明月之珠，夜光之璧，以暗投人于道路，人无不按剑相眄者。何则？无因而至前也。”

首先是，令狐绹殷切致辞，仍抱有心念旧谊之情。其次是，李商隐委婉作答，却不含依托乞援之意。因为此时仍是会昌，李商隐服阕后，当仍以干谒李党为主要目标。

值得注意的是：《上韦舍人状》中有“某淹滞洛下，贫病相仍，去冬专使家僮起居，今春亦凭令狐郎中附状”语，可见，会昌六年（846）春，李商隐赴京前，令狐绹曾代李商隐向韦舍人问候，其目的也只是为李商隐进京求职提前作个铺垫而已。可见，此时两人情好维系如故，令狐绹对李商隐之关切如故。

4. 两人之政见相左并直接交锋，仅见于《酬令狐郎中见寄》。

大中元年（847）二月，“以检校太尉、东都留守李德裕为太子少保，分司东都；以给事中郑亚为桂州刺史、御史中丞、桂管防御观察等使”。这是宣宗朝对以李德裕为首的李党人士的第一次重击，李商隐竟敢冒天下之大不韪，应郑亚之辟离京赴桂。时任湖州刺史的令狐绹寄诗问责，有大发雷霆之势，李商隐仍谦恭地以诗作答：

望郎临古郡，佳句洒丹青。应自丘迟宅，仍过柳恽汀。
封来江渺渺，信去雨冥冥。句曲闻仙诀，临川得佛经。
朝吟搘客枕，夜读漱僧瓶。不见衔芦雁，空流腐草萤。
土宜悲坎井，天怒识雷霆。象卉分疆近，蛟涎浸岸腥。
补羸贪紫桂，负气托青萍。万里悬离抱，危于讼阁铃。

诗云“临古郡”“丘迟宅”“柳恽汀”，则令狐绹当已在湖州太守任上。仍题作“郎中”者，顾念旧谊以示亲切之情。诗的前半部分，写令狐绹寄诗及自己读诗时的感受，多是客套语，不赘。后半部分则抒写自己的现实处境，入桂动机，并以乞请其念旧谊以相袒护作答。

“衔芦雁”典多见。《淮南子·修务训》云：“夫雁顺风以爱气力，衔芦而翔以备矰弋。”南岳衡山有回雁峰，古人认为：北雁南来，至此越冬，待来年春暖而归。桂林在衡山之南，更足以作为北雁避寒之地，因而也不必衔芦而翔了。“不见衔芦雁”者，言自己如北雁之南来，既可避寒（政治之寒），且可免矰弋之患（政敌之矰弋）。——令狐绹来函中定有为什么远走桂林之问，此句看似点染景物，实则以隐语作答，绝妙。不然的话，南北景物相异者甚多，何止是“雁”？且眼前既不见雁，更不知是否“衔芦”，何得而能随手拈来？

“空流腐草萤”者，古人认为萤为腐草所化，此句言我有如腐草所化之萤，纵有些微之光，终究是“空流”而已。——令狐绹来函中或有客气性质的奖饰语，此句以谦言作答。不然，“萤光”些微，南北皆同，本无关人事，亦不必强调其“空流”。

古人认为不同的土质，适宜于不同作物的生长，如孔疏《周礼》云：“十二土，各有所宜。”“坎井”典出自《庄子·秋水》“子独不闻夫埳井之鼃乎……”“埳”同坎，坑穴。“鼃”同蛙。后形成成语“井底之蛙”，用来比喻见识短浅、思路狭窄的人。

“土宜悲坎井”句用以自辩，言我自以为这里的土质适宜于我的生长，（便来到了这里，然实无他意）你应该怜悯（原谅）我这样的“坎井之蛙”的浅见；同时也表达了真诚的自责。

“天怒”句表明，令狐绹定有雷霆之怒，李商隐则“大有怵惕惶恐、震慑不知所措之状”（刘、余《集解》）。下二句回答：“相从郑亚，贫乏使然，不过贪其资给，如紫桂之补羸而已。而此心所向，终记旧恩，依然托之气节，有如青萍之负气者在也”（程梦星语）。末二句则自呈处境危恶，大有乞请其庇护之意。可见，此时的令狐绹仍然以恩兄之尊大肆呵责，李商隐则谊弟之礼卑词作答，这样坦然交流之后，两者的情谊并未见完全割裂。这也为李商隐的回京、陈情埋下了伏笔。

5. 大中元年（847）十二月，贬李德裕为潮州司马。二年（848）二月，李回左迁湖南观察使，府主郑亚贬循州刺史。连死了的李绅也受到了“削绅三官，子孙不得仕”的惩处。大中二年（848）二月二十二日，李商隐送郑亚赴任循州前夕，却意外地收到了令狐绹的来信。其《木兰》诗云：

二月二十二，木兰开坼初。初当新病酒，复自久离居。
愁绝更倾国，惊新闻远书。紫丝何日障？油壁几时车？

弄粉知伤重，调红或有馀。波痕空映袜，烟态不胜裾。
桂岭含芳远，莲塘属意疏。瑶姬与神女，长短定何如。

据《令狐绹年谱》，大中二年（848）“正月，因宰相白敏中之荐于宣宗，绹自湖州刺史擢授考功郎中、知制诰。”不过，这封信仍是写在湖州任上，入京升官后的令狐绹，再也没有写过令李商隐如此激动的书信了！

这首诗信息量很大，却不常为研究者重视。所谓“惊”，含有意外之意，“新”则是相对于前书而言。因为关系融洽，故接着借唐代婚仪中的“障车”之礼，发出“紫丝何日障，油壁几时车”等期待而急切之问。下二句却说：现在已经知道：此前的我，上妆的时候，粉或许抹得重了一点，胭脂或许涂得太红了一点。——在牛李党争中彳亍而行的李商隐此言，既是检讨，也是自嘲。微妙而有奇趣！“波痕”句借《洛神赋》中“陵波微步，罗袜生尘”典，“烟态”句借《搜神记》中“出而抱之，玉如烟然”典（参看《锦瑟》注），均用于自喻。以下“桂岭”指府主郑亚，满含芳香却是渐行渐远。“莲塘”（即南塘）指令狐绹，对我的关注越来越疏。他们，一个是瑶姬，一个是神女，到底是谁长谁短，我又怎么能分辨得清楚呢？

6. 在循州告别郑亚之后，李商隐也就不得不踏上了返京之途。

返京途中，他不只认清了不可螳臂当车的形势，而且确定了以“诈”“谋身”的策略，说见前“李商隐返京途中思想发展脉络辨”。此后，便有了表达亲昵和羡艳之情的《梦令狐学士》：“右银台路雪三尺，凤诏裁成当直归。”试探令狐绹态度的《寄令狐学士》：“钧天虽许人间听，阊阖门多梦自迷。”等等。

《寄令狐学士》与《钧天》诗用了同一典故，前者需“寄”，写于返京途中；后者无需，大略是已经返京了。此时李商隐生计窘迫，处境艰危，《偶成转韵七十二句赠四同舍》记述这段时期的生活时说：“归来寂寞灵台下，著破蓝衫出无马。天官补吏府中趋，玉骨瘦来无一把。”这正是李商隐为牛党政绩歌功颂德（见《樊南乙集序》）、向令狐绹陈情示好之时，他怎么可能直指令狐绹既不“知音”，却庸才高仕，且妒贤忌能呢？他会吗？他敢吗？

何况，他在《寄令狐学士》中已说，“钧天虽许人间听，阊阖门多梦自迷”。意思是：钧天广乐，虽许人间听闻，只是上天之路，门多路迷，我不得其门而入。老朋友，请您给我指指路吧！——相隔不过数月，诗墨未干，言犹在耳，他怎么可能自掌耳掴，反其意而用之：你是庸才，不懂音乐，不学无术，平步青云，踞高位而独赏天乐。不仅如此，你还妒才，闭塞贤路，让“知音”者，“才能特出者如己”者，反不得登天庭而听广乐。到底哪一个是真实的李商隐？我们认为，是前者，不是后者。如果真如诸家所说，经过这样泼妇骂街式的发泄之后，我们真不知道李商隐在此后的岁月里，同令狐绹将何以相处？

事实也证明了我们的判断：与《钧天》相先后的还有自呈凄苦的《流莺》（“曾苦伤春不忍听，凤城何处有花枝”），乞盼其荐引的《玉山》（“闻道神仙有才子，赤箫吹罢好相携”），以及直接请托的《令狐舍人说昨夜西掖玩月因戏赠》（“几时绵竹颂，拟荐子虚名”）等等。可见，此时的他，陈情求助是主基调，绝不可能有反讽之意。

此后虽然也有《九日》：“郎君官贵施行马，东阁无因再得窥。”那只是委身于门墙之下的怨言，与置身于江湖之野的讥刺是有本质不同的。再后，仍有《上兵部相公启》《上时相书》等信函，以及《宿晋昌亭闻惊禽》《晋昌晚归马上赠》等诗篇，直到李商隐西赴梓州之前，他们的交谊并未中断。

所以，我们认为，此诗中的“知音”指的是能赏识自己的人。“伶伦吹竹”，本意就在于寻求知音，直至竹管“吹裂”，仍无知音，可见世间知音难遇，故所以悲哀也。因此，它是一首真正的干谒诗。

清人屈复云：“吹者本欲得知音一听，今竟不得，故吹裂孤竹。玩‘却为’二字可知。”姚培谦云：“天上人间，知音难遇，奈何！”

有趣的是，黄世中在《疏解》中主“刺令狐绹兼以自寓”说，略同于刘氏。后却说：“此诗之妙在以己之‘知晓音律’与世无‘知音’相绾合，出语双关。言己如伶伦吹裂律管，可谓知晓音律，却无善于听音如子期其人之知我也。”“伶伦”自比，则此“知音”者必非己矣！

可见，干谒是主要的。因此，我们还是认为："刺令狐绹"说既无理，且无据，还是以"知音"相期于令狐绹为妥。

【历代笺评辑要】

屈复、朱彝尊、姚培谦、冯浩、何焯、刘学锴余恕诚、邓中龙、黄世中等说均已在疏解中引用。不赘。

当代诸家　叶："考进士遭受排斥后作。……显然是一时激愤之词。"郑：同叶。"参加进士试落榜之后所作。"

68 流莺

大中三年春

流莺漂荡复参差，渡陌临流不自持[1]。
巧啭岂能无本意，良辰未必有佳期[2]。
风朝露夜阴晴里，万户千门开闭时。
曾苦伤春不忍听，凤城何处有花枝[3]。

【注释】

〔1〕流莺：莺，俗称黄莺。流，取迁徙无定意，如流沙、流民。参差：长短不齐。形容流莺飞翔时翅翼张合、羽毛凌乱的样子。　不自持：不能自我把持。

〔2〕啭：发声转折。此处指莺鸣宛转。

〔3〕凤城：指长安。参阅前《为有》注。

【疏解】

本诗以流莺自喻，细味"伤春"之时，"凤城"之地，当作于"远从桂海，来返玉京"之后，酌编于大中三年（849）春。

首句言本已飘泊无定，"复"则拍动参差不齐的翅膀又上征途也。次言"度陌临流"，逡巡顾盼，去留非能自主。三句言委婉陈词，其中本意谁能理会？四句言虽有良辰之期，隐喻会昌六年（846）初李商隐服阕入京之时，然终归遇合无缘。五、六句"风朝露夜"，"万户千门"，总括时空，极言流莺长鸣苦觅，栖止无所，从而领起结句：先言我曾为伤春所苦，何忍再听汝伤春之调；次则言此凤城之大，你我均无可栖之枝矣！曹操《短歌行》云："月明星稀，乌鹊南飞，绕树三匝，何枝可依？"至此，飘泊无依、栖止无处、投诉无门、等候无期之苦，已化为斑斑血泪矣！

三年（849）春，又值“迁莺”时节，李商隐以“流莺”自居，嘤嘤求友，情凄调苦。就当日情势而言，能施以援手，给他带来升迁之机的就只有旧日的好友，当时已存芥蒂的令狐绹了。所以，《流莺》诗实际上也是一首专门写给令狐绹看的干谒诗。

一般的寓意诗大多是一寓到底，即所谓“立象以尽意”。或者是篇末点题，即所谓“卒章显其志”。李商隐的寓体诗却不尽如此。如本篇，前六句写莺并寄寓于莺，其“漂荡”者，“巧啭”者，历“风朝露夜”“万户千门”者，既是“莺”，也是自己。结句却直言“曾苦伤春不忍听，凤城何处有花枝”。“不忍听”者，李商隐也。他直接与寓体交流并交融，抒发出了“物我一体”的独特感受。言“凤城”之大，哪里会有你我可栖之“花枝”呵！

这种自成一格的寓体诗是李商隐独创，见之于篇章的还有：如《蝉》的尾联“烦君最相警，我亦举家清”，《蝶》的尾联“可要凌孤客，邀为子夜吟”，等等，都值得我们细细揣摩。

纪昀云：“前六句将流莺说作有情，七句打合到自己身上，若合若离，是一是二，绝妙运掉，与《蝉》诗同一关捩。”其说甚是。《蝶》《蝉》诗均见前附《蝶》。

【历代笺评辑要】

朱彝尊：“‘良辰’句何以贴莺，读者思之。”

陆昆曾：“此作者自伤漂荡，无所依归，而特托流莺以发叹耳。”

张采田：“亦客中无聊、陈情不省之慨。味其词似在京所作，岂大中三年春间耶？”

当代诸家　叶：“前六句完全借莺自喻，只第七句点明本意，末句仍绾合到莺。”刘、余：“兼写飘荡无依之不幸遭遇与巧啭本意不被理解之苦闷耳。”邓：“托物兴怀。……即是对自身的漂泊深感叹息。”黄：“‘良辰未必有佳期’，乃诗之关捩所在。观义山一生之‘良辰’自在会昌朝，然遭茂元之丧，又丁母忧，终至闲居永乐。……酌编会昌五年春。”郑：“以流莺自寓，自伤漂泊。”

69 一片

大中三年春

一片非烟隔九枝，蓬峦仙仗俨云旗〔1〕。
天泉水暖龙吟细，露畹春多凤舞迟〔2〕。
榆荚散来星斗转，桂花寻去月轮移〔3〕。
人间桑海朝朝变，莫遣佳期更后期〔4〕。

【注释】

〔1〕非烟：《史记·天官书》："若烟非烟，若云非云，郁郁纷纷，萧索轮囷，是谓卿云。卿云，喜气也。"后因以"非烟"指卿云、庆云或景云，亦即五色之祥云。　九枝：能插放九枝蜡炬的烛灯。南朝梁沈约《伤美人赋》："拂螭云之高帐，陈九枝之华烛。"即指此。　蓬峦：蓬莱山。海中三仙山之一。　仙仗：仙人宫观中的仪仗。　云旗：仙家以云为旗。《楚辞·九歌·东君》："驾龙辀兮乘雷，载云旗兮委蛇。"王逸注："以云为旌旗，委蛇而长。"

〔2〕天泉：《史记·天官书》："困敦岁：岁阴在子，星居卯。以十一月与氐、房、心晨出，曰天泉。"隋李播（旧题张衡）《天文大象赋》："天渊委输于南海，狗国分权于北幽。"苗为注："天渊十星，在鳖（星）东南，一曰天泉，主灌溉。"　龙：我国古代传说中的一种善于变化、能隐能显、能兴云雨、利万物的神异动物。常用来比喻帝王及皇族子孙，如李商隐在《杨本胜说于长安见小男阿衮》诗中有"寄人龙种瘦，失母凤雏痴"之句。也可以用来比喻杰出人物，如东汉荀淑的八个儿子被称为"荀氏八龙"，诸葛亮被称为"卧龙"等。　畹：泛指花圃或园地。

〔3〕榆荚：榆树的果实。此处用来表示时令。朱鹤龄引《春秋元命苞》云："三月榆荚落。"会昌六年（846）三月，武宗李炎崩，宣宗即位。

〔4〕桑海：即沧海桑田。东晋葛洪《神仙传·王远》："麻姑自说云：'接侍以来，已见东海三为桑田。向到蓬莱，水又浅于往者会时略半也，岂将复为陵陆乎?'方平（王远字）笑曰：'圣人皆言，东海行复扬尘也。'"

【疏解】

大中三年（849）的春天，为怀念远贬南海的李德裕而作。

首联写想象中的蓬莱仙境：光烛照耀，仪仗严整，祥云缭绕，景象朦胧。"天泉"暗指李德裕所贬之地南海，"龙"指李德裕。言时令渐暖，然其吟啸之声仍是低沉而细微。"凤"，李商隐自喻，言春圃花繁露美，然遇合无缘，其舞也必然是"迟"了。三联回顾当日情景："榆荚散"句借指武宗驾崩。星斗转：即参横斗转，借指帝位易人，政局逆转。"桂花"句言本拟入月寻桂，暗指入桂管幕，天涯追随，可惜郑亚再贬循州，则月轮又移矣。此二句写的仍然是天翻地覆，遇合无缘。"人间"句作宽慰语，言人间之政局变化，倏忽反复，远快于沧海桑田之变呵！"莫遣"句作希企语，说你可不要把佳期推得更后呵！

戏谑中仍存热望。戏谑中确有凄怆。当与"武皇内传分明在，莫道人间总不知"同观。此时尚存一线希望，过此而后，终成绝望矣。

其中"榆荚散""桂花寻去""天泉水暖"等特定词语，是典型的"无题诗密码"，不可等闲视之。它不止影射了时令、政局演变及李商隐的政治诉求，而且把谜面直接指向困居南海的李德裕。不可不知，也不可改易。否则，就会把它看成一般的希求当今圣上垂青的抒怀了。

【辨】"龙吟细"辨说

一般认为，"龙"是指君主的，但此篇之"龙"却是指李德裕。理由是：1. 方位同。"天渊（即天泉）委输于南海"，李德裕贬地崖州，正在南海之中。2. 身份同。李德裕本是皇族，武宗皇帝曾直接称之为

“淮海伯父”，李商隐曾称自己的儿子为“龙种”（见注〔2〕）；则李德裕当然可以比之于“龙”了。3. 以重臣为龙，其立意与李德裕同。大和五年（831），李德裕《忆金门旧游奉寄江西沈大夫》诗中，有“已悲泉下双琪树，又惜天边一卧龙”之句，前句“自注：韦中令、武元昌皆已沦没”，后句“自注：杜西川谪官南海”。既然李德裕已曾把“谪官南海”的杜西川比称为“天边一卧龙”，那么，李商隐也当然可以把同样“谪官南海”的李德裕比作“龙”了。4. “天泉”词为李德裕常用。其《鸳鸯篇》云：“宿莫近天泉池，飞莫近长洲苑。”其《雨中自秘书省访王三侍御……故以诗赠之》云：“鸿雁冲飙去不尽，寒声晚下天泉池。”当为李商隐熟悉，联想非常自然。5. 贬崖后的李德裕处境危恶，其“吟”声当然也就“细”了。《北梦琐言》载：李德裕尝遗段成式书曰：“自到崖州，幸且顽健。居人多养鸡，往往飞入官舍，今且作祝鸡翁尔。”《容斋续笔·李卫公帖》载：“李卫公在朱崖，表弟某侍郎遣人饷以衣物，公有书答谢之曰：‘天地穷人，物情所弃，虽有骨肉，亦无音书。平生旧知，无复吊问。……开缄发纸，涕咽难胜。大海之中，无人拯恤，资储荡尽，家事一空，百口嗷然，往往绝食，块独穷悴，终日苦饥，惟恨垂没之年，须作馁而之鬼。十月末，伏枕七旬，药物陈裛，又无医人，委命信天，幸而自活。’”前书始至崖州，尚存乐观之想，然其吟也细。后书署“闰十一月二十日”，当写于大中三年（849）冬，其言也哀了。李商隐是李德裕、郑亚的追随者，关注人，应该有一定的渠道得知李德裕的信息和困境，称其“龙吟细”，写实而已。只不过此时的李商隐仍存痴情幻想，期盼其早日归来罢了。

【历代笺评辑要】

胡震亨：“似为津要之力能荐士者咏，非情词也。”

朱鹤龄：“此恐遭逢迟暮也。”（姚培谦、姜炳璋同）

冯浩：“总望令狐身居内职，日侍龙光，而肯垂念故知，急为援手。皆屡启陈情之时。姚曰‘恐遭逢之迟暮’，得之矣。”

张采田：“此为当轴者效忠告也。前半写其得君，后半预忧盛满，而戒其早自为所；非感士不遇也。”

汪辟疆："此义山有感于朝局，托辞寓慨之诗也。"

当代诸家　叶："讽劝他（武宗）不要坐耗光阴，不务正业，即时不再来之意。"刘、余："前四所描绘之天上'佳期'盛况，殆诗人对某一特定时期朝廷清明昌盛景象之理想化，后四则抒写时不我待、急求遇合之企望。"邓：同汪辟疆说。黄："余定此亦'玉阳山系列'苦恋之诗。"郑："本篇是爱情诗。"

70 日高

大中三年春

镀镮故锦縻轻拖，玉筅不动便门锁[1]。
水精眠梦是何人，栏药日高红髲鬌[2]。
飞香上云春诉天，云梯十二门九关[3]。
轻身灭影何可望，粉蛾帖死屏风上[4]。

【注释】

〔1〕镀镮：镮，古通“环”，镀金的环状物。此处指衣服上的环状装饰物。　縻：系。　拖，一作袘，又通袉。《韵会》：“袘，衣裾也。”即大襟，中式上衣的前幅。旧说多以“镮”指门环，错。一、从装饰角度看：不论是显贵人家，还是道家宫观，其大门既用镀金门环，又用玉质锁钥，何必让“故锦”下垂？岂不是大煞风景？二、从使用角度看：徐逢源云：“以故锦系环，便于引曳。”门环本是用于引曳，再系上一条故锦，岂不是多此一举？且引曳只能关门，不能开门，自古及今，未见有此配置。三、从句法上看：“縻”是动词，把拖解释为名词“衣襟”较为合理。　筅（shì）：钥匙。《字汇补》：“与匙同。”　向按：门外可有锁，不能有钥匙，义山恐误筅为锁矣。

〔2〕水精：同水晶，指水晶帘。李商隐《月夜重寄宋华阳姊妹》中有“玉楼仍是水精帘”。　药：芍药。　髲鬌：冯浩注：“如曰矮堕也。”向按：髲（bì），假发。鬌（wǒ），一般字书不载。《字汇补》载亦以此为例。冯浩所注“矮堕”，应作“倭堕”，古代女子发髻式样之一。古乐府《日出东南隅行》：“头上倭堕髻，耳中明月珠。”此处用来指代日高眠梦的红颜女子。

〔3〕“飞香”句：出自令狐楚《夏至日衡阳郡斋书怀》：“新节还复至，故交尽相捐。何时犴閶阖，上诉高高天。”李商隐仿令狐楚作之意，令狐绹是懂的。　云梯：乘云登天之梯。晋郭璞《游仙诗》：“灵溪可潜盘，安事登云梯。”《文选》李善注：“言仙人升天，因云而上，故曰云梯。”　十二：义山常以“十二”写仙境中的城、楼等物，或极言其多，或极言其高，或极言其深邃。如《九成宫》的“十二层城阆苑西”，《碧城》的“碧城十二曲阑干”，《月夜重寄宋华阳姊妹》的“十二城中锁彩蟾”，《无题》的“更在瑶台十二层”等。　九关：神话传说的天帝之都有九重天门，此言重重关闭。《山海经·海内西经》：“海内昆仑之虚，在西北，帝之下都。……有九门，门有开明兽守之。”

〔4〕轻身：道教认为通过修炼能使身体轻举而飞升。《史记·留侯世家》：“留侯乃称曰：‘……愿弃人间事，欲从赤松子游耳。’乃学辟谷，道引轻身。”　灭影：古代方士所吹嘘的一种隐身术。《后汉书·方术传》：“解奴辜、张貂者，亦不知是何郡国人也，皆能隐沦，出入不由门户。”

【疏解】

某日，李商隐拜谒令狐而不被接纳，有是作。此时令狐绹已升任中书舍人，依前充翰林学士。一般以为，芍药是五月之花，其实，它已盛开于春末。宋秦观《春日五诗》“有情芍药含春泪”，元刘敏中《张秀实芍药词》“见说君家红芍药，尽把春愁忘却”可证。据“栏药”“春诉天”，此诗当写于大中三年（849）的春天。

首句记拜谒时之服饰。“镮”虽新镀，“锦”为故物，冀其睹旧日衣物而念及先人之情也。次句言其闭门不纳。“玉筦”借指华贵的正门，正门不动，便门又锁，则投谒者之窘境，主人之坚拒，均不言而喻矣。

次联写想象中的美人娇眠之态。髲鬟，以发式代人，犹“蛾眉”“红颜”之代人也。红药状其美貌，“水精”帘状其居处之雅贵，“日高”写时，或亦暗示其圣眷正隆。“香草美人”，本来是用以比譬君子的；令狐绹远非君子，但此时李商隐身处逆境，不得不婉曲其词，虚与委蛇，以换取一片立足之地。《旧唐书》所谓“屡启陈情，绹不之省”，《新唐书》所谓“绹以为忘家恩，放利偷合，谢不通。……商隐归穷自解，绹憾不置”等，正此时也。三联翻用令狐楚“何时豇阊阖，上诉高高天”语，抒写故交不存、欲诉无途之苦。“十二”极言天之高远，“九”极言其门禁森严。意思是，我本想随着这缥缈的花香，飞上云端，把自己的一腔春情向上天倾吐；但是，天是那样地高，门是那样地紧闭，真个是投诉无门了呵！

结句云：正所谓“君门九重”，非“轻身灭影”者不可入也。然“轻身灭影”又非我凡夫俗子所能企望；则只有如扑灯粉蛾之执着，帖死于屏风之上而已。

义山早年依倚令狐，常以“蝶”自喻，如《青陵台》之“莫讶韩凭为蛱蝶”，《蝶》之“飞来绣户阴”等。“蛾”亦“蝶”类，然等而下之。此时之李商隐穷途末路，亦不敢以“蝶”自居了。

语云：早知今日，何必当初！

“讽敬宗说”虽有相似之处，然涉敬宗之史“头叩龙墀血流”，为吁请出朝，此则为乞求入门；一“出”一“入”，南辕北辙矣。

《日高》与《九日》为同一主题。《日高》在前，用长吉体，尚存希企和讳饰之心；《九日》在后，纯乎义山本色，有断然割席、义无反顾之概。说见后。

【历代笺评辑要】

屈复：“美人日高尚眠于水晶之宫，而天高门邃，我既不能轻身灭影，将如粉蝶之帖死于屏风，终身不得相见也。”

程梦星：“李德裕献敬宗《丹扆六箴》，其一曰《宵衣》，以讽视朝希晚。按，史：‘上视朝每晚，日绝高，尚未坐。百家班于紫宸门外，老病者几至僵踣。……左拾遗刘栖楚至叩额进言，见血不已。’此当时大事也。义山故有此诗。”

姚培谦：“此叹两情之不易通也。”

姜炳璋：“此讽求仙也。”

张采田：“此假艳情寓可近不可亲之意。篇中皆从想望着笔……或亦暗指令狐陈情不省欤?”

当代诸家　叶:“寄寓君门九重,无从接近之作。”刘、余:“写一娇艳贵家女子,日高尚酣卧未起,而水精帘外窃观之人,则徒怀向望而不能亲近。”邓:同程梦星说。黄:“据‘云梯十二’,则所思亦女冠中人。……酌编大和元年春。”郑:“本篇也是艳体,非‘借美人以比君子’、‘叹君门之九重”也。”

71 碧瓦

大中三年

碧瓦衔珠树，红纶结绮寮[1]。
无双汉殿鬓，第一楚宫腰[2]。
雾唾香难尽，珠啼冷易销[3]。
歌从雍门学，酒是蜀城烧[4]。
柳暗将翻巷，荷欹正抱桥[5]。
钿辕开道入，金管隔邻调[6]。
梦到飞魂急，书成即席遥。
河流冲柱转，海沫近槎飘[7]。
吴市蠙蛦甲，巴賨翡翠翘[8]。
他时未知意，重叠赠娇饶[9]。

【注释】

〔1〕珠树：一称“三株树”，神话传说中的珍木。《山海经·海外南经》：“三株树在厌火北，生赤水上。其为树如柏，叶皆为珠。” 纶：多本作“轮”。古“轮”通“纶”。本是一种粗丝。《礼·缁衣》“王言如丝，其出如纶”疏：“纶麤于丝。”此处指帘帷之类的丝织品。冯浩笺注：“按：徐君蒨诗‘树斜牵锦帔，风横入红纶’（《初春携内人行戏诗》），庾信诗‘步摇钗梁动，红轮被角斜’（《奉和赵王美人春日诗》），皆非此所用。此当是窗网红帘之类。沈约《咏少年新婚诗》‘红轮映早寒，画扇迎初暑’（原题为《少年新婚为之咏》），似相同也。” 绮寮：用丝罗或彩绘装饰的窗。

〔2〕汉殿鬓：张衡《西京赋》：“卫后兴于鬒（zhěn）发，飞燕宠于体轻。”李善注引“《汉武故事》曰：‘子夫得幸，头解，上见其美发，悦之。’”又，冯浩注引《东观汉记》：“孝明马皇后美发。”可见，汉代重视鬓发之美。　楚宫腰：《墨子·兼爱下》：“昔荆灵王好小要（腰），当灵王之身，荆国之士饭不逾乎一，固据而后兴，扶垣而后行。”《后汉书·马廖传》：“楚王好细腰，宫中多饿死。”可见，楚宫以腰细为美。

〔3〕雾唾：《庄子·秋水》：“子不见夫唾者乎？喷则大者如珠，小者如雾，杂而下者不可胜数也。”　珠啼：晋张华《博物志》：“南海水有鲛人，水居如鱼，不废织绩，其眼能泣珠。”

〔4〕雍门：春秋时齐国城门。《列子·汤问》：“昔韩娥东之齐，匮粮，过雍门，鬻歌假食。既去而余音绕梁欐，三日不绝，左右以其人弗去。过逆旅，逆旅人辱之。韩娥因曼声哀哭，一里老幼悲愁，垂涕相对，三日不食。遽而追之，娥还，复为曼声长歌，一里老幼喜跃抃舞，弗能自禁，忘向之悲也。乃厚赂发之。故雍门之人，至今善歌哭，放（仿）娥之遗声。”此处指其善歌。　蜀城烧：烧：烧酒。唐李肇《国史补》：“酒则有郢州之富水，乌程之若下……剑南之烧春。”年龄略长于李商隐的诗人雍陶诗云：“自到成都烧酒热，不思身更入长安。”可见在唐代，成都的烧酒是很有名的。

〔5〕抱桥，暗用尾生故事。据《庄子·盗跖》载：“尾生与女子期于梁（桥）下，女子不来，水至不去，抱梁柱而死。”他是中国历史上第一个有记载的为情而死的青年。

〔6〕钿辕：用金银珠宝等物镶嵌、缀饰的车，亦称钿车。白居易《春来》诗云：“金谷踏花香骑入，曲江碾草钿车行。”　金管：黄金镶饰的管乐器。

〔7〕河：黄河。　柱：砥柱，又称中流砥柱。《尚书·禹贡》：“导河……东至于底柱。”其传云：“山名，河水分流，包山而过，山见水中若柱然。”向按：砥柱位于三门峡大坝下方激流之中，因整治河道，已炸毁。　“海沫”句：暗用海客乘槎故事，参阅《海客》注。

〔8〕蠙蛦（cī yí）：又作蠵蠵，是一种甲有文采的大龟。唐刘恂《岭表录异》："蠵蠵者，俗谓之兹夷，乃山龟之巨者。人立其背，可负而行。产潮、循山中，乡人采之，取壳以货。" 賨（cóng）：《说文》："南蛮赋也。"古代巴人交纳的赋税称"巴賨"。 翡翠翘：《楚辞·招魂》："砥室翠翘，絓曲琼些。"王逸注："翠，鸟名也；翘，羽也。"此处指妇女头上的装饰物。

〔9〕娇饶：古代美女名。汉宋子侯有《董娇饶》诗。又同"娇娆"，形容娇柔妩媚的样子。

【疏解】

此诗以艳体写出，言辞浅顺，寓意暗涩，其写法有似于早期之《锦槛》，其内涵则当与《碧城》《海客》《无题·来是空言》《席上作》等诗合观。诗中前后部分，均可附会，惟中间"柳暗"四句，是全篇转捩点，暗藏情事，且不可附会，为我们提供了解谜线索。

李德裕贬潮、贬崖后，义山诗多有此等南方情调及美化李德裕居处为仙境的诗。如《李卫公》中的"今日致身歌舞地，木棉花暖鹧鸪飞"，《如有》中的"芭蕉开绿扇，菡萏荐红衣"，《碧城》中的"碧城十二曲阑干，犀辟尘埃玉辟寒"，《当句有对》中的"三星自转三山远，紫府程遥碧落宽"，等等，均属此类。首联写居处之华贵：碧瓦紧接着珠树，绮窗飘曳着红纱，暗指李德裕贬崖后的居处之地。次联写主人公无上的品质：李商隐在代郑亚所写的《太尉卫公会昌一品集序》中写道："帝曰：'我将俾尔以大手笔，居第一功。'"又赞其为："成万古之良相，为一代之高士。"本诗中所写的"腰"之细楚宫第一，"发"之美汉宫无双，实际上是上述评价的艺术性表达。三联写你往昔之健谈，嘘气如兰，余香犹在；而今日之远贬，啼泪如珠，意冷魂消。四联则高声赞叹：你是一支来自雍门的歌，余音袅袅，绕梁不绝；你是一壶来自蜀城的烧酒，气味醇厚，馥郁绵长。以上为第一层，极赞对方的人品，才能，功业，影响。

会昌六年（846）三月，武宗崩。四月，李德裕贬荆南。"柳"点时令，"暗""翻"指政局动荡。言柳色渐暗，风狂枝舞，将要刮翻这平静的小巷；“荷”自喻，李商隐会昌五年（845）服阕入京，重官秘书省正字，正依李氏门庭。言我是一支欹斜的荷花，面对滚滚而来的急流，却仍然抱着这即将淹没的桥柱。“钿辕”句写新贵们联翩而进的骄放的情态。于是，像尾生一样死死抱着桥柱不放的我，即使有“金管”吹奏出绝美的音乐，也只是“隔邻”而“调”，不得登堂入室了。以上为第二层，追忆会昌六年（846）政局逆转时的情景，以及自己不改初衷的决心。

“梦到”句写别后的思念，“书成”句写别后的信函来往。与“梦为远别啼难唤，书被催成墨未浓”同义。“柱”即中流砥柱，喻李德裕。李商隐曾以“海客”喻李德裕，写他“乘槎上紫氛”而登相位。而今，当此沉重的贬击有如狂泻的黄河之水冲向你中流砥柱，咆哮不止之日，我有如一撮轻浮的“海沫”，仍然是靠近你的浮槎飘移。自表忠贞语。与“料得也应怜宋玉，一生惟事楚襄王”同义。“蠙蛈甲”“翡翠翘”，皆稀世之珍，此处喻己之诗文，言当日不知你已预知前景险恶、爱护我而不起用我的深意，曾重叠以诗相赠用以干谒也。娇饶，乐府诗中美人名，用以指当日主持朝政的李德裕。

又，李德裕，字文饶，李商隐诗中惯用谐音，曾以“李将军（李广）”指李德裕（见《旧将军》），以“牵牛”指牛党（见《海客》），以“辛夷”指新姨（见《寄恼韩同年二首》），以“夭桃”指令狐绹等辈（见《春风》）等，此处以“娇饶”指代文饶，亦此类也。

【历代笺评辑要】

朱彝尊：“艳语是义山本色，而错互其词，似亦讳之之意。”（“无双”二句眉批）

屈复：“一段宫殿之宏丽，佳人之秀色。二段佳人之才情。三段荷、柳时往寻，不得一见。四段叹其咫尺千里。五段欲以甲、翘相赠，永以为好之意。”

徐德泓：“此赋歌妓也。纯是虚拟之词。”

程梦星：“此诗情旨有类于杜牧之《秋娘诗》，似为宫女流落而作。”

姚培谦：“此应是赋即席中所见，如《天平座中》诗之类。……末四句，恐此意之无由自通也。”

冯浩：“此在令狐子直家赋也。……九、十则谓自桂海、巴蜀而回，屡有投赠之物，初不知其中心之永睽矣。”

当代诸家　叶：“假浮艳之词来寄冀望之情……系未第时早期的作品。”刘、余：“此与《镜槛》同属艳诗，诗中所咏对象，当为贵家姬妾。”邓：“此女子或为宫女身份，其后流落民间，辗转为贵家姬妾。……欲合无缘，遂写此诗。”黄：“此诗为所恋宫女之入道者咏，……酌编大和元年。”郑：“本篇是艳情诗。诗人所思念的女性为贵族之姬妾。”

72 碧城三首之一

大中三年约六月

碧城十二曲阑干，犀辟尘埃玉辟寒〔1〕。
阆苑有书多附鹤，女床无树不栖鸾〔2〕。
星沉海底当窗见，雨过河源隔座看〔3〕。
若是晓珠明又定，一生长对水精盘〔4〕。

【注释】

〔1〕碧城：神话传说中仙人所居之处。《太平御览》引《上清经》云："元始（天尊）居紫云之阙，碧霞为城。" 阑干：即栏杆。向按：句中"十二"，有以为指城者，形容仙城之巍峨绵延。李商隐《九成宫》中有"十二层城阆苑西"，《月夜重寄宋华阳姊妹》中有"十二城中锁彩蟾"等，可作内证。有以为指栏杆者，形容栏杆曲折有致。南朝民歌《西洲曲》有"阑干十二曲，垂手明如玉"。唐戴叔伦《苏溪亭》："苏溪亭上草漫漫，谁倚东风十二阑。"然《太平广记·西王母》条涉及"阆苑"时说："有城千里，玉楼十二。"应以指城楼为是。参阅注〔2〕。 犀：犀角。辟：除。亦通"避"。南朝梁任昉《述异记》："却尘犀，海兽也，然其角辟尘，致之于座，尘埃不入。"唐刘恂《岭表录异》"辟尘犀"原注："为妇人簪梳，尘不著也。"此处指仙境净洁。 玉辟寒：古人认为玉德温润，可以祛寒。又，古代有火玉、暖玉之传说，如《汉武帝内传》："（上元夫人）戴九云夜光之冠，曳六出火玉之佩。"唐苏鹗《杜阳杂编》："武宗皇帝会昌元年，夫馀国贡火玉三斗及松风石。火玉色赤，长半寸，上尖下圆，光照数十步，积之可以燃鼎。置之室内则不复挟纩，才人常用煎澄明酒。"《开元天宝遗

事·暖玉鞍》云："岐王有玉鞍一面，每至冬月则用之。虽天气严寒，则此鞍在上坐，如温火之气。"此处指仙境温润。

〔2〕阆苑：即阆风苑，传说在昆仑之巅，是西王母居处之所。《海内十洲记》：昆仑山"三角，其一角正北，干辰之辉，名曰阆风巅。"《太平广记·西王母》条载："所居宫阙，在龟山春山西那之都，昆仑之圃，阆风之苑。有城千里，玉楼十二，琼华之阙，光碧之堂，九层玄室，紫翠丹房，左带瑶池，右环翠水，其山之下，弱水九重，洪涛万丈，非飚车、羽轮不可到也。" 女床：神话传说中的山名。《山海经·西山经》："（钤山）西南三百里，曰女床之山……有鸟焉，其状如翟而五采文，名曰鸾鸟，见则天下安宁。"

〔3〕"星沉"联：借用《博物志》及《荆楚岁时记》中的"乘槎"故事，及《海客》诗中的人物关系，特指李德裕贬荆、贬潮、最终贬崖等事。参阅《海客》注。说见疏解。

〔4〕晓珠：早晨的太阳。《唐诗鼓吹》注："晓珠，谓日也。"《周易参同契》："汞日为流珠。"皇甫湜《出世篇》："西摩月镜，东弄日珠。"有人以为指露珠，非是。因为早晨的露珠必然是不长久的，既不可能"明又定"，更不可能"一生长对"。 水精盘：同水晶盘，以其圆润明净，故喻月。如王昌龄《甘泉歌》云："昨夜云生拜初月，万年甘露水晶盘。"亦有以白玉盘喻月者，如李白《古朗月行》："小时不识月，呼作白玉盘。"向按：此处指月，取日、月对举义为是；用董偃故事①、赵飞燕故事②释水精盘者皆非。

【疏解】

会昌元年（841），武宗崩，李德裕连续贬荆、贬洛、贬潮、贬崖，《碧城三首》约作于大中三年（849）七夕之前，追忆往事，且企盼其早日归朝也。

---

①《三辅黄图》卷之三：董偃"以玉晶为盘，贮冰于膝前，玉晶与冰同洁，侍者谓冰无盘，必融湿席。乃拂玉坠盘，冰玉俱碎。"

②宋乐史《杨太真外传》转引《汉成帝内传》曰："汉成帝获飞燕，身轻欲不胜风。恐其飘翥，帝为造水晶盘，令宫人掌之而歌舞。"

第一章为惋叹李德裕贬崖之词。首联说：那里有碧霞掩映的十二座仙城，城楼上的栏杆曲曲折折；却尘犀角净化了尘埃，温润的美玉祛除了寒冷。次联说：像阆苑仙境那样，仙鹤飞来飞去传递着书信；像女床神山那样，所有的宝树都栖息着彩鸾。显然，这是用冰清玉洁、华美温馨的神仙境界，来美饰李德裕的当前贬地——崖州。这与《李卫公》之“今日致身歌舞地，木棉花暖鹧鸪飞”为同一构思。一仙境，一人境；词语华艳，然凄凉自现。正冯浩所谓“伤之，非幸之也”。

三联回顾武、宣之交的政治风云，仍沿用《海客》诗之“海客浮槎”故事：“星”即《荆楚岁时记》中“客星犯牛、女”之客星，亦即李德裕。“海”即“海客乘槎”之海。“河源”即《荆楚岁时记》所说的上与天接，而见“女织”之“河源”（参见前《海客》注）。我们已知，《海客》诗中的“海客浮槎上紫氛”，指的是李德裕由淮南入京升任宰相，主持朝政近六年之久。而今帝位易人，政局突变，李德裕罢相后一贬荆，再贬洛、三贬潮、最终贬入茫茫大海之中的崖州，正所谓“星沉海底”也！“雨过河源”指的则是挟风带雷、横扫政坛之疾风暴雨。此时李商隐仍以织女自况：“星沉”，“当窗见”；“雨过”，“隔座看”——而莫知所措。

李商隐自忖：向日虽有“聊将支机石赠君”之举，当时既未能见知于李德裕，随后又因服母丧而仓促出京。而今服阕归来，已呈“星沉海底”，“雨过河源”之势，我虽有隔岸观火、不致烧身之幸，然亦存狂澜既倒、爱莫能助之憾。“当窗见”，“隔座看”，当作如是观。其遣词用典，既隐晦曲折，又精妙恰切。“若是”句以假设之词，深寄惋叹。“晓珠”谓日，喻武宗。“水精盘”谓月，喻李德裕。言若是武宗不逝，则将终此一生君臣相得，日月同辉，无瑕无间矣；何至有此荆、洛、潮、崖之贬哉！

以日月对举来比喻武宗、李德裕君臣，还之见于《促漏》。我们曾经指出，《促漏》中的“归去定知还向月”，其含义就是你活着的时候日月同辉，如今你虽逝去，定然还是一心向月，福佑李德裕的事业。不同的是，写《促漏》的时候，武宗刚刚去世，政治局势还不明朗，李商隐还心存希企；而今大局已定，只能以假设之词来表示怅恨而已。

喻凫是开成五年（840）进士，是与李商隐互有唱和的同时代诗人，对李商隐的诗作理当有所了解。他的《赠李商隐》诗中说：

羽翼恣搏扶，山河使笔驱。
月疏吟夜桂，龙失咏春珠。
草细盘金勒，花繁倒玉壶。
徒嗟好章句，无力致前途。

首联极言其才华，尾联深叹其困顿。依第七句“徒嗟好章句”来推想，其中间两联必将是摘引李商隐诗作中之著名“章句”加以鉴赏、推崇。由于李商隐诗集并非生前编成，佚散甚多，因而不可能一一对应。但其中三、四句所指明确，应该可以为本诗的研讨作一印证。

其中第三句“月疏吟夜桂”，正是《一片》中“榆荚散来星斗转，桂花寻去月轮移”的压缩。我们在《一片》的注疏中曾经指出：“榆荚”表示时令。《春秋元命苞》云：“三月榆荚落。”会昌六年（846）三月，武宗李炎崩，宣宗即位。星斗转：即参横斗转，指帝位易人，政局逆转。“桂花”句言本拟入月寻桂，暗指入桂管幕，天涯追随，可惜郑亚再贬循州，则月轮又移矣。或许，李商隐值此“月疏”之时，另有“夜桂”之“吟”，亦未可知。

第四句“龙失咏春珠”中的“龙失”，指的当然是帝王去世，亦即武宗去世。武宗去世，李商隐先写过《昭肃皇帝挽歌辞三首》，有“始巢阿阁凤，旋驾鼎湖龙”之句，其中“阿阁凤”指李德裕，“驾鼎湖龙”而升天者为武宗。这一点诸家均无异议。再，就是这首诗中的“若是晓珠明又定，一生长对水精盘”了。为什么喻凫不说“晓珠”，而说“春珠”呢？因为武宗本来就是去世于春天，但“春珠”之用，太实，太露，太刺眼，而且“晓珠”更容易联想到日，所以李商隐选用了“晓珠”。而深知其诗内情的喻凫就直接用“春珠”了。

武、宣易位，赴辟桂管，是李商隐一生中政治生活的最大的转折点，喻凫在咏叹李商隐命运多舛时，首引“月疏”“龙失”，可见，他与李商隐是真正的心灵相通的知音，特别是“龙失咏春珠”一句，别无他解，从而为本诗的解读留下一份珍贵的旁证。

【辨】《碧城》主旨辨说

《碧城》的主旨，一般有“恋情”“令狐绹”“女冠”三说。

窃以为“碧城”为仙家所居之地，义山诗本“风人之绪音，屈宋之遗响”（朱鹤龄语），大抵以香草美人喻所敬望之人，而以华美圣洁之仙境拟所思者之居。其有难言之隐者，概以仙家晦其迹。

唐人之于恋情，并不讳言。李益与霍小玉，元稹与崔莺莺，韩翃与“章台柳”，以及杜牧的“扬州梦”，均被传为文坛佳话。女诗人薛涛、李治、鱼玄机之坦呈心曲，时人既不以为怪，亦不以为耻。观李商隐记述“柳枝”之《序》，拒娶“懿仙”之《启》，均坦坦荡荡，无需讳饰，谓李商隐寄恋情于《无题》及《碧城》诸诗，不切。

李商隐干谒令狐绹，亦不必讳言。唐诗中干谒之作比比皆是。李商隐返京前后，陈情于令狐之诗作甚夥：有乞请其指点迷途的，如《寄令狐学士》中的“钧天虽许人间听，阊阖门多梦自迷”；有直问其何时推荐的，如《令狐舍人说昨夜西掖玩月因戏赠》中的“几时绵竹颂，拟荐子虚名”；有旁敲侧击的，如《玉山》中的“闻道神仙有才子，赤箫吹罢好相携”；有倾泄怨愤的，如《九日》中的“郎君官贵施行马，东阁无因许再窥”。均不敢狂放轻佻。若值此关系生涩、冷漠之际，竟以亲昵之艳语挑之，非但于事无补，反因其孟浪而遭其轻蔑不齿矣！此当为义山所不取也。且令狐鼎盛之时，干谒亦常事，又何必隐情晦迹婉曲如此。

至于女道士之说，本无其事，所据者仅《月夜重寄宋华阳姊妹》《寄永道士》两首。前诗故作矜持，或许还有一丝试探和希冀的意味，后诗则只剩下一点怀旧和调侃了。把前者说成是“情人”，后者说成是“情敌”，浪漫倒是挺浪漫，根据却是一点也没有。《无题》诗中所表达的那种热切、幽怨、激愤、决绝，且带有浓重的悲剧色彩的“恋情”，与这两首诗决不在同一条道上。说见《附录二》。

此外，还有刺明皇、贵妃及贵主说等，也与本题毫不相干。《碧城》同所有《无题》一样，感情真切深沉，实是有我之境，并非为他人搔痒之作。王国维论词云："有我之境，以我观物，故物皆著我之色彩。"观本诗"若是晓珠明又定"之婉叹，第二首"鄂君怅望舟中夜"之关切，第三首"武皇内传分明在"之急辩，皆情动于中而形之于言，著有"我"之斑斓色彩，与《无题》诸诗一脉相承，而与明皇、贵妃等等则了无关系。

朱彝尊、钱良择、纪昀等均主张以第三首尾联"武皇内传分明在，莫道人间总不知"为悟全篇之关键，甚是。然解读过度，欲其深反而浅矣。究其实，"武皇内传"即《汉武帝内传》。《传》中记有一青衣仙女预报西王母将于七月七日降临汉宫事，与《碧城三首·之三》第一句"七夕来时先有期"前呼后应，融为一体。当其时，远方之人必以"归来无望"为词，李商隐急语："武皇内传分明在，莫道人间总不知！"——强化"七夕来时先有期"。名为驳之，实则慰之。其感情之真切，用心之深苦，又决非浅尝者所能道也。

牛、李党争，蔓延四十年。是牛必结憾于李，是李必结憾于牛；李商隐之不幸在于正处于牛、李峡谷之中。李氏鼎盛时期，李商隐因官卑母丧，因循延误，致使遇合无缘；牛党鼎盛时期，李商隐不改初衷，仍寄望于李而又不欲结憾于牛，于是隐其情，晦其迹，烂漫其辞，以男女媟亵之私情出之，然其中刚正浩然之气，贯彻始终，迫人肺腑，撼人心旌，此商隐之所以为商隐，《无题》之所以为《无题》也！当时竟以"诡薄无行"目之，后世亦以艳词媚语毁之。呜呼，"知我者谓我心忧，不知我者谓我何求"，千载而下，李商隐之知者宜其寥寥也！

73 碧城三首之二

大中三年六月

对影闻声已可怜，玉池荷叶正田田[1]。
不逢萧史休回首，莫见洪崖又拍肩[2]。
紫凤放娇衔楚佩，赤鳞狂舞拨湘弦[3]。
鄂君怅望舟中夜，绣被焚香独自眠[4]。

【注释】

〔1〕对影闻声：李白《月下独酌》："花间一壶酒，独酌无相亲。举杯邀明月，对影成三人。月既不解饮，影徒随我身。暂伴月将影，行乐须及春。我歌月徘徊，我舞影零乱。醒时同交欢，醉后各分散。永结无情游，相期邈云汉。"首句用李白诗意，"对影"者，对自己之影。"闻声"者，闻"我歌"之声。写李德裕贬荆南后形只影单之情景。可怜：指令人哀悯、惋叹。向按：历来解《碧城》者，都在"对影"一词下含糊其辞。无论是"贵主"也好，"女冠"也好，其他"艳情"也好：既已见人，何须"对影"？既不见人，何能"闻声"？两问之后，其词穷矣！　玉池：形容荷塘。　田田：茂密的荷叶在水面上下浮动的样子。古乐府《江南曲》："江南可采莲，莲叶何田田。"

〔2〕萧史：传说中的仙人。秦穆公女弄玉之夫，后携弄玉一道成仙。李商隐常借用萧史故事以"秦楼客"自喻，参阅《蝶》注及《东南》《无题二首・闻道阊门》疏解。　洪崖：传说中的仙人。即黄帝时乐官伶伦，《列仙全传》称其修道成仙，号洪崖先生，帝尧时已三千岁。晋郭璞《游仙诗》："左挹浮丘袖，右拍洪崖肩。"向按：揣其意，"萧史"喻友善者，"洪崖"喻伪善者或背恩者。李德裕远贬，所善遇

者如白敏中、令狐绹等都是落井下石之人，也侧面地反映了李德裕轻信的弱点，故本诗有“莫见”之棒喝，用以相警也。

〔3〕紫凤：传说中的凤凰之类的神鸟。《新编分门古今类事·梦兆门》：“凤鸟有五色赤文章者，凤也；青者，鸾也；黄者，鹓鸰也；紫者，鸑鷟也。” 佩：亦作“珮”，古时系于衣带上的饰物。屈原《离骚》：“扈江离与辟芷兮，纫秋兰以为佩。”向按：此句暗含江妃解佩故事。《列仙传·江妃二女》载：“江妃二女者，不知何所人也。出游于江汉之湄，逢郑交甫。见而悦之，不知其神人也。……遂下与之言，曰：‘……愿请子之佩。’二女……遂手解佩与交甫。交甫悦，受而怀之中当心，趋去数十步，视佩，空怀无佩。顾二女，忽然不见。” 赤鳞：有赤色鳞片的鱼或龙。《大戴礼记·曾子天圆》：“介虫之精者曰龟，鳞虫之精者曰龙。”道源注：“此句暗用瓠巴鼓瑟游鱼出听语。”向按：瓠（páo）巴，古代传说中善于鼓琴瑟的音乐人。“瓠巴鼓瑟”典，在《列子·汤问》中为“瓠巴鼓琴而鸟舞鱼跃”，在《淮南子·说山训》中为“瓠巴鼓瑟，淫鱼出听”。所谓“淫鱼”，即今之鲟鱼。

〔4〕鄂君：鄂君子皙，古代美男子。楚王母弟，官为令尹，爵为执珪。汉刘向《说苑·善说》记载了他在楚地的一段恋情：“鄂君子皙之泛舟于新波之中也……榜枻越人拥楫而歌……‘今夕何夕兮，搴舟中流，今日何日兮，得与王子同舟。蒙羞被好兮，不訾诟耻，心几顽（烦）而不绝兮，得知王子。山有木兮木有枝，心说（悦）君兮君不知。’于是鄂君子皙乃揄修袂，行而拥之，举绣被而覆之。”此处言“独自眠”，无恋情也。

【疏解】

第二章乃拟想李德裕初贬荆南时的情景。

首联借荆南风物，写初贬荆南的李德裕，对自己之“影”，闻“我歌”之声，形只影单，本来就有触景生情之悲，叫人哀悯、惋叹；况乃荷叶田田，生趣盎然，反增其无限凄凉耳。

三句叮嘱语，“萧史”是能度人成仙之“秦楼客”，隐然与自已同类，叮嘱其必欲随之成仙而后返。四句告诫语，“洪崖”亦仙人，喻当时先以谄媚求荣、后则落井下石之小人，如白敏中、令狐绹等。“拍肩”，状其亲昵谄媚之态。“又”者，则前此已有“拍肩”求荣之实，嘱今后则不要再为其所欺也。（参阅《无题·紫府仙人》）

五、六句用楚地典故极写楚地之文化、风物，表现了荆楚民众对李德裕坐镇荆楚的拥戴。

“紫凤”是神话传说中的仙鸟，该句暗用“江妃二女”故事，写它高兴得撒起娇来，竟然衔走了江妃二女的佩饰。“赤鳞”既可指龙，也可指鱼。指龙，则与上句之“紫凤”相对；指鱼，则与本句之“狂舞”，亦即“瓠巴鼓琴而鸟舞鱼跃”典相合。而“拨湘弦”，又暗用“湘灵鼓瑟”传说，与“瓠巴鼓瑟”交相辉映，从而把荆楚民众对李德裕坐镇荆楚的欢乐和拥戴之情抒写得淋漓尽致。

李商隐常一语多源，极尽意象杂沓之妙，此又一例。

“紫凤放娇”，“赤鳞狂舞”，则乐而且狂矣。结句言想望中之鄂君，必不至于乐其所乐，反而自甘寂寞，怅望舟中，拥被独眠。全篇用对比、烘托、反衬诸法，于缤纷繁艳中曲写悲凉。

“鄂君子晳”是楚国皇族，“官为令尹，爵为执珪”，与李德裕身份、地位大体相同。此时的李德裕贬任荆南节度使，与“鄂君”之封地大体相近。因此，以“鄂君”隐射、指称李德裕，是李商隐“无题诗”中的又一神来之笔。用“鄂君”典不写温柔绮丽的艳遇，反写其自甘寂寞，洁身自好。为贬斥中的李德裕树立了一尊清操自励的高洁形象。

我们曾提出用“有我之境”这个概念来讨论《无题》诗，如第一章之“当窗见”，我们就要问：谁曾“当窗见”？如“隔座看”，我们就要问，谁在“隔座看”？又如本章“不逢萧史”之叮嘱语，谁在叮嘱？“莫见洪崖”之告诫语，谁在告诫？这个关切者似乎置身于局外，但到了情急之时，也要挺身而出了。说见下章。

74 碧城三首之三

大中三年六月

七夕来时先有期，洞房帘箔至今垂[1]。
玉轮顾兔初生魄，铁网珊瑚未有枝[2]。
检与神方教驻景，收将凤纸写相思[3]。
武皇内传分明在，莫道人间总不知[4]。

【注释】

〔1〕七夕：原名为乞巧节，起源于汉代。南朝梁宗懔《荆楚岁时记》："七月七日，为牵牛织女聚会之夜。"又，《汉武内传》载：四月戊辰，帝闲居承华殿，忽见一女子，著青衣，美丽非常。帝愕然问之，女对曰："我墉宫玉女王子登也，向为王母所使，七月七日，王母暂来也。"到七月七日，乃修除宫掖，设坐大殿。帝盛服立于陛下，夜二更后，闻云中有箫鼓之声，人马之响。半食顷，王母果至。向按：此"七夕"亦一词二典。"牵牛织女"典，关合"洞房帘箔至今垂"；"王母降临汉宫"典，关合"武皇内传分明在，莫道人间总不知"。各尽其意，互补而不相斥。

〔2〕玉轮：喻月。　顾兔：又作"顾菟"，神话传说月中阴精积成的兔形阴影，亦即"魄"。后常用作月的别名。《楚辞·天问》："夜光何德，死则又育？厥利维何，而顾菟在腹？"王逸注："言月中有兔，何所贪利；居月之腹而顾望乎？"　魄：月之暗影部分。初生魄：指圆月初生暗影。《尚书·康诰》："惟三月哉生魄，周公初基。"孔传："……始生魄，月十六日，明销而魄生。"　珊瑚：珊瑚虫是海洋中的一种低等腔肠动物，它的分泌物和石灰质骨骼聚合体被称为"珊瑚"。

珊瑚形如树枝，呈红、白、黑等色，是一种玲珑美艳的观赏品。朱鹤龄引《本草》云："珊瑚似玉，红润，生海底磐石上，一岁黄，三岁赤，海人先作铁网沉水底，贯中而生，绞网出之，失时不取则腐。"未有枝：言时日尚浅，珊瑚枝尚未长出。又，"枝"双关"知"，用"山有木兮木有枝，心说君兮君不知"意，言尚不为所知也。参阅上篇"鄂君"注。

〔3〕驻景：冯浩注："《说文》：景，光也。驻景，犹驻颜之意。谓得神方使容颜光泽不易老也。" 凤纸：印有金凤图案的纸张，多为帝王所用。《旧唐书·崔胤传》："睹纶言于凤纸，若面丹墀。"冯浩注引《天中记》："唐时将相官诰用金凤纸书之，而道家青词亦用之也。"

〔4〕武皇内传：又名《汉武帝内传》，旧本题作汉班固撰。其中记七月七日西王母降临汉宫故事甚详，见注释〔1〕。 "莫道"句：冯注："莫谓我不知之也。"

【疏解】

三章为期盼李德裕回归之词。读其首句，并无期约；查其落句，则对方竟以"回归无望"为词：则义山之于李德裕辈，实乃自作多情、一厢情愿之单相思而已。然观其"一生惟事楚襄王"之忠贞自许，"蜡炬成灰泪始干"之一往情深，"他时未知意，重叠赠娇饶"之锲而不舍，与本篇末"莫道人间总不知"之曲意宽慰，则李商隐亦政治上之大智大勇者。世皆以成败论是非，成则为"择木之智，涣邱之公"，败则为"放利偷合"，"诡薄无行"，李德裕一去不复返，则义山之见薄于世也必矣。欲加之罪，何患无辞乎？尔后李商隐虽有陈情之作，比之于与令狐昆仲早年的交谊，仍呈不卑不亢之态，不可苛求也。

首联"先有期"之说，径用墉宫玉女王子登预报西王母七月七日降临之典；因实无期约，所以帘箔深垂，以表明忠贞自守的等待。

二联皆用隐语。"初生魄"，本指月轮始缺，阴影初生；暗喻我之感情初萌，有如顾菟在腹。"未有枝"，本指珊瑚尚未长成。既可视为暗喻，指情事之发展尚需时日；也可视为双关，指我的倾慕之情尚不为其所知。这两句所写，正是李德裕主政的会昌时期，与李商隐关系的实情。开始的情况是，官职低下的李商隐“初生魄”之时，频频干谒，并不为高高在上的李德裕所了解；而等到李德裕受贬，李商隐追随郑亚赴桂之后，李德裕对李商隐有所了解时，他已经是无职无权了。这就是李商隐一直期盼着李德裕回朝主政的最真实的原因。“遇合无缘”，是后期《无题》，亦即“写意无题”诗中反复吟咏的主旋律，本诗中的“玉轮顾兔初生魄，铁网珊瑚未有枝”两句，则是对这一主题的最委婉，最强烈，最为艺术化的表达。

五句嘱其珍重自爱，延年以待时；六句自述一往情深，写相思之词以自慰（即此《碧城》《无题》之类）。结句作急切语，言汝亦不必说回归无望，《汉武帝内传》写仙人降临人间之事，历历在目，不要认为人间总是不知也。王清臣注：“此怀人而不可即，故以比之神人。”朱鹤龄注：“义山诗，往往借仙境作艳语。……然神方、凤纸，《内传》所载，人间共知，今独不肯我顾，何哉?”徐德泓疏：“（三章）此似为有所许而未践者发。……结语盖谓前言可据，岂能掩饰乎？仍是望之之意。”均与鄙说相近，甚或相同。

知其不可归而责其不归，以《汉武内传》西王母之七夕降临为例而证其必归，皆热恋人之痴语。似问似斥，而实则作宽慰语也。用以慰人，且聊以自慰也。热情洋溢中深含凄凉悲怆之感。能味此者，可以语李商隐矣。

【历代笺评辑要】

胡震亨：“此似咏其时贵主事。唐时公主多自请出家，与二教人媟近。商隐同时如文安、浔阳、平恩、邵阳、永嘉、永安、义昌、安康诸主，皆先后丐为道士，筑观在外。史即不言他丑，于防闲复行召入，颇著微词。……非止为寻恒（常）闺阁写艳也。”

廖文炳：“此诗‘碧城’疑是宫名。诗中皆托言失幸而寓怨之词。……‘晓珠’、‘水晶’，皆指日以比君王，盖讥君王信谗逐贤，以宫怨况之。”

朱彝尊：“李商隐《碧城三首》，一咏（杨）妃入道，一咏妃未归寿邸，一咏帝与妃定情系七月十六日。证以‘武皇内传分明在，莫道人间总不知'，是足当诗史矣。……盖以明皇为武帝，唐人之常也。则其谓明皇无疑。"

陆昆曾："疑此三诗为贵妃殁后，明皇命高力士求致其神而作也。"

纪昀："三首确是寓言，亦无题之类，摘首二字为题耳。然所寓之意则不甚可知。"又，"诗有众说纠纷者，既无本事，难以确主，第各就所见领略之，亦各有得力耳。《碧城三首》，可如是观也。"又："《锦瑟》体涩而味薄，观末二句，意亦止是耳。《碧城》则寄托深远，耐人咀味矣。此真所谓不必知名而自美也。"

朱鹤龄、王清臣、徐德泓等已引用，不赘。

当代诸家　叶："这完全是讥刺武宗李炎之作。……第一首是针对望仙台、降仙台而发。……（第二首）绾合上下，所以把求仙访道和纵情声色综合起来说。……（第三首）是三首的总结。……结二句说这样闹法尽管讳莫如深，可是外间和后代是不会不知道的。"刘、余："胡震亨、程梦星、冯浩等谓咏女冠艳情，且笺解已大致融洽，他说可无论矣。"又："此三首究系自叙艳情，抑从旁观角度写女冠艳情，不易确定。细味之，似含讽意，则自叙艳情之可能性似较小。"邓：从叶葱奇说。黄："《碧城三首》，前后相贯相续，作为组诗，不啻义山与灵都观女冠之一部恋情史。"又，"义山大和元年春'学仙玉阳东'，至大和三年冬入天平令狐楚幕，与灵都观女冠之恋情当即发生其时。诗或作于下玉阳前夜，酌编大和三年冬。"郑："《碧城三首》是抒写诗人与女道士宋华阳的一段爱情内容的精心结撰之作。"

75 附：赠荷花

大中三年

世间花叶不相伦，花入金盆叶作尘[1]。
惟有绿荷红菡萏，卷舒开合任天真[2]。
此花此叶常相映，翠减红衰愁杀人。

【注释】

〔1〕伦：匹配，并列，类比。如无与伦比、不伦不类。

〔2〕菡萏：荷花的别称。也称为莲花、芙蓉、芙蕖等。又，也可专指未开的荷花，即花苞。《广群芳谱·荷花》："花已发为芙蕖，未发为菡萏。"

【疏解】

这是一首感情深重的诗，绝非泛泛之作。其中"荷花"，隐喻出身名门，高贵而美丽的妻子王氏。"荷叶"，隐喻出身贫寒，平凡且至今仍无成就的"我"。"赠荷花"者，赠给妻子王氏也。

首二句泛言，世间之花和叶是不可伦比的：前者受到无限的尊宠和呵护，后者则被委弃，任其成土成尘。三、四句专写：此绿色的荷叶、红色的荷花则不如此，他们相依相偎，互为映衬，其叶舒卷自如，其花开合有致，一派天真。这，正是李商隐夫妇婚后生活的真实写照。

第五句一转，言此"花"此"叶"曾经是长久地交相辉映，然而现实是残酷的："红衰"者，指王氏久病不愈，身体渐衰；"翠减"者，指李商隐仕途困顿，前景渺茫。这正如大自然中的由秋入冬的荷花，花将谢，叶渐枯，无可奈何。李商隐何得而不"愁杀人"呵！

【辨一】李商隐妻王氏婚后身体状况之资料

其《上易定李（执方）尚书状》说："某穷辱之地，早受深知，……今则车徒俨散，栋宇萧衰，抚归旐（zhào）以兴怀，吊病妻而增叹，酸伤怨咽，敢类他人！"该《状》写于会昌三年（843）九月之后，是向这位母舅报告王茂元死讯时的顺带一笔。其妻如是偶尔一病，不得在信中如此措词，可见，其妻当时已是常病之身了。

其《重祭外舅（岳父王茂元）司徒公文》写于会昌四年（844）八月王茂元灵柩抵达洛阳之后，文中提及妻子时说："昔公爱女，今愚病妻。内动肺肝，外挥血泪。"可见，一年之后，其妻病情更加严重了。

其《上李（褒）舍人状二》写于会昌五年（845）秋，文曰："某自还京洛，常抱忧煎，骨肉之间，病恙相继。"文中"自还京洛"，指的是服阕后自永乐返居京洛，准备就职之时。其时母亲已死，没有资料表明他的弟弟羲叟与他同处京洛，则文中之"骨肉之间，病恙相继"，当然包括了他的妻子。

其《房中曲》追忆说："忆得前年春，未语含悲辛。归来已不见，锦瑟长于人。"所谓"前年"，指的是大中三年（849），李商隐从桂管返京后不久，"未语含悲辛"者，王氏已表现出自知不久于人世之态，可见，李商隐"翠减红衰"之咏，正是当日的实情。

据此，本诗酌编于大中三年（849）"未语含悲辛"之前后。

【辨二】李商隐的"荷花情结"

荷花有很多别名，最习见的就是莲花、芙蓉和芙蕖。

李商隐的婚恋与荷花结了不解之缘。

少女时期的王氏很喜欢穿粉红色的衣裙。所以，李商隐最初描绘王氏姑娘的时候，常常写她芙蓉色的服饰。如：《无题·八岁》的"十岁去踏青，芙蓉作裙衩"；《无题·照梁》的"裙衩芙蓉小，钗茸翡翠轻"。《锦槛》中的"锦槛芙蓉人，香台翡翠过"，则径以"芙蓉"指代其人了。在李商隐的心目中，"芙蓉"几乎就成了王氏女的化身。我们把它称之为"芙蓉情结"，或者是"荷花情结"。

另有一首诗直题为《荷花》。其诗曰：

都无色可并，不奈此香何。
瑶席乘凉设，金羁落晚过。
回衾灯照绮，渡袜水沾罗。
预想前秋别，离居梦棹歌。

很多研究者都觉得诗中间四句很暧昧，有点冶游和幽会的味道。其实不然，该诗不过是描绘了诗人的临池夜赏而已。有的只是倾慕和激赏，没有一点亵渎的意思。这如痴如狂的眷恋，正有着李商隐当年热烈追求王氏女的影子。

在李商隐的心目中，这“荷花”，仍然是王氏女的化身。

黄世中在疏解《荷花》诗时说：“窃谓义山年少之时，心有所系；其中隐情，已然不可知也。余臆此荷花或指代茂元女，时正相恋。”他在疏解《赠荷花》诗时又说：“义山咏荷，一不足而再，而三，当非泛泛之咏，当与《荷花》《暮秋独游曲江》同参。”以上所说，与拙见正同。接下来他却说：“此花、叶分明是人，似一主一婢，一妻一姬妾。余臆花喻王氏，则叶似其姬妾，苦未能索其本事。”——作为一位研究李商隐的专家，他应该知道，李商隐娶王氏女之后，并无姬妾。写到这里，他把已经抓住的线索抛弃，步入了歧途，实在可惜。

《漫成三首》是李商隐回顾当年婚事之作，其三云：

雾夕咏芙蕖，何郎得意初。
此时谁最赏，沈范两尚书。

新婚之夜，主题单一。此“雾夕”所咏之“芙蓉”，当然就是他的新婚妻子。

还有一首公认的怀念妻子的诗，《暮秋独游曲江》：

荷叶生时春恨生，荷叶枯时秋恨成。
深知身在情长在，怅望江头江水声。

诗题已锁定地点。“荷叶生时”点明时令。他告诉我们，在一个荷叶初生的暮春，他和他未来的妻子王氏邂逅于曲江，两情相悦，开始了这场曲折、颠踬，并且对未来生活产生巨大影响的恋情。

既然如此，为什么不说“春情生”，而说“春恨生”呢？正因为有了这份“情”，才有了爱慕、思念、牵挂、担心、纠葛和挫折，因而引起怨、恼、愁、悔、遗憾、痛苦，乃至绝望：这也就是他所说的“恨”。

“荷叶枯时”，时令是秋天。“秋恨成”，指的则是妻子王氏去世。

这首诗大约写于大中十年（856），李商隐已近暮年。这也许是他最后一次“独游曲江”了：蹀躞江头，踽踽独行，“怅望江头”景，谛听“江水声”，回顾江边往事，为霞彩缤纷的曲江之恋画上了一个哀惋的句号。

王氏去世后，李商隐在《七月二十九日崇让宅宴作》中深情地写道：“浮世本来多聚散，红蕖何事亦离披。”“浮世聚散”可以是泛指，但“红蕖离披”肯定是专指。说到妻子去世，不说牡丹离披，芍药离披，蔷薇离披，菊花离披，偏偏又说起“红蕖离披”，这就是我们所说的“荷花情结”。

李商隐的“荷花情结”，从初逢，初恋，婚时，病中，直到王氏死后，可说是自始至终了。这就是我们反复强调的“草蛇灰线，伏脉千里”。他咏荷花，咏荷叶，咏芙蓉，咏红蕖，实际上都是在咏叹他的妻子王氏。

【历代笺评辑要】

陆鸣皋：“此言世间花叶本相辅，而乃不相伦者，自入于金盆而叶弃矣。惟此花不改其天真，当始终相映，而愁其衰落也。其托喻在侪友间乎？”

姚培谦：“此讽世之荣悴相弃者。”

冯浩：“艳情耳，前已有题。”（指《荷花》）

当代诸家　叶：“这是艳情诗，‘绿荷’比男，‘红菡萏’比女，‘卷舒’指叶，开合指花。”刘、余：“似谓事物之美，不能离相互映衬，亦不能违反自然本来面目。‘唯有’二字，一篇之主。”邓：“这是一首值得玩味的哲理小诗。”（说略同于刘）。黄：前已引用。郑：释《荷花》为“艳情诗”。释本篇云：“本篇当是上篇《荷花》之后的续赠之作。”

76 丹丘[1]

大中三年秋

青女丁宁结夜霜，羲和辛苦送朝阳[2]。

丹丘万里无消息，几对梧桐忆凤凰。

【注释】

〔1〕释题：丹丘，亦作丹邱、丹穴。说见“辨”。

〔2〕青女：神话传说中掌管霜雪的女神。《淮南子·天文训》：“至秋三月……青女乃出，以降霜雪。”高诱注：“青女，天神，青霄玉女，主霜雪也。” 丁宁：同“叮咛”，本意是反复嘱咐，此处用为殷勤。杜甫《绝句漫兴九首》：“即遣花开深造次，便觉莺语太丁宁。”同此。羲和：神话传说中太阳的御者。参阅前《东南》注。

【辨】“丹丘”即“朱崖”辨

丹丘，亦称丹邱、丹穴，是我国神话传说中的地名。《楚辞·远游》：“仍羽人于丹丘兮，留不死之旧乡。”王逸注：“因就众仙于明光也。丹丘，昼夜常明也。《九怀》曰‘夕宿乎明光’，即丹丘也。”

又，《尔雅·释地》在言及“丹穴”时说：“岠齐州以南，戴日为丹穴；北，戴斗极为空桐；东，至日所出为太平；西，至日所入为太蒙。”注：“齐，中也。”义疏引“《御览》卅六引舍人云：自中州以南，日光所照，故曰丹穴。”又引《淮南子·氾论训》高诱注“丹穴”云：“南方当日下之地。”

又，古代五行说以五色配五方，南方属火，火色丹。故《云笈七签》卷六三云：“丹者，南方之异名。”

向按：古代人类没有精密的测量知识，他们对太阳运行，地理方位，距离远近等方面的记述，大多是感性的，直觉的，而且显然是夸张的。所谓“昼夜常明”，指的应该是日照时间长。所谓“戴日”“南方当日下之地”，指的应该是南方的一片受日光直射的地方。查《山海经·海外南经》有“羽民国”“不死民”之记载，与《楚辞》所咏相符。这个地处中州之南，日光强烈，接近直射，光照时间长，且位于大海之中的神秘之地，指的应该就是我国古代人类所观察到的海南岛。

海南岛在唐虞三代称为“南服荒缴”，在秦代称为“越郡外境”。至汉武帝时，在岛之东北部始置珠崖郡。以该郡在大海崖岸之边，且盛产珍珠而得名。汉元帝时废，置朱卢县。三国吴在雷州半岛设珠崖郡，治徐闻，“遥领”海南岛。此后几经置废，至隋末仍为珠崖郡。

至唐，武德五年（622）改珠崖郡为崖州，天宝元载（742），又改崖州为珠崖郡；乾元元年（758），再改珠崖郡为崖州。如此反复，则崖州亦即珠崖也。而在谭其骧主编的《中国历史地图集》上，自东汉至魏晋南北朝，独立于南海之中的海南岛，始终标其名为“朱崖州”。“海南”一词，迟至唐代编修的《隋书》上才初次出现。

因“珠”与“朱”通，晚唐以后笔记常径以“朱崖”称崖州。如范摅《云溪友议·赞皇勋》条自注：“朱崖，太尉之封也。”刘肃《大唐新语》云：“洛中有李相德裕平泉庄，佳景殊胜，李未几坐事贬朱崖。”宋钱易《南部新书》亦云：“大中中，李太尉三贬至朱崖。”此例甚多，不赘。

又有以李德裕最后贬地“朱崖”直接称代李德裕者。康骈《剧谈录》在“龙待诏相笏”条中说：“时李朱崖方秉钧轴，威震朝野。”又说：“朱崖目之，回谓左右曰：‘宋补阙笑某何事？’”孙光宪《北梦琐言》在论及令狐绹时说：“令狐公在大中之初，倾陷李太尉，唯以附会李绅而杀吴湘。……殊不似德裕立功于国，自俭立身。掎其小瑕，忘其大美。洎身居岩庙，别无所长，谏官上章可见之矣。与朱崖之终始殆难比焉。”在记刘三复条中又说：“其子邺敕赐及第，登廊庙，上表雪德裕，以朱崖神榇归葬洛中，报先恩也。”

又，《山海经·南山经》云：“丹穴之山……有鸟焉，其状如鸡，五采而文，名曰凤皇。……是鸟也，饮食自然，自歌自舞，见则天下安宁。"《庄子·秋水》云："夫鹓鸰发于南海而飞于北海，非梧桐不止……"因此，此南海丹穴之山也是神话传说中的凤凰栖息之所。

"丹"即"朱"，"丘"近"崖"。可见，这个在诗中专题吟咏的、远隔万里的"丹丘"，除了借用《山海经》传说，直指其为凤凰所栖的南方之地外，还直接隐射李德裕贬地"朱崖"，甚或直指李德裕本人。在牛、李党争进行到白热化时期，处于敏感地位的李商隐，不得不婉曲其辞以致意，这就是在李商隐的《无题》诗中，用了那么多的谐音、双关、隐射等手法的原因。而识破这一点，坐实这一点，正是揭开《无题》之谜的关键。

【疏解】

"青女结霜"，则成诗时令晚于《到秋》。《到秋》言"万里南云"，本诗言"丹丘万里"，与《失猿》中的"祝融南去万重云"互相呼应，则其所思仍萦系于贬居"万里"之外的李德裕也。

据《李德裕年谱》，李德裕于大中二年（848）九月由潮贬崖，大中三年（849）正月抵崖州。此诗当作于大中三年（849）的秋天。

"青女"句言夜已至，"羲和"句言昼已临。"丁宁""辛苦"，言昼夜往复，无穷无已，铺叙候望殷切。"丹丘"则直指"朱崖"，言李德裕南窜万里，至今仍无北返"消息"。末句"凤凰"隐指李德裕。梧桐本是凤凰旧栖之所，隐指相位。此不言人忆，而言"梧桐忆"，与"八百孤寒齐下泪，一时南望李崖州"同一命意：是婉言之，企盼其早日复归相位也。

又，《昭肃皇帝挽歌辞三首》其二云："始巢阿阁凤，旋驾鼎湖龙。"武宗皇帝之"阿阁凤"，非李德裕莫属；《相思》言"紫凤青鸾共羽仪"，一时翘楚共辅朝政者，非李德裕辈莫属；本诗言"几对梧桐忆凤凰"，则此期盼其重栖梧桐之"凤凰"，亦非李德裕莫属。

此《丹丘》诗，当与《到秋》《失猿》《春雨》《柳》《寄远》等诗同观，才能理清其"万里之思"的脉络。

附《失猿》《寄远》于后，余已见前。

附：失猿[1]

祝融南去万重云，清啸无因更一闻。
莫遣碧江通箭道，不教肠断忆同群。

附：寄远

姮娥捣药无时已，玉女投壶未肯休。
何日桑田俱变了，不教伊水向东流。

【历代笺评辑要】

屈复："岁月如流，梧桐犹在，而凤凰不归也。"

姚培谦："此悲时命之不相值也。"

姜炳璋："此为求仙者讽。……言求仙徒然，不如求贤以充百职，可保君身而绵国祚也。"

冯浩："上二句，夜复夜，日复日也；下二句，远无消息，徒劳忆念。"

当代诸家　叶："通篇写世无明主，身不逢时之慨。"刘、余："日夜思念远隔万里杳无消息之'丹山凤'，即此诗意。'丹丘'与'凤凰'均有所喻。'丹丘'，或即'朱崖'；'凤凰'，似指李德裕。《昭肃皇帝挽歌辞》已称德裕为凤，此曰'几对梧桐忆凤凰'，凤显指贤臣才士。颇疑大中三年秋作于长安，时德裕尚在崖州贬所，正所谓'丹丘万里无消息'也。"向按：刘学锴、余恕诚先生此解全引。解释完全正确。可惜的是，刘、余二先生未能将所有李商隐"万里之思"的诗篇一以贯之，竟释《到秋》为"代闺人抒写怀远之情"，释《春雨》为"重寻所爱女子不遇，惆怅感怀之作"，编《失猿》于"赴桂途次"，释解则不知所云。遗憾。邓：从刘、余说。黄："诗中居丹丘'南方当日之地'的贤臣，或以为指贬崖之卫公，从之。证之义山《李卫公会昌一品集序》可知。"郑："大中元年在桂林的思归之作。……'凤凰'比喻己与妻。"

---

[1]"猿"者，"援"也。双关。参阅后《锦瑟》疏解。

77 玉山

约大中三年秋

玉山高与阆风齐，玉水清流不贮泥[1]。
何处更求回日驭，此中兼有上天梯[2]。
珠容百斛龙休睡，桐拂千寻凤要栖[3]。
闻道神仙有才子，赤箫吹罢好相携[4]。

【注释】

〔1〕玉山：指位于长安东南之蓝田山。《元和郡县志》："蓝田山，一名玉山，在县东二十八里。"盛产美玉。参阅前《摇落》、后《锦瑟》注。　阆风：又作阆苑、阆风苑，传说在昆仑山之巅，是西王母居住的地方。参阅前《碧城·之一》注。　玉水：凡产玉之山下有水者多称玉水，此处指由蓝田山流出之蓝谷水，又称灞（霸）水。郦道元《水经注》记霸水云："水出蓝田县南蓝田谷，可谓多玉者也。"

〔2〕驭：驭者。使马或驾车的人。《淮南子·天文训》注："日乘车，驾以六龙，羲和御之，日至此而薄于虞泉，羲和至此而回六螭。"回日驭：指具有回天之力的驭者。　上天梯：古人想象中的能登天的神梯。汉王逸《九思·伤时》："缘天梯兮北上，登太一兮玉台。"

〔3〕"珠容"句：古代传说，骊龙颔下有宝珠，采珠人趁其入睡而盗之。《庄子·列御寇》："夫千金之珠，必在九重之渊，而骊龙颔下。子能得珠者，必遭其睡也。"　斛：古代量器，一般以十斗为一斛。"桐拂"句：《诗·大雅·卷阿》："凤凰鸣矣，于彼高冈。梧桐生矣，于彼朝阳。菶菶萋萋，雍雍喈喈。"朱熹注："凤凰之性，非梧桐不栖，非竹实不食。菶菶萋萋，梧桐生之盛也。雍雍喈喈，凤凰鸣之和也。"

寻：古代长度单位，一般以八尺为一寻。

〔4〕“闻道”联：暗用萧史携弄玉成仙故事。事载汉刘向《列仙传·萧史》条，参阅前《蝶》《碧城·之二》等注。此诗“神仙”泛指，“才子”及吹箫者，均为萧史，借指干谒对象令狐绹。

【疏解】

胡震亨《唐音戊签》首倡：《玉山》“似为津要之力能荐士者咏，非情词也。”吴乔在《西崑发微》中则进一步指出：“当时权宠未有如绹者，此诗疑为绹作。”此二说甚为精要，且为后代许多著名研究者，如陆昆曾、纪昀、冯浩、张采田所推崇。

大中三年（849）返京后，朝中已人事全非。为谋生计，李商隐不得不改弦易辙，向这位虽有芥蒂、然关系尚在维系的故主家旧友求一援手。诗借“玉山”托意，写盼其提携之词。虽有曲意夸饰之迹，然终不露谄媚阿谀之态。呜呼，此时此境之李商隐，为“谋身”而“诈”，措词亦难矣！

“玉山”既是神话中的仙山，也是现实中产美玉的名山，且地处京畿，用它来比喻当权的令狐绹，夸饰他地位的崇高盛美，是再恰当不过的恭维话了。

“阆风”也是仙山，在《碧城》中，李商隐曾用它来隐射李德裕的贬居之地。此言“高与阆风齐”者，表示李商隐在这位已经锤炼成老练的政治家的“旧友”面前，根本不打算掩饰自己的政治倾向。一方面，他坦然地称他们为对峙的“双峰”；另一方面，或许借此暗示，自己地位低下，早先对李德裕的追捧，也不过是与此同类的干谒而已。

“一个是阆苑仙葩，一个是美玉无瑕。”曹雪芹写《枉凝眉》，其灵感或许就来之于此诗吧？从这个角度来看，曹雪芹也是一位解读《无题》的专家。试想，这点李商隐式的狡黠，瞒得过令狐绹吗？显然是不能。所以，曹雪芹把对这首“无题”的解读结果，题之为曲名：《枉凝眉》。

“玉水”句称令狐绹品格清高，鉴别精当，既“负知人之明，而又处得为之势”（陆昆曾语）。“何处”句称誉令狐绹确有回天之力。“何处更求”者，言有故旧据此要津，我亦不必他求也。“此中”句言不仅如此，以君之力，即或致人于霄汉亦不难矣。

三联“珠容”句中，“珠”自喻，“龙”喻令狐。言汝如骊龙，当有容纳百斛明珠之雅量；我亦明珠也，正有待于你的赏识和保护。而你得清醒，恪守父训，尽到保护我的责任呵。“桐拂”句中，“桐”喻朝廷，“凤”喻自己，言朝廷有多少清位、美职，我也希望能栖止于一枝。尾联云：我知道，有个萧史一样的才子居此神仙之地，吹罢赤箫，就会来提携我成仙呵。萧史指令狐，委婉地表达了他的希求之情。

事实表明，李商隐此次的干谒仍然没有得到回应。与此诗相先后的《日高》中写道：“飞香上云春诉天，云梯十二门九关。”可见，这道上天的门确乎是没有为他而开，李商隐的干谒再次落空了。

【历代笺评辑要】

胡震亨：“似为津要之力能荐士者咏，非情词也。”

吴乔：“当时权宠未有如绹者，此诗疑为绹作。（首联）极言叹美。（颔联）言其炙手。（颈联）言君相相得。（末联）即‘拟荐子虚名’之意。”

陆昆曾：引胡震亨说后云：“余细玩之，果然。‘玉山’句言地位之崇高，‘玉水’句言鉴别之精当。负知人之明，而又处得为之势。则所谓力可回天，而不难致人霄汉者，舍公其谁属耶？……‘赤箫吹罢好相携’，即声应气求之谓也。”

冯浩：“绹为楚子，故曰‘才子’。为翰林，故曰‘神仙’。必点名‘才子’者，冀其承父志而爱我也。”

当代诸家　叶：“这也是属望于令狐绹的诗。”刘、余：“此以玉山策府喻指秘省清资，谓可借此登进，致身青云也。……‘神仙才子’，或指令狐绹。此盖开成四年释褐为秘书省校书郎时自觉致身通显有望之寓言也。……末句‘相携’系同登意，非援引也。”邓：“本诗所写，词意浅露，缺乏内涵，亦解蕴藉，很明显是一个少年气盛的口吻。其殆与王氏女婚姻有望之时乎？果如此，则本诗写作时间应酌移前一年至开成三年。”黄：“‘玉山高’，‘玉水清’，比喻王氏葬处之高洁兼寓含其生前人品，是为美赞妻子之辞。……末云而今妻子先我而去，唯有慰以天上相会。……酌编大中五年秋。”郑：“玉山”指玉阳山，“玉水”指玉溪。……“珠”兼指珠容玉貌之女冠。“凤”诗人自谓。末联谓道友中不乏才人，如永道士，正好与其相携同乐也。

78 九日[1]

大中三年九月

曾共山公把酒卮，霜天白菊绕阶墀[2]。
十年泉下无消息，九日樽前有所思[3]。
不学汉臣栽苜蓿，空教楚客咏江蓠[4]。
郎君官贵施行马，东阁无因再得窥[5]。

【注释】

〔1〕释题：冯浩注：“钱曰：‘一本下有“怀令狐楚府主”六字。’按：果有六字，可以息众喙。然或后人所注，必非原注，余未之见。”向按：本篇异文颇多：“公”一作“翁”；“卮”一作“时”；“绕阶墀”一作“正离披”；“消息”一作“人问”；“官”一作“渐”；“贵”一作“重”；“阁”一作“阁”；“再得”一作“许再”“得再”。常有人怀疑此篇为好事之徒所作，但从李商隐、令狐绹关系之发展逻辑及李商隐内心深处的叛逆情结来看，在一而再、再而三地陈情，几经敷衍和侮弄之后，李商隐很有可能写这样一篇不卑不亢、既倾吐了一肚子怨气，又不轻言决裂的诗，叫令狐绹看了又愧又悔，无可奈何。李商隐于大中五年（851）补太学博士，与此篇之疾言厉语不无关系。

〔2〕山公：朱、冯注均以为山简，隐射令狐楚。《晋书·山涛传》附山简传云：山简“镇襄阳。于时四方寇乱，天下分崩，王威不振，朝野危惧。简优游卒岁，唯酒是耽。诸习氏、荆土豪族有佳园池，简每出嬉游，多之池上，置酒辄醉，名之曰高阳池。时有童儿歌曰：‘山公出何许，往至高阳池。日夕倒载归，酩酊无所知。时时能骑马，倒著白接篱①。举鞭向葛疆：何如并州儿？’疆家在并州，简爱将也。”

①白接篱：以白鹭羽为饰的帽子。

《世说新语·任诞》所载略同。不过冯注又云："山涛，史亦言其饮酒至八斗方醉，然初不以酒名。"向按：此"山公"应指山涛，说见"辨"。 "霜天"句：令狐楚爱白菊，宅第、任所多有种植。刘禹锡诗集中有《酬令狐相公庭前白菊花谢偶书所怀见寄》《和令狐相公玩白菊》《和令狐相公九日对黄白二菊花见怀》等诗，可见其吟唱甚多。可惜的是《全唐诗》令狐楚卷中，原诗未见保存。

〔3〕消息：当代诸家均不释。有直接称其为音讯者，实误。"消息"典出自《周易·丰》，指的是天地间万事万物的消长，变化。原文："日中则昃，月盈则食，天地盈虚，与时消息。而况于人乎?"意思是：太阳当顶了就要西斜，月亮满圆了就要亏缺，天地间的事物，或丰盈或消减，都随着时间的推移而变化，何况是人呢？参阅"辨"。

〔4〕苜蓿：原产于西域，汉武帝时张骞引入。《史记·大宛列传》："俗嗜酒，马嗜苜蓿。汉使取其实来，於是天子始种苜蓿、蒲陶肥饶地。及天马多，外国使来众，则离宫别观旁尽种蒲萄、苜蓿极望。"汉臣，指张骞。 楚客：李商隐自称，其义双关。一方面，一年前他曾滞留江楚，吟咏颇多，有似于屈原之行吟江畔，且能与"咏江蓠"绾合；另一方面，他首出于令狐楚门下，且《天平公座中呈令狐令公》中有"虽然同是将军客"之语，故能以"楚客"自居。然"楚客"有犯讳之嫌，历代诸家，如蔡正孙《诗林广记》、胡仔《苕溪渔隐丛话》、程梦星《重订李义山诗集笺注》均表示不可理解。冯浩在《笺注》中更说："义山于子直，既怨之，犹不能无望之，敢于其宅发狂犯讳哉?"惟吴乔以为：李商隐"故犯家讳，令不得削去耳。"向按：陆昆曾另有"古人临文不讳"之论，李商隐到底是无意犯讳，还是临文不讳，抑或故犯家讳？已是不可考了。 江蓠：香草名，亦作江离，曾为屈原吟咏。《离骚》："扈江蓠与辟芷兮，纫秋兰以为佩。"又云："览椒兰其若兹兮，又况揭车与江蓠。"向按：或谐音"将离"，说见"疏解"。

〔5〕郎君：汉制，二千石以上官员得任其子为郎，后世门生故吏因称长官或师门子弟为郎君。李商隐居令狐楚门下近十年，故称其子为郎君。《唐摭言·师友》亦云："义山师令狐文公，呼小赵公（令狐绹后封赵国公）为郎君。" 行马：古称梐枑（bìhù)，是官府门前阻拦人

马通行的木架。亦称鹿角、拒马叉子。宋程大昌《演繁露·行马》："晋魏以后，官至贵品，其门得施行马。行马者，一木横中，两木互穿以成四角，施之于门，以为约禁也。" 东阁：一作东阁。东向小门。《汉书·公孙弘传》："于是起客馆，开东阁以延贤人。"颜师古注："阁者，小门也，东向开之，避当庭门而引宾客，以别于椽吏官属也。"

【辨】"山公"，当代诸家亦以为指山简，实误；应是指山涛。

一、"山公"典出自《晋书·山涛传》："涛再居选职十有余年，……所奏甄拔人物，各为题目，时称'山公启事'。"传末有史臣曰："非山公之具美，其孰能与于此者哉！"又曰："世称'山公启事'者，岂斯之谓欤！"可见，"山公"一词，是当时人众和后世史臣对山涛的专称，不得妄指他人。"山简传"附于《山涛传》后，篇幅只有《山涛传》的三分之一。传中也只有"童儿歌曰"称之为"山公"。王夫之《读通鉴论·卷二十二·怀帝》说："山简纵酒自恣而忘君父。"又说："刘弘薨，山简暗，荆湘之士民虐苦流民。"史评不佳。后世言仅及"酒"而称"山公"者，一般为山简。涉及奖拔后进，或兼及"酒"而称"山公"者，理当以山涛为是，不可混淆。

二、李商隐于大和初受知于令狐楚，辟为巡官，恩养和器重兼而有之。大和七年（833）六月，令狐楚检校右仆射，兼吏部尚书，与山涛职略同。称令狐楚为"山公"，不仅职分吻合，且含有敬其提携后进之意，与本诗责绹不能恪守父德之旨亦合。

三、山简以爱酒闻名于后世，然酒德不佳，常常是烂醉如泥，倒载而归。山涛也能饮酒，《传》载："涛饮酒至八斗方醉，帝欲试之，乃以酒八斗饮涛，而密益其酒，涛极本量而止。"可见酒德甚佳。令狐楚亦善饮。李商隐在《奠相国令狐公文》中说："将军樽旁，一人衣白。"可见，李商隐常侍饮于令狐楚。令狐楚有《三月晦日会李员外座中频以老大不醉见讥因有此赠》诗："三月唯残一日春，玉山倾倒白鸥驯。不辞便学山公（指山简）醉，花下无人作主人。"可见，令狐楚酒德甚佳，且以"老大不醉"见称于当时，有似于山涛；尽管他自称"不辞便学山公醉"，然实则不醉；与每饮必醉，醉则如泥，且丑态百出的山简迥然有别。李商隐以侍酒之身，敬称“山公”，指的应是山涛。

四、山涛荐人，以荐嵇康子延祖最为著名。义山早年《赠宇文中丞》亦云：“欲构中天正急材，自缘烟水恋平台。人间只有嵇延祖，最望山公启事来。”“嵇延祖”自指，“山公启事”直指奖拔人材的山涛，可作本“辨”内证。

五、《世说新语·政事》记：“嵇康被诛后，山公举康子绍为秘书丞。绍咨公出处，公曰：‘为君思之久矣！天地四时，犹有消息，而况人乎？’”本诗“山公”与“消息”连用，其源实本于此。所谓“十年泉下无消息”，说的是楚死已十年，而受其关爱的自己仍无发展变化，而今郎君“贵施行马”，而不能行“及乌”之庇，实有负于其父矣。诗中把“天地四时，犹有消息”之典源，与“十年泉下无消息”之现实作了强烈的对比，以激励令狐！可见，诗中的“山公”确乎是直指山涛；不能因为沾了一点“酒”，就以为必是山简了。

【疏解】

《九日》诗本事，最早见于唐末王定保的《唐摭言》：“李义山师令狐文公（楚）。大中中，赵公（令狐绹）在内廷，重阳日义山谒，不见，因以一篇纪于屏风而去。诗曰……（略）”

五代孙光宪《北梦琐言》卷七亦载：“李商隐员外依彭阳令狐公楚，以笺奏受知。……彭阳之子绹继有韦平之拜，似疏陇西，未尝展分。重阳日，义山诣宅，于厅事上留题，其略云：“……”相国睹之，惭怅而已，乃扃闭此厅，终身不处也。”

本诗首句以“曾共”开头，领起回想。“山公”喻令狐楚，取其奖拔人材之品格，兼寓早年受知之情。下言“把酒”，言“霜天白菊”，撩拨旧情，教令狐绹不得不回想起“天平之年，大刀长戟；将军樽旁，一人衣白”① 的场景，以及令狐楚与李商隐之间的“人誉公怜，人谮公骂”“古有从死，今无奈何”的真情！

---

①《奠相国令狐公文》：“天平之年，大刀长戟。将军樽旁，一人衣白。十年忽然，蜩宣甲化。人誉公怜，人谮公骂。公高如天，愚卑如地。……愚调京下，公病梁山。绝崖飞梁，山行一千。”

令狐楚去世之际，李商隐尚未释褐。病笃之日，义山“绝崖飞梁，山行一千”地驰赴兴元，代草遗表，真可谓情恩两重。时令狐绹已由左拾遗（八品）改左补阙（七品），仕途正畅，楚于义山必有所托。“十年泉下无消息”与“天地四时，犹有消息”强烈对比，刺其有负亲意也。“九日樽前”，照应首联“把酒”“霜天白菊”之词；“有所思”承上启下，则自往及今，恩怨情仇，皆纷至沓来矣。

“汉臣”句言张骞引进“苜蓿”，其目的就在于蓄养来自西域的“天马”。中国的文化传统常以良马比喻杰出人才，故韩愈有“千里马常有，而伯乐不常有”之说。冠以“不学”二字，直斥其身居重位，却不知栽苜蓿以养天马的道理，不能延引、蓄养、推荐人才，其中当然也包括李商隐自己。“空教”句言我则如流放之屈子，行吟于江楚泽畔，徒咏香草离忧而已。又，“江蓠”谐音“将离”，此时李商隐决心离京，或已谋就卢幕之辟（说见下），趁此重阳之际，特来告别，而令狐不在，或者避而不见，“空教”我这个“楚客”独咏“将离”了。

卢弘止大略于大中三年（849）六月前离滑赴任徐州。李商隐何时应辟？他的现存文稿中有多处可资佐证的记载。

一是，李商隐《上尚书范阳公（卢弘止）启》云：“仰蒙仁恩，俯赐手笔，将虚右席，以召下材。”这应该是征辟前的征求意见。李商隐当即表示：“束书投笔，仰副嘉招。”卢弘止发出信函的时间应该是就任徐州不久，姑订为七月。

二是，李商隐《上尚书范阳公第二启》云：“未离紫陌之尘，已梦清淮之月。”这应该是收到卢弘止正式辟聘的信函，表示欣然就辟的谢启。谢启中有“已梦清淮之月”句，写信时间应该是秋八月。如是九月，点染时令的就应该是霜、菊了。

可见，把《九日》诗看作李商隐即将就辟徐幕的告别之作，把“江蓠”释为谐音，双关“将离”，是符合李商隐当时的思想和动向的。

依唐制，节度使有权辟聘下属，但仍须奏请朝廷审批。《樊南文集乙集序》所说的：“十月，尚书范阳公以徐戎凶悍，节度阙判官，奏入幕。”则是卢弘止正式向朝廷奏请李商隐入幕为判官的时间。

结句言你官日贵，位日显，门前且设有“拒人千里”（叶葱奇语）

之“行马”，旧日招延贤士之“东阁”，我或恐连偷看的缘分都没有了啊！出言有理有节，既不失身份，又恰当地表达了怨望之情。然亦无决绝语，故作激词以探其反响也。

诗以对比立意，“山公”“汉臣”“东阁”，均取延接贤士意，以喻令狐父楚，借以反刺其子绹，无怪乎传言绹“睹之惭怅而已”也。

《韵语阳秋》有言：“唐之朋党，延及缙绅四十年，而二李为之首。至绹而滋炽。绹之忘商隐，是不能念亲；商隐之望绹，是不能揆己也。”所有对李与令狐关系的评述，以此说最为得体。

【历代笺评辑要】

朱鹤龄：“此讽绹不能继其先志也。”

吴乔：“义山少年受知于楚，而复受王、郑之辟，绹以为恨。及其作相，惟宴接款洽以侮弄之，不加携拔。义山心知其疏，而冀幸万一，故有《无题》诸作。至流落藩府，终不加恩，乃发愤自绝。九日题诗于绹厅事，绹遂大恨，两世之好决然矣。”

陆昆曾：“诗中虽有‘楚客’之云，然古人临文不讳，其恶义山，未必尽由乎此。……篇中感念旧恩处，正是激怒绹处。”

冯浩：“义山于子直，既怨之，犹不能无望之，敢于其宅发狂犯讳哉？……余更定为此时途次（指大中二年自桂管返京）所作。”

当代诸家　叶：“不过是逢到‘九日’，思前想后，独自抒感之作。”刘、余：“诗当作于大中三年重阳。……末句‘东阁’自指楚而言，视‘再得窥’可知，然其意则谓绹之不念旧谊，不重贤才也。”邓：“藉重九把酒之事起兴，怀其父而憾其子。……绝非题壁诗。”黄：“赴卢幕前于重阳日谒令狐遭拒（作）。”郑：“大中三年九月九日重阳节，义山访令狐绹，绹拒不接见，因作《九日》诗以述怨。”

79 漫成五章[1]之一

大中三年秋

沈宋裁辞矜变律，王杨落笔得良朋[2]。
当时自谓宗师妙，今日惟观对属能[3]。

【注释】

〔1〕释题：李商隐《樊南乙集序》云："明年（大中二年）正月，自南郡归，二月府贬。（返京）选为盩厔尉，与班县令、武功刘官人同见尹。尹即留假参军事，专章奏。（大中三年）属天子事边，康季荣首得七关；数月，李玭得秦州；月馀，朱叔明又得长乐州，而益丞相亦寻取维州，联为章贺。时同寮有京兆韦观文、河南房鲁……是数辈者，皆能文字。每著一篇，则取本去。是岁葬牛太尉，天下设祭者百数。他日尹言，吾太尉之薨，有杜司勋之志，与子之奠文，二事为不朽。"可见，此时的李商隐已经摆脱了返京之初的愧怯，逐渐地融入了当日的主流社会，并且恢复了自信。这就使得他有可能在这篇题名为《漫成五章》——自称"随意为之而成"——的诗篇中，以超脱的心态，宽阔的视野，在评史述志、论政谈兵中，回顾了他一生中师承、仕途、婚姻等方面的遭际，表述了他对当前热点时政的观感，显示了他坚持正义、不屈不挠铮铮铁骨。根据本诗"之五""临老中原见朔风"之史实推断，这一组诗应写成于大中三年（849）的秋天。

〔2〕沈宋：初唐诗人沈佺期、宋之问。《新唐书·宋之问列传》："魏建安后迄江左，诗律屡变，至沈约、庾信，以音韵相婉附，属对精密。及之问、沈佺期，又加靡丽，回忌声病，约句准篇，如锦绣成文，学者宗之，号为'沈宋'。"　矜变律：以变革声律相矜夸。　王杨：

初唐诗人王勃、杨炯。他们与卢照邻、骆宾王合称“初唐四杰”。　良朋：好友。《诗·小雅·常棣》：“每有良朋，况也永叹。”

〔3〕宗师：在某专业领域成就非凡，被后学者奉为师表的人。也用于直接对自己传道授业，有师承关系的人。　对属：对，对仗。属，缀辑、撰写。《汉书·贾谊传》：“以能诵诗书属文称于郡中。”师古注：“属谓缀辑之也。言其能为文也。”

【疏解】

《漫成五章（之一）》为令狐楚而作。

李商隐师承令狐楚学习章奏之学，在历史上有明确的记载。《旧唐书·李商隐传》载：“商隐能为古文，不喜偶对。从事令狐楚幕，楚能章奏，遂以其道授商隐，自是始为今体章奏，博学强记，下笔不能自休。”《新唐书·李商隐传》也载：“商隐初为文瑰迈奇古，及在令狐楚府，楚本工章奏，因授其学。商隐俪偶长短，而繁缛过之。”

李商隐在本诗第一章中回顾了他师承令狐楚学习章奏时的感受，同时也表述了他今日的评价。

首句说令狐楚，像沈佺期、宋之问那样，推敲辞藻，矜夸今体章奏的精工；次句说到自己，我也曾像王勃、杨炯那样，落笔为文，得到众人的赞赏。三四句言当时的我，自以为深得宗师之妙；现在看来，只不过是学会了写一些排比、对偶的文章，能在幕府里混饭吃而已！

或者说：当时的我，自以为我的宗师高妙无比，现在看来，只不过是能写一些排比、对偶的章奏而已！

不管是从哪一种角度解读，表现出来的意思都是对当日师从令狐楚这一既往事实的否定。这个否定出现在他桂管返京之后，生活稍事安定之时的反思之作里，意味更是深长！

刘学锴在《李商隐传论》中说：“三四二句以昔日之踌躇满志与今日之潦倒无成作对照，‘惟观对属能’五字中包含无限隐痛，言外即除‘对属能’外，一无所能，一无所成也。”

【笺评摘要】

朱彝尊：“首章言从令狐楚，但学其骈体章奏，无他奇也。”

程梦星："第一章慨己之词章，以前人自比，而兼及令狐楚也。"

冯浩："义山始受知彭阳，习为章奏，自幸师承可恃，致身亨衢，岂知后为其子所弃哉！徒以章奏之学，操笔事人，故曰'惟观对属能'，非校文品之高下，深叹此外之无能得益也。"

张采田："深慨己之名位不达，而为子直所排也。"

当代四家　叶："当时自以为师法得极妙，言外暗含有自以为后来也可以像楚那样身跻显达！谁知'今日'沉沦幕府，不过被人以文辞相赏而已。"刘、余："早年视为青云阶梯之骈文章奏技巧，亦徒作糊口之资，藉以于幕府中操笔事人而已。"黄："此借沈、宋、王、杨寓己，以'宗师'比楚。……在义山当年，自不能预知章奏之传而令己一生沉沦使府，惟掌记室也。"邓："像是有点自怨自艾，可也更近于大彻大悟吧！"郑："谓自己当初向令狐楚学为骈体章奏，以为骈文美妙，现在看来惟能属对而已，此外一无所成。"

80 漫成五章之四

大中三年秋

代北偏师衔使节，关东裨将建行台[1]。

不妨常日饶轻薄，且喜临戎用草莱[2]。

【注释】

〔1〕代北：唐代代州之北，有朔州、云州、蔚州及回鹘占领区，位于今山西北部、河北西北部及内蒙古自治区一带。　偏师：协同主力军作战的部队。　衔：奉，接受。　使节：国君授与外派官员的任职凭证，也指派驻一方的官员。　关东：泛指函谷关以东地区。　裨将：副将。　行台：朝廷为征讨或守边而设置的在外统军机构。

〔2〕饶：任凭，尽管。张相《诗词曲语辞汇释》：“饶，犹任也，尽也。假定之辞。”　草莱：泛指杂草。借指出生于乡野的平民。

【疏解】

首句“代北偏师衔使节”，记述了石雄率领偏师大败回鹘的往事。

征战地云州、朔州、五原，均在代州之北，故称其地曰“代北”。石雄任天德防御副使，佐刘沔屯云州，故称其师为“偏师”。大败回鹘、迎回太和公主后，升石雄为丰州防御使，领得了行营节度的头衔。故诗称“衔使节”。

次句“关东裨将建行台”，记述了石雄在讨平刘稹叛乱中的功勋。石雄，徐州人。在会昌三年（843）讨伐刘稹的战争中，任晋绛行营副使，协助李彦佐。故称其为“关东裨将”。石雄受命后，引兵越乌岭，破贼五壁，斩获千计，升任为行营节度使，即诗中所说的“建行台”了。最后他率领七千精兵直入潞州，接受郭谊投降，一举平定了泽潞叛乱。

三、四句感叹地说：像石雄这样出身低微的人，尽管平日里常常受到非议和轻视，可喜的是，每到战争紧要关头，他都能够得到重用，所以，他的才能才得以发挥啊！

谁在重用他？《旧唐书·李德裕传》载："自开成五年冬回鹘至天德，至会昌四年八月平泽潞，首尾五年，其筹度机宜，选用将帅，军中书诏，奏请云合，起草指踪，皆独决于德裕，诸相无预焉。"

《资治通鉴》载："晋绛行营节度使李彦佐自发徐州，行甚缓，又请休兵于绛州，兼请益兵。李德裕言于上曰：'彦佐逗遛顾望，殊无讨贼之意，所请皆不可许，宜赐诏切责，令进军翼城。'上从之。德裕因请以天德防御使石雄为彦佐之副，俟至军中，令代之。"

既然"诸相无预"，其他人就更不得染指了。英勇善战的石雄，指挥若定的李德裕，为垂危的唐王朝立下的不世之功，已跃然于纸上了。

此时，石雄已死，李德裕也由正第一品太尉远贬至崖州司户参军（从八品下阶），在大中三年（843）这样一个捷报频传、歌舞升平，以至于集体失忆的社会环境里，李商隐挺身而出，歌石雄之功，颂李德裕之德，显示了他坚持正义，忠于理想，且不屈不挠的坚强品质。

附：有关石雄的历史资料

据新、旧《唐书》记载：石雄，徐州人，出身寒门。年轻时是武宁军节度使王智兴军中牙校，勇敢善战，在讨伐李同捷战争中立了大功。当时，军中讨厌王智兴苛酷，谋划逐王而立石雄。智兴惧变，施调虎离山计，奏请朝廷升任石雄为壁州刺史。石雄走后，智兴杀掉与石雄交好的将士一百多人，并诬陷石雄阴结将士，图谋作乱，请朝廷以军法论处。文宗知道石雄无罪，不杀，把他流放到白州。

后来党项侵扰河西，召石雄隶振武军刘沔帐下，破羌有功，也没有得到封赏。直到会昌初年，回鹘乌介可汗挟持已和亲的太和公主入寇，连年劫掠云州、朔州，并把王廷设置在五原塞下。会昌二年（842），委石雄为前锋，任天德防御副使兼朔州刺史，佐刘沔屯云州。

……石雄侦察到乌介及公主帐幕后，深夜穴城而出，纵牛马鼓噪，直捣乌介帐。可汗大骇，单骑走，追至杀胡山，斩首万级，获马牛羊不赀，迎公主还。石雄升任为丰州防御使。

会昌三年（843）讨伐刘稹，李彦佐按兵不动，李德裕派石雄为晋绛行营诸军副使，督辅李彦佐。此时，王宰屯万善，刘沔屯石会关，全都顾望不前。石雄受命后，立即勒兵越乌岭，连破敌军营垒五座，斩获千计，拜行营节度使，取代李彦佐。此时刘稹危蹙，其大将郭谊派密使请斩稹首自归。众疑其诈，雄大言曰："稹之叛，谊为谋主。今欲杀稹，乃谊自谋，又何疑?"于是率七千精兵入潞州，受谊降。泽、潞等五州之叛乱平息。石雄进检校兵部尚书，先后任河阳、凤翔节度使。

德裕罢宰相后，石雄也被免职。石雄找到政事堂陈述当年败回纥、平泽潞的功劳，希望领一镇以终老，白敏中用要流氓的腔调说（史称"猥说"）："黑山、天井关的功劳，赏赐已经足够了。"给他在京城安排了一个神武统军的闲职。他郁郁不乐，不久就死了。

【笺评摘要】

冯浩："四章'代北'二句，专为石雄发，以见李卫公之善任人也。……雄为党人排摈，义山受党人之累，故特为之鸣不平，而致慨于卫国（李德裕，封卫国公）也。"

张采田："四章专美赞皇。言我平日轻薄卫公，而岂知当国秉钧，竟能启用草莱，以成中兴之功，今岂有此人哉!"

当代四家　叶："说武将平时虽轻视文人，但……一到了身担重任，都还能重用文人。"刘、余："赞美李德裕之拔英雄于草芥，即隐含己遭当位者排斥之幽愤。"邓："此诗乃为石雄抱不平，而归结到李德裕之知人善任。"黄："此感叹牛党执政，令狐谗斥，再无（识拔人于草莱的）卫公矣。"郑："本篇特为其（石雄）鸣不平，而致慨于李德裕。"

81 漫成五章之五

大中三年秋

郭令素心非黩武，韩公本意在和戎[1]。
两都耆旧偏垂泪，临老中原见朔风[2]。

【注释】

〔1〕郭令：指郭子仪，乾元元年（758）任中书令。代宗广德年间，吐蕃入侵，仆固怀恩引吐蕃、回纥、党项之众兴乱，郭子仪恩威并用，一一平复。冯浩注："子仪有单骑与回纥盟事。又，吐蕃请和，得子仪载书而定，详史书。均可为'非黩武'之证。" 韩公：指张仁愿。据《旧唐书·张仁愿传》，中宗神龙三年（707），张仁愿接任朔方军总管。"仁愿请乘虚夺取漠南之地，于河北筑三受降城，首尾相应，以绝其南寇之路。……自是突厥不得度山放牧，朔方无复寇掠，减镇兵数万人。……累封韩国公。"

〔2〕两都：唐代西京长安、东都洛阳。 耆：《说文》："老也。"《礼记·曲礼》："六十曰耆。" 偏：大喜却泣，故曰"偏"。 朔风：朔，北方。《资治通鉴·大中三年》载：八月，"河陇老幼千余人诣阙。己丑，上御延喜门楼见之，欢呼舞跃，解胡服，袭冠带，观者皆呼万岁"。见朔风：重见北方边境民众的风习。向按：河陇古代指河西与陇右。大致是今甘肃省中西部地区。

【疏解】

大中三年（849）是宣宗即位以来最为辉煌的一年。据《旧唐书·宣宗纪》记载：春正月，"泾原节度使康季荣奏，吐蕃宰相论恐热以秦、原、安乐三州及石门等七关之兵民归国"。六月，"邠宁张君绪奏，今月十三日收复萧关”。七月，“三州七关军人百姓，皆河、陇遗黎，数千人见于阙下。上御延喜门抚慰，令其解辫，赐之冠带，共赐绢十五万疋”。八月，“凤翔节度使李玭奏收复秦州”。九月，“西川节度使杜悰奏收复维州”。把宣宗王朝的辉煌推高到了极致。

连连收复失地，是举国同庆的大事。然而在李商隐的“诗缝”中，我们却听到了电走雷鸣的历史杂音。

是不是有人说，既然边疆失地这么容易收复，那么，当日兴师动众，追奔逐北，邀击回纥，强迎太和公主，岂不是穷兵黩武？是不是有人说，既然维州这么容易降服，那么，李德裕经略西川，筑杖义城，御侮城，柔远城，复邛崃关，徙巂州治台登等等，以夺蛮险，是不是劳民伤财？

显然，有一场边疆政策的大辩论曾在朝野展开，一盆盆脏水向已贬潮州的前宰相李德裕头上泼来。尽管李商隐怒不可遏，但他还是以平静的心态，委婉的语气，指桑说槐的隐射手法，发表了自己的意见。

首句说，郭子仪在抗击吐蕃、回鹘等外族入侵的同时，努力同他们议和，可见，他原本就不是黩武好战的人。第二句说，韩国公张仁愿筑三受降城的本意，也只是要保护边境安宁，与异邦和睦相处。

三四句说：正是因为这些主持军政事务的前人们既有攻守兼备的能力，又有恩威并用的策略，才换得了边疆的安宁和边土的回归啊！如今，西都长安和东都洛阳的父老看到千人诣阙朝拜圣上的景况，都高兴得流下了眼泪；想不到临老之时，河、湟收复，又看到了北方边地的淳朴的民风。

“临老”二字有深意：如果朝廷当局按照李德裕的意见和筹划行事，则维州早已在十八年前收复，河、湟兵民也当早已皈依祖国，两都的父老何至于要等到“临老”之际，才得以目睹此去蕃服、易汉唐衣冠的盛况呢？

【笺评摘要】

杨守智：“以韩、郭比李，推崇之至，见绹之党私谗贬，不足为定论也。”

冯浩："五章咏河、湟收复之事，而悼卫公也。《通鉴》：会昌四年，以回纥微弱，吐蕃内乱，议复河、湟四镇十八州，令天德、振武、河东训卒励兵以俟其时。《会昌一品集》所谓令代北诸军摐摐排比也。时刘濛为巡边使，其赐诏曰：'缘边诸镇，各宜选练师徒，多蓄军食，使器甲犀利，烽火精明，密为制置，勿显事机。'是卫公已大有收复之谋，其异议者必曰佳兵黩武，故借郭、张以白之。观会昌初，天德军使田牟请击嗢没斯及赤心内附之众，德裕独谓当遣使镇抚，赐以粮食，怀柔得宜，彼必感恩，此亦足见非黩武而在和戎之大指矣。及大中三年收复河、湟，未始非叨会昌之余威，而卫公则已叠贬将死也。《吐蕃传》云：'河、陇耆老率长幼千余人赴阙，莫不欢呼抃舞，争冠带于康衢。(然后命善地以处之，观者咸称万岁)'河、湟在京都西北，今既来归，则中原见朔风矣！曰'垂老'者，喜今日而追痛前此也。时以宪宗常有志复河、湟，加顺、宪二庙尊号，而武宗、李相之功，无一人言之者，此义山所为感慨出之也。"

张采田："诗意言若早用卫公庙算，则河、湟之复，岂待今日临老而方见冠带康衢之盛？此两都父老所以垂泪也。"

当代四家　叶："李德裕公忠谋国，当时竟遭到牛党大肆攻击，而对收复河湟的功绩却肆意矜夸，所以感而赋此。"刘、余："五章'非黩武''在和戎'，须合冯、张所举德裕对待回鹘、吐蕃之正确态度与举措解之。义山之所以重书特书盖缘其时宣宗君臣对德裕之处理回鹘、吐蕃问题多所攻击毁谤之故。"邓：("临老"句)"是哀痛语，是激愤语，是对于徇私误国者的激愤，是对于公忠体国的李德裕横加斥逐的哀痛。"黄："五章为卫公辩诬，借郭令、韩公为比痛斥牛党对卫公'黩武'之诬。"郑："本篇专为李德裕而发，拿郭令、韩公比李德裕，为李辩诬。"

82 白云夫旧居[1]

大中三年九月之后，赴徐幕前

平生误识白云夫，再到仙檐忆酒垆[2]。
墙外万株人绝迹，夕阳惟照欲栖乌。

【注释】

〔1〕白云夫：据冯注，此“白云夫”，当是楚。“夫”者，尊称也。

〔2〕酒垆：酒肆中放置酒坛的土台子。《世说新语·伤逝》：“王浚冲为尚书令，著公服，乘轺车，经黄公酒垆下过。顾谓后车客：‘吾昔与嵇叔夜（康）、阮嗣宗（籍）共酣饮于此垆。……今日视此虽近，邈若山河。’”后形成成语“黄公酒垆”，用于见景物而伤逝忆旧之辞。

【疏解】

查阅前人有关《白云夫旧居》的笺注，以刘学锴、余恕诚《集解》之论断最为得体。《集解》在摘引了何焯、姚培谦、屈复、程梦星、徐逢源、冯浩、纪昀诸家笺评（均辑录于后）之后【按】曰：“徐氏据《新书艺文志》，以为‘白云夫’指令狐楚，似之。令狐楚曾为郑儋从事，儋自号‘白云翁’（见《韩昌黎文集·郑儋神道碑文》），楚自号‘白云孺子’盖以媚儋也。仙檐，犹旧居门前，‘仙’亦暗寓仙逝之意。‘忆酒垆’，即‘曾共山翁把酒时’、‘清樽相伴省他年’之谓。‘忆’字点醒存没隔世之意。三四状旧居深静景象。‘欲栖乌’三字颇见用意。盖隐喻己昔曾依于令狐门下，今则如乌鹊失栖也。然‘误识’二字，徐氏以为‘深感之之词’，似未切当。义山早岁受知于楚，后反因此被视为牛党私人，婚王氏，从郑亚，均遭嫉恨摈斥。故重访楚之旧居，固生感旧之情，亦增身世之慨。‘误识’也者，确有悔不当初之意，身不由己之慨。冯、张均系桂管归后，可从。”

此说甚为切当。唯“桂管归后”，正是他向令狐绹陈情示好之时，还不至于有如此“悔不当初”之反思；似应编于《九日》之后。

遗憾的是，刘、余先生的见解，除了同历代其他诸家相左外，也没有得到当代学者的认同。叶葱奇认为，这是“经过旧识道流故居，懊叹当时竟未和他一起学道之作”。邓中龙从程梦星说，也主张“白云夫当幽栖之道流”。黄世中在录引了《访白云山人》《赠白道者》两诗之后说：“此‘白道者’是否亦即‘白云夫’、‘白云山人’，果同一道流人甚或同一道士，亦未可知。”

更有《令狐楚年谱》作者尹楚兵，长篇摘引刘学锴、余恕诚上述论述，未作辨析，仅在接着引用的《访白云山人》后说：“观此，则‘白云夫’乃一隐逸之士，非令狐楚。”

这就使得刘、余先生的论述成了当代李商隐论坛上的极少数派。

【辨一】“白云夫”与“白云山人”“白道者”无关说

李商隐诗《访白云山人》云：

> 瀑近悬崖屋，阴阴草木清。自言山底住，长向月中耕。
> 晚雨无多点，初蝉第一声。煮茶归未去，刻竹为题名。

细考，此诗与《白云夫旧居》了不相干；只有龃龉，没有契合点。

一、住处。“白云山人”的修道之所在山瀑、悬崖之间，又“自言山底住”，“白云夫旧居”写到了屋檐、写到了院墙，显然不在悬崖，也不在山底，两者绝不是一个地方。

二、环境。“白云夫旧居”有“墙外万株”。“万”，极言其多。“株”，指长大成材的树木。“白云山人”之“屋”外，只有“阴阴草木清”。两者的户外环境显然不同。

三、昏鸦。夕阳时分，“白云夫旧居”“墙外”树上，有“欲栖”之“乌”。乌鸦是人类最熟悉的鸟类之一，多群居于接近人类活动的树林中，以谷物、浆果、农业垃圾、昆虫及腐烂的动物尸体为食。远离人境的道士清修之“悬崖”，是很少有昏鸦的。而“蝉”却不在此列，它以吸食树液为生，凡有树木的地方，就会有蝉。两种不同习性的动物，也为我们把“白云夫”和“白云山人”分辨得清清楚楚。

四、嗜好：“酒垆”是酒肆里放置酒坛的土台。“白云夫旧居”有“酒垆”，可见这位先生不仅嗜酒，而且富有，屋宇宽宏，常备有酒浆自饮或用以待客。而“白云山人”无此嗜好与排场，只是“煮茶”而已。

特别重要的是：道士必须戒酒。

《太上老君戒经》一卷，约出於南北朝时期，撰人不详。假托太上老君在出函谷关，传授《道德经》后，又向关令尹喜传授的一部短经。在以道教为国教的唐朝，此经必大行其道。老君云：“第一戒杀，第二戒盗，第三戒淫，第四戒妄语，第五戒酒。是为五戒。”此“五戒”，后世道者敬称为“老君五戒”。

对于“戒酒”，《老君戒经》解释说：“酒能发狂，又能淫。太清经云：人身有三万六千虫，皆在五藏（脏）皮肤之中，饮酒则诸虫唉动，唉动则众恶兴，众恶兴则无所不为。故云能生五恶也。”

是不是绝对不能饮酒呢？“老君曰：戒酒者，非身病非法礼皆不得饮。”那就是说，出于治病和法礼需要，也可以一饮，但决不会常设“酒垆”，并成为来访者的记忆点。

仅此“酒垆”一词，就几乎把所有的“道流者流”都排斥在外，更无论“白云山人”和“白道者”了。

【辨二】《白云夫旧居》之内涵与令狐楚高度契合

一、令狐楚为什么要自称“白云孺子”？

凡事有果则必有其因。令狐楚自称“白云孺子”，必有因由。

韩愈《唐故河东节度观察使荥阳郑公（儋）神道碑文》载：“公与宾客朋游饮酒，必极醉，投壶博弈，穷日夜，若乐而不厌者。平居帘阁，据几，终日不知有人。别自号‘白云翁’。名人魁士，鲜不与善；好乐后进，及门接引，皆有恩意。”

该段之前还说：“公之为司马，用宽廉平正，得吏士心；及升大帅，持是道不变。部将有因贵人求要职者，公不用；用老而有功，无势而远者。削四邻之交贿，省夸嬉之大燕……疾比薨，医问交道。比葬，吊赠赐使者相及。凡河东军士，与太原之氓吏，及旁九郡百邑之鳏寡，外夷狄之统于府者，闻公之薨，皆哭曰：‘吾其如何！’”

据《碑文》及旧、新《唐书》，郑儋于贞元十六年（800）十月为河东节度使、太原尹，贞元十七年（801）八月薨，令狐楚入幕时年仅35岁，前后还不到一年。对于这样一位宽廉平正，不拘礼俗，接引后进，受到万人景仰的豪侠型的一方诸侯，令狐楚怀有敬佩之情是可想而知的，所以，宋人方崧卿在“自号白云翁”后论曰：“令狐楚尝为太原从事，《唐志》有表奏十卷，自号‘白云孺子’，盖以媚儋也。”

“媚”有逢迎意，也有喜爱和赞赏意。令狐楚把“登科后为桂、并四府从事，掌笺奏者十三年”之文稿缀编成集时，郑儋已死，逢迎无益。题名为《白云孺子表奏集》，表达的只可能是对郑儋强大的人格魅力的膺服和敬仰，且有低首下心，永志不忘之意。

二、李商隐为什么要称令狐楚为“白云夫”?

事实上，令狐楚的为人处世，也大有郑儋之风。

据《旧唐书·令狐楚传》：郑儋暴卒时，军中有哗变之危，“中夜十数骑持刃迫楚至军门……楚在白刃之中为郑儋代草遗表，搦管即成，读示三军，无不感泣，军情乃安”。任汴时，遇“河阳军三千人”叛聚于境上。“楚单骑喻之，咸令櫜弓解甲，用为前驱，卒不敢乱。”其恢宏、豪侠之风度，有似于郑儋。

大和九年（835）甘露事变，宦官夺权，在朝大臣惨遭屠戮，“开成元年（次年）上巳，赐百僚曲江亭宴。楚以新诛大臣，不宜赏宴，独称疾不赴”。（《旧唐书·令狐楚传》）开成二年（837）临终，秉笔自书曰：“然自前年夏秋已来，贬谴者至多，诛戮者不少，伏望普加鸿造，稍霁皇威。殁者昭洗以云雷，存者沾濡以雨露，使五稼嘉熟，兆人乐康。用臣将尽之苦言，慰臣永蛰之幽魄。”（见李商隐代撰《遗表》）其刚正不阿之气概，有似于郑儋。

素不相识的唐末文人朱阅为令狐楚作《归解书彭阳碑阴》云：“公尹洛，礼陈商；为郓，荐蔡京；莅京，辟李商隐。”（《全唐文》卷九百一）可见其接引后进，恩养栽培，更有似于郑儋。

李商隐向令狐楚学习章奏，《白云孺子表奏集》是他诵读临摹的范本，对于此《表奏集》命名由来定然是了然于心。令狐楚可谦称“白云孺子”，李商隐不可直称其为“白云孺子”；即使是同令狐绹已有芥蒂的今天。他在《九日》诗中称令狐楚为“山公”，在本诗中改“白云孺子”为“白云夫”，表示他仍然保留了对令狐楚的一份尊重。

三、《白云夫旧居》所含的人物关系与令狐楚高度契合。

1. 先说“平生”。考李商隐受知于令狐楚后，首先是“辟为巡官”，恩养和教习。接着是资助和提携，直至其进士及第。《上令狐（楚）相公状五》云：“今月二十四日礼部放榜，某侥幸成名，不任感庆。某材非秀异，文谢清华，幸忝科名，皆由奖饰。昔马融立学，不闻荐彼门人；孔光当权，讵肯言其弟子？岂若四丈屈於公道，申以私恩，培树孤株，骞腾短羽。自卵而翼，皆出於生成；碎首糜躯，莫知其报效。”不幸的是，令狐楚在李商隐及第之年去世。李商隐在《奠相国令狐公文》中沉痛地说：“昔梦飞尘，从公车轮；今梦山阿，送以哀歌。古有从死，今无奈何！”

不过，奠文中的某些遣词用语使我们产生了一些另类的联想。如：“人誉公怜，人谮公骂。”所谓“谮”，指的是背后加诬。此“谮”者谁？是幕府中的下属或者幕僚么？不是。《旧书传》说他“风仪严重”，“然宽厚有礼”，是一个严谨的长者。下属可以惩戒、削职，幕僚可以解辟，岂可一骂了之，有失风度。可“骂”者，必当为无可消遣的自家子弟。考楚弟定游宦在外，长子绪少有风痹，后以荫授官，有德政。次子绹大和四年（830）进士及第后不久，就“赴天平侍父”（据《绹谱》），大和三年至七年（829～833），与李商隐当有朝夕相处之时。此人于宣宗朝辅政十年，无一事出头露面，是一个城府甚深的角色，大有背后一“谮”的可能。而“公”，也有当面一“骂”的可能。而李商隐，正如后来在《祭外舅赠司徒公文》中所做的那样（见前《无题·照梁》），也大有借祭奠之机，点明一个“谮”字，把憋在心里的怨气一吐为快的可能。

作为这一论断的旁证是：在《奠文》之末，居然冒出了一段与整个奠文很不和谐的自叹之词：“故山巍巍，玉溪在中。送公而归，一世蒿蓬。”这表明，李商隐深知：令狐楚去世，他失去了一个强大的靠山；心怀怨妒的令狐绹即使是有所发展，也不会对他伸一援手。

一语成谶！下一年试博学宏辞，已经入选，却被某中书长者“抹去”。其中有没有令狐绹的阴影，不知。再下年释褐任秘书省校书郎，不到三月，却莫名其妙地调补为“黄昏封印点刑徒”（《任弘农尉献州刺史乞假还京》）的弘农尉，其中有没有令狐绹的阴影，也不知。可知的是，十年之后，令狐绹已是当朝宰相，李商隐“屡启陈情”，令狐绹“惟宴接款洽以侮弄之，不加携拔”（《西昆发微序》），直至“官不挂朝籍而死”。

可见，令狐父子直接影响了李商隐一生。故诗以“平生”开端。相反的，除了令狐父子，绝没有另一位足以影响他一生的人物，更无论什么姓“白”的道者。

2. 说清楚了“平生”，“误识”也就不难理解了。以李商隐的诗文才华，政治见识，在唐代科举取士的制度中，或迟或早，必将有脱颖而出的一天。这样，李商隐的历史就得重写了！假如当年不认识令狐楚，他就不会陷入牛李党争的漩涡，也不会结识令狐绹这样一个忌贤妒才、口是心非的朋友，也不会受到“背恩”“忘家恩”“诡薄无行”“放利偷合”的“蚩谪”和“排笮”，以至于“名宦不进，坎壈终身”（见新、旧《唐书》本传）。“误识”，就是悔其相识。他在《漫成五章·之一》说：“当时自谓宗师妙，今日惟观对属能。”无论怎样解读，都含有大不敬的意味，何止是“悔”！（说已见前。）

3. 非道者（说已见前）而称“仙檐”，其人必已去世。契合。

4. “忆酒垆”之说，表示在“酒”事上同“白云夫”有足以令人回想的交集。李商隐《上令狐相公状一》说：“篇什率征於继和，杯觞曲赐其尽欢。”《上令狐相公状三》说：“伏思昔日，尝忝初筵。”《奠相国令狐公文》说：“天平之年，大刀长戟。将军樽旁，一人衣白。”《九日》诗云：“曾共山公把酒卮。”可见，令狐楚嗜酒，李商隐多次陪饮，故有此“酒垆”之“忆”。在李商隐的生平中，未见有此类共饮的道者。

5. 旧居风貌。令狐楚府第在开化坊，当有墙垣。令狐绹府第在晋昌坊，所谓“郎君官贵施行马”（《九日》），所谓“楼响将登怯，帘烘欲过难”（《无题四首之三·含情春晼晚》），当了宰相的令狐绹府第应该是门庭若市了！而令狐楚死后，开化坊庭院冷落，日暮时的“墙外”，老树昏鸦，当然是“人绝迹”了。

6. “欲栖乌”写实，也是自况。日暮途穷，“欲栖”却再也不得“栖”也。与晋昌坊之“东阁无因再得窥”（《九日》）遥相呼应。

短短的二十八字，与有关令狐楚的情节高度契合，而与一般研究者所主张的“白云山人”“白道者”无一相合，可见，《白云夫旧居》确乎是为令狐楚旧居而作的了。

【历代笺评辑要】

何焯：“义山之‘平生误识白云夫’，致光（韩偓）之‘若是有情争不哭’，皆是言外巧妙。”

姚培谦：“白云夫必是异人，如丹邱子之属。‘误识’者，惜其当面错过也。”

屈复：“当时不识云夫，则今日之树绝人迹，残照栖乌，景虽荒凉，何至伤心，故曰‘误识’。”

程梦星：“诗有‘仙檐’字，白云夫当幽栖之道流耳。其曰‘误识’者，乃追悔于平生未传仙诀，徒增感旧之思。反言之，乃深惜之也。”

徐逢源：“《艺文志》：‘令狐楚《表奏》十卷。’注曰：‘自称白云孺子表奏集。’此白云夫当是楚。‘夫’者，尊称也。‘误识’，即‘早知今日系人心，悔不当初不相识’之类，深感之之词也。”（冯笺引）

冯浩：“徐笺妙矣，此固非道家者流也。‘忆酒垆’，当与《九日》《野菊》同看。”

纪昀：“平正无出色。‘误识’是错认之意，言平生相交，竟不深知，今日乃追忆之也。”

当代诸家　叶："这是失意之余，经过旧识道流故居，懊叹当时竟未和他一起学道之作。"刘、余：说已引用于"疏解"，不赘。邓：（全引程梦星语后说）"程氏之说，深得我心。"黄："'白云夫'与'白云孺子'有异，似不可言即令狐楚。……此'误识'当言当年虽识白云先生，而未尽其道，今日再到，其人已往矣，故云'误识'。诗中有'仙檐'、'酒垆'字，皆隐含道者之流。又，孙望《全唐诗补逸》录有义山《访白云山人》一首。诗云："……（前已全引）"'白云夫'似即此'白云山人'。果若是，则《白云夫旧居》又当作别解。……又有《赠白道者》诗云："……（前已全引）"此'白道者'是否亦即'白云夫'、'白云山人'，果同一道流人甚或同一道士，亦未可知。"郑："白云夫即白道士，'白云夫'是其自定雅名……嗜酒是其特殊爱好。"

83 瑶池

大中三年冬

瑶池阿母绮窗开，黄竹歌声动地哀[1]。
八骏日行三万里，穆王何事不重来[2]？

【注释】

〔1〕瑶池：神话传说中昆仑山上之池，西王母所居之地。参阅《碧城》注。　阿母：即西王母。《汉武帝内传》称西王母为玄都阿母。绮窗：彩饰华美的窗。　黄竹歌：《穆天子传》："丙辰，天子南游于黄台之丘，以观夏后启之所居，乃□于启室。天子筮猎苹泽……日中大寒，北风雨雪，有冻人，天子作诗三章以哀民。第一章曰：'我徂黄竹，□□□□。□负閟寒，帝收九行。嗟我公侯，百辟冢卿。皇我万民，旦夕勿忘。'"向按：黄竹，《穆天子传》中的古地名。大约在今河南省嵩山一带。后人称此诗为《黄竹歌》。

〔2〕八骏：传说为周穆王驾车的八匹骏马，能日行万里（一说三万里）。其名记载不一，据《穆天子传》："天子之骏：赤骥、盗骊、白义、逾轮、山子、渠黄、华骝、绿耳。"　穆王：即穆天子。《穆天子传》载："乙丑，天子觞西王母于瑶池之上。西王母为天子谣曰：'白云在天，山陵自出。道里悠远，山川间之。将子无死，尚能复来？'天子答之曰：'予归东土，和治诸夏。万民平均，吾顾见汝。比及三年，将复而野。'"因有此三年之约，故诗有"穆王何事不重来"之问。

【疏解】

解读《瑶池》，须得从周穆王作《黄竹歌》的时间、背景入手。

查《穆天子传》，《黄竹歌》前条有"季冬甲戌……天子东游于黄泽，宿于曲洛”之记述。岳麓本注：“洛水之回曲，地名也。《太平寰宇记》四：‘偃师东北有曲河驿’，以洛水之曲为名，即引此传为证。”

本条“夏后启之所居”亦有注曰：“疑此言太室之丘嵩高山，启母在此山化为石，而子启亦登仙，故其上有启室也。”

今河南省嵩山南麓万岁峰下，有启母石。可见，《黄竹歌》写于一个“北风雨雪”的严冬。地点在河南偃师、嵩山一带。在唐朝，这里属都畿道河南府。向东不远是郑州；再向东，就是汴州了。

李商隐大中三年（849）十月应卢弘止徐幕辟，直延至闰十一月中下旬才启程赴徐。《偶成转韵七十二句赠四同舍》写道：“路逢邹枚不暇揖，腊月大雪过大梁。”大梁指汴州。据《旧唐书》，汴州在京师东一千三百五十里，徐州在京师东二千六百里。可见，在大雪纷飞的腊月，他的行程刚好过半。而此前，他正好在《黄竹歌》的产生地向东趱行，与周穆王写《黄竹歌》时的情景十分相似。有感于穆天子虽有日行万里之八骏，也不能践“比及三年，将复而野”之约，忆及南贬万里，至今不归的李德裕而作是诗。

李德裕自会昌六年（846）起，先贬荆，再贬洛、贬潮，最后贬崖，正所谓“南行万里”，至此时已过三年。诗的首句借“瑶池阿母”之旧典立意：因为穆王同她有“三年”而“复”之约，所以绮窗洞开，虚席以待，表达出了李商隐对李德裕的关切，并期望其归来之情。

次句用深沉的“黄竹歌声”，来抒写万千寒士对李德裕的怀念。《黄竹歌》本来是穆王为雨冻中寒民而作，与李德裕“颇为寒畯开路”及“八百孤寒齐下泪，一时南望李崖州”之命意正合。歌声“动地”而“哀”，表达了万千寒士对李德裕的处境、及如此结局的哀惋和痛惜。

三、四句言纵有日行三万里之“八骏”，亦不能载其归来，则不归之因绝不是路途遥远了。“穆王”喻李德裕，“重来”二字，既引入了穆王曾登临瑶池，与西王母有过的“比及三年，将复而野”之约，也关联了《海客》诗中李德裕“乘槎上紫氛”之往事，从而抒写期盼其重“上紫氛”之深情。“何事”之问，“不重来”之现实，实为天下寒畯一叹，为自己一哭。

有关资料表明：李德裕贬至崖州后，贫病交加，有书致表弟某侍郎姚勖曰："大海之中，无人拯恤，资储荡尽，家事一空。百口嗷然，往往绝食，块独穷悴，终日告饥。惟恨垂没之年，须作馁而之鬼。"该书落款时间是"（大中三年）闰十一月二十日"。

李德裕卒年月日，各书所载不一。傅璇琮在《李德裕年谱》中据《通鉴》及《旧唐书·宣宗纪》《李德裕传》等典籍，定李德裕去世于大中三年（849）十二月十日。这一推断，与《南部新书》卷戊"李太尉以大中三年十二月十日卒于贬所"之记载正合。当时言禁不严，有关李德裕贫、病及去世的音信，必将在朝野士人中先后流传。

李商隐在赴徐之前，途中，也许能零星地听到一些传言。由于只是传言，真伪难辨，半信半疑，但已有不祥的预感。所以，李商隐才有此"穆王何事不重来"之问。

李德裕死后，李商隐理想的基石坍塌。他的以"主人公女性化"为标志，以政治、理想和命运为主题，以李德裕为中心人物的"写意无题"，就此结束。

【辨】"本题非刺武宗求仙"辨

旧说众口一词，以此题为讽刺武宗求仙而作，实非。理由是：

一、李商隐早年曾热衷于学道，《李肱所遗画松诗书两纸得四十一韵》中说："忆昔谢四骑，学仙玉阳东。"失意于科举时，有《东还》诗云："自有仙才自不知，十年长梦采华芝。秋风动地黄云暮，归去嵩阳寻旧师。"又动了学仙之念。他在《上河东公启》中婉拒懿仙之赐时说："兼之早岁，志在元门，及到此都，更敦夙契。"在大中二年（848）的《戊辰会静中出贻同志二十韵》中，更是长篇大论地阐述道家精义，并且悔恨地发誓说："我本玄元胄，禀华由上津。中迷鬼道乐，沉为下土民。托质属太阴，炼形复为人。誓将覆宫泽，安此真与神。"这样一个沉浸于道家理念的人，一心想学道成仙的人，有可能讽刺武宗求仙吗？

二、李商隐晚年好佛，他在大中七年（853）十一月所写的《樊南乙集序》云："三年以来，丧失家道，平居忽忽不乐。始克意事佛，方愿打钟扫地，为清凉山行者。"其《上河东公第二启》自述，他自愿出资为"此州长平山慧义精舍经藏院特创石壁五间，金字勒上件经七卷"，并声称："虽从幕府，常在道场。犹恨出俗情微，破邪功少。"

他在卧病时表示：愿削染为知玄弟子，弃绝世事，遁入空门。《宋高僧传·唐彭州丹景山知玄传》载："有李商隐者，一代文宗，时无伦辈，尝从事河东柳公梓潼幕，久慕玄大师，后以弟子礼事玄。……(后)凤翔府写玄真，李义山执拂侍立焉。"可见，天台宗已把他看作派中弟子了。这样一个沉浸于佛家理念的人，有可能讽刺武宗求仙吗？

李商隐僧道诗约 30 首。或友善，或虔诚，无一妄语。他自身就是个求仙不得的人，怎么可能反讽别人，自掴耳光？且本诗以"西王母"为主体，先认定其存在；再讽凡人求仙之虚妄，岂不也是自掴耳光？

三、从政治观念上看，自李德裕入朝主政后，李商隐对会昌新政充满了期望。永乐闲居期间，他时而表示"欲逐风波千万里，未知何路到龙津"，时而表示"身闲不睹中兴盛，羞逐乡人赛紫姑"，充满了向往之情。会昌五年（845）冬，他才服阕入京，这正是向帝、相陈情，求取信任和擢拔的时候，他怎么敢在此关键时刻，讽刺当今帝王，逆批龙鳞，有可能因此而断送前程呢？

四、武宗去世后，李商隐曾有《昭肃皇帝挽歌辞三首》。第三首前四句与求仙有关，其辞云："莫验昭华琯，虚传甲帐神。海迷求药使，雪隔献桃人。"昭华：美玉。琯：如笛的六孔管乐，历家用以占验气候。《晋书·律历志》："至舜时，西王母献昭华之管。"这四句话的意思是：西王母献昭华管的传说，已无人能进行验证；汉武帝设甲帐"以居神"，也只是一段虚传。大海茫茫，求药使者迷惘而不知所往；冰雪凝结，阻隔了献仙桃的人。这四句话并没有否定仙道，也没有刻意对武宗进行讽刺，他表达的只是惋惜，武宗与仙道无缘而已。许多人以此为据，认定李商隐在讽刺武宗，其理由也是不充分的。

五、还有一首题名为《华岳下题西王母庙》的诗，因为也写到了西王母和穆天子，常常被间接地用作《瑶池》为刺武宗而作的证据。

神仙有分岂关情，八马虚随落日行。
莫恨名姬中夜没，君王犹自不长生。

其实，这首诗也没有否定神仙，只是说成仙要有缘分，并不是刻意追求能得到的；对武宗求仙不得反而丧命表示了惋惜和哀叹。认定这首诗惋叹武宗，是因为诗中用典与现实切合。如“名姬中夜没”，在《穆天子传》中指的是盛姬之死，这与现实中的武宗才人之死正同。

张祜《孟才人叹》序曰：“武宗皇帝疾笃，迁便殿。孟才人以歌笙获宠者，密侍其右。上目之曰：‘吾当不讳，尔何为哉？’指笙囊泣曰：‘请以此就缢。’上悯然。复曰：‘妾尝艺歌，愿对上歌一曲，以泄其愤。’上以其恳，许之。乃歌一声《何满子》，气亟立殒。上令医候之，曰：‘脉尚温而肠已绝。’”① 可见，此“华岳”诗正是为武宗而作。

《瑶池》诗中有没有与武宗的对应关系呢？没有。相反的，却与李德裕的长贬不归有很多切合点。比如，《瑶池》诗中的“黄竹歌声动地哀”，原典是“天子作诗三章以哀民”，不管把“哀”解释为悲痛也好，怜悯也好，毕竟是天子一人之“哀”，不可能“动地”的。能不能把它解读为千百人众痛哭武宗呢？不能，因为历史上没有这样的记载。是不是三年之后还有人呼唤武宗归来呢？简直是无稽之谈！

只有李德裕，贬离京城已过三年，除了李商隐牵肠挂肚之外，还有“八百孤寒齐下泪，一时南望李崖州”。千百人众的悲痛和呼唤，其哀声是足以“动地”的。因此，此“动地”之“哀”，非李德裕莫属。“重来”之呼唤对象，也非李德裕莫属。

【历代笺评辑要】

朱彝尊：“此诗方是专讽求仙。”

何焯：“此首及《王母祠》《王母庙》两篇，皆刺武宗也。”又：“诗云‘将子无死，尚能复来’，不来则死矣，讥求仙之无益也。”

程梦星：“此追叹武宗之崩也。武宗好仙，又好游猎，又宠王才

①孟才人：《新唐书》卷七十七列传第二作“王才人”。

人，此诗镕铸其事而出之。只周穆王一事足概武宗三端。用思最深，措辞最巧。”

当代诸家　叶：“这是想警悟武宗李炎之作。”刘、余：“诗专讽求仙之愚妄。未正面涉及佚游，更无论色荒，不得因穆王有此数端遂加傅会。”邓：“妙在从西王母心中所思，耳中所闻，来反衬出所谓求仙之事的虚妄。”黄：“诗讽求仙，而隐言武宗‘何事不重来’。程梦星以为‘追叹武宗之崩’又曰……‘足概武宗三端’，说为有据。”郑：“暗示穆王已死，求仙虚妄。”

84 房中曲[1]

大中五年秋

蔷薇泣幽素，翠带花钱小[2]。
娇郎痴若云，抱日西帘晓[3]。
枕是龙宫石，割得秋波色。
玉簟失柔肤，但见蒙罗碧[4]。
忆得前年春，未语含悲辛。
归来已不见，锦瑟长于人。
今日涧底松，明日山头檗[5]。
愁到天地翻，相看不相识。

【注释】

〔1〕房中曲：古乐曲名。《旧唐书·音乐志》："《平调》《清调》《瑟调》，皆周《房中曲》之遗声也。"向按：本诗借古乐曲名为题，亦"无题"之类。

〔2〕幽素：指幽静冷僻之处。

〔3〕郎：儿郎，对男孩的爱称。此处指儿子衮师。

〔4〕蒙罗：覆盖在床上的罗罩。

〔5〕檗：即黄檗，黄柏。一种落叶乔木。皮黄而苦，可入药。

【疏解】

《房中曲》本是一支古乐曲，李商隐巧借其名，记当前景，咏当时事，写的是他徐幕归来入房一瞥的情景。因为是借用旧题，题非己出，可以看成"无题诗"；但其内容恰是"房中"所见，也可以看成有题诗。所不同者，自古以来，《房中曲》咏唱的都是夫妇相悦之乐，惟有李商隐咏唱的是夫妇永别之苦，真个是可悲！可叹！

蔷薇是落叶灌木，植株丛生，小枝则细长而蔓延，花多为红色，初夏起开谢相继，花期可长达半年。首二句借房前蔷薇起兴：它枝条柔弱，花朵细小，花叶上清露如泪，似乎是匍匐在房门外的一个幽静的角落里悄悄地啜泣。既点化了时令，同时也给全篇渲染了一股哀婉低回的气氛。

三、四句用“不识愁滋味”的孩提之“痴”，反衬出自身的怜爱和悲苦。“晓”与“露”相呼应，表明商隐得到王氏去世信息后，日夜兼程，终于在一个带露的早晨赶到了家。太阳高出，儿子还在酣睡呢。

五到八句写房中一瞥：看到“龙宫石”一样的枕，让我想起了你一剪秋水似的眼波；玉簟上没有了你柔润的肌肤，看见的只是一张碧绿色的罗罩。

九到十二句先回想过去，写当年凄恻的预感；再到眼前，写人去瑟在的惨烈的现实。“归来已不见”，本是发自心底的悲呼；而无生命的锦瑟竟寿长于人，更唤起了他生命脆弱、人世无常的沉思和哀叹。

所谓“前年春”，指的是李商隐从桂管归来之后、赴徐幕之前的大中三年（849）的春天；所谓“归来”，指的是大中五年（851）卢弘止死后，李商隐从徐幕归来。“已不见”三字，清楚地表明李商隐徐幕归来之时，王氏已经去世，或葬或厝，连遗体也不在眼前。

结尾四句从今日写到未来。先说今日之愁，低回郁结有如涧底的青松。再说明日之愁，或将尖峭苦涩有如山头的黄檗。即使愁得天翻地覆了，世界更新，“历尽劫波”之后的你我，再相逢时，或恐也是互不相识了啊！——读到这里，清人钱良择禁不住感叹地说：“设必无之想，作必无之虑，哀悼之情，于此为极！”

从诗艺角度看，它是中国诗史上写得最柔媚，最动情，最激昂，也最深沉的悼亡诗。它哲理性的遐想激起了后代诗人的共鸣，著名的宋代诗人苏轼把它熔铸到词中，炼成了“纵使相逢应不识，尘满面，鬓如霜”的千古名句。

从资料的角度看，诗中深为李商隐怅叹的“归来已不见，锦瑟长于人”二句，成了判断王氏忌日的标志性的构建，不可动摇的铁证。一切都到此为止，李商隐确实没有同妻子见上最后一面。

【辨一】王氏何时去世之讨论

王氏究竟去世于何时？学术界大体上有两种意见，一是去世于大中五年（851）的秋天，一是去世于大中五年（851）的春夏之交。因为这涉及：李商隐的府主卢弘止何时去世？李商隐何时归来？以及他何时就任国子监太学博士？何时应东川辟？何时赴幕？等一系列问题。此外，还有李商隐归来时王氏尚未去世一说（张采田），均不可不辨。

主张王氏去世于大中五年（851）春夏之交的理由有：

一、一般认为，卢弘止于大中五年（851）春去世于徐州，府主去世，李商隐理所当然地要回到长安的家，以便重新找一份工作。

二、李商隐的《上时相启》《上兵部相公启》写于大中五年（851）的“暮春之初”或春夏之交，此时李商隐必已在京。

三、《房中曲》开篇说：“蔷薇泣幽素，翠带花钱小。”有人认为，蔷薇于春夏间开花，花期通常不超过一月，所谓“翠带花钱小”，就是形容初开时的它，叶如翠带花如钱。所谓“泣幽素”，则表明叶上有露水，当是晚春或春夏间，而非盛夏郁热炎蒸之候（刘学锴语）。

四、李商隐《相思》诗云：“相思树上合欢枝，紫凤青鸾共羽仪。肠断秦台吹管客，日西春尽到来迟。”“春尽”，当是夏初。“到来迟”，则王氏已逝了。

先说卢弘止之死。《旧唐书·卢弘止传》载：大中三年（849），出为徐州刺史。“徐方自智兴之后，军士骄怠，有银刀都，尤劳姑息，前后屡逐主帅。弘止在镇期年，皆去其首恶，喻之忠义。讫于受代，军旋无哗。镇徐四年，迁……汴州刺史、宣武军节度使，……卒于镇。”《新唐书·卢弘止传》不系年月，但最后也说：“弘止羸病，丐身还东都，不许。徙宣武，卒于镇。”

他死在宣武任上，这一点，两书相同。如果根据《旧唐书》，他大中三年（849）赴徐，“镇徐四年”后迁汴州，那么，他最早将死于大中六年（852）。而根据李商隐的《樊南乙集序》所记：明年府薨，选为博士；七月，尚书河东公守蜀东川，奏为记室；十月，改判上军。这个“明年府薨”，指的是大中五年（851）。因为正是这个大中五年（851）的冬天，李商隐不只明明白白地到了东川，而且奉命到西川推狱（审理案件）去了。

问题出在哪？出在《旧唐书》中“四年”前的“镇徐”二字是后人想当然加上去的。去掉它，就成了“弘止在镇期年……讫于受代，军旋无哗。四年，迁……宣武……卒于镇。”这个“四年”，指的是大中四年（850）。前，能与“在镇期年”相呼应；后，能与“迁……宣武，……卒于镇”以及《樊南乙集序》所记相合。这样，就文理俱顺了。

卢弘止去世于何时？史无记载。所有卢弘止死于大中五年（851）春天的论述，都不过是根据李商隐的行踪，即《樊南乙集序》所记的“明年府薨，选为博士，在国子监太学”，以及“七月，尚书河东公守蜀东川，奏为记室”等等，作出的反推。臆断而已！

能不能根据《上时相启》① 来推断李商隐的行踪呢？也不能。因为文中仅有显示时令的“暮春之初”，没特定的词语认定地点。李商隐很可能是得知卢弘止已病入膏肓时，才于大中五年（851）暮春由宣武幕投书，为未来的求职作下的铺垫。如果是李商隐在暮春时分仓猝归来，爱妻已逝，正所谓晴天霹雳，悲苦莫名，哪能在信中写出这种咏“媚景”，庆“升平”，充满了祥和之气的颂词来。即便是要讨好，要巴结，要求职济贫，也不至于急迫如此，无情如此！

还有一篇《上兵部相公启》，刘学锴等编的《李商隐文集编年校注》，将它编在大中五年（851）春夏之交。书中既有“旧诗上石”，且“一日书讫”事，又有“今幸庆袭韦平”，这表明令狐绹已经拜相，而

①《上时相启》：“商隐启：暮春之初，甘泽承降，既闻霑足，又欲开晴。实关燮和，克致丰阜。繁阴初合，则傅说为霖；媚景将开，则赵衰呈日。获依恩养，定见升平。绝路左之喘牛，用惊丙吉；无厩中之恶马，以役任安。偃仰兴居，惟有歌咏。瞻仰闱闼，不胜肺肝。谨启。”（全文）

此时的李商隐也似乎必已在京了。

但是，《上兵部相公启》中的“兵部”二字留下了破绽。因为这就出现了职位倒置的问题，于礼不合。据尹谱：令狐绹从大中三年（849）九月起任兵部侍郎，到大中四年（850）十月二十七日，就“以兵部侍郎同中书门下平章事”了。所谓“兵部侍郎”，相当于今日的国防部副部长。而“同中书门下平章事”，就相当于兼职宰相。这种兼职，在唐朝是惯例。李商隐既已知道他升任宰相，且在“暮春之初”写了《上时相启》，却又在稍后一点的春夏之交用低一级头衔写《上兵部相公启》，岂不是荒唐！

可见，“兵部”二字，必是后世传抄者，或好事之徒制造的讹误。

至于蔷薇，查当代有关花卉资料，它的品种繁多，花色各异，生命力顽强，一般在每年的5～9月开放。换算成阴历，大略就是四到八月，次第开放，可达半年之久。因而也不具有特定的时间确定性。

唐人写蔷薇，也常常把它当作长夏之花。如白居易的《蔷薇正开……》云：“瓮头竹叶经春熟，阶底蔷薇入夏开。”高骈的《山亭夏日》云：“绿树阴浓夏日长……满架蔷薇一院香。”吴融的《蔷薇》云：“万卉春风度，繁花夏景长。馆娃人尽醉，西子始新妆。”

晚唐名相裴度性喜蔷薇，在兴化坊宅院中广为种植，在他主持的《蔷薇花联句》中，刘禹锡说：“似锦如霞色，连春接夏开。”又说：“浅深皆有态，次第暗相催。”大抵是写出了蔷薇花期的特性。贾岛也许是裴度的“不同政见者”，他在《题兴化园亭》中说：“破却千家作一池，不栽桃李种蔷薇。蔷薇花落秋风起，荆棘满庭君始知。”秋风起时，蔷薇花落。可见，以为“蔷薇于春夏间开花，其花期通常不超过一月”之说不确，因此，与其把本诗的时令定为蔷薇初开之暮春，不如把本诗的时令定为蔷薇谢前之孟秋或仲秋。

而露水，四季皆有，惟秋季特多。故旧历二十四节气中八月有白露、秋分，九月有寒露、霜降。“蒹葭苍苍，白露为霜。”（《诗·蒹葭》）如果仅以露水来推断时令的话，应该还是以秋天为宜。

我们已经说过，读李商隐诗，特别是无题诗，一定要分清“写实”

和“写意”。《房中曲》是写实之作，写的是“入房一瞥”的所见、所思、所感。所谓“娇郎痴若云，抱日西帘晓”，表明他是在一个早晨到家，太阳出得老高，儿子还在酣睡。这很实在。接下来对房中情景的描写也很实在。而《相思》则是写意之作。表现的是一种意象和情绪。开篇的相思树、合欢枝、紫凤、青鸾等等，都不是写实，表现的是一种带有理想色彩的谐和境界。后面的“日西”（太阳西下）、“春尽”（春天结束），也只是用来渲染一个“迟”字，表达一种自责和怨悔而已。因此，《房中曲》的“入房一瞥”可以作判断时间、事件的根据，后者则不能。不然，同一个李商隐，怎么可能一个在日“晓”时到家，一个在“日西”时到家呢？又，你既然是“春尽”才到家，又怎么可能在“暮春之初”给“时相”写信呢？

此外，《相思》诗还有“寓言”一说，表达的是一种遇合无缘的情怀，而与夫妇情爱无关。说见前《相思》。

总之，卢弘止没有死在大中五年（851）春天的必然性，李商隐也不具备在这年的暮春之初返京的必然性，他的妻子王氏则更是没有死在这年春天的必然性。

【辨二】李商隐何时返京之讨论

那么，李商隐到底是什么时候回到长安呢？我们的回答是：大中五年（851）七夕之后。因为七夕之夜，李商隐夫妇还是两地分离，他写过一篇时间概念非常明确的诗：《辛未七夕》。辛未年，就是大中五年（851）。如果他春夏之交就已经回家，且补了太学博士，就不会再写这首七夕夜夫妻未能团聚，略带歉意的自我调侃的诗篇了。其诗曰：

恐是仙家好别离，故教迢递作佳期。
由来碧落银河畔，可要金风玉露时。
清漏渐移相望久，微云未接过来迟。
岂能无意酬乌鹊，惟与蜘蛛乞巧丝。

这是一个未能在七夕前及时归家的丈夫写给妻子的宽慰诗。首二句设“仙家好别离”为前提，随即以一年一见的牛郎、织女相喻，自嘲其归期屡延。三四句承前二句，作反推语：不然的话，银河也只是一水之隔，日日可渡，又何必要等待到“金凤玉露”的七夕？五、六句叹值此七夕之日，夫妇不得团圆，惟隔河相望而已。七、八两句一气相贯而下，应连读，是李商隐作推测语以自我调侃。意思是，难道是我没有诚心诚意地酬谢乌鹊，而你一味地乞巧于蛛丝（也没有酬谢乌鹊），惹得乌鹊生气了，不为我们架鹊桥了呵！

李商隐给自己幽了一默；并且带着苦笑，给等待自己归家共度七夕的妻子逗趣了！

显然，写这首诗时李商隐还没有归家。台湾学者余金龙说：“本诗内容亦未见悼亡妻之内容，在此亦可证明，至少大中五年（851）七月七日以前，李商隐妻王氏并未病亡。”——至少是在回家的路上赶路的李商隐觉得如此。所以朱彝尊在评本诗时说：“语轻而带谑，又是一格。”到李商隐“归来已不见”时，至少是七月七日之后的某个时间了。

有人把这首诗编排为乞情令狐的诗。张采田把后二句解释为“喜绹之意渐转圜，慨己之得不偿愿”。如果是妻子去世不久，不在七夕之夜怀念妻子，竟然借“鹊桥”“乞巧”之传统习俗向他人煽情，岂不怕辱没亡灵？

何况，令狐楚去世之后，李商隐、令狐绹之间已有一定的隔阂；如果趁着七夕佳节，借这样一些的不伦不类的比譬来挑动对方的感情，岂不怕弄巧反拙？如果我是令狐绹，看了一定恶心！其结果就可想而知了。李商隐政治上很傻，很天真，但也不会糊涂到这个地步！

既然《辛未七夕》是为王氏而作，李商隐归来于七夕之后就不言而喻了。

【辨三】秋日悼亡之诗证

在李商隐的诗作中，直接以“悼亡”入诗的，另有三首。

一是：《王十二兄与畏之员外相访，见招小饮，时予以悼亡日近不去，因寄》。这首诗应该是写于王氏去世不久。诗曰：

谢傅门庭旧末行，今朝歌管属檀郎①。

更无人处帘垂地，欲拂尘时簟竟床。

嵇氏幼男犹可悯，左家娇女岂能忘。

秋霖腹疾俱难遣，万里西风夜正长。

王十二，也就是在《上许昌李尚书状》中所说的“扶引灵筵”返洛的“王十二郎”，他妻子的兄长。畏之即韩瞻，李商隐的襟兄。其招饮目的大约也就是想安慰他的丧妻之痛。但是，李商隐拒绝得很坚决。理由是“悼亡日近，不去”。所谓“悼亡日”，不一定是逝者的“去世日”，而是对死者的祭吊日。

据古代丧俗，从亡者去世日起，每七天一祭，称为“做七”②。其中“五七”最隆重，一般要请道士做道场，亲朋好友也来吃“五七”饭。此外，“七七”是最后一“七”，称“断七”，也很隆重。所谓“悼亡日近”，指的是快到“悼亡日”了。不管这个“悼亡日”指的是“五七”还是“七七”，因诗中有“秋霖”“万里西风”等景象，表明时至深秋，李商隐还在进行“做七”的祭吊活动，则王氏死于大中五年(851)之秋，而与春季无关，则是确定无疑的了。

二是：《赴职梓潼留别畏之员外同年》。是李商隐大中五年（851）十月之后的某天赴东川时写给韩瞻的留别之作。诗曰：

佳兆联翩遇凤凰，雕文羽帐紫金床。

桂花香处同高第，柿叶翻时独悼亡。

乌鹊失栖长不定，鸳鸯何事自相将。

京华庸蜀三千里，送到咸阳见夕阳③。

柿子树是落叶乔木，暮春之际开始萌发新枝新叶，至夏逐渐浓密，

①檀郎：潘岳小字檀奴。唐人常以“檀郎”称婿，故李贺诗有“檀郎谢女眠何处”之句。此处指王家六女之婿韩瞻。

②由于佛教的影响，“做七”自南北朝就开始流行。据《北史·胡国珍传》，北魏胡太后父胡国珍去世，“诏自始薨至七七，皆为设千人祭。”

③庸，春秋时国名。文公十六年，为楚人、秦人、巴人所灭。

九、十月果实成熟，树叶经霜而变红，然后渐次凋落。诗中指明其妻死在“柿叶翻时”。《说文》：“翻，飞也。”即柿叶叶片已大，在风前翻飞之时。大体仍是秋季；春夏之交柿叶嫩小，是“翻”不起来的。

又，《南史·刘歊传》说：“歊未死之春，有人为其庭中栽柿，歊谓兄子弇曰：‘吾不见此实，尔其勿言。’及秋而亡，人以为知命。”冯浩以为李商隐暗用此典，甚是。所谓“不见此实”，则仅见其“叶翻”而已。典中暗藏“及秋而亡”语，不可不知。

三是《属疾》。写于大中五年（851）之后的他妻子的周年忌日。诗曰：

许靖犹羁宦，安仁复悼亡。
兹辰聊属疾，何日免殊方。
秋蝶无端丽，寒花只暂香。
多情真命薄，容易即回肠。

所谓“属疾”，就是托病请假。为什么要托病请假？因为这天正是他妻子的忌日，他想离群独处，祭奠他的妻子。诗的第一句以三国时仕宦于蜀的许靖自喻，第二句就自称潘岳，直奔主题，表示要在你的忌日再次悼亡。这首诗涉及的时令是：“秋蝶”“寒花”。这就再一次地证明，他的妻子王氏的确是死在秋天。

此外，还有一些怀念妻子的诗，虽没有明说悼亡，却间接地点明了忌日时令，如《暮秋独游曲江》的“荷叶枯时秋恨成”。既有“荷叶枯时”，也有“秋恨”，可见，王氏确乎是去世于大中五年（851）的秋天了。

【历代笺评辑要】

朱彝尊：“（‘今日’四句）言情至此，奇辟为千古所无。”

冯浩：“此则以言悼亡也。《集》中悼亡诗始此。”

张采田：“‘归来’句则谓今不幸徐州罢归，方期重乐室家之好，而其人已不见矣，非妻殁在义山未归前也。”（向按：此说夹杂不清，实则主张妻死于李商隐归家之后。错。）

当代诸家　叶："李商隐……大中五年春卢弘止死后归京，王氏则于五年秋间病逝。"刘、余："《房中曲》于王氏之卒交待固最为明确，而《相思》之'肠断秦台吹管客，日西春尽到来迟'，亦以寓言寄'归来已不见'之恨也。……至王氏卒之具体时间，冯、张据《留别畏之》诗'柿叶翻飞独悼亡'，以为当在秋季，实亦未必，春末夏初之时，柿叶即已成荫矣。"邓：王氏于"夏秋间（或作春夏间）病逝……此诗当是妻子逝世后不久所作。"黄："是年六月十八立秋，则王氏之卒当在初秋。而义山之归家亦当在此后数日。"郑："本篇是悼亡诗。……如今倒是回到京中了，可是人已邈不可见。"

85 西亭[1]

大中五年秋后，或更后

此夜西亭月正圆，疏帘相伴宿风烟。
梧桐莫更翻清露，孤鹤从来不得眠。

【注释】

〔1〕西亭：李商隐岳父王茂元在洛阳崇让坊有宅院，院西部有西亭。东部亦有亭，曰东亭，见《崇让宅东亭醉后沔然有作》。

【疏解】

李商隐岳家在洛阳崇让坊，院中有东亭、西亭。在王氏去世后的年月里，李商隐有可能或专程、或顺道至洛而宿西亭，忆及王氏而作此诗。

据传，鹤雌雄相随，步行规矩，情笃而不淫，产卵后雌雄轮流孵化，故古人多借用“孤鹤”来形容失侣之痛。又，《艺文类聚》卷九十引晋周处《风土记》云：“鸣鹤戒露，此鸟性警，至八月白露降，流于草上，滴滴有声，因即高鸣相警，移徙所宿处。”

本诗以“月圆”起兴，反衬失侣之痛，况此西亭旧宿之地，况此长夜不寐之时。“疏帘”“风烟”，写空旷、冷落与孤寂之境。“孤鹤”自比。“梧桐”至秋叶大，承露多，翻动则露滴有声。鹤本有闻露警鸣迁徙之习，况此“孤鹤”，自难成眠，何得更以“清露”相惊、相迫耶？“莫更”二字，似戒似令，亦嘱亦乞，倍极凄凉。

与此诗情景相近的悼亡诗作还有《夜冷》《夜半》《七月二十九日崇让宅宴作》《正月崇让宅》等，附于后。

附：夜冷

树绕池宽月影多，村砧坞笛隔风萝。
西亭翠被馀香薄，一夜将愁向败荷。

附：夜半

三更三点万家眠，露欲为霜月堕烟。
斗鼠上堂蝙蝠出，玉琴时动倚窗弦。

附：七月二十九日崇让宅宴作

露如微霰下前池，月过回塘万竹悲。
浮世本来多聚散，红蕖何事亦离披。
悠扬归梦惟灯见，濩落生涯独酒知。
岂到白头长只尔，嵩阳松雪有心期。

附：正月崇让宅

密锁重关掩绿苔，廊深阁迥此徘徊。
先知风起月含晕，尚自露寒花未开。
蝙拂帘旌终展转，鼠翻窗网小惊猜。
背灯独共馀香语，不觉犹歌起夜来。

【历代笺评摘要】

屈复："圆月相伴，本自不眠，何用清露之惊孤哉！"

姚培谦："'从来'二字，乞怜得妙。"（向按："从来"无乞怜义，有乞怜义的应是"莫更"。）

张采田："洛阳崇让宅有东亭、西亭，义山妻家也。此悼亡作，但不定何年。玩篇中'从来'二字，年代当已渐深。"

当代诸家　叶："悼亡后偶过王茂元宅所作。……'从来'是说久已如此。"刘、余："王氏卒于春末夏初……然'从来不得眠'，针对丧偶数月之内情绪而言则显真切，谓数年皆如此，则又未免夸张过甚，恐义山于悼亡诗中不至矫情也。”邓：“悼亡之作。”黄：“是大中五年秋洛阳崇让宅王氏旧居作。”郑：“义山于大中十年春回长安后，夏秋之间曾到洛阳崇让坊王茂元宅小住，居于东、西二亭。”

86 银河吹笙

大中五年秋后，或更后

怅望银河吹玉笙，楼寒院冷接平明[1]。
重衾幽梦他年断，别树羁雌昨夜惊[2]。
月榭故香因雨发，风帘残烛隔霜清[3]。
不须浪作缑山意，湘瑟秦箫自有情[4]。

【注释】

〔1〕银河：横亘于夜空中的一条星光稠密的光带，又称天河、云汉、银汉等，是神话传说中阻隔牛郎、织女的一条大河。诗摘首句中四字为题，亦无题也。　平明：天亮时分。

〔2〕羁雌：离故林鸟群远游的雌鸟。谢灵运《晚出西射堂》："羁雌恋旧侣，迷鸟怀故林。"刘良注："羁雌，无耦也。"

〔3〕榭：建筑在土台、水面之上（或临水）的小屋。常四面开窗，作观景和饮宴之用。

〔4〕缑（gōu）山：又名缑氏山，在今河南省洛阳市偃师区。汉刘向《列仙传·王子乔》载："王子乔者，周灵王太子晋也。好吹笙作凤凰鸣。游伊、洛之间，道士浮丘公接以上嵩高山。三十余年后，求之于山上。见桓良曰：'告我家：七月七日待我于缑氏山巅。'至时，果乘白鹤驻山头，望之不得到。举手谢时人，数日而去。"缑山意：即修道成仙之意。　浪：轻率，徒然。　湘瑟：湘妃所弹之瑟。《楚辞·远游》："使湘灵鼓瑟兮……"湘灵：即湘夫人，亦即舜的妃子娥皇、女英。此处暗指他的妻子王氏。　秦箫：秦穆公婿萧史所吹之箫。事见汉刘向《列仙传·萧史》条，参阅《蝶》《碧城三首·之二》注。"湘瑟秦箫"，犹言夫妇和乐。

【疏解】

又是一个繁星满天的秋夜，灿烂的银河在浩渺无边的夜空中静静地流淌。仰望星空，该有多少充满哀思的遐想啊！

作者借七夕彻夜吹笙立意，表达了对逝去的妻子王氏深切的怀念。

首联写惆怅地仰望银河，吹笙以寄情，不觉通宵达旦，竟至平明了。次联用“重衾幽梦”写夫妇情爱之深密，然此幽然之“梦”，因妻子去世早已在“他年”破灭。又用“昨夜”的鸟声联想到妻子当年弃世的情景：雌鸟离开旧巢，孤独地飞往羁旅之途，其哑哑悲鸣之声，听之于耳，惊之于心。

需要特别指出的是：“别树羁雌”原典出自陶渊明的《归园田居之一》的“羁鸟恋旧林”，指的是羁泊他乡的鸟留恋旧林。本诗之鸟则相反，它是离开故林而飞往羁旅之途；再则，夜间离树之鸟，仅凭声音是很难分辨雌雄的，此处特意强调“羁雌”，可见，他确乎是在影射离他而去的妻子。

“榭”是高台上的观景房。“月榭”表明，它是当年共赏明月的处所，一雨之后，散发的仍然是当年熟悉的香气。“风帘”乃昨夜飘摇的帘幔，“残烛”乃昨夜黯淡的烛光；室外霜重，虽有一帘之隔，孤身独处的室内人也清凄不耐了。

唐朝尊崇道教，是一个仙气弥漫的社会。“成仙”，本来就是当时人，上自帝王，下及平民的梦想。民间传说的“八仙”，至少有“三仙”在唐代有史籍可考。其中张果老在新、旧《唐书》中有传，玄宗诏他入京，要把玉真公主嫁给他，他没有接受。吕洞宾在《全唐诗》中有诗四卷。韩湘子不只出现在韩愈名诗《左迁至蓝关示侄孙湘》的诗题中，而且在李商隐同时代文人段成式的《酉阳杂俎》中也有“开非时之花”的记载①。在既学道、又信佛的李商隐看来，王氏虽死，

---

①唐段成式《酉阳杂俎》载：韩湘有诗云：“……解造逡巡酒，能开顷刻花。”公（韩愈）笑曰：“子能夺造化乎？”湘曰：“此事甚易。”公为开樽，湘聚土，以盆覆之，噀水良久，开碧花二朵。花片上有诗一联云：“云横秦岭家何在，雪拥蓝关马不前。”公甚异怪，未喻其意。曰：“他日验之。”

但精魄永在。一方面，他多么希望他的王氏能像世人所希企那样已经成仙而永生；另一方面，他也深知“神仙有分”①，成仙不易。因此，尾联用婉劝语“不须”开头，言浮丘公不会再临人世，太子晋也不会再现缑山，因此你也不必徒然地存成仙之想；倒不如返回人间，则你如湘灵之鼓瑟，我如萧史之吹箫，箫瑟调和，夫妇情笃，亦可乐此一生也。

由于本诗用典多，时间跨度大，空间转换急，所以疏解者最易走入迷途。

张采田认为别有吹笙人在，非是。全篇以自我抒情的方式写出，且尾联“不须”有乞请意，因此，写诗者绝不是旁观者。

冯浩及后世研究者大都认为此诗是咏女冠之作，也不是。如果没有夫妇情分，哪有“重衾幽梦”？如果没有共筑爱巢，哪有“别树羁雌”？没有了这二者，也就不会有“他年”之“断”，“昨夜”之“惊”了！连冯浩也不得不承认，此女冠为与李商隐“兼有夫妻之缘者”，但我们读遍李商隐诗文，没有发现任何“兼有夫妻之缘”的女冠。（说见《附：李商隐的“婚外情”》）

特别值得注意的是：李商隐从热恋王氏开始，一直以入赘于秦的萧史自居。《蝶》中有“重傅秦台粉，轻涂汉殿金”；《东南》中有“且向秦楼棠树下，每朝先觅照罗敷”；《无题二首》中有“岂知一夜秦楼客，偷看吴王苑内花”；《相思》中有“肠断秦台吹管客，日西春尽到来迟”，等等。而“锦瑟”，则是他妻子常用的乐器，《回中牡丹为雨所败二首》中有“锦瑟惊弦破梦频”，《寓目》中有“锦瑟傍朱栊”。王氏去世后，李商隐在《房中曲》中悲痛地写道：“归来已不见，锦瑟长于人。”至于那篇以“锦瑟”命名的著名诗篇，更是因“锦瑟”而触景生情，而引起“一弦一柱”的“华年”之思。

因此，“湘瑟秦箫”，自是他夫妇的“专利”，决不可嫁接于他人也！

①《华岳下题西王母庙》中有“神仙有分岂关情”句。说见《瑶池》。

【历代笺评辑要】

吴乔："此必悼亡王氏之作。"

徐德泓："此假吹笙以写悼亡之意。……结联收转首句，言仙游虚寂，岂若舜妃之瑟，秦楼之箫，自有夫妇之情乎！"

陆昆曾："此义山言情之作也。……结言湘瑟、秦箫，各有其匹，何须作子晋吹笙，独自仙去。与起句遥相照应。"

程梦星："此亦为女冠而作。……七、八谓其入道，不如适人；浪作缑山驾鹤之想，何似湘灵之为虞妃，秦楼之嫁萧史耶？"

杭世骏："盖秋夜闻笙作也。……深意苛求，失之愈远。"

冯浩："缑山专言仙境，'湘瑟秦箫'则兼有夫妻之缘者，与银河应。此必咏女冠，非悼亡矣。"

张采田："此在京闻女冠吹笙而怅触黄门之感也。……结言伉俪情深，不须浪作仙情艳想也。"

当代诸家　叶："按《新唐书·张昌宗列传》：'时无检轻薄者又谄言，昌宗乃王子晋后身，后（武曌）使被羽裳、吹箫、乘寓鹤裴回庭中，如仙去状，词臣争为赋诗以媚后'云云。这诗和《利州江潭作》咏武曌感龙交而受孕事一样，即咏张吹箫乘鹤事。"又说："因为张昌宗兄弟在吹箫事后不久便被杀，所以起用'怅望'……武曌不久便卧病长生院，所以说'楼寒院冷'。'接平明'……暗指中宗李哲的复位。三句指二张的被杀，四句指武曌的病卧闻变，五六二句……致慨……结二句讥诮武曌，说不必把面首拟作仙人，如舜和湘妃、萧史和弄玉，都具有诚挚的爱情、正当结合啊！"刘、余："诗中用语及意境，颇似悼亡……然四句明言'羁雌'，诗中主人公显系单栖之女性，复参末联'缑山意'等语。诗咏女冠无疑矣。"邓：同叶葱奇说。黄："此诗约当大和三年秋，下玉阳赴天平幕前所作，其所恋或即玉阳西山之女冠华阳宋氏。"郑："本篇是怀念所恋女冠的艳情诗。"

87 常娥[1]

大中五年秋后，或更后

云母屏风烛影深，长河渐落晓星沉[2]，

常娥应悔偷灵药，碧海青天夜夜心。

【注释】

〔1〕常娥：神话传说中的月神，又作常羲、常仪、姮娥、嫦娥等。《淮南子·览冥训》："羿请不死之药于西王母，姮娥窃以奔月。"高诱注："姮娥，羿妻。羿请不死之药于西王母，未及服之，姮娥盗食之得仙。奔于月中，为月精。"向按：古汉语"恒"通"常"，因汉文帝名恒，避讳改姮娥为常娥，或嫦娥。此篇摘诗中二字为题，虽咏常娥，实系寓言，亦当以"无题"目之。

〔2〕云母：矿石名。古人认为此石为云之根，故名。它呈半透明晶体状，有多种颜色，且有玻璃、珍珠般光泽，古代常用作装饰品。析为片，薄可透光，可用作屏风，即本诗所说的"云母屏风"。

【疏解】

首句"云母屏风"，写主人公居室清静孤寂，"烛影深"，写时间已晚而夜色愈浓。"长河"句写银河逐渐向西倾斜，晓星也渐次隐没，则不寐人之长夜旷望，又是通宵达旦了。"应悔"为揣度之词，正凄凉人说凄凉事，言一夜旷望，已使我黯然魂销，况此月里常娥，出碧海，历青天，夜夜如是，其心之索寞无奈又何如哉！诗不言常娥之悔，而言不眠人推度常娥之悔。则常娥本无思，所思者不眠人也。常娥本无怨，有怨者不眠人也。则此不眠人孤寂难耐之情，朝思暮想之苦，不言而跃然纸上矣。

屈复说："嫦娥指所思之人也。作真指嫦娥，痴人说梦。"这是对的。但所思何人，说法不一。关于宋华阳，说见《附录二》，不赘。从本诗所描述的清凄冷落的场景来看，诗当作于晚年。"宋华阳"仅是一场并无回应的单恋，开始得很早，持续时间不长，自从结褵王氏后，李商隐已是心无旁骛，他不可能在他的中、晚年又回想起这个与他并无亲密关系的女子。

我们把《常娥》定为李商隐悼念亡妻之作，主要理由有三：

1. 彻夜不眠，特定的场景。本诗从"烛影深"，写到"长河落"，"晓星沉"，又是一个通宵达旦的不眠之夜，此情此景，同《西亭》中的"孤鹤从来不得眠"，《过昭国李家南园二首》中的"卧来无睡欲如何"，《正月崇让宅》中的"不觉犹歌起夜来"，以及《银河吹笙》中的"楼寒院冷接平明"所描绘的情景，何等地相似！类似的诗篇还有《夜半》《夜冷》等等，这是一个誓不再娶的深情的丈夫，多年以来持续不断地怀念亡妻的特定的场景，把它移植到一个无法证明其亲密关系的女冠身上，不只把李商隐歪曲成了一个朝三暮四的轻薄之徒，而且亵渎了李商隐夫妇之间深沉而真挚的感情。

2. "仙化"死者，特定的背景。道教为招揽信众，常宣扬修道者尸解而成仙，如黄帝，《列仙传》已记"至于卒，还葬桥山"，则其死、葬本与常人无异。但该书接着说："山崩，柩空无尸，唯剑舄在焉。"又说："有龙垂胡髯下迎帝，乃升天。"则是为道家说教了。又如王子乔，本是周灵王太子晋。灵王二十一年（前551），谷、洛二水泛滥，太子晋因直谏触怒灵王，被废为庶人，未及三年而死。事见《国语·周语下》及《逸周书·太子晋》。而《列仙传》却说他随浮丘公得道，乘白鹤现身于缑氏山巅。还有汉淮南王刘安，因谋反被亲信雷被及亲孙刘建告发而"自刭"，事见《史记·淮南衡山列传》。后来竟出现了"一人得道，鸡犬升天"（《论衡·道虚》）的传闻。

我们已经指出，唐朝有一个仙气弥漫的社会环境。李商隐在《戊辰会静中出贻同志二十韵》曾说："我本玄元胄，禀华由上津。中迷鬼道乐，沉为下土民。"不论王氏是否信奉道教，在唐朝以道教为国教，李商隐以道教为“家教”的特定背景下，把死去的王氏“仙化”就是很自然的事了。他是多么希望他美丽而善良的妻子也能“尸解”而成仙啊。如果要把这无奈的生死之隔美化为人仙之隔，其对应对象就只可能是织女和嫦娥了。

刘学锴认为：“亡妻之弃人间，诚非所愿，如解作悼亡，则诗中关键语‘应悔偷灵药’全无着落。”——窃以为此说，完全把语言环境中的主、客关系颠倒了。无论古今，亲人死了，哭灵者（主体）少不了要数落几句：“你怎么这么狠心？抛下我们孤儿寡母……”等等。被数落的死者（客体）何尝狠心？何尝愿死？生者责其狠心，不过是发泄自己的悲痛而已。李商隐也是如此，先假设其狠心抛下自己，偷灵药而成仙，再猜度其悔，不过是写自己愁怨之深，思念之苦罢了。王氏当然没有“偷灵药”，也不可能“悔”，如果要找“着落”，这“着落”就在李商隐无尽的思念和假想之中。

3．“对面写来”，特定的诗法。纪昀在《玉溪生诗说》中写道：“意思在上二句，却从嫦娥对面写来，十分蕴藉。”其实，“对面写来”，是李商隐思念妻子时所常用的一种特定的诗法。他在桂管时期所写的《夜意》云：“帘垂幕半卷，枕冷被仍香。如何为相忆，魂梦过潇湘。”枕仍冷，被有香，可见做梦的是自己。可是他不写他在梦中回京与妻子相会，却从对面写来，说妻子越过潇湘在梦中与我相会：两相比较，不只艰阻不同，境界也高下各异了。如果把最后两句改成“如何为相忆，魂梦返长安”，就味同嚼蜡了。

还有，大家熟悉的《夜雨寄北》，作者独处巴山，秋雨绵绵，诗中不写此时此地相思相忆之苦，却从对面写来，反说他日与妻子聚首西窗，漫剪烛烬，共话此时之乐，从而给这无尽的忧思涂抹了一层温馨而浪漫的色彩。

就本篇《嫦娥》来说，世皆仰慕常娥仙境，惟李商隐独具只眼，揭示出此仙境之孤独清寂，如果不是从对面写来，站在亡妻的角度着笔，哪会有如此切肤之痛，品味出如此孤寂难耐的情怀来。

李商隐另有《月夕》，与此篇情景相类，附于后。

附：月夕

草下阴虫叶上霜，朱栏迢递压湖光。
兔寒蟾冷桂花白，此夜姮娥应断肠。

【历代笺评辑要】

谢枋得："诗意谓嫦娥有长生之福，无夫妇之乐，岂不自悔？"

何焯："自比有才调，翻致流落不遇也。"

屈复："嫦娥指所思之人也。作真指嫦娥，痴人说梦。"

程梦星："此亦刺女道士。……盖孤处既所不能，而放诞又恐获谤；然则心如悬旌，未免悔恨于天长海阔矣。"

纪昀："此悼亡之诗。"

冯浩："或为入道而不耐孤孑者致诮也。"

张采田："义山依违党局，放利偷合，此自忏之词，作他解者非。"

当代诸家　叶："'灵药'比才华，诗人自慨以才华遭嫉，反致流落不偶，措语含蓄而兴寄遥深。"刘、余："若作悼亡，则'应悔'二字全无着落。而自伤、怀人与咏女冠三说，虽似不相涉，实可相通。……嫦娥、女冠、诗人，实三位而一体，境类而心通。咏嫦娥即所以咏女冠，亦即所以寄寓诗人因追求高洁而陷入孤孑之复杂矛盾心理。"邓：引叶嘉莹语曰："真正的诗人，都有着一种极深的寂寞感。而义山这首《嫦娥》诗，便是将这种寂寞感写得极真切极深刻的一首好诗。……碧海无涯，青天罔极，夜夜徘徊于此无涯罔极之碧海青天之间，而竟无可为友，无可为侣，这真是最大的寂寞，也是极大的悲哀。"黄："此咏所思之女冠。……'嫦娥'所指，似即女冠宋华阳。"郑："本篇为修道女冠而作。同情其处境之孤独与内心的忧伤，含蓄蕴藉之至。"

88 有感

大中六年

非关宋玉有微辞，却是襄王梦觉迟[1]。

一自高唐赋成后，楚天云雨尽堪疑[2]。

【注释】

〔1〕宋玉：战国时楚人，著名的辞赋作家。相传为屈原弟子，楚顷襄王时任大夫。作品有《九辩》《风赋》《高唐赋》《神女赋》《登徒子好色赋》等。　微辞：委婉而含有讽喻意义的言辞。其《登徒子好色赋》云："大夫登徒子侍于楚王，短宋玉曰：'玉为人，体貌闲丽，口多微辞，又性好色。愿王勿与出入后宫。'王以登徒子之言问宋玉，玉曰：'体貌闲丽，所受于天也；口多微辞，所学于师也；至于好色，臣无有也。'"　却是：正是。张相《诗词曲语辞汇释》："李商隐《有感》诗……'却是'与'非关'相应，却是，正是也。"　襄王：楚怀王之子，战国后期的楚国君主。有关他梦中与巫山神女相遇的故事，见之于宋玉的《高唐赋序》及《神女赋序》，说见下。

〔2〕《高唐赋》：战国楚宋玉作。其《序》曰："昔者楚襄王与宋玉游于云梦之台，望高唐之观。其上独有云气，崒兮直上，忽兮改容，须臾之间，变化无穷。王问玉曰：'此何气也？'玉对曰：'所谓朝云者也。'王曰：'何谓朝云？'玉曰：'昔者先王尝游高唐，怠而昼寝，梦见一妇人曰：妾，巫山之女也，为高唐之客。闻君游高唐，愿荐枕席。王因幸之。去而辞曰：妾在巫山之阳，高丘之阻，旦为朝云，暮为行雨。朝朝暮暮，阳台之下。旦朝视之，如言。故为立庙，号曰朝云。'"向按：高唐之梦实为怀王之梦，宋玉借以讽谏襄王。襄王不悟，后遂

有《神女赋》。 楚天云雨：后借指男女交欢。此处特指李商隐所写的涉及男女情爱的诗，亦即《无题》诸什。

【疏解】

李商隐曾两赋“高唐”，一是大和年间为卢弘止赋高唐。《偶成转韵七十二句赠四同舍》云：“忆昔公为会昌宰①，我时入谒虚怀待。众中赏我赋高唐，回看屈宋由年辈。”此“高唐”之作今已不存。二是大中元年（847）“故府郑公出家妓，令赋高唐诗”，即《席上作》。其诗云：“淡云轻雨拂高唐，玉殿秋来夜正长。料得也应怜宋玉，一生惟事楚襄王。”前已有疏解。

本诗仍以宋玉自喻。首二句即开门见山为“微辞”作解。言我虽有“微辞”之作，实讽喻也，其目的，不过是为了唤醒“襄王”而已。“襄王”，暗指李德裕。在李商隐眼里，李德裕不只对自己（李商隐）缺乏了解，对他的对手也缺乏了解，所以，他在“无题”之类的诗里常常有叮嘱或提醒之类的语言。如“不逢萧史休回首，莫见洪崖又拍肩”，“人间桑海朝朝变，莫遣佳期更后期”等等。

三、四句说自从我写了含有“微辞”的“高唐赋”（指“无题诸什”）之后，人们尽皆以为我之所作皆“朝云暮雨”之艳情诗，则何其冤也！

解读本诗的关键是明确背景。大中六年（852），李商隐孤身一人在东川幕，时府主柳仲郢有意“于乐籍中赐一人以备纫补”，李商隐写《上河东公启》婉辞云：“至于南国妖姬，丛台妙妓，虽有涉于篇什，实不接于风流。”其后，他在《谢河东公和诗启》中又云：“盖以徘徊胜境，顾慕佳辰，为芳草以怨王孙，借美人以喻君子。”盖《无题》诸什既出，必有疑猜蠢至，此时义山重叠致词，则东川幕中亦必有以艳情诗目之者。 《有感》当是为此而发，所不同者，此“诗”彼“启”也。

---

①会昌：此“会昌”并非年号，而是昭应县旧名。天宝七年，改会昌为昭应县。大和八年，卢弘止由兵部郎中出宰昭应县。

又，《梓州罢吟寄同舍》写于离开东川之前，诗中有：

君缘接座交珠履，我为分行近翠翘。

表明他在一定场合也曾同那些“珠履”“翠翘”（指代美女）们厮混。但他紧接着写道：

楚雨含情皆有托，漳滨卧病竟无憀。

意思是：前者，“交珠履”，“近翠翘”，只是应酬，逢场作戏而已；而我的诗，虽则是写了“楚天云雨”，看起来含情脉脉，但实际上都是有所寄托之作，而远非艳情呵！

这就再一次地把他的“无题诸什”同男女私情划了一道界限。

如果我们不相信他的反复表白，还能相信什么呢？

【历代笺评辑要】

屈复：“玉溪无题诸作，即微词也。当时必有议者，故此诗寄慨。”

杨守智：“此为‘无题’作解。”

纪昀：“义山深于讽刺，必有以诗贾怨者，故有此辨。盖为似有寓意而实无所指者作解也。”

冯浩：“屡启不省，故曰‘梦觉迟’，犹云唤他不醒也。不得已而托为‘无题’，人必疑其好色，岂知皆苦衷血泪乎？千载而下，纷纷笺释，犹半在梦境中，玉溪有知，尤当悲咤矣。此与‘中路因循’之章，一前一后，皆为平生大端，自后乃真绝望，‘无题’之篇少矣。”

当代诸家　叶：同纪昀说。刘、余：“此诗究属‘为无题作解’，抑或‘为似有寓托而实不然者作解’，论者往往各执一端。实则诗中此二意兼而有之。”邓：“作者写此诗，也许是有意向社会人士宣告：我所作的诗，并非首首都有微辞，也并非首首都有所指，读者就诗论诗可也。”黄：“是诗明言，我‘无题’诸作，虽有些小寓托，然多直赋其事，毋将‘楚天云雨’之什尽当托寄之作也。”郑：“有人以为他的诗作凡与艳情有关者都是寓讽之微词。义山有感于时人对其‘楚天云雨’之愦然莫辨，因作此诗以寄慨。”

89 附：蜀诗四首

向按：这四首诗写于东川幕，对了解李商隐当时的思想动态，与杜悰的关系，以及解读《锦瑟》，都很有价值。特辑附于此。

一、梓潼望长卿山至巴西复怀谯秀　大中五年

梓潼不见马相如，更欲南行问酒垆。
行到巴西觅谯秀，巴西惟是有寒芜。

【疏解】

大中五年冬（851），李商隐赴梓州幕。路线是出大散关，经嘉陵江望喜驿入剑州而先至梓潼。道源注：《方舆胜览》：“长卿山在梓潼县治西南，旧名‘神山’。唐明皇幸蜀，以山有司马相如读书窟，因改名长卿山。”

由梓潼向西南约120里至绵州，即唐代的“巴西”。

《晋书·隐逸传》：“谯秀，字元彦，巴西人也，祖周，以儒学著称，显明蜀朝。……桓温灭蜀，上疏荐之。朝廷以秀年在笃老，兼道远，故不征，遣使敕所在四时存问。”一般认为，谯秀的籍贯应是西晋时期的巴西郡。

据《新唐书·地理志》，在李商隐时代，西晋时期的巴西郡已改为阆中郡，而西晋时期属于梓潼郡的涪县，辗转改名为巴西。《元和郡县图志》卷第三十三载：“绵州巴西县。谯周墓，在县南十六里。”该书

完成于唐宪宗元和八年（813）。既然谯周墓在唐代之巴西，说明这里才是谯秀的祖籍。

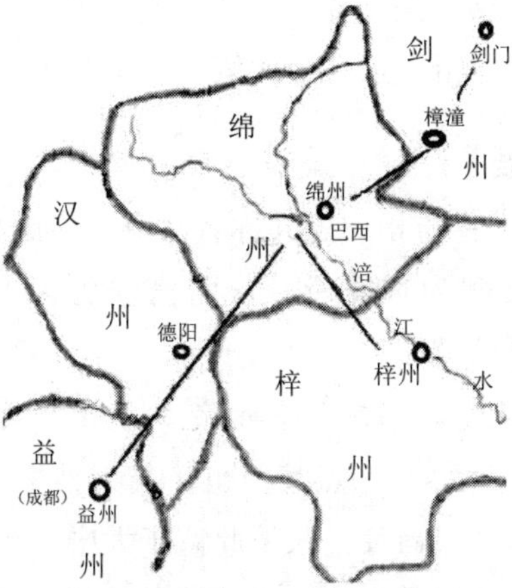

梓潼、巴西、梓州、益州位置示意图

巴西是李商隐赴辟梓州幕的必经之地。由巴西顺涪江东南而下，约130里至梓州。但如果沿驿道直奔西南，约240里可至益州，亦即今成都。成都是司马相如旧居之地，同时也是唐代西川节度的治所。冯浩注引“《蜀记》：相如宅在市桥西，即文君当垆涤器处”。

此时杜悰仍坐镇西川。早在大中二年（848），李商隐踯躅巴楚时就存有“碧江地没元相引”之想，说见《夜雨寄北》。如今已至梓潼，由望长卿山而思及司马相如：相如亦一介寒士，先有狗监杨得意之荐，受汉武帝恩宠于当时；后有唐玄宗以其名“长卿”命山，流芳于后世。由司马相如而思及坐镇成都的堂表兄杜悰，便又有了“更欲南行问酒垆”之想。杜悰是牛党中坚人物，“问酒垆”者，隐语也。李商隐想借此表亲之谊，探问与牛党转圜关系之可能，希求得到他的荐拔。

然而“行到巴西”思绪大变。“觅谯秀”者，即寻找隐逸优俊之士，以及善于发现和荐举人才之人，如桓温之荐谯秀、杨得意之荐相如，然而在巴西所见，只是一派冷寂、一片荒芜而已！

言下之意，成都之景象也定会如此，杜悰必不是可能荐举人才之人。想到此处，兴味索然，径直沿涪江顺流而下，到梓州赴辟去了。

诗题曰“望”，触景生情也。曰“怀”，有所联想、有所反思也。其实，揣李商隐当时情境，不能也不会径赴成都，只是思绪上有过此一闪之念而已。正是这一闪之念，留下了这首诗，也为后《锦瑟》中的“望帝春心托杜鹃”留下了一个伏笔。

【历代笺评辑要】

程梦星：“巴蜀人物与相如可并称者甚众，义山独取谯秀，专为其为桓温表荐，犹之长卿为狗监所荐，而伤今更无人荐己也。观题中‘望’字、‘怀’字可见。”

张采田：“巴蜀之游，当是希望杜悰。《北禽》诗曰‘杜宇’，点其姓也；《梓潼》诗曰‘酒垆’，点其地也。其为杜悰无疑。……迨行至巴西而悔其计之左矣。”（向按：张编此诗于大中二年，编年误。）

当代诸家　叶：从张采田说。“从诗的宛转折叠上，诗人仆仆道途，周折失望的怆惘心情，也表达无遗。”刘、余：“似慨蜀地之无才，实伤己之不遇同调知音焉。”邓：“（诗中言外之意）蒙河东公赏识……我自当黾勉奋发……庶不负河东公的知遇之恩。”黄：“借桓温表荐而慨无荐己之人。”郑：“所谓‘更欲南行问酒垆’，实则未到。”

二、蜀桐〔1〕

大中六年

玉垒高桐拂玉绳，上含霏雾下含冰〔2〕。
枉教紫凤无栖处，斲作秋琴弹坏陵〔3〕。

【注释】

〔1〕蜀桐：蜀地的桐木。古人认为，蜀地之桐木宜作琴瑟。

〔2〕玉垒：成都附近的名山。现为都江堰水利工程“宝瓶口”之一侧山体。　玉绳：北斗第五星玉衡北的两颗小星，常用来泛指群星。霏雾：浓密而飘浮的云雾。

〔3〕斲（zhuó）：今作“斫”，含砍、削意。“斲琴”，特指我国民族乐器古琴制作的一种工艺，只有专业技术很高的琴师才能完成。　坏

陵：汉蔡邕《琴操》第二类《十二操》中的第十二曲。原书已佚，后人辑录残本《琴操》云："《坏陵操》者，伯牙之所作也。伯牙鼓琴，作激徵之音。"据《文选·舞赋》李善注：激徵，"雅曲名"。也指激扬高亢的乐音。"坏"，亦作"怀"。

【疏解】

首句言玉垒山之蜀桐高入云天，其枝叶直可拂扫玉绳。次句言其高处弥漫着浓密飘浮之雾，低处则结满了坚冰。三、四句言紫凤本是非梧桐不栖的高洁的鸟，如今也失去了栖止之处；倒不如把它斫作秋琴，弹一曲激扬高亢的古曲《坏陵》。

显然，这是一首有所寓托的诗。至于寓托何人？何事？历来颇有争议。吴乔以为"必刺令狐"；程梦星、刘学锴等以为"梓州府罢之作"，则寓意柳仲郢；冯浩疑其与高锴有关；张采田则以为"为李回再贬贺州刺史而致慨也"；黄世中以为"惟卫公可以当之"。

其实，这首诗的文本内容非常丰富，所有的材料都是为杜悰定身打造的，其他人不得染指。

一是，玉垒是成都近旁的高山，前人咏成都时常咏及玉垒。晋左思《蜀都赋》："廓灵关以为门，包玉垒而为宇。"唐杜甫《登楼》云："锦江春色来天地，玉垒浮云变古今。"这株扎根玉垒山，顶天立地的蜀桐，用以喻人，必得是领成都，居要职，这就排除了未曾在西川任职的令狐绹、柳仲郢、高锴。

二是，李商隐自称为"紫凤"，朝蜀桐飞来，必得要与有所寓托的事主有所交集。考李德裕大和四年（830）十月出任西川节度使时，李商隐才刚刚走出家门，在令狐楚的天平幕当了一名小小的巡官。李回大中元年（847）八月贬西川时，李商隐早就跟随着二月贬循州的郑亚到了桂林。因此，李德裕、李回同李商隐也没有在成都交集的可能。

三是，紫凤飞向蜀桐，其目的不过是要寻觅一个栖止之处，照说，这样高入云天的蜀桐，巍然岿然，必能给投奔者以极大的安全感，然而事实却不是如此。它的上面弥漫着一团阴沉沉、湿漉漉的云雾，下面却是一片寒气逼人的坚冰，给人一种阴森、凛冽的感觉，叫紫凤栖止不得。请注意这个“枉”字，“枉”也者，事与愿违，白白地费尽心机了。这一点，与李商隐赴成都后以两“诗”、两“启”干谒杜悰，所谓“望帝春心托杜鹃”之事恰合。说见《锦瑟》。

《新唐书》杜悰本传说他“虽出入将相，而厚自奉养，未尝荐进幽隐”。《北窗琐言》有《杜邠公不恤亲戚》条：说他“甘食窃位，未尝延接寒素”。又说：“其诸院姊妹寄寓贫困者，未尝拯济，节腊一无沾遗，有乘肩舆至衙门诟骂者。”这些事实，与“上含霏雾下含冰”的环境描述，以及“枉教紫凤无栖处”的心理感受完全恰合。

这样的蜀桐有什么用呢？李商隐说：倒不如把他斫成一张秋琴，让我来弹奏一曲激昂慷慨的《坏陵》吧！

这首诗写在什么时候？一、可能在大中六年（852）的早春。李商隐趁赴西川推狱之机，曾撰文献诗，干谒杜悰，却是无功而返。详见后《锦瑟》。二、可能在大中六年（852）的夏末。他受府主柳仲郢之委派，“往渝州及界首已来，备具饩牵，指挥馆递”（《为河东公覆相国京兆公启》），不得不低首下心，虚与委蛇，迎送由西川迁任淮南的杜悰。事毕，他怀着一颗厌恶和愤懑的心，写下了这首虽有寓托，实则纪实的诗篇。

此外，还有《写意》诗云：“燕雁迢迢隔上林，高秋望断正长吟。人间路有潼江险，天外山惟玉垒深。……”冯浩笺注此颔联云：“此溯昔年至巴蜀途次曾身亲此江流之险，亦暗喻人心险于山川也。西川（杜悰）终无属望，如山最深，不得入矣。此之谓‘写意’。”非常正确！

【历代笺评辑要】

程梦星：“此为大中十一年梓州府罢之作。题曰《蜀桐》，诗用‘玉垒’，情事显然。其曰‘紫凤无栖’，自是以后，无复辟聘矣。”向按：此说全误。李商隐“梓州府罢”为大中九年（855）。大中十年（856），柳仲郢任诸道盐铁转运使后，又奏李商隐任盐铁推官，直至大中十二年（858）柳仲郢改任刑部尚书时，李商隐才罢职返郑。当代刘、余说类此，亦误。

姚培谦：“叹世无知音也。非惜高桐之谓。”

纪昀：“此感遇之作，言空斫秋琴亦无赏者，非惜桐正惜琴也。用笔深曲，但其词不免怨以怒耳。”

当代诸家　叶：“似为李德裕贬崖州而发，下二句即‘八百孤寒齐下泪，一时南望李崖州’之意。”刘、余：“仲郢内征，有似良材之斲作玉琴，然己则从此托身无所矣。题为《蜀桐》，或寓微意焉。”邓：“本诗应写于大中六年春。一二句言玉垒高桐，不畏风霜，无惧冰雪，如此嘉树，正是瑞鸟凤凰的栖身之所。想不到竟斫而为琴，即使能弹出名曲，可惜难遇知音，大材无用，反而令紫凤无栖处，岂非冤枉!”黄：“此拂天之蜀桐，惟卫公可以当之。大中二年九月，卫公叠贬至琼，且身逝南荒，故言‘斫作秋琴’，惟为后人弹奏凄清激楚之音。”郑：“此篇为唐武宗死后李德裕遭贬斥而作。”

三、壬申七夕

大中六年

已驾七香车，心心待晓霞。
风轻惟响珮，日薄不嫣花。
桂嫩传香远，榆高送影斜。
成都过卜肆，曾妒识灵槎。

【疏解】

“壬申”年即大中六年（852)。“七夕”是个具有特殊意义的日子。我们应该记得，一年前，他的妻子还在，他因不能与妻子共度七夕，写了一首自我调侃并用以安慰妻子的诗，题曰《辛未七夕》。哪知回家之后，妻子已经去世。同年冬，他应辟赴梓州幕，到第二年七夕，正是他应该悼念妻子的日子，他却写了一首与妻子毫不相干的《壬申七夕》。是李商隐薄情吗？显然不是。因为在这个时间节点上，一件与仕途、命运有关的“七夕”往事叫他耿耿于怀，不得不一吐为快。

李商隐的“壬申七夕”应该是在江陵度过的，说见后《无题·万里风波》。我们已知：该年正月，他在成都趁推狱之便，曾向杜悰反复陈情，无果。五月，他奉命迎送杜悰于渝州。事毕，他又奉命在江陵一带等待李德裕的灵柩，代府主柳仲郢祭奠。

我们还应该记得，早在开成五年（840）的秋天，他就自命为“星娥”，“闻”到“海客乘槎上紫氛”后，就立即“罢织”“相迎”。且扬言“不惮牵牛”之“妒”，把一只“支机石”作为定情信物赠给了“海客”。——我们已经指出，此“海客”指的是由淮海入相的李德裕。在牛李党争已经进行了近30年的当日，这首诗弃牛投李的命意是非常明白的。

可惜的是，李德裕只认为有君子和小人之争，不承认有牛李之争，更不认为自己就是李党领袖。对于这首以牛李党争命意的干谒诗置之不理，这就使得李商隐陷入了政治和舆论困境。所谓“柔情终未达，遥妒已先深”，所谓“劝君莫强安蛇足，一盏芳醪不得尝”，终武宗之世，李商隐未曾得到李德裕的提携、关照，相反的，轮到李党溃败之时，他却不得不跟随着被贬的李党要员郑亚南窜桂林。尔后东奔徐幕，西遁梓府，似乎在京城再也找不到一块平稳的立足之地了。

命运是个善于捉弄人的高手。十二年之后，正是在他等待李德裕灵柩的时候，碰上了七夕。这怎么能不叫他浮想联翩，感叹唏嘘！

《壬申七夕》是以追述往事开头的。李商隐仍自比于星娥。七夕是我国神话传说中的牛郎、织女相会之夜，一年一度，充满了神秘和温馨。可是李商隐却是一反常理，不写银河，不写星空，不写鹊桥，不写“人约黄昏后”等待的焦渴和相逢的狂喜；却是心有另托，“心心待晓霞”了！这个“已驾”之“车”和“心心”之“待”，标志着当年的星娥已是彻底地背叛了“牵牛”，而属意于“海客”了。这是投赠“支机石”之后的后续行动，是“星娥”感情史上的一次跳跃式发展。可叹的是，李商隐自作多情，运命却是不佳。当那一心痴望的“晓霞”到来之后，却是“风轻”“日薄”，情意淡然。事实也证明了“日薄”之说，终武宗之世，李商隐时而“我时憔悴在书阁”，时而“我独丘园坐四春”，命运之“花”并没有为他绽放。

“桂”谐音桂管，大中元年（847）李商隐随郑亚远辟之地。“榆”谐音“渝州”，李商隐代表东川节度使柳仲郢迎送杜悰之所。这两句话的意思是：桂枝嫩弱，叶虽香而地处偏远，终难托命；榆树高渺，迎送之后时日已暮，自己仍然是形只影单，孤立无援。

尾联仍然用“海客乘槎”的典故。很显然，这位成都卖卜人严君平，指的就是刚刚卸任的西川节度使杜悰了。他说，我在成都拜见他，献诗陈情，请他为自己的前途命运卜算的时候，回答是：当年你向“乘槎”而来的海客调情、投赠之事，“牵牛”们还遥妒甚深哩！

真是有趣极了！《壬申七夕》和《海客》，不只运用了同一典故，而且蕴含着同一寓意，只是时过境迁，心情大异，情节上有所发展而已。从这个角度来看，《壬申七夕》实际上是《海客》的续篇。

反映“牵牛”们“遥妒”甚“深”的作品还有《寄蜀客》。说见后。

【历代笺评辑要】

屈复：“题以‘壬申’二字，便非泛咏七夕，必有寄托。看《赠乌鹊》可知。”

姚培谦：“此羡得意者之词。两心相得，恰遇良辰，风轻日薄，桂香榆影，景物清佳，何由得泛灵槎窥绝境耶？”

张采田：“‘成都卜肆’，所指显然，其别有所属意于杜悰乎？悰镇西川，义山五年冬曾至成都推狱；六年移节淮南，又有渝州迎候之迹。当时或托悰向子直将意，观‘两度填河’语，情事约略可见。”

当代诸家　叶：从张采田说。刘、余：“写牛女佳期会合及织女珍重佳期之心理。”邓：“一年一会的相会虽然可悲，却毕竟胜过人世间有情人的无期之别。”黄：引其岳丈马士孚曰：“诗有‘妒识’云云，当非纯咏七夕。疑成都卜肆暗指杜悰。言诗成都作，非。义山希悰之转致令狐告哀，恰为悰所阻。”郑：“从字面上看，只能作如上解说；至于还有什么特定的寓意，尚无有力证据，不敢妄言。”（向按：原诗“心心待晓霞”误录为“晚霞”，故不得其解。身为织女，不“待晚霞”而“待晓霞”，必另有所欢也；去牛就李之意豁然。）

四、寄蜀客

大中六年

君到临邛问酒垆，近来还有长卿无？
金徽却是无情物，不许文君忆故夫。

【疏解】

司马相如、卓文君故事常见，不赘。金徽，琴上系弦之绳，也指用金、玉等饰物镶嵌于琴面的音位标记。唐李肇《唐国史补》卷下："蜀中雷氏斫琴，常自品第，第一者以玉徽，次者以瑟瑟徽①，又次者以金徽，又次者螺蚌之徽。"因"金徽"琴常见，故唐人多以金徽指琴。如皎然《风入松歌》："夜未央，曲何长，金徽更促声泱泱。"陆畅《赠贺若少府》："十日广陵城里住，听君花下抚金徽。"本篇也是如此。

本诗看似说古，实则喻今，寓托之迹显然。一般认为，"文君"自比。故夫是谁？主旨是什么？说法却各不相同。纪昀以为"此必新旧之间友朋相怨之诗"；何焯、姚培谦及当代沈祖棻等均以为讽女子无情之词：不言文君，而言金徽，是诗人忠厚之旨；程梦星以为是向令狐绹陈情不省而致慨；张采田则以为是为不能报效座主李回而致慨。

解读这首诗的第一个要点是"金徽"。"金徽"是什么？一张由蜀人制作的琴。琴本无情，赖人之弹奏以寄情。说它无情可，说它有情亦可。《诗词曲语辞汇释》在"却（三）"条说："却，犹正也。于语气加紧时用之。"所引例句甚多，其中有"金徽却是无情物，不许文君忆故夫"二句。意思是："金徽"本来就（正）是个无情之物，不容许文君怀念她的前夫呵！

本诗写于东川幕时期，"蜀客"自指。所谓《寄蜀客》者，实李商隐设题自寄，借以抒怀也。首句"君到临邛问酒垆"，是"梓潼不见马相如，更欲南行问酒垆"的后续行动，"君"，借他人之口以自指。"问

①瑟瑟，一种产自波斯的绿松石。

酒垆”，指他借“推狱”之机赴成都，干谒杜悰。“近来还有”之问，含两层意义。一层，近来还有被推荐的司马长卿么？二层，近来还有珍惜人才、能推荐司马长卿的人么？下二句却不作正面回答。“金徽”，即《蜀桐》中用“蜀桐”斫制而成的“秋琴”。我们曾经指出，此“蜀桐”隐射杜悰。如今，尽管它“斲作秋琴”了，成了“金徽”，却仍然是个无情之物，正是它，不容许文君弹奏出怀念“故夫”的乐曲呵！

解读这首诗的第二个要点是“故夫”二字。大中六年（852），李商隐干谒杜悰时的“故夫”是谁？正是他在无题诗中寄寓情怀，念念不忘，如今已贬死崖州的政治领袖李德裕啊！

这样解释，不只与《梓潼望长卿山……》中的“更欲南行问酒垆”、《壬申七夕》中的“成都过卜肆，曾妒识灵槎”相呼应，而且能与《蜀桐》中的“枉教紫凤无栖处，斫作秋琴弹坏陵”相衔接。更远，就与由《海客》开端，唱叹理想与命运的《无题》诗连缀成一个整体了。

刘学锴先生在论及此篇时说：“作者显有所托寓，盖以文君自比，且借以自解也。集中《海客》诗似可与此篇参读，诗似作于‘去牛就李’之初，或其后与友人议及此事，慨然而借文君之事发为此作欤？”——思路是正确的。不同的是，刘学锴等先生的“海客”，指的是由京师南下“桂海”的郑亚，而我们的“海客”，指的是由“淮海”而西“上紫氛”的李德裕。刘学锴等先生所说的“故夫”指的是“牛党”，而我们所说的“故夫”指的却是“李党”。

另有一首以“望夫石”为题材，寄寓情怀于“故夫”的诗，写得深沉、决绝而惨戚，却很少被人提及。附于后，以备研讨。

附：妓席暗记送同年独孤云之武昌

叠嶂千重叫恨猿，长江万里洗离魂。
武昌若有山头石，为拂苍苔检泪痕①。

①《初学记》卷五引南朝宋刘义庆《幽明录》：“武昌阳新县北山上有望夫石，状若人立。相传：昔有贞妇，其夫从役，远赴国难，妇携弱子饯送此山，立望夫而化为立石，因以为名焉。”

朱彝尊指出："诗中无妓席意。"那么，这座"望夫石"隐射谁呢？为什么要"为拂苍苔检泪痕"呢？立意深沉，态度决绝，而处境惨戚，实可令千百年后的读者为之一痛！

【历代笺评辑要】

钟惺："极刻之语，极正之意。"

屈复："此讥蜀客之不念故人也。"

程梦星："此诗当作于岭表归朝之后，因寄蜀客而致慨也。郑亚已迁，绹怒未解，陈情不省，金徽太悫矣。"

姚培谦："不言文君之越礼，而转归咎金徽，此立言微妙处。"

纪昀："隐其名曰'蜀客'，风之以不忆故夫，此必新旧之间友朋相怨之诗也。"

张采田："借金徽言之，便不直致。语虽似嘲似讽，实则倍极沉痛，与'玉垒高桐'一首皆一时所赋，亦可以见义山之心始终李党矣。"

当代诸家　叶："很可能只是假设之词，当是'屡启陈情，绹不之省'时的作品。"刘、余：已引用于"疏解"。邓："此诗（咏史）并无所谓寄寓。"黄："此'蜀客'往昔曾游蜀，当有艳遇。今又再游，义山风之。……三、四言琴声无情，君前如文君之妙姝，当早为其所挑，不再忆汝也。"郑："诗人以司马相如自比，以卓文君比诗人于梓幕所爱恋的乐伎。诗人回长安，乐伎属别人，服务于新人，职责使然，故曰'不许'。"

90 无题[1] 万里风波

大中六年

万里风波一叶舟，忆归初罢更夷犹[2]。
碧江地没元相引，黄鹤沙边亦少留[3]。
益德冤魂终报主，阿童高义镇横秋[4]。
人生岂得长无谓，怀古思乡共白头[5]！

【注释】

〔1〕释题：本篇原编为《集外诗》，是后人补遗。纪昀曰："此是佚去原题，而编录者署以《无题》，非他寓言之类。"许多人认同"纪说"，把这首诗迳题作《失题》，其实大谬。据朱鹤龄笺注之《李义山诗集》，后有"新添集外诗"《夜思》等 27 首，其余各诗均依本题，惟此《无题》被判定为"佚去原题"，却又没有任何根据；有的只是纪昀的臆测，卖弄小聪明而已！在没有找到实证之前，不可改作《失题》。

〔2〕夷犹：犹豫不决。屈原《九歌·湘君》："君不行兮夷犹。"王逸注："夷犹，犹豫也。"

〔3〕地没：《说文》段注："没者，全入于水，故引申之义训'尽'。《小雅》'曷其没矣'，传云：'没，尽也。'"此"碧江地没"，即碧江地尽之处。又，程梦星以为"地没"不通，改作"地脉"。冯浩也以为"'没'字当误，或疑作'脉'，未可定。"存此备查。 黄鹤：黄鹤矶。冯浩注引《荆州图记》云："夏口城西南角，因矶为高，是名黄鹤矶。"向按：夏口是唐时鄂岳观察使治所。说见《荆门西下》。

〔4〕益德：三国时蜀将张飞，字益德，曾任巴西太守，治所在阆中。《三国志·蜀志·张飞传》："先主伐吴，飞当率兵马万人自阆中会

江州（今重庆）。临发，其帐下将张达、范疆杀飞，持其首，顺流而奔孙权。”向按：“益德冤魂报主”事未见于史籍，诸注家以为李商隐必有所本，因史籍佚散，无可考据了。我则以为本诗只是借张飞之“死”以抒怀，其“冤”，其“报主”，都是紧扣现实的借题发挥之言，当然不可考，也不必考。说见“疏解”。　阿童：晋王浚，字阿童。《晋书·羊祜传》载：“初，祜以伐吴必藉上流之势。又时吴有童谣曰：‘阿童复阿童，衔刀浮渡江。不畏岸上兽，但畏水中龙。’祜闻之曰：‘此必水军有功，但当思应其名者耳。’会益州刺史王浚征为大司农，祜知其可任。浚又小字阿童，因表留浚监益州诸军事，加龙骧将军，密令修舟楫，为顺流之计。”《晋书·王浚传》载：吴人于江险碛要害之处，横以铁锁，江中暗置铁锥，王浚以木筏拔铁锥，燃巨火熔铁锁，由夏口、武昌顺流而下，直逼石头城。“（吴主孙）皓乃备亡国之礼，素车白马，肉袒面缚，衔璧牵羊”而降。向按：“阿童高义”事，亦未见于史籍，诸注家也以为是史籍佚失。我则以为本诗只是借阿童“益州刺史”之官职，以隐射其地，其“高义”，其“横秋”，也是针对现实的借题发挥之言，不可考，也不必考。说见“疏解”。　镇：常常，长久。《唐音癸签》卷二十四：“六朝人诗用‘镇’字，唐诗尤多。……盖有‘常’之义。约略用之代‘常’字，令声俊耳。”　横：充满，遮盖。“镇横秋”：长久地横亘于秋空。

〔5〕无谓：没有意义。《史记·秦始皇本纪》：“如此，则子议父，臣议君也。甚无谓，朕弗取焉。”此处则指碌碌无为。

【辨一】“李德裕归葬时日及李商隐路祭”辨说

陈寅恪在《李德裕贬死年月及归葬传说辨证》中首倡《无题·万里风波》为李德裕而作，惜其串讲不切，且有讹误，未能为学界公认。兹将有关史料及陳寅恪辨证，综述如下。

一、李德裕归葬洛阳之由来

《东观奏记》：“太尉卫国公李德裕，上即位后，坐贬崖州司户参军，终于贬所。一日，丞相令狐绹梦德裕曰：‘某已谢明时，幸相公哀之，放归葬故里。’绹具为其子滈言。滈曰：‘李卫公犯众怒，又崔、魏二丞相（崔铉、魏謩）皆敌人也，见持政，必将上前异同，未可言之也。’后数日，上将坐延英，绹又梦德裕曰：‘某委骨海上，思还故里。与相公有旧，幸悯而许之。’既寤，召其子滈曰：‘向来见李卫公精爽尚可畏，吾不言，必掇祸。’明日，入中书，具为同列言之。既于上言论奏，许其子立山县尉（烨）护丧归葬。”此为“托梦令狐绹说”。

又，《资治通鉴考异》引《金华子杂编》云：“宣宗尝私行经延资库，见广厦连绵，钱帛山积，问左右曰：‘谁为此库？’侍臣对曰：‘宰相李德裕执政日，以天下每岁备用之馀尽实此，自是已来，边庭有急，支备无乏者，兹实有赖。’上曰：‘今何在？’曰：‘顷以坐吴湘狱贬于崖州。’上曰：‘如有此功于国，微罪岂合深谴！’由是刘公邺得以进表乞追雪之。上一览表，遂许其加赠、归葬焉。”此为“库廪充实”说。

李浚《唐故郴县尉赵郡李君（烨，德裕子）墓志铭并序》：“大中初，公（德裕）三被谴逐，君（烨）亦谪尉蒙山十有余载，旋丁大艰，请归获伊、洛，会先帝（宣宗）与宰臣论兵食与制置西边事，时有以公（德裕）前在相位事奏，上颇然之，因诏下许归葬。”此为“论兵食”说。

向按：李德裕归葬之“托梦令狐绹”，首见于《东观奏记》。此说应当是当日带有政治倾向的传言，荒诞无据；后《南部新书》及《新唐书·李德裕传》皆有文字异同的记载，不赘。《金华子杂编》所记，宣宗惊叹库廪充实，而佯装不知李德裕之贬死，深写其权谋作态，甚妙！司马光等编《资治通鉴》时以为：“此说甚为浅陋，今不取。”则太迂。不过，李德裕归葬在大中年间，刘邺进表在咸通年间，金华子把“归葬”和“昭雪”混为一团了。究其实，当以“论兵食”兼“库廪充实”两说合观，最为得体。

二、李德裕归葬洛阳之过程

陈寅恪《李德裕贬死年月及归葬传说辨证》云：“此诗为商隐于江陵为李烨所赋。烨以舟载父及亲属诸柩北归……然于荆南却有逗留，故得邀之中途，因以设奠，此所谓‘忆归初罢更夷犹’也。由此言之，江陵为商隐与烨会晤之交点。商隐之由西而东，抵于江陵，杜诗之

‘即从巴峡穿巫峡’是也。烨之由南至北，发自江陵，杜诗之‘便下襄阳向洛阳’是也。以年月为经，以路线为纬，此《无题》之诗案于是始能判决矣。……至‘阿童高义’句自指仲郢而言，若合二名并读之，即是东川节度使柳仲郢遣使祭崖州司户参军李德裕之归柩也。较之以阿童比李回之因德裕党左迁为高义者，立说似更简便。”

陈寅恪的论述立即获得了俞大纲的响应。俞氏在《寥音阁诗话·三九》条说：“余时方在中央研究院历史语言研究所治唐史，并……汇编唐人墓志，因遍检所藏北芒（邙）出土新志，忽获赞皇于贬所所撰其姬人刘氏墓志，其子烨于志末亲志奉柩归葬年月，与寅恪所考订者实相符……甚矣，治史言诗之不易也如此。”

查俞大纲所言之《唐茅山燕洞宫大洞炼师彭城刘氏墓志铭》，后附有“第四男烨记”云：父亲死后，“匍匐诣桂管廉察使张鹭请解官奔讣，竟为抑塞……殆及再期，乃蒙恩宥，命烨奉帷裳还祔先兆。烨舆曳就途，饮泣前进，壬申岁（大中六年）春三月，扶帷裳，陪先公旌旐发崖州，崎岖川陆，备尝险艰。首涉三时，途经万里，其年十月方达洛阳，十二月癸酉迁祔，礼也。呜呼天乎！”

查李浚《唐故郴县尉赵郡李君墓志铭并序》又云：“君（烨）躬护显考及昆弟、亡姊凡六丧，洎仆驭辈有死于贬所者，皆輂其柩悉还。”据此，黄世中先生推定：他们于大中六年（852）三月，“自崖北渡琼崖海峡，入珠江，至广州，陆发经江西赣南，至浔阳，再溯江至江陵，海行及川陆行程约八九千里，自三月始发，约八月至江陵。”（见《年谱》）向按：此说与本诗“万里风波一叶舟”之句吻合。

三、李商隐代柳仲郢设奠致祭之实证

其一，陈寅恪《李德裕贬死年月及归葬传说辨证》引《通鉴考异·咸通元年九月》“刘邺请赠李德裕官”条云：“是时柳仲郢镇东蜀，设奠于荆南，命从事李商隐为文曰：‘恭承新渥，言还旧止。’又云：‘身留蜀郡，路隔伊川。’”可见，《通鉴考异》的作者是看到了李商隐的祭文的。因为祭文有‘身留蜀郡’之说，可见，祭主柳仲郢没有亲自祭奠，领了代祭之职的必将是李商隐了。

其二，大中六年（852）四月，杜悰由西川调任淮海。李商隐《为河东公（柳仲郢）复相国京兆公（杜悰）启》云："今遣节度判官李商隐侍御往渝州及界首已来，备具饩牵，指挥馆递。"《为河东公复相国京兆公第二启》云："伏承风诏已颁，鹢舟期舣，日临端午，路止半千。"可见，李商隐赴界首迎送之时，已届端午。所以，陈寅恪推论："颇疑仲郢于大中六年夏间遣商隐于渝州迎送杜悰，并同时因水程之便利，即遣商隐迳由渝州往江陵，致祭德裕之归葬，实不止令其代作祭文也。"——此说正与拙见相合。

其三，作为这一论断的旁证是，李商隐《复京兆公第二启》写于五月初，此后五个月没有东川文稿，可见他不在柳仲郢身边。到他再连续写《为河东公上白（敏中）司徒相公贺冬启》《为河东公上四相贺冬启》《为河东公上翰林院学士贺冬启》《为河东公上方镇武臣贺冬启》的时候，已临近冬至了。这段时间李商隐在哪里？因为当时交通不便，信息不灵，只知道李德裕的灵柩已经启程，却无法推算出他的灵柩何时到达江陵，李商隐在迎送杜悰之后，最大的可能是奉命提前到达荆南，去等候向李德裕的灵柩设奠致祭了。八月祭后，返程须溯三峡而上，至渝州，然后溯涪江而上，至梓州，大略也就是十月。这年冬至日为十一月初三，正好赶上了写《贺冬启》。

刘学锴先生认为，江陵路祭"是一项无法证实的假设"。而据《通鉴考异》及李商隐行踪，江陵路祭实在是一项无法否认的事实。

【辨二】"高义"之说指谁？

所谓"高义"，指的是为了坚持某种道德、理想而甘愿承担风险，甚至作出自我牺牲的刚正之气。

从当时的情况看：李德裕灵柩得还，只是恩"许归葬"而已，并非平反。其职仍是贬死于穷荒的崖州司户参军，而构陷者如白敏中、令狐绹等辈仍在执掌朝政。其子李烨也仅以立山尉贬职扶柩，事后仍得回归立山贬所。在这样严峻的背景下，任何对李德裕的同情或赞誉，实质上都是对当局的批判和嘲讽。因此，沿途旧属及有关人等，或避之惟恐不及，谁敢引火烧身，遭致牵累。柳仲郢则不然，如上所述，他竟敢冒天下之大不韪，派遣李商隐专程守候，“设祭于荆南”，表示对这位功高名重、蒙冤而死的政治伟人的尊敬。据《樊南乙集序》记：“是岁（大中三年）葬牛太尉，天下设祭者百数。”而敢于为这位贬死于崖州的司户参军设祭的，仅此一例。这不是“高义”？是什么？

从过去的情况看：柳仲郢曾任牛党领袖牛僧孺幕府从事，是地道的牛党人物。《旧唐书·柳仲郢传》云：“五年，淮南奏吴湘狱，御史崔元藻覆按得罪。仲郢上疏理之，人皆危惧。德裕知其无私，益重之。武宗筑望仙台，仲郢累疏切谏。帝召谕之曰：‘聊因旧趾增葺，愧卿忠言。’德裕奏为京兆尹，谢日，言曰：‘下官不期太尉恩奖及此，仰报厚德，敢不如奇章（牛僧孺）门馆。’德裕不以为嫌。”可见，柳仲郢是个敢于违宰相之意进逆言，忤皇帝之旨进忠言的直臣，李德裕因为看重他的人品而推荐他，柳仲郢也因为李德裕用人不存门户之见而敬重他。正因为如此，在贬斥李德裕时，柳仲郢也受到了连累。《传》载：“宣宗即位，德裕罢相，出仲郢为郑州刺史。”如今，李德裕不止失去了权势，而且失去了生命，因而也失去了复位的可能。柳仲郢以一方诸侯之尊，不辞千里之遥，沸沸扬扬，邀道而祭。不避嫌忌，不计得失，信守了“敢不如奇章门馆”的承诺，弘扬了正气。这不是“高义”？是什么？

从后来的情况看：《旧唐书·柳仲郢传》又载：“仲郢严礼法，重气义，尝感李德裕之知。大中朝，李氏无禄仕者。仲郢领盐铁时，取德裕兄子从质为推官，知苏州院事，令以禄利赡南宅。令狐绹为宰相，颇不悦。仲郢与绹书自明，其要云：‘任安不去，常自愧于昔人；吴咏自裁，亦何施于今日？李太尉受责既久，其家已空，遂绝蒸尝，诚增痛恻。’绹深感叹，寻与从质正员官。”① 柳仲郢为“感李德裕之知”，竟假公济私，这一行为，不止让“颇不悦”的令狐绹深为感叹，而且

①《隋唐五代墓志汇编》陕西卷第二册中有《故妓人清河张氏墓志》，落款为“两池榷盐使守太子右庶子兼御史丞赐紫金鱼袋李从质”，即此为柳仲郢提携，令狐绹安排为正员官之“从质”。此虽后话，但仍可推知柳仲郢之豪义。李商隐与仲郢朝夕相处，当深知其为人，路祭中以“高义”称之，实属必然。

取得了后世史家“严礼法，重气义”的好评。可见，李商隐以“高义”相许，是得到了社会和历史的认同的。

从用典情况看：益州是我国古代巴人和蜀人聚居的地方。战国末期秦国在该地设置巴郡和蜀郡。汉武帝在全国设十三刺史部时，该地区为益州部，治所在雒县（今广汉）。三国时刘备据此地为蜀。曹魏灭蜀后分割益州，以其东北部地域另置梁州。西晋初年，王浚为益州刺史，以此为基地顺江而下，直取东吴。

唐贞观元年（627），李世民废州郡制，益州属剑南道，至德二载（757），剑南道分为剑南东川和剑南西川。大中五年（851）七月，柳仲郢任梓州刺史，东川节度使。治所在梓州（今三台）。辖梓、遂、绵、普、陵、泸、荣、剑、龙、昌、渝、合等十二州，也就是说，柳仲郢任职之地，全都是原益州所辖之地。所以，以晋益州刺史王浚的小字“阿童”来隐射柳仲郢是再恰当不过了。

【疏解】

经宣宗“诏下许归葬”，大中六年（852）三月，贬臣崖州司户参军李德裕灵柩得以归葬。其子李烨奉父、母、姊、弟等六丧及婢仆死于贬所者，水陆兼程，于八月至江陵。李商隐奉柳仲郢之命，在江陵路祭。路祭之时，李商隐哀眼前景，忆当年事，百感交集，满怀深情地写下了这首著名的、一向被认为矛盾百出、解之不易的《无题》诗。

以纪昀为代表的许多人认为，李商隐的《无题》，不论有无寄托，都写男女恋情，唯独这首例外，所以不把它列入《无题》，径直题为《失题》。其实大谬。因为，李商隐后期的《无题》诗，正是为这位曾居高位、遇合无缘、后遭贬斥、仍寄以厚望的著名政治人物而发。这是他最后一首以《无题》为题的诗。斯人逝后，以男女艳情为表，以思念、期盼、感叹遇合无缘为主题的《无题》诗，理所当然地就此结束。

有人以“忆归初罢更夷犹”为据，编此诗于大中二年（848）返京途中，亦误。既然当时还在返京途中，何“忆归”之有？更重要的是，以下“翼德”“阿童”之用典均无着落。前人常以古籍逸散为借口，以

“唐时稗史必有其说”（吴乔语）相搪塞，则“万里风波”终不得其解矣。

陈寅恪先生认为，“此诗为商隐于江陵为李烨所赋”，亦不确。此情此景下的投赠，岂无勉慰之语？“怀古”“思乡”，也不是他同李烨在当时境况中所能共享的主题。同其他的《无题》诗一样，李商隐只是在自思自想，自言自语，眼前景与旧日事相夹杂，古代人物与当前人物相辉映，思绪跳荡，令后世读者迷糊莫解罢了。

首句写眼前景，“万里风波”，写李烨所乘之舟，历经万里，逐风波而至。以“一叶”形容所来之舟，实大有深意。就眼前所见而言，当日江流浩瀚，相比于由远而近的来舟，无论其大小，均可视之如“一叶”。就来舟所载之灵柩而言，其生前职位之高，声威之盛，然而死后如此凄凉，叹其载柩之舟，仅此“一叶”而已。就来舟所引发的联想而言，当年自己也曾在“一夕南风一叶危”之时漂临此地，徘徊犹豫，心存幻想。而今斯人已逝，抚今追昔，其怅叹更何如哉！

正是因为这“一叶”之舟，才引发起往昔之“忆”，“人生”之叹，乃至于“怀古思乡”之情。

“忆归”句写由此而引出的回忆：当日桂府“初罢”，回归途中，历尽风波，到达此地的情景。

当时，“吴湘狱”刚刚结案，除李德裕已贬潮州及府主郑亚贬循州，座主李回贬湖南之外，牵连甚广：中书舍人崔嘏因写贬李德裕的制词“不深切”，贬端州刺史；淮南府佐魏铏被逮后，受尽“楚掠”，不肯“诬引德裕”，最终贬死于岭外；左拾遗丁柔立，本为李德裕所斥，德裕被贬后，柔立却上书为他鸣冤，“坐阿附，贬南阳尉”。殿中侍御史蔡京因在吴湘案中赞同了李绅的意见，贬澧州司马。原推官陆浑县令元寿及刘濛等，均受到严厉的贬斥。李商隐“初罢”之后，不敢径直回京冒其锋镝，不得不在荆楚一带逡巡。“夷犹”且“更”，写的正是当时滞留此地时前景渺茫，举棋不定、进退维谷的窘境。

“碧江”二句承接“夷犹”，写“上下求索”的具体情节。“碧江”，指长江。“地没”，指地尽处。碧江的尽头在哪里？就唐朝的管辖范围而言，直指西川。西川之外，就是敌对势力南诏和吐蕃的天下了。

大中二年（848）二月，李回贬任湖南观察使后，接任西川节度使的是杜悰。杜悰尚宪宗爱女岐阳公主，出将入相，同李商隐有堂姑表之亲。“元”同“原”，“元相引”者，指原本对李商隐有所吸引，希望得到他的救助。但唐孙光宪《北梦琐言》曾载：杜悰“未尝延接寒素，甘食窃位而已”。《新唐书·杜悰传》也说他“厚自奉养，未尝荐进幽隐”，李商隐身为亲眷，当更知其情，这就是他原本有所希求，至夔州后中途而返的原因。（参阅前《夜雨寄北》及《荆门西下》）

卢商曾为李德裕所器重。《旧唐书·卢商传》：“会昌三年，朝廷用兵上党，飞挽越太行者，环地六七镇，以商为户部侍郎，判度支，兼供军使，军用无阙。逆稹荡平，加检校礼部尚书、梓州刺史、剑南东川节度使。”

会昌六年（846）五月，曾入朝为兵部侍郎、同平章事。但在大中元年（847）八月，以“误纵死罪”（见《新唐书》）为由，罢为鄂岳观察使。所谓“黄鹤沙边亦少留”，指李商隐大中二年（848）六月出潭州后，直奔“黄鹤沙边”之夏口，寄意于卢商，然“少留”之后，无果而终。他又不得不掉舟西上，转而求助于荆南节度使郑肃。

“益德”隐射李德裕。李德裕曾任职西川节度使，益德曾任巴西太守，地域略同。李德裕因受谗死于贬所，实冤；益德在出征东吴前为部将所杀，亦冤。两者均以一死“报主”，则完全相同。不同的是，益德所报之主为有结义之谊的刘备，李德裕所报之主为有倚用之恩的武宗。武宗生前，尝以侮弄“宣宗”为乐，武宗死后，宣宗便贬斥德裕以泄愤，直至其死。所言“终报主”者，即最终用一死以报武宗也。

“阿童”，隐射柳仲郢。柳除仕宦地域与王浚相同外，他竟不顾朝廷和当朝宰相的感受，冒天下之大不韪，派李商隐路祭李德裕于江陵，李商隐感佩之下，直以“高义”赞之，不为过也。“镇横秋”者，言此“高义”之气，横亘、充塞于整个秋空。时值八月，“秋”，兼纪时也。

以上，两位古人与两位今人交相辉映，一死而报主，一生而仗义，从而领起尾联，言人生固当如是耳，岂能长期无所作为，在怀古、思乡中老此头颅耶？

诗于结尾处强作自励语，实则李德裕一死，李商隐有所希企的政治生命也随之而终结，“思乡”之情油然而生矣。言“白头”者，时李商隐已四十二岁，殆将老矣。

【历代笺评辑要】

朱鹤龄：“诗中益德、阿童皆用巴、阆事，恐是在东川时作。”向按：后吴乔、陆鸣皋、陆昆曾、姚培谦、程梦星等皆同意此说。

吴乔：“长孺说（指东川说），信也。或义山别有闷事，亦名为《无题》耶？而《无题》之非艳诗，即此阿童、益德可据。冤魂报主，唐时稗史必有其说，故尔用之。张、王皆是东川事，故曰‘怀古’，而‘岂得长无谓’，思有所建立也。”

纪昀：“前四句低徊徐引，五、六斗然振起，七、八以曼声作结，绝好笔意。”又：“全篇从‘更夷犹’三字生出。‘怀古思乡’，收缴第二句，完密。”

姜炳璋：“‘地没’，谓地尽也。‘镇’，定也。《蜀志》未尝言飞冤魂报主，义山必有所据，盖见于他书耳。”

冯浩：“似因破帆荆江，惊魂方定，故曰‘万里风波’也。不得已而又就扁舟，故曰‘忆归初罢更夷犹’也。三句谓沿江之境相连。四句谓小驻桡于武昌也。曰‘亦少留’者，似追忆会昌鄂岳之役，今又少留于此地……旧解泥作东川，绝不通矣。”

张采田：“此玉溪桂州府罢，留滞荆江，感念遇合之作。……益德、阿童，皆用巴、阆故事，此二句亦兼阆中遇合无成而言。诗具两意：一则慨己之不能始终报恩故主；一则假古人之高义，哀怜旧交，以见今人不然也。阆中不知属望何人？疑其亦李党欤？……‘益德报主’喻卫公，卫公乃心武宗，竟至投荒，是死报主知矣。阿童比李回始终赞皇，被谤左迁，高义固无忝士治（王濬）也。五、六怀古。‘忆归初罢’是思乡。结言人生无谓，安能如此终古哉？”又曰：“义山后此转向牛党，屡启陈情，皆以此篇为转关。此实《集》中一字一泪之篇矣，读者不可忽视也。”

当代诸家　叶："冯氏认为是大中二年桂州府罢后，由水程历长沙、荆门北返时所作，较为得之。"刘、余："'怀古'即腹联所云益德、阿童事，'思乡'即次句所谓'忆归'。腹联用典，均取巴蜀故实，朱、陆、姚、程诸家以为当作于东川幕，极是。然则此诗系东川幕时抒写怀古思乡感情之作，可大体肯定。"又，不同意纪昀"此是佚去原题，而编录者署以《无题》"说："《无题》本有不用比兴、不涉男女之情之一体。纪氏未检，故有此论。今特表出之。"邓："大中六年，西川节度使杜悰迁任淮南，商隐奉府主柳仲郢之命，前往渝州迎送，此诗应写于乘舟东下途中。"又，同意纪昀"此是佚去原题，而编录者署以《无题》"说。黄："据'黄鹤沙边亦少留'，当沿江西溯，过武昌至江陵作。本拟即刻归家，而犹豫之后，决定溯江夔峡、巴阆。故诗中有益德、阿童之事。"又，他同意纪昀"此是佚去原题，而编录者署以《无题》"说。郑："义山于大中二年三月自桂州罢幕北归，五月至潭州……本篇当作于淹滞荆巴之时。"

91 “圣女祠”三首

向按：对于“圣女祠”三首，古代学者程梦星、纪昀等虽有“刺女道士”之说，但并无确指。至上世纪二十年代，才有一位被誉为“民国才女”的苏雪林①发声。她说：“圣女祠并无其地，不过（是女冠宋）华阳等所居道观的代称。”又说：“观其建筑之宏丽庄严，富有宫殿色彩，当是唐睿宗女玉真公主修道王屋时所遗下。”还说：“义山仅以此三字隐指王屋山玉真公主的道观，别处实未见他用。”等等。

尽管有学者批评她：说她“据《西溪》诗证义山曾和宫嫔相恋为荒谬”，说她“全书都是虚构，……对李商隐诗之研究，距离登堂入室之境尚远”，其“所说义山和女道士与宫嫔之恋史，一概是乱造的，自不可靠云云”。直到六十年后，苏雪林女士在台湾出版《玉溪诗谜正续合编》时，仍然坚持己见，不想作任何改易。

可以理解的是：苏女士挟五四新文化运动思想解放之风潮，满纸臆断，惊世骇俗，真真做到了“大胆假设”；却忘了其师胡适先生谆谆教诲的：“比大胆的假设还重要的是小心的求证。”胡适先生还说：“为了要小心的求证，就必须：‘上穷碧落下黄泉，动手动脚找东西。’”②

这一点，苏雪林女士显然是没有做到。因为她的李商隐研究是从“圣女祠”开始的，影响至今犹存；所以，我们的《圣女祠》疏辨也就

---

① 苏雪林（1897—1999），现代著名作家。1928年出版《李商隐恋爱事迹考》，后改名《玉溪诗谜》。1988年又在台湾出版《玉溪诗谜正续合编》，观点始终如一，并无改变。所引批评资料，均出自《玉溪诗谜正续合编》。

② 见《胡适论治学》。后二句为胡适引用的傅斯年语。

从介绍苏雪林先生的基本论点开始。

【辨一】“圣女祠”在哪？

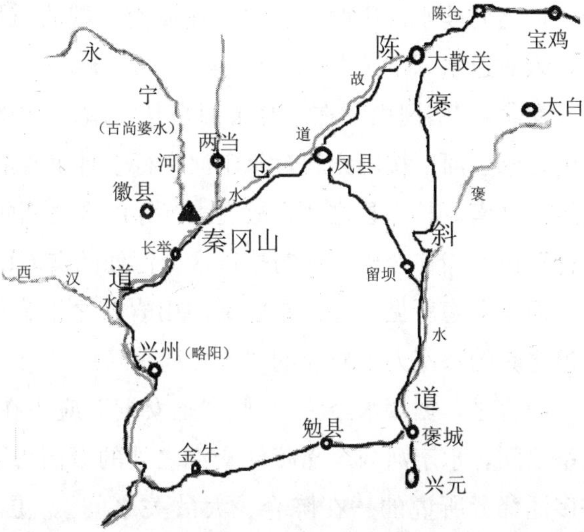

秦冈山位置示意图

圣女祠址：当代学者叶、刘、邓、郑诸家皆引袭清人冯浩之说，以为“在陈仓（今宝鸡市）、大散关之间”，黄则直接转录冯浩原文：“此为自兴元至凤州，出扶风郡之陈仓县大散关时经之无疑也。”其实，冯浩原文中的扶风郡、陈仓县、大散关三址，是自上而下的领属关系，并非并列，把原文简化，即：“此为自兴元至凤州，出大散关时经之无疑也。”以为冯浩断言“圣女祠在陈仓、大散关之间”显然是错误的。全引冯浩原文，则有所指路线过长，定位不清的遗患。“圣女祠”到底在哪？仍然是一个疑问。

查《水经注·漾水》云：“故道水又西南，入秦冈山，尚婆水注之。山高入云，远望增状，若岭纤曦轩，峰枉月驾矣。悬崖之侧，列壁之上，有神象若图，指状妇人之容。其形上赤下白，世名之曰圣女神，至于福应愆违，方俗是祈。”

向按：“故道水”发源于大散岭，西南流经凤州（今属陕西凤县，曾名故道县）、长举（今陕西略阳西北）至兴州（今略阳），与西汉水相合而成为嘉陵江之源。所谓“故道”，即古之“周道”，见西周青铜器散氏盘（王国维说）。指的是川陕一带的先民沿嘉陵江上游（即故道水）河谷、越秦岭、出入大散关直至陈仓的路，所以，也叫陈仓道。

这条沿故道水岸修建的驿道，是唐代川、陕等西南地区连通京师的必经之途。

《水经注·漾水》又云：（尚婆水）“水源北出利乔山，南径尚婆川，谓之尚婆水。历两当县之尚婆城南，魏故道郡治也。西南至秦冈山，入故道水。”

向按：“秦冈山”在今甘肃两当县之南。“尚婆水”即今甘肃徽县东南之永宁河。按图索骥，永宁河穿行于甘肃省两当、徽县之间南下，在凤州之南、长举县之北入故道水（亦即今之嘉陵江上游）。则此“圣女神”像，当在今永宁河与故道水交汇处的秦冈山的岩壁之上。

而李商隐所见，应该是此秦冈山岩壁之下、位于沿故道水开辟的驿道之旁的一座人工修建的“圣女祠”。

简言之，据《水经注》，此“圣女祠”应当在大散关之南的凤州、长举之间，永宁河与今嘉陵江交汇之处的秦冈山下，而不是自古洎今许多注释者所说的“在陈仓、大散关之间”。更不是苏雪林所说的：“圣女祠并无其地，不过华阳等所居道观的代称”，或者“义山仅以此三字隐指王屋山玉真公主的道观”。

近来，有人直指，圣女祠即甘肃省武都县水帘洞之红女祠；还有人认为，圣女祠在甘肃省两当县西坡乡琵琶崖附近。由于历时久远，山体的风化，河流的走移，辖区的变动，地名的更改，以及民间传说的推陈出新，必将对山体、地貌、人文环境产生重大影响，仅仅是根据一段千年前的历史记载，来判定一个古地名的今址是有一定难度的。因此，在不影响对内容认知的基础上，还是依古人所说，圣女祠坐落在秦冈山下、永宁河（尚婆水）旁为是。

李商隐“圣女祠”诗云：“松篁台殿蕙香帏，龙护瑶窗凤掩扉。”其所见，有台、有殿、有窗、有扉，庄重而华美。诗又云：“不寒长著五铢衣”，“寄问钗头双白燕”，可见，祠中还有塑像，塑像头上还有钗饰。祠上有“瓦”：“一春梦雨常飘瓦”；也许正是瓦上，还有一面迎风招展的“旗”：“尽日灵风不满旗”。这一切，都不是虚写，恰好是触发李商隐灵感的媒介。

尽管“窗”上画着“龙”，“扉”上雕着“凤”，但簇拥“台殿”的只是高松大竹（篁），傍近“香帏”的也只是蕙草兰花。再加上大煞风景的“白石岩扉”，滋生的苔“藓”，阴湿的“瓦”，展不开的“旗”，等等：既谈不上“宏丽庄严”，也谈不上“宫殿色彩”，倒是有几分山野气、仙气、小家子气。苏雪林先生以为它同玉真公主，或者宫廷有什么关系，实在是太抬举它了。

【辨二】“圣女祠”中有修道的女冠吗？

“圣女祠”中住有一位足以让李商隐揪心动容的女冠，是自苏雪林女士开始，至今不衰的一个毫无根据的假说。

查《全唐诗》，除李商隐外，写到有关此“圣女祠”的诗作另有三首，一是张祜的《题圣女庙》，其诗云：

古庙无人入，苍皮涩老桐。蚁行蝉壳上，蛇窜雀巢中。
浅水孤舟泊，轻尘一座蒙。晚来云雨去，荒草是残风。

张祜（约785－849）比李商隐大二十多岁。诗云“古庙无人入，苍皮涩老桐”，可见这确乎是一座无人住守的古庙。“蚁行蝉壳”，“蛇窜雀巢”，虽有浅水孤舟，却是不见人踪。云来雨去，荒草残风，可见，它的近旁也是一片人迹罕见的荒野。

另一是许浑的《神女祠》（一作圣女庙）云：

停车祀圣女，凉叶下阴风。龙气石床湿，鸟声山庙空。
长眉留桂绿，丹脸寄莲红。莫学阳台畔，朝云暮雨中。

许浑（约791－约858）比李商隐约大20岁。他特意停下车来祭祀这位圣女，却未见有女冠出来做点礼节性的接待。“石床湿”，“山庙空”，仍然是座无人住守的古庙。很有趣的是：他同李商隐一样，用了两句诗来描写圣女的彩塑像。不同的是，李商隐说：“无质易迷三里雾，不寒长著五铢衣。”写的是衣着和形态，许浑写的却是她漂亮的脸庞：用黛绿画着长长的眉毛，脸色涂得像莲花一样的粉红。可见，这首诗的写作时间与李商隐写《圣女祠（松篁台殿）》的时间相距不远，都是在这座“圣女祠”刚刚装修之后。尾联用“莫学”二字作劝诫语，表明他所写的并不是人们熟知的“巫山神女”。

再一是储嗣宗的《圣女祠》：

> 石屏苔色凉，流水绕祠堂。巢鹊疑天汉，潭花似镜妆。
> 神来云雨合，神去蕙兰香。不复闻双佩，山门空夕阳。

储嗣宗没有留下生卒年资料，人们只知道他在宣宗大中十三年（859）登进士第。此时张祜、许浑已经去世，李商隐也即将去世。诗中写到的“石屏”“苔色”，与李商隐的“白石岩扉碧藓滋”相映证，诗中写到的“巢鹊”“流水潭花”“云雨合”等等，略同于张祜的“雀巢”“浅水孤舟”“云雨去”，以及许浑的“石床”“鸟声”等等。他还闻到了李商隐曾经闻到过的“蕙兰”香味，可见他们写的确乎是同一座祠堂。尾联说“不复闻双佩，山门空夕阳”，它仍然是一座无人住守的古庙。

山荒野险，远离人寰，清静然而寂寥，当然不是个宜居之所；何况，在种种的李商隐研究者的假想之中，“她”是一位千娇百媚，且不愿意恪守清规的女冠！

这三首诗的时间跨度，不会少于60年，完全涵盖了李商隐生活的年代。此外，李商隐本人四过圣女祠，三写“圣女祠”，也不曾嗅到过一丝人气，见到过一个人影。可见，所有有关此圣女祠有女冠修道的假设和“论证”，都是自欺欺人之说：既糊弄了读者，也糊弄了自己。

【辨三】李商隐几过圣女祠?

在李商隐时代，从长安到兴元一般有两条路可走：一是褒斜道，二是陈仓道。要探讨李商隐几过“圣女祠”，先得从陈仓道与褒斜道的关系以及褒斜道的路况说起。

褒斜道自今陕西眉县的斜谷起，沿斜谷水经太白，越秦岭，再循褒谷水南下，经褒谷口而至汉中（兴元）。陈仓道又称故道。从陈仓向西南出散关，沿嘉陵江上游（即故道水）谷道至凤县，经两当、徽县、略阳，然后折转东南而至汉中（兴元）。

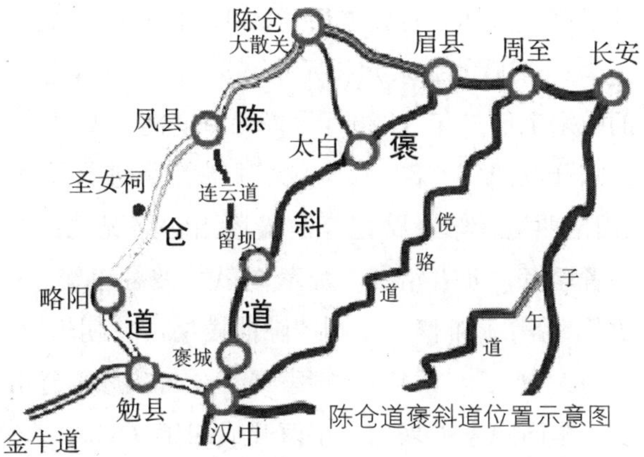

陈仓道褒斜道位置示意图

由于褒斜道在秦岭主峰太白山（海拔3767米）一带穿过，沿途的层崖峭壁，狭径深陉，均由“桥阁”，或称“栈道”连缀而成，时间一长，必因颓败而成断续之势。北魏正始四年（507），宣武帝“诏开斜谷旧道”，永平二年（509）竣工。不过，这条所谓的“斜谷旧道”，撇开了出眉县后的褒斜道北段，直接上了陈仓道，出大散关，至凤州后，在一个名叫“回车戍”的地方离开陈仓驿道而折转东南，经留坝，再进入褒斜旧道而至汉中。这条路，唐人仍称为褒斜道或斜谷路。

《通典·汉中郡》记：唐代由长安去汉中，取“斜谷路九百三十三里；驿路一千二百二十三里。”所谓“驿路”，即陈仓道。两相比较，走斜谷路要少走290里。

这段连接陈仓驿道和褒斜旧道的“新”路，《资治通鉴》称它为“回车道”，元代因“道路盘旋于崇山峻岭，高可连云”，定名为连云道。

开成二年（837）十月，令狐楚病重，李商隐应令狐楚之召赴兴元，走的是陈仓道驿路。令狐楚十一月二十日去世。十二月，李商隐同令狐兄弟护送令狐楚灵柩返京安葬，走的也是陈仓道驿路。

为什么不走较近的斜谷路，而走了较远的陈仓路呢？因为斜谷路路况不佳。据《旧唐书·德宗纪》载：贞元四年（788）正月初一京师地震，压死皇宫卫士多人。尔后的辛亥、壬子、丁卯、戊辰、庚午、癸酉连连地震。特别是“乙亥（二十六日）地震，金、房尤甚，江溢山裂，庐舍多坏，居人露处”。同金州、房州相距甚近的斜谷路栈道遭到了严重破坏。自此之后，每10年到20年之间必有一次大修。

18年后的宪宗元和元年（806），“复置斜谷路馆驿”；又20年后的敬宗宝历二年（826），“兴元节度使裴度奏修褒斜路”；又13年后的文宗开成四年（839），再次对斜谷路进行了大规模修缮。刘禹锡在《山南西道新修驿路记》中描述当时路况说：“并山当蹊，顽石万状；坳者垤者，兀者铦者，磊落倾欹，波翻兽蹲。……栈阁盘虚，下临谽谺。”等等。维修后，则“隙曲棱层，一朝坦夷”。实际情况是：10年后的大中三年（849），宣宗又“令封敖修斜谷旧路”。

李商隐来去兴元，正值开成四年（839）大修前夕，路况不佳，理所当然地选择了陈仓路。因为圣女祠坐落在凤州、长举之间的陈仓道上，所以，开成二年（837）的冬天，李商隐来去兴元，已是两过圣女祠了。

此后，大中五年（851）冬，李商隐应东川节度使柳仲郢之辟，经陈仓道、金牛道而至梓州，必过圣女祠。——此为三过圣女祠。

大中十年（856）春，李商隐随东川节度使柳仲郢返京，必经陈仓道而过圣女祠。——此为四过圣女祠。

李商隐四过圣女祠，两出两进；写了三篇以“圣女祠”为题的诗。诗系何年，历来是研究者讨论的焦点。

【辨四】有关“圣女祠”三诗系年问题的讨论

一般认为，《圣女祠（杳蔼逢仙迹）》诗中，既有“从骑裁寒竹，行车荫白榆”，描述了扶灵返京的“车”“骑”人众，又有“此路向皇都”的方位、路线指引，必是开成二年（837）冬随令狐兄弟返京时所作。而《重过圣女祠》诗中，有“上清沦谪得归迟”之慨叹，当是李商隐晚年由东川返京时所作。比较难以系年的是《圣女祠（松篁台殿）》。

有人认为，《圣女祠（松篁篇）》大略与《圣女祠（杳霭篇）》写于同时。我们的回答是：不可能。因为令狐楚灵柩返京过圣女祠时，已经是“杳霭”“苍茫”的近夜时分，移柩的“行车”、护丧的“从骑”均没有停顿迹象。除了随手取“圣女祠”为题，写了一篇色彩晦暗、走笔拖沓的悼念令狐楚的五排外，对“圣女祠”本身不置一词。且诗中的“白榆”“苍壑”“寡鹄”“羁凰”，全是夜间景物；而“松篁篇”开头两句就是“松篁台殿蕙香帏，龙护瑶窗凤掩扉”，色彩明丽，走笔轻快，既有富丽堂皇的外景铺排，也有细致生动的室内描绘。不在大白天经过，不停车，不观赏，是不可能写出这样的作品的。特别是尾联对圣女的调笑口吻，与“杳霭篇”的丧葬气氛绝不吻合。

也有人认为，《圣女祠（松篁篇）》可能与《重过圣女祠》写于同时。回答是：也不可能。大约是刚刚经过一次修缮，“松篁篇”所写的“圣女祠”，有松竹簇拥的台殿，兰蕙依傍的帏帐，“窗”上雕着“龙”，“扉”上画着“凤”，外观富丽堂皇，庄重而华美。祠内的塑像也极为精整：身著轻薄的五铢衣，钗头有小巧玲珑的双白燕。一派香火旺盛的景象。而《重过圣女祠》开门见山就是“白石岩扉碧藓滋”。簇拥台殿的高松大竹没有了，门窗上的雕龙画凤也没有了，露出了以岩为扉的本来面貌，而且还滋长了厚密的苔藓。这样的荒芜场景，与当年的华盛气象绝不相同。“圣女祠”由盛而衰，至少有五年以上的跨度。《圣女祠（松篁篇）》的写作时间，当远远在《重过圣女祠》写作之前。

那么，《圣女祠（松篁篇）》到底是写于开成二年（837）的“一过”，还是写于大中五年（851）的“三过”呢？——我们先从“三过”说起。

大中五年（851）是李商隐生活史上最为动荡的一年。一是，府主卢弘止在汴州去世，他不得不结束这段很愉悦的幕府生活而惨淡回京；二是，他亲爱的妻子王氏在这年的七月去世；三是，大概是他再次地陈情求助，高居相位的令狐绹安排他当了一名太学博士。

丧妻之痛自是不必说了，就职太学博士也叫他懊恼不堪。就令狐绹来说，这已经是仁至义尽了：太学博士正六品上阶，是李商隐一生中担任过的最高级别的实职官。但对于心存“欲回天地入扁舟”之志的李商隐来说，这“传道授业”的活儿，无异于把他打入冷宫，埋葬了他的政治生涯。他在《咏怀寄秘阁旧僚二十六韵》中悲叹地说：

“年鬓日堪悲，衡茅益自嗤。攻文枯若木，处世钝如锤。”

意思是：谈起年龄，我的鬓发一天天变白，实在值得悲伤；说到居室，是横木为门，茅草当瓦，增添了我自嘲的素材。提笔写文，懵懵然有如一截枯木；处事为人，蠢蠢然恰似一只钝锤。他还说：

“官衔同画饼，面貌乏凝脂。”

意思是：我的官衔，等同于一张只能看不能吃的画饼；我满脸枯瘦，哪里像官场中人一个个面如凝脂。他还说：

“图形翻类狗，入梦肯非罴。”①

意思是：我也想画一只老虎，但画去画来总是像条狗；即使进入梦境，我也从来不是那“非虎非罴”的拜相之人。他还说：

“粝食空弹剑，亨衢讵置锥。”②

意思是：吃的是粗糙的饭食，弹剑高歌，却无人理会；站立在通衢大道上，却找不到一个地方可以立锥！

自贬，自嘲。辛辣，尖刻。发泄着胸中无法排解的苦闷。

正在这个时候，新上任的东川节度使柳仲郢给他发来了聘书。大约是十月，他带着丧妻的馀哀，以及“博士”生活的馀怨，踏上了赴东川的应辟之途。

出京，他给送至咸阳的襟兄韩瞻写了《赴职梓潼留别畏之员外同年》的留别诗。他说：“桂花香处同高第，柿叶翻时独悼亡。”又说：“乌鹊失栖长不定，鸳鸯何事自相将。”抒发了当年他与韩瞻同登高第、同遂婚姻，如今鸳鸯失侣、独赴远辟的悲苦。

将至陈仓，他写了《陈仓西南行却寄相送者》。“百里阴云覆雪泥，行人只在雪云西。明朝惊破还乡梦，定是陈仓碧野鸡。”雪泥蒙路，举步维艰，李商隐在还乡之梦的期盼中踽踽向前。

过散关，写了《悼伤后赴东蜀辟至散关遇雪》。“剑外从军远，无家与寄衣。散关三尺雪，回梦旧鸳机。”无家寄衣的凄苦与梦回鸳机的

---

① 《史记·齐太公世家》：“西伯将出猎，卜之，曰：‘所获非龙非彲，非虎非罴；所获霸王之辅。’于是周西伯猎，果遇太公于渭之阳。”

② 据《战国策·齐策四》：齐人冯谖寄食于孟尝君门下，左右贱之。谖倚柱弹剑而歌，一曰“长铗归来乎！食无鱼。”二曰“长铗归来乎！出无车。”三曰“长铗归来乎！无以为家。”左右告孟尝君，孟尝君一一与之。后来冯谖为孟尝君谋划，营就“三窟”，成为孟尝君门下最得力的谋士。

温馨恰成一鲜明的对比，把李商隐对亡妻的思念推高到了极致。

前行，至凤州，无诗。

再前行，至圣女祠。——李商隐可不可能“竦身一摇，将悲哀摆脱”，一变而为轻薄浪子，向一个山乡野祠中的木雕泥塑发情：先观赏其轻薄华美的五铢之衣，窥探其如雾如烟的无质之体；再以世人尽知的风流才士崔罗什、刘武威自比，来他个毛遂自荐；然后叩问其何时归来，以遂其风流之愿呢？当然不可能！

大约只是在一个月后，得知李商隐丧妻的府主柳仲郢，亲自为他在乐籍中挑选了一名“本自无双，曾来独立”① 的女子，“以备纫补”，他却是不避“干冒尊严”，严词拒绝：“伏惟克从至愿，赐寝前言。使国人尽保展禽，酒肆不疑阮籍。”（均见《上河东公启》）

如此贞坚自许的汉子，怎么可能在爱妻去世不到半年、馀哀未泯的陈仓路上，向一尊土偶泥胎放刁撒狂、自逞风流呢？

这样看来，《圣女祠（松篁篇）》不可能写在丧妻之后的大中五年（851），只可能写在开成二年（837）首出散关时的陈仓道上了。

开成二年（837）自春至冬，是李商隐生命史上最为辉煌的黄金时段。

正月二十四日礼部放榜，李商隐进士及第。二月七日通过吏部“关试”，成了唐代官僚体系中具有“守选”资格的预备级官员。

三月二十七日，赴济源省母。而此时，他的恩师兴元节度使令狐楚已多次招邀，催他到兴元幕府供职②。他承诺：“至中秋方遂专往。”

六月，他已返回长安，写《寿安公主出降》③。“四郊多垒在，此礼恐无时。”对强藩雄踞、朝廷卑弱的现状表示了强烈的关注。

入秋，萧浣、杨虞卿先后归葬。除《代李玄为崔京兆（珙）祭萧侍郎（浣）文》外，他还写了《哭遂州萧侍郎二十四韵》《哭虔州杨侍

① 《汉书·外戚传上》延年侍上起舞歌曰：“北方有佳人，绝世而独立，一顾倾人城，再顾倾人国。宁不知倾城与倾国？佳人难再得。”

② 《上令狐相公状六》云：“况自今岁，累蒙荣示，轸其飘泊，务以慰安。促曳裾之期，问改辕之日。……至中秋方遂专往。”

③ 寿安公主婚期是开成二年（837）六月五日。

郎虞卿》二诗。贬前的杨虞卿任京兆尹，萧浣任刑部侍郎，都是李训、郑注擅权时期因谗贬死的朝廷重臣。这些诗文，既表述了他忠奸分明的是非观，也显示了他“善为诔奠之辞”（《旧唐书》本传）的杰出才华。作为新科进士，他在长安如鱼得水，诗文是他得以周旋于名公大臣之间的最佳媒介，为他争得了一定的社会声誉。

略感不足的是：进士及第后，韩（瞻）婚而李不婚，他发出了“楮叶成来不直钱”的慨叹，说见前《一片（一片琼英）》。然而物极必反，王家六小姐回泾原结婚去了，留住李家南园的七小姐反而更加紧密地投入了李商隐的怀抱。《明日》《石城》《蝶（飞来绣户阴）》《药转》等等，精彩地记录了这对才子佳人此时的恋爱故事和浪漫情节。

不过好景不常，王茂元为新婿（韩瞻）在长安东区修建的“朱楼”已经竣工。韩瞻“西迎家室”之日，必将是王家七小姐离京返泾之时。李商隐在《韩同年新居饯韩西迎家室戏赠》中用“天河迢递笑牵牛”嘲笑了自己。不过他仍是自信满满，只等到冬季选调成功，他同王家七小姐的婚事也必将水到渠成。

此时的李商隐踌躇满志，意高气豪。他显然是不想依倚令狐门墙度日，有意地搁置了“至中秋方遂专往”的承诺；打算直接参与每年冬季的吏部选调，用自己的才华为自己开辟一片崭新的天地。

不料十月，令狐楚病重，召李商隐赴兴元。当他取道陈仓路奔赴兴元的时候，并没有想到令狐楚就会死去①，所以一路上驿马传车，跨山越水，仍是兴致盎然。经圣女祠，才有此气盛志满，高视阔步，不避亵慢的佻薄之作。

“人间定有崔罗什，天上应无刘武威。”他挑逗的当然不是苏雪林及其追随者所派定的虚无缥缈的“女冠”，而是“圣女祠”中眼前的那尊泥塑木雕的“圣女”。

“寄问钗头双白燕，每朝珠馆几时归？”他期盼归来的当然也不是

---

① 李商隐抵兴元后《为彭阳公兴元请寻医表》表明，令狐楚打算“随表归朝……访秦医而冀愈沉疴”，可见，令狐楚也没有想到自己即便就死。

那位莫须有的、在李商隐史迹上没有留下任何踪迹的圣女祠女冠，而是近日由京城李家南园返回泾原，且已有成婚之诺的王家七小姐。

一、圣女祠 松篁台殿

开成二年十月

松篁台殿蕙香帏，龙护瑶窗凤掩扉〔1〕。
无质易迷三里雾，不寒长著五铢衣〔2〕。
人间定有崔罗什，天上应无刘武威〔3〕。
寄问钗头双白燕，每朝珠馆几时归〔4〕？

【注释】

〔1〕篁：《说文》：“篁，竹田也。”此处指竹林。 蕙：蕙兰。

〔2〕三里雾：《后汉书·张霸传附张楷》：“（楷）性好道术，能作五里雾。时关西人裴优亦能为三里雾。自以不如楷，从学之，楷避不肯见。”参阅前《锦槛》注。 五铢衣：传说中神仙所穿的一种轻而薄的衣服。铢，古代重量单位，二十四铢为一两。五铢，极言其轻薄。

〔3〕崔罗什：据唐段成式《酉阳杂俎》记：长白山西有夫人墓。魏孝昭之世，搜扬天下才俊，清河崔罗什被征诣州。夜经此，见朱门粉壁，楼台相望。一青衣出，语什曰：“女郎须见崔郎。”遂引相见。女郎系平陵刘府君之妻，侍中吴质之女。什素有才藻，颇善风咏，虽疑其非人，亦惬心好也。与论汉魏时事，悉与魏史符合。辞出，女与其订十年相见之约。后十年，崔食杏未半而卒。 刘武威：唐杜光庭《神仙感遇传》载，汉武威太守刘子南从道士尹公学仙道奇术，但与本诗情节无关。另，刘禹锡《和乐天诮失婢榜者》中有“不逐张公子，即随刘武威”句。据《汉书·外戚传》及《五行志》：成帝刘骜每微行，常称富平侯张放家人，故曰张公子。有童谣曰：“燕燕，尾涎涎，张公子，时相见。”过阳阿主作乐，见舞者赵飞燕而幸之。刘武威不知何人。观诗意，张、刘皆风流之士，其事为当时人所知，然今已失传。稍后，吴融《上巳日》云：“本学多情刘武威，寻花傍水看春晖。”可证。

〔4〕双白燕：装饰有两只白玉燕的头钗。据汉郭宪《洞冥记》：汉武帝元鼎元年（前116），起招仙阁于甘泉宫西。神女留玉钗赠帝，帝以赐赵婕妤。至昭帝元凤中，宫人犹见此钗。黄諃欲碎之，既发匣，有白燕飞升天。后宫人学作此钗，因名“玉燕钗”。 珠馆：指最高仙界的仙宫。

【疏解】

正如我们在前面“辨四”中所说的：开成二年（837）十月，新科进士李商隐应恩师令狐楚之召，取道陈仓驿路奔赴兴元。一路上跋山涉水，志高气豪，挟“春风得意马蹄疾”之势，逞“今朝放荡思无涯”① 之情，过圣女祠而作此诗。

诗的首联正面写圣女祠的外观和环境：青翠的高松大竹簇拥着台殿，芳香的蕙草兰花依傍着帏帐；瑶窗上雕着龙，门扉上画着凤。圣女祠显现得景象开阔，华美而庄严。

次联写祠内神龛中的圣女塑像：“无质”，借用南朝梁沈约《难范缜“神灭论”》中的“形既无知，神本无质”语。大意是：你是神，本来就是“无质”（没有形体）之身。你不怕天气寒冷，长期穿着轻薄华美的五铢衣，看起来有如云遮雾掩，叫人浮想联翩，意乱神迷。

说得兴起的李商隐进一步调笑说：人间到处都是既“有才藻”、又“善讽咏”的“崔罗什”，天上应该没有既能当官（仙官）又解风流的刘武威。言外之意是：你何必时而天上、时而地下？为什么不找个崔、刘一样的如意郎君，长留人间？——诗中借用传说中的崔罗什、刘武威，泛指风流倜傥的才俊之士；且俨然有自指之意，以示调笑；而与神鬼传说无关。

尾联忽发奇想：请问你，这玉钗头上的一双白燕呀：你家圣女每次朝拜天宫珠馆，到底几时才能归来？

这一问，摇曳生姿。就诗艺来说，补救了从二联开始，特别是三

① 孟郊《登科后》：“昔日龌龊不足夸，今朝放荡思无涯。春风得意马蹄疾，一日看尽长安花。”

联的凑泊、粗俗和板滞，使整首诗活起来，灵动起来。就诗情来说，李商隐从居高临下的调笑者，一变而成为了身心投入的企盼者。

他是入情太深，真的希望有一位仙女翩然而下，一叙衷曲呢？还是“触绪致感”（张采田语），猛然间想起由南园返回泾原的王家七小姐，期盼她早日归来呢？我们不能确指。然而余情袅袅，给读者留下了无限广阔的联想空间。

刘学锴说：“如将此诗作圣女祠题壁诗读，则豁然可通。”极是。

【历代笺评辑要】

朱彝尊：“此首全是寄托，不然何慢神乃尔！”

屈复：“一、二，台殿窗扉如此。三，圣女之神云雾迷离。四，圣女之像常著铢衣。五、六，圣女应在天上；今在人间者，人间定有罗什，而天上应无刘郎耶？自喻也。故寄问钗头双燕，每朝珠馆，何时可归而一会也。”

姜炳璋：“此义山第一次过圣女祠而作也。……义山欲应茂元之聘，欲借圣女以自喻。‘香帏’、‘龙护’，喻己之才华绚烂；‘无质’、‘不寒’，喻依傍无人，弘农作尉。‘人间’喻外藩，‘天上’喻朝廷；外藩可觅知己，不比朝廷竟无人过问。既而思之，我之屡至京师，沉抑卑秩，不知何时得尽我才华耶？”

冯浩：“此与前所编二首，（指‘杳霭篇’及《重过圣女祠》）迥不相似，必非途次经过作也。程氏谓为女冠作，似之，但无可细详。”

张采田：“实咏圣女，是驰赴兴元时作。时义山未娶，故触绪致感。谓有寄托者，失之。与后一首（指“杳霭篇”）不同也。”

当代诸家：叶：“这是进谒某一权要，早去晚去都未能见到，意有所感（而作）。……末句用口语来说就是，究竟什么时候在家呢？”刘、余：“盖义山风流才士，入圣女祠，见神帏中圣女像轻纱雾縠，宛若人间佳丽，遂生神人恋爱一类非非之想，而有人间胜于天上，珠馆何时归来之调谑。”邓：“本诗写‘圣女祠’，其主要精神乃在慨叹以圣女之美质，其祠却在荒岭悬崖，因而联想到作者自身的遭遇，以其杰出的才华，竟然也仆仆于兴元道上的荒岭悬崖，这就无可避免的会引出某种怜人而又自怜的意念。这就是本诗中最微妙的寄托。”黄：“此圣女当喻指玉阳山灵都观女冠宋华阳氏，祠即道观。‘圣女’，有美其圣洁之意。郑：“义山可能有一位从前在长安认识的女道士，后来离开京城辗转来到圣女祠。此次路经圣女祠，特意相访（不遇），……因而面对圣女神像抒发爱慕的情怀以记此次未遇之憾。”

二、圣女祠 杳蔼逢仙迹　　开成二年十二月

杳蔼逢仙迹，苍茫滞客途〔1〕。
何年归碧落，此路向皇都〔2〕。
消息期青雀，逢迎异紫姑〔3〕。
肠回楚国梦，心断汉宫巫〔4〕。
从骑裁寒竹，行车荫白榆〔5〕。
星娥一去后，月姊更来无〔6〕。
寡鹄迷苍壑，羁凰怨翠梧〔7〕。
惟应碧桃下，方朔是狂夫〔8〕。

【注释】

〔1〕杳蔼：蔼通“霭”，云气。杳蔼：形容暮色幽暗而深远。

〔2〕碧落：犹青天。道家称东方第一层天碧霞满空，叫做“碧落”。

〔3〕青雀：青鸟。相传为西王母信使。参阅前《无题·相见时难》注。　紫姑：传说中的厕神。我国民间有正月十五迎紫姑神卜蚕桑、占众事的习俗。参阅前《昨日》注。

〔4〕“肠回”句：宋玉《高唐赋》：“感心动耳，回肠伤气。”说见后“辨一”。　心断：张相《诗词曲语辞汇释》引本句后解曰：“为念念不忘义，犹云念极或想煞。”向按：《说文解字》：“断，截也。从斤从㡭。㡭，古文绝。”《书·盘庚中》：“乃断弃汝。”《群经音

义》：“既绝曰断。”本诗“断”用“绝”义，指对“巫师”们的所作所为，如生前的求治，死后的祭祀、卜问等等都表示了绝望。 汉宫巫：据《汉书·郊祀志上》载：高祖于长安置祠祀官女巫，有梁巫、晋巫、秦巫、荆巫、九天巫、河巫、南山巫等，分别按不同时日祭祀各方的神鬼。

〔5〕寒竹：送丧人手持的哀杖，俗称“哭丧棒”。《礼记·问丧》：“为父苴杖。苴杖，竹也。……孝子丧亲，哭泣无数，服勤三年，身病体羸，以杖扶病也；则父在不敢杖也。” 白榆：指星星。《古乐府·陇西行》：“天上何所有，历历种白榆。”借喻丧车夜行，披星戴月。

〔6〕星娥：织女。据晋干宝《搜神记》：汉董永父亡，无以葬，乃自卖为奴，以供丧事。主人知其贤，与钱一万，遣之。永三年丧毕，欲还主人供其奴职。道逢一妇人曰：“愿为子妻。”遂与之俱。……主人曰：“必尔者，但令君妇为我织缣百匹。”永妻十日而毕。女出门谓永曰：“我，天之织女也。缘君至孝，天帝令我助君偿债耳。”语毕，凌空而去，不知所在。 月姊：嫦娥。参阅前《常娥》注。

〔7〕寡鹄：鹄（hú），天鹅。寡鹄，失去伴侣的孤鹄。《列女传》载陶婴歌曰：“黄鹄早孤兮，七年不双。……夜半悲鸣兮，想其故雄。” 羁凰：凤凰是传说中的神鸟，雄曰凤，雌曰凰。羁凰，失侣的雌凤。

〔8〕方朔：东方朔。《博物志》卷八：“（汉武）帝东面西向，王母索七桃，大如弹丸，以五枚与帝，母食二枚。帝食桃辄以核著膝前，……母笑曰：‘此桃三千年一生实。’……时东方朔窃从殿南厢朱鸟牖中窥母，母顾之，谓帝曰：‘此窥牖小儿，尝三来盗吾此桃。’帝乃大怪之。由此世人谓方朔神仙也。” 狂夫：狂人，狂徒。《史记·滑稽列传》：“人主左右诸郎半呼之（指东方朔）‘狂人’。”《汉书·东方朔传》，郭舍人亦云：“朔狂。”

【辨一】从“肠回楚国梦”说起

本诗最容易把研讨者思路引入歧途的是“肠回楚国梦”。

对于这句话，几乎所有的注释者都撇开了“肠回”，把重点落脚在

“楚国梦”[①] 上，并且很快就把“楚国梦”转化为“高唐梦”，“阳台梦”，为云为雨之梦，进而附会为男女欢会之梦。这首诗的主题也就变了！变得非得有女人和爱情不可了！这才使得“女冠”“宋华阳”等等假设，得以乘虚而入，找到了一块立足之地。——这首诗涉及的女仙虽多，如紫姑、星娥、月姊等，但都肩负着各自的任务，需作他解；只有把“楚国梦”演绎为“阳台梦”之后，“女冠说”“爱情说”才有插足的可能。

其实，这句诗的重点是“肠回”，典出宋玉《高唐赋》。因而也可以笼统地称为“楚国梦”。不过，神女之梦写在《高唐赋》的“序”里，而“肠回”之词及其背景，却写在《高唐赋》的正文“赋”中。

《高唐赋》的正文笔墨酣畅地描绘了神女奇丽瑰伟的生活环境。其站在山坡上遥望的一段写道：

> （中阪遥望，玄木冬荣，煌煌荧荧，夺人目精。烂兮若列星，曾不可殚形。）……纤条悲鸣，声似竽籁；清浊相和，五变四会。感心动耳，回肠伤气。孤子寡妇，寒心酸鼻。长吏隳官，贤士失志；愁思无已，叹息垂泪。

把它译成现代语就是：听吧！纤细的枝条在寒风中发出一阵阵悲鸣，就像是竽籁齐奏：声音清浊相和，五音变化，与四周的自然之声汇合，叫人耳闻心动，荡气回肠。孤儿寡母听了伤心落泪；去职的吏员，失意的贤士，听了都愁思不止，流泪叹息。这不正是此时此刻，这支护送令狐楚灵柩返京路上的人群：有失去丈夫的妻妾，有失去父祖的子孙，还有离职的吏员、僚属，以及随从婢仆……在暮色苍茫之中，行止无定之时，凄凄切切，踉踉跄跄，缓缓前行的情景吗？

接下来的“心断汉宫巫”，以及“从骑裁寒竹，行车荫白榆”，为这一解释作了完美的承续和印证。说见下“疏解”正文。

---

① “楚国梦”，当代诸家注、释均为高唐神女之事，只有叶葱奇“注”时从众，疏“肠回楚国梦”时，却只说“想着前程，不禁回肠”，巧妙地避开了这位叫人纠缠不清的巫山神女。

【辨二】说“狂夫”

除了“肠回楚国梦”之外，“方朔是狂夫”之“狂”，也容易叫后世研究者想入非非。

其实，“狂夫”之“狂”，也就是《论语》中孔子所说的“狂简”之狂，“狂狷”之狂。略有褒义，并不含现代语中特有的贬义。

《论语·公冶长》载：“子在陈曰：‘归与！归与！吾党之小子狂简，斐然成章，不知所以裁之。’”意思是：回去吧！回去吧！我家乡的后生们志向远大而处事疏略，文采斐然可观，却不懂得自我节制。言下之意是：他们都是足以成才之士，我应该回去帮助帮助他们，修理修理他们了！朱熹注：“狂简，志大而略于事也。”

《论语·子路》载：“子曰：‘不得中行而与之，必也狂狷乎？狂者进取，狷者有所不为也。’”意思是：如果找不到合乎中庸之道的人交往了，再一定要找，就找志向高远且洁身自好的人。志向高远的人勇于进取，洁身自好的人不会去做肮脏事！朱熹注：“狂者，志极高而行不远。狷者，知未及而守有馀。”

到了孟子时代，孟子的学生旧话重提。在《尽心》篇中，孟子的高足万章连发三问。一问：“孔子在陈，何思鲁之狂士？”意思是：孔子在陈，为什么突然会想起他家乡鲁国的狂士？二问：“何如，斯可谓狂矣？”意思是：什么样的人，才可以被称做“狂”？三问：“何以谓之狂也？”意思是：为什么说他们是狂士呢？

孟子一一回答之后说：“其志嘐嘐然，曰‘古之人，古之人’；夷考其行而不掩焉者也。”嘐嘐，朱熹注：“志大言大也。”意思是：他们志向很远大，口气也大，动不动就说‘古人呀，古人呀’，可是一考察他们的行为，却同语言并不完全相合。

南怀瑾先生讲述《孟子与尽心篇》时，对万章追根到底的“狂”字之问，作了通俗而积极的回答。他说：“‘狂’的人自有他的气魄，不低头，不灰心，永远前进，永远努力。”又说：“孟子说：所谓‘狂’的人，胸襟宏大，同天地一样，意志‘嘐嘐然’，其思想境界，扩大得像宇宙一样，包罗万象。”还说：“孟子又对万章说，这种人的胸襟，是令人向往的，毫不藏私，他的情感、思想，和太阳一样光明，掩盖不住，这是‘狂者’。”①

夫：指事字。“大”象人形，大上之“一”表示簪子。古代男子二十岁以簪束发而加冠，以示成年。“夫”，便成了古代成年男子的通称。如渔夫、农夫、匹夫，等等。

李商隐诗中所说的“狂夫”，也就是《孟子·尽心》篇中所说的“狂士”或“狂者”。也可以译释为狂人、狂徒，或者狂生。

【疏解】

本诗写于开成二年（837）冬。是李商隐随令狐兄弟等护送令狐楚灵柩由兴元返京，途经圣女祠时所作。李商隐三写“圣女祠”，本诗是第二篇。

首四句叙事，交代了李商隐一行护送着灵车，在暮色苍茫中途经圣女祠，缓缓地向着京城行进的情景。“滞”取流通不畅义。如滞游，指久游未归；如滞销，指销售缓慢。有人以为，李商隐一行曾在圣女祠停下一宿，其实是不然的。孤零零的圣女祠，前不连村，后不挨店；他们必须披星戴月地赶到下一个驿站，才得以停留休息。

所谓“杳蔼”一“逢”，实际上只是朦胧中一瞥而过。因此，在这首以“圣女祠”命名的诗篇中，既没有“圣女祠”的描述，也不见“圣女”或者女冠的踪影；从这个角度来看，这首思绪零乱、语义诡异，时而天上、时而地下的五言排律，实际上也是一首貌似有题，但诗题与内容无关，随意地以眼前景物为题的无题诗。

“何年”句仰天而呼，写心存祈祷的叩问：你飞升的魂魄何日才能回归天府？“此路”句俯首而泣，写物是人非的悲摧：眼前的大路正通向你所挂念的皇都。

“皇都”对“碧落”，以“皇”代“黄”而对“碧”，是为“借对”。

次四句承接“何年”句的祈问展开，极写李商隐对死去的令狐楚的怀念：“消息”句写，多么期望送信的青雀能带来你已经升天的信

---

① 均引自南怀瑾《孟子与尽心篇·狂狷的表现》。

息；“逢迎”句写，我千方百计求神问卜，但也不同于正月十五迎送紫姑。“肠回”句写，这一路上的枯藤老树在寒风中悲鸣，叫人耳闻心动，回肠荡气，我仿佛进入了《高唐赋》描绘的梦幻之境；“心断”句写，我也曾乞求过善于祭祀、沟通各方神鬼的“汉宫”女巫，但她们的回答也叫我绝望。此四句一句一典，节奏急促，意象繁复，表现了李商隐对已经去世的恩师令狐楚无限期待，无限怀恋，苦苦追寻而不可得的依依不舍之情。

“从骑”联一转，写灵车在归途上夜行的情景：“寒”点时令，“竹”即哀杖，亦即苏雪林所嘲笑的“哭丧棒”；然而直至今日，它仍然是后人为长辈送丧必备的祭仪用品。意思是，扶丧的人众骑着马，裁竹为哀杖，跟随着运载灵柩的丧车，披星戴月地在夜间趱行。

“星娥”联互文。所谓互文，是指让并列的词语互为补充，用来表达一个完整意思的修辞手法。“更”，表示动作行为的重复，相当于“再”“又”。这两句话，先问：织女一去之后，又曾回到人间么？回答是没有。再问：嫦娥奔月之后，又曾回到人间么？回答也当然是没有。李商隐列举了两则妇孺皆知的神话传说，用类比推理的手法，意思是：神仙如此，何况凡人？那么，令狐楚即使升天，也当然是不能再回到人间了啊！——表达了他对他的恩师一去不复返的深切的哀伤。

“寡鹄”联自喻，写无所归依之痛：我像一只失伴的孤鹄，迷途于苍茫的山谷；又像一只单飞的雌凤，满怀幽怨地栖止在碧绿的梧桐。

尾联“惟”，即只。“应”，即当。意思是：多么希望在你的碧桃仙树的荫庇之下，我像偷食仙桃的东方朔那样，永远是一个“狂徒”。——情深意切。既是回想，也是一个不可再现的期盼。

叶葱奇认为，狂夫，“犹言狂童，狂儿”，为了押韵才用了“狂夫”。他还说，因为李商隐年轻时就跟随令狐楚学章奏之文，“所以用偷桃小儿作比，意思说惟有自己获得了他的文章衣钵。”

向按：李商隐诗中之“狂”，借用了《论语》中“狂简”“狂狷”的狂义。“夫”是成年男子。所谓“狂夫”，亦即狂人，狂生，狂汉，狂徒等等，也就是《孟子》里所说的“狂者”或“狂士”。说见“辨”。

李商隐自称“狂夫”，取狂童、狂生、狂徒等义，既呈述了他在天平幕时期“志向远大而行为粗疏”的弱点，又以“吾党之小子狂简”者自居，亲切地表明了他和令狐楚之间的师承关系。非常恰切。

【历代笺评辑要】

朱彝尊：“《集》中《圣女祠》三首，第一首（指“篁竹篇”）尚咏神庙，次首（指“白石篇”）已似寄托，此首更似言情矣。人虽好色，未有渎及鬼神者。疑其有所悼而托以此题。或只因‘圣女’二字，故借以比所思之人也。”

徐逢源：“（令狐）楚卒于南山镇，义山往赴之，此北归途中作。”

程梦星：“此亦为刺女道士之显著者作。……‘肠回’四句，谓其纵情云雨，盘回神女之巫峰；秽乱清规，雅负甘泉之祠宇。……结语分明嘲其华如桃李，王姬一出瑶池，任人窃窥矣。”

纪昀：“合《圣女祠》三诗观之，确是刺女道士之淫佚。”

冯浩：“起四句点归途经过也。以下多比令狐（楚）：‘消息’四句，谓我望其入秉国钧，而今不可再遇，梦醒高唐，心断汉宫矣。‘从骑’二句，谓奉其丧而归。‘星娥’二句，谓令狐既化，更得知己否？‘寡鹄’二句，谓己之哀情。结谓惟有其子可以相守，借用‘小儿’字也。一字不可移易。而义山初心不背，于此可见。其后‘重过’一章，真有隔生之痛矣。”

张采田：“冯说精湛极矣。……此类诗，解者当沉思眇虑以领之。”

当代诸家　叶：“用‘美人芳草’比赋法来抒写心中的哀悼。……七八二句说想着前程，不禁‘回肠’，看到祭奠，更为‘心断’。结二句用东方朔偷桃事来比自己从楚学工‘今体文’。”刘、余：“详味诗意，此圣女祠当初并不寂寞，女主人公既有相得之女伴，亦有相恋之男道士。然随岁月迁移，人事变化，‘星娥’‘月姊’‘方朔’等均已离去，仅女主人公留滞于此。诗人过此，同情其人境遇，故赋此篇。”邓：“从‘心断汉宫巫’一词，推测到圣女祠中那位女道士，以前可能是宫中的女巫。如今，远离宫廷，独处荒祠，叹青春逐渐消逝，旧欢已杳，新欢难期……出于对女道士的深切同情，本诗作者在末联说到：

‘惟应碧桃下，方朔是狂夫。’实在不愧是仁者之言。”黄：“此《圣女祠》亦指玉阳灵都观；其所咏之‘圣女’，自是女冠。……此‘圣女’当即华阳宋氏或其姊妹。”郑：“义山于开成二年……十二月奉楚丧回长安，……过圣女祠因有所滞留，因作此诗。诗中所歌咏的女冠……原是宫女，后入道。她与宫中以道术为皇家服务的某一男性有恋爱关系，所以说‘心断汉宫巫’。……令狐楚大概葬在王屋山附近，义山于葬事毕后，乘隙上王屋山女道观寻访旧相知①。”

三、重过圣女祠

大中十年春

白石岩扉碧藓滋，上清沦谪得归迟〔1〕。
一春梦雨常飘瓦，尽日灵风不满旗〔2〕。
萼绿华来无定所，杜兰香去未移时〔3〕。
玉郎会此通仙籍，忆向天阶问紫芝〔4〕。

【注释】

〔1〕上清：道教传说中神仙居处的天界。《灵宝本元经》：“四人天外曰三清境：玉清、太清、上清，亦名三天。”《太真经》：“三清之间，各有正位。圣登玉清，真登上清，仙登太清。”

〔2〕梦雨：迷蒙细雨。《说文解字》注：“梦，不明也。”近现代学者胡玉缙曰：“‘梦雨’者，犹言阴雨也。”金王若虚《滹南诗话》：“萧闲云：‘风头梦，吹无迹。’盖雨之至细、若有若无者，谓之‘梦’，田夫野妇皆道之。”②　灵风：仙风。

〔3〕萼绿华：参阅前《无题二首·闻道阊门》注。　杜兰香：神话

---

① 此令狐楚葬地引用苏雪林说，语见《玉溪诗谜》。实则令狐楚葬于京兆府（长安）万年县凤栖原。李商隐《奠相国令狐公文》中“凤栖原上，新旧衮衣”可证。此处为妄言误引。

② 萧闲，金代诗人蔡松年，自号萧闲老人。“盖雨之至细”云云，是王若虚语，以为是萧闲语者误。

传说中的仙女。《搜神记》、《晋书·曹毗传》、曹毗《神女杜兰香传》及杜光庭《墉城仙录》均有记述。《太平御览》引《杜兰香别传》云："香降张硕，既成婚，香便去，绝不来。年余，硕忽见香乘车山际，硕不胜悲喜，香亦有悦色。言语顷时，硕欲登其车，其婢举手排硕，凝然山立。硕复于车前上，车奴攘臂排之，硕于是遂退。" 移时：延迟时间。未移时，指说走就走，不延误一点时间。

〔4〕玉郎：道家传说中掌管神仙名册的仙官。《太平御览·道部十八·简章》载：《金根经》"又曰：青宫之内北殿上有仙格，格上有学仙簿录及玄名，年月深浅。金简玉札有十万篇，领仙玉郎之典也。" 会：《广雅·释诂三》："会，至也。"到达，经过。 通仙籍：通籍，指姓名录于宫廷门籍，可以进出禁中了①。通仙籍，指姓名登录入神仙簿籍，则已是神仙中人了。 忆：此言想往、期望。徐德泓："'忆'字竟作'思'字读，则意自亮。" 天阶：天宫的殿阶。 问：求取。 紫芝：一种真菌。道教以为仙草。《太平御览·羽族部九》引《茅君内传》曰："句曲山有神芝五种。弟（第）三名燕贻芝，其色紫，形如葵藿，叶上有燕像如欲飞状，光明洞澈。食一株，拜为太清龙虎仙君。"

【疏解】

《旧唐书·柳仲郢传》载：柳"在镇五年，美绩流闻，征为吏部侍郎。"接任东川的是韦有翼。据侯圭《梓州东山观音院记》："（大中）十年秋，川主尚书韦公请居慧义院。"又，李商隐曾为韦有翼代写《为京兆（韦）公乞留泸州刺史洗宗礼状》：则柳仲郢及李商隐当在韦有翼莅梓交接之后离川。其时，至少是大中九年（855）秋后；据本诗"一春梦雨"，则已是大中十年（856）的春初了。

李商隐返京途中有《行至金牛驿寄兴元渤海尚书》诗云："楼上春云水底天，五云章色破巴笺。"（由蜀返程，故有"巴笺"）金牛驿在利

---

① 通籍：《汉书·元帝纪》颜师古注引应劭曰："籍者，为二尺竹牒，记其年纪名字物色，县（悬）之宫门，案省相应，乃得入也。"后来便称做官为"通籍"。

州和略阳之间，诗景已是春气浩荡；过了略阳，就能“重过圣女祠”了。因此，本诗应作于李商隐随柳仲郢返京途中的大中十年（856）的春天。

诗的首句开门见山，写“圣女祠”外即目所见：白色的岩石门扇上长满了碧绿的苔藓。——“白石”与“碧藓”相映相衬，既展示了环境的清丽与圣洁，也点化了祠址的幽静和荒凉。句末美美的一个“滋”字，似乎给寂寥的圣女祠平添了一股勃然、盎然的生意。

此圣女本无身世，也不知来历。然而李商隐驰骋想象，给祠中的圣女安排了身份——上清仙境的仙女；编造了来历——因谪逐而流落人间；表述了现状——沉沦至今，却迟迟不能回归；把自己早年的秘省清职之喜，中年的幕府羁泊之忧，以及晚年的迟迟不归之憾，一古脑地都寄寓在这尊本无所谓身份、来历的木雕泥塑的“圣女”身上。陆昆曾曾点醒读者：“‘沦谪’二字是一诗眼目。”金圣叹则一语见的地指出：“此则又托圣女以摅迁谪之怨也。”

颔联抬眼望去，写眼前景象：迷蒙的细雨如丝如线，如梦如幻，在青灰色的瓦盖上纷纷洒洒，似乎要笼罩这整个的春季；轻灵的仙风，整日里悠悠荡荡，飘飘忽忽，却展不开这墙头上低垂的旗幡。——“雨常飘瓦”，则阴雨连绵，绝无春阳之照耀；“风不满旗”，则风力微弱，且无援手之助力。言“一春”，则一春之中，日日如此；言“尽日”，则一日之中，时时如此。李商隐借这位上天不得，入世无门，满怀幽怨，处境凄凉的圣女，展示了自己凄凉的遭际和困顿的人生。

颈联举人间熟悉的另外两位仙女作比。萼绿华想来就来，而且居无定所，多么的自由自在；杜兰香说去就去，而且片刻不停，多么的洒脱利落！此处以另外两位知名仙女来去自由、飘忽不定的神仙生涯与圣女的困居荒野、身不由己作比，把李商隐蛰居幕府之苦，“定定天涯”① 之恨，也倾诉无遗。

玉郎，是道教传说中掌管神仙名册的仙官，借指柳仲郢。我们已

---

① 李商隐《忆梅》：“定定住天涯，依依向物华。寒梅最堪恨，常作去年花。”

知，此时的柳仲郢已被“征为吏部侍郎”，这是个主管朝廷中任免、考课、升降官吏的职务，且正在赴任途中。《广雅·释诂三》：“会，至也。”会此：即至此，亦即经此、过此而通向掌管“仙籍”的任所。

“紫芝”，亦即“华芝”。李商隐《东还》诗云：

> 自有仙才自不知，十年长梦采华芝。
> 秋风动地黄云暮，归去嵩阳寻旧师。

清人冯浩以“采华芝”指应举，编大和九年（835），曰“义山应举，至是将十年”。当代吴荣富以“采华芝”指仕宦，言自开成二年（837）中进士第，或开成四年（839）释褐任校书郎，至大中二年（848）自桂归洛，仕宦约略十年[①]。总之，诗里的“采紫芝”与隐逸无关；恰巧相反：不论是指应举，还是指仕宦，都是追求功名利禄的代语。

尾联的意思是，现在你经过这里，走马上任，直接通向掌管官吏任免、考课、升降的任所；这使得我萌生幻想，想起我当年仰望着天阶，求取“紫芝”的情境呵！

含蓄。只说过去，不说今日；然干谒之情，溢于言表。

【历代笺评辑要】

金圣叹：“此则又托圣女以抒迁谪之怨也。……‘萼绿华’，言定复有人怜而援手，特未卜其因缘则在何处也。‘杜兰香’，言近已有人，唇承面许，然无奈其别去犹无多日也。末言既有相援之人，则必有得归之日，此番若至中朝，定须牢记一问，有何巧宦之方，始终得免沦谪？盖怨之甚，而遂出于戏言也。”

朱鹤龄：“此以‘沦谪’二字发自己愤懑也。”

赵臣瑗：“此借题以发抒己意也。从来才人失志，其一种无聊不平之思必有所托，或托诸美人，或托诸香草，或托诸神仙鬼怪之事，如屈子之《离骚》是也。……‘得归迟’三字是通篇眼目。”

---

① 见吴荣富《李商隐与女道士之纠葛辩诬》。

程梦星：“《圣女祠》《集》中凡三见，皆刺当时女道士者。”

姜炳璋：“雨仅飘瓦，不足以泽物矣；风不满旗，不足以威众矣。是写圣女神境，又是写圣女凄凉之境，以为己官卑力薄之喻，妙绝！”

冯浩：“‘沦谪’二字，一篇之眼，义山自慨由秘省清资而久外斥也。三、四言梦想时殷，好风难得，正顶次句之意。五、六不第，正写重过，实借慨投托无门，徒匆匆归去也。七句望入朝仍修好于令狐。八句重忆助之登第，即赴兴元而经此庙之年也。”

当代诸家　叶：“结二句言‘玉郎’登名仙籍之日，曾经经过此地（向按：指义山及第后经此地至兴元），此番失意归来重经该处，不禁回想起当年成名得意的情景，是用回忆当时的得意，来反衬今日之沉沦。”刘、余：“……实则圣女、女冠与作者，乃三位而一体者。明赋圣女，实咏女冠，而作者‘沉沦归迟’之情即借此以传焉。……意者，诗人与观中某一由京城流落至此之女冠夙或相识，且对其身世遭遇颇抱同情。……目睹对方沦落不归之境遇，弥感己身世之沉沦，故借‘重过’而一抒‘同是天涯沦落人’之感也。”邓：“此乃借圣女以慨身世之诗，通篇所写，皆就‘沦谪得归迟’，备致其感慨。……把本诗末联随意拉扯到令狐绹，笔者是不以为然的。”黄：“窃谓商隐借‘圣女祠’以比玉阳山之灵都观；圣女，亦隐指女冠宋华阳。……借圣女而托言年轻时与女仙（女冠）的一段感情经历。”郑：“所谓圣女，实是京城皇宫中的宫女流落为圣女祠中之女道士。义山曾与相识，今番于归途中重过圣女祠，见其人尚在，深表同情，故有是作。所谓‘玉郎’者，诗人自谓也。”

92 附：谒山[1]

约大中十年

从来系日乏长绳，水去云回恨不胜。

欲就麻姑买沧海，一杯春露冷如冰[2]。

【注释】

〔1〕山：陵寝，坟墓。今俗称上坟为上山。

〔2〕麻姑：道教传说中的仙女。参阅《一片》注。

【疏解】

《谒山》向无定解。冯浩以为义山谒令狐，张采田以为令狐谒义山，其余诸家大多直称“未解其旨”。当代学者有以为写时光流逝之恨，而言不及“谒”，不能算是确解。其实李商隐所“谒”之“山”，应该就是他的妻子王氏的坟墓。

上古丧葬简约。《礼记·檀弓》篇载：“葬也者，藏也。藏也者，欲人之弗得见也。”所以，新石器时代的遗存多是竖穴式土坑墓，并无地面标志。这，也就是《礼记·檀弓》所说的“古也墓而不坟”。

“墓”和“坟”在古代的区别是：穴地为墓，筑土为坟。随着丧葬观的变化，有权势者把地面土越加越高，就形成了“山”，形成了“陵”。《孔子家语·辩政》说：“大王万岁之后，起山陵于荆台之上。”这个人工“山陵”，也就是超级大坟墓了。郦道元《水经注·渭水》：“秦名天子冢曰山，汉曰陵，故通曰山陵矣。”

汉代帝墓称“陵”形成定制，如高祖长陵，惠帝安陵，文帝霸陵，景帝阳陵，武帝茂陵等，特别是“霸陵”，“因山为陵，不复起坟”，是中国第一个依山凿穴为玄宫的帝陵，对后世陵寝建制影响极大。

至唐，仅懿德太子、永泰公主因遭武则天冤杀而特许建陵。景龙三年（709），安乐公主想让前夫武崇训也“号墓为陵”，遭到大臣们坚决反对而作罢。而“山”却无此限定。汉之前因介之推之死改绵山为介山，汉之后因在蒋子文墓前立祠而称钟山为蒋山，晋陶渊明有“托体同山阿”之挽歌，南朝梁刘歊有“归于旧山”之遗言。至唐，长孙皇后临终时也有“因山而葬，不须起坟”之叮咛。民间则更是因地制宜，大凡有山之处，都要把坟墓建在山上。而每到清明，地无分东西南北，一般都把到坟头祭奠死者称做“上山”，也不管坟头是不是建在山上。

王氏的坟在哪里？李商隐诗文中并无记载。从“归来已不见”推测，王氏死后已有亲友代为暂厝。他的祖父李俌迁荥后，不幸早逝，曾留下遗言：“自我为祖，万世不迁。”① 李商隐在《祭裴氏姊文》中也说：“坛山荥水，实惟我家。灵其永归，无或栖寓。”从李商隐营建坛山墓地时所下的决心：使“五服之内，更无流寓之魂；一门之中，悉共归全之地”等情节来看，他是决不会让他爱妻的遗骨流落在京畿的。王氏最终的安葬地应该就是荥阳坛山。

李商隐大中十年（856）从梓幕归来之后，必得有坛山一祭，这就是《谒山》一诗的由来。

所谓“谒山”，就是到荥阳坛山王氏的坟前祭奠。用“谒”，表示他对亡灵的敬重和虔诚。李商隐一生登历过许多名山大川，其中多次穿越秦岭和南岭，多次飞舟于雄奇激越的巴山蜀水之间，既未称“谒”，也不曾引发如此深沉的时空联想。而只有在王氏墓前一立，有关日月亘古如斯，时间一去不返的感慨，个人在茫茫宇宙中的渺小、孤独和无奈，都禁不住油然而生了。

麻姑是道教传说中的仙女。葛洪《神仙传》载，东汉桓帝时，她同另一位神仙王远降临蔡经家。麻姑说：“上次见面以后，我已经亲眼见到东海三次变为桑田了。不久前到蓬莱，水比上次少了一半，岂不

①见《请卢尚书撰曾祖妣志文状》。

是又要变成陆地了?”王远笑了笑说:“圣人们都说,大海中又将要尘土飞扬了。”这段对话,就是成语“沧海桑田”的来历,麻姑因此也被衍化为掌管时间与生命的女神。

本诗首句借晋傅玄《九曲歌》“安得长绳系白日”开篇,然逆其意而用之:直言“从来系日乏长绳”,表明他对人天关系的一种新的感悟:面对着浩瀚而恒久的宇宙现象,比如说,东去的流水为什么一去不复返?悠荡的白云为什么飘去又飘回?还有,太阳为什么不能停下匆匆的步履,生命为什么不能在人世永驻?等等,李商隐的感悟是:对于这一切的一切,微末的人类不仅是无能为力的,而且是懵懂无知的,你可能做到的就只能是不胜其怅恨而已!

第三句说,我本想到麻姑那里去买下沧海:让天地翻覆,让沧海变桑田,让死者复活,让时间永驻……然而,现在,在妻子坟前一站,他才知道这个想法是多么的愚妄!于是第四句回归现实,回归到他对妻子的悼念上。曹操说:“对酒当歌,人生几何?譬如朝露,去日苦多。”(《短歌行》)李商隐借用曹操的人生有如朝露的比譬,沉痛地哀叹:你的生命有如一杯美好的春露,到如今也已经是冷如坚冰了!

因为王氏已经去世多年,所以,没有撕心裂肺的哀痛,只有绵密低回的沉思,回天无力的惋叹。把对王氏的祭奠升华成为一种对宇宙时空的哲理性的思考,升华成为一支为生命的短促、脆弱、茫然而喟叹的悲歌。

这也许是他祭奠王氏的最后的悲歌了,因为他知道,不久之后,他自己的生命也将顺应宇宙的逻辑而走向终结。

【历代笺评辑要】

朱彝尊:“想奇极矣,不知何所为。”

姚培谦:“此即‘上林多少树,不借一枝栖’之意。”

纪昀:“未解其旨。”

冯浩:“当与《玉山》七律同味。谒山者,谒令狐也。次句身世之流转无常,三句陈情,四句相遇冷淡也。”

张采田:“山即义山自谓,此暗记令狐来谒事也。言我方欲就彼陈情，而不料其匆匆竟去，徒令杯酒成冰，所以有‘水去云回’之恨也。首句则言安得长绳系日，使之多留片刻乎？”

当代诸家　叶：“诗题残缺……姑就《谒山神庙》这一假设来加以阐说。”刘、余：“登山而望景光流驶”，写“时光流逝之恨”。邓：“由‘水去云回’之景，联想到时间的流逝，因而不胜惆怅。”黄：“此悼亡也。……余疑义山妻逝后安厝蓝田玉山，则义山当于汴幕归来，至玉山祭奠王氏之坟墓也。”郑：“谒玉阳山。那是诗人学道的圣地，也是他与女冠相恋的故山，给他留下了许多美好的回忆。……”

93 锦瑟

大中十三年春①

锦瑟无端五十弦，一弦一柱思华年〔1〕。
庄生晓梦迷蝴蝶，望帝春心托杜鹃〔2〕。
沧海月明珠有泪，蓝田日暖玉生烟〔3〕。
此情可待成追忆，只是当时已惘然〔4〕。

【注释】

〔1〕瑟：古代的一种弦乐器，有五弦、十五弦、二十三弦、二十五弦、五十弦诸说。朱鹤龄注引《周礼乐器图》："雅瑟二十三弦，颂瑟二十五弦。饰以宝玉者曰宝瑟，绘文如锦者曰锦瑟。"《史记·封禅书》："太帝使素女鼓五十弦瑟，悲，帝禁不止，故破其瑟为二十五弦。"向按：太帝，《孝武本纪》作"泰帝"。又，有关弦数之讨论甚多，在没有新证前，仍应以"五十弦"之文本作为本诗的讨论基础。无端：王锳《诗词曲语辞例释》："无端，又等于说无奈，多用于感叹事与愿违的场合。"

〔2〕庄生：庄周。生，"先生"的省称，也可指年轻人。"蝴蝶"典出自《庄子·齐物论》："昔者庄周梦为蝴蝶，栩栩然蝴蝶也，自喻适志欤，不知周也。俄然觉，则蘧蘧然周也。不知周之梦为蝴蝶欤？蝴蝶之梦为周欤？"　望帝：古蜀国君主。晋常璩《华阳国志·蜀志》："杜宇称帝，号曰望帝。……会有水灾，其相开明决玉垒山以除水害。帝遂委以政事，法尧舜禅授之义，遂禅位于开明，帝升西山隐焉。时

①李商隐应卒于大中十三年（859）之后，说见后《附一：李商隐生卒年考辨》。

适二月，子鹃鸟鸣。故蜀人悲子鹃鸟鸣也。”又，朱鹤龄引《成都记》：“望帝死，其魂化为鸟，名曰杜鹃。”又，《说郛》卷六辑《太平寰宇记》：“望帝自逃之后，欲复位不得，死化为鹃。”据此推知，望帝并非真心禅让，而是避难出逃、“复位不得”而死，故又演化出“杜鹃啼血”之说。　杜鹃：布谷鸟，又名杜宇、子规。既是鸟名，又是花名。民间传说：蜀王死后魂化为鸟，名曰杜鹃。暮春啼叫：“归去归去，不如归去！”其声哀怨动人，至口眼流血而不止。血滴花上，曰杜鹃花。略早于李商隐的诗人白居易在《琵琶行》中写道：“其间旦暮闻何物，杜鹃啼血猿哀鸣。”可见，“杜鹃啼血”的传说在李商隐时代颇为流行。诗中“蝴蝶”“杜鹃”双关，说见后。

〔3〕沧海：大海，因水色暗绿，亦称沧海。晋张华《博物志》：“南海外有鲛人，水居如鱼，不废绩织，其眼泣则能出珠。从水出，寓人家积日，卖绡将去，从主人索一器，泣而成珠满盘，以予主人。”另，《搜神记》《述异记》及《文选》注也有类似记载。　蓝田：县名，唐时属关内道京兆府。亦山名。《元和郡县志》：“蓝田山，一名玉山，在县东二十八里。”《太平寰宇记》：“山出美玉。《周礼》注：‘玉之美者曰球，其次曰蓝’。盖以县出美玉，故名蓝田。”

〔4〕可待：岂待。张相《诗词曲语辞汇释》：“‘可待’，犹云‘岂待’或‘那（哪）待’也。”　惘然：既迷茫，又怅惘若失的样子。

【疏解】

“锦瑟”是李商隐妻子的遗物，王氏生前常弹奏此瑟以娱情。所以，许多涉及王氏的诗篇也常常写到“锦瑟”①。妻死之后，此锦瑟仍应供奉于几案之上，朱栊之旁，时时触动他的心弦。

可以想见的是：某一日，年近“五十”② 的李商隐，见到此“五

①李商隐诗，《回中牡丹为雨所败》中有“玉盘迸泪伤心色，锦瑟惊弦破梦频”，《寓目》中有“新知他日好，锦瑟傍朱栊”，《房中曲》中有“忆得前年春，未语含悲辛。归来已不见，锦瑟长于人”。

②李商隐应去世于大中十三年，或之后，享年约五十岁。说见后《附录一、李商隐生卒年考辨》。

十弦”之“锦瑟”，突发联想，感慨万千，回思往事，历历在目。随手拈“锦瑟”二字起兴，用“无端”二字作怨语劈头问来，把诗人的感情与读者的注意力都调动到“五十”之数和“思华年”之情上。

不管你怎么解释“无端”二字：“无缘无故”也好，“没来由”也好，都是针对“五十”这个特定的数字而发。就诗论诗，应该认定作者眼前看到的就是一张五十弦的古瑟（郑在瀛主此说）；即使不是，也应该认定作者看到眼前的瑟，就立即产生了“黄帝使素女鼓瑟，哀不自胜”（《世本》）的联想。否定了这一点，那激情澎湃的“无端”之慨，以及随之而来的“华年”之“思”，就都没有着落了。

把第一句译成现代语就是：绮丽的瑟呀，绮丽的瑟，为什么你无来由地刚刚就是五十根丝弦？不当问而问，是诗人之痴语，一股悲怆之气迎面扑来。

把第二句译成现代语就是：这一根根的弦，一条条的柱，使我情不自禁地回想起了我逝去的年华。紧扣“五十”，不可另作他解。

“一弦一柱”，并非虚设。上，它承接“五十”，形象性地展示了作者似乎在一根根、一条条地清点。下，它牵起“思”字，明白地告诉我们，他并不是用手在清点，而是在“思”，即用“心”在清点。清点什么？清点的就是这一桩一件的“华年”往事。

“华年”二字，划定了思索的范畴；“一弦一柱”，规范了思索的层次、节奏；而突如其来的“无端”之问，又给所“思”的内容笼罩了一股悲怆的氛围。“思”，是全篇的诗眼，领起下文。其所“思”的内容必将在下面的诗句里渐次展开，逐一落实。

“庄生”典出自《庄子·齐物论》：“昔者庄周梦为蝴蝶，栩栩然蝴蝶也，自喻适志欤，不知周也。俄然觉，则蘧蘧然周也。不知周之梦为蝴蝶欤？蝴蝶之梦为周欤？”本句以“庄生”自喻，追忆他早年追随令狐楚，在天平幕生活的往事。

所谓“晓梦”，指的是早年的梦。大和三年（829）三月，令狐楚出任东都留守，李商隐以“献赋”受到令狐楚的赏识。十一月，令狐楚调任天平军节度使、郓曹濮观察使时，辟李商隐为巡官。《旧唐书》

载："楚以其少俊，深礼之，令与诸子游。"此时，李商隐正青春年少，年龄还不到20岁①。

《史记》载："庄子者，蒙人也，名周，名周。周尝为蒙漆园吏。"《史记正义》引《括地志》说："漆园故城在曹州冤句县北十七里。"《曹州府志》称：庄子"隐于曹之南华"，故唐玄宗追封庄子为"南华真人"。又，《庄子·秋水》载："庄子钓于濮水。"据《说文解字》："濮水，出东郡濮阳，南入巨野。"而作为天平军治所的郓城，正好在濮阳和巨野之间。由于黄河改道，许多古代河流游移不定，但濮阳、郓城、巨野三地岿然不动。则庄子居处，出仕，乃至归隐之地，完全在郓曹濮观察使辖区之内。青年时期的李商隐以庄子自喻，且不称"庄子"，直称"庄生"，就时间、地点、年龄和当时心态而言，正好恰合。

对于这段生活，他在《上令狐（楚）相公状一》中有过一段温馨的回顾："每水槛花朝，菊亭雪夜，篇什率征于继和，杯觞曲赐其尽欢。委曲款言，绸缪顾遇。"《旧唐书·李商隐传》载："商隐能为古文，不喜偶对。……楚能章奏，遂以其道授商隐，自是始为今体章奏。博学强记，下笔不能自休。"其《谢书》云：

> 微意何曾有一毫，空携笔砚奉龙韬。
> 自蒙半夜传衣后，不羡王祥得佩刀。

其《牡丹》诗云：

> 我是梦中传彩笔，欲书花叶寄朝云。

其融洽之状，感佩之情，得意之态，都跃然于纸上了。

开成二年（837），李商隐得令狐绹之荐及进士第。开成二年（837）冬，令狐楚病笃，李商隐"绝崖飞梁，山行一千"地驰赴兴元，代草遗表。逝后，又伴同令狐兄弟奉丧归长安。此时的李商隐同令狐家族，实

---

①李商隐《上令狐相公状一》说："献赋近加冠之年。"《礼记·曲礼》载："二十曰弱，冠。"孔颖达《正义》："二十成人，初加冠，体犹未壮，故曰弱也。"

可谓恩义两重。然而他在《奠相国令狐公文》结尾时竟然自叹地说：

故山巍巍，玉溪在中。送公而归，一世蒿蓬。

这表明：李商隐与令狐楚“诸子”并不和谐；他已深知，令狐楚去世后，他将永远地失去了令狐家族这座强大的靠山。开成五年（840），李德裕入相，李商隐竟以《海客》诗相干谒，且自称“只应不惮牵牛妒，聊用支机石赠君”，这就大大地触犯了牛党，在李商隐和令狐绹之间留下一段浓重的阴影。

大中元年（847）三月，在政治权力明显地向牛党转移，李党重臣迭遭贬斥之际，李商隐竟敢逆潮流而动，应郑亚之辟离京赴桂，惹得远任湖州刺史的令狐绹暴跳如雷。尽管李商隐在《酬令狐郎中见寄》中以“补羸贪紫桂”作辩，以“天怒识雷霆”“危于讼阁铃”乞怜，然而无济于事，他们之间从此便留下了一道深深的鸿沟。

恩和怨是一对孪生兄弟，没有往日的养育培植之恩，便没有今日的冷面薄颜之怨。返京之后的李商隐，也曾“屡启陈情”，然而绹“不之省”（《旧唐书》本传）。晚年的李商隐回思往事，品味出来的竟是一个“悔”字。他在《白云夫旧居》中写道：

平生误识白云夫，再到仙檐忆酒垆。
墙外万株人绝迹，夕阳惟照欲栖乌。

令狐楚自号“白云孺子”。他把“登科后为桂并四府从事，掌笺奏者十三年”之文稿缀编成集，题名为《白云孺子表奏集》。“误识”二字，大有“悔不当初”和“身不由己之慨”（《李商隐诗歌集解》）。

《漫成五章》是李商隐晚年回顾一生的紧要之作。其一云：

沈宋裁辞矜变律，王杨落笔得良朋。
当时自谓宗师妙，今日惟观对属能。

“宗师”，直指令狐楚。早年的观感与今日的反思恰成反差极大的对比，实有大不敬之意，何止是悔！（说解见前《漫成五章》）

句中“蝴蝶”双关，一借庄生蝴蝶之梦以自喻，另一谐音“令狐”。一个“迷”字，既描绘了他当时的心境：迷恋，迷醉，倾心于令狐，全身心地融入令狐家族，栩栩然，充满青春的梦幻，甚至于迷失本性，自以为就是“蝴蝶”了；同时也表达了晚年的他对那段生活的评价：幼雅，单纯，以及写此诗时的惋叹和追悔。

“望帝”典出自《华阳国志》《蜀王本纪》等书。传说蜀王杜宇，号望帝，因水灾不治让位于大臣鳖灵，退隐山中，死后化作杜鹃。每到春天，因思念故国而日夜悲鸣，泪尽继之以血。“望帝”句用蜀典，回顾他在西川（治所今四川成都）干谒杜悰，不堪回首的往事。

大中五年（851），李商隐应东川节度使柳仲郢之辟赴梓幕。当年冬，奉命赴西川“推狱”（即会审），当时的西川节度使就是杜悰。

杜悰是唐宪宗女婿，政治上属牛党。《新唐书》说他“厚自奉养，未尝荐进幽隐”，是个有名无实的“秃角犀”。但李商隐同他有表亲之谊（义山堂姑母是杜悰生母），所以，李商隐对他寄托了一定的希望。

据《为河东公（柳仲郢）上西川相国京兆公（杜悰）书》，李商隐于大中五年（851）十二月十八日启程赴西川。二十四日，他写了《献相国京兆公启》，同时还上呈了“一百首”能展示自己才华的诗作。新年正月初二，他又迫不及待地写了《五言述德抒情诗一首四十韵献上杜七兄仆射相公》，得到了一些口头夸奖。一段时日之后，大约是公事已经办完，他在《献相国京兆公启二》中写道：“伏恐本府已有追符，即日径须上路。”于是又献上了一首题名为《今月二日不自量度辄以诗一首四十韵干渎尊严……亦诗人咏叹不足之义也》的长诗。

这两首长达四十韵的献诗，除了赞颂杜悰、陈述困境外，明显地表达了希求提携之意。前诗云：“弱植叨华族，衰门倚外兄。欲陈劳者曲，未唱泪先横。”后诗云：“待公三入相，丕祚始无穷。”

其《启二》又云：“某者幼常刻苦，长实流离。乡举三年，才霑下第；宦游十载，未过上农。顾筐箧以生尘，念机关而将蠹……游梁苑以无期，窜漳滨而有日。矧以游丁鳏孑，不忍羁孤。期既迫于从公，力遂乖于携幼。安仁挥涕，奉倩伤神。男小于嵇康之男，女幼于蔡邕之女，每蒙顾问，必降咨嗟。抚身世以知归，望门墙而益恳……”

这样声泪俱下的文字，真有如杜鹃泣血，除顾问咨嗟之外，没有得到任何积极的回应。一个“托”字，既写出了他事前的希冀，也表达了他事后的失望和怨悔。

此句以失国失位、流离失所的“望帝”自喻。“春心”双关，一指时令，即大中六年（852）的春天；另一指他献诗、陈启时的一颗充满期待的心。“杜鹃”亦双关，既谐音“杜悰”，即当年“春心”寄“托”之所在；又关联时令，指自己如泣如诉的陈情，有如泣血的“杜鹃”，落下的只是幽怨、羞愤和一腔血泪而已。

一般以为，李商隐完成“推狱”后，必已于正月返回东川。其实是不然的。令他揪心的是，他可能还承担着为柳仲郢的儿子柳珪在杜悰幕府谋一职位的使命。直到三月六日柳珪“辄奉辟书”后，李商隐才出现在东川。随后，他又连续地为柳仲郢、柳珪父子写了《为河东公谢相国京兆公启》《为河东公谢相国京兆公第二启》《为柳珪上京兆公谢辟启》《为柳珪上京兆公谢衣绢启》《为柳珪上京兆公谢马启》及《为河东公谢相国京兆公第三启》等，正所谓“有意栽花花不发，无心插柳柳成荫”。李商隐（也许是带着柳珪的辟书）返回东川、为柳氏父子代写谢启之日，正杜鹃啼血之时，这叫李商隐情何以堪！

应该特别指出的是，李商隐赴东川后涉及到杜悰的诗作很多（参阅前附《蜀诗四首》等），以“杜鹃”隐射杜悰也并非孤例。如《北禽》：

为恋巴江暖，无辞瘴雾蒸。
纵能朝杜宇，可得值苍鹰。
石小虚填海，芦铦未破矰①。
知来有乾鹊，何不向雕陵②？

这是一首具有写实性质的自喻诗。诗里，他把自己比喻成一只来

①《淮南子·修务》：“大雁衔芦而翔，以备缯弋。”

②“知来”句：《淮南子·汜论》：“猩猩知往而不知来，乾鹄（一作“鹊”）知来而不知往。”《庄子·山木》：“庄周游乎雕陵之樊，睹一异鹊自南方来者……而集于栗林。庄周……蹇裳躩步，执弹而留之，睹一蝉方得美荫而忘其身；螳螂执翳而搏之，见得而忘其形；异鹊从而利之，见利而忘其真。庄周怵然曰：‘噫！物固相累，二类相召也。’捐弹而反走。”

自北方的鸟。

首联申述入蜀目的：为了恋慕巴江温暖，连瘴雾蒸腾之险也不顾了。颔联则表示犹疑："杜宇"即杜鹃，双关杜悰。言即使能"朝见"到杜悰，取得他的同情和谅解，但又怎能免遭"苍鹰"（指猛戾的牛党当权者）之祸呢？颈联自叹处境凶危：我像精卫，衔来的石子太小，永远也填不满大海的欲壑；我像大雁，衔着避祸的芦苇飞翔，也逃脱不了弋者的弓矢。尾联说：能够知道未来的只有乾鹊，我何不像庄子游乎雕陵那样，置身事外，去品味品味那场螳螂捕蝉、黄雀在后的哑剧呢？

值得注意的是："朝"含有朝见和参拜的意思。就本体而言，"杜宇"是失国之君，"杜鹃"为啼血之鸟，都不值得参拜。而作者偏要借民间流传的"百鸟朝凤"之说用了这个"朝"字。可见其"杜宇"必有喻体，其所喻对象也就必是杜悰了。就职位而言，杜悰此前曾两次入相，现任西川节度使，算得上是带总理衔的大军区首长了。就亲谊而言，杜悰是表兄，用"朝"，含有尊崇和恭敬的意思。拜见的目的，除了希求其提携外，还想借此机会表白心迹，以缓解牛党人士对他的排斥。实际情况是，这两个目的都不可能达到。

冯浩注《北禽》曰："起联谓不惮远来，三四言意在西川，而叹人之排击。'纵能'者，正托出不能也。五六顶上致慨，结则言其计左矣。"张采田《会笺》称："'杜宇'点其姓也。……起句与'南行问酒炉'同义。中言杜悰本非彼党钜子，如小石不能填海，銛芦未必破矰，纵使得见颜色，亦复于我何济？我本令狐门客，与其希此无益之求，何如竟向子直（令狐绹）告哀之为愈乎？"

冯浩对诗的理解是正确的，张采田说亦有可取。但因为他们对李商隐行踪判断有误：冯浩以为李商隐在大中三年（849）由京入蜀，张采田以为李商隐在大中二年（848）由楚入蜀，致使南北方向颠倒，年代季节错乱，道里往返迂曲，未能准确地揭示出此《北禽》表达的是在大中五年（851）应辟梓幕后，对坐镇成都的杜悰始而希企，继而彷徨，最终失望而怨悔的情怀。然其"意在西川""南行问酒炉"之说，与"望帝春心托杜鹃"正同。

他终于有机会到成都了，见到了那棵参天入云的“玉垒高桐”，品味到了那股“上含霏雾下含冰”（见《蜀桐》）的坚酷的寒冷。与此同时，他敏锐的嗅觉也嗅到了“曾妒识灵槎”（见《壬申七夕》）的记恨，以及“不许文君忆故夫”（见《寄蜀客》）的专横。于是他跃跃欲动的“春心”之“托”，也就戛然而止①。

两年之后，他仍然耿耿于怀；怀着那颗愤愤不平之心，他在《写意》② 中再次抒发了他此次成都之行的感慨：

> 人间路有潼江险，天外山惟玉垒深。

“玉垒”是成都近旁的名山。冯浩笺注此联云：“此溯昔年至巴蜀途次曾身亲此江流之险，亦暗喻人心险于山川也。西川（杜悰）终无属望，如山最深，不得入矣。此之谓‘写意’。”——非常正确！

“庄生”“望帝”一联，时间上，一前一后，互相呼应；地点上，一东一西，配置均衡。两句都用了能指示时、地的典故，两个典故都既是自喻，又有双关。他自比庄生，梦为蝴蝶，而蝴蝶又双关于令狐楚；他自比望帝，托意杜鹃，而杜鹃又双关于杜悰。完全与文本贴合。既确切地写出了当年他曾经有过的迷恋和希求之心，又婉转地表达了他晚年追忆时的懊悔和失望之情。

研究诸家不能参透此情，此境，有以音乐解之者，有以悼亡解之者，有以意象解之者，有以不解解之者，终皮相也！

“沧海”句时空大转换，把我们的视角调度到遥远的南方海域。

会昌六年（846）三、四月，风云突变，武宗崩，宣宗即位，对李德裕及其追随者的打击正以雷霆万钧之势逐步展开。令我们万分惊讶的是，李商隐真个是“不惮”其“妒”，竟然应李德裕“死党”郑亚之辟远走桂林。

李商隐于大中元年（847）三月七日随郑亚出京。途中，既有对李

---

①参见前《蜀诗四首》。

②《写意》：“燕雁迢迢隔上林，高秋望断正长吟。人间路有潼江险，天外山惟玉垒深。日向花间留返照，云从城上结层阴。三年已制思乡泪，更入新年恐不禁。”

德裕遭遇不平、自身命运不济的嗟叹，如《四皓庙》：“羽翼殊勋弃若遗，皇天有运我无时。”也有另辟新径的欣喜，如《商於新开路》：“更谁开捷径，速拟上青云。”他抖擞精神，一路高歌。其《岳阳楼》云：

汉水方城带百蛮，四邻谁道乱周班？
如何一梦高唐雨，自此无心入武关。

这是一首借史抒怀之作，落脚点只在后面两句，与《题僧壁》中的尾联“若信贝多真实语，三生同听一楼钟”一脉相承。义无反顾，情绪昂扬，是苏轼南贬时“日啖荔枝三百颗，不辞长作岭南人”的范本。接着，又有《席上作》：

淡云轻雨拂高唐，玉殿秋来夜正长。
料得也应怜宋玉，一生惟事楚襄王。

题下注云：“余为桂州从事，故府郑公出家妓，令赋高唐诗。”注称“故府”，可见诗成于当时，追录或追注于郑亚去世之后。张采田笺曰：“此表明一生不负李党之意。”甚是。此“高唐”与前“高唐”一气相贯，不过，语调低沉且略含凄切了。

大中元年（847）九月，他不避嫌疑，代府主郑亚为正处于贬斥之中的李德裕写《太尉卫公会昌一品集序》。序中奖颂万般，称他“以大手笔，居第一功”，有“廊庙之器”，“师表之姿”，赞他“成万古之良相，为一代之高士”，并叮嘱后人说：“繄尔来者，景山仰之。”

《新唐书·宣宗纪》：大中二年（848）“七月己巳，续图功臣于凌烟阁。”据《新唐书·忠义传·李橙》，此前，曾诏求李岘、王珪、戴胄、马周……等人画像。一时之间，画谁？不画谁？议论纷纷。然李德裕执政期间，外攘回纥，内平泽潞，裁汰冗吏，制驭宦官，因功绩显赫而加太尉，封卫国公，如今竟无一人提及。只有李商隐在《旧将军》中，愤愤不平地大声疾呼：

云台高议正纷纷，谁定当年荡寇勋？
日暮灞陵原上猎，李将军是故将军！

李德裕的最后贬斥地崖州，以盛产珍珠得名。《汉书》应劭注："二郡（珠崖、儋耳）在大海中崖岸之边，出真珠，故曰珠崖。"孙吴时置朱崖郡，晚唐之后的笔记如《云溪友议》《剧谈录》《北梦琐言》《南部新书》等，常以"朱崖"称崖州；甚或，径以"朱崖"指代远贬崖州的李德裕。李商隐诗中常有"万里南云"之思，研究者大多不知其所思者为谁何，有以柳枝充之者，有以女冠实之者，有以不解解之者，究其实，李商隐滞留巴楚，踟蹰不前，就是对三十多年来的牛李党争此起彼伏还抱有一丝幻想，等待着远贬"朱崖"的李德裕起复的消息。其《丹丘》诗云：

> 青女丁宁结夜霜，羲和辛苦送朝阳。
> 丹丘万里无消息，几对梧桐忆凤凰。

"丹丘"亦称丹穴之山，实指茫茫南海之中的崖州。详见前《丹丘》之"辨"。《山海经·南山经》云："丹穴之山……有鸟焉，其状如鸡，五采而文，名曰凤皇。……是鸟也，饮食自然，自歌自舞，见则天下安宁。"此诗以"丹丘"之地、"凤凰"之尊直指李德裕，言岁时昼夜往复，无穷无尽，而远隔万里的"丹丘"（"丹"即"朱"，"丘"近"崖"）却没有一点儿消息，好不想煞人也么哥！其《失猿》诗云：

> 祝融南去万重云，清啸无因更一闻。
> 莫遣碧江通箭道，不教肠断忆同群。

"祝融"是三皇五帝时代夏官火正的官名。在神话传说中，他是火神和战神。《太公金匮》说："南海之神曰祝融。"韩愈《南海神庙碑》也说："考于传记，而南海神次最贵，在北东西三神、河伯之上，号为祝融。"借祝融这位火神、战神和南海之神，来指称这位刚刚指挥了一场剿平藩镇叛乱，而今已冤贬南海的李德裕，是再恰当不过的了。《失猿》题一语双关，一则谐音"失援"，言李德裕、郑亚一贬再贬，自己已成孤立无援之势；二则《搜神记》中有失子之猿，肠"寸寸断裂"

的记载①。李商隐一往情深地祈请：这碧绿的江流千万别通向埋伏着暗箭的河道，以免本已“失援”的我，又肝肠“寸寸断裂”也！

像这样表达“万里之思”的诗篇还有很多，写在滞留巴楚时期的有《到秋》：“扇风淅沥簟流离，万里南云滞所思。守到清秋还寂寞，叶丹苔碧闭门时。”写在大中三年（849）返京之后的有《春雨》：“……远路应悲春晼晚，残宵犹得梦依稀。玉珰缄札何由达，万里云罗一雁飞。”还有《柳》：“……如线如丝正牵恨，王孙归路一何遥。”

“王孙”，直指李德裕。如果编派为柳枝，宋华阳，殊为不伦。

特别值得我们回味的是，李商隐后期的“写意无题”始终追随着李德裕的踪迹：李德裕贬潮的时候，李商隐在《无题·相见时难》中叮咛贬任循州的府主郑亚说：“蓬山此去无多路，青鸟殷勤为探看。”李德裕由潮贬崖，李商隐在《无题四首·来是空言》中又说：“刘郎已恨蓬山远，更隔蓬山一万重。”大中三年（849）正月初，李德裕抵达崖州贬所，李商隐又在《无题·紫府仙人》中激愤地说：

如何雪月交光夜，更在瑶台十二层。

更令人悲痛的是，李商隐的期待终于落空了。大中三年（849）十二月，被贬降为崖州司户参军的李德裕卒于贬所。

晋张华《博物志》载：“南海外有鲛人，水居如鱼，不废绩织，其眼泣则能出珠。”又，古人认为，月的圆缺与珍珠的虚实有一定的联系。《大戴礼记》云：“蚌蛤龟珠，与月盛虚。”《吕氏春秋》云：“月望则蚌蛤实，群阴盈；月晦则蚌蛤虚，群阴亏。”

作者借用珠月盈亏和鲛人泣珠的故实，把沧海、明月、珍珠、眼泪这四种物象与典故叠用，营造出一种清朗高洁而又凄婉悲凉的意境，表达了作者对这位贬死崖州的长者的怀念与哀思。

“珠”即是“泪”，“泪”即是“珠”。既是神话，又是现实。至于它是鲛人的泪珠，还是作者的泪珠？是“八百孤寒齐下泪，一时南望

①《搜神记》卷二十载：有人入山得猿子，猿母自后逐至家，作乞哀状。此人竟击杀之，猿母悲唤，自掷而死，破肠视之，寸寸断裂。

李崖州”的泪珠，还是事主李德裕“夜泊芦岛”“登崖州城”黯然神伤的泪珠？更是给我们留下了无限辽阔的想象空间。

这个泪，是为李德裕冤贬至死而流，还是为自己与李德裕遇合无缘、困顿一生而流，也给我们留下了无限辽阔的想象空间。

就字面解释：这句话的意思只是：在明月高照、碧波浩渺的南海里，粒粒珍珠，凝聚着多少鲛人的眼泪。

然而就内涵来说，时间，地点，人物，事件，清清楚楚，寄寓着作者的哀思、叹惋，乃至激愤的感情。

“蓝田”句则着笔于自己同令狐绹的关系，写的是理想的最终破灭。几个不算偏僻的典故，在这句诗里也被李商隐揉合得炉火纯青。

先说“蓝田”。它既是县名，又是山名，自古以来就是著名的产玉之地。唐武德三年（620），曾分蓝田置玉山县，贞观元年（627），又废玉山入蓝田县。可见蓝田和玉山，一而二、二而一而已。蓝田紧邻长安，隶属京兆府。大中三年（849），从桂管返京的李商隐走投无路之日，正是他青年时代的好友令狐绹飞黄腾达之时。他曾以《玉山》为题，向权势正炽的当朝宰相令狐绹求一援手：

玉山高与阆风齐，玉水清流不贮泥。
何处更求回日驭，此中兼有上天梯。
珠容百斛龙休睡，桐拂千寻凤要栖。
闻道神仙有才子，赤箫吹罢好相携。

令狐绹“相携”了没有？——“枉凝眉”①。当然是没有。

李商隐的“屡启陈情”持续了将近一年。有希望其指点迷途的：“钧天虽许人间听，阊阖门多梦自迷”（《寄令狐学士》）；有自呈飘泊之苦、皈依无门的：“曾苦伤春不忍听，凤城何处有花枝”（《流莺》）；有感叹于自己嘶声竭力的申诉不被理睬的：“伶伦吹裂孤生竹，却为知音

①“阆风”也是仙山，义山在《碧城》中曾用它来隐射李德裕贬所。“双峰”对峙，是李商隐对令狐绹的曲意吹捧。“一个是阆苑仙葩，一个是美玉无瑕。”曹雪芹看透了李商隐的本意，故题其曲名为《枉凝眉》。说见前《玉山》。

不得听”（《钧天》）；有直截了当地询问，催请其推荐的：“几时绵竹颂，拟荐子虚名”（《令狐舍人说昨夜西掖玩月因戏赠》）；等等。最后愤然，以《九日》的“郎君官贵施行马，东阁无因再得窥”告终。

大中四年（850），远走徐幕的李商隐在《偶成转韵七十二句赠四同舍》中回顾这段干谒的结果说：

蓝山宝肆不可入，玉中仍是青琅玕。

“蓝山”，即蓝田山，亦即玉山。“琅玕”者，如珠似玉，但本质上却仍然是石。诗中以“蓝山”隐射令狐绹，明明白白地指出：这可不是一块种玉之地呵，种出来的仍然是“琅玕”之类的石头呵！

次说“日暖”。据尹楚兵《令狐绹年谱》：令狐绹开成五年（840）服丧期满时，官仅左补阙，兼史馆修撰，不过是一名从七品的小官。李德裕会昌入相后，令狐绹累迁至库部、户部员外郎，从六品上阶；再升为右司郎中，从五品上阶；会昌五年（845），出任湖州刺史（据《旧书传》），湖州“户七万三千三百六”，应该是“上州”，或已是从三品的高官了。大中二年（848），以白敏中之荐召拜考功郎中，寻知制诰，入充翰林学士，进入了朝廷政务中枢。三年（849），迁中书舍人，寻拜御史中丞。四年（850），转户部侍郎，判本司事。十月，改兵部侍郎，同中书门下平章事。——从服阕时的从七品小官升任宰相，前后约略十年。正所谓蒸蒸日上，何止是“日暖”！

此后，大中五年（851）三月白敏中被排挤出朝，令狐绹独揽朝政，直至大中十三年（859）宣宗去世。

再说“玉生烟”。据《搜神记·紫玉》载，吴王夫差女紫玉与童子韩重私下相爱，许为之妻。韩重请父母求婚，吴王不许，紫玉结气而死。后来吴王妆梳时，忽见紫玉显形。与语，栩栩如生。“夫人闻之，出而抱之，玉如烟然。”此“玉生烟”之说与“玉中仍是青琅玕”之说，辞不同，境不同，而寓意暗合。

《困学纪闻》卷十八载：“司空表圣云：戴容州叔伦谓诗家之景，如蓝田日暖，良玉生烟，可望而不可置于眉睫之前也。李义山‘玉生烟’之句，盖本如此。”司空图（837～908）字表圣，是晚唐诗人和著名的诗歌评论家，著有脍炙人口的《二十四诗品》。他比李商隐只小二十多岁，算得上是李商隐的同时代人，其说应该有据。

值得我们特别关注的是，李商隐自号“玉溪生”，他信手拈来戴叔伦（732～789）论诗之言来表述自己的生平遭际：用“蓝田日暖”比喻令狐绹声势日渐煊赫，可望而不可即；用“良玉生烟”形容自己美好的理想已随着“蓝田日暖”，化成了一缕缕逐渐消散的云烟：既形象，又恰切。因果关系豁然！其裁剪熔铸的功夫，真叫人惊绝，叹绝！

此句也是把蓝田、暖日、美玉、轻烟等多个物象与典故叠用，营造出一种对比强烈，而又惝恍迷离的意境。句中所含有的人物命运及因果关系，非常确切，不可改移。其中既有讥讽，也有自嘲，既有愤慨，也有无可奈何的嫉恨和怨悔。

对于这一联，张采田在《玉溪生年谱会笺》中发表过很好的见解。他说：“二句谓卫公毅魂，久已与珠海同枯；令狐相业，方且如玉田不冷。”把著名的历史人物李德裕、令狐绹引入《锦瑟》解说，大大地突破了前人的藩篱。且思路大体正确。但因为他开发不深，诠释不细，未能为后来的研究者所接受罢了。①

“沧海”“蓝田”一联，也是两两相对。地域则一南一北，人物则一李一牛；情节则一是泪溢沧海，一是烟消蓝田；感情上，对前者主要是悲悯，对后者主要是怨叹。

如果进一步把中间四句串联起来看：地域，正好是东西南北；时间，正好是早、中、晚年；事件，正好是自己生平中的四件关键性大事；人物，正好是令狐楚、杜悰、李德裕、令狐绹，对自己一生有重要关联的四个人物。——正所谓“一弦一柱”，历历在目。

“可待”，即岂待，何待，哪待。“惘然”，指回顾往事时的一种既迷茫，又怅惘若失的情怀。把尾联两句串联起来，意思是：这些凄凉

---

①对于张解，钱钟书评之为：“想入非非，蛮凑强攀。”刘学锴、余恕诚则认为：“张氏谓腹联分寓卫公（李德裕）令狐（绹）之枯荣，然仍紧扣诗人生平遭际而为解。”录于此，备查。

悲怆的往事，哪里需要等到而今来追忆；即使是事情发生的那些年月，就已经使我惆怅，使我迷惘了。

从结构上看，尾联“此情”一词，总揽了中间四句。尾联的“追忆”和首联的“思”遥相呼应，关栏了中间四句。尾联的“当时”同首联的“华年”也遥相呼应，也强调中间四句正是他所“思”的几件平生大事。对首句中的悲怆而激愤的“无端”之问，却在结句中给了一个令人迷茫、惆怅的“惘然”之答，使“可待追忆”的“此情”，更是蒙上了一层凄恻而又朦胧的阴影。

纵观李商隐的一生，家国之忧，身世之痛，钻心刮骨的难言之隐，沉沦漂泊的至苦之情，在这“一弦一柱”的自我思量的时刻，纷至沓来。发而为诗，则“迷离烦乱，掩抑纡回”（朱鹤龄语），特别是中间四句，将华年消逝的感怆，理想幻灭的哀痛，人生道路上的追求和挫折，追悔和遗恨，交织在一起，构成一幅色彩斑斓、而又惝恍迷离的画面；这种低徊、哀怨的情思，正是一个生活在走向没落的封建王朝里的知识分子，不甘沉沦而又无力自拔的悲剧心理的典型反映。因此，我们把这首诗的主旨，论定为饱含政治愤懑的自伤生平之作，大概是符合作者的本意的。

【历代笺评辑要】

一、恋情说

刘攽：“李商隐有《锦瑟》诗，人莫晓其意，或谓是令狐楚家青衣名也。”向按：青衣，指婢女。后计有功“令狐楚妾说”，洪迈“令狐丞相侍儿小名说”，胡应麟“追忆青衣”说，均源于此。不赘。

胡震亨：“以《锦瑟》为真瑟者痴。以为令狐楚青衣，以为商隐庄事楚、狎绹，必绹青衣亦痴。商隐情诗，借诗中两字为题者尽多，不独《锦瑟》。”

纪昀：“以‘思华年’领起，以‘此情’二字总承，盖始有所欢，中有所阻，故追忆之而作。中四句迷离惝恍，所谓‘惘然’也。韩致光（偓）《五更》诗云：‘光景旋消惆怅在，一生赢得是凄凉。’即是此意，别无深解。因偶列卷首，故宋人纷纷穿凿。遗山论诗绝句遂独拈此首为论端，皆风播不动，贤者心自动也。”

二、咏“锦瑟”说

邵博：“义山《锦瑟》诗……《庄生》、《望帝》，皆瑟中古曲名。”

黄朝英：“山谷道人读此诗，殊不晓其意，后以问东坡。东坡云：此出《古今乐志》，云：‘锦瑟之为器也，其弦五十，其柱如之。其声也适、怨、清、和。’按李诗：‘庄生晓梦迷蝴蝶’，适也；‘望帝春心托杜鹃’，怨也；‘沧海月明珠有泪’，清也；‘蓝田日暖玉生烟’，和也。一篇之中，曲尽其意。史称其瑰迈奇古，信然。”

许顗：“感（适）、怨、清、和，昔令狐楚侍人能弹此四曲。诗中四句，状此四曲也。”

胡仔：“此亦是以景物故实状之，若移作听琴、阮等诗，谁谓不可乎？”

王世贞：“李义山《锦瑟》诗中二联是丽语。作适怨清和解，甚通。然不解则涉无谓，既解则意味都尽，以此知诗之难也。”

三、自伤身世说

杜诏：“诗以锦瑟起兴，‘无端’二字，便有自讶自怜之意，此瑟之弦遂五十耶？瑟之柱如其弦，而人之年已历历如其柱矣，即孔北海所谓五十之年忽焉已至也。庄生梦醒，化蝶无踪；望帝不归，啼鹃长托，以比华年之难再也。感激而明珠欲泪，绸缪而暖玉生烟，华年之情尔尔，不但今日追忆无从，而在当日已成虚负，故曰‘惘然’。”

王清臣、陆贻典：“此义山有托而咏也。……详玩‘无端’二字，‘锦瑟弦柱’当属借语，其大旨则取五十之义，‘无端’者，犹言岁月忽已晚也，观下句自见。顾其意言所指，或忆少年之艳冶，而伤美人之迟暮；或感身世之阅历，而悼壮夫之畹晚，则未可以一辞定也。”

何焯：“此篇乃自伤之词，骚人所谓美人迟暮也。‘庄生’句言付之梦寐，‘望帝’句言待之来世。‘沧海’、‘蓝田’言埋蕴而不得自见。‘月明’、‘日暖’则清时而独为不遇之人，尤可悲也。”又：“《义山集》

三卷，犹是宋本相传旧次，始之以《锦瑟》，终之以《井泥》，合二诗观之，则吾谓自伤者，更无可疑矣。”（见沈辑评本《锦瑟》题下）

张采田：“首句谓行年无端将近五十。‘庄生晓梦’，状时局之变迁；‘望帝春心’，叹文章之空托；而悼亡斥外之痛，皆于言外包之。‘沧海’‘蓝田’二句，则谓卫公毅魄久已与珠海同枯，令狐相业方且如玉田不冷。卫公贬珠崖而卒，而令狐秉钧赫赫，用‘蓝田’喻之，即‘节彼南山’意也。结言此种遭际，思之真为可痛，而当日则为人颠倒，实惘然若堕五里雾中耳。所谓‘一弦一柱思华年’也，隐然为一部诗集作解。……可望而不可前，非令狐不足当之，借喻显然。”

四、悼亡说

朱鹤龄：“按，义山《房中曲》：‘归来已不见，锦瑟长于人。’此诗寓意略同，是以锦瑟起兴，非专赋锦瑟也。”

朱彝尊：“此悼亡诗也。意亡者喜弹此，故睹物思人，因而托物起兴也。瑟本二十五弦，弦断而为五十弦矣，故曰‘无端’也，取断弦之意也。‘一弦一柱’而接‘思华年’，二十五而殁也。‘蝴蝶’‘杜鹃’，言已化去也；‘珠有泪’，哭之也；‘玉生烟’，已葬也，犹言埋香瘗玉也。此情岂待今日追忆乎？是当时生存之日已常忧其至此，而预为之惘然。必其婉弱多病，故云然也。”（钱良择、徐逢源、陆昆曾等略同此说，不赘）

何焯：“愚按此悼亡之诗也，首联借‘素女鼓五十弦之瑟而悲，泰帝禁不可止’以发端，言悲思之情有不可得而止者。次联则悲其遽化为异物。腹联又悲其不能复起之九原。曰‘思华年’，曰‘追忆’，指趣晓然。何事纷纷附会乎？”（沈辑评本《锦瑟》眉上，何两说矛盾）

五、诗集总序说

程湘衡：“《锦瑟》一篇，当是义山集成自题斯语以冠简端，首言平时著述遽以宏多，而一言一咏，俱是追忆平生。次联遂言集中诸诗，或自伤其出处，或托讽于君亲，诗之言情指事，不越于此，亦作者之大凡也。中联言清词丽句，玉润珠辉，文采焕发，根柢纯粹，自发其

匠巧。末复言往事前言，不堪追忆，庶几后之读者，知人论世，犹不可昧其指归也。”（《唐诗鼓吹》原批）

何焯：“亡友程湘衡谓：‘此义山自题其诗以开集首者，次联言作诗之旨趣，中联又自明其匠巧也。’余初亦颇喜其说之新，然义山诗三卷，出于后人掇拾，非自定，则程说固无据也。”（《义门读书记》）

姜炳璋：“此义山行年五十，而以锦瑟自况也。……盖心华结撰，工巧天成，不假一毫凑泊。此义山之自评其诗，故以此为全集之冠也。”

钱钟书：“李商隐《锦瑟》一篇，古来笺释纷如。……多以为影射身世。何焯因宋本《义山集》旧次，《锦瑟》冠首，解为‘此义山自题其诗以开集首者’（见《柳南随笔》卷三，《何义门读书记》《李义山诗集卷上》记此为程湘衡说）；视他说之瓜蔓牵引、风影比附者，最为省净。窃采其旨而疏通之。自题其诗，开宗明义，略同编集之自序。拈锦瑟发兴，犹杜甫《西阁》第一首：‘朱绂犹纱帽，新诗近玉琴’；锦瑟玉琴，殊堪连类。首二句言华年已逝，篇什犹留，毕世心力，平生欢戚，清和适怨，开卷历历。‘庄生晓梦迷蝴蝶，望帝春心托杜鹃’；此一联言作诗之法也。心之所思，情之所感，寓言假物，譬喻拟象，如飞蝶征庄生之逸兴，啼鹃见望帝之沉哀，均义归比兴，无取直白。举事宣心，故‘托’；旨隐词婉，故易‘迷’。此即十八世纪以还，法国德国心理学常语所谓‘形象思维’；以‘蝶’与‘鹃’等外物形象体示‘梦’与‘心’之衷曲情思。‘沧海月明珠有泪，蓝田日暖玉生烟’；此一联言诗成之风格或境界，如司空图所形容之诗品。《博物志》卷九《艺文类聚》卷八四引《搜神记》载鲛人能泣珠，今不曰‘珠是泪’，而曰‘珠有泪’，以见虽化珠圆，仍含泪热，已成珍玩，尚带酸辛，具宝质而不失人气；‘暖玉生烟’，此物此志，言不同常玉之坚冷。盖喻己诗虽琢炼精莹，而真情流露，生气蓬勃，异于雕绘夺情、工巧伤气之作。若后世所谓‘昆体’，非不珠光玉色，而泪枯烟灭矣。珠泪玉烟亦正以‘形象’体示抽象之诗品也。”（转引自《李商隐诗歌集解》）向按：钱钟书学识渊博，但所谓“宋本旧次”，并非义山自订，而是北宋学者杨亿、钱若水等人陆续搜辑而成，故“诗序说”不得成立。但经周振甫、钟来茵等人推崇，此说影响颇大，录于此，以资鉴别。

六、不可解，或以不解解之说

孙绪："古人诗文亦自有不可解者，或当时偶有所寄，激而为言，今皆不可知。如……李义山《锦瑟》……今人必欲解，且谓其高妙，亦随众悲喜而已。"

何焯："《无题》诸作，真有香草美人之遗，正当以不解解之。"

屈复："凡诗有所寄托，有可知者，有不可知者，……若《锦瑟》、《无题》、《玉山》诸篇，皆男女慕悦之词，知其有寄托而已，若必求其何事、何人以实之，则凿矣。"

黄子云："诗固有引类以自喻者，物与我自有相通之义。若'锦瑟无端五十弦，一弦一柱思华年'，物我均无是理。'庄生晓梦'四语，更又不知何所指。必当日獭祭之时，偶因属对工丽，遂强题之曰'锦瑟无端'。原其意亦不自解，而反弁之卷首者，欲以欺后世之人，知我之篇章兴寄未易量度也。子瞻亦堕其术中，犹斤斤解之以适、怨、清、和，惑矣！"

胡薇元："或问《锦瑟》《药转》与'碧文圆顶'之义，曰：诗，比喻之词，当以不解解之。必求其人实之，笨伯也。"

梁启超："义山的《锦瑟》《碧城》《圣女祠》等诗，讲的什么事，我理会不着。拆开来一句一句的叫我解释，我连文义也解不出来。但我觉得他美，读起来令我精神上得一种新鲜的愉快。须知美是多方面的，美是含有神秘性的。"

当代诸家　叶："客中思家之作，是郑亚贬谪后，商隐失去桂管幕职，漂泊巴蜀，留滞荆门时期的作品。"刘、余："自伤身世之说，较为切实合理。……本篇以'思华年'总领，以'可待成追忆'与'惘然'作结，实已明示诗系追忆华年往事，不胜惘然之作。颔腹二联则概写'华年'情事，而'惘然'之情即寓其中。"（向按：刘、余二先生此说极是。然而在具体解释时，却又说："即因瑟声而触动身世之感，而身世之感亦蕴含于瑟声也。故'适怨清和'四境虽未必完全切合实际，然四句所写皆瑟声所传之乐境与华年之处境遭际则无疑。"从而离开了对“华年”情节的探讨，而与“咏锦瑟说”相融通了。可惜！可叹！）邓：编大中十三年。“全诗要旨，概括地说，是感遇怀旧，怜才自伤。”黄：“《锦瑟》虽为悼亡而发，然亦寓身世沦落之感，所谓‘悼亡之痛，身世之感，斥外之哀，触绪纷来’也。酌编大中五年初秋。”郑：“义山晚年罢职归家，经常卧病，境况更为凄凉，睹锦瑟而思念亡妻，感伤身世，万念俱灰，于是以‘锦瑟’名篇写成了著名的《锦瑟》诗。其次，李商隐家中的锦瑟必是仿古之制的五十弦之瑟，……故藉此悲瑟起兴，诉说自己一生的不幸。”

附录一：李商隐生卒年考辨

一、李商隐生年考辨

李商隐在诗文中自述年龄多次，最能作为出生年推断依据的，只有他在《请卢尚书撰李氏仲姊河东裴氏夫人志文状》中的一段话。由于辗转抄刻，文中年代数字讹误，使得这场笔墨官司反反复复打了多年，至今还未能得出公认的结论。其文曰：

> 至会昌三年，商隐受选天官，正书秘阁。将谋龟兆，用释永恨。会允元（仲姊之夫裴允元）同谒，又出宰获嘉，距仲姊之殂已三十一年矣。神符夙志，卜有远期。而罪衅贯盈，再丁艰故，且兼疾瘵，遂改日时。明年冬，以潞寇凭陵，扰我河内，惧罹焚发，载轸肝心。遂泣血告灵，摄缞襄事。卜以明年正月日，归我祖考之次荥阳之坛山。

我们已知：1.《旧唐书·李商隐传》云："会昌二年，又以书判拔萃。"2. 李商隐在《请卢尚书撰曾祖妣志文状》中自述："曾孙商隐，以会昌二年由进士第判入等，授秘书省正字。"与上述史传相合。3. 其姊夫裴允元与商隐同谒，出宰获嘉，也在会昌二年（842）。因此，前引文段首之"会昌三年"，应根据上述三证之已知事实，改为"会昌二年"。

支持这一改正的理由还有：1. 引文紧接着说"再丁艰故"，指的是他母亲去世，正在会昌二年（842）入秘阁之后，时序不乱。2. 引文接着又说："明年冬，以潞寇凭陵，扰我河内。"指的是起于会昌三年（843）四月的刘稹叛乱，与"明年"之说恰合；其言"冬"者，指的是"扰我河内"之时，亦与叛乱过程相符。3. 刘稹叛乱平定于会昌四年（844）八月，如认定"会昌三年"为入秘阁之时，则"明年冬"不可能再有"扰我河内"之说。4. 引文接着又说："卜以明年正月日，归我祖考之次荥阳之坛山。"注意：此"明年"为前述"明年"之"明年"，亦即会昌四年（844）。据《祭小侄女寄寄文》，会昌四年"正月二十五日"改葬寄寄于坛山。祭文说："荥水之上，坛山之侧。汝乃曾乃祖，松槚森行。伯姑仲姑，冢坟相接。"与"归我祖考之次荥阳之坛山"说又合。

据此，则此仲姊去世之年，应当以"会昌二年（842）"为基点，向前推"三十一年"，即元和七年（812）。这一结论，应该是推算李商隐出生年的最实在的证据，即所谓"铁证"，不可改易的。

李商隐在《祭裴氏姊文》中说："灵沈绵之际，殂背之时，某初解扶床，犹能记面。"这个"床"，紧接着"灵沈绵之际，殂背之时"，指的应该是用于入殓前停放尸体的床铺，亦即魏晋南北朝以来丧仪中所用的"灵床"，所以用了"初解"二字。即如"空惊啼于不见，未识会于沉冤"所说的，迷糊中知道这是一种不祥的征兆。

如果以为"扶床"仅仅是扶床而立，则和"记面"矛盾。因为这是两个不同年龄段的儿童特征。"扶床"是学习站立之始，5～8月的孩子都经历过这种练习。而"记面"，则应该至少是两岁甚或是以上了。

林语堂在《苏东坡传》中曾经诟诮过中国人计算年龄的习俗，他说：中国娃娃生下来就算一岁；到了新年，他就两岁了。这种"虚年计岁法"一直沿用至今，而与当代的学龄、婚龄、工龄等"足年计岁法"有所不同。按这一习俗推算，无论李商隐出生于何年何月，只要他"初解扶床，犹能记面"，就一定是超过了一整岁而跨年，理应算成两岁了。考虑到我们并不实知裴氏姊去世的月日，而一年有十二个月，年头年尾差异很大，所以，我们把李商隐的生年仅前推一年，即元和六年（公元811），应该是比较稳妥，甚或是比较保守的。但绝不可以把李商隐的生年与裴氏姊的殁年排在一年之内而订为元和七年(812)①。

这个结论，最早由钱振伦提出，而为当代学者董乃斌所赞同②。

李商隐的另一条自述年龄出自《上崔华州书》。其书云：

> 中丞阁下：愚生二十五年矣。……凡为进士者五年。始为故贾相国所憎，明年病不试，又明年，复为今崔宣州所不取。

一般认为，“崔华州”是开成元年（836）十二月庚戌（十五日）由中书舍人调任华州防御使的崔龟从，“今崔宣州”是开成二年（837）正月乙亥（十一日）被任命为宣歙观察使的崔郸。（均见《旧唐书·文宗纪》）若以开成二年（837）为基点，向前推二十五年，则李商隐生于元和八年（813）。

因为这是自叙年龄，一向为研究者所重视，然值得探讨的是：

1．“此信为向华州防御使崔龟从行卷之作”（刘学锴语），该年发榜时间为正月二十四日（见《上令狐相公状五》），得知崔郸任宣州应在正月十一之后，不论考试何时举行，哪有在发榜前十日左右才向远在华州的官员呈递行卷的道理？对于这一点，岑仲勉在《玉溪生年谱会笺平质》中曾曲意回护：“唐人视进士甚重，苟犹有一线之望，当不惜竭力干求……安见《上崔华州书》不在正月中旬？”——请注意：崔龟从远在华州，往返回旋，确有难度；则岑说实有强词夺理之嫌。

2．李商隐与崔龟从素不相识，干谒之作，不宜琐碎。《上崔华州书》仅236字，“愚生二十五年矣”是该《书》称谓后的第一句，理应先声夺人，掷地有声。故取其成数。如果写成“愚生二十四年矣”或“二十六年矣”，就委琐了。何况，人们为了某种需要，在应试、求职、

①刘学锴《李商隐传论》：“比较合理的推断是：商隐生于元和七年初，而裴氏姊殁于元和七年末。”（2002年版）向按：这个“合理推断”，是为李商隐生于“元和七年说”特制的，而机率，却也是太微乎其微了。反之，假如裴氏姊去世于元和七年之初，其结果又是如何呢？

②钱振伦说见《樊南文集补编·玉溪生年谱订误》。董乃斌说见《文学遗产》增刊十四辑《李商隐生年为元和六年说》。

议婚等场合自我介绍时，常有加大或者缩小年龄的可能，即使在户籍制度严格的今天也仍然如此；但他绝不会在计算姐姐死去的年数上胡编，更不会在祭奠姐姐的祭文中说谎。所以，我在引用《请卢尚书撰李氏仲姊河东裴氏夫人志文状》时说，能作为李商隐出生年推断依据的仅此一条；而“愚生二十五年”之说，则只能在推断年龄时作上下移动的参考。

3. 书信来往，纯属个人隐私，常有逞一时之快、之便的言语，大多不可以作互勘互查的依据。如，《与陶进士书》说：“自大和七年后，虽尚应举，除凶吉书，及人凭倩作笺启铭表之外，不复作文，文尚不复作，况复能学人行卷耶?”如确信其言，则以行卷为目的的《上崔华州书》就不可存在了。又如：他在《献相国京兆公启二》中说：“乡举三年，才霑下第；宦游十载，未过上农。”据已有资料，李商隐至少应试五次，前四次落选，“三年”之说，要面子而已。又，李商隐自开成四年（839）释褐任校书郎至大中六年（852）献《启二》时，至少要算十三年，《启》说“十载”，举其成数而已。均不能以“后说”作为推翻“前事”的依据。

除此之外，还有几种常用来推算李氏生年的资料，也不可不说。

其一，《上令狐相公状一》说：“某才乏出群，类非拔俗。攻文当就傅之岁，识谢奇童；献赋近加冠之年，号非才子。”考令狐楚行踪，大和三年（829）三月出为东都留守，十一月转任天平军节度使。据尹楚兵《令狐楚年谱》，李商隐“献赋”就在这年的洛阳，因受到令狐赏识，辟为巡官入郓州幕。《礼记·曲礼上》载：“二十曰弱，冠。”孔颖达《正义》云：“二十成人，初加冠，体犹未壮，故曰弱也。”古代男子二十岁“加冠”，按我们已经论定的李商隐生于元和六年（811）计算，这年，李商隐19岁，与“献赋近加冠之年”之“近”字正合。

其二，李商隐在《请卢尚书撰李氏仲姊河东裴氏夫人志文状》中说：该姊“既归逢病，未克入庙，实历周岁，奄归下泉。时先君子罢宰获嘉，将从他辟，遂寓殡於获嘉之东”。李父何时“罢宰”？史无记载。但我们可以用其父“他辟”之年来推断李商隐的生年。

据《旧唐书·宪宗纪》载：元和九年（814）九月戊戌，“以给事中孟简为越州刺史，浙东观察使。”则其父就辟孟简幕当在是年。他在《祭裴氏姊文》中又说：“淛水东西，半纪漂泊。某年方就傅，家难旋臻。躬奉板舆，以引丹旐。”“淛”同浙，“半纪漂泊”，指其父在浙幕时间为“半纪”，即六年。从元和九年（814）下数六年为元和十五年（820）。据《礼记·内则》：“十年，出就外傅。”“就傅”前用“方”，表示他正当十岁时遭遇“家难”。也就是说，元和十五年（820）他父亲去世时，他正好十岁。依此向前推算，他出生于元和六年（811）。

需要说明的是：以上推算，计算李商隐年龄，用的是符合中国传统的“虚年计岁法”，计算“半纪漂泊”，用的则是实年；如果计算“半纪”也用虚年，则从元和九年（814）起下数至六为元和十四年（819），则李商隐的出生还要前推一年为元和五年（810）。不过，我们还是认为以虚岁计龄、实年纪事为好。

其三，李商隐在《祭裴氏姊文》中又说：“此际兄弟，尚皆乳抱。”如果此“尚皆乳抱”之“弟”是李商隐同母之弟，则商隐的年龄更可前推，而绝无后退之可能。仅仅是考虑到此“弟”有可能是异母兄弟，则还是以推定李商隐出生年为元和六年（811）更为可靠。

其四，李商隐在《骄儿诗》中说：“爷昔好读书，恳苦自著述。憔悴欲四十，无肉畏蚤虱。”“欲四十”，就是将近四十。《骄儿诗》写在哪一年？可以从三个方面来推断。一、《祭小侄女寄寄文》写于会昌四年（844），其中有“别娶已来，嗣绪未立”之说，则知衮师此时还未出生；二、诗中有“四岁知名姓，眼不视梨栗”句，则写此诗时衮师至少已有四岁；三、诗中又有“请爷书春胜，春胜宜春日”之句，所谓“春胜”，就是写有吉祥语的春幡。日僧圆仁《入唐求法巡礼行记》写道：“会昌二年正月一日，家家立竹杆悬幡子，新岁祈长命。”即指此。考李商隐大中元年（847）赴桂前，衮师尚幼，不知“春胜”为何物；二年（848）冬才得返京，三年（849）秋赴徐幕，五年（850）徐幕罢归之时，春正已过；其中，只有大中三年（849）的春节是同衮师一起过的。此外，诗中还有“况今西与北，羌戎正狂悖”之句。指的是大中初年“吐蕃论恐热乘武宗之丧，诱党项及回鹘余众寇河西”事，其中大中二年（848）十二月，“吐蕃论恐热遣其将莽罗急藏将兵二万略地西鄙”（均见《资治通鉴》），也可以作为《骄儿诗》写于大中三年（849）的旁证。按我们已经论定的李商隐生于元和六年（811）计算，这一年李商隐 39 岁，与“憔悴欲四十”之说正合。

其五，李商隐《梓州道兴观碑铭》中有“陆平原壮室之年，交亲零落”之句。钱振伦注曰：“陆机《叹逝赋序》：‘余年方四十，而懿亲戚属，亡多存寡；昵交密友，亦不半在。’”张采田将钱注引入大中五年（851），且称：“时义山正四十矣。……惟‘壮室’当作‘强仕’，或系误笔欤?”当代学者刘学锴则进一步认定：“壮室”显系“强仕”之误记，这是“商隐生于元和七年的又一确证”。

向按：此典出自《礼记·曲礼》：“三十曰壮，有室；四十曰强，而仕。”后人遂称三十为“壮室”，四十为“强仕”。查《李商隐文集》，还有两处用过“壮室”：一、《为濮阳公檄刘稹文》中有：“才加壮室之年，奄有坏梁之叹。”据《新唐书》，刘从谏“卒年四十一”，文中“壮室”亦误，应改为“强仕”。二、《上孙学士状》中有：“才逾壮室，荣入禁林。”又有“某早游德宇，尝接恩门。童冠相随，陪舞雩於沂水。”可见李商隐远少于孙瑴。李商隐写此“状”时间应在“藩方逆竖，夷虏饥戎”等事件之后。其时李商隐的年龄至少也有 33 岁，则远大于李商隐的孙学士“荣入禁林”之年亦应改为“强仕”。可见，李商隐虽有“獭祭鱼”之称，但在用“壮室”指称年龄时，则全是错误的。

但如果以为“壮室之年”改“强仕之年”之后，就能成为“时义山正四十”或“商隐生于元和七年的又一确证”，则或恐未必。

一是，上述引文夹杂在《梓州道兴观碑铭》中的一段自我介绍中：“予也五郡知名，三河负气。颜延年之纵诞，未能斟酌当时；王子敬之寒温，徒欲保全旧物。属以鱼车受宠，璧马从知，《子虚赋》既恨别时，《乐职》诗空劳动思。况乎无仲祖之韶润，有彦辅之清羸，发短于孟嘉，齿危于许隐。谢文学之官之日，歧路东西；陆平原壮室之年，交亲零落。方欲春台写望，秋水凝情，问句漏之丹砂，饵华阳之白蜜。惠而好我，式契初心。聊复攀逸轨以裁襟，抚空怀而选义。扬子云酱瓿之说，蔡伯喈齑臼之言，斯文倘系于污隆，后世何妨于知罪。……”

文中用于自我比拟的名人轶事二十多起，涉及窦融、颜延之、王献之、冯驩、淳于髡、司马相如等一大批功成名就的历史名人，关联到生平、功名、性格、体貌、抱负等各方面，把他的“獭祭”功力发挥到了极致。然而仔细地推敲一下，大都是“掉书袋”的虚夸之词。比如：“五郡知名”，查无实迹；“三河负气”，自撰空言。绝无“鱼车”之宠，鲜有“璧马”之辟……等等，无一可以确指。仅摘出“陆平原壮室（强仕）之年”来充当“确证”，窃期期以为不可。

二是，《梓州道兴观碑铭》写于大中五年（851）赴梓幕之后，年代也不可确知。张采田编大中七年（编商隐元和七年生），叶葱奇编大中七年（编商隐元和八年生），刘学锴编大中六年或七年（编商隐元和七年生），均是自我推定之词。以自我推定的撰写《碑铭》年代，证自我编排的出生年代，不具有任何的说服力。

三是，李商隐在“碑铭”中写到“陆平原壮室（强仕）之年，交亲零落”，只不过是对此前个人遭际的一个沉痛的追述。信手拈来，取其成数，且与个人实际年龄相近而已。三十九，四十，四十一，乃至四十二，均可。不足以作为四十整岁的确证。

总之，自述年龄：就语言环境而言，不经意中说出为真，刻意而言则可能有伪；就听说对象而言，无关乎营求为真，有关于营求则可能有伪。而引经据典，大都只是取其近似，作宽泛地比譬，解读者既不可胶柱鼓瑟，更不必削足适履。

二、李商隐卒年考辨

李商隐何时去世?《旧唐书》说：“大中末，仲郢坐专杀左迁，商隐废罢，还郑州，未几病卒。”《新唐书》说：“……府罢，客荥阳，卒。”两说均无下限。断李商隐“大中十二年（858）卒”的根据，仅仅是裴庭裕《东观奏记》中的一条并不确切的孤证。

《东观奏记》下卷载：“敕：‘乡贡进士温庭筠早随计吏，夙著雄名，徒负不羁之才，罕有适时之用。……可随州随县尉。’舍人裴坦之词也。……前一年，商隐以盐铁推官死。……自开成二年升进士第至上十二年，竟不升于王庭。”①

首先，这个《东观奏记》所记之卒年，是不可靠的。

1. 据《东观奏记序》，唐昭宗大顺年间（890～891），裴庭裕任右补阙，兼史馆修撰，同另四人奉命修撰《宣宗实录》，但因当时距宣宗朝已三十多年，且经黄巢之乱，备修实录的皇家“《日历》与《起居注》不存一字，致儒学之士搁笔未就”。既然如此，则裴氏写《东观奏记》时，当然不会有任何文字依据。

2. 其《序》又说：“庭裕自为儿时，已多记忆，谨采宣宗朝耳目闻睹，撰成三卷。”裴庭裕去世于五代初年，一生经历了宣、懿、僖、昭、哀五朝。一般认为，他大约生于会昌、大中之际。那么，终宣宗之世，他不过是个十多岁的孩子，他的记忆，特别是有关朝政的记忆，能有多大的可靠性，实在令人怀疑。

3.《东观奏记》认为，李商隐死于温庭筠贬随县尉之前一年。但温庭筠到底何年贬随县，学界颇有分歧。夏承焘《唐宋词人年谱》②编温庭筠大中十三年（859）任随县尉，本是以《东观奏记》为依据。而随州籍学者顾学颉却在《温庭筠行实考略》③中论定贬方城与贬随县是两事两地，他于大中十三年（859）以“搅扰场屋”初贬方城，至咸通七年（866）在国子监任助教，又因榜邵谒等人刺时之诗触怒杨收被贬随县尉，未赴贬所而卒，这正是他有随州之职却没留下随州作品的主要原因。傅璇琮以《唐摭言》《因话录》《云溪友议》等文献为据，论定温庭筠在大中九年（855）沈询知举之时以“搅扰场屋”事受贬，故贬期当在大中十年④。刘学锴也认为：温庭筠在大中九年（855）应举时先有“潜救八人”之事；三月，吏部铨试漏泄试题，庭筠又为柳憙之子柳翰假手作赋。后事或更切“搅扰场屋”，庭筠因此而被贬黜。……裴坦大中十年（856）即以职方郎中知制诰，职司起草诏敕。唐代

---

①唐宋史料笔记《明皇杂录·东观奏记》，中华书局1994年版。

②《唐宋词人年谱》，上海古典文学出版社1955年版。

③《顾学颉文学论集》，中国社会科学出版社1987年版。

④《唐才子传校笺》，中华书局2000年版。

他官知制诰者亦可称舍人，故其贬随县尉当在大中十年(856)①。——既然温庭筠贬随之年尚未能确定，那么，前此一年去世的李商隐的卒年也就必然成为悬案了。

刘学锴还说："或据《东观奏记》卷下载庭筠贬随县尉之'前一年，商隐以盐铁推官死'，认为庭筠之贬随在大中十三年，此说明显与庭筠自己的上启（指《上首座相公启》）'五秋''就此穷栖'之语不合。"既然不能以李商隐之卒年来推断温庭筠之贬年，那就更不能以温庭筠之贬年来反过来推断李商隐之卒年了。

4.《东观奏记》称"商隐以盐铁推官死"，似乎指他死在盐铁推官任上。这同新、旧《唐书》的记述相讹。可见，裴庭裕并不知道，李商隐盐铁推官罢职后，还有"还郑州""客荥阳"之历程，然后才"卒"。因此，把这段主说温庭筠，以其贬任随县尉为基点推断出来的李商隐卒年，绝不会是可靠的。

那么，李商隐的去世之年，能不能在旧、新《唐书》中找到依据呢？也不能。《新唐书》所说的"府罢"，是指大中九年（855）东川幕府罢职，根本不知道此后他还有盐铁推官之任。而《旧唐书》却又把李商隐的幕府任期延迟到"仲郢坐专杀左迁"之后了。

据旧、新唐书《柳仲郢传》，"仲郢坐专杀左迁"为咸通年间"杖杀赃吏南郑县令"② 事，时任兴元尹、山南西道节度使。此职是李商隐恩师令狐楚的最后任职，此地是令狐楚去世之地。开成二年（837）令狐楚病重之时，李商隐曾"绝崖飞梁，山行一千"（《奠相国令狐公文》）奔赴兴元，后为令狐楚代写遗表，并同令狐绪、绹等兄弟护送令狐楚灵柩归葬于京师之万年。令狐楚幕中赵柷、刘蕡、郑从谠、杜胜、李潘等人，多是李商隐好友，旧地重游，于职于情，李商隐诗文中却无任何反映，可见，李商隐确乎没有活到"仲郢坐专杀"之时。

但他有一首《幽居冬暮》的诗，应引起我们高度地重视。诗云：

---

①《温庭筠文笺证暨庭筠晚年事迹考辨》，《文学遗产》2006年3期。

②《旧唐书》载："因决赃吏过当，以太子宾客分司东都。"《新唐书》载："南郑令权弈以罪，仲郢杖之，六日死，贬雷州刺史。"

羽翼摧残日，郊园寂寞时。晓鸡惊树雪，寒鹜守冰池。
急景忽云暮，颓年寖已衰。如何匡国分，不与夙心期。

考李商隐一生，劳碌奔波，“冬暮”而能“幽居”的年份屈指可数。会昌二年到会昌五年（842—845），因居母丧，他在洛、郑、永乐或有“幽居冬暮”的可能，但此时，他的年龄只有三十多点，不只“羽翼”尚未“摧残”，更不得自称“颓年”。会昌五年（845）服阕之后，五年（845）冬、六年（846）冬都在京任职。大中元年（847）冬在桂管，二年（848）冬返京任周至尉，三年（849）、四年（850）冬在徐幕，五年至九年（851－855）冬在梓幕，十年（856）、十一年（857）冬在盐铁推官任上，均不得称之为“幽居”。——这一点很重要！有了这一确认，我们才可以得出以下结论：这个既已“颓年”，且又“幽居”的“冬暮”，就只可能是大中十二年（858），甚或是大中十二年（858）之后某一年的冬天了！

细品《幽居冬暮》，他虽自称“羽翼摧残”，“颓年”且“衰”，但并未言病；仍念“匡国”，不改“夙心”，可见他“幽居”不久；且时令已“冬”而且“暮”，一般来说，这个年底大略是死不了了。这就大大动摇了把《东观奏记》中的“十二年”当作卒年的可信度。此后，“幽居”于家乡的李商隐淡出人们视野，谁也不知道他到底死于何时了。所以，冯浩既断商隐为46岁卒，却又说：“余既考订生年，义山竟未五十而殁。”张采田断商隐为47岁卒，却又说：“还郑病卒，或稍后也。”可见，他们既拘泥于《东观奏记》中的一条孤证，又深知李商隐之卒年应以推后为宜。只有邓中龙《李商隐诗译注》之《年谱》径编《锦瑟》于大中十三年（859），并说：“其逝世之期应在正月下旬。”实可谓标新立异矣！

读了《幽居冬暮》之后，再读《锦瑟》，实大有恍若隔世之感。尽管两首诗写的都是悲情，但前者随手拈取的景物是：晓鸡、树雪、寒鹜、冰池、急景、云暮，再加上羽翼摧残，郊园寂寞，一副瑟缩颓败的景象，生发出来的是岁暮、颓年的悲摧之感。而后者，随手拈取的景物是：晓梦、蝴蝶、春心、杜鹃、沧海、明月、日暖、玉烟，大有春意盎然之象，生发出来的是从青春的美梦开始的一生回想。可以推断的是，前诗写于我们已知的大中十二年（858）的暮冬，后诗则写于我们尚未推定的此后的一个暖春了。

但是，他的死生还是有人关注的。崔珏的《哭李商隐二首》为我们留下了很多有价值的信息。

成纪星郎字义山，适归黄壤抱长叹。
词林枝叶三春尽，学海波澜一夜干。
风雨已吹灯烛灭，姓名长在齿牙寒。
只应物外攀琪树，便著霓裳上绛坛。

虚负凌云万丈才，一生襟抱未曾开。
鸟啼花落人何在，竹死桐枯凤不来。
良马足因无主踠，旧交心为绝弦哀。
九泉莫叹三光隔，又送文星入夜台。

第一首哭其突然去世，第二首哭其坎壈一生，遇合无缘。

第一首“词林枝叶三春尽”之“三春”，可指整个春季，也可指春季第三月。如果把李商隐或者他的诗作比作“词林枝叶”，那么，可“尽”者，人也。据此推知，李商隐大略死于春季或春末。第二首又写道：“鸟啼花落人何在?”闻鸟啼、见花落而问“人何在”? 大有亲临吊唁之态，而“鸟啼花落”所标志的时令，仍然是暮春。

崔珏是大中年间进士，年龄远小于李商隐，故义山在《送崔珏往西川》首句便有“年少因何有旅愁”之问。除了此日一“送”外，他们的生活史上并未发现其他交集。崔珏举进士前曾寄居荆州，游无定所，且名位较低，李商隐不可能把自己的诗频频地寄给他存阅。但是，令我们特别感到惊讶的是，崔珏在《哭李商隐》时，居然能把李商隐的有关生平、志趣、理想和挫折的诗篇，包括或许是绝笔之作的《锦瑟》，一一熔铸在自己的《哭》诗里。如果不是身临其境，大量地披阅了亡友的遗作，怎么可能做到这一点呢？如：

诗二首句“虚负凌云万丈才”之“凌云”，出自李商隐的《初食笋呈座中》："皇都陆海应无数，忍剪凌云一寸心。"他早年的凌云之志和剪伐之忧竟然一语成谶，被崔珏借用作这两首《哭》诗的主旋律。

诗二之三句"鸟啼花落人何在"，除了描述吊唁的时令、环境外，还融入了《北青萝》中的"落叶人何在"，《井泥》中的"晚落花满地，幽鸟鸣何枝"，以及《流莺》中的"曾苦伤春不忍听，凤城何处有花枝"等语境，使熟知者顿然产生物是人非或者诗存人亡的联想。

四句："竹死桐枯凤不来"。竹、桐和凤的关系，见之于《庄子·秋水》："夫鹓雏发于南海而飞于北海，非梧桐不止，非练实不食，非醴泉不饮。"在《山海经·南山经》中，"鹓雏"是与凤凰并列的高洁的鸟。句中"练实"，成玄英疏："竹实也。"传说，竹子百年一开花，一结果，而后死亡，可见其珍贵。其色白，故名练实。

李商隐常常把他敬仰的政治领袖李德裕比喻为"凤"，而自己则是期待它栖止的"桐"。《永乐县所居一草一木无非自栽今春悉已芳茂因书即事一章》中有"枳嫩栖鸾叶，桐香待凤花"句，他自比为"桐"，花开香溢，只等待"桐花凰"① 来栖。该诗写于服母丧的最后一年，表达了他即将服阕时对主持朝政的李德裕的向往。《丹丘》中的"丹丘万里无消息，几对梧桐忆凤凰"，也表达了他对远贬珠崖的李德裕的期盼（见前《丹丘》）。崔珏沉痛地哭道：而今竹已死，桐已枯，人已逝，他期待终生的凤凰却始终没来呵！

五句："良马足因无主踠"。"无主"，正是李商隐悲剧之所在。崔珏除融汇了《无题二首》中的"神女生涯原是梦，小姑居处本无郎"，《晓坐》中的"红颜无定所，得失在当年"等"无主"之叹外，还暗用了《任弘农尉献州刺史乞假还京》中的"却羡卞和双刖足，一生无复没阶趋"的内涵。"踠"，弯曲。李商隐是个宁可刖足、不愿屈膝的汉子，却弯曲着腿，过了一辈子不得不"没阶趋"的生活。

特别是"旧交心为绝弦哀"一句。"旧交"自指，而"绝弦"，既

①李德裕《画桐花凤扇赋序》云："成都夹岷江矶岸，多植紫桐，每至暮春，有灵禽五色，小于玄鸟，来集桐花，以饮朝露。及华落则烟飞雨散，不知所往。"傅璇琮《李德裕年谱》酌编于大和五年（831）。唐代诗文是不胫而走的，李商隐是读了此赋后有意应和，还是无意巧合，则不可知了。

引用了俞伯牙因痛失知音而绝弦罢弹的旧典，也融入了他眼前看到的李商隐新作《锦瑟》。崔珏称它为“绝弦”之作，与后世许多学者的推断略同。尽管李商隐诗有可能流传甚广，但能得到他的死讯，同时也能读到《锦瑟》，并把它融入诗里的人，就只有亲临吊唁的崔珏了。

此外，第一首的结句“只应物外攀琪树，便著霓裳上绛坛”，与李商隐早期诗《天平公座中呈令狐令公》中的首句“罢执霓旌上醮坛”，恐怕也不会是偶然的巧合。据道教法事《荡秽科仪》诗云：“自从跨鹤归玄表，清风明月绕绛坛。”① “绛坛”自是仙坛。崔珏借李商隐诗意，期盼好友“攀琪树”而“上绛坛”，显然是祝愿其死后成仙了。

崔珏大中年间登进士第后，由幕府拜秘书郎，曾任淇县令，颇有惠政。淇县在今河南省北部，与李商隐最后归宿之地荥阳相距不过两百多里，且是由淇入洛、入京的方便之途，这恐怕是崔珏有可能得到李商隐的死讯，并能亲临其境，为之一《哭》的主要原因。

同李商隐有过交往、唱和的诗人很多，如温庭筠、李郢、薛逢、喻凫等，此时都还健在，但他们都没有为去世的李商隐写点什么，原因很简单，他们同李商隐失去了联系，根本不知道李商隐死于何时、何地了。崔珏是对李商隐之死惟一作出反应的当世诗人，因此，《哭李商隐二首》在李商隐研究上的史料价值，真值得我们认真发掘。

由此得出的结论是：李商隐并不是几乎所有专家学者所认定的死在大中十二年（858）冬天，而是死在大中十二年（858）返乡后的某一个春天，最大可能是大中十三年（859）的春天。而《锦瑟》，也确乎是他的绝笔之作了。

据此推算：李商隐最迟出生于元和六年，即公元811年。最早去世于大中十三年，即公元859年，享年约50岁，或许稍多。这一推断，与《锦瑟》诗中“锦瑟无端五十弦”之“五十”，大体吻合。

①引自“道教学术资讯网站”。

附录二：李商隐的“婚外情”[①]

说到李商隐的“婚外情”，宋华阳和柳枝都是不可跳过的坎。因为李商隐的诗直接写到了这两位女性；字里行间，又包藏着几分暧昧，闪烁着几星火花，这就给懒于思考的研究家们大开了方便之门。他们把索解繁难的《无题》和数量更多的无主爱情诗，一律划归这两位女士名下。其中，凡是涉及了仙道人物、环境和典籍的诗，一律称之为影射宋华阳；凡是涉及了杨花柳絮、地域流转的诗，一律称之为影射柳枝，从而组成了浩浩荡荡的两大系列：“宋华阳系列”和“柳枝系列”。它们如影随形，从李商隐的青春躁动期开始，伴随着他及第入仕，成婚得子，浪迹天涯，直到他临终前的晚年。这等于是在李商隐和王氏之间，安插了一个永不消逝的第三者，甚至第四者。当我们要梳理李、王婚恋，厘清无题诗本事的时候，这个第三者、第四者是不可不说的。

《燕台》女冠说质疑

最早显示李商隐春心萌动的诗，是《燕台四首》。

燕台，也称黄金台，为战国时燕昭王所筑，故址在今河北省易县

①本文原载于拙著《无题诗本事　李商隐王氏婚恋之谜》，湖北人民出版社 2015 年出版。

东南。据传，他曾置千金于台上以招纳天下贤士，故唐人常用它来称代使府。李商隐在《自南山北归经分水岭》中说：“郑驿来虽及，燕台哭不闻。”指的是令狐楚去世的兴元幕；在《梓州罢吟寄同舍》中说：“长吟远下燕台去，惟有衣香染未销。”指的是柳仲郢的东川幕。本诗是李商隐的早期作品，并且是《柳枝五首》和柳枝故事的引子和媒介，因此，此“燕台”指的应该是他最早的应辟之地天平幕。

《燕台四首》貌似有题，但诗题与内容无关。它开创了随意地以时、以地、以物或以诗中任意词语为题的先例，是李商隐诗中最早的无题诗。诗分春、夏、秋、冬四首，我们以《春》为例，简略地探讨一下它的主旨，借以撇清有关李商隐婚外情的一些迷雾。其诗云：

风光冉冉东西陌，明媚的春光弥漫郊野，在田间的小路上荡漾，
几日娇魂寻不得。几天里我都在寻找你的娇魂，得到的却只是失望。
蜜房羽客类芳心，我急切的心，就像那飞出蜂房寻找花蕊的蜜蜂，
冶叶倡条遍相识。连妖冶的绿叶，放荡的柳条，都熟悉了我的颠狂。
暖蔼辉迟桃树西，当暖暖的春晖，缓缓地移动到那棵桃树的西边，
高鬟立共桃鬟齐。一位环髻高耸的姑娘，就站在那簇环形桃花的近旁。
雄龙雌凤杳何许，腾飞的雄龙，娇艳的雌凤，都杳无踪迹，去了哪里？
絮乱丝繁天亦迷。纷飞的柳絮，繁乱的游丝，整个天空一片迷茫！
醉起微阳若初曙，酒醒起来，熹微的夕阳看来就好像是破晓的曙光，
映帘梦断闻残语。映照着帘帏，惊醒了残梦，喃喃的碎语还留在耳旁。
愁将铁网罥珊瑚，我满怀愁情地编织铁网，想投进大海去捕捞珊瑚①，
海阔天翻迷处所。海洋那样宽阔，天空那样变幻，我立刻迷失了方向。
衣带无情有宽窄，无望的追寻叫我日渐消瘦，衣带也无情地由窄变宽，
春烟自碧秋霜白。春烟霭霭，青草碧绿，一忽儿就变成了白色的秋霜。
研丹擘石天不知，我是不改色的朱丹，砸不破的石块，上天却不知晓，
愿得天牢锁冤魄。只愿有座天牢锁住我的冤魂，免得我奔波，颠狂！

---

①朱鹤龄引《本草》云：“珊瑚似玉，红润，生海底磐石上，一岁黄，三岁赤，海人先作铁网沉水底，贯中而生，绞网出之。”

夹罗委箧单绡起，转瞬间，夹罗的春服被放进箱箧，单绡的夏装出现，
香肌冷衬琤琤珮。我仿佛闻到了肌肤的冷香，听到了玉佩琤琤的声响。
今日东风自不胜，今日里，东风已是低沉细弱，再也无力挽留住春天，
化作幽光入西海。化作一道幽微的光，悄无声息地沉入了西方的海洋。

对于这组诗，冯浩作了一个影响深远的判断："燕台，唐人惯以言使府，必使府后房人也。参之《柳枝序》，则此在前，其为'学仙玉阳东'时有所恋于女冠欤？其人先被达官取去京师，又流转湘中矣。以篇中多引仙女事，故知女冠。"

《燕台》女冠说很有市场，刘学锴、余恕诚两先生在《李商隐诗歌集解》中说："冯氏谓指使府后房，可信。"又说："冯氏谓其人曾为女冠，观诗中常有云雾迷离类似道教神话之境界（如'安得薄雾起缃裙，手接云軿呼太君'），以及多用女仙事，其说不为无据。"

其实，冯氏的判断极为虚妄。一是，"必使府后房人"，无据；二是，"其人先被达官取去京师，又流转湘中"，无据；三是，作为这两条论证基础的"以篇中多引女仙事，故知女冠"，仍是无据。

考《燕台四首》用典，上起神话传说，下涉魏晋南北朝诗文，却偏偏很少使用道家典籍。如：铁网珊瑚（《世说新语》刘注）、研丹擘石（《吕氏春秋》）、天牢（《史记·天官书》）、西海（《离骚》）、石城（南朝宋臧质《石城乐》）、黄泉（《左传·隐公元年》）、柘弹（《晋书·潘岳传》）、阊阖（《离骚》）、蜀魂（《蜀记》）、玉树（《隋书·五行志》）、青溪、白石（《乐府诗集·神弦歌》）、苍梧（《史记·五帝纪》）、桃叶桃根（《乐府诗集》）等等。另有星妃、月娥、银汉、凉蟾、桂宫等，说的虽是"女仙"，却不是女冠。她们是我国神话传说中的仙女，而不是道家神圣。

至于"风车雨马"，历来是浪漫主义诗人驰骋于宇宙的精神载体，而并非道家仙人的专用坐骑。早于道教出现几百年的屈原在《九歌·大司命》中写道："广开兮天门，纷吾乘兮玄云。令飘风兮先驱，使涷雨兮洒尘。"在《少司命》中写道："入不言兮出不辞，乘回风兮载云旗。"大司命、少司命是楚国的神灵，也与女冠无关。此后，晋傅玄

《吴楚歌》中有“云为车兮风为马”，李白的《梦游天姥吟留别》中有“霓为衣兮风为马，云之君兮纷纷而来下”，都足以作为“风车雨马”的前词和借鉴，而不必取之于到如今还未被人确指的道家典籍。

还有“玉燕钗”，源出《汉武洞冥记》。言“神女留玉钗以赠帝，帝以赐赵婕妤。至昭帝元凤中……发匣，有白燕飞升天。后宫人学作此钗，因名玉燕钗。”李白《白头吟》云：“头上玉燕釵，是妾嫁时物。”可见，此钗已由宫中普及民间，尽管李商隐《圣女祠》诗中也有“借问钗头双白燕”之句，但它也不是女仙、女冠的专用头饰。

刘学锴先生以为，“安得薄雾起缃裙，手接云軿呼太君”两句，必与女冠有关，其实也并不如此。一、“缃”是浅黄色。女冠固为“黄冠”，但未闻必着黄裙。且乐府诗中有“缃绮为下裙”，可见“缃裙”是普通女子的服装。（吴荣富语）二、“軿”，《说文》：“辎车也。”朱骏声《通训定声》：“辎軿皆衣车，前后皆蔽曰辎，前有蔽曰軿。”《字林》：“軿车有衣蔽，无后辕。”可见是一种前有遮蔽、后无关拦的简易车。惟《释名》释軿车曰：“軿，屏也。四面屏蔽，妇人所乘牛车也。”尽管如此，李商隐本来就在上天入地地追寻，其乘云軿而来者，也不能确指其身份必为女冠。三、更重要的是，在道教典籍中，只见有被奉为最高神圣的太上老君，而未见“太君”。如果以为“太君”是“太上老君”的简称，则“太上老君”为男性；如果以为“太君”必女性，则依唐制，四品官之妻为郡君，五品为县君，其母邑号则皆加“太君”。至宋，有传闻千古的“佘太君”。大率皆高龄女性，也与女冠、恋情无关。

可见，《燕台四首》涉及的道家典籍不多，更不曾写到女冠。一看到“云雾迷离”，便以为李商隐因追寻女冠而进入了“道教神话境界”，实在是太武断了。殊不知在惝恍迷离的背景中追寻心仪女子或理想境界，正是我国古代诗歌的传统特征。《诗》中有“蒹葭苍苍，白露为霜。所谓伊人，在水一方。溯洄从之，道阻且长。溯游从之，宛在水中央。”《骚》中有“纷总总其离合兮，班陆离其上下。”“路曼曼其修远兮，吾将上下而求索。”朱鹤龄说：“义山之诗，乃风人之绪音，屈宋之遗响。”早已为说解李商隐的诗指明方向了。

叶葱奇以为："诗里所咏的女子很可能即《柳枝》诗里的'里娘'"，其序说咏《燕台诗》而生情，不过是为掩盖真相而"有意错乱其词"而已。黄世中先生则以为，《燕台》诗中之"桃叶"即柳枝。柳枝先为宫中歌舞伎，后随贵主（或放出）入道于玉阳而与义山相恋。后此女为某镇使取为后房，流徙湘川，再落炎荒，双方曾有书信来往，义山亦曾至湘川与彼会晤。后此女随节镇转徙岭南，后使镇逝于南荒，彼姝亦空城罢舞矣。

柳枝曾是宫伎，何凭？柳枝入道玉阳，何据？使镇迁转，当时有邸报可查，后世有新、旧《唐书》可证；然书信来往，似绝无可能。君不闻《唐律疏议》有言："妻者齐也，秦晋为匹。妾通卖买，等数相悬。"君不闻崔郊《赠去婢》诗云："侯门一入深如海，从此萧郎是路人。"京、洛距湘川两千多里，李商隐是何方神圣，竟能上穷碧落，下入黄泉，跨越数千里之时空与某镇使后房姬妾"书信来往"而不被知？"与彼会晤"而不被查？最终还得以记之于诗篇，流芳于后世？——如此论诗，神则神矣，可叹的是，李商隐只是个凡夫俗子，及第之前，他可以"徒步吊京国"，却难以徒步走江乡。及第之后，年谱被后世学者翻来覆去排了个遍，却腾挪不出一段幽会湘川的时间。至于"湘川相识"，更是奇谈怪论，不辩。

其实，《燕台》是李商隐早期作品，"首辟"之荣，少年得意，唤醒了他无穷无尽的幻想；而家境清寒和"白衣"之身，又给了他深重的精神负荷。一切美好的事物都在他可望而不可即的地方悠游晃荡，叫他激动，叫他向往；然而惝惚迷离，遇合无缘，更是叫他焦虑，叫他颓丧。我们都有过青春躁动期，《燕台》所描述的，正是处于青春躁动期的他，对理想、对爱情、对前途等等一切美好事物的向往和追求。

"在追求与探索的过程中，作者着意安排了许多神话世界，自然世界，历史世界，幻想世界，纵横交错地编织成为一个迷离怪诞而又是那么撼人心魄的探索历程。虽说到后来，仍然是'蜡烛啼红怨天曙'，但这不是更令人为之荡气回肠么？"邓中龙先生作如是说。

"我们与其妄加猜测义山诗外之'人'，倒毋宁细加品味义山诗中之‘我’。”叶嘉莹先生作如是解。

我觉得，邓、叶二位的说解，是探得了《燕台四首》的精髓的。

一个娇艳朦胧的幻影，一段穷天绝地的追求，一腔哀感顽艳的情思，一派奇诡浪漫的境界，再加上一串金铿玉润的辞藻，让能“作天海风涛之曲，幽忆怨断之音”的柳枝姑娘听了，悄然动容。

“柳枝”本事及精神分析

《柳枝五首》诗前有序曰：

> 柳枝，洛中里娘也。父饶好贾，风波死湖上。其母不念他儿子，独念柳枝。生十七年，涂装绾髻，未尝竟，已复起去，吹叶嚼蕊，调丝擫管，作天海风涛之曲，幽忆怨断之音。居其旁，与其家接故往来者，闻十年尚相与；疑其醉眠梦物断，不娉。余从昆让山，比柳枝居为近。他日春曾阴，让山下马柳枝南柳下，咏余《燕台》诗，柳枝惊问：“谁人有此？谁人为是？”让山谓曰：“此吾里中少年叔耳。”柳枝手断长带，结让山为赠叔乞诗。明日，余比马出其巷，柳枝丫鬟毕妆，抱立扇下，风障一袖，指曰：“若叔是？后三日，邻当去溅裙水上，以博山香待，与郎俱过。”余诺之。会所友有偕当诣京师者，戏盗余卧装以先，不果留。雪中让山至，且曰：“为东诸侯取去矣。”明年，让山复东，相背于戏上，因寓诗以墨其故处云。

这是一段突如其来的艳遇。李商隐在这篇绝无仅有的诗前长序中，用饱含温情的笔触，写了她超尘出俗、不假雕饰的美艳，写了她吹叶嚼蕊，陶醉于大自然的天真，也写了她精于调丝擫（yè）管的超绝的才艺。“手断长带乞诗”的果断和豪气，“以博山香待”的主动和真诚。表明柳枝至少在浅层意义上是听懂了《燕台》的。她自信满满，恭敬中暗藏着几分狡黠，几分得意，几分自信，几分天真，她婀娜多姿地站立在李商隐面前，似乎在问：我不正是你上天入地所要追寻的那个

“娇魂”么？

这套流星急雨似的“组合拳”，实可谓惊心动魄。把李商隐打得晕头转向，不知所措。他迷蒙了，怯懦了，退缩了！尽管柳枝姑娘是值得珍爱的，但他既不想与柳枝姑娘举案齐眉，结为连理；也不愿利用她的信任来践踏她的感情和贞操。于是，他选择了逃走。

有人说：李商隐不是逃走，而是“会所友有偕当诣京师者，戏盗余卧装以先”，李商隐不得不追上去，才匆匆地离开了洛阳。

其实，这只是一个“善意的谎言”。考李商隐行踪，自入天平幕后，直到开成二年（837）及第前，大和五年（831）、六年（832）、七年（833）、九年（835）应试，均不第，八年（834）病，开成元年（836）不试，因此，他没有哪一年必须在一个春阴浓重的日子从洛阳奔赴长安。

据《新唐书·选举志》，每年冬十一月，全国的州、县、馆、监都应选定明年应试的“生徒”或“乡贡”。举子们到京城后，先要向有关部门“疏名列到”，即办理报到手续；上“文解”“家状”，即上交应试证件，填写籍贯及家庭状况表。接下来还要“结款通保及所居”，即举子们要相互担保并写明在长安的临时住所。然后等待在元日那天集体朝见皇帝①。因此，如果是应试，他必须在年前抵达长安。

而《柳枝》序所展示的时间背景是：“春曾阴，让山下马柳枝南柳下，咏余《燕台》诗。”“曾”通“层”。此“阴”当不是早春之“阴”，此“柳”当不是无枝无叶之“柳”；不然，让山何以诗兴大发，高声朗诵起“风光冉冉东西陌，几日娇魂寻不得”这样的春气浩荡的诗来。而且，柳枝约会的时间是“后三日，邻当去溅裙水上”。据隋杜台卿（？～579）《玉烛宝典·正月孟春第一》：“元日至于月晦，……士女悉湔裳、酹酒于水湄以为度厄。今世唯晦日临河解除，妇女或湔裙也。”又，杜公瞻是杜台卿的侄子，他为《荆楚岁时记》作注时，完整地引用了《玉烛宝典》中的这段文字。可见，正月的最后一天，即“晦日”，

①《唐摭言》：“国朝旧式：天下贡士，十一月一日，赴朝见。长寿二年，拾遗刘承之上疏：‘请元日举人朝见，列于方物之前。’从之。”

士女临水湔裳，正是隋唐时期的风习。据此，则知李商隐所说的追随友人赴京之日，已是正月底了。而唐朝的科举考试，一般是正月举行，二月放榜，洛阳距长安八百多里，此时赴京赶考，来得及吗？

如果赴京不是赶考，而且对柳枝又确有爱恋之心，一旦发现友人带走了行李，大可以骑着“比马出其巷”的“马”，多加几鞭，把行李追回来不就得了；还用得着事后悔恨，乃至于天南海北地追寻，冒着勾引使府姬妾的罪名，去会见一个只有一面之缘的女子吗？

所以，李商隐对柳枝姑娘的一见钟情，只是后世研究者一厢情愿的妄想，没有任何根据的。至于李商隐旷日持久地思念，天涯海角的追寻，更是无稽之谈。

毕竟柳枝姑娘是聪明绝顶的，这个不曾被后世学者识破的“善意的谎言”，柳枝姑娘当即就识破了。正因为如此，她天真的好梦就此结束。她顿悟到自己的身份、地位，而且虑及到了自己的前途。她没有对他所仰慕的诗人作无望的等待，而是在几个月后，断然地远嫁“东诸侯”。用《柳枝序》中的话来说：就是“为东诸侯取去矣”。

“取”通“娶”。唐代法律森严，从我们已知的“吴湘案”论罪情况来看，“东诸侯”决不敢“强娶”民女；柳枝家庭富有，她母亲也断不会把她心爱的女儿卖入豪门。最重要的是，柳枝一贯挟娇宠而特立独行，无论是母亲还是“东诸侯”，都不可能以强制的手段让她就范。那么，她是怎样“为东诸侯取去”的呢？惟一的可能是：她自愿。

精神分析学创始人弗洛伊德认为，人有两种本能，一是“生本能”（或性本能），另一是“死本能”。前者是建设性的，后者是破坏性的。弗洛伊德还认为：“丧失对象或丧失爱的危险相当于儿童幼年需要扶持的时期”，因为“许多人都不能解除其失爱的恐惧”。当这种“恐惧”笼罩着他（她）而不能自拔的时候，他的精神状态便开始被以破坏、攻击为目的死本能所控制。不过，这种攻击也有两类，一是以“对象的痛苦、受伤及屈辱为条件”，是“虐待狂”；当这种攻击驱动力受到制约而无法实现时，便会“以自己遭受此等待遇为条件”，转向攻击自己。自我贬损，自我折磨，以至于自我牺牲，这也就是人们所常说的

"自虐"（参阅金道行《我看香草美人——对屈原的精神分析》）。

用弗洛伊德的精神分析法来考察，柳枝的精神发展脉络非常清晰。她从小天真烂漫，特立独行。表面上看，她的"力比多"（libido，生本能的驱动力）非常丰富，实际上，她的精神世界已经潜藏着精神分裂的因子。如，"天海风涛之曲"里奔腾着生的昂扬，"幽忆怨断之音"里则承受着死的压抑；又如，她常常大饮而醉，也许是"力比多"过剩吧，然而在醉眠中又常常因"梦物"而惊醒，则肯定是感受到了"死本能"的威胁。尽管邻居们都不以为然，没人敢提亲；然而她自信满满，在"力比多"的支撑下，过着任性而骄纵的生活。

李商隐的出现，无疑是在她平静的心曲投下了一只巨大石块。初听《燕台》诗，她就感受到了心灵悸动，发出"谁人有此？谁人为是?"的惊问。当即，她"手断长带"乞诗；明日，又"丫鬟毕妆，抱立扇下"以候见；见后，又立即发出"以博山香待"的邀约。这时候，她的"力比多"膨胀到了极点。她确信：他正是她等待中的"白马王子"。她还一厢情愿地以为，我就是他上天入地所要追寻的"娇魂"。

万万未曾料到的是：李商隐竟以追赶"戏盗余卧装以先"的友人为由，不辞而别。对她来说，这无异于晴天霹雳。唐代是一个重士农、轻工商的社会，李商隐的断然拒绝和逃避，给了她一个当头棒喝。屈辱，愤怒，悲伤，嫉恨，幽怨，正所谓五味俱全！"失爱的恐惧"笼罩着她，她的受"力比多"支撑的精神世界也开始坍塌。

最先，她寻求的肯定是以"对象的痛苦、受伤及屈辱为条件"的报复。然而，李商隐只是一个飘然而逝的过客，报复无门；她便把攻击的矛头转向自己。弗洛伊德把这种"不能在现实生活里获得发泄，而转向自身的虐待症"称之为"续发性的虐待症"。她不会像"万转千回懒下床"的崔莺莺那样柔弱，也不会像"我死之后，必为厉鬼"的霍小玉那样决绝：她的选择是远嫁"东诸侯"，至于是为姬为妾，为奴为婢，无所谓了。对自己来说，这是"自虐"：是对自己的无知、轻信、自以为是的惩罚；而对李商隐来说，这是报复：因为她深信，李商隐是在意自己的，她的自我作践，必然会引起李商隐的反思和怨悔。

如果真能这样，尽管她必须承受痛苦，然而也同时获得了快乐。

且痛且快乐。汉语语汇中的“痛快”一词表明：我们的先辈是早就领悟到了“精神分析学”的精髓的。

事实证明，柳枝的判断完全正确。当李商隐得知柳枝最后的归宿是“为东诸侯取去矣”的时候，心境不能平静，他怀着一颗忏悔，自责，然而又不无自辩的心，写下了《柳枝五首》。

其一云：花房与蜜脾，蜂雄蛱蝶雌。同时不同类，那复更相思。意思是：一个是花蕊中的雌蝶，一个是蜜巢里的雄蜂，虽说是生活在同一季节里，却不同类，哪里还会有什么相思！

其二云：本是丁香树，春条结始生。玉作弹棋局，中心亦不平。意思是：你是一棵美丽的丁香树，到春天才抽出枝条；我像一只玉质的弹棋局，面对你的美丽、多情和如此结局，心里也不能平静呵！

其三云：嘉瓜引蔓长，碧玉冰寒浆。东陵虽五色，不忍值牙香。意思是：好瓜的藤蔓悠长，碧玉在水里洁净清凉，尽管你像那东陵侯种的瓜那样五彩缤纷，我还是不忍心随意地品尝。

其四云：柳枝井上蟠，莲叶浦中干。锦鳞与绣羽，水陆有伤残。意思是：柳枝在市井之中盘伏，莲叶在无水的岸边干枯。我们，一个是色彩斑斓的游鱼，一个是美艳如绣的飞鸟；无论是潜藏水底，还是翱翔空中，都无法逃脱命运的摧残！

其五云：画屏绣步障，物物自成双。如何湖上望，只是见鸳鸯。意思是：在彩绘的屏风和锦绣的步障上，所有的生物都成对成双；为什么我放眼湖上一望，看见的只是一对一对的鸳鸯？

尽管他“故为朴拙”（钱良择语），诗意还是明明白白的。李商隐通过这五首诗，把自己见到柳枝以后的感情历程梳理得清清楚楚。

第一首总领全诗，既是他的第一感觉，也是他的最后结论。唐代继六朝余风，讲究家族门第。李商隐属皇室支脉，尽管没落了，仍然是官宦后裔，而柳枝只是个地位低下的商人女儿。就门第、社会地位而言，李商隐早就存有登龙门，攀高枝，振兴门庭之想，显然不愿意屈就。他的意思是，我们虽是“同时”，却“不同类”，当时就没有结合的可能，现在更不会再引起相思了。

然而人的情感是复杂的，第二首说：初次见到你，你像丁香树枝条上初生的花蕾，尽管我已冷漠如弹棋之局，心中也不能平静啊！

第三首说：终于，我还是理智战胜了感情，尽管你是那样地冰清玉洁，光彩照人，我还是不忍心因此而轻薄你，占有你，给你留下终生遗憾。这就是我当时借口追赶行李而不赴约的原因。

第四首用井上的柳枝、浦中的莲叶、水下的游鱼、高空的飞鸟分别作比，表示我们虽不同类，且天各一方，但都逃不脱命运的摧残！

第五首说：尽管如此，每当我看到成双成对的生物时，我还是会不由自主地想起你，这一段感情真是叫我永世难忘啊！

很真实，很细腻，把他在感情激流里的挣扎：他的冲动和克制，犹豫和决断，同情和怜惜，占有和放弃，以及由此而引起的自责、感慨与怀想，都原原本本，曲曲折折，抒写得淋漓尽致。这样丰富的"文本"，却不仔细发掘，偏要去另求真人，另觅本事，乃至于天南海北地折腾，真乃是同我一样，穿凿成瘾了。

柳枝是第一个深深打动他的女子，但是，由于他顽固地持有攀高枝、结豪门的预想，理智地放弃了这段不期而遇的感情。这与唐人传奇《霍小玉传》中李益、《莺莺传》中张生等人的始乱终弃，实不可同日而语。

李商隐何时学道？

要说清李商隐同宋华阳的关系，首先得从他何时学道说起。

刘学锴等以《东还》诗中之"十年长梦采华芝"为据，订《东还》诗写于大和九年（835），上推约十年，则学仙"或即在大和元、二年左右"（见《李商隐生平若干问题考辨》）。《东还》诗云：

自有仙才自不知，十年长梦采华芝。
秋风动地黄云暮，归去嵩阳寻旧师。

吴荣富在《李商隐与女道士之纠葛辩诬》中认为，《东还》诗写于自桂管还归洛阳之时，一句强调“有仙才”而“自不知”，二句转折，却是“长梦采华芝”，说的是追求功名利禄。“十年长梦”指自开成二年（837）中进士第，或开成四年（839）释褐任校书郎，至大中二年（848）自桂返归洛，仕宦约略十年。且“嵩阳”并不是“学仙”之“玉阳”，因此，不能以《东还》诗来推断李商隐玉阳学仙的时间。

其实，李商隐的学仙时间，在《李肱所遗画松诗书两纸得四十韵》的“忆昔谢四骑，学仙玉阳东”中，已大致上划了一道界限：

所谓“四骑”，即“驷骑”，亦即有四匹马所拉的车，常用成语“一言既出，驷马难追”，正是用的此意。“谢”，辞谢。李商隐自称“谢驷骑”而“学仙”，则其时必在大和三年（829）“从为巡官”之后。而此前，李商隐家境贫寒，自家没有“驷骑”；其身份也只是莘莘学子中的一员，没有人来辟聘，也就不可能“谢驷骑”。因此，订“学仙玉阳东”“在大和元、二年左右”说不能成立。

大和四年（830），他仍在天平幕。大和五年（831）春“初应试”，落第后应立即返郓。大和六年（832）“二应试”。落第后得知令狐楚已调任太原，故有《上令狐相公状一》之作。文首云：“太原风景恬和，水土深厚……轩车才临，日月未几”，则知该“状”写于春夏之交。文末云：“倘蒙识以如愚，知其不佞，俾之乐道，使得讳穷……”则知李商隐当时并未受辟，“状”中含有“希望入幕之意”（张采田语）。

李商隐是否能当即入幕，不知。不过他写有《为彭阳公（令狐楚）上凤翔李司徒状》。考李司徒为李听，据《旧唐书·文宗纪》，大和七年（833）五月，“以李听为凤翔陇右节度使，依前检校司徒……”据此，则大和七年（833）五月前后，李商隐已在太原幕中。从大和六年（832）三月落第到年底，是李商隐的行踪空档期，他有可能入玉阳而学道。

大和七年（833）春，李商隐“三应试”，落第后至太原幕，说见上。大和七年（833）六月，令狐楚调任吏部尚书。据《上令狐相公状二》中之“伏蒙仁恩，赐借太原日所著歌诗等”可知，他未随令狐楚入京。至大和八年（834）正月，他出现在崔戎华州幕，有《代安平公华州贺圣躬痊复表》等二文。查《旧唐书》，文宗七年（833）十二月“不康”，八年（834）正月“痊平”，与表、状时间吻合。由此可知，从大和七年（833）六月离太原幕到年底，是李商隐的第二段行踪空档期，他也有可能入玉阳而学道。

大和八年（834）因病未试，三月随崔戎自华至兖。六月崔戎去世后，他应该是在郑州、洛阳、京师一线活动。《上郑州萧（澣）给事状》中有“今者方牵行役，遽又违离”句，《偶成转韵七十二句赠四同舍》中有“忆昔公为会昌宰，我时入谒虚怀待”。“公”指卢弘止，“会昌宰”即昭应县令，据《读史方舆纪要》，天宝三年（744）置会昌县，七年（748），改名昭应。据张采田《会笺》，大和八年（834），卢弘止“由兵部郎中出宰昭应县”。“入谒”，当在离崔戎幕之后。《赠赵协律皙》诗大约写于洛阳：“不堪岁暮相逢地，我欲西征君又东。”可见，这一年的下半年，李商隐在州县官吏中周旋，行色匆匆，不再存学仙之想了。

大和九年（835）逼近《李肱所遗画松诗书两纸得四十韵》诗，与“忆昔”词意不符，不赘。

可见：1. 李商隐“学仙玉阳”的时间，充其量不过是从大和六年（832）三月落第后到年底，从大和七年（833）六月离太原幕后到年底这两段。前次不超过八个月，后次不超过五个月。可见其道龄很短，资历甚浅。

2. 第一次“学仙”以应进士第而结束，第二次则以入崔戎幕而告终。可见李商隐并没有一心学道。说得轻一点，他凡心太重，经不起名利场的诱惑；说得重一点，他只是把道观当成了管吃、管住的清静场所，一边学道，一边备考，考不上了再来学道，如此而已①。

3. 入崔戎幕后，他开始自信满满——“公时受诏镇东鲁，遣我草诏随车牙。顾我下笔即千字，疑我读书倾五车。”（《安平公诗》）——

①杨柳《李商隐评传》也以为：“义山未第时曾习业于王屋山的玉溪，说明他的学仙和习业原是同时事情。”

觉得攀龙附凤有望，从此便不再回头。他同宋华阳相识，大约也只可能在这两段时间之内，被后代学者无限放大的《月夜重寄宋华阳姊妹》，大约就写在离崔戎幕后、不再打算在玉阳学仙的那个秋天。

李商隐、宋华阳“恋情”始末辨

其实，在李商隐涉及感情的诗作中，《月夜重寄宋华阳姊妹》是最平庸、最窝囊的一首。

偷桃窃药事难兼，十二城中锁彩蟾。
应共三英同夜赏，玉楼仍是水精帘。

据《汉武故事》，西王母种桃，三千年一结子，东方朔曾三次偷食，乃被谪降人间。诗以因“偷桃”而由仙入凡的东方朔自喻，表示自己已弃道返俗，转攻科第了。“窃药”喻宋华阳姊妹继续修道而希求成仙。然而过世俗生活同修道成仙是矛盾的，二者不可得兼。“偷桃窃药”这句话的意思不过是：他们曾有缘相聚，但由于追求目标不同而不得不分手。有人把“偷桃”曲解为偷情，乃至“男女交合之事”（锺来茵），实在是没有任何根据。

题目说“重寄”，可见此前已有“一寄”；答也没有，不知。末句说“玉楼仍是水精帘”，可见前次拜访也同本次一样，吃了“闭门羹”。

读完，我们的印象是：

一、道教是清修之地，戒淫戒盗，清规甚严。苏雪林女士把唐代女冠说成“带有半娼妓性质”，是以偏概全，过甚其词了。如果真是这样，她们会拒见吗？如果真是被几个“带有半娼妓性质”的女冠拒见了，李商隐还能有心情、有脸写下并留下这样的诗篇吗？

二、宋华阳姊妹只是三名在一起修道的道姑而已。李商隐决定罢道攻文时，可能曾撺掇她们下山还俗，但遭到了拒绝，故开篇有“偷桃窃药事难兼”之回顾，但也看不出他们之间有什么更密切关系。

三、李商隐对宋华阳或者其中之一，怀有一点暧昧情愫。诗雅淡而矜持，足以传达试探和希冀的信息。然而对方反应冷淡。正所谓落花有意，流水无情，所以才连吃两次闭门羹。就情感发展而言，还处于原始阶段。刚刚开头，却就煞了尾。同“偷情”的距离还相当遥远。

此后，他们再也没有见面，也没有任何足以证明他们交往的信息。至于“相思”，“偷情”，李商隐念念不忘，直到老死等等，都是后世研究者的捕风捉影，信口胡编。

不过，李商隐诗中仍然透露了一些后续情节，那就是《寄永道士》。

> 共上云山独下迟，阳台白道细如丝。
> 君今并倚三珠树，不记人间落叶时。

据诗：一、永道士是和他一同上山的道友，至今仍在修道。二、前诗的“三英”与此诗的“三珠树”寓意相类，指的可能是“宋华阳姊妹”。三、诗中直指其“并倚三珠树”，则永道士同“宋华阳姊妹”关系颇为暧昧。仔细嗅嗅，诗中确有一点怀旧和调侃的意味。但要把宋华阳说成“情人”，甚或是一套二、一套三的“情人”，把永道士说成“情敌”，再加上一点多角恋爱纠纷，什么“失和”呀，“决裂”呀，“别有所恋”呀，“也归到永道士那边去了”呀，等等（均苏雪林语），这个“大胆的假设”也实在太现代化了。真不知此情节从何而来。

实在要从恋情的角度来设想，则李商隐的《寄永道士》倒可以看成是一篇颇有绅士风度的表白。其中确乎是隐含着一点点似有还无的妒意，一点点无伤大雅的调谑，一点点乐观其成的祝愿。但也仅此而已。经过这样一挑明，则表示他对宋华阳的那一点点一厢情愿的暧昧之情也就就此了结了。

如果没有后续文本，则什么的相思呀，寄情呀，怀念呀，等等，都是无稽之谈。有人偏要制造这种无稽之谈，我们实在是无话可说。

还有一首《华师》，程梦星说：“后有《月夜重寄宋华阳姊妹》七绝，则此‘华师’当即其人。”他的意见得到了朱偰等人响应。其诗曰：

孤鹤不睡云无心，衲衣筇杖来西林。
院门昼锁回廊静，秋日当阶柿叶阴。

诗中孤鹤闲云，可佛可道，但“衲衣”是佛家专用物，与道家之“缁衣”截然不同。尤其是“西林”，乃佛家名寺，决不可混同为一般道观。因此，《华师》写的是僧人，而与宋华阳无关。

还有一首《赠华阳宋真人兼寄清都刘先生》，也常被论及。其诗云：

沦谪千年别帝宸，至今犹谢蕊珠人。
但惊茅许同仙籍，不道刘卢是世亲。
玉检赐书迷凤篆，金华归驾冷龙鳞。
不因杖屦逢周史，徐甲何曾有此身。

从标题、称谓到内容，此诗与李商隐之旧识宋华阳也毫无关系。

一、道教把修真得道、甚或成仙的人称为真人，宋华阳与李商隐年龄相仿，且与多名男道友关系暧昧，绝不是清静无为的修道者，因而也就很难有可能修炼成真人。

二、李商隐称宋姓道士为“真人”，称刘姓道士为“先生”，前者用“赠”，后者用“兼寄”，不仅明确了主次，而且划定了尊卑。而在先前，李商隐对宋华阳仅以“姊妹”相称，表明他们确乎是年龄、辈分相当的道友。我们已知，李商隐学道时间很短，辈分很低，借《辨诬》作者的话来说，仅以姊妹相称的宋华阳，同真人、先生之相隔，真“不可以道里计矣”。对同一宋华阳，李商隐不至于前倨后恭如此。

三、诗题中以“华阳宋真人”同“清都刘先生”并列。我们已知：“清都”为观名。据《长安志》：此观在永乐坊。唐诗中涉及清都观的诗作甚多，如许敬宗的《游清都观寻沈道士得清字》，韦应物的《雨夜宿清都观》，元稹的《清都夜境》等，可见，清都观既有道士主持，也常是文人雅士居处游乐之所。“清都刘先生”的语词结构是：观名＋姓＋（对男士的）尊称。那么，与之相对应的“华阳宋真人”的“华阳”大略也应该是一个观名，而不会是人名了。

长安的华阳观在朱雀门街东第三街永崇坊，据朱金城《白居易年谱》：白居易于永贞元年（805）至元和元年（806）曾在华阳观借居。有《华阳观桃花时招李六拾遗饮》《华阳观中八月十五日夜招友玩月》《春中与卢四周谅华阳观同居》等诗作，其《春题华阳观》有注云："观即华阳公主故宅，有旧内人存焉。"其诗云："帝子吹箫逐凤凰，空留仙洞号华阳。落花何处堪惆怅，头白宫人扫影堂。"又据《南部新书》记："新进士发榜后，翌日排光范门候过宰相。……昔有诗云：'华阳观里钟声集，建福门前鼓动期。'即其日也。"可见，在白居易时代，华阳观已不见女冠，有的只是"头白宫人"以及借居此地的困顿文人、应试举子。这样的环境能修炼出真人么？肯定是不能。

那么，"华阳"到底在哪里呢？吴荣富先生在《辨诬》中肯定地指出：茅山。茅山是道教上清派的发源地，素有"第一福地，第八洞天"之美誉。东晋时陶弘景在此修道，自号"华阳陶隐居"。山下属道家第八洞宫，名为金坛华阳之天。李德裕《寄茅山孙炼师》云："何地最翛然，华阳第八天。"即指此。唐太宗曾敕王轨就许（许谧、许翙）、陶（陶弘景）遗址，修葺"华阳观"，其规模有正殿，三间两庑，并及讲堂坛靖等。茅山派之道教势力几乎凌驾全唐。出自茅山的王远知、潘师正、司马承祯、李含光等都被称为一代宗师，著名山岳如嵩山、王屋山、天台山等均成为茅山派传教的道场。

尽管长安"华阳"与茅山"华阳"同名而易淆，但李商隐诗文中凡提到的"华阳"，几乎都指茅山。如《为尚书濮阳公贺郑相公状》中的"洞入华阳，犹诏山中之宰相"，《梓州道兴观碑铭（并序）》中的"问句漏之丹砂，饵华阳之白蜜"，《道士胡君新井碣铭（并序）》中的"华阳之洞里茯苓，汤谷之肆中甘草"，以及《送阿龟归华》诗中的"因汝华阳求药物，碧松根下茯苓多"。特别是《郑州献从叔舍人褎》诗中，既有"茅君奕世仙曹贵，许掾全家道气浓"，又有"不知他日华阳洞，许上经楼第几重"，其所写之"华阳"必指茅山，只有宋华阳人名是个例外。可见，"华阳宋真人"就一定是茅山华阳观的宋真人了。

四、整首诗的意思是：我沦谪尘世已经多年，至今还感谢你们，居处在蕊珠宫的仙人。我原来就很惊讶你们像茅盈、许迈一样同登仙籍，却没有想到二位同刘琨、卢湛一样还是至亲。承赐的玉检天书凤篆迷离，我尘眼昏浊，难以辨认；金华仙子归驾已久，龙鳞已冷，我也攀附无缘。想当年，如果不是有幸接奉过老子的杖屦，我徐甲早已成了一堆白骨，哪里还有此血肉之身？

需要说明的是：1. 有人认为首二句指宋、刘，于解诗无碍。2. “蕊珠”，上清境宫阙名。《黄庭内景经·上清章第一》云：“上清紫霞虚皇前，太上大道玉晨君，闻居蕊珠作七言……”按：唐武宗时“三清尊神”，“太上大道玉晨君”排第二，应是男仙；不能想当然地以为“蕊珠宫”为女仙居所。3. 据葛洪《神仙传》：徐甲受雇于老子，日百文，至老子出关时，计欠七百二十万，索偿不得，乃报关令。老子说：“汝早应死，赖吾大玄清生符以生，我说至安息国以黄金计值还汝，汝何以不能忍？”说完，使甲张口向地，符出，甲成一具枯骨矣。关令尹喜为甲叩头请命，徐甲马上生还。此典表明，宋、刘二位或其中一位，对李商隐有过再造之恩：或是挽救了他垂危的生命，或是帮他度过了险恶的政治难关。从弥漫于全诗的虔诚和敬意，及尾联中“再造之恩”的表白，都不是绯闻缠身的宋华阳所能承担的。

李商隐 42 岁丧妻，赴梓幕后，府主为他介绍一“本自无双”的乐籍女子“以备缝纫”，他却坚决地拒绝了。在梓五年，一无所染。借用当代的流行语言来说，放着身边的“嫩草”不吃、“美眉”不画，却偏要去冥思苦想那个只有一面之缘，后“被东诸侯取去”而又不知所终的柳枝，那个两次闭门不纳，却甘愿与永道士厮混，且已徐娘半老的宋华阳，李商隐疯了吗？想李商隐决不会如此矫情！

柳枝、宋华阳“恋情”之说，应该就此休矣！

引用书目简编

《李义山诗集笺注》清朱鹤龄 沈辑评本 中华书局 1978 年香港版
《西昆发微》清吴乔 书林书局 2015 年影印版
《李义山诗解》清陆昆曾 上海书店 1985 版
《选玉溪生诗补说》清姜炳璋 南开大学出版社 1985 年版
《玉溪生诗集笺注》清冯浩 上海古籍出版社 1979 年版
《玉溪生年谱会笺》《李义山诗辨正》张采田
附：《玉溪生年谱会笺平质》岑仲勉 上海古籍出版社 1979 年版
《李商隐评传》杨柳 江苏人民出版社 1981 年版
《李商隐诗传》钟铭钧 中州书画社 1982 年版
《李商隐诗选注》陈伯海 上海古籍出版社 1982 年版
《李商隐诗选》陈永正 广东人民出版社 1984 年版
《李商隐诗集疏注》叶葱奇 人民文学出版社 1985 年版
《李商隐诗歌集解》刘学锴 余恕诚 中华书局 1988 年版
《李商隐诗译注》邓中龙 岳麓书社 2000 年版
《李商隐传论》刘学锴 安徽大学出版社 2002 年版
《类纂李商隐诗笺注疏解》黄世中 黄山书社 2009 年版
《李商隐诗全集》郑在瀛 崇文书局 2011 年版
《李商隐资料汇编》刘学锴 余恕诚 黄世中 中华书局 2001 年版
《玉溪诗谜正续合编》苏雪林 台湾商务印书馆 1988 年版
《唐诗论丛》陈贻焮 湖南人民出版社 1980 年版
《李商隐研究》吴调公 上海古籍出版社 1982 年版

《李商隐的心灵世界》董乃斌　上海古籍出版社 1992 年版

《李商隐诗歌赏析集》周振甫主编　巴蜀书社 1993 年版

《双飞翼》王蒙　三联书店 1996 年版

《樊南文集详注》清冯浩　中华书局 四部备要线装本

《樊南文集补编》清钱振伦等　中华书局 四部备要线装本

《李商隐文编年校注》刘学锴 余恕诚　中华书局 2002 年版

《李德裕年谱》傅璇琮　河北教育出版社 2001 年版

《令狐楚年谱 令狐绹年谱》尹楚兵　上海古籍出版社 2008 年版

《山海经》　岳麓书社 1992 年版

《四书五经》　中国书店 1985 年版

《二十二子》　上海古籍出版社 1986 年版

《二十五史》（百衲本）　浙江古籍出版社 1998 年版

《资治通鉴》宋司马光等　中华书局 1956 年版

《旧唐书》后晋刘昫等　中华书局 1975 年版

《新唐书》宋欧阳修等　中华书局 1975 年版

《唐才子传》元辛文房　中州古籍出版社 1982 年版

《先秦汉魏晋南北朝诗》逯钦立辑校　中华书局 1983 年版

《全唐诗》　中华书局 1960 年版

《历代小说笔记选》江畬经编辑　上海书店 1983 年版

《中国历史地图集》谭其骧主编　中国地图出版社 1982 年版

后记

一、李商隐“无题诗”是中国诗坛上的一簇奇葩。它秾丽华艳，幽迷诡谲，是中国诗坛上最迷人的诗，但也是中国诗坛上最难解读的诗。

由于年代久远，资料零散，几乎所有的“无题诗”都未能准确地编年系事。“兴”不知因何而起，“慨”不知为何而发，“情”不知向谁而寄！——寓言中有所谓“瞎子摸象”，其结果当然也就是众说纷纭了。

本书最初的编写目的，也只是想给“无题诗”做些编年系事的资料工作，为李商隐研究的登堂入室搭建几级基础性的台阶。

二、一般说诗，有传、注、笺、疏、释、解、证、论、诠、译、诂、训等等；而我，却在“疏”后加了一个“辨”字。原因是：千年以来，《无题》的解说最叫人茫然。从开始的穿凿附会，到后来的“就诗论诗”，“不解解之”，再到现在颇为流行的“融通”之论，“意象”之说，大多是言者凿凿，听者茫茫。且人云亦云，似乎已形成定论，不必，也不可改易了。不辨，则事不清，理不直。旧说不破，则新说不立。孟子曰：予岂好辩哉？予不得已也。

三、列入本书“疏辨”的诗，包括：

1. 原本以《无题》为题的；

2. 佚去原题，或混入他题，被后人署作《无题》的，如“长眉画了”“待得郎来”“万里风波”等；

3. 随意摘取诗首二字或诗中词语连缀为题，一般研究者均视同

“无题”的，如《海客》《锦瑟》《银河吹笙》等；

4. 以感遇类语词为题，或貌似有题，然诗题与内容并无关联的，如《有感》《可叹》《当句有对》等；

5. 本非“无题”，但在李商隐生活史上有一定的纪实意义，或者能为我们“疏辨”的“无题”起到串连、佐证作用的，如《夜雨寄北》《房中曲》《代魏宫私赠》等。然在题前加“附”，以示区别。

另有《河阳》《河内》等诗，因佐证资料不足，暂付阙如，亦不强为之解。

总计列 93 题，疏解诗 109 首，文中引用，或仅作附录以备参阅者 59 首，合计 168 首，占李商隐诗作总数的四分之一强，涵盖了李商隐自入世之后，应举、婚恋、仕宦、交游等重要活动的全部历程。

此外，针对诗中疑点及历来研究者的论辩交汇点，自拟“辨说题”74 道，坦诚地表达了自己的意见。

四、我的“无题诗”研究发轫于 1958 年的早春。1961 年，嘉鱼官粮洲武师农场牛棚失火——真正的牛棚，还不是“文化大革命”中关押“牛鬼蛇神”的牛棚；我积累的图书、资料由此而付之一炬。1966 年，红卫兵“扫四旧”，我重新积累的图书、资料又一扫而空。尔后重起炉灶，再接再厉，至上世纪 80 年代初，终于完成了《李商隐无题诗编年疏辨》初稿。后又经十一次改易，断断续续逾六十年。

1977 年，我写了一篇《“四人帮”阴暗心理的真实写照——评梁效、闻军的“论李商隐的无题诗”》，投稿于《历史研究》，石沉大海；但我怀疑被某权威剽窃，从此不再投稿。1982 年，经我师张国光教授推荐，在《武汉师范学院学报》第 6 期发表《〈海客〉辨疑——李商隐倾向李德裕党之一证》。1993 年，经我友金道行教授推荐，在《宜昌师专学报》第 2 期发表《〈无题〉第一谜及李商隐早期婚恋考》。仅此而已。

20 世纪后期，后辈黄涛参与了我的“李商隐研究”，在李王婚恋及翁婿关系等方面作出了重大贡献；2015 年，经黄涛改写的《无题诗本事：李商隐王氏婚恋之谜》在湖北人民出版社出版，约 25 万字。

原计划还有姊妹篇《无题诗本事：李商隐令狐绹恩怨之谜》《无题诗本事：李商隐李德裕遇合无缘之谜》；由于年龄、精力等多方面原因，不苛求自己了。2020年，在“武汉抗疫”的小区封闭时期，补写了《“圣女祠”三首》，本书最后定稿。

五、每一首“无题”诗都是一座迷宫，我常常困顿在歧路重重的迷宫中不知所向。为了借鉴，从零碎的原始资料和纷乱的前人足迹中找到一条新路，我曾认真地研读过许多有关侦探学说的论著，浏览了大量的风靡世界的侦破小说；这一努力的副产品是：2001年，我在长江文艺出版社出版了《世界经典探案集》，40多万字。我还曾分门别类地梳理了古今中外的文史悬案；这一努力的副产品是：2003～2005年，我在“三通”前的台湾究竟出版社陆续出版了《中国历史49大谜》《世界历史49大谜》《远古文明49大谜》，约90万字。2005～2009年，又为湖北人民出版社先后编写了“悬案觅踪书系”等三套丛书，约300万字。……为了探讨《药转》中的“药”所治何病，我笨拙地几乎查遍了从《金匮要略》到近、现代可能找到的医籍，辑录了一套分门别类的妇科方剂汇编，大约有三四百面吧，后来送给了本市东风医院的刘景科医生。

所有的努力都不是徒劳的。终于，我们从《无题（八岁篇）》的“悬知犹未嫁”中，看到了一个馋涎欲滴的偷窥者的身影；从《无题（近知篇）》“黄金堪作屋”的“重楼”之中，看到了楼下的等待发落的可怜的姬妾。我们还从《房中曲》“娇郎痴若云，抱日西帘晓”的“西帘”，看到了《夜雨寄北》中独坐于“西窗”之下叩问归期的离妇。从《送郑大台文南觐》的“黎辟滩声五月寒”中，则不只推算出了李商隐写《无题（相见时难）》时的行踪，而且填补了李商隐史料中从大中二年（848）二月二十三日前写《为荥阳公与前浙东杨大人启》至六月初作《为湖南座主陇西公贺马相公登庸启》这一段长达数月的历史空白。甚至，我们还从《蝶（飞来绣户阴）》“重傅秦台粉”这句隐秘而复沓的典故中，看到了急不可待的李商隐的色胆淫心。……至于谐音隐射，更是比比皆是。如“牵牛”谐“牛党”，“魏宫”谐“卫公”（李德裕，封卫国公），“罢织”谐“罢职”，“失猿”谐“失援”，“夭桃”“山樱”指称令狐绹，“杜宇”“杜鹃”指称杜悰，等等。

通向错误的道路有千万条，通向正确的道路只有一条，而且也必有一条。我们的一切努力就是要在歧路繁复的迷宫中找到那条唯一正确的出路。

我们不想掩盖李商隐平庸低俗的一面，然而令我们同情甚至真心敬佩的是：一旦判定了是非，明确了方向之后，他的一往无前、百折不回之专情、苦恋，和之死靡它的决心！

是耶，非耶？我们等待着前辈学者和青年才俊们的批评，指教，或者认同。

六、本书草创之初，曾经得到过张国光教授的精心指点，参阅过许多当代学者如王蒙、刘学锴、董乃斌等先生的论著。在编写过程中，又得到陈冠明、王兆鹏、金道行、饶士奇等教授的具体指导和帮助。特别是曾咏编辑的慧眼青睐，精心厘正，为本书添彩增辉。在此一并感谢。

向思鑫

2020 年 6 月 18 日

图书在版编目（CIP）数据

李商隐无题诗编年疏辨 / 向思鑫，黄涛著. -- 武汉：崇文书局，2021.11

ISBN 978-7-5403-6436-6

Ⅰ. ①李… Ⅱ. ①向… ②黄… Ⅲ. ①李商隐（812-约 858）—唐诗—诗歌研究 Ⅳ. ① I207.22

中国版本图书馆 CIP 数据核字（2021）第 202684 号

责任编辑：曾　咏
装帧设计：杨　艳
责任校对：董　颖
责任印制：李佳超

李商隐无题诗编年疏辨
Li Shangyin Wuti Shi Biannian Shu Bian

出版发行：长江出版传媒 | 崇文书局
地　　址：武汉市雄楚大街 268 号 C 座 11 层
电　　话：(027)87680797　邮政编码　430070
印　　刷：武汉市首壹印务有限公司
开　　本：700mm×1000mm　1/16
印　　张：34.5
字　　数：497 千字
版　　次：2021 年 11 月第 1 版
印　　次：2021 年 11 月第 1 次印刷
定　　价：78.00 元